Elke Hastedt
Jahnstraße 27 A
27404 Heeslingen
Tel. 04281/95 39 24

Ursula Maier's
Nichte

KNAUR

Über die Autorin:
Anke Petersen schreibt unter anderen Namen erfolgreich historische Romane. Als sie das erste Mal auf Amrum Urlaub machte, hat sie sich sofort in die Insel verliebt und in ihre Geschichte vertieft. Dabei stieß sie auf das erste Hotel des Inselortes Norddorf, das sie zu diesem Roman inspirierte.

ANKE PETERSEN

Hotel Inselblick

Wolken über dem Meer

Roman

Besuchen Sie uns im Internet:
www.knaur.de

Vollständige Taschenbuchausgabe Mai 2019
Knaur Taschenbuch
© 2019 Knaur Verlag
Ein Imprint der Verlagsgruppe
Droemer Knaur GmbH & Co. KG, München
Alle Rechte vorbehalten. Das Werk darf – auch teilweise –
nur mit Genehmigung des Verlags wiedergegeben werden.
Redaktion: Ilse Wagner
Covergestaltung: Alexandra Dohse, München
Satz: Adobe InDesign im Verlag
Druck und Bindung: CPI books GmbH, Leck
ISBN 978-3-426-52277-6

2 4 5 3 1

Wichtigste im Roman vorkommende Personen

Familie Stockmann

Wilhelm Stockmann
Marta Stockmann, Ehefrau
Rieke Stockmann, Tochter
Ida Stockmann, Tochter
Marie Stockmann, Tochter

Weiter Verwandte: Nele Bartels, Martas Tante

Sine und *Kaline Peters*, Inhaberinnen eines Gästehauses auf der Insel Amrum
Jasper Hansen, Kutscher und Aushilfe
Ebba und *Gesa Janke*, Köchin und Zimmermädchen
Hilde Hadler, Zimmermädchen und Aushilfe

Philipp Schau, Seehundjäger
Anne Schau, Ehefrau

Pfarrer Ricklef Bertramsen, Inselpfarrer und Leiter des Seehospizes
Thaisen Bertramsen, Sohn des Pfarrers
Pastor Bodelschwingh, Erbauer und Leiter des Seehospizes auf Amrum

Jacob Thieme, Inhaber eines Gästehauses
Hinrich Thomason, Geschäftspartner von Jacob
**Frauke (Witwe) Schamvogel*, Inhaberin des Papeteriegeschäftes in Wittdün

Gäste des Hauses Stockmann

Familie Marwitz aus Berlin
Familie Franke aus Hannover
Familie Voss aus Breslau

mit * gekennzeichnete Personen sind historisch belegt

1

September 1891, Hamburg

Marta hatte es sich in dem Lehnstuhl am Fenster bequem gemacht, um dem Spiel des Trompeters zu lauschen, der, wie jeden Morgen zu dieser Stunde, ein Fenster des steinernen Rokokoturms der St.-Georg-Kirche öffnete und an der Steinbrüstung, sein Instrument in Händen, erschien. Sie beobachtete ihn dabei, wie er einen Augenblick bedächtig Umschau hielt und sich leicht zu verbeugen schien. Erst dann setzte er die Trompete an die Lippen, um seinen Morgengruß, heute war es ein Stück von Vivaldi, über die Dächer zu senden. Dieses Lied sollte noch weitere drei Mal erklingen, denn er spielte es in alle Himmelsrichtungen. Es war Marta zu einer geliebten Gewohnheit geworden, ihr Tagwerk erst dann zu beginnen, nachdem sie dem Spiel des Trompeters gelauscht hatte. Von ihrer Wohnung, die unweit der Kirche im vierten Stock eines Stadthauses lag, hatte sie ihn gut im Blick. Sie hatte dem Mann auch schon auf dem Balkon stehend zugehört, ihm sogar einmal zugewunken. Doch der Trompeter reagierte nicht auf seine Umgebung. Er schien dort oben in seiner eigenen Welt versunken zu sein, was ihn in Martas Augen beinahe zu einem Verbündeten machte, denn auch sie träumte sich oftmals aus ihrem alltäglichen Einerlei fort und gab sich ihrer Fantasie hin. Allerdings war es bei ihr nicht die Musik, die sie fesselte, sondern ein Traum, den sie bereits hegte, seit sie denken konnte. Neben ihr lag auf einem kleinen Tischchen das unscheinbare, in schwarzes Leder gebundene Büchlein, in dem sie sich ihren Träumereien hingab. Sie nahm es zur Hand, während das Lied des Trompeters zum letzten Mal erklang, schlug die erste Seite auf und begann, den Text zu überfliegen. Ihr eigenes Hotel sollte es sein, das in einer hübschen Villa, direkt an der Alster gelegen, nur die feinsten Gäste anzog. Adrett gekleidete Herren in feinen Anzügen mit eleganten Damen am Arm, denen sie herrliche, von Sonnenlicht durchflutete Zimmer mit Alsterblick, ausgestattet mit feinstem Interieur, vermieten würde. Dazu gab es ein gediegenes Restaurant mit einer Sonnenterrasse, von der man über wenige Stufen in einen hübsch angelegten Garten gelangte, der direkt am Alsterufer lag. Sogar ihr Personal hatte sie mit Namen aufgelistet. Eine Köchin, Küchenhilfen, Portier, Kellner und Zimmermädchen. Auch einen Kofferträger gab es in ihrer Fantasie, der den Namen Bruno trug und bereits ein wenig in die Jahre gekommen war. Es war eine eigene, liebevolle und besondere Welt ohne Sorgen und Kummer und von Heiterkeit erfüllt, in die sie sich in diesem Büchlein flüchtete. Sie wusste durchaus, dass die Realität im Hotelgewerbe anders aussah als in ihrem Traum, denn sie war in der Pension ihrer Tante Nele aufgewachsen, nachdem sie ihre Eltern auf tragische Weise bei einem Hausbrand verloren hatte. Weder an ihre Eltern noch an das schreckliche Ereignis, das nun bereits über vierzig Jahre zurücklag, konnte sie sich erinnern. Damals war sie erst wenige Monate alt gewesen. Ihre Amme, die mit ihr in einem Raum schlief, hatte sie aus dem Bettchen gerissen und war mit ihr auf die Straße hinausgelaufen. Nicht mal ihre Lebensretterin kannte sie. Sie war an der Ruhr gestorben, wie ihr irgendwann einmal Tante Nele, die einzige Verwandte, die ihr noch geblieben war, erzählt hatte. Tante Nele hatte ihr auch von ihrer Mutter erzählt, einer warmherzigen und ruhigen Frau, die als Kind den Eltern nur wenig Kummer bereitet hatte. Sie hatte das kastanienbraune Haar von ihr geerbt, die Grübchen an den Mundwinkeln, das warme Braun ihrer Augen. Sie besuchte Nele noch immer sehr oft, obwohl ihr Gatte Wilhelm es nicht gern sah, wenn sie sich allzu häufig in der kleinen Pension aufhielt, denn seiner Meinung nach schickte es sich nicht für die Gattin eines angesehenen Prokuristen in gehobener Position, sich in einer gewöhnlichen Pension herumzutreiben, in der Seeleute und einfaches Publikum abstiegen. Wilhelm hatte sich in den letzten Jahren mit viel Ehrgeiz hochgearbeitet, was ihnen ein gutes Leben ermöglichte. Er arbeitete im Handelsunternehmen Jacobsen, das Kolonialwaren aller Art vertrieb, hauptsächlich jedoch Kaffee, Kakao und Tabak, und seinen Sitz in einem stattlichen Gebäude direkt am Binnenhafen hatte. Von Wilhelms Bürofenster aus konnte man den regen Schiffsverkehr beobachten, der aus den für Hamburg üblichen kleinen Seglern, den Ewern, bestand. Aber auch größere Segelboote und Dampfschlepper tummelten sich auf dem Gewässer. Seinem Büro gegenüber ragten die ersten Neubauten der Speicherstadt auf dem Kehrwieder in die Höhe. Wilhelm hielt das Zollabschlussabkommen zwischen Hamburg und dem Deutschen Reich für eine gute Sache, das den Bau der Speicherstadt beinhaltete, die als Freihafen nicht dem deutschen Zollgebiet angehörte. So konnten die Händler ohne Einschränkungen weiterhin ihren Geschäften nachgehen. Um den Bau der Speicherstadt zu ermöglichen, waren jedoch die Wohnviertel auf dem Kehrwieder und dem Wandrahm abgerissen worden. Damals mussten über zwanzigtausend Menschen umgesiedelt werden. Auch ihre Familie war davon betroffen, was besonders für Marta schwer gewesen war, denn sie hatte die hübsche Wohnung in dem großen Stadthaus mit der Freitreppe geliebt, das von einer reichen holländischen Kaufmannsfamilie im achtzehnten Jahrhundert errichtet worden war und noch vom alten Glanz dieses Stadtteils erzählte. Jetzt gab es das hübsche Haus nicht mehr, sondern Lagerhallen ragten an seiner Stelle in den Himmel. Der Zufall war ihnen damals auf der Suche nach einer neuen Bleibe zu Hilfe gekommen. Eine Schulkameradin von Rieke wanderte nach Amerika aus. Schnell waren Kontakte geknüpft worden, und die um einiges größere und im Norden von St. Georg gelegene Wohnung konnte übernommen werden. Ihr Umzug lag jetzt fünf Jahre zurück, und inzwischen fühlten sie sich in dem unweit der Außenalster gelegenen Stadtteil heimisch. Besonders Rieke, ihre älteste Tochter, die im letzten Jahr ihren Abschluss an der höheren Töchterschule gemacht hatte, liebte die Nähe zu den Cafés und Vergnügungen an der Binnen- und Außenalster.

Martas Blick wanderte noch einmal zum nahen Kirchturm hinüber. Der Trompeter war verschwunden und würde erst in den Abendstunden wieder auftauchen. Seufzend legte sie ihr Notizbuch zur Seite und erhob sich. Heute galt es, einige Besorgungen zu erledigen, was sie am liebsten selbst machte. Nach kurzem Anklopfen öffnete sich die Zimmertür, und ihr Kindermädchen Merle betrat mit Marie auf dem Arm den Raum. Merle traf jeden Morgen um sieben Uhr ein, um sich um Martas Töchter Marie und Ida zu kümmern, obwohl Ida mit ihren neun Jahren inzwischen schon sehr selbstständig war und auch den Weg zur Schule eigenständig mit der Straßenbahn bewältigte. Trotzdem achtete Merle darauf, dass sie sich richtig kleidete und ihren Schulranzen ordentlich packte. Auch frühstückte sie gemeinsam mit den Kindern in der gemütlichen Wohnküche, die Dorotheas Reich war. Anfangs hatte sich Marta dagegen gewehrt, eine Köchin einzustellen, denn sie war durchaus in der Lage, ihre Familie zu versorgen. Doch der gesellschaftliche Aufstieg brachte es irgendwann mit sich, dass die Zahl ihrer Hausangestellten stieg. Es schickte sich in gutbürgerlichen Kreisen als Dame des Hauses nicht, zu kochen oder andere niedere

Hausarbeiten zu erledigen. Mit dem Umzug in die neue Wohnung war dann also auch bei ihnen der Müßiggang, wie Marta die Entlastung durch die Hausangestellten bezeichnete, eingezogen. Dorothea, mit der sich Marta schwertat, kümmerte sich um die Küche, Merle um die Kleinen, und das Dienstmädchen Auguste putzte und ging den beiden Wäscherinnen zur Hand, die zweimal in der Woche ins Haus kamen. So langweilte sich Marta seit Jahren jeden Tag ein kleines bisschen mehr zwischen Teekränzchen, Konzerten und anderen Abendveranstaltungen, die ihre Freundinnen so wunderbar unterhaltsam fanden. Klatsch und Tratsch, Gerede über die neueste Mode aus Paris, Flanieren am Alsterufer. Dieses Leben kam ihr schrecklich eintönig vor, obwohl es doch so herrlich leicht war. Keine schwere Arbeit, kein frühes Aufstehen am Morgen, kein Ärger mit unflätigen Gästen. Auguste würde ihr das Frühstück sogar ans Bett servieren, wenn Marta es wollte. Sie hatte diesen Luxus bisher stets abgelehnt. Nur Kranke oder Alte aßen ihrer Meinung nach im Bett. Immerhin diese Meinung teilte Wilhelm mit ihr. Er saß jeden Morgen pünktlich um sieben Uhr am Frühstückstisch, warf einen Blick in seine geliebte Zeitung, nippte an seinem Kaffee und aß sein Honigbrötchen, das sie ihm liebevoll schmierte. Auf die Minute genau um halb acht verließ er das Haus, um oftmals erst spätabends zurückzukehren.

»Da ist ja mein kleines Mädchen«, begrüßte Marta ihre Tochter Marie, die erst vor Kurzem ihren ersten Geburtstag gefeiert hatte. Sie war eine Nachzüglerin, mit der sie nicht mehr gerechnet hatte. Was hatte sie sich darüber gefreut, als ihr der Arzt die frohe Kunde von der unerwarteten Schwangerschaft mitteilte. Wilhelm war sogar ganz aus dem Häuschen gewesen. Er vergötterte Marie regelrecht und ließ sie auf seinen Knien schaukeln oder wirbelte sie durch die Luft, was sie mit freudigen Kieksern belohnte. Gern führte er seinen Vierfrauenhaushalt, wie er oftmals liebevoll sagte, am Sonntagnachmittag am Jungfernstieg spazieren, wo er seine Damen zu Kaffee und Kuchen in eines der Kaffeehäuser einlud.

Marta nahm Marie entgegen und bemerkte mit Sorge, dass dem kleinen Mädchen mal wieder die Nase lief.

»Schon wieder ein Schnupfen«, sagte sie.

»Aber sonst scheint sie recht munter«, antwortete Merle. »Meine Mutter meinte, in dem Alter wäre mir ständig die Nase gelaufen.«

»Bei Ida und Rieke war das auch so«, pflichtete Marta ihr bei. »Und derweil stehen wir erst am Anfang der dunklen Jahreszeit.« Seufzend stupste sie ihrem Töchterchen auf die Nase. »Deinem Vater wird diese vermutlich mehr zusetzten als dir, mein kleiner Liebling. Aber er ist stets unvernünftig und läuft auch noch krank zur Arbeit, weil ohne ihn der ganze Laden zusammenbrechen würde.«

Martas Worte klangen scherzhaft, hatten aber einen ernsten Hintergrund. Wilhelm litt an Asthma, was ihn in seinem alltäglichen Leben immer wieder beeinträchtigte. Er bekämpfte die Krankheit zumeist mit Asthmazigaretten, deren Geruch Marta gar nicht leiden konnte. Auch trank er viel schwarzen Kaffee, da das darin enthaltene Koffein ebenfalls seine Beschwerden linderte. Leider war er dadurch häufig unruhig und schlief schlecht. Besonders im Winter war es schlimm, denn nur der kleinste Anflug einer Erkältung konnte sich bei ihm in eine schwerwiegende Bronchitis oder Lungenentzündung wandeln. Schon mehrfach hatte ihm ihr Hausarzt, Doktor Oskar Lehmann, eine Luftveränderung in Form einer Kur empfohlen. Gerade bei Lungenkrankheiten erzielten die Aufenthalte an Nord- und Ostsee hervorragende Ergebnisse und brachten Linderung. Doch Wilhelm dachte nicht daran, seinen Schreibtisch zu verlassen.

»Es ist wohl vernünftiger, wenn mich Marie heute nicht bei meiner Einkaufsrunde begleitet«, entschied Marta. »Ich wollte zum Hopfenmarkt, um Obst und Gemüse zu besorgen, und danach werde ich noch bei meiner Tante in der Pension vorbeischauen. Nicht, dass sich ihr harmlos scheinender Schnupfen verschlimmert.« Marta blickte zum Fenster. »Aber gegen einen kleinen Nachmittagsspaziergang an der Außenalster ist bei diesem herrlichen Wetter gewiss nichts einzuwenden. Marie guckt so gern den Schwänen zu.« Sie reichte Merle ihre Tochter und fügte hinzu: »Du wirst nur leider allein mit ihr losziehen müssen, denn ich gehe mit Rieke zur Schneiderin. Ihr neues Kleid für ihr Geburtstagsfest muss abgeholt werden. Ich hoffe, es gefällt ihr jetzt. Die arme Margarete hat es schon dreimal geändert. Hier noch etwas Spitze, dort eine drapierte Schleppe, der Saum wäre zu lang.« Marta winkte ab.

»Sie will eben perfekt aussehen«, kommentierte Merle die Ausführungen ihrer Arbeitgeberin.

Marta quittierte diese Äußerung mit einem sanften Lächeln. Merle, die in diesem Jahr sechzehn Jahre alt geworden war, trug stets schwarze oder dunkelblaue Baumwollröcke mit weißen Blusen dazu. Von perfekten Kleidern, Konzertbesuchen und noblen Geburtstagsfesten in bester Gesellschaft hatte das braunhaarige Mädchen aus einfachen Verhältnissen, das seit seinem vierzehnten Lebensjahr als Kindermädchen arbeitete, gewiss wenig Ahnung. Einmal hatte Marta sie dabei beobachtet, wie sie voller Sehnsucht eines von Riekes Nachmittagskleidern betrachtet hatte, das, aus leichtem Musselin gefertigt, fließend leicht erschien und Riekes schmale Taille hervorragend in Szene setzte. Dazu trug Rieke gern hübsche, mit Blumen oder Federn besetzte Hüte, und im Sommer war sie stets mit einem passenden Sonnenschirm bewaffnet. Braun zu werden, galt es um jeden Preis zu verhindern, denn braune Haut hatten nur die Bauern.

Allerdings konnte auch der beste Sonnenschirm die Sommersprossen nicht unterdrücken, die sich jedes Frühjahr auf Riekes Nase stahlen.

»Dann werden Sie heute zum Mittagessen vermutlich außer Haus sein?«, erkundigte sich Merle.

»Das hätte ich ja beinahe vergessen. Ich bin später mit Wilhelm im Restaurant *Zum Löwen* am Jungfernstieg verabredet. Du kannst also Dorothea ausrichten, dass wir auswärts essen. Für den Abend wird ein leichter Imbiss genügen.« Mehr zu sich selbst sagte Marta: »Dann muss ich mich jetzt doch noch umziehen. Mit dem einfachen Rock kann ich mich in dem Restaurant unmöglich blicken lassen.«

Marta verabschiedete sich von Merle, drückte ihrer Tochter einen Kuss auf die Wange und verließ eiligen Schrittes den Raum. Merle folgte ihr und ging mit dem Kind auf dem Arm in die am Ende des Flures gelegene Küche, um Dorothea die Neuigkeit zu verkünden, was die Köchin, die für das Mittagessen bereits Kartoffeln schälte, murrend hinnahm.

Marta öffnete indes den hübschen, mit Intarsien verzierten Kleiderschrank aus Nussbaumholz, der in ihrem Ankleidezimmer stand, das direkt an das Schlafgemach grenzte, und ließ den Blick über ihre vielen Kleider, Röcke und Blusen gleiten. Nach kurzer Überlegung entschied sie sich für ein hellgraues Ausgehkostüm mit einer weißen Bluse. Sie konnte nur hoffen, dass der Rock auf dem Markt sauber bleiben würde. Auguste, die gerade die zum Lüften hinausgehängten Betten vom Fenstersims hereinholte, bot sich an, ihr das Haar aufzustecken, was Marta gern annahm, denn Auguste verstand sich wunderbar darauf, eine hübsche Frisur zu zaubern. Das unscheinbare Mädchen mit den rotblonden Haaren arbeitete seit bald drei Jahren bei ihnen, und Marta hatte es tatsächlich geschafft, dass sie ihre anfängliche Schüchternheit vollkommen abgelegt hatte. Sie war inzwischen siebzehn Jahre alt, erschien aber durch ihre schmale Statur, die kaum weibliche Rundungen aufwies, jünger. Trotzdem konnte sie tüchtig anpacken und hatte einen ordentlichen Appetit.

»Wo die Deern das alles nur hinfuttert«, bemerkte Dorothea, die eine recht üppige Figur hatte, häufig. »Sie wird Ihnen eines Tages noch die Haare vom Kopf fressen.«

Marta wehrte solche Bemerkungen stets ab. Ihren Dienstboten sollte es gut gehen, und an Auguste konnte ja durchaus noch einiges hinwachsen.

Während Auguste Marta das Haar am Hinterkopf feststeckte, fiel Marta auf, dass das Mädchen ein besonderes Strahlen in den Augen hatte. Sie summte sogar eine Melodie, was noch nie vorgekommen war.

»Habe ich etwas versäumt? Du wirkst heute Morgen ausgesprochen fröhlich, Auguste.«

»Nein, nichts, Herrin.«

»Das kannst du deiner Großmutter erzählen«, erwiderte Marta. »Diese Art von glänzenden Augen kenne ich. Es geht bestimmt um einen jungen Burschen, oder?«

Ertappt senkte Auguste den Blick.

»Es ist wirklich nichts, Herrin. Der Postbote, er heißt Torben, bringt mich morgens immer zum Lachen, wenn er die Morgenpost bringt. Er zieht stets lustige Grimassen.«

»Torben, der Grimassen zieht«, wiederholte Marta mit gespielt ernster Miene. Sie ahnte, dass ihr etwas verheimlicht wurde.

Vorsichtig rückte Auguste mit der ganzen Wahrheit heraus.

»Heute Morgen war er jedoch anders. Er hat meine Hand genommen und mich ins Treppenhaus gezogen. Ich bin ganz schrecklich erschrocken, denn so etwas schickt sich ja nicht«, beeilte sie sich hinzuzufügen und errötete. »Er meinte, ich wäre so hübsch und lieb und er würde mich gern heute Abend ins Volkstheater einladen. Aber das geht doch nicht …«

»Warum denn nicht?«, unterbrach Marta sie. »Denkst du denn, er könnte sich dir gegenüber unsittlich verhalten?«

»Nein, natürlich nicht«, beeilte sich Auguste zu sagen. »Torben ist ein anständiger Bursche. Jedenfalls behauptet das Dorothea«, fügte sie rasch hinzu. »Sie kennt sogar seine Familie.«

»Und was wäre dann dagegen einzuwenden?«, hakte Marta nach. »Meine Erlaubnis hast du. Gefällt er dir denn ein bisschen, dieser Torben?«

Auguste nickte, ohne den Blick zu heben, ihre Lippen umspielte ein Lächeln.

»Also darf ich?«

»Gewiss doch. Aber nur, wenn du mir jetzt noch eine hübsche Frisur machst und versprichst, um Punkt zehn zu Hause zu sein. Und, um Himmels willen, mach mir bloß nichts Ungehöriges, Mädchen.« Marta hob mahnend den Zeigefinger.

»Gewiss nicht. Oh, habt vielen Dank, Herrin.« Freudig umarmte Auguste Marta sogar, was Marta mit einem Lächeln hinnahm. Manch andere Dienstherrin hätte Vertraulichkeiten dieser Art niemals gestattet, doch Marta nahm das gelassen hin. Auguste war ihr in den letzten Jahren sehr ans Herz gewachsen, beinahe sah sie in ihr so etwas wie eine Tochter, war sie doch im selben Alter wie Rieke. Es machte ihr Freude, das Mädchen glücklich zu sehen.

2

Wenig später war Marta auf den Straßen Hamburgs vom üblichen Alltagsgeschehen umgeben. Die Straßenbahn fuhr an ihr vorüber, die, wie gemunkelt wurde, in den nächsten Jahren auf Elektrizität umgestellt werden sollte. Dahinter drängten sich Karrenhändler, Droschken und Postkutschen dicht an dicht. Gut zu erkennen waren die Milchbauern, die jeden Morgen aus den linksseitigen Elbdörfern in die Stadt kamen, um die Städter mit Buttermilch, Dickmilch, Kümmelkäse und Grasbutter zu versorgen. Ihre Karren mit den Milchkannen wurden zumeist von Hunden gezogen, die laut bellten und einen rechten Radau machten. Marta entschied sich, die Strecke zum Hopfenmarkt zu Fuß zu gehen, denn es war ein wunderbarer Tag für einen Spaziergang. Sie schlug den Weg zur Alster ein und passierte das Badehaus *Alsterlust*, vor dem gerade eine Gruppe Dienstmädchen mit dem Reinigen der Zugangsstege beschäftigt war. Am Alsterdamm entlang ging es Richtung Jungfernstieg und wenig später am Rathaus vorbei. Je näher sie dem Hopfenmarkt kam, desto voller wurde es. Besonders Obst und Gemüse wurde hier von den Vierländerinnen verkauft. Diese brachten ihre Waren aus den vor den Toren Hamburgs liegenden Vierlanden auf Gemüse-Ewern in die Stadt, um sie in vielen kleinen Weidenkörben auf dem Markt feilzubieten. Dazu sahen diese Frauen in ihren charakteristischen und oftmals reich verzierten Trachten auch noch wunderhübsch aus. Ein breiter Strohhut mit einer Schleife am Hinterkopf, deren schwarze Bänder aus Fischflossen hergestellt waren, dazu eine Weste und ein Rock, der bereits oberhalb der Knöchel endete, was die Arbeit erleichterte. Unermüdlich schleppten diese Frauen jeden Tag aufs Neue ihre Waren in einem hölzernen Tragegestell, das sie auf den Schultern trugen, durch einen Tunnel zum Hopfenmarkt, wo sie auf gute Geschäfte hofften.

Marta erreichte den Marktplatz über die Trostbrücke, die unweit der Börse über das Nikolaifleet führte. Sie tauchte in das bunte Markttreiben ein und sog den ganz eigenen Geruch dieses Marktplatzes ein. Hier und da blieb sie stehen und prüfte die Ware. Es gab frische Pflaumen, Äpfel, Birnen, süße Trauben, die unterschiedlichsten Gemüsesorten und selbstverständlich Fisch. Besonders die Finken- und Altenwerder Fischfrauen übertönten mit ihrem lautstarken Geschrei den übrigen Marktlärm.

Marta blieb an einem Stand stehen und prüfte die Qualität der Pflaumen. Gerade als sie ein Pfund kaufen wollte, wurde sie von hinten angesprochen.

»Das sieh mal einer an, wer sich mal wieder auf dem Markt herumtreibt.«

Lächelnd wandte sich Marta um.

»Tante Nele, wie schön. Du auch hier?«

Marta umarmte ihre Tante und drückte ihr links und rechts ein Küsschen auf die Wange. Neles dunkelblauem Kleid haftete der übliche Geruch nach Mottenkugeln an, der Marta so unendlich vertraut war. Ihr Sommerhut aus Stroh war nach hinten gerutscht, und einige ihrer grauen Haarsträhnen hatten sich aus dem Dutt an ihrem Hinterkopf gelöst, was sie zerzaust aussehen ließ.

»Eine anständige Hausfrau kümmert sich um ihre Einkäufe selbst, nicht wahr?«

»Aber gewiss doch. Auch wenn Wilhelm das anders sieht«, erwiderte Marta. »Ich werde wohl niemals eine anständige Herrin werden. Besonders mit Dorothea habe ich so meine Sorgen.

Sie mag es gar nicht, wenn ich mich in der Küche einmische. Ich habe ihren bösen Blick schon jetzt vor Augen, wenn ich mit frischem Obst und Gemüse nach Hause komme. Ihrer Meinung nach übernimmt die Köchin die Einkäufe der Lebensmittel. Aber wieso soll man trotz eines gewissen Wohlstands plötzlich bestimmte Dinge nicht mehr machen dürfen? Ich bin gern hier. Inmitten dieses bunten Gewühls fühle ich mich erst richtig lebendig.«

»Was ich gut verstehen kann«, erwiderte Nele. »Ich an deiner Stelle wäre schon längst verrückt geworden. Immer dieses nutzlose Herumsitzen. Der Mensch ist nicht für Langeweile, sondern zum Arbeiten geschaffen.«

»Vielleicht liegt es ja an mir«, erwiderte Marta. »Rieke würde niemals auf die Idee kommen, Gemüse einzukaufen. Sie findet es ganz wunderbar, sich mit ihren Freundinnen über Pariser Mode auszutauschen, Teekränzchen und Konzerte zu besuchen und einfach so in den Tag hineinzuleben. Neuerdings treibt sie sich zu Wilhelms und meinem Missfallen leider auch häufiger in St. Pauli herum. Gerade erst gestern war sie mit einigen Freundinnen mal wieder in *Hornhardts Concertgarten*, wo irgendeine Musikgruppe aus Frankfurt aufgetreten ist.«

Nele winkte ab. »Solange sie nur dorthin geht und nicht in die zwielichtigen Kneipen. Lass ihr doch den Spaß. Bald schon wird sie verheiratet sein und genauso wie du die sittsame Ehefrau geben müssen.«

»Solange es bei den Konzertgärten bleibt«, erwiderte Marta und zwang sich zu einem Lächeln. »Nicht, dass sie uns bald einen hübschen Matrosen aus irgendeinem zwielichtigen Etablissement vorstellt und uns erklärt, dass er der Vater ihres ungeborenen Kindes ist.«

»Ich denke nicht, dass du deine Tochter zu einem liederlichen Weibsbild dieser Art erzogen hast«, entgegnete Nele trocken, zog ein Taschentuch aus ihrer Rocktasche und tupfte sich damit den Schweiß von der Stirn. »Ist ein warmer Tag heute. Wollen wir die Einkäufe nicht verschieben? Wenn du magst, kannst du mit in die Pension kommen. Fanny wird sich bestimmt freuen, dich zu sehen. Warst ja länger nicht mehr da. Wir haben gestern mehrere Stiegen Pflaumen geliefert bekommen, die es einzukochen gilt. Bestimmt freut sie sich über zusätzliche helfende Hände.« Sie grinste schelmisch.

Marta stimmte sofort zu. Auch ihr war warm geworden, und plötzlich wusste sie gar nicht mehr, was sie einkaufen sollte. Die beiden beschlossen, den Weg zur Poststraße, in der Neles Pension lag, mit der Straßenbahn zurückzulegen. Von dort aus war es dann nur ein Katzensprung zum Jungfernstieg und dem Restaurant *Zum Löwen*, das für seine gute Hausmannskost bekannt war.

Neles Pension befand sich in einem schmalen roten Backsteinhäuschen, das zwischen zwei großen Stadthäusern wie eingeklemmt wirkte und vielleicht gerade deshalb einen besonderen Charme ausstrahlte. Über dem Eingang, der über wenige Stufen zu erreichen war, prangte das Schild, *Pension Hubert Bartels*. Eine Bartels gab es hier immer, nur der Hubert, Neles Vater, war schon seit über dreißig Jahren tot. Er war an der Ruhr gestorben, die zur damaligen Zeit in Hamburg gewütet hatte. Danach leitete Neles Mutter die Pension, jedoch nicht lang, denn nach einem Unfall mit der Pferdekutsche war sie vom Hals abwärts gelähmt gewesen. Nele war gerade mal Mitte zwanzig, als sie in die Fußstapfen ihrer Mutter trat. Liebevoll hatte sie sie bis zu deren Tod gepflegt, der, zum Wohle für alle Beteiligten, bald eingetreten war.

»Das war kein Leben mehr«, sagte Nele oftmals noch heute, wenn sie Zimmer fünf reinigte, in dem ihre Mutter gestorben war. Dort hingen, wie im ganzen Haus, Gemälde ihres Onkels

Albert Bartels. Er war ein talentierter Maler gewesen und hatte Nele Hunderte von Gemälden, Radierungen und Skizzen seiner Heimatstadt Hamburg hinterlassen, die überall in der Pension die Wände zierten. Hier und da hatte ein Gast eines der Gemälde erwerben wollen, doch sie lehnte jedes Mal ab. »Die Bilder sind mit dem Haus verwachsen«, sagte Nele immer. »Ohne sie würde ihm seine Seele fehlen.«

Seit einigen Jahren gab es sogar elektrisches Licht, das Wunderwerk der Technik, das so vieles einfacher machte. Nele scherzte neuerdings gern, dass sie direkt an der Stromquelle sitzen würden, denn das neu erbaute und bisher einzige Elektrizitätswerk Hamburgs war keine zweihundert Meter von ihrer Pension entfernt in einer ehemaligen Stadtwassermühle untergebracht.

Der Strom und auch ein Telefonanschluss waren jedoch die einzigen Modernisierungsmaßnahmen, die die inzwischen Siebzigjährige in den letzten Jahrzehnten zugelassen hatte. Hingebungsvoll kümmerte sie sich darum, dem kleinen Häuschen seinen alten Charme zu bewahren. Im Frühstücksraum, dessen Wände mit Alberts Bildern regelrecht tapeziert waren, standen rustikale Holztische und bunt zusammengewürfelte Stühle mit verschiedenfarbigen Sitzkissen darauf. Dazu kam eine große, dunkel gebeizte Anrichte, die das Porzellan, die Tischtücher, Besteck, Blumenvasen und Aschenbecher enthielt. Das Besondere des Raumes war jedoch der kleine Wintergarten, der, zur Straße hinaus gelegen, zwei Tischen Platz bot und in den Morgenstunden von der Sonne geflutet wurde. Von hier aus konnte man wunderbar auf das geschäftige Treiben der Straße hinabblicken. Gleich neben der Eingangstür lag der Empfangstresen mit der Klingel, die Nele sofort aus der dahinterliegenden Küche trieb, sobald ein Gast darauf drückte. Die Pension hatte viele Stammgäste, zumeist kannte man sich schon länger. Neue Gäste kamen oftmals auf Empfehlung. Auf die Idee, Werbeanzeigen zu schalten, war Nele noch nie gekommen.

Als Marta den schmalen Eingangsbereich betrat, blickte sie wehmütig auf den aus Eichenholz gefertigten Empfangstresen, das Schlüsselbrett und die vielen Bilder an den Wänden, die ihr sofort das Gefühl von Geborgenheit vermittelten.

Nele lief am Empfangstresen vorbei in die dahinter liegende, große Küche. Doch Marta folgte ihr nicht. Sie zog es wie immer, wenn sie hier war, in den um diese Zeit leer stehenden Frühstücksraum. Wie gewohnt betrat sie den Wintergarten und setzte sich an einen der Tische.

Genau hier hatte Wilhelm gesessen, als sie ihn zum ersten Mal gesehen hatte. An diesem Tag war sie gar nicht für das Frühstück, sondern zum Zimmerdienst eingeteilt gewesen. Doch Klara, eines der Dienstmädchen, wurde von einem argen Husten geplagt, weshalb sie getauscht hatten. Sie hatte Wilhelm den Kaffee in die Tasse gegossen und durch eine Ungeschicklichkeit ein wenig davon verschüttet. Er war so zuvorkommend und freundlich gewesen und hatte die Schuld sogar auf sich genommen. Seine blauen Augen, die Grübchen an seinen Mundwinkeln – auf den ersten Blick hatte er sie für sich eingenommen.

Als er sie zwei Tage später zu einem Konzertbesuch einlud, wäre sie vor lauter Freude beinahe geplatzt. Wie ein verliebtes Kalb, so drückte sich jedenfalls Tante Nele aus, war sie in den Wochen darauf durch die Pension gelaufen. Es dauerte nicht lang, bis er ihr einen Antrag machte, den sie, Tränen der Freude in den Augen, annahm.

Heute war kein Fleck auf dem Tischtuch zu sehen, auch standen keine hübschen Maiglöckchen, sondern Dahlien in der kleinen Vase. Doch die Sonne tauchte den Raum genau wie damals in warmes Licht. Sie liebte Wilhelm nach all den Jahren noch immer. Für ihn hatte es sich gelohnt, das Vertraute aufzugeben. Und sobald die Sehnsucht sie übermannte, konnte sie ja stets zurückkehren, wenn auch nur als Gast.

»Wusste ich doch, dass ich dich hier finde.« Nele riss Marta aus ihren Gedanken und setzte sich zu ihr. »Ich mag diese Angewohnheit von dir.«

Marta lächelte. »Was bin ich Klara dankbar, dass sie damals erkältet gewesen ist.«

»Manche Dinge sind eben Schicksal«, erwiderte Nele. Plötzlich lag Wehmut in ihrer Stimme. »Nur mich altes Mädchen hat es, was die Ehe angeht, wohl vergessen«, fügte sie hinzu.

Marta sah Nele erstaunt an. So offen hatte ihre Tante die Tatsache, dass sie zeit ihres Lebens unverheiratet geblieben war, noch nie angesprochen.

»Aber eigentlich wollte ich es ja auch genauso haben«, fuhr Nele fort. »Nachdem meine geliebte Mama diesen schrecklichen Unfall gehabt hatte und kurz darauf gestorben war, habe ich mir geschworen, unsere Pension mit all meinen Kräften weiterzuführen. Wenn ich geheiratet hätte, wäre ein Mann im Haus gewesen, der womöglich Entscheidungen gegen meinen Willen getroffen hätte. Das hätte ich nicht ertragen. Aber so ein- oder zweimal, da bin ich schon verliebt gewesen. Mit einem von ihnen, einem hübschen Matrosen, konnte ich mir sogar eine Ehe vorstellen. Doch dann ist er von der See nicht mehr zurückgekehrt.« Sie seufzte.

»Du hast nie von ihm erzählt«, sagte Marta, die ganz gerührt von Neles unerwarteten Offenbarungen war.

»Du kanntest ihn doch. Sein Name war Gustav. Er hat dich immer auf seinen Knien hüpfen lassen. Er liebte Kinder und meinte, er hätte gern einen ganzen Stall voll davon.«

Marta glaubte, Tränen in den Augen ihrer Tante zu erkennen. Sie legte ihre Hand auf Neles und drückte sie fest.

»Es tut mir leid. Aber ich kann mich beim besten Willen nicht an ihn erinnern.«

»Ist auch nicht so wichtig«, wiegelte Nele ab. »Ist eben, wie es ist. Immerhin du bist glücklich geworden. Dein Wilhelm ist ein feiner Kerl, auch wenn er mir meine Nachfolgerin gestohlen hat, die eine richtig gute Pensionswirtin abgegeben hätte. Halt ihn nur gut fest.«

»Das mache ich«, antwortete Marta mit einem Lächeln.

»Jetzt ist Schluss mit den Sentimentalitäten.« Nele erhob sich abrupt und zerstörte mit einem Schlag die rührselige Stimmung. »Lass uns lieber zu den Mädchen in die Küche gehen. Fanny wartet bestimmt schon ungeduldig auf dich.«

Die beiden verließen den Raum.

»Ja, wer lässt sich denn da mal wieder blicken«, rief die Köchin freudig aus, als sie Marta sah. »Gerade vorhin habe ich zu Bille gesagt, dass unsere Marta lang nicht mehr hier war, und schon spaziert sie zur Tür herein. Lass mich raten: Die Langeweile führt dich zu uns.«

Marta begrüßte Fanny herzlich. Allzu gern hätte sie die Köchin, die sie bereits ihr halbes Leben lang kannte, umarmt, doch deren Küchenschürze war fleckig vom Pflaumensaft, den sie niemals wieder aus ihrem grauen Kostüm herausbekommen würde. So blieb es bei einem von Herzen kommenden Grußwort, sowohl für Fanny als auch für Bille, das erste Küchenmädchen, und für die dunkelhaarige Jule, die erst seit wenigen Wochen bei Nele arbeitete und gerade vierzehn Jahre alt geworden war. Die beiden Mädchen trugen die für Hamburg übliche Dienstmädchentracht: weißes Kleid mit kurzen Ärmeln und Schürze, dazu der kokette Kopfputz, der ihrem Auftreten etwas Frisches und Heiteres gab.

»Wenn du magst, kannst du uns beim Einmachen der Pflaumen helfen. Olaf Jansen hat mir gestern zehn Stiegen zu einem unfassbar günstigen Preis angeboten. Da musste ich zuschlagen.

Ich kann eine zusätzliche Arbeitskraft gut gebrauchen, denn unsere Jule hat sich bereits dreimal in den Finger geschnitten, und Bille hat Frauensorgen, weshalb sie heute so käsig wie die Wand ist. Vorhin hab ich sie schon an die frische Luft geschickt, damit sie mir nicht umkippt, die arme Deern.«

Billes Wangen färbten sich dunkelrot, und sie senkte beschämt den Blick. Diskretion, bei welchem Thema auch immer, gehörte nicht zu Fannys Stärken.

»Dann werde ich mal mit anpacken«, sagte Marta, nahm sich eine der Küchenschürzen, die neben der Spüle an der Wand hingen, und krempelte die Ärmel ihrer Bluse hoch.

»Magst auch einen Tee?«, fragte Nele, die spontan beschloss, ebenfalls beim Verarbeiten der Pflaumen mitzuhelfen.

»Von Herzen gern«, antwortete Marta. Sie wollte noch etwas hinzufügen, doch Nele kam ihr zuvor. »Ich weiß, wie immer mit einem Schuss Sahne, sonst schmeckt er nicht.«

Marta lächelte. Es tat gut, in dieser Küche zu sitzen, mit dem Gefühl, zu Hause zu sein. Und wenn sie sich noch so oft einzureden versuchte, die Wohnung in St. Georg wäre jetzt ihr Zuhause, so war sie es nicht. Es war nur ein Platz, an dem sie wohnte und mit dem sie sich arrangiert hatte. Sie nahm ein Messer zur Hand und begann, die Pflaumen zu entkernen. Fanny stellte vor Marta den Tee auf den Tisch und zauberte einen Teller Kekse hervor, an dem sich alle bedienen konnten. Dann rührte sie weiter in einem großen Topf, der die erste Ladung Pflaumenkompott enthielt.

»Habe ich dir eigentlich schon davon erzählt, dass ich eine weitere Renovierung plane?«, fragte Nele Marta.

»Nein, hast du nicht«, antwortete Marta erstaunt.

»Nun schau nicht so, als hätte ich das dritte Weltwunder verkündet«, sagte Nele lachend. »Es ist keine große Veränderung. Du kennst doch bestimmt noch Meister Hinrichs, unseren Haus- und Hofklempner seit Ewigkeiten. Sein Sohnemann, der

Claus, hat jetzt die Geschäfte übernommen und war neulich hier, weil wir einen kleinen Wasserschaden in der Küche hatten. Er meinte, er könnte uns nachträglich eine Wasserspülung für unsere Etagentoiletten einbauen. Und er hat mir, weil wir ja langjährige Kundschaft sind, einen richtig guten Preis gemacht. In drei Wochen beginnen die Umbaumaßnahmen. Dann kann ich bei meinen Gästen mit dem Komfort einer Wassertoilette werben.« Neles Augen strahlten.

»Ich hoffe allerdings, dass der Umbau möglichst wenig Dreck macht«, mischte sich Fanny in das Gespräch ein. »Die haben was von einem Loch in der Decke erzählt, damit eine zusätzliche Leitung von der Küche aus nach oben gelegt werden kann. Gewiss wird die Bohrerei eine Menge Staub verursachen. Ich weiß ehrlich gesagt auch gar nicht, was an diesen neuen Spülungen so toll sein soll. Es bleibt doch derselbe Donnerbalken. Ob wir jetzt zweimal am Tag mit einem Eimer Wasser nachspülen oder ob jemand an einer Schnur zieht, wird nicht viel Veränderung bringen.«

»Also, ich liebe diese Einrichtung, und es ändert eine ganze Menge. Es ist viel hygienischer, und der üble Geruch ist praktisch weg. Ihr werdet diese Neuerung gewiss zu schätzen wissen«, antwortete Marta.

Fanny wollte etwas entgegnen, wurde aber vom Läuten der Klingel am Empfangstresen unterbrochen.

»Kundschaft«, rief Nele und lief nach vorn. Es dauerte jedoch keine Minute, bis sie wieder zurückkam.

»Es ist der Karrenhändler Friedrich, der anfragt, ob wir etwas gebrauchen können.«

»Oh, Friedrich.« Fanny legte hastig den Kochlöffel weg. Alle anderen ließen ebenfalls von ihrer Arbeit ab und eilten nach draußen, um den alten Händler zu begrüßen, der neuerdings mit seinem Sohn Johannes, einem hoch aufgeschossenen blonden Buben, durch Hamburgs Gassen zog, um sein buntes Warensammelsurium zu verkaufen. Was gab es auf seinem Karren nicht alles zu bestaunen und oftmals für ein Spottgeld zu erstehen: Seifen, Kämme, Strumpfwaren, Nadeln, Stöcke und Knöpfe. Sogar Porzellangeschirr, Spiegel und Lederwaren hatte er dabei, dazu noch Schreibutensilien und Hanfwaren. Als Friedrich Marta sah, begannen seine Augen zu strahlen.

»Marta, mien Deern. Bist auch mal wieder da. Lang nicht gesehen.«

»Moin, Friedrich«, begrüßte Marta den in die Jahre gekommenen Mann mit dem grauen Schnauzbart fröhlich und ließ sich von ihm sogar in den Arm nehmen. Sofort atmete sie den vertrauten Geruch seines Schnupftabaks ein.

»Du musst rüber nach St. Georg kommen. Dann siehst du mich häufiger.«

»Aber das ist doch gar nicht mein Revier. Da krieg ich Ärger mit dem Paule und seinen beiden Söhnen. Hat jeder sein Eckchen zum Geschäftemachen. Muss ja alles seine Ordnung haben.« Er zwinkerte Marta zu und fragte: »Wie geht es dem werten Gatten und den Kindern? Rieke habe ich neulich mal laufen sehen. Ist ein recht hübscher Backfisch geworden, die Deern. Bestimmt stehen die jungen Burschen schon Schlange. Ich weiß noch, wie sie kaum über den Karren sehen konnte.«

»Ja, so vergeht die Zeit«, erwiderte Marta lächelnd. »Und aus Kindern werden Leute. Auch Johannes hätte ich beinahe nicht wiedererkannt.«

»Nicht wahr?« Stolz schlug Friedrich seinem Ältesten auf die Schulter. »Und er versteht sich schon richtig gut aufs Geschäft. Mien Jung wird mal mehr sein als ein einfacher Karrenhändler. Darauf verwette ich schon jetzt meinen Hintern.« Johannes senkte errötend den Blick.

»Jetzt ist es aber genug mit dem Austeilen von Höflichkeiten«, mischte sich Fanny in das Gespräch ein. »Was hast du denn heute alles dabei, mein Guter? Ich bräuchte weiße Knöpfe für meine Strickjacke. Neulich sind mir doch glatt zwei abgerissen, und ich konnte sie nicht wiederfinden.«

»Und ich hätte gern ein paar neue Strümpfe. Meine alten haben Löcher, so groß wie der Binnenhafen«, meinte Nele.

»Aber sofort, meine Damen«, antwortete Friedrich. »Gerade heute habe ich eine große Auswahl an Knöpfen dabei, und erst gestern erhielt ich eine Lieferung bester Strumpfwaren. Johannes ist euch gern bei der Auswahl behilflich.«

»Hast du auch Hutnadeln?«, fragte Marta. »Vielleicht mit rosafarbenen Blumen?«

»Ich werde nachsehen.« Friedrich suchte in seinem Karren, holte einen unscheinbar aussehenden Holzkasten hervor, öffnete ihn und begann, zwischen den vielen Hutnadeln herumzuwühlen. Was gab es da nicht für eine wunderbare Auswahl. Schlichte oder mit Perlen, mit Seidenblumen, mit Federn oder Glaskugeln besetzte Nadeln. Irgendwann hielt er triumphierend ein besonders hübsches Exemplar in die Höhe. Eine silberfarbene Hutnadel mit seidenen Orchideen, selbstverständlich in Rosa. Marta war begeistert. Diese Hutnadel würde hervorragend zu Riekes rosafarbenem Kleid passen.

»Was soll sie kosten?«, fragte Marta.

»Weil du es bist, drei Mark.«

»Lass dich bloß nicht beduppen«, riet Nele Marta, die inzwischen ein hübsches, blau-weiß gemustertes Teeservice in Augenschein genommen hatte. »Bestimmt hat er die Nadel für einen Appel und ein Ei bei den Zigeunern eingekauft.«

Friedrich warf Nele einen finsteren Blick zu.

»Für die Hälfte nehme ich sie«, sagte Marta.

»Zwei Mark. Das ist mein letztes Wort«, entgegnete Friedrich und sah Marta abwartend an.

Marta schaute zu Nele, die nickte.

»Also gut, zwei Mark.« Marta zückte ihre Börse und drückte dem Händler die Münzen in die Hand. Nele erstand zwei Paar Strümpfe und das Teeservice, bei dessen Preis sie Friedrich mit einer Ausdauer herunterhandelte, dass ihm Hören und Sehen verging. Fanny kaufte neue Knöpfe, und Jule freute sich darüber, dass Johannes ihr eine hübsche Seidenblume schenkte.

»Der hat ein Auge auf dich geworfen«, foppte Bille sie, während die Frauen in die Küche zurückgingen.

»Wäre nicht die schlechteste Wahl«, meinte Fanny und steckte die neu erworbenen Knöpfe in ihre Schürzentasche. »Ihr habt ja gehört, dass der junge Mann recht tüchtig sein soll. Vielleicht eröffnet er ja mal sein eigenes Geschäft. Das wäre doch was, oder, Jule? Dann wärst du ruckzuck eine Herrin und hättest vielleicht sogar Angestellte.«

Jule, der so viele Mutmaßungen über ihre Zukunft sichtlich unangenehm waren, gab nur ein knappes »Vielleicht« von sich.

»Jetzt lasst die Deern mal in Ruhe.« Nele sprach ein Machtwort. »Sie ist gerade vierzehn geworden. Ans Heiraten denkt sie gewiss noch nicht.« Sie strich Jule liebevoll übers Haar, als hätte sie es nicht mit ihrem Dienstmädchen, sondern mit einem Ziehkind zu tun. Die Geste rührte Marta, die sich wieder an den Tisch gesetzt hatte und an ihrem inzwischen kalt gewordenen Tee nippte. Nele würde niemals auf die Idee kommen, ihre Angestellten herabsetzend zu behandeln. Sie bevorzugte es, das Personal als große Familie zu betrachten, die gemeinsam die Höhen und Tiefen des Alltags meisterte.

»Sag mal, Marta, warst du nicht mit Wilhelm zum Mittagessen verabredet?«, fragte Nele ihre Nichte. »Ich sehe gerade, es ist schon gleich zwölf. Nicht, dass du dich verspätest.«

»Ach du meine Güte. Du hast ja recht.« Marta sprang auf. »Über das Geplänkel mit dem Friedrich habe ich ganz die Zeit vergessen.« Hektisch band sie ihre Küchenschürze ab, trank den

Rest ihres Tees aus und verabschiedete sich von der Küchentruppe.

»Aber dass du mir dieses Mal nicht mehr so lange fortbleibst. Ganze vier Wochen hast du dich nicht blicken lassen. Das geht nicht.« Mahnend hob Fanny den Zeigefinger.

»Ich schwöre Besserung«, gelobte Marta mit einem Lächeln und verließ die Küche.

Als sie das Restaurant *Zum Löwen* wenig später betrat, saß Wilhelm schon an seinem angestammten Fensterplatz. Er hatte seinen Hut abgenommen. Sein braunes Haar war an den Schläfen bereits ergraut. Doch die Zeichen der Zeit – Wilhelm wurde im Dezember fünfzig Jahre alt – nahmen ihm nicht seine Attraktivität, wie Marta mal wieder auffiel. Doktor Lehmann, ihr Hausarzt, hatte sich zu ihm gesellt, mit dem er sich angeregt unterhielt. Die beiden Herren erhoben sich, als Marta näher trat. Wilhelm begrüßte seine Frau wie immer mit einer Berührung am Arm und einem Wangenkuss, Doktor Lehmann deutete eine Verbeugung an.

»Marta, welch eine Freude, dich hier zu sehen, meine Liebe.«

»Das Vergnügen liegt ganz auf meiner Seite, lieber Oskar«, erwiderte Marta mit einem Lächeln und setzte sich. Sie hatte den charmanten Hausarzt, der ihnen von Thomas Jacobsen, Wilhelms Chef, wärmstens empfohlen worden war, vom ersten Tag an gemocht, und inzwischen waren sie auch privat befreundet. Der grauhaarige Mann mit dem schmalen Schnauzbart war der vollendete Gentleman und ein Meister seines Fachs.

Eine Bedienung trat näher und brachte die Getränke. Ein Glas Rotwein für Wilhelm, ein Bier für Oskar. Marta bestellte für sich ein Glas Weißwein.

»Haben Sie schon gewählt?«, fragte die Bedienung, die in ihrem schwarzen Kleid mit der weißen Schürze und einem adretten Häubchen auf dem Kopf sehr hübsch aussah.

»Ich hätte gern Birnen, Bohnen und Speck«, bestellte Wilhelm. »Heute ist mir nach etwas Deftigem. Und du, meine Teuerste?« Abwartend sah er Marta an. Ihr Blick wanderte zu der Schiefertafel an der Wand, auf der das Tagesgericht, Finkenwerder Scholle mit Kartoffelsalat, angeschrieben stand, was sie bestellte. Die Bedienung entfernte sich.

»Wie geht es denn der kleinen Marie?«, fragte der Hausarzt Marta. »Ich habe sie bereits mehrere Wochen nicht gesehen. Gewiss ist sie wieder ein ganzes Stück gewachsen.«

»O ja, sie gedeiht prächtig«, antwortete Marta. »Leider ist sie heute ein bisschen erkältet. Nichts Schlimmes, nur eine laufende Nase.«

»Was trotzdem ein Grund dafür ist, dass Wilhelm sich von ihr fernhalten sollte.« Plötzlich war die Miene des Arztes ernst. »Ich will ehrlich zu dir sein, mein Freund.« Er wandte sich an Wilhelm. »Der letzte Winter hat dir schwer zugesetzt. Deine Konstitution lässt zu wünschen übrig. Irgendwann werden auch der viele schwarze Kaffee und die Asthmazigaretten dein Leiden nicht mehr lindern können.«

Die Bedienung trat näher und brachte den Wein für Marta, was den Arzt kurz verstummen ließ. Als sie außer Hörweite war, sprach er weiter: »Mir ist klar, du hörst es nicht gern, aber ich empfehle dir noch immer eine mindestens vierwöchige Kur an der See.«

»Du weißt …«, setzte Wilhelm an, doch Oskar Lehmann brachte ihn zum Verstummen, indem er ihm die Hand auf den Arm legte.

»Ich hätte da auch eine wunderbare Empfehlung für dich. Auf der hübschen Nordseeinsel Amrum entsteht zurzeit das herrliche Seebad Wittdün. Die Insel ist noch sehr ursprünglich und nicht überlaufen. Ich bin vor zwei Wochen von einer Reise dorthin zurückgekehrt. Eine Anzeige in einem Ärztemagazin hatte mich neugierig gemacht. Das Seebad wäre der perfekte Platz für dich, um dem Hamburger Stadtmief mal für eine Weile zu entkommen. Ich sage dir, du wirst dich wie ein neuer Mensch fühlen, wenn du von dort zurückkommst.«

»Darüber hatten wir doch bereits gesprochen«, sagte Wilhelm ausweichend. »Jacobsen wird mir niemals Urlaub geben. Es könnte sogar sein, dass ich sein Partner werde, da sein Sohnemann, dieser Luftikus, mit seiner Familie nach Amerika ausgewandert ist. Er betont immer wieder, wie froh er ist, mich zu haben.«

»Dessen bin ich mir bewusst«, entgegnete Oskar Lehmann und nippte an seinem Bier. »Aber ich erinnere an den letzten Winter, als deine chronische Bronchitis in eine Lungenentzündung übergegangen ist und du drei Wochen kaum aufstehen konntest. Da musste Jacobsen auch ohne dich auskommen. Und gerade in den Wintermonaten …«

»Es bleibt dabei.« Wilhelm brachte Oskar mit einer Handbewegung zum Schweigen. Seine Worte klangen energisch. »Ich kann und will im Moment und auch in der nächsten Zeit die Stadt nicht verlassen. Zurzeit haben wir Schwierigkeiten mit unseren Kakaolieferungen. Da muss ich Thomas zur Seite stehen. Ich kann nur hoffen, dass es mich diesen Winter nicht so arg beutelt.«

»Wenn du meinst.« Der Arzt schaute zu Marta, die seinen Blick mit besorgter Miene erwiderte.

In ihr hatte er eine Verbündete, und vielleicht schaffte sie es, ihren Mann zur Vernunft zu bringen. Die Bedienung brachte das Essen. Oskar leerte sein Glas und erhob sich.

»Ich möchte nicht unhöflich erscheinen, aber ich muss noch zu einem Krankenbesuch. Marta.« Er deutete erneut eine Verbeugung an. »Guten Tag, Wilhelm.«

Marta blickte ihm so lange nach, bis er das Restaurant verlassen hatte, dann sah sie ihren Gatten missbilligend an.

»Er hat es nur gut gemeint.«

»Ich weiß«, erwiderte Wilhelm seufzend, »aber ich kann mir diese einmalige Chance nicht entgehen lassen. Wenn es wirklich klappt, dass Jacobsen mich zum Partner macht, dann sind wir endgültig in der höheren Gesellschaft Hamburgs angekommen und müssen uns um Geld niemals wieder sorgen.«

Marta bemühte sich um ein Lächeln. Ständig diese Hoffnung auf eine Partnerschaft. Schon seit über einem Jahr sprach Wilhelm davon, und bisher war außer einer Notlage nach der anderen nichts passiert: verschollene Schiffe, Pilzbefall der Plantagen in Amerika. Jacobsen hatte bei ihrer letzten Begegnung seltsam mitgenommen ausgesehen. Doch sie sagte nichts. Wilhelm mochte es nicht, wenn sie sich in seine Geschäfte einmischte. Er konnte dann schnell aufbrausend werden, was es jetzt zu vermeiden galt. Sie begann zu essen.

»Und, was gibt es bei Nele für Neuigkeiten?«, fragte Wilhelm, um das Thema zu wechseln.

Verwundert sah Marta ihn an. Er deutete auf einen verräterischen rosa Fleck auf Martas Blusenärmel.

»Ach, das Übliche, du kennst sie doch«, antwortete Marta, die sich ertappt fühlte. »Oder warte, eine Sache ist doch neu. Sie lässt eine Wasserspülung für die Etagentoiletten einbauen.«

»Heiliger Himmel, Nele und der Fortschritt. Dass ich das noch erleben darf«, rief Wilhelm fröhlich und vertrieb damit endgültig die angespannte Stimmung.

»Und ich habe die perfekte Hutnadel für Riekes Hut gefunden. Möchtest du sie sehen?«

»Aber gewiss doch«, heuchelte Wilhelm Interesse, während er sich den Mund mit einer Serviette abwischte.

Marta holte die Hutnadel hervor, für die er lobende Worte fand.

»Was für ein hübscher Tand. Sicherlich wird sie Rieke gefallen. Und sie sieht gar nicht billig aus. Lass mich raten: Du hast sie von Friedrich.«

»Von wem denn sonst«, erwiderte Marta lächelnd. »Ich konnte sogar noch handeln.«

»Mein Mädchen«, sagte Wilhelm. Er nahm Martas Hand und drückte sie fest. »Eine Frau deines Standes feilscht doch nicht auf offener Straße mit einem Karrenhändler. Was mache ich bloß mit dir.«

»Mich lieben, das wäre ein Anfang«, antwortete Marta und hielt seinen Blick fest.

»Das tue ich«, antwortete er. »Heute noch viel mehr als an unserem ersten Tag.«

3

Marta wurde es übel. Sie hatte es geahnt. Wie hatte sie sich von Rieke und Ida, die fröhlich neben ihr kreischten, nur dazu überreden lassen können, in dieses schreckliche Ungetüm zu steigen, das eine der neuesten Attraktionen auf dem immerwährenden Jahrmarkt darstellte, der im Circusweg in St. Pauli jeden Tag aufs Neue im Trubel der Besucher versank. *Eine Seefahrt auf dem Lande* nannte sich das Höllengerät, in dem sie sich hoffentlich nicht übergeben würde. Das Fahrgeschäft bestand aus kleinen, aneinandergekoppelten Segelschiffen, die während der rasanten Ringfahrt fröhlich auf und ab schaukelten – genauso wie Martas Mageninhalt. Nur noch wenige Runden, sprach sie sich selbst Mut zu und hielt mit einer Hand ihren Hut fest, der, obwohl er mit Haarnadeln gesichert war, davonzufliegen drohte. Ihre andere Hand umklammerte einen Haltegriff. Vielleicht half es ja, wenn sie die Augen schloss. Sie probierte es aus und öffnete sie rasch wieder. Das machte es nur schlimmer. Wenn dieses schreckliche Gefährt doch nur endlich stoppen würde. Keine zehn Pferde würden sie jemals wieder in ein Karussell dieser Sorte bringen. Das schwor sie beim Herrn, bei allen Aposteln, sogar beim Teufel persönlich, wenn es sein musste. Endlich hatte der Betreiber ein Einsehen, und sie wurden langsamer. Als sie zum Stehen kamen, beeilte sich Marta, so rasch wie möglich das Gefährt zu verlassen, was ihre beiden Töchter nicht verstehen konnten.

»Aber, Mama«, rief Rieke, »wir hatten doch für eine weitere Fahrt bezahlt.«

»Ohne mich«, erwiderte Marta. »Fahrt ihr beiden ruhig allein weiter. Ich setz mich dort drüben in den Schatten und warte auf euch. Mir ist ganz schummrig.« Sie deutete auf eine Ruhebank, die unweit des Karussells unter einem Kastanienbaum stand.

Erleichtert darüber, der Schaukelfahrt entkommen zu sein, sank Marta auf die Bank und atmete tief durch. Die Übelkeit legte sich allmählich. Sie ließ den Blick über die in der Nähe stehenden Buden schweifen, an denen dichtes Gedränge herrschte. Das ungewöhnlich schöne Wetter trieb Hamburgs Bürger nach St. Pauli, wo sie sich den Vergnügungen hingaben. Besonders beliebt war das unweit von ihrem Sitzplatz gelegene doppelstöckige Karussell, das mit seinen Lampen, Spiegeln und funkelnden Dekorationen wunderschön aussah und Fahrgäste und Zuschauer mit Salonmusik unterhielt. Wären sie doch nur damit gefahren, denn das Karussell bewegte sich bedeutend gemächlicher im Kreis herum. Sie wedelte sich seufzend mit einem Programmheft Luft zu. Die zweite Fahrt der Kinder endete, und sie kamen Arm in Arm und albern kichernd auf Marta zu. Marta lächelte. Wie groß ihre beiden Mädchen geworden waren. Rieke, die bald ihren achtzehnten Geburtstag feiern würde, glich ihr selbst. Braunes Haar, braune Augen, sogar die Sommersprossen auf der Nase hatte sie von ihr geerbt. Die neunjährige Ida hingegen hatte blondes Haar und blaue Augen wie ihr Großvater, den sie leider nicht mehr kennenlernen konnte. Es war eine gute Idee von Ida gewesen, den sonnigen Tag auszunutzen und hierherzukommen, obwohl es jetzt, da der Abend nahte, allmählich kühler wurde.

»Kriegen wir noch eine Zuckerwatte?«, fragte Ida und deutete auf eine der Buden. »Bitte, Mama.«

»Für mich nicht«, wiegelte Rieke ab. »Ich muss auf meine Taille achten.«

Marta wollte etwas erwidern, wurde aber unterbrochen.

»Rieke, meine Liebe«, drang von hinten eine schrille Stimme an ihr Ohr, die unverkennbar Lotte Ohlhaber, einer ehemaligen Klassenkameradin von Rieke, gehörte. Ida meinte, Lottes Stimme hätte etwas von einer Blechtrompete, womit sie nicht ganz unrecht hatte. Freudig kreischend, als hätten sie sich jahrelang nicht gesehen, fielen sich Rieke und Lotte in die Arme. Küsschen links, Küsschen rechts. Ida verdrehte die Augen, Marta zwinkerte ihr fröhlich zu. So war das nun einmal unter den Backfischen Hamburgs. Ordentlich Aufmerksamkeit erregen, damit die jungen Burschen sich nach ihnen umblicken würden. Nur leider gab es gerade keine erwähnenswerten Herren, für die sich der Aufwand lohnte. Lotte begrüßte, nachdem sie sich aus Riekes Umarmung gelöst hatte, Marta und Ida und deutete auf ein junges Pärchen, das unweit von ihnen gerade an einer Bude gebrannte Mandeln erstand.

»Meine Schwester Berta und ihr Verlobter Simon sind auch da. Wir wollten zu *Hornhardts Concertgarten*. Dort findet heute das letzte Sommerkonzert der Saison statt. Alfons Czibulka aus Wien wird auftreten. Das Orchester soll hervorragend spielen, und wenn erst die elektrische Beleuchtung angeht …« Sie klatschte vor Freude in die Hände.

»Oh, wie schön. Ach, ich würde so gern mitkommen. Gerade Alfons Czibulka mit seinem Orchester sollen einmalig sein. Darf ich Lotte und die anderen begleiten?«, fragte Rieke ihre Mutter mit einem flehenden Blick, den Marta nur allzu gut kannte. Marta zögerte. Rieke war ihr mit ihren siebzehn Jahren noch zu jung, um sich in den Abendstunden in St. Pauli herumzutreiben. Vor ihrem inneren Auge sah sie mal wieder den hübschen Matrosen, der ihre Tochter in eine der Spielunken entführen würde. Sie schob den Gedanken beiseite und dachte an Neles Worte. Weiß Gott, sie hatte Rieke nun wirklich nicht zu einem liederlichen Mädchen erzogen, das sich in zwielichtigen Etablissements herumtreiben würde. Auch hatte sie in den letzten Wochen bereits mehrfach Riekes Bitten nachgegeben, und ihre Tochter war stets pünktlich und, soweit erkennbar, unbeschadet nach Hause gekommen. Marta neigte dazu, Ja zu sagen, obwohl sie sich dadurch gewiss einen Tadel von Wilhelm einhandeln würde, der es nicht gern sah, wenn sich seine Tochter in den Abendstunden herumtrieb, wie er es nannte.

»Moin, Frau Stockmann. Ich würde auch gut auf die Damen achtgeben«, mischte sich Simon Thiele ein, der mit Berta gerade näher getreten war und die letzten Brocken des Gesprächs aufgeschnappt hatte. »Höchstpersönlich würde ich Ihre Tochter nach Hause begleiten und selbstverständlich auf ihre Tugend achten.«

Seine Sätze klangen wie auswendig gelernt, dachte Marta. Allerdings war Simon, der das rotblonde Haar seines Vaters geerbt hatte, ein vertrauenswürdiger junger Mann, dessen Familie ein großes Kolonialwarengeschäft in der Nähe vom Fischmarkt betrieb.

Marta schaute von Simon zu Rieke, deren Blick immer noch etwas Flehendes hatte.

»Also gut«, gab sie nach. »Aber dass du mir spätestens um zehn zu Hause bist. Und keine Schwoferei mehr nach dem Konzert. Dafür bist du mir noch zu jung.« Sie warf Simon einen Blick zu, den dieser zu deuten wusste.

»Oh, Mama, danke.« Überschwänglich fiel Rieke Marta um den Hals und drückte ihr sogar ein Küsschen auf die Wange.

»Ich werde pünktlich sein. Ich verspreche es.«

Sie hängte sich bei Lotte ein, und die vier jungen Leute schlenderten davon.

Marta sah ihnen kopfschüttelnd nach und murmelte: »Kinder, wie die Zeit vergeht.«

»Ja«, sagte Ida neben ihr nachdenklich. »Eh wir uns versehen, wird sie heiraten, uns verlassen und viele kleine Bälger bekommen. Aber vorher hätte ich noch gern meine Zuckerwatte.« Sie grinste.

»Aber natürlich«, antwortete Marta mit einem Lächeln. »Und weißt du, was: Ich gönne mir heute auch mal eine. Ist ewig her, dass ich eine gegessen habe.« Sie nahm Ida bei der Hand, und die beiden machten sich beschwingt auf den Weg zur Bude des Zuckerhannes.

4

Ricke schlenderte unterdes am Arm von Lotte zu *Hornhardts Concertgarten*, das mit seiner prächtigen Kuppel und dem dreiunddreißig Meter hohen Aussichtsturm beeindruckte. Als Hornhardts sein Etablissement vor zwei Jahren eröffnet hatte, war es von den Zeitungen Hamburgs sogar als Sensation beschrieben worden, die ihresgleichen suchte.

Zwischen Palmen und Olivenbäumen nahmen sie an einem hübsch gedeckten Tisch Platz, und Simon bestellte bei dem herbeieilenden Ober Weißwein für alle. Keine Minute später entdeckte er einen Bekannten und verschwand mit den Worten, gleich wiederzukommen, im hinteren Teil des Gartens. Kurz darauf entdeckte auch Berta eine Freundin und entschuldigte sich für einen Moment, während der Ober ihre Bestellung brachte. Rieke nippte an ihrem Wein und ließ den Blick durch den Garten schweifen. Sie liebte den Trubel und die vielen Menschen. Sie erspähte eine Schulkameradin und nickte ihr kurz zu. Es war Ella Volkertsen, die mit ihrem älteren Bruder Franz das Konzert besuchte, der in die Fußstapfen seines Vaters, eines Schiffskapitäns, treten wollte. Hans-Martin Volkertsen arbeitete für eine der größten Reedereien Hamburgs und war oft wochenlang auf See. Stets brachte er Ella hübsche, manchmal auch eigentümlich anmutende Geschenke von seinen Fahrten mit, womit sie sich gern wichtigmachte. Zu Riekes Bedauern ließ sich Ella, die sie nicht sonderlich mochte, von ihrem unverbindlichen Nicken nicht abschrecken und steuerte auf sie zu.

»Guten Abend, Rieke«, grüßte Ella freundlich, und es folgten die üblichen Küsschen auf die Wange. »Alfons Czibulka treibt uns alle aus dem Haus, nicht wahr? Er soll großartig sein. Ich bin schon ganz aufgeregt. Soweit ich weiß, ist sogar ein Feuerwerk geplant.« Ihr Blick fiel auf Lotte. »Hach, Lotte. Jetzt seh ich dich erst.« Ihre Stimme bekam einen verächtlichen Klang.

Lotte zwang sich zu einem Lächeln.

»Obwohl du mit deinem feuerroten Schopf ja eigentlich weithin sichtbar bist.« Ella lachte über ihre witzige Bemerkung.

»Lieber einen feuerroten Schopf als scheußliche Pickel an Kinn und Stirn, die nicht mal der beste Puder abdecken kann«, entgegnete Lotte bissig.

Das Grinsen auf Ellas Lippen erstarb, und ihre Miene verfinsterte sich.

Zum Glück kam genau in diesem Augenblick Simon zurück, der seinen Bekannten im Schlepptau hatte, in dem Rieke Georg Paulsen erkannte, Sohn eines gut situierten Anwalts. Rieke kannte ihn bereits von früher. Damals hatte er sie in den Gassen Hamburgs beim Spiel gefoppt, wie Jungens das eben mit kleinen Mädchen machten. Später hatten sie sich aus den Augen verloren. Vor einiger Zeit hatte Rieke ihn wiedergesehen, und seither schwärmte sie für ihn, denn er war ausgesprochen gut aussehend.

»Na, wen haben wir denn da?«, sagte Simon ohne ein Wort des Grußes. »Ella Volkertsen. Stimmt es, dass die Reederei Ahlbeck kurz vor der Pleite steht? Das wäre für deinen Vater ja ganz fürchterlich.« Er setzte eine unschuldige Miene auf.

Ella, die nicht so recht wusste, was sie antworten sollte, blickte von ihm zu Lotte und entschied nach einem Moment betretenen Schweigens, die beiden einfach zu ignorieren und sich erneut Rieke zuzuwenden.

»Dann wünsche ich dir noch einen schönen Abend. Wir sehen uns bestimmt irgendwo mal wieder. Die Stadt ist ja ein Dorf.« Sie verschwand in der Menge.

Erleichtert ließ Rieke die Schultern sinken, während Simon erneut das Wort ergriff.

»Georg hat leider seine Begleitung verloren. Seine Schwester Mathilde fühlte sich plötzlich nicht wohl. Es macht euch bestimmt nichts aus, wenn er sich zu uns gesellt, oder?«

»Natürlich nicht«, flötete Lotte und schenkte Georg ihr strahlendstes Lächeln. »Wenn du magst, kannst du gern neben mir sitzen.« Sie beeilte sich, den Stuhl neben sich zurechtzurücken. Rieke brachte nur eine knappe Zustimmung heraus. Meine Güte, wie heftig ihr Herz klopfte. Sie getraute sich gar nicht, Georg anzusehen. Wie gut er in seinem schwarzen Anzug und dem schicken weißen Hemd aussah. Sein dunkelbraunes Haar trug er nach hinten gekämmt, seinen Hut hielt er in Händen. Seine braunen Augen waren wunderschön. Den ganzen Tag könnte sie hineinblicken. Georg setzte sich neben Lotte, die sofort loszuplappern begann. Wie ein Wasserfall redete sie über Nichtigkeiten, die ihn gewiss langweilten. Glaubte sie tatsächlich, sie könnte ihn mit der Erzählung von einem Picknick an der Außenalster oder der Erweiterung des elterlichen Geschäfts beeindrucken? Irgendwann hatte Alfons Czibulka ein Erbarmen mit ihnen allen und brachte mit seinem Auftauchen Lotte zum Verstummen. Das Konzert begann und war großartig. Sechzig Musiker umfasste das Orchester, dazu kamen zwölf Solisten, einer spielte besser als der andere. Es wurde eine bunte Mischung von Czibulkas Kompositionen aufgeführt. Darunter auch die berühmte *Stephanie-Gavotte*, die Rieke besonders liebte. Immer wieder warf sie Georg verstohlen Blicke zu, die er zu erwidern schien. Als das Konzert endete, gab es laute Rufe nach einer Zugabe, die die Musiker dazu bewogen, zwei weitere Stücke zu spielen. Noch während des zweiten Stücks wurde tatsächlich ein Feuerwerk über dem Garten gezündet. Es war großartig, den hellen Funkenregen zu bestaunen, während die Musik langsam verstummte. Das Konzert stellte wirklich einen würdigen Abschluss der diesjährigen Sommersaison dar.

»Ist das nicht herrlich«, flüsterte Lotte Rieke zu, stupste sie sanft in die Seite und deutete auf Simon und Berta, die Arm in Arm dastanden und nur noch Augen füreinander hatten. So verliebt sein, dachte Rieke. Das wäre schön. Erneut schaute sie zu Georg, der gerade ihre Zeche bezahlte. Vielleicht war sie ja bereits verliebt. Immerhin klopfte ihr Herz ganz heftig. Das könnte Liebe sein. Oder vielleicht doch nicht? Wenn sie sich mit der Liebe nur besser auskennen würde. Aber wen sollte sie danach fragen? Lotte hatte ja noch weniger Ahnung als sie selbst. Mama würde ihr gewiss nichts verraten. Vielleicht Tante Nele. Allerdings war sie unverheiratet. Gewiss kannte sie sich mit der Liebe nicht so gut aus. Das Feuerwerk endete mit einem spektakulären Finale, das dem Publikum laute Ahs und Ohs entlockte. Ein letzter Knall ertönte, und der Himmel versank in Dunkelheit. Rauch hing in der Luft, der sich nur langsam auflöste. Nun trieb es das Publikum, wie jeden Abend, in den großen Saal, wo die Schwoferei begann, die wie immer mit einer Polonaise eingeleitet wurde. Lotte zog Rieke lachend mit sich, und die beiden landeten inmitten des fröhlichen Reigens, der quer durch den Raum und über das blank polierte Tanzparkett führte. Als die Polonaise endete, wurde ein Strauß-Walzer gespielt, und ein blonder Bursche forderte Lotte zum Tanzen auf. Rieke verließ das Tanzparkett und suchte sich einen Platz an der Seite, um erst einmal zu Atem zu kommen. Suchend blickte sie sich nach Georg um, doch er war nirgendwo zu sehen. Hatte er die Veranstaltung vielleicht schon verlassen? Dann wurde sie plötzlich von hinten angesprochen: »Da bist du ja wieder.«

Rieke wandte sich um und blickte in Georgs Augen. »Und ich dachte schon, du wärst gegangen. Es ist schön, dass du noch hier bist.« Georg lächelte, und Rieke schmolz dahin.

»Danke«, brachte sie heraus. Zitterte ihre Stimme etwa? Das durfte nicht sein. Sie musste entspannt wirken, unaufgeregt – vielleicht auch erwachsen.

Der Walzer wurde von einer Polka abgelöst, und Riekes Blick fiel auf Georgs Armbanduhr, die erschreckenderweise kurz vor zehn Uhr anzeigte.

»Ach du meine Güte«, rutschte ihr heraus. »Ich muss gehen. Um zehn sollte ich zu Hause sein.«

»Oh, wie schade«, sagte Georg bedauernd. »Gerade wollte ich dich zum Tanzen auffordern.«

»Ja, vielleicht, ich meine …« Himmel, sie stotterte. Hatte er tatsächlich gesagt, dass er sie auffordern würde? So ein Mist aber auch. Es war doch gleich zehn. Wenn sie sich nicht schleunigst auf den Heimweg machte, wäre dieser Abend für lange Zeit der letzte im *Concertgarten*.

»Es tut mir schrecklich leid«, entschuldigte sie sich. »Aber ich muss wirklich gehen, sonst bekomme ich Ärger. Eigentlich sollte mich Simon begleiten, doch er scheint verschwunden zu sein.«

»Und wenn ich dich nach Hause bringe?«, bot sich Georg an. Verdutzt schaute Rieke ihn an. »Aber nur, wenn du möchtest. Immerhin kennen wir uns kaum.« Er schenkte ihr ein charmantes Lächeln.

»Wieso nicht«, stimmte Rieke zögerlich zu. »Besser, als allein zu gehen.« Sie biss sich auf die Zunge. Was redete sie nur für einen Unsinn. Was mochte er jetzt von ihr denken? Doch er ignorierte ihre Bemerkung und bot ihr, ganz Gentleman, den Arm an. »Meine Teuerste. Darf ich heute Abend Ihr Beschützer sein?« Seine Stimme klang schmeichelnd. Lächelnd hängte sich

Rieke bei ihm ein, und sie verließen den Saal und wenig später das *Concertgarten*.

Georg führte Rieke nicht den Millernthordamm entlang, sondern sie schlenderten zum Landungssteg hinunter, von wo aus große Dampfschiffe und Segler ihre Fahrt in die weite Welt antraten. Auf einigen von ihnen herrschte sogar jetzt noch Geschäftigkeit. Ladung wurde im Licht von Laternen an Bord gebracht, Seemänner und Matrosen liefen hin und her, Neuankömmlinge gingen gerade von einem großen Dampfschiff an Land. Der Hafen schlief nie.

»Das ist es, was ich an dieser Stadt so liebe«, sagte Georg. »Diese immerwährende Betriebsamkeit und Unruhe. Hier gibt es stetige Veränderung, niemals Stillstand. Das gefällt mir. Wenn nicht in Hamburg, wo sonst auf der Welt sollte man sein Glück finden?«

»Viele suchen es in Amerika«, antwortete Rieke.

»Pah, die Neue Welt mit all ihren Verlockungen reizt mich nicht«, erwiderte Georg, während sie den Binnenhafen erreichten, wo es ruhiger wurde und viele Ewer, Jollen oder kleine Dampfschlepper auf dem Wasser schaukelten.

»Ob New York oder Chicago. Dort würde ich mich niemals heimisch fühlen. Und ganz nebenbei bemerkt, würde mir mein Vater den Kopf abreißen, wenn ich seine Kanzlei nicht übernähme und er keine Enkelkinder bekäme, die er sich auf die Knie setzen kann.« Er zwinkerte Rieke zu, die diese Bemerkung zu deuten wusste. Sie konnte ihr Glück kaum fassen. Sie lief mit Georg Paulsen durch die nächtlichen Straßen Hamburgs, und er sprach mit ihr über Enkelkinder. Sie musste träumen. Gleich würde sie erwachen, und vorbei wäre es mit dem wunderbaren Traum. Viel zu schnell erreichten sie St. Georg und blieben vor ihrem Haus stehen.

»Vielen Dank, dass du mich nach Hause gebracht hast«, sagte Rieke.

»Das habe ich gern getan. Was ich noch sagen wollte« – er räusperte sich –, »du warst heute Abend das hübscheste Mädchen im ganzen Saal, und es war mir eine Ehre, dich begleiten zu dürfen.« Er beugte sich nach vorn und drückte ihr einen Kuss auf die Wange. Es ging ganz schnell, seine Lippen berührten ihre Haut nur flüchtig, doch Rieke glaubte, ihre Wange würde zerreißen, so sehr begann ihre Haut zu kribbeln. Jetzt hätte sie zurückweichen und ihn ermahnen müssen, denn ein sittsames Mädchen ließ sich nicht auf offener Straße küssen, und schon gar nicht von einem Mann, den es kaum kannte. Sie brachte es jedoch nicht über sich, ihn zu tadeln. Dafür war der Ausdruck seiner Zuneigung einfach zu schön gewesen.

»Darf ich dich wiedersehen?«, fragte er. Seine Stimme klang hoffnungsvoll, was all ihre Zweifel wegen seines Verhaltens endgültig zerstreute. Sie nickte.

»Vielleicht morgen schon? Ich würde dich gern ins *Café Imperial* am Jungfernstieg einladen. Dort wird am Nachmittag wunderbare Salonmusik gespielt, die dir gewiss gefällt.«

Rieke hätte gern zugestimmt, zögerte aber. Ihr fiel ein, was ihre Freundin Bille erst neulich gesagt hatte. »Du musst die Burschen zappeln lassen«, hatte sie erklärt. »Sonst denken sie, du bist leicht zu haben.«

So schwer es ihr auch fiel, sie lehnte sein Angebot ab.

»Es tut mir leid. Für morgen bin ich bereits verplant«, antwortete sie.

»Oh, das ist schade«, erwiderte er. »Dann vielleicht ein andermal. So schnell werde ich nicht aufgeben.« Er zwinkerte ihr zu, machte eine Verbeugung und verabschiedete sich endgültig.

Rieke stammelte einige Abschiedsworte und verschwand dann schnell im Haus.

Von einem der oberen Flurfenster aus beobachtete sie, wie Georg die Straße hinunterlief. Soweit sie wusste, bewohnte seine Familie eine erst kürzlich erbaute, direkt am Alsterufer gelegene, herrschaftlich anmutende Villa auf der Uhlenhorst. Er wäre wirklich eine gute Partie, obwohl sie durchaus wusste, dass es mit seinem Ruf nicht zum Besten stand. Allerdings glaubte Rieke, dass Henni die schändlichen Gerüchte nur wegen ihrer gekränkten Eitelkeit in die Welt gesetzt hatte, weil Georg ihr einen Korb gegeben hatte.

Rieke schlich die Stufen nach oben, fischte ihren Wohnungsschlüssel aus ihrer Ausgehtasche und betrat den im Dunkeln liegenden Flur. Die Tür zur Wohnstube war nur angelehnt, ein Lichtstrahl fiel durch den Türspalt auf den Dielenboden. Rieke schlüpfte aus den Schuhen, schlich auf Zehenspitzen zu der Tür, schob sie ein Stück auf und blickte in den Raum. Es brannte nur noch die Stehlampe am Fenster. In dem daneben stehenden Sessel saß ihre Mutter im Morgenmantel und schlief. Ein Buch lag offen in ihrem Schoß. Der Anblick rührte Rieke. Sie hatte auf sie gewartet. Langsam trat sie näher an ihre Mutter heran und stupste sie sanft an. Marta schreckte auf.

»Ich bin es nur, Mama«, sagte Rieke beschwichtigend.

»Ach, Rieke, mien Deern. Ich muss eingenickt sein. Ist denn alles gut?« Martas Stimme klang verschlafen.

»Ja, das ist es«, antwortete Rieke.

»Na, fein. Komm. Lass uns schlafen gehen.« Sie klappte das Buch zu, legte es auf ein Tischchen neben dem Sessel, erhob sich und ging, ohne einen Blick auf die Uhr zu werfen, in die elterliche Schlafkammer. Rieke atmete erleichtert auf. Sie sah auf die neben der Tür stehende Standuhr, die kurz nach elf anzeigte. Das war ja gerade noch einmal gut gegangen.

5

Marta war außer sich, und das zu Recht. Wie konnte es diese Person nur wagen, sie ausgerechnet einen Tag vor Riekes Geburtstag im Stich zu lassen? Und zwar nur deshalb, weil sie endlich die Fronten geklärt hatte. Immerhin war sie die Herrin in diesem Haus und nicht die Köchin. Dieses ständige Murren von Dorothea, nur weil sie gern Besorgungen erledigte und sich persönlich um die Bestellungen der Lebensmittel bemühte, hatte endlich ein Ende haben müssen. Gut, sie war laut geworden, aber deshalb kündigte man doch nicht gleich und lief Knall auf Fall davon. Jetzt standen sie einen Tag vor Riekes Geburtstag ohne Köchin da, und es sollte doch ein großes Abendessen mit drei Gängen geben.

»Ich habe dir von Anfang an gesagt, dass es falsch gewesen ist, Dorothea einzustellen. Sie passte einfach nicht in unseren Haushalt«, echauffierte sie sich Wilhelm gegenüber, der Zeitung lesend neben ihr saß.

»Du bist eben nicht die Art Herrin, die sie gern gehabt hätte«, erwiderte Wilhelm gelassen und nahm einen Schluck von seinem Kaffee. »Es kommt in den besseren Kreisen Hamburgs selten vor, dass die Dame des Hauses sich in die Angelegenheiten der Köchin einmischt. Für Einkäufe und Bestellungen der Lebensmittel ist nun einmal die Köchin zuständig. Jedenfalls sollte es so sein.«

Marta verdrehte die Augen. Sie konnte allmählich nicht mehr hören, welche Regeln und Gewohnheiten es in den besseren Kreisen Hamburgs gab. Sie mochten es durch Wilhelms harte Arbeit zu einem gewissen Wohlstand gebracht haben, doch das beraubte sie nicht ihrer Persönlichkeit. Sie war und blieb das in einer Pension aufgewachsene Mädchen, das Betten frisch bezogen, Kartoffeln geschält und sogar Nachttöpfe entleert hatte, auch wenn Wilhelm das nicht wahrhaben wollte.

»Aber sie hat es nicht gut gemacht und das Wirtschaftsbuch unsauber geführt«, verteidigte sich Marta. »Oftmals hat sie vergessen, Ausgaben anzugeben, was zu Unstimmigkeiten geführt hat. Du als Kaufmann müsstest doch wissen, wie wichtig eine exakte Buchhaltung ist. Und kochen konnte sie auch nicht. Wenn ich da an Fanny denke ...«

»An deine Fanny wird keine Köchin der ganzen Welt herankommen«, entgegnete Wilhelm und nippte an seinem Kaffee.

»Da ist was Wahres dran«, erwiderte Marta seufzend. »Vielleicht kann ich sie mir ja bei Tante Nele für morgen ausleihen. Dann könnten wir gemeinsam alles vorbereiten.«

»Das ist doch eine wunderbare Idee.« Wilhelm stand auf. »Ich möchte mir Riekes Reaktion lieber nicht ausmalen, sollte ihr Geburtstagsabendessen, aus welchen Gründen auch immer, nicht stattfinden. Sie freut sich bereits seit Monaten darauf und hat jetzt auch noch ihren Schwarm, den jungen Georg Paulsen, eingeladen, der, wenn du mich fragst, hervorragend zu ihr passen würde.« Wilhelm verabschiedete sich mit dem üblichen Küsschen auf die Wange von Marta und ließ sie allein.

Keine Minute nach seinem Weggang betrat Rieke den Raum und sagte ohne Guten-Morgen-Gruß: »Dorothea hat gekündigt.« Ihre Stimme klang ein wenig schrill.

Marta nickte und antwortete, um einen gelassenen Tonfall bemüht: »Sie hat eh nicht zu uns gepasst.« Jetzt galt es, den Schaden zu begrenzen.

»Aber was ist denn dann mit dem Essen morgen Abend? Ich habe doch auch Georg und seine Schwester eingeladen. Himmel, wenn wir uns da blamieren.« Rieke lief händeringend im Raum auf und ab.

»Jetzt lass uns nicht gleich in Panik geraten«, versuchte Marta, ihre Tochter zu beschwichtigen. »Gleich nachher werde ich Tante Nele fragen. Ich bin mir sicher, dass sie uns in dieser Situation für den morgigen Tag Fanny ausleihen wird.«

»Das ist eine hervorragende Idee«, erwiderte Rieke. »Fanny kocht einmalig gut, viel besser als Dorothea.«

»Ich werde Tante Nele auch gleich darum bitten, Augen und Ohren wegen eines guten Ersatzes für Dorothea offen zu halten«, sagte Marta. »Und bis sich jemand gefunden hat, werde eben ich kochen und gemeinsam mit Auguste die Besorgungen erledigen.«

»Was dir gewiss nicht schwerfallen wird«, entgegnete Rieke, die sich wieder beruhigt und am Tisch Platz genommen hatte. »Gib es doch zu: Wenn Vater nicht auf eine Köchin bestehen würde, würdest du noch immer höchstpersönlich das Essen für uns alle kochen.«

»Du kennst mich einfach zu gut«, erwiderte Marta.

Ihr Blick wanderte zu dem kleinen, neben dem Fenster stehenden Sekretär, in dem sich ihr Hotelbüchlein befand. Erst gestern hatte sie wieder etwas hineingeschrieben. Von einem Hochzeitsfest im Garten hatte sie geträumt. Weiße Rosen auf der Terrasse, ein Quartett, das gediegene Salonmusik spielte. Hübsch eingedeckte Tische, das strahlende Brautpaar. So viele Dinge müssten organisiert werden: Bestellungen bei den Händlern aufgeben, Reservierungen entgegennehmen, Getränke kühl stellen, Kuchen backen, die vielen Zimmer richten.

Sie dachte an ihre Zeit in der Pension. An die vielen Stunden, die sie mit Kartoffelschälen verbracht hatte. Sie wusste, dass es Tante Neles Wunsch gewesen war, dass sie die Pension übernahm. Doch sie hatte ihr trotzdem die Heirat mit Wilhelm gestattet, wofür Marta ihr dankbar war, denn sie liebte Wilhelm

mehr als alles andere auf der Welt. Allerdings würde sie niemals vergessen, wie Tante Nele, Tränen in den Augen, am Tag ihrer Hochzeit zu ihr sagte: »Du bist eben nicht meine Deern. Auch wenn ich es mir so sehr gewünscht habe.«
»Mama?«
Marta schreckte aus ihrem Tagtraum auf.
»Ja oder nein?«, fragte Rieke.
»Oh, Liebes, ich war in Gedanken. Könntest du bitte deine Frage wiederholen?«
»Ich wollte nachher mit Lotte zu Andresen. Dort haben sie neue Hüte aus Paris für den Herbst bekommen, die wir uns unbedingt ansehen möchten. Und bei Weisswassers soll es entzückende Blusen geben. Danach werden wir wohl noch ins Alsterlust gehen. Berta und Marie wollen auch kommen. Marie meinte, es gäbe Neuigkeiten, die sie uns unbedingt berichten möchte. Ich bin schon ganz gespannt, was das ist. Ich darf doch gehen, oder?«
Marta stimmte zu. Was hätte sie auch anderes tun sollen? Bis sich der passende Ehemann gefunden hatte, würde sich ihre Tochter die Zeit mit den immergleichen Beschäftigungen vertreiben.
Die neueste Mode betrachten, am besten mit einer Freundin. Neuigkeiten, Tratsch und Geplapper in Kaffeehäusern und Vergnügungen in St. Pauli. Und neuerdings tauchte in Riekes Erzählungen immer wieder der Name Georg auf. Der junge Mann, der noch mitten in seinem Jurastudium steckte, hatte sich neulich bei ihnen vorgestellt und machte einen recht ordentlichen Eindruck. Er wäre durchaus eine angemessene Partie für Rieke, denn seinem Vater gehörte eine der renommiertesten Anwaltskanzleien Hamburgs. Nun gut, sie würden sehen, wohin die Schwärmerei der beiden führte. Immerhin war er kein gut aussehender Matrose aus St. Pauli. Beim morgigen Geburtstagsessen konnte sie ihn genauer unter die Lupe nehmen.

»Na fein«, freute sich Rieke und erhob sich. »Dann werde ich mich gleich zurechtmachen und gehen. Hast du Auguste schon gesehen? Sie ist wirklich eine wahre Zauberin für Hochsteckfrisuren.«

»Soweit ich weiß, ist sie in der Küche und versucht, dort klar Schiff zu machen«, antwortete Marta mit einem tiefen Seufzer. »Die arme Deern ist heute Morgen nach der Kündigung von Dorothea in Tränen ausgebrochen, weil ich ihr deshalb leider den freien Samstag streichen musste. Sie wollte mit ihrem Torben aufs Land fahren und ist jetzt untröstlich.«

»Denkst du, das wird etwas Ernsteres zwischen den beiden?«, erkundigte sich Rieke. »Am Ende verlässt sie uns bald. Wer soll mir dann die Haare richten?«

»Aber, Rieke, das kannst du wirklich auch selbst. Du wirst doch Augustes Glück nicht im Wege stehen wollen wegen einer Frisur?«, tadelte Marta ihre Tochter.

»Natürlich nicht«, lenkte Rieke ein. »Aber du musst zugeben, dass sie wirklich eine Meisterin darin ist, perfekte Hochsteckfrisuren zu kreieren.«

»Ja, das ist sie«, antwortete Marta. »Und dazu ist sie auch noch äußerst zuverlässig. Ich werde mir etwas überlegen, um die Absage des freien Tages wiedergutzumachen.«

»Schenk ihr doch Karten fürs Theater«, schlug Rieke vor. »Sie liebt Theater, besonders das Ernst-Drucker-Theater hat es ihr angetan. Sie hat mir erzählt, dass sie bereits seit Monaten hofft, Karten für das Stück *Tetje mit de Utsichten* zu bekommen, was schier unmöglich sein soll. Wenn wir ihr zwei Stück davon besorgen könnten, hätte sie dir für alle Zeit die Absage des freien Tages verziehen. Ich habe gehört, dass vor dem Theater jeden Abend Karten von irgendwelchen Händlern verkauft werden.«

»Aber, das ist ja ein Schwarzmarkt«, entrüstete sich Marta.

Rieke nickte. »Es sind nur Theaterkarten, mehr nicht. Wenn du nicht hingehen willst, kann ich es ja machen.«

»Auf gar keinen Fall. Das auch noch. Ich werde mich mal bei Tante Nele erkundigen. Sie weiß, wo man Theaterkarten bekommt. Am Ende zieht uns einer dieser Burschen noch über den Tisch.« Sie erhob sich. »Am besten wird es sein, ich mache mich gleich auf den Weg zu ihr. Ich könnte auch Marie mitnehmen. Fanny hat nach ihr gefragt. Sie hängt an der Kleinen.«

»Mach das«, erwiderte Rieke. »Und ich geh zu Auguste und seh mal, ob sie sich schon wieder etwas beruhigt hat.« Sie öffnete die Tür und verließ den Raum.

Marta fiel auf, dass heute vermutlich niemand kommen würde, um den Tisch abzuräumen.

6

Wilhelm, der sich mal wieder zu einer Stippvisite in eines der Lagerhäuser begeben hatte, ließ seinen Blick nachdenklich über das Warensortiment im Regal gleiten und schaute prüfend auf die Eintragungen im Warenwirtschaftsbuch, das ihm der Lagervorsteher Joachim Mertens gerade vorgelegt hatte.

»Hier stimmt doch was nicht«, sagte er. »In den Büchern sind drei Paletten Kaffee mehr vermerkt. Die können sich ja nicht in Luft aufgelöst haben.«

»Das haben sie sich auch nicht«, antwortete Mertens gelassen und zog an seiner Pfeife, die er stets im Mund hatte. »Just in dem Augenblick, als Sie zur Prüfung aufgetaucht sind, Chef, haben die Jungs die Paletten zur Verladung abgeholt. Ich bin nur noch nicht dazu gekommen, sie im Buch auszutragen.«

»Ach, dann ist es ja recht«, erwiderte Wilhelm erleichtert. Es hätte ihn gewundert, wenn Mertens, seinem zuverlässigsten Mann und einem der altgedienten Mitarbeiter von Jacobsen, ein solch grober Fehler unterlaufen wäre. »Aber holen Sie es nur schnell nach, nicht, dass wir es aus den Augen verlieren.«

»Können wir gleich im Büro machen, Chef. Wollen Sie einen Kaffee? Ich hab eben frischen aufgebrüht.«

»Da sag ich nicht Nein«, erwiderte Wilhelm und folgte dem Vorsteher in dessen winziges Büro, in dem ihn verführerischer Kaffeeduft empfing.

»Bevor Sie fragen«, sagte Mertens, während er den Kaffee in eine Tasse goss und diese Wilhelm reichte, »die neue Lieferung Tee aus Indien soll am nächsten Donnerstag eintreffen. Endlich scheint sich das Wetter in der Region gebessert zu haben, und die Schiffe konnten ihre Fahrt fortsetzen.«

»Das sind hervorragende Neuigkeiten«, antwortete Wilhelm erleichtert. »Was würde ich nur ohne Sie machen, mein lieber Joachim.« Er begann zu husten. Schnell versuchte er, den sich ankündigenden Anfall mit einem Schluck Kaffee zu unterdrücken. Jedes Mal wenn er in den Lagerhallen war, reagierte er empfindlich auf den Staub, der zwischen den Regalen herumflog.

»Hört sich nicht gut an, der Husten, Chef«, sagte Mertens.

»Ach, Sie kennen das doch schon, Mertens. Dieser elende Staub überall … Was macht die Familie?« Wilhelm lenkte das Gespräch in eine andere Richtung.

»Alles fein. Mein Bärbelchen bekommt das zweite Kind. Das muss man sich mal vorstellen. Jetzt bin ich bald zweifacher Großvater, derweil kommt es mir vor, als wäre es gestern gewesen, als ich sie durch die Luft wirbelte und sie mir dafür zur Belohnung mein Hemd vollgespuckt hat.« Er lächelte.

»Und was macht der Sohnemann?«, fragte Wilhelm.

»Der will unbedingt zur Marine. Ich bin richtig stolz auf ihn. Aber meine Elly macht sich Sorgen. So sind die Mütter eben.« Er zuckte mit den Schultern.

»Ja, meine Marta ist auch ständig besorgt. Aber wer ist es nicht wegen der Kinder? Leider mussten wir beide bereits erleben, was es bedeutet, eines oder mehrere von ihnen zu verlieren.«

»Wem sagen Sie das.« Joachim Mertens' Miene wurde traurig. »Unsere kleine Luise war damals fünf, als der Herrgott sie zu sich geholt hat. Dieser hübsche, kleine Engel. Blonde Locken, strahlend blaue Augen. Diese elende Diphtherie. Erstickt ist sie vor unseren Augen, und wir konnten nichts dagegen tun.«

Wilhelm glaubte, Tränen in Mertens' Augen zu erkennen. Er wusste um den Schmerz seines Gegenübers, trug er ihn doch selbst in sich. Auch seine kleine Tochter Johanna war an der Diphtherie verstorben. Ihren letzten Atemzug tat das kleine Mädchen in seinen Armen.

»Da ist es doch gut, dass die im fernen Berlin an diesem Institut forschen«, sagte Mertens. »Erst neulich hab ich in der Zeitung etwas darüber gelesen. So ein Arzt, Behring soll er heißen, hat angeblich einen Impfstoff gefunden.«

»Davon habe ich gehört. Was für eine Errungenschaft. Ich hatte auch bereits mit Doktor Lehmann über diese Möglichkeit gesprochen. Wir müssen uns noch ein wenig gedulden, aber er geht fest davon aus, dass es bald für alle Kinder eine Impfung gegen diese schreckliche Krankheit geben wird.«

»Dann sind meine Enkelkinder die Ersten, die ich zum Doktor zerre«, erwiderte Mertens. »Sollen es ja gut haben, die Kleinen, und gesund bleiben.«

»Und meine Marie auch. Unser Nesthäkchen in meinem Viermädchenhaushalt.« Stolz schwang in Wilhelms Stimme mit.

»Die Deern ist aber auch wirklich zuckersüß«, bekundete Mertens. »Und wie geht es Ida und Rieke? Hat Letztere nicht morgen Geburtstag? Hübsch ist sie geworden, ein richtiger Backfisch. Ich hab sie neulich erst gesehen. Wo war das noch gleich? Ach ja, richtig, am Hafen in St. Pauli. War zu einer sonderbaren Uhrzeit. Schon nach zehn. Sie lief am Arm von diesem Weiberheld, wie heißt er noch gleich? Georg Paulsen, glaube ich. Ist ja der Sohn eines reichen Anwalts, eigentlich eine gute Partie, möchte man meinen. Aber er soll es faustdick hinter den Ohren haben und sich in einschlägigen Etablissements in St. Pauli herumtreiben. Bei einer Freundin von meiner Bärbel muss er bereits am ersten Abend aufdringlich geworden sein. Vor dem Burschen gilt es, sich in Acht zu nehmen.«

»Ach, tatsächlich«, erwiderte Wilhelm überrascht. »Ich hatte nur Gutes von ihm gehört.« Seine Stimme klang unsicher. Vor seinem inneren Auge sah er den jungen Mann vor sich, wie er neulich bei ihrem ersten Aufeinandertreffen im Kaffeehaus vor ihnen gesessen und von seinen ehrgeizigen Plänen für die Kanzlei seines Vaters berichtet hatte. Dieser junge Mann, der ihn von Beginn an begeistert hatte, sollte ein Weiberheld sein. So recht wollte er das nicht glauben. Georg Paulsen stammte aus gutem Hause. Für Rieke wäre eine Vermählung mit ihm ein gesellschaftlicher Aufstieg. Er musste weitere Erkundigungen einholen. Bei irgendjemandem, der sich in Hamburg und auch in St. Pauli auskannte. Und er wusste auch schon genau, wer das sein würde.

»Jetzt aber genug mit dem Getratsche«, meinte Wilhelm. »Wir sind ja schlimmer als Hamburgs Waschweiber ... Die Ware aus Indien kommt also voraussichtlich nächsten Donnerstag. Und wie sieht es mit dem Kakao aus Brasilien aus? Gibt es hier noch immer Engpässe?«

»Leider ja«, erwiderte Mertens. »Erst gestern traf ein Telegramm dazu ein. Viele der Plantagen waren ja von diesem scheußlichen Schädling befallen. Die erholen sich nur recht langsam. Wir werden wohl umdisponieren müssen, wenn wir unsere Kundschaft halten wollen.«

»Was für ein Ärgernis«, schimpfe Wilhelm. »Und derweil hatten wir so sehr gehofft, dass es in diesem Jahr wieder besser laufen würde.«

»Das wird schon werden, Chef.« Mertens versuchte, Wilhelm zu beruhigen.

»Ja, das wird es wohl«, erwiderte Wilhelm. »Fragt sich nur, wie. Gibt es sonst noch etwas, das ich wissen sollte?«

»Nein, Chef. Sonst ist alles wie immer.«

»Gut, dann wären wir für heute so weit durch. Wir sehen uns nächste Woche.« Wilhelm tippte an seinen Hut und hörte den Abschiedsgruß des Lagervorstehers beim Hinausgehen. Erleichtert darüber, dem Staub des Lagers entfliehen zu können, trat er nach draußen, wo ihn kühler Wind und leichter Nieselregen empfingen. Er fischte eine seiner Asthmazigaretten aus der Manteltasche, entzündete sie, nahm einen kräftigen Zug und ließ seinen Blick über die vielen Dampfschlepper und Jollen schweifen, die den Segelschiffen in der letzten Zeit immer mehr den Rang abliefen. Die von Jacobsen angemietete Lagerhalle lag direkt am Niederhafen, unweit von den neu erbauten Schuppen der Elbe-Rhein-Linie und den jetzt maschinell betriebenen Kränen.

Wilhelm schlenderte am Ufer entlang und erreichte die Landungsbrücke von St. Pauli, wo gerade die *Cobra*, eines der Dampfschiffe der Dampfschiffgesellschaft Ballin, vor Anker lag, die tägliche Verbindungen zu den Nordseeinseln anbot. Ihr Anblick erinnerte ihn daran, was sein Freund Oskar Lehmann neulich zu ihm gesagt hatte. Eine vierwöchige Kur auf der Insel Amrum würde Wunder bewirken. Vielleicht sollte er tatsächlich einen Aufenthalt auf der Insel in Erwägung ziehen. Allerdings nicht jetzt, wo das Unternehmen Jacobsen ins Wanken geraten war. Gerade in den letzten beiden Jahren waren sie vom Pech verfolgt gewesen. Ob verlorene Schiffe, Pilzbefall der Plantagen, schlechte Qualität der eingekauften Waren – das Unternehmen Jacobsen wackelte, was Wilhelm dazu veranlasst hatte, einen Teil seines Privatvermögens zu investieren. Marta hatte er diese Investition verschwiegen, denn sie sollte sich nicht sorgen. Er konnte nur hoffen, dass die Durststrecke allmählich überwunden war und es bald wieder aufwärtsgehen würde. Thomas Jacobsen hoffte darauf bereits seit Monaten. Doch ihn trieben auch andere Sorgen um. Das Zerwürfnis mit seinem Sohn wog schwer. Wilhelm konnte nur hoffen, dass sich Jacobsen bald dazu entschließen würde, ihn zum Partner zu ernennen. Dann könnte er eigenständige Entscheidungen treffen, was Not tat, denn Thomas, sosehr er ihn auch schätzte, hatte in der letzten Zeit mehrere vermeidbare Fehler begangen. Und vielleicht würden ja Rieke oder Ida einen fähigen Kaufmann heiraten, der Interesse daran hatte, in das Geschäft einzusteigen. Wilhelm schlenderte den Circusweg entlang, der im Nieselregen verlassen dalag. Die meisten Buden waren geschlossen, und auch die Karussells standen still. Heute war kein Wetter, um sich auf dem Rummel zu vergnügen. Dafür würde es zu fortgeschrittener Stunde in den Varietés, Theatern, Konzert- und Bierhäusern wieder voll werden. Er erreichte alsbald den Spielbudenplatz. Sein Ziel war das Eckhaus Spielbudenplatz siebzehn, wo seine alte Freundin Therese Mende jeden Abend auftrat. Woher er sie kannte? Am Tag seiner Ankunft in Hamburg hatte ihm ein findiger Bursche seine Brieftasche entwendet, und so war er urplötzlich mittellos gewesen. Vollkommen verzweifelt hatte er die erstbeste Person, der er begegnete, um Hilfe gebeten. Es war Therese gewesen, die ihn zur Polizeistation am Spielbudenplatz gebracht und ihm danach in dem danebenliegenden Varieté, wo sie als Tänzerin arbeitete, einen Kaffee ausgegeben hatte. Sie waren ins Gespräch gekommen und hatten sich angefreundet. Bis heute besuchte er sie regelmäßig. Zumeist erfuhr er von ihr den aktuellen Tratsch aus Hamburg, natürlich nur die wichtigen Neuigkeiten. Oftmals schwiegen sie aber auch gemeinsam. Als seine kleine Tochter Johanna damals gestorben war, hatte er in Thereses Armen geweint. Zu einer Liebesbeziehung war es zwischen ihnen nicht gekommen, trotzdem hatte er Marta nichts von Therese erzählt. Therese und ihr Theater waren seine eigene kleine Welt. Sie gehörte nicht in sein alltägliches Leben, und so sollte es bleiben. Kurz bevor er Thereses Theater erreichte, hörte er bereits die vertrauten Worte des Zigarren-Hannes, der wie gewohnt unweit einer öffentlichen Bedürfnisanstalt mit seinem Zigarrenkasten stand.

»Nu keup mi doch mol 'ne Zigarr aff!«, rief er den vorbeieilenden Passanten nach. Seine Stimme klang wie immer freundlich und rau. Als er Wilhelm sah, grinste er breit. »Moin, Wilhelm. Willst mal wieder zur Therese, was?«

Wilhelm grüßte freundlich zurück und beantwortete seine Frage. Woher der Zigarren-Hannes kam, wusste niemand so genau. Der hochgewachsene und doch gebeugt wirkende Mann, der sommers wie winters einen langen braunen, verwitterten Mantel trug und eine speckige Sportmütze auf dem Kopf hatte, schien ein armseliges Leben zu führen. Dennoch war er stets guter Laune. So auch heute.

»Riechst wieder nach diesen scheußlichen Asthmadingern. So was kann doch kein Mensch rauchen. Ich hab hier beste Ware. Zwei zum Preis von einer.« Er öffnete seinen Zigarrenkasten. Längst hatte er es aufgegeben, Wilhelm mit seinem Zauber, wie er es nannte, zu beduppen. Denn eigentlich war es Mogelei, wie die St. Paulianer Jungs es nannten. Erst verkaufte er zwei Zigarren für den Preis von einer, und dann bot er rasch eine bessere Marke für einen Groschen mehr an, die er aus der anderen Seite der Kiste zog. Statt eines Bodens hatte sie auch dort einen Deckel. Doch mit dieser Posse legte er Wilhelm längst nicht mehr herein, und so erhielt dieser gleich die angeblich bessere Ware, die von der schlechteren weder geschmacklich noch in Größe oder Form zu unterscheiden war. Wilhelm tat Hannes auch heute wieder den Gefallen, kaufte ihm zwei Zigarren ab und spendierte ihm sogar noch einen extra Groschen, damit er sich später ein Gläschen seines geliebten Kümmels mit Himbeere kaufen konnte, den es in den Eckkneipen an der Taubenstraße gab, und betrat Thereses Theater.

Wie gewohnt stand Therese zu dieser Stunde Gläser waschend hinter der Theke, die sich am rückwärtigen Ende des kleinen, gemütlich eingerichteten Vorführraums befand, der etwa zwanzig runden Tischen Platz bot.

Auf der Bühne fand gerade eine Probe der heutigen Aufführung statt. Eine junge Frau, Wilhelm schätzte sie auf Anfang zwanzig, sang einen Gassenhauer und bemühte sich, in besonders aufreizender Art und Weise die Hüften zu schwingen.

»Sieh an, wer sich auch mal wieder blicken lässt«, begrüßte Therese ihn mit einem Lächeln und legte ihr Geschirrtuch zur Seite.

Sie trug eine schlichte weiße Bluse mit einem schwarzen Rock und war ungeschminkt. Ihr blondes Haar hatte sie nachlässig am Hinterkopf hochgesteckt. Erst für die Abendvorstellung würde sie sich herausputzen, und dann würde ein wenig von der Schönheit zu erahnen sein, die sie einst berühmt gemacht hatte. »Und ich dachte schon, du hättest mich vergessen.« Sie wandte sich kurz von ihm ab und rief dem Mädchen auf der Bühne zu, dass es Pause machen konnte. Die Sängerin namens Emma verstummte und verschwand hinter der Bühne.

»Wie lange ist es her, dass du zuletzt hier warst?«, fragte Therese Wilhelm. »Drei oder vier Wochen?«

»Letzteres, befürchte ich«, antwortete er und küsste Therese auf die Wange.

Sie schnupperte an seinem Mantel.

»Hast wieder diese scheußlichen Asthmadinger geraucht. Was das Zeug aber auch elendig stinkt. Hilft es denn wenigstens? Schmecken können sie bei dem Gestank ja wohl kaum.«

»Sonst würde ich sie ja nicht rauchen«, erwiderte er.

»Auch wieder wahr. Kaffee? Soll auch Wunder für die Lungen bewirken, hab ich mir sagen lassen. Und er riecht besser.«

»Gern«, erwiderte Wilhelm und setzte sich auf einen der Barhocker. »Ich kann heute leider nicht allzu lang bleiben, denn zurzeit liegt viel Arbeit auf meinem Tisch, und auch zu Hause geht es mal wieder drunter und drüber. Dorothea hat gekündigt, und das ausgerechnet einen Tag vor Riekes großem Geburtstagsessen.«

»Och je, was für eine Misere«, erwiderte Therese gespielt entrüstet, während sie Kaffeepulver in einen Filter löffelte und heißes Wasser darüber goss.

»Ich weiß, ich weiß« – Wilhelm hob abwehrend die Hände –, »Luxussorgen. Aber Rieke bedeutet dieser Abend eine ganze Menge, denn ihr neuer Schwarm, Georg Paulsen, ist mit seiner Schwester geladen, und deshalb möchte sie natürlich, dass alles perfekt ist.«

»Georg Paulsen.« Therese zog eine Augenbraue in die Höhe, was Wilhelm in Alarmbereitschaft versetzte. »Lass mich raten«, fuhr Therese fort, »wegen ihm bist du hier. Erkundigungen bei der Fachfrau einholen, bevor dein behütetes Töchterchen in ihr Unglück rennt.«

»Ist es denn so schlimm?«, fragte Wilhelm entsetzt.

»Nicht wirklich«, beruhigte Therese ihn. »Doch er hat es schon mit den Frauen, und gern geht er weiter, wenn du verstehst, was ich meine.«

Sie sah ihn vielsagend an.

»Ach du meine Güte.«

Therese stellte Wilhelm den Kaffee hin, griff nach einem Küchentuch und polierte erneut die Gläser.

»Bei unseren Mädchen ist es in Ordnung, wenn er mal grapscht«, setzte Therese ihre Erklärung fort. »Das sind wir ja gewohnt. Aber es geht das Gerücht um, dass er neulich ein gut situiertes Mädchen unsittlich berührt haben soll. Die Tochter eines Kaufmanns, soweit mir zugetragen wurde. Angeblich soll sein Vater sie mit Geld zum Schweigen gebracht haben, damit es keinen Skandal gibt. Wenn du mich fragst, hat da ein Mädchen versucht, sich einen Ehemann zu angeln, und es ist schiefgegangen. So sind sie, die verwöhnten Dinger aus besserem Hause. Wenn sie etwas nicht bekommen, können sie zu kleinen Racheengeln werden und den Ruf eines ehrenwerten Mannes mit einem Schlag zerstören.« Sie zwinkerte Wilhelm zu.

»Du denkst also, ich sollte es bei der Einladung zum Abendessen belassen?«

»Wenn du es dir nicht mit Rieke verscherzen möchtest. Sie ist noch sehr jung, wird gerade mal achtzehn. In dem Alter schwärmen sie doch alle drei Wochen für irgendeinen anderen. Bis sie heiratet, vergeht noch Zeit.«

»Wo du recht hast. Trotzdem gefällt mir die Sache nicht. Wenn einem jungen Mann schon solch ein Ruf vorauseilt. Ich werde wohl mit Marta über die Angelegenheit sprechen müssen.«

»Tu das«, erwiderte Therese. »Wie geht es ihr denn? Erst neulich hab ich sie auf dem Fischmarkt mit einem der Weiber verhandeln sehen. In ihr steckt immer noch das alte Pensionsmädchen von früher. Ich denke, die gute Nele Bartels wird sie ordentlich vermissen. Marta hätte eine hervorragende Nachfolgerin für ihre Pension abgegeben.«

»Das hört sich ja beinahe so an, als wäre es ein Fehler von ihr gewesen, mich zu heiraten«, konstatierte Wilhelm.

»Nein, das war es nicht, denn sie liebt dich. Aber durch eine Heirat kann man einen Menschen nicht grundlegend verändern.«

»Ich weiß«, erwiderte Wilhelm seufzend. »Und vielleicht ist es ja gerade das, was ich an ihr so liebe. Sie ist anders als die anderen Damen des Bürgertums. In ihr steckt so viel Kraft und eigener Wille, was ich sehr bewundere. Aber die Gesellschaft ist nun einmal, wie sie ist. Ich habe mir mit den Jahren einen gewissen Wohlstand erarbeitet, den wir zeigen können. Eine Frau ihres Standes handelt nicht wie ein dahergelaufenes Fischweib auf dem Markt, auch wenn es ihr Spaß macht. Was denkst du denn, weshalb uns unsere Köchin davongelaufen ist?«

»Weil Marta nicht müde geworden ist, ihre Arbeit zu erledigen«, antwortete Therese mit einem Lächeln. »Wenn das allerdings Dorothea Martens gewesen ist, die früher bei den Neumanns in Diensten stand, kann ich Martas Verhalten durchaus verstehen, denn Dorothea ist weder eine gute Wirtschafterin noch eine gute Köchin. Sei froh, dass ihr sie los seid.«

»Gibt es in dieser Stadt eigentlich irgendetwas, was du nicht weißt?«, fragte Wilhelm kopfschüttelnd.

»Ach, Wilhelm, Hamburg ist ein Dorf. Das müsstest du doch wissen.«

»Ja, leider. Man kann nur hoffen, dass sich manche Dinge nicht herumsprechen.« Plötzlich klang seine Stimme sorgenvoll.

»Dachte ich mir doch, dass dein Kommen nicht nur etwas mit Georg Paulsen zu tun hat«, erwiderte Therese. »Raus mit der Sprache. Was ist wirklich los?«

»Mit Jacobsen geht es bergab. Ich rede mir ständig ein, dass es nicht so ist, aber die Anzeichen dafür häufen sich. Schlechte Ware, verlorene Schiffe. Er wirtschaftet nicht mehr so gut wie früher. Es ist, als würde ihm die Leidenschaft fehlen.«

»Daher weht also der Wind. Du sorgst dich um das Kapital, das du letztes Jahr in sein Unternehmen gesteckt hast. Zwei Drittel deiner Erbschaft sind es gewesen, nicht wahr?«

Wilhelm nickte. »Ich dachte, er würde mich dann endlich zum Partner ernennen. Aber er hat es bis heute nicht getan. Stattdessen vergräbt er sich immer mehr in seinem Kummer über den verlorenen Sohn und lässt den Betrieb den Bach runtergehen.«

»Und dein Vermögen gleich mit«, ergänzte Therese.

Wilhelm nickte. »Ich weiß, du hattest mir damals davon abgeraten. Hätte ich nur auf dich gehört. Aber ich dachte …« Er winkte ab. »Jetzt ist es auch schon egal. Ändern können wir es sowieso nicht mehr. Und vielleicht wird es ja wieder besser. Wenn die nächste Lieferung klappt, könnte es gerade noch mal gut gehen, und wir schreiben keine roten Zahlen.«

»Na, das hört sich doch gut an«, erwiderte Therese, um einen aufmunternden Tonfall bemüht. »Darauf einen Korn, bevor ich dich leider rauswerfen muss, weil du ja nicht lang bleiben wolltest?« Sie schenkte ihm ein Lächeln.

Therese stellte zwei Schnapsgläser auf den Tresen, füllte sie jedoch, wie gewohnt, nur zur Hälfte.

»Wir wollen ja noch arbeiten«, sagte sie die vertrauten Sätze, die er schon so oft gehört hatte, und streckte ihm ihr Glas zum Anstoßen entgegen. »Darauf, dass die Geschäfte bald wieder besser laufen, und auf Rieke. Möge ihr der Herrgott ein langes Leben und viele Kinder schenken, mit welchem Mann auch immer.«

Sie stießen an und kippten den Schnaps hinunter. Es folgte die übliche Verabschiedung mit einem Küsschen auf die Wange und dem Versprechen von Wilhelm, baldmöglichst wieder vorbeizuschauen. Dann verließ er das kleine Theater und schlug auf der Straße zum Schutz vor dem stärker gewordenen Regen den Mantelkragen hoch.

7

»Wie ... abgesagt?« Rieke sah ihre Mutter über den gedeckten Abendbrottisch hinweg fassungslos an. »Aber, ich meine ...« Ihr fehlten die Worte. Sie blickte zu ihrem Vater, dessen Miene ernst war.

»Du hattest doch extra Fanny gebeten, zu uns zu kommen und zu helfen. Tante Nele hatte zugestimmt. Es war also alles in bester Ordnung.«

»Wir haben es uns eben noch einmal anders überlegt und sehen es als das Beste an, nun doch im Kreis der Familie zu feiern«, erwiderte Marta, die sich nicht getraute, ihrer Tochter ins Gesicht zu sehen. Sie war schockiert gewesen, als Wilhelm ihr in einem Telefonat am Nachmittag von dem zweifelhaften Ruf Georg Paulsens erzählt hatte. Solch einen Weiberheld wollte sie auf gar keinen Fall in ihrem Haus empfangen, auch wenn ihre Absage des Essens Rieke gegen sie aufbringen würde. Das Mädchen würde sich schon wieder beruhigen. Es war ja nur zu ihrem Besten, und andere Mütter hatten auch hübsche Söhne.

»Es ist wegen Georg, nicht wahr? Ihr habt von den Verleumdungen gehört, die Henni, dieses verdammte Biest, nur deshalb in die Welt gesetzt hat, weil er ihr einen Korb gegeben hat.«

Marta sah zu Wilhelm, der schwieg. Was er stets tat, wenn es schwierig wurde. Ida, die ebenfalls mit am Tisch saß, hatte zu essen aufgehört und blickte gespannt in die Runde.

»Es ist nicht nur das, Liebes. Allgemein scheint es schlecht um den Ruf des jungen Mannes bestellt zu sein«, begann Marta, ihre Entscheidung, das geplante Abendessen kurzfristig abzusagen und durch einen familiären Theaterbesuch zu ersetzen, zu verteidigen. »Ich weiß ja, dass du sehr an ihm hängst, aber ...«

»Ihr glaubt den Unsinn also«, fiel Rieke ihrer Mutter ins Wort und sprang auf. »Das sind doch alles nur Verleumdungen. Georg ist der Beste, der Liebste ... Ach, was wisst ihr schon ...« Sie begann zu heulen. »Wenn es das Abendessen nicht gibt, dann will ich meinen Geburtstag gar nicht feiern und auch nicht ins Theater gehen.«

Wütend stürmte sie aus dem Raum und schlug laut die Tür hinter sich zu. Marta zuckte zusammen. Für einen Moment herrschte betretenes Schweigen, dann sagte sie leise: »Vielleicht war es ja doch die falsche Entscheidung, und wir sollten das Essen trotz allem noch abhalten.«

»Damit wir zum Gespött der Leute werden«, entgegnete Wilhelm. »Sämtliche Spatzen Hamburgs pfeifen von den Dächern, dass dieser Bursche ein Luftikus und Weiberheld ist. Ich möchte nicht, dass meine Tochter Umgang mit ihm pflegt. Das ist mein letztes Wort. Und wenn sie nicht ins Theater gehen möchte, dann ist es eben so.« Er klang bestimmt, und Marta wusste, dass er recht hatte. Und Rieke würde es gewiss auch bald einsehen, so hoffte sie jedenfalls. Es war doch nur die Schwärmerei eines jungen Mädchens, mehr nicht. In einigen Woche würde der nächste Kandidat auf der Matte stehen, der hoffentlich einen weniger zweifelhaften Ruf genoss.

Vom Flur her war ein Geräusch zu hören, das Marta aufmerken ließ.

»War das gerade die Haustür, die ins Schloss gefallen ist?«, fragte sie verwundert. Sie erhob sich, trat ans Fenster und blickte auf die in der abendlichen Dämmerung versinkende Straße, auf der sich wegen des Regens große Pfützen gebildet hatten. Es dauerte nicht lang, bis Rieke aus dem Haus kam, eine Droschke heranwinkte und einstieg.

»Es ist Rieke«, sagte sie alarmiert.

»Das auch noch«, entrüstete sich Wilhelm. »Was fällt ihr ein, ohne meine Erlaubnis das Haus zu verlassen? Ich hab gute Lust, das Theater für morgen Abend auch noch abzusagen.« Er begann, vor lauter Aufregung zu husten, und versuchte, den Anfall mit einem Schluck Wein zu beruhigen.

»Gewiss fährt sie zu Lotte«, sagte Ida. »Zu ihr fährt sie doch immer, wenn sie jemanden zum Ausheulen braucht.«

»Wollen wir es hoffen«, erwiderte Marta und wandte sich vom Fenster ab. »Unser kleiner Sturkopf.« Sie schüttelte den Kopf und setzte sich wieder. »Gleich nachher werde ich bei Ohlhabers anrufen und mich erkundigen, ob sie gut angekommen ist. In Momenten wie diesen lobe ich mir die Einrichtung des Telefonnetzes. Es macht so viele Dinge bedeutend leichter und schont die Nerven.«

»Hausarrest wird sie trotzdem erhalten«, erwiderte Wilhelm, der sich wieder beruhigt hatte. »Einfach so fortlaufen. Was für ein Benehmen. Jetzt muss ein für alle Mal Schluss sein mit ihren Allüren, sonst schicke ich sie zu meiner Schwester aufs Land, wo sie lernen wird, was hart arbeiten bedeutet.« Marta erwiderte nichts. Die Drohung mit seiner Schwester, die er selbst nicht sonderlich leiden konnte, sprach Wilhelm nicht zum ersten Mal aus. Niemals würde er sie jedoch wahr machen. Dafür liebte er seine Tochter viel zu sehr.

Ihr Blick fiel auf ihren Teller, auf dem ein Käsebrot mit Essiggürkchen lag, und sie schob ihn von sich weg.

»Mir ist der Appetit vergangen. Ich werde mal nach Marie sehen. Merle wird bestimmt bald nach Hause gehen wollen, und vielleicht schläft die Kleine noch nicht.« Sie erhob sich und verließ den Raum. Als sie am Herrenzimmer vorüberlief, klingelte das Telefon.

Wer kann das um diese Zeit noch sein?, fragte sie sich, ging zu dem Apparat und nahm den Hörer ab.

»Ist dort der Anschluss Stockmann?«, rief jemand aufgeregt. Marta bejahte.

»Es brennt. Wilhelm Stockmann soll kommen. Hören Sie, ein Feuer. Es brennt.«

Wilhelm, den das Klingeln des Telefons neugierig gemacht hatte, trat hinter Marta. Verständnislos hielt sie ihm den Hörer hin und sagte: »Ein Feuer.«

Wilhelm riss ihr den Hörer aus der Hand, lauschte kurz, versprach, sofort zu kommen, beendete das Gespräch und eilte in den Flur. Marta folgte ihm. »Ein Feuer. Um Himmels willen, wo denn?«

»In der Lagerhalle am Niederhafen. Zum Teufel noch mal, dort liegen all unsere Waren. Ich muss sofort hin. Vielleicht ist noch was zu retten.« Er schlüpfte in seinen Mantel, setzte seinen Hut auf und verließ ohne ein weiteres Wort die Wohnung. Laut fiel die Tür hinter ihm ins Schloss.

Marta blieb im Flur stehen. Sie spürte ihren Herzschlag, ihre Hände zitterten. Was war das nur für ein schrecklicher Abend. Erst das Ärgernis mit Rieke und jetzt auch noch ein Feuer. Hoffentlich war niemandem etwas zugestoßen. Arbeitete Joachim Mertens nicht oftmals bis in die Abendstunden?

Es war Merle, die sie aus ihren Gedanken riss, indem sie neben sie trat und sie vorsichtig an der Schulter berührte.

»Ich wäre dann so weit«, sagte sie. »Marie liegt im Bett und schläft bereits.«

Marta nickte. »Ist gut, Merle. Geh ruhig nach Hause. Wenigstens auf dich ist in diesem Haus noch Verlass, wenn schon alles andere drunter und drüber geht.« Sie nickte dem Mädchen mit einem müden Lächeln zu.

»Das wird bestimmt wieder«, antwortete Merle aufmunternd. »Meine Mutter sagt immer, wenn ich Kummer habe: Morgen früh geht die Sonne wieder auf, und dann beginnt ein neuer Tag, um glücklich zu sein.«

»Dann wollen wir mal hoffen, dass sie dieses Mal recht hat«, erwiderte Marta seufzend. »Richte ihr bitte schöne Grüße von mir aus.«

»Das mach ich«, antwortete Merle und verabschiedete sich. Nachdem sich die Tür hinter ihr geschlossen hatte, ging Marta zurück ins Esszimmer, wo sie Ida vorfand, die eine ihrer Gewürzgurken vom Käsebrot stibitzte und in den Mund schob.

»Wenigstens einen Nutznießer muss das ganze Durcheinander ja haben«, sagte Marta. Idas schuldbewusste Miene brachte sie zum Schmunzeln.

»Ich dachte, du magst dein Abendbrot nicht mehr ... und bevor es schlecht wird.« Ida setzte eine Unschuldsmiene auf.

»Wo du recht hast.« Zärtlich strich Marta Ida über den blonden Schopf.

»Liest du mir noch etwas vor?«, fragte Ida vorsichtig.

»Aber natürlich«, antwortete Marta und fragte: »Das mit Rieke war schon gut so, oder?«

»Ich mochte ihn von Anfang an nicht. Er ist schnöselig. Und Weiberhelden geht man besser aus dem Weg. Jedenfalls sagt das meine Freundin Alberta, und die muss es ja wissen, denn sie hat fünf ältere Geschwister.«

»Wenn Alberta das sagt«, erwiderte Marta schmunzelnd und begann, den Tisch abzuräumen.

8

Nach einer kurzen Nacht stand Wilhelm vor dem ausgebrannten Lagerhaus am Niedernhafen und starrte auf die verkohlten Trümmer. Im grauen Licht des neuen Tages zeigte sich das ganze Ausmaß der Zerstörung. Sie hatten nichts retten können. Alles war verbrannt. Er beobachtete die Männer der Feuerwehr dabei, wie sie zwischen den Überresten seiner Existenz hin und her liefen, auf der Suche nach dem Mann, auf den er all seine Hoffnungen gesetzt hatte. Thomas Jacobsen, der, wie vermutet wurde, in dem Feuer umgekommen war.

Joachim Mertens stellte sich schweigend neben ihn und zündete sich eine Zigarette an. Es begann zu regnen, ja, regelrecht zu schütten. Die beiden Männer regten sich nicht. Wie begossene Pudel standen sie da, sich wohl bewusst, dass sie die Trümmer jahrelanger Arbeit vor sich hatten. Irgendwann wurde die verkohlte Leiche von Jacobsen gefunden und abtransportiert. Die beiden Männer verharrten trotzdem im Regen. Wohin sollten sie auch gehen? Nach Hause? Keinem von beiden stand der Sinn danach.

»Ich hätte ihn nicht allein lassen dürfen«, begann Mertens irgendwann zu sprechen. »Er hatte bereits zu viel getrunken und war ziemlich verzweifelt.«

»Verzweifelt?« Wilhelm sah Mertens überrascht an.

»Gestern kam, kurz bevor ich gehen wollte, noch ein Anruf rein. Der Handel mit dem Kakao aus Afrika ist geplatzt. Jacobsen war vollkommen außer sich. Ich konnte ihn nur mit Mühe beruhigen. Dann hat er zu saufen begonnen und irgendwas von der Kaffeemisere erzählt und dass er jetzt pleite wäre. Ich hab gefragt, was er damit meine, doch er wollte nichts dazu sagen. Würde doch alles nichts bringen, hat er erklärt und mich nach Hause geschickt. Und ich Tölpel bin gegangen. Bleiben hätte ich sollen und ihn nach Hause zu seiner Frau bringen. Die arme Petronella. Das werden jetzt schwere Zeiten, die auf sie zukommen.«

»Du denkst doch nicht etwa, er hat das Feuer selbst gelegt?« Ohne große Umschweife war Wilhelm zum vertraulichen Du übergegangen. Vorgesetzter und Angestellter waren sie jetzt sowieso nicht mehr.

»Was ich denke, spielt keine Rolle.« Mertens zuckte mit den Schultern. »Das Lagerhaus ist abgebrannt, der Chef ist tot, und sein treuloser Erbe wird gewiss dankend die ihm zustehende Versicherungssumme einstreichen. Falls überhaupt bezahlt wird. Wenn er die Hütte selbst angezündet hat, vermutlich nicht.«

»Therese hatte recht.« Wilhelm schüttelte den Kopf. »Ich hätte mich niemals darauf einlassen sollen. Schön dumm bin ich gewesen.«

»Auf was einlassen?«, fragte Mertens. »Und welche Therese?«

»Ach, nicht so wichtig.« Wilhelm winkte ab. »Ich geh besser nach Hause. Bin ja klatschnass. Marta wird mich zu Recht ausschimpfen.« Er begann zu husten.

»Ich begleite Sie ein Stück, Chef. Haben ja fast den gleichen Weg.«

»Ach, Mertens, nicht mehr Chef. Sag doch einfach Wilhelm zu mir.«

»Wenn Sie meinen, Chef, äh, Wilhelm. Ich werd's mir merken, Chef.« Die beiden Männer setzten sich in Bewegung und liefen im strömenden Regen durch Hamburgs belebte Straßen und Gassen. Ein waschechter Hamburger ließ sich vom Wetter nicht abschrecken und von Schietwetter gleich zweimal nicht. Kurz bevor sie die Binnenalster erreichten, verabschiedete sich Joachim Mertens.

»Ich muss dann mal in die andere Richtung, Chef.« Er deutete nach links.

»Schon in Ordnung, Mertens. Wir sehen uns.«

»Aber sicher, Chef, ich meine, Wilhelm. Bis denne.« Mertens klag unsicher. Wie begossene Pudel standen sie einander für einen Moment gegenüber, dann ging jeder seiner Wege. Wilhelm erreichte kurz darauf den Alsterdamm. Das Badehaus *Alsterlust* lag verlassen da, als er daran vorüberlief. Ein aufkommender Wind zerrte an seinem durchnässten Mantel. Wilhelm begann zu frieren. Schietwetter, dachte er. Heute passte es hervorragend zu seiner Stimmung und fühlte sich sonderbarerweise gut an. Heller Sonnenschein und funkelnde Wellen wären unpassend gewesen. Wie sollte es jetzt nur weitergehen? Er hatte Kontakte, Freunde. Gewiss würde es einen Neuanfang geben. Bald schon, irgendwo, irgendwie. Doch sein Traum von dem hübschen Haus auf der Uhlenhorst für sich und seine Familie war vorerst ausgeträumt. Oder war er das nicht schon längst? Wann hatte er zuletzt daran gedacht? Existenzängste und Alltäglichkeiten hatten ihm dieses Vorhaben entrissen. Und jetzt war der Großteil seines Erbes fort, weil er ein Hornochse gewesen war. Vor Kälte zitternd, erreichte er den Holzdamm genau in dem Moment, als der Trompeter auf der nahen St.-Georg-Kirche den neuen Tag mit seinem Spiel begrüßte. Etwas Vertrautes, das ihn innehalten und zuhören ließ. Gewiss würde Marta wieder am Fenster in ihrem Lehnstuhl sitzen und ebenfalls seinem Spiel lauschen. Wie sollte er ihr nur beibringen, was geschehen war? Ihre hart erarbeitete, sichere Existenz und der Aufstieg in die bessere Gesellschaft Hamburgs – alles schien unvermittelt ins Wanken geraten zu sein. Eine Droschke fuhr an ihm vorüber und hielt vor ihrem Haus. Die Tür öffnete sich, und Rieke entstieg dem Gefährt. Ihr folgte Georg Paulsen. Ungläubig beobachtete Wilhelm die Szene, die sich vor seinen Augen abspielte. Georg küsste seine Tochter sogar zum Abschied. Und das nicht nur auf die Wange. Es dauerte eine schiere Ewigkeit, bis die beiden voneinander abließen und Rieke im Haus verschwand. Wilhelm hätte jetzt losstürmen und sich diesen Georg schnappen, ihn ein für alle Mal in seine Schranken verweisen müssen, doch er tat es nicht. Wie angewurzelt blieb er an Ort und Stelle stehen und sah dabei zu, wie Georg Paulsen zurück in die Droschke stieg und diese davonfuhr. Was sollte er jetzt tun? War es zum Äußersten gekommen? Hatte sie etwa die Nacht bei diesem Schürzenjäger verbracht? Er begann, zu husten und nach Luft zu japsen. Ein Gefühl der Beklemmung breitete sich in seiner Brust aus. Keuchend griff er sich an den Hals. Nicht jetzt, kein Anfall, bloß nicht die Kontrolle verlieren. Atmen, ruhig ein- und ausatmen. Es gelang ihm nicht. Er zerrte hektisch an seiner Krawatte und versuchte vergeblich, seinen Kragen aufzuknöpfen. Plötzlich drang eine vertraute Stimme an sein Ohr, und Hände legten sich auf seine Schultern. Es war Merle, ihr Kindermädchen, die ihn stützte und ihm zum Haus half. Irgendwie schaffte er mit ihrer Hilfe die Treppen nach oben und in die Wohnung, wo ihn Marta in Empfang nahm, die beruhigend auf ihn einzureden begann und Auguste anwies, sofort den Arzt zu verständigen.

9

Rieke folgte Louise, einen Nachttopf in der Hand, die Treppe nach unten und beförderte mit gerümpfter Nase dessen Inhalt in die Etagentoilette.

»Kipp Wasser hinterher, damit es nicht so scheußlich stinkt. Und dann füllst du den Eimer gleich unten in der Waschküche wieder auf, kümmerst dich um die anderen Nachttöpfe und wäschst sie später ordentlich aus.«

»Alle? Das werde ich auf gar keinen Fall machen«, entgegnete Rieke trotzig und verschränkte die Arme vor der Brust. Was bildete sich diese Louise, ein einfaches Zimmermädchen, eigentlich ein, so mit ihr umzuspringen?

»Natürlich wirst du es machen. Sonst beschwer ich mich bei deiner Großtante, und sie berichtet alles brühwarm deiner Mutter. Und glaub bloß nicht, ich wüsste nicht, was du ausgefressen hast. Du kannst von Glück reden, dass du nur hier gelandet bist. Mein Vater hätte mich vermutlich dermaßen verprügelt, dass ich drei Tage nicht sitzen könnte, und ich hätte Hausarrest bis an mein Lebensende bekommen. Also, hör auf zu jammern. Wenn du mit den Nachttöpfen fertig bist, wirst du den Dielenboden im ersten Stock schrubben und die Betten in Zimmer drei, vier, sieben und acht neu beziehen. Und wehe, es ist nicht ordentlich gemacht.«

Rieke warf dem Zimmermädchen einen bösen Blick zu.

Louise grinste hämisch und lief, eine Melodie summend, die Treppe wieder hinauf. Rieke konnte es nicht fassen. Was war diese Person nur für ein Biest. Sie, Rieke, musste die ganze Arbeit erledigen, und Louise würde sich einen schönen Lenz machen. Das würde sie ihr heimzahlen und ihrer Mutter auch. Diese Form der Bestrafung war das Letzte. Sie wollte sich noch immer nicht so recht eingestehen, dass ihr Verhalten falsch gewesen war. Eigentlich hatte Rieke nach ihrem Besuch bei Lotte nach Hause fahren wollen. Doch von deren Wohnung war es nur ein Katzensprung zu Georgs Haus, das direkt am Ufer der Außenalster lag und, von einem parkähnlichen Gelände umgeben, beinahe wie ein kleines Schloss wirkte. Also hatte sie beschlossen, dorthin zu gehen. Leider war sie während der kurzen Strecke in einen starken Regenschauer geraten und vollkommen durchnässt worden. Zu ihrem Glück war Georg nur wenige Minuten nach ihr eingetroffen. Er entstieg gemeinsam mit seiner Schwester Mathilde einer Droschke, und selbstverständlich bemühten sich die beiden sofort um sie und brachten sie in das beeindruckend luxuriöse Haus. Georg hatte sie in die Bibliothek geführt, wo sie sich am offenen Kamin aufwärmen konnte. Zufällig waren Georgs Eltern verreist gewesen. Eine Fahrt in die Kolonien zu einer Tante, die dort eine große Plantage besaß. Georgs Dienstboten hatten sie mit einem Imbiss versorgt. Seine Schwester, die ein Gläschen Wein zu viel getrunken hatte, zog sich schon bald zurück. Irgendwann hatte Georg sich neben sie gesetzt und sie geküsst. Voller Zärtlichkeit und Leidenschaft, aber sonst war nichts geschehen. Da hatte sie auf Lotte gehört, die erklärt hatte, man solle bloß nicht die Beine breit machen und sich auf keinen Fall entkleiden lassen. Wenn man das tun würde, dann wäre alles zu spät. Georg hatte ihr sogar seine Liebe gestanden. Irgendwann war sie auf dem Sofa eingeschlafen. Als sie erwachte, dämmerte es bereits. Georg überreichte ihr eine rote Rose und gratulierte ihr zum Geburtstag. Ganz Gentleman, hatte Georg sie danach nach Hause gebracht, und dann war die Hölle losgebrochen.

Und jetzt musste sie drei unendlich lange Wochen mit Jule, der Küchenhilfe, unter dem Dach hausen, diese schreckliche Dienstbotenkleidung tragen und scheußlich stinkende Nachttöpfe ausleeren. Seufzend machte Rieke sich mit dem Toiletteneimer auf den Weg in die Waschküche, um ihn wieder aufzufüllen. Dort traf sie auf zwei Wäscherinnen, die sie neugierig musterten. Anscheinend schienen die beiden noch nicht über ihr Vergehen aufgeklärt worden zu sein.

»Wer bist du denn? Bist neu hier, oder?«, fragte die eine. Ihr Haar war bereits ergraut, und sie sprach mit holländischem Akzent.

Rieke entschied sich, keine Antwort zu geben. Sie wollte nicht mit Wäscherinnen, Dienstboten oder Zimmermädchen reden, wollte keine Nachttöpfe reinigen oder Böden schrubben. Irgendwie galt es, diese drei Wochen zu überstehen, und dann würde sie gemeinsam mit Lotte einen Plan schmieden, wie sie ihre Eltern doch noch davon überzeugen konnte, dass Georg der Richtige für sie war. Gewiss hatten sich die Wogen bis dahin wieder geglättet, und sie könnten noch einmal in Ruhe über alles reden.

»Die Deern redet wohl nicht mit jedem«, sagte die andere Wäscherin in breitem Dialekt. Mundart, dachte Rieke. Was auch sonst. Wie sehr sie den Ausdruck Deern verabscheute. Er hatte so etwas Bäuerliches. In der besseren Gesellschaft Hamburgs würde niemals jemand auf die Idee kommen, solche Ausdrücke zu verwenden.

Sie drehte den Wasserhahn ab und hievte umständlich den Eimer aus dem Becken. Dabei schwappte Wasser über und auf ihre Schürze. Sie schrie erschrocken auf und ließ den Eimer fallen. Ein See breitete sich auf dem Fliesenboden aus.

»Da sieh dir die Deern an«, sagte die eine Wäscherin kopfschüttelnd. »Zu dumm, um einen Eimer Wasser zu füllen.«

Genau in diesem Moment betrat Nele die Waschküche und blickte missbilligend auf den nassen Fußboden.

»Ach, Rieke, Kind. Sieh, was du wieder angerichtet hast. Und was machst du eigentlich hier unten? Ich suche dich schon überall. Fanny braucht dich in der Küche, Kartoffel schälen. Es soll heute Mittag Reibekuchen mit Krabben für die Gäste geben. Die müssen auch noch gepult werden. Sieh zu, dass du schnell aufwischst und nach oben kommst. Wir haben schließlich nicht den ganzen Tag Zeit.«

»Was soll ich denn noch alles machen?«, entrüstete sich Rieke. Nele, die gerade den Raum verlassen wollte, wandte sich um.

»Nachttöpfe ausleeren und reinigen, Wassereimer nachfüllen, den Fußboden schrubben, Kartoffeln schälen, Krabben pulen. Wenn das so weitergeht, mache ich bald gar nichts mehr.« Rieke verschränkte die Arme vor der Brust und sah Nele mit vor Wut blitzenden Augen an. Die beiden Wäscherinnen ließen von ihrer Arbeit ab und blickten gebannt von einer zur anderen. So eine großartige Darbietung wie diese gab es in der Waschküche selten. Nele erwiderte Riekes Blick für einige Sekunden mit ernster Miene, dann verließ sie wortlos den Raum. Verblüfft schaute Rieke ihr nach. Was bildete sich diese Person ein, ihr keine Antwort zu geben? Oh, sie hatte Tante Nele noch nie leiden können, die auch nicht besser war als die Marktweiber auf dem Fischmarkt.

»Also, wenn ich dir einen Rat geben dürfte, mien Deern«, merkte eine der Waschfrauen an. »Wenn sie nichts mehr sagt, könnte es schwierig werden. Ich an deiner Stelle würde jetzt schleunigst zusehen, meine Arbeit zu erledigen, oder du bist die längste Zeit hier gewesen. Mit Nele Bartels ist nicht gut Kirschen essen, wenn sie richtig wütend wird. Das kann ich dir sagen.«

»Ach, was wisst ihr schon«, erwiderte Rieke barsch und verließ den Raum.

Jetzt war es genug. Dieser vermaledeite Unsinn musste auf der Stelle ein Ende haben. Kartoffeln schälen, Nachttöpfe ausleeren. Gar nichts würde sie mehr machen. Sie eilte die Treppe nach oben in die winzige Dachkammer, wo sie, vor sich hin schimpfend, damit begann, sich der scheußlichen Dienstbotenkleidung zu entledigen. Es dauerte einige Minuten, bis ihr auffiel, dass sie nicht allein im Raum war. Jule lag in ihrem Bett und weinte leise.

Verdutzt hielt Nele inne, ihre Bluse aufzuknöpfen, und fragte: »Jule, was machst du denn hier oben? Solltest du nicht in der Küche sein?«

Jule antwortete nicht. Rieke trat näher.

»Du weinst ja. Was ist denn passiert?«

»Mein Kopf. Er zerspringt gleich«, antwortete das Mädchen leise. »Aber das darf er nicht. Ich muss doch arbeiten. Sonst werfen sie mich raus.«

»Niemand wirft dich raus, nur weil dir der Kopf wehtut«, erwiderte Rieke. Prüfend legte sie die Hand auf die Stirn des Mädchens und zog sie erschrocken zurück.

»Himmel, du bist ja glühend heiß. Ich gehe und hole Tante Nele. Wir brauchen einen Arzt.«

»Nein, bitte nicht. Nichts sagen. Nur 'n büschen ausruhen, dann geht es gleich wieder. Sonst wirft sie mich raus.«

»Das wird Tante Nele gewiss nicht machen«, versuchte Rieke, das Mädchen zu beruhigen. »Man entlässt doch niemanden, weil er krank ist.«

»Ach, was weißt du schon«, entgegnete Jule mit matter Stimme. »Bitte, bleib. Nur ein wenig ausruhen und die Augen zumachen. Dann geht es gleich wieder.«

Jule schloss die Augen und dämmerte weg. Schweißperlen standen ihr auf der Stirn, und sie schlotterte am ganzen Körper. Das arme Ding. Rieke deckte sie fürsorglich zu, kleidete sich rasch wieder an und verließ den Raum, um sich auf die Suche nach Tante Nele zu machen.

Sie traf diese im Speiseraum an, wo sie gerade einen der Tische abräumte.

»Tante Nele«, rief sie, »du musst schnell kommen. Jule ist krank.«

Nele blickte auf. »Jule?«

»Sie liegt oben in der Kammer und ist glühend heiß.«

»Ach du meine Güte.«

Nele ließ sofort alles stehen und liegen und folgte Rieke nach oben.

In der Dachkammer angekommen, setzte sie sich neben Jule aufs Bett und legte ihr prüfend die Hand auf die Stirn.

»Du hast recht, Rieke, sie hat hohes Fieber. Wir müssen es unbedingt gesenkt bekommen.«

»Nicht sagen«, murmelte Jule. »Nicht sagen.«

»Es ist alles gut, mien Deern«, tröstete Nele das Mädchen und tätschelte ihr den Arm. »Wir sind bei dir und kümmern uns um dich.« Sie wandte sich an Rieke: »Das Beste wird sein, wir schaffen sie in eines der Gästezimmer. Dort haben wir mehr Platz. Kannst du mir dabei helfen?«

»Ja, gern.«

»Und jemand muss bei ihr bleiben und sich kümmern. Wir müssen Wadenwickel machen, irgendwie das Fieber runterbekommen. Sonst verglüht sie uns noch.«

»Das kann ich machen«, bot sich Rieke an. »Ich weiß, wie man Wadenwickel macht.«

»Das ist gut. Dann schaffen wir sie jetzt gemeinsam in Zimmer zehn, das ist gerade frei, und danach weise ich Louise an, dir alles Notwendige zu bringen. Und Fanny soll einen Fliedertee kochen. Hoffentlich ist es nichts Schlimmeres, und sie erholt sich bald wieder.« Nele winkte Rieke näher heran, und gemeinsam schafften sie es, Jule aufzurichten.

»Oh, mein Kopf«, stöhnte diese und murmelte: »Nur ein wenig ausruhen. Gleich geht es wieder. Nicht wegschicken. Bitte nicht wegschicken.«

»Natürlich nicht«, beschwichtigte Nele. »Rieke wird sich um dich kümmern. Du wirst sehen, bald ist alles wieder gut.«

Sie schafften Jule aus dem Raum und die Treppe nach unten. In Zimmer zehn angekommen, legten sie das Mädchen ins Bett, und Nele deckte sie liebevoll zu. Erneut bat Jule darum, nicht fortgeschickt zu werden. Sie hatte so starken Schüttelfrost, dass ihre Zähne aufeinanderschlugen.

»Wieso bittet sie denn ständig darum, nicht fortgeschickt zu werden?«, fragte Rieke.

»Ach, Kind«, antwortete Nele, »von der Welt der Dienstboten hast du wirklich keine Ahnung, oder? Aber wie solltest du auch, so behütet, wie du aufgewachsen bist. Die Anstellung bei mir ist bereits ihre dritte. Im ersten Haushalt hat sich der Hausherr an ihr vergriffen, und sie ist fortgelaufen. Im zweiten Haushalt wurde sie wegen Krankheit rausgeworfen, was in Hamburg keine Seltenheit ist. Nach der ersten Kündigung findet sich meist eine neue Arbeit, aber nach der zweiten wird es schwierig. Dann landen viele der Mädchen in St. Pauli, und ich rede hier nicht von den besseren Etablissements wie deinem geliebten *Concertgarten*. Jule hat Glück gehabt, dass ich auf sie aufmerksam geworden bin. Bille hat mir von ihrem Schicksal berichtet, und da ich gerade ein zweites Küchenmädchen suchte, habe ich sie gleich eingestellt. Und ich werde einen Teufel tun und sie wegen dem bisschen Fieber entlassen.«

Neles Ausführungen trafen Rieke und veränderten mit einem Schlag ihre Sicht auf die vielen Dienstmädchen der Stadt. Nele erhob sich mit einem tiefen Seufzer. »Ich geh dann mal und organisiere alles. Es ist lieb von dir, dass du dich um Jule kümmern möchtest.« Sie klopfte Rieke im Vorbeigehen auf die Schulter und verließ den Raum.

Rieke setzte sich neben Jule aufs Bett. Das Mädchen hatte die Augen geschlossen und wimmerte vor sich hin. Liebevoll nahm Rieke ihre Hand.

»Das wird schon wieder. Du bist jetzt bei Tante Nele und in Sicherheit. Du musst keine Angst haben. Sie wird dich nicht wegschicken. Sie mag ja manchmal eigen sein, und, ehrlich gesagt, mochte ich sie nie besonders …« Sie kam ins Stocken und setzte neu an. »Vielleicht ist sie gar nicht so übel, wie ich immer dachte. Harte Schale, weicher Kern. Es tut mir leid, was dir geschehen ist. Aber jetzt bist du ja hier, und wir lassen dich nicht im Stich.« Sie verstummte, fischte ein Taschentuch aus ihrer Rocktasche und tupfte Jule einige Schweißtropfen von der Stirn. »Ich werde mich um dich kümmern. Bald ist alles wieder gut. Das verspreche ich dir.«

Kurz darauf brachte Nele eine große Schüssel Wasser und einige Tücher. Im Schlepptau hatte sie Louise, die Rieke einen bitterbösen Blick zuwarf. Ein wenig Schadenfreude keimte in Rieke auf. Jetzt musste die arme Louise doch tatsächlich die Nachttöpfe wieder selbst auswaschen.

Mit Neles Hilfe legte Rieke die ersten Wadenwickel an. Dann nahm sie auf einem Stuhl neben dem Bett Platz und beschäftigte sich damit, das feuchte Tuch auf Jules Stirn alle paar Minuten zu erneuern. Fanny brachte Tee, den Rieke ihr einzuflößen versuchte.

»Bist eine liebe Deern, Rieke, dass du dich so liebevoll kümmerst.« Sie tätschelte Rieke die Schulter und ging wieder. So verflossen die Stunden. Rieke wechselte in regelmäßigen Abständen die Wadenwickel, Nele brachte ihr etwas zu lesen, sogar Louise kam ab und an vorbei, um nach Jule zu sehen. Gegen Abend begann es vor dem Fenster zu stürmen, und der Regen klatschte gegen die Scheibe.

»Na, da können wir ja froh sein, dass wir heute nicht vor die Tür müssen«, sagte Rieke zu Jule. »Erst neulich bin ich arg in den Regen gekommen, weißt du. Wenn ich jetzt so darüber nachdenke. Vielleicht war es ja doch ein Fehler gewesen, die Nacht bei Georg zu verbringen. Er hätte mich an dem gleichen Abend noch heimbringen sollen. Aber es war so wunderschön, und in seinem Haus war es so gemütlich. Es liegt auf der Uhlenhorst, direkt am Alsterufer, und sieht mit seinen Türmchen und Erkern wie ein Schloss aus dem Märchen aus. Und dann hat er mich auch noch geküsst. So richtig, nicht nur auf die Wange. So wie es die Verliebten machen. Was wäre es wunderbar, wenn er mich heiraten würde.«

Jule murmelte etwas Unverständliches, drehte den Kopf zur Seite, und das Tuch auf ihrer Stirn rutschte aufs Kissen. Rieke nahm es, tauchte es in die Schüssel, legte es wieder auf Jules Stirn und sah das Mädchen nachdenklich an. »Aber was rede ich nur. Da erzähle ich dir von alldem, während du im Fieber liegst und bereits so schreckliche Dinge erdulden musstest. Dagegen sollte diese Stadt wirklich etwas unternehmen. Ich meine, das ist doch ungerecht. Ein Dienstherr, der sich an einem Mädchen vergreift, Entlassungen wegen Krankheit. So etwas darf es doch nicht geben.«

»Wahre Worte, mein Kind«, sagte plötzlich Nele hinter ihr, die von Rieke unbemerkt den Raum betreten hatte. »Nur leider wird niemand etwas tun.« Sie seufzte. »Stets sind die Mädchen die Leidtragenden. Und ich befürchte, daran wird sich so schnell auch nichts ändern.«

Prüfend legte sie die Hand auf Jules Stirn.

»Noch immer glühend heiß.« Sie schüttelte den Kopf.

»Wir machen einfach weiter«, sagte Rieke. »Irgendwann wird das Fieber schon runtergehen. Das muss es einfach.«

»Wenn es morgen nicht besser ist, werde ich wohl nach dem Arzt rufen lassen«, konstatierte Nele. »Vielleicht weiß er Rat.«

Sie streckte sich gähnend. »Was für ein Tag. Ich werde mich jetzt zurückziehen. Sollte noch etwas sein, weißt du ja, wo du mich findest.« Sie berührte kurz Riekes Schulter, dann verließ sie den Raum.

Rieke wünschte ihr eine gute Nacht. Auch sie war erschöpft, wollte die Müdigkeit jedoch nicht zulassen. Sie musste wach bleiben und sich kümmern. Entschlossen stand sie auf und schlug Jules Decke zurück.

»Wir wechseln jetzt die Wadenwickel, und dann trinkst du noch mal von dem guten Tee. Wir zwei werden uns doch von diesem bisschen Fieber nicht unterkriegen lassen.«

Sie erneuerte die Wickel und flößte Jule ein wenig von dem Tee ein. Der Regen vor dem Fenster ließ nach, und bald darauf wurde es im Haus still. Keine Schritte mehr auf der Treppe, keine Stimmen im Flur. Irgendwann begann Rieke, Jule vorzulesen, und schlief bereits nach wenigen Seiten erschöpft ein.

Es war Nele, die sie am nächsten Morgen mit einer sanften Berührung an der Schulter weckte. Erschrocken schoss Rieke in die Höhe.

»Ist etwas mit Jule?« Das war das Erste, was sie fragte.

»Nein, alles in Ordnung«, beruhigte Nele sie. »Das Fieber ist gesunken.«

»Tatsächlich.« Rieke blickte auf Jule, die schlafend in den Kissen lag.

»Das hast du großartig gemacht, mien Deern. Unsere Jule soll sich jetzt erst einmal richtig ausschlafen, und du gehst zu Fanny in die Küche, wo ein anständiges Frühstück auf dich wartet. Und danach packst du deine Sachen und machst dich auf den Heimweg.«

»Aber, was ist denn ... ich meine ... drei Wochen«, stammelte Rieke überrascht.

»Sind hiermit abgegolten. Bevor du gehst, werde ich noch mit deiner Mutter reden. Sie wird genauso stolz auf dich sein wie ich, denn du hast, trotz deines Dickschädels« – sie zwinkerte Rieke zu – »das Herz am rechten Fleck.«

»Oh, Tante Nele. Dass du so bist ... ich meine, sein kannst.« Spontan umarmte Rieke ihre Großtante, die, Tränen in den Augen, die Arme um das Mädchen legte. Endlich hatten auch Rieke und sie einen Weg zueinander gefunden. Und das war der kleine Fehltritt des Mädchens durchaus wert gewesen.

10

Dichter Nebel hing über dem Kirchhof und umhüllte die an der Friedhofsmauer stehenden Weiden. Das Wetter passte zum Anlass. Marta stand neben Wilhelm und lauschte den Worten des Pfarrers, der Jacobsens Leben Revue passieren ließ, von einem liebevollen Ehemann und Vater und dem erfolgreichen Geschäftsmann sprach, was sich wie blanker Hohn anhörte. Sie nahm Wilhelms Hand und drückte sie fest. Er schenkte ihr einen zärtlichen Blick. Es mutete sonderbar an, doch die letzten Tage hatten sie einander nähergebracht. Wilhelm hatte ihr sein Herz ausgeschüttet und gebeichtet, dass er Jacobsen viel Geld geliehen hatte, das jetzt verloren war. Die Idee, sein Geschäftspartner zu werden, hatte ihn jede Vernunft über Bord werfen lassen. Von einem Haus auf der Uhlenhorst hatte er geträumt, um sie damit zu überraschen. Doch jetzt war der Traum ausgeträumt. Kein Partner, kein Uhlenhorst, und plötzlich stand die Angst vor der Zukunft im Raum. Er war so dumm gewesen. Mit hängendem Kopf hatte er an seinem Schreibtisch im Herrenzimmer gesessen und nicht gewagt, seiner Frau in die Augen zu sehen. Sie hatte nichts geantwortet, war neben ihn getreten und hatte ihn schweigend in die Arme genommen. Sie wusste nicht mehr, wie lange sie ihn gehalten hatte.

Marta sah zu Jacobsens Witwe. Petronella, die, auf ihre Schwester gestützt, weinend vor dem Grab ihres Gatten stand, würde lernen müssen, was es bedeutete, kleinere Brötchen zu backen. Die mondäne Villa am Alsterufer würde sie nicht behalten können. Wilhelm hatte sie gestern besucht, um ihr seine und Martas Beileidsbekundungen zu überbringen und seine Hilfe anzubieten, die sie jedoch dankend ablehnte. Ihr Schwager wolle sich jetzt um alles kümmern. Sie selbst würde zu ihrer Schwester aufs Land ziehen.

Der Pfarrer beendete seine Ansprache, ging auf die Witwe zu, schüttelte ihr die Hand und trat zur Seite. Der Sarg wurde ins Grab hinabgelassen, und die Trauergesellschaft bekam die Gelegenheit, sich am offenen Grab von dem Toten zu verabschieden.

»Komm, lass uns gehen«, sagte Wilhelm zu Marta und zog sie von den Trauergästen fort, die sich in einer langen Reihe aufstellten. Einige von ihnen kannte Marta flüchtig: Damen von Teekränzchen und Abendgesellschaften, die jetzt ein neues Thema zum Tuscheln hatten. Das Ehepaar Mertens entfernte sich ebenfalls.

»Moin, Chef«, grüßte Joachim Mertens, lüpfte kurz seinen Hut und begrüßte im selben Atemzug Marta.

Marta und Wilhelm grüßten zurück.

»Na, auch schon auf dem Heimweg«, bemerkte Wilhelm.

»Auf den Blick in sein Grab kann ich gut und gern verzichten. Ich hatte ja überlegt, gar nicht zur Beerdigung zu kommen, aber meine Elly hat gemeint, das könnten wir nicht machen. Immerhin stand ich ja beinahe zwanzig Jahre in seinen Diensten. Zwanzig Jahre, das muss man sich mal vorstellen. Und dann so ein Ende.« Mertens schüttelte den Kopf.

»Ich kann es auch noch gar nicht fassen«, erwiderte Wilhelm, »und ich frage mich andauernd, wie er das alles angestellt hat. Ich hatte doch die Bücher ständig im Blick. Es wird mir vermutlich für den Rest meines Lebens ein Rätsel bleiben. Konntest du noch in Erfahrung bringen, was es mit dieser ominösen Kaffeemisere auf sich hatte?«

»Nein. Ich hatte die Billinger danach gefragt. So eine Sekretärin kriegt doch immer alles mit. Aber selbst sie wusste nichts von einem größeren Kaffeehandel zu berichten. Ein guter Freund meinte, Jacobsen könnte das Kolonialwarengeschäft längst nur zum Schein betrieben und seine Finger in ganz anderen, unsauberen Geschäften stecken haben. Aber dieser Vermutung werde ich gewiss nicht mehr nachgehen. Meine Elly und ich haben beschlossen, das Beste aus der Situation zu machen und aufs Land zu ziehen. Unsere Lütte hat doch einen Obstbauern im Alten Land geheiratet. In einem der Nebengebäude des Hofes können wir uns häuslich einrichten. Friedrich freut sich über jede helfende Hand, und die Deern ist ja schon wieder schwanger.«

»Ins Alte Land, wie schön. Was für eine wunderbare Idee. Dann wünschen wir euch viel Glück und natürlich alles Gute für die Lütte, wie hieß sie noch gleich?«

»Frieda. Aber für uns wird sie wohl immer die Lütte bleiben.« Er lächelte. »Und was wird mit Ihnen so, Chef?«

Wilhelm gab es auf, Mertens darauf hinzuweisen, dass er nicht mehr sein Chef war und sie sich eigentlich duzten.

»Ich bin im Gespräch mit der Reederei Wolfshagen. Er hat mir ja schon vor zwei Jahren ein Angebot zum Wechsel gemacht. Nun gut, die Zeit wird zeigen, wohin die Wege führen.«

»Ja, das wird sie«, erwiderte Mertens. Sie standen vor dem Haupteingang des Friedhofs. »Na dann, Chef. Alles Gute für Sie.«

Mertens streckte Wilhelm die Hand hin, die dieser fest drückte. Marta verabschiedete sich ebenfalls von den beiden. Mertens winkte eine der zahlreichen Droschken heran, die auf Kunden warteten. Thomas Jacobsens Beerdigung war an diesem unwirtlichen Tag nicht die einzige Beisetzung, und es galt, einige Trauergesellschaften zurück in die Altstadt zu befördern, wo in den Gaststätten und Cafés noch der eine oder andere Leichenschmaus stattfinden würde. Marta und Wilhelm überlegten, es den Mertens gleichzutun, verwarfen den Gedanken jedoch wieder und beschlossen, trotz des unwirtlichen Wetters durch den Botanischen Garten zurückzugehen.

Eine Weile liefen sie schweigend durch die im Nebel versunkenen, stillen Parkanlagen. Die Wege waren menschenleer. Marta atmete tief die nach Erde und feuchtem Laub riechende Luft ein.

»Ins Alte Land«, sagte sie. »Das ist eine wunderbare Idee der beiden. Findest du nicht?«

Wilhelm stimmte mit einem knappen Nicken zu.

»Von der Sache mit Wolfshagen hast du mir noch gar nichts erzählt«, sagte Marta.

»Weil es nicht wahr ist«, erwiderte Wilhelm seufzend. »Ich wollte nicht, dass Mertens sich Gedanken macht. Er ist ein guter Bursche. Es freut mich ehrlich für ihn, dass er bereits einen Ausweg aus der Misere gefunden hat. Gerade in seinem Alter wäre es schwierig geworden, wieder eine Anstellung zu finden. Und ganz ist die Sache mit Wolfshagen nicht aus der Luft gegriffen. Er hat mir tatsächlich vor einigen Jahren ein Angebot gemacht. Vielleicht sollte ich noch einmal bei ihm anklopfen. Aber im Augenblick ist es wohl besser, erst mal Gras über die Sache wachsen zu lassen. In einigen Wochen wird sich die Lage gewiss beruhigt haben. Jacobsens unrühmlicher Abgang hat hohe Wellen geschlagen. Da ist es angebracht, sich erst einmal still zu verhalten.«

Sie erreichten das Ende der Parkanlage und folgten der Esplanade bis zur Lombardsbrücke. Auf der Binnenalster tummelten sich die üblichen Ewer, Jollen und kleineren Segelboote. An einem Zeitungskiosk fiel Marta plötzlich ein Artikel ins Auge, und sie blieb stehen.

Die neue Perle der Nordsee, Amrum, stand in großen Lettern auf der Titelseite eines Reisemagazins. Darunter war das Bild eines Leuchtturms am Strand abgebildet.

»Sieh nur« – Marta deutete auf den Artikel –, »ist das nicht die Insel, von der uns neulich Oskar berichtet hat? Das sieht aber hübsch aus.«

Wilhelm blieb nur widerwillig stehen und blickte auf die Zeitung.

»Vielleicht sollten wir doch dorthin fahren«, schlug Marta spontan vor. »Jetzt haben wir ja Zeit. Sagtest du nicht gerade, es sollte Gras über die Sache wachsen? Und deiner Gesundheit wäre ein Aufenthalt auf der Insel gewiss zuträglich. Oskar meinte ja, Amrum wäre ganz bezaubernd und ursprünglich.«

Wilhelm sah sie verdutzt an.

»Ja, ich denke … schon, also wenn er das sagt …« Er geriet ins Stottern.

»Wir sollten das Magazin kaufen und uns den Artikel näher ansehen«, beschloss Marta mit einem Lächeln. Es kam selten vor, dass ihrem Wilhelm die Worte fehlten. Entschlossen erwarb sie die Zeitung und begann, noch während sie weiterliefen, den Artikel laut vorzulesen.

11

»Nach Amrum, für vier Wochen?« Lotte sah Rieke entsetzt an. »Ist das nicht eine von diesen Nordseeinseln? Ach du meine Güte. Da sagen sich doch Fuchs und Hase Gute Nacht.«

»Ich weiß«, erwiderte Rieke seufzend. »Aber angeblich soll es ein aufstrebendes Kurbad sein. Doktor Lehmann beschreibt die Insel als herrlich ursprünglich.«

»Also ist es dort stocklangweilig und bäuerlich«, konstatierte Lotte. »Du wirst die Herbstkonzerte verpassen. Und was ist mit Georg? Vier ganze Wochen wirst du ihn nicht sehen können. Das kommt einer Katastrophe gleich. Erna Wilhelmsen hat ebenfalls ein Auge auf ihn geworfen und umgarnt ihn, wo sie nur kann. Ich will ja nichts sagen, aber ...«

»Ich weiß, ich weiß«, fiel Rieke ihr unwirsch ins Wort. »Schrei es noch lauter in die Welt hinaus.« Sie ließ ihren Blick durch das gut besuchte *Café Imperial* schweifen, wo sie sich an diesem grauen Nachmittag nach einem Notanruf mit Lotte getroffen hatte. »Mama meinte, die Luftveränderung würde uns allen guttun. Ich hab schon verstanden, was sie dadurch erreichen möchte. Sie will mich von Georg fernhalten.«

»Sie glauben also immer noch, dass er ein Schürzenjäger ist.«

Rieke nickte. »Obwohl ich ihnen schon hundert Mal erklärt habe, dass es nur ein dummes Gerücht ist, das Henni in die Welt gesetzt hat. Aber sie wollen mir nicht zuhören. Besonders Papa beharrt auf seiner Meinung. Seit meinem Auszug bei Tante Nele konnte ich Georg nur ein Mal kurz anrufen. Er war so lieb und nett am Telefon und hat mich beruhigt. Er wollte mit meinem

Vater sprechen und die Dinge geraderücken. Ach, wenn er doch nur bald kommen und sich erklären würde. Es kann ja nicht in seinem Sinn sein, dass solche Lügen über ihn die Runde machen.«

»Gewiss nicht«, versuchte Lotte, Rieke zu beruhigen. »Und vielleicht findet sich ja eine Möglichkeit, damit du in Hamburg bleiben kannst.«

»Daran hatte ich bereits gedacht. Ich könnte zwar bei Tante Nele wohnen, aber dorthin bringen mich keine zehn Pferde mehr. Beim letzten Mal mag es noch glimpflich abgegangen sein, und sie haben mir meine Strafe erlassen, aber für vier Wochen dort bleiben? Beim besten Willen nicht. Diese Louise kann mich nicht leiden. Sie würde mir das Leben zur Hölle machen.«

»Ja, ja, ich weiß. Die Nachttöpfe.« Lotte winkte ab. »Dann wird dir wohl nichts anderes übrig bleiben, als deine Eltern auf die Insel zu begleiten.«

»Darauf wird es hinauslaufen. Ich kann nur hoffen, dass sich Georg bis dahin nicht in Ernas Netz verfängt und mir treu bleibt.«

»Ich werde darauf achtgeben, das verspreche ich dir«, erwiderte Lotte. »Und ich wünsche dir, dass es bei der Überfahrt keine raue See gibt. Weißt du noch, wie Marieke damals in der Schule von ihrer Überfahrt nach Helgoland berichtet hat? Es hat einen Sturm gegeben, und das Boot habe entsetzlich geschaukelt. Ihr sei ganz übel geworden, und sie hatte sich sogar übergeben müssen. Seekrankheit nannte es einer der Matrosen und sagte, es würde vorübergehen.«

»O ja, ich erinnere mich. Die gute Marieke. Und jetzt ist sie sogar bis nach Amerika ausgewandert. Lebt sie nicht in Chicago?«

»Ja, das tut sie. Aber Näheres weiß wohl niemand. Hach, Amerika. Ich wünschte ja, ich könnte auch auswandern.« Lottes Gesichtsausdruck bekam etwas Verträumtes. »Die Neue Welt, mit all ihren Möglichkeiten. Besonders New York soll großartig sein.«

Rieke wollte etwas antworten, kam jedoch nicht mehr dazu, denn plötzliche tauchte ihre Mutter, Ida im Schlepptau, an ihrem Tisch auf.

»Wie gut, dass wir dich noch antreffen, Rieke«, sagte sie etwas außer Atem und grüßte Lotte. »Ida und ich sind unterwegs, um einige Besorgungen für unsere Reise zu erledigen, und ich dachte, du könntest uns begleiten. Lotte kann gern als Beraterin mitkommen. Wir benötigen dringend noch einige Mäntel und Kleider. Auch an neue Ausgehkleider habe ich gedacht, denn in den Logier- und Gästehäusern soll es Konzerte für die Kurgäste geben.« Ihre Augen strahlten. Rieke blickte zu Lotte, deren Lippen ein süffisantes Grinsen umspielte. Konzerte für die Kurgäste. Das hörte sich ja sehr spannend an. Doch Rieke verbiss sich eine abfällige Bemerkung und sagte: »Wie du hörst, wäre eine Beraterin vonnöten.«

»Die ausgesprochen gern mitkommt«, antwortete Lotte lächelnd.

»Na, dann lasst uns keine Zeit vertrödeln«, sagte Marta erfreut und winkte der Bedienung, um die Rechnung zu begleichen.

»Ich denke, wir gehen zuerst zu Andresen. Sagtest du nicht, dort gäbe es wunderbare neue Hüte, und gewiss finden sich dort auch passende Kleider. Und danach schauen wir noch bei Michels vorbei. Tante Nele meinte, dort gäbe es – ausgesprochen günstig – wärmende Leibwäsche. Und ich denke, diese können wir auf Amrum gut gebrauchen.« Sie zwinkerte Rieke fröhlich zu, die es nicht lassen konnte, eine Grimasse zu ziehen. Warme Leibwäsche zu erwerben, das lag nun wirklich nicht in ihrem Interesse.

»Und ich bekomme neue Handschuhe aus dicker Wolle, damit mir im kalten Seewind die Finger nicht abfrieren«, sagte Ida. »Obwohl mir Fanny welche stricken wollte, aber sie wird wohl nicht mehr rechtzeitig fertig. Immerhin fahren wir ja schon in drei Tagen.«

»In drei Tagen!«, rief Rieke entsetzt aus. »Ich dachte, erst in zwei Wochen.«

»Oh, das hat sich kurzfristig geändert. Doktor Lehmann hat vorhin angerufen und erklärt, dass er früher eine Unterkunft ausfindig machen konnte. Es soll ein ganz entzückendes Gästehaus in Norddorf sein. Wilhelm hat sogleich dorthin telegrafiert und drei Zimmer für uns reserviert. Merle wird uns ebenfalls begleiten, während sich Auguste zu Hause um alles kümmern wird. Ich habe vorhin mit Tante Nele gesprochen. Auch sie wird ein Auge auf die Wohnung haben, und Auguste wird während unserer Abwesenheit in der Pension mitarbeiten, damit sie nicht auf dumme Ideen kommt.«

»Lass mich raten: Die dummen Ideen haben in deinen Augen etwas mit Torben, dem Postboten, zu tun«, erwiderte Rieke grinsend, während sie das Café verließen.

Bald darauf erreichten sie den Fischmarkt, auf dem trotz des ungemütlichen Wetters dichtes Gedränge herrschte. Das Kaufhaus von Christian Andresen lag im Untergeschoss eines hübschen Renaissance-Gebäudes, das bereits im fünfzehnten Jahrhundert von einer reichen Kaufmannsfamilie erbaut worden war. Andresen führte Textilwaren aller Art für anspruchsvolle Kundschaft aus bürgerlichem Haus. So stand es jedenfalls in seinen Werbeanzeigen, die regelmäßig in den *Hamburger Nachrichten* zu finden waren. Großen Wert legte er auf Mode aus Paris oder Mailand, die bei den Damen besonders beliebt war. Auch heute tummelte sich wieder eine Menge Kundschaft in seinem Geschäft. Rieke zog es sogleich zu einem Stand mit feinsten Hüten. Sie nahm einen von ihnen, ein dunkelblaues, eher schlicht gehaltenes Modell mit einem samtenen Hutband, zur Hand und hielt ihn ihrer Mutter hin. »Dieser hier würde doch hervorragend zu meinem blauen Mantel passen, oder?«

Marta betrachtete den Hut prüfend von allen Seiten. »Er ist hübsch. Aber mir persönlich gefällt der mit der Feder besser.« Sie zeigte auf ein anderes Modell. »Er wirkt etwas feiner und würde dir hervorragend stehen.«

Rieke blickte skeptisch von dem Hut in Martas Hand zu dem auf dem Ständer.

»Was meinst du?«, fragte sie Ida. »Der Hut in Mamas Hand oder der dort oben mit der Feder?«

Ida legte den Kopf schräg und musterte beide Hüte eingehend.

»Der in Mamas Hand«, entschied sie. »Das Band schimmert so hübsch.«

»Gut, dann hat dieser Hut gewonnen. Also nehmen wir ihn mit.« Es ging weiter durch den Laden. Rieke und Marta erstanden jeweils noch ein Ausgehkleid aus fester Baumwolle in gedeckten Farben und ein Kleid für den Abend. Rieke wählte eines in Weinrot, Marta entschied sich für ein sonniges Gelb. Lotte beriet, begutachtete und kommentierte. Eine Verkäuferin kümmerte sich aufmerksam um sie und brachte sogar ein Kleid für Ida, in das sich das Mädchen auf der Stelle verliebte. Es war sehr hübsch mit der Spitze an Ärmeln und Saum und der fröhlichen hellblauen Farbe. Papa würde es bestimmt gefallen. Die Verkäuferin sagte ihnen die Lieferung innerhalb von zwei Tagen zu. Bestens gelaunt verließen sie den Laden und liefen auf der Straße prompt in Wilhelm hinein, der in Begleitung von Georg Paulsen war.

»Georg«, rief Rieke und blickte verwundert von einem zum anderen.

Einen Moment schwiegen alle überrascht, dann ergriff Wilhelm das Wort.

»Oh, Marta, Rieke und Ida, wie schön. Seht nur, wen ich gerade zufällig auf dem Rückweg von den Landungsbrücken getroffen habe.« Er hielt einen Moment Martas Blick fest, die verstand. Vielleicht war es ja besser, dem Burschen persönlich auf den Zahn zu fühlen, anstatt den Gerüchten Glauben zu schenken. Womöglich könnte nach ihrer Rückkehr von Amrum doch noch etwas aus den beiden werden. Man würde sehen.

»Und? Habt ihr etwas Passendes gefunden?«, fragte Wilhelm und deutete auf den Ladeneingang.

»Neue Kleider«, antwortete Ida. »Meines ist hellblau und sogar mit Spitze. Aber die warmen Handschuhe fehlen noch, damit mir die Finger nicht abfrieren.«

»Jetzt, wo du es sagst«, erwiderte Wilhelm. »Handschuhe könnte ich auch noch gebrauchen.« Er zwinkerte Ida zu und wandte sich dann an Marta. »Gerade habe ich unsere Überfahrt gebucht. Es hat alles hervorragend geklappt. Wir reisen mit der *Cobra*, einem der modernsten Salonschnelldampfer, der über Helgoland nach Amrum fährt. Die Dampfschiffgesellschaft Ballin hat einen hervorragenden Ruf. Gewiss wird die Überfahrt problemlos verlaufen.«

»Oh, das wird bestimmt ein Spaß«, rief Ida und klatschte freudig in die Hände. »Eine Fahrt auf einem richtigen Dampfschiff, wie aufregend.«

Rieke stimmte ihr zu und fragte Georg, der noch immer neben Wilhelm stand: »Bist du schon einmal mit einem so großen Dampfer gefahren, Georg?«

»Nein, leider noch nicht«, erwiderte er mit einem Lächeln. »Aber es soll eine großartige Erfahrung sein. Ich hörte auch von dem guten Ruf des neuen Seebades auf Amrum. Dort wird es euch bestimmt gefallen.«

Rieke nickte lächelnd. Sie fing seinen Blick auf und hielt ihn fest. In ihrem Magen kribbelte es vor Aufregung. Wenn Papa so nett mit Georg gesprochen hatte, würde vielleicht doch noch alles gut werden. Sie sah kurz zu ihrer Mutter, die ihr aufmunternd zunickte.

Georg verabschiedete sich zu Riekes Bedauern, denn er hatte noch Termine, die nicht warten konnten. Er wünschte eine gute Reise, nickte kurz in die Runde, schenkte Rieke ein charmantes Lächeln und reichte Wilhelm sogar die Hand, dann verschwand er in der Menge.

Für einen Moment herrschte Stille, dann fragte Wilhelm:

»Was haltet ihr davon, wenn ich euch ins Kaffeehaus auf Kuchen, Kaffee und Kakao einlade und wir auf unsere Fahrt anstoßen?«

»Oh, was für eine gute Idee«, antwortete Marta erfreut. Auch die anderen stimmten zu.

»Und Handschuhe können wir ja später immer noch kaufen«, meinte Ida keck.

»Aber natürlich«, erwiderte Marta. »Ach, was bin ich aufgeregt. Das wird bestimmt eine wunderbare Zeit auf Amrum.«

12

Marta stand, umringt von offenen Kisten und Koffern, im Flur ihrer Wohnung und versuchte, sich einen Überblick darüber zu verschaffen, was noch fehlte. Sie hatte sogar extra eine Liste angefertigt, damit nichts vergessen wurde. Sämtliche Kleider von ihr und Rieke befanden sich in dem größten Koffer. Auch Wilhelms Kleidung war bereits eingepackt. In einem weiteren Koffer waren Idas und Maries Sachen, und das Schuhwerk war in einer der noch offenen Kisten verstaut worden. Es fehlten nur noch Riekes Stiefel, die sie gerade verzweifelt in ihrer Kammer suchte. Das Mädchen würde sie heute Morgen noch in den Wahnsinn treiben. Ständig vermisste sie etwas und rannte von hier nach dort und wieder zurück. Heilige Unordnung. In einer kleineren Truhe waren die Toilettenartikel sowie sämtliche Hüte untergebracht. Dazu musste auch Maries Kinderwagen mitgenommen werden, der bereits vor der Eingangstür stand. Marie, die noch nicht vollständig angekleidet war, was eigentlich Merle oblag, die aber noch immer fehlte, beschäftigte sich gerade damit, die Strümpfe aus einem der Koffer wieder herauszubefördern und diese auf dem Fußboden zu verteilen.

»Ach, Mariechen, was machst du denn da?«, ermahnte Marta die Kleine und sammelte die Strümpfe wieder ein. »Ida, Kind, wo steckst du denn? Kannst du bitte mal ein Auge auf Marie werfen?« Sie fasste sich an die Stirn. »Ach, was das hämmert. Ausgerechnet heute muss ich so schreckliche Kopfschmerzen haben. Und wo bleibt eigentlich Merle? Sie sollte längst hier sein. Ich verstehe das nicht. Sonst ist sie doch so zuverlässig.«

Marie krabbelte den Flur hinunter, zog sich an einem kleinen Tischchen hoch, griff sich das darauf liegende Adressbuch, begutachtete es von allen Seiten und steckte es in den Mund.

»Auguste, so tu was. Nimm die Kleine doch mal auf den Arm.«

Auguste, die gerade Idas Leibwäsche in einem Koffer verstaute, erhob sich und fing den kleine Wildfang ein, was Marie nicht zu gefallen schien, denn sie begann durchdringend zu schreien.

»Es hilft alles nichts, meine Kleine«, ermahnte Auguste sie mit erhobenem Zeigefinger. »Heute wird verreist, und da muss man schön artig sein.«

Ida kam aus ihrem Zimmer gerannt und fragte nach Gerda, ihrer Puppe. Gestern habe sie noch auf dem Sessel neben dem Fenster gesessen, und jetzt sei sie verschwunden. Ohne Gerda würde sie auf keinen Fall nach Amrum fahren.

Wilhelm kehrte mit zwei Droschkenfahrern in die Wohnung zurück, die sich um die Verladung des Gepäcks kümmern sollten. Im Schlepptau hatte er auch noch Nele, die Marta schwer atmend begrüßte.

»Heiliger Himmel, wieso müsst ihr aber auch im vierten Stock wohnen.« Sie reichte Marta einen gut gefüllten Korb. »Reiseproviant. Damit ihr mir unterwegs nicht verhungert.«

»Ach, Nele, es tut gut, dich zu sehen«, sagte Marta erleichtert. »Heute will mir einfach nichts gelingen. Und dazu hämmert mir der Kopf schändlich.«

»Das ist die Aufregung, nichts als die Aufregung«, beschwichtigte Nele und tätschelte Marta die Schulter. »Du wirst sehen, wenn du erst einmal auf dem Schiff bist, werden deine Kopfschmerzen ganz schnell verschwinden.«

»Wenn ich es überhaupt auf dieses Schiff schaffe«, erwiderte Marta. »Wir sind noch lang nicht mit dem Packen fertig. Ständig fehlt irgendetwas. Stiefel oder Puppen. Und Merle ist auch noch nicht eingetroffen, was ich nicht verstehen kann. Gestern Abend hat sie versprochen, pünktlich um sechs Uhr hier zu sein.«

»Wie, noch nicht fertig?« Wilhelm ließ seinen Blick über die vielen offenen Koffer und Kisten schweifen. »Wir müssen in einer Stunde am Hafen sein.«

»Siehst du«, sagte Marta zu Nele, »das schaffe ich niemals.«

»Natürlich schaffst du das«, antwortete Nele entschlossen und drückte den Proviantkorb einem der Droschkenfahrer in die Hand.

»Diesen hier können Sie schon mal im Wagen verstauen.«

Der Mann brummelte irgendetwas, schüttelte den Kopf und verließ die Wohnung.

Ein Freudenschrei aus Riekes Zimmer ließ alle zusammenzucken.

»Ich hab die Stiefel gefunden«, rief Rieke, kam in den Flur gelaufen und beförderte sie schwungvoll in die Schuhkiste.

»Na, fein. Dann ist diese Kiste vollständig«, sagte Marta, klappte den Deckel zu und wies den Droschkenfahrer an, sie zum Wagen zu bringen.

»Auguste, Liebes, kannst du schnell Marie fertig machen?«, bat Marta das Dienstmädchen. »Dann werde ich nach Ida sehen. Wenn sie die Puppe jetzt nicht gleich findet, dann bleibt die eben hier.« Sie klang entschlossen.

»Ist zufällig diese Puppe gemeint«, fragte Nele und zog eine blonde Puppe mit Schlafaugen aus einem der Koffer.

»Oh, Gerda, da bist du ja.« Marta rief sofort nach Ida, die angerannt kam und ihre geliebte Puppe in die Arme schloss. Auguste hatte unterdessen Marie in Kleid und Mantel gesteckt und ihr das Mützchen aufgesetzt, aber die Kleine zerrte daran und zog eine Schnute.

Marta sammelte schnell die im Flur verteilten Strümpfe ein, verstaute sie im Koffer und verschloss diesen. Die Droschkenfahrer kehrten zurück und kümmerten sich um das restliche Gepäck.

»Siehst du«, sagte Nele aufmunternd zu Marta, »jetzt ist doch alles ganz schnell gegangen.«

»Ja, nur Merle fehlt noch immer. Wo sie nur abgeblieben ist. Langsam beginne ich, mir ernsthaft Sorgen um das Mädchen zu machen. So unzuverlässig kenne ich sie gar nicht. Ich würde ja bei ihr zu Hause anrufen, um mich nach ihr zu erkundigen, aber leider hat ihre Familie kein Telefon.« Marta seufzte. »Was machen wir denn jetzt?«

»Ich glaube, der Junge hier möchte etwas von Ihnen«, sagte plötzlich einer der Droschkenfahrer. Er hatte einen blonden Knaben im Schlepptau, Marta schätzte ihn nicht älter als sieben Jahre, der ihr schüchtern einen Zettel überreichte, etwas von Merle murmelte und sich wieder davonmachte. Marta faltete den Zettel auseinander und überflog den Text.

»Ihre Mutter ist erkrankt«, sagte sie zu Nele. »Eigenartig. Darüber hat sie gestern kein Wort verloren. Es muss ganz plötzlich gekommen sein. So eine Misere aber auch. Sie kann nicht mitfahren.«

»Ach, ihr werdet das Kind auch ohne Merle schaukeln«, antwortete Nele. »Rieke kann sich doch auch um Marie kümmern, immerhin ist sie ihre große Schwester. Ich werde in Erfahrung bringen, was Merles Mutter fehlt, und dir dann telegrafieren.«

»Das wäre wirklich sehr nett von dir«, antwortete Marta. »Die arme Frau. Hoffentlich ist es nichts Ernstes. Soweit ich weiß, hat sie fünf Kinder zu versorgen, und ihr Mann ist ständig auf See.«

Wilhelm, der beim Verstauen des Gepäcks geholfen hatte, kehrte in die Wohnung zurück und fragte: »Was ist denn jetzt? Alles fertig? Wir müssen los, sonst verpassen wir das Schiff.«

»Ja, alles fertig«, antwortete Marta. »Nur leider wird uns Merle nicht begleiten können. Stell dir vor, ihre Mutter ist ganz plötzlich schwer erkrankt.«

»Das ist schade. Aber wir werden auch ohne Merle klarkommen, nicht wahr, meine Kleine.« Er nahm Auguste Marie ab. »Und dein Papa bringt dich jetzt höchstpersönlich zur Droschke hinunter.«

Marta und Rieke hüllten sich rasch in ihre Mäntel und setzten ihre Hüte auf. Marta verabschiedete sich mit einer Umarmung von Auguste, die fest versprach, gut auf alles achtzugeben.

Vor dem Haus entschloss sich Nele dazu, in der Droschke mit zum Hafen zu fahren. Sie zwängte sich neben Rieke auf den Sitz und nickte Ida aufmunternd zu. So ging es durch die morgendlichen Straßen und Gassen Hamburgs, in denen bereits das Leben erwacht war. Milchbauern standen vor den Häusern und scherzten mit Dienstmädchen, Kinder waren auf dem Weg zur Schule. Auch an der Landungsbrücke in St. Pauli, die sie bald darauf erreichten, herrschte bunter Trubel. Seemänner und Matrosen liefen geschäftig umher. Waren wurden von Karren abgeladen und auf Schiffe gebracht. Auch trieb es viele Auswanderer gerade jetzt an die Landungsbrücken, denn zu dieser Zeit starteten die großen Überseedampfer nach Amerika. Im Moment lag einer von ihnen im Hafen, was zu dichtem Gedränge führte. Erwartunsfroh gingen die Auswanderer an Bord des Dampfers, erleichtert darüber, den elenden Auswandererbaracken entfliehen zu können, in denen eine Mehrzahl von ihnen bisher gehaust hatte. Der überwiegende Teil dieser Menschen würde in der dritten Klasse reisen. Arbeiter, Familien und Glückssuchende, die zumeist in den großen Städten an Amerikas Ostküste auf ein neues, besseres Leben hofften.

Die Droschken hielten direkt vor dem Salonschnelldampfer *Cobra*, und Wilhelm riss hektisch die Tür auf.

»Jetzt aber rasch«, trieb er alle zur Eile an. Zügig wurde das Gepäck ausgeladen und von den Matrosen der *Cobra* an Bord gebracht. Marta umarmte Nele und musste sie trösten, denn sie hatte Tränen in den Augen.

»Aber, Nele, du musst doch nicht weinen«, sagte sie aufmunternd. »Wir wandern ja nicht aus. Bereits in vier Wochen werden wir wieder hier sein. Wahrscheinlich wirst du gar nicht merken, dass wir fort waren, bei der vielen Arbeit, die du hast.«

»O doch, das werde ich. Und denkt an die leckeren Sachen in dem Korb. Fanny hat extra noch Kekse gebacken. Die mit Schokolade, die mögen Rieke und Ida so gern.«

»Das ist lieb von ihr«, bedankte sich Marta. »Richte allen Grüße aus.«

Sie drückte Nele noch einmal fest an sich. Auch Rieke, Ida und Marie wurden geherzt und geküsst. Wilhelm mahnte zur Eile. Rasch gingen alle an Bord und blieben an der Reling stehen, um zu beobachten, wie die Zugangsbrücke eingezogen wurde. Nele stand an Land und winkte ihnen zu. Alle winkten zurück. Das Glockensignal zur Abfahrt ertönte, und mit dumpfem Dröhnen tauchten die großen Radschaufeln der *Cobra* in die Wassermassen ein. Langsam setzte sich das Boot in Bewegung. Fasziniert beobachtete Marta, wie sie auf die Norderelbe hinausfuhren und die Landungsbrücke von St. Pauli und die dahinterliegenden Häuser immer kleiner wurden.

»Auf Wiedersehen, Hamburg«, murmelte Marta, von dem Anblick ergriffen. Zum ersten Mal in ihrem Leben würde sie ihre Heimatstadt verlassen.

13

Ida und Rieke beobachteten von Deck aus, wie einige Passagiere in Cuxhaven an dem doppelstöckigen Anleger aus Holz von Bord gingen. Drei Stunden hatte die Fahrt die Elbe hinunter von Hamburg aus bis hierher gedauert. Zuerst waren die Eltern noch mit ihnen an Deck geblieben, um die vielen Segelschiffe, Dampfer und Boote zu betrachten, die sich auf der Elbe tummelten, doch dann war es Marta zu kühl geworden, und sie waren in den Aufenthaltsraum des Schiffes gegangen. Ida und Rieke blieben draußen und betrachteten staunend das von Villen und Naturschönheiten geprägte rechte Ufer der Elbe und den oberhalb von Blankenese gelegenen Süllberg mit seinem Ausflugslokal, von dem Lotte Rieke erst neulich vorgeschwärmt hatte. Bedauernswerterweise war es auch in diesem Jahr nicht zu einem Besuch des Lokals gekommen. Aber vielleicht ließe sich das ja im nächsten Sommer einrichten. Nachdem sie Blankenese hinter sich gelassen hatten, trieb aufkommender Regen auch Ida und Rieke ins Innere des Schiffes. Bei Kaffee und Kuchen, Ida erhielt einen Kakao, kehrte in dem hübschen, mit grün-blau gestreiften Polstermöbeln und runden Tischen ausgestatteten Raum so etwas wie Ruhe ein. Marie schlief in ihrem Kinderwagen. Marta hatte sich entspannt in ihrem Sessel zurückgelehnt und blätterte in einem Buch, während Wilhelm seine Nase in eine Zeitung steckte, die ihm ein freundlicher Herr des Bordpersonals gebracht hatte. Doch Ida wurde es schnell langweilig. Für sie war das Außendeck um einiges aufregender als dieser von Tabakluft geschwängerte Salon, in dem sich eine kleine Kapelle darum bemühte, für heitere Stimmung zu sorgen.

Sie überredete Rieke, mit ihr wieder nach draußen zu gehen. Und so betrachteten sie nun trotz Kälte und Regen die Geschehnisse an Land.

»Der Anleger von Cuxhaven sieht wirklich hübsch aus«, bemerkte Rieke. »So ganz anders als die Landungsbrücken von St. Pauli.«

»Nicht wahr?«, mischte sich ein junger Mann in das Gespräch ein. »Der Anleger hat auch einen ganz bezaubernden Namen. Er heißt *Alte Liebe*.«

»Ach wirklich«, antwortete Ida. »Wieso das denn?«

»Es gibt mehrere Legenden über die Herkunft des Namens. Eine lautet, dass einst ein Wasserbaumeister namens Kapitän Spanninger im Jahr 1733 drei alte Schiffe, von denen eines *Die Liebe* hieß, vor Cuxhaven versenkt habe. Die Schiffe wurden mit Pfählen umgeben und der Zwischenraum mit Steinen und Buschwerk aufgefüllt. Aus diesem Gebilde entstand dann der Anleger *Alte Liebe*.«

»Was für eine hübsche Überlieferung«, erwiderte Rieke, die den Mann genauer musterte. »So wird das alte Schiff niemals vergessen, das seinen schönen Namen vielleicht sogar aufgrund einer großen Liebe erhalten hat.«

»Wir werden es nicht erfahren«, erwiderte der Mann und zwinkerte ihr zu. »Wenn ich mich vorstellen darf: Jacob Thieme ist mein Name. Mich treibt es zurück in die Heimat, genauer gesagt auf die Insel Föhr, wo meine Eltern in dem Ort Wyk einen kleinen Laden betreiben. Und mit wem habe ich das Vergnügen?«

»Also, ich bin Ida, und das ist meine Schwester Rieke«, beantwortete Ida seine Frage. »Wir fahren nach Amrum zur Kur.«

»O ja, Amrum mausert sich inzwischen zu einem richtigen Seebad. Gewiss wird es euch dort gefallen. Im *Kurhaus zur Satteldüne*, das erst vor wenigen Wochen fertiggestellt worden ist und über jedweden modernen Komfort verfügt, soll es sogar regelmäßig Konzerte und Tanzabende geben.«

Rieke, die seinen Erläuterungen wohlwollend lauschte, wollte etwas erwidern, wurde jedoch von dem lauten Gebimmel der Glocke daran gehindert, die ihre Abfahrt von Cuxhaven ankündigte. Im selben Moment setzte erneut das dumpfe Dröhnen der Radschaufel ein.

»Jetzt geht es auf die Nordsee hinaus«, erklärte Jacob und deutete nach vorn. »Heute herrscht ordentlicher Seegang. Ich hoffe, Sie sind schwankende Planken gewöhnt.«

Das Schiff begann tatsächlich merklich zu schlingern, was Rieke erschreckte. Gischt spritzte auf, und Rieke wich zurück.

»Ich denke, wir sollten wieder in den Salon gehen«, sagte sie zu Ida.

»Wenn es Ihnen nichts ausmacht, begleite ich Sie gern, meine Damen. Jetzt wird es sogar einem Seemann wie mir zu ungemütlich hier draußen.« Er bot Rieke seinen Arm an, den sie wegen des schwankenden Untergrunds gern annahm, und reichte seine freie Hand Ida. Marta blickte überrascht auf, als Rieke und Ida in Begleitung eines jungen blonden Mannes an ihrem Tisch auftauchten.

»Mama, Papa, darf ich euch Jacob Thieme aus Föhr vorstellen. Er hat uns an Deck ein wenig Gesellschaft geleistet.« Sie wandte sich Jacob zu und stellte ihm ihre Eltern vor.

Wilhelm lud den jungen Mann ein, bei ihnen Platz zu nehmen, und fragte: »Von Föhr sind Sie also. Das ist die unweit von Amrum gelegene Nachbarinsel, nicht wahr?«

»Richtig«, erwiderte Jacob. »Bei Ebbe kann man sogar von Amrum nach Föhr über das Watt laufen. Was man allerdings nur mit erfahrenen Wattführern tun sollte, die sich mit dem Meer und den Gezeiten auskennen.«

»Darf ich fragen, was Sie auf Föhr machen, junger Mann?«, erkundigte sich Wilhelm neugierig. Rieke kam es ein wenig so vor, als hätte sie ihm gerade einen zukünftigen Heiratskandidaten vorgestellt. Sie sah kurz zu ihrer Mutter, die ihr ein Lächeln zuwarf, das sie zu deuten wusste. Anscheinend glaubte Wilhelm tatsächlich, er müsse jedem jungen Mann, der sich seiner Tochter näherte, sofort auf den Zahn fühlen.

»Meine Eltern betreiben einen Strandbazar in Wyk.«

»Oh, wie schön. Händler also. Ich selbst bin auch Kaufmann, allerdings eher im Großhandel. Bieten Ihre Eltern auch Kaffee oder Tabak an?«

»Selbstverständlich, dazu Weißwaren, Strand- und Badeartikel, und meine Mutter arbeitet mit einer ausgesprochen guten Schneiderin zusammen, sodass sogar Aufträge zur Anfertigung von Herren- und Damen-Garderobe angenommen werden können. Gerade dieses Angebot erfreut sich bei unsere Kundschaft äußerster Beliebtheit.«

Rieke bemühte sich, dem Gespräch zu folgen, bemerkte jedoch, dass ihr flau im Magen wurde. Der ganze Raum schien zu schwanken. Das Geschirr auf dem Tisch wanderte ein wenig nach rechts, dann wieder nach links. Ein Ober rettete im Vorbeigehen eine Tasse vor dem Absturz und meinte salopp: »Ein wenig Seegang heute.«

Ein wenig war gut, dachte Rieke und blickte zum Fenster hinaus. Das Meer türmte sich zu hohen Wellen auf, die ihr Angst einjagten. Sie schaute zu Ida, die ebenfalls ziemlich käsig um die Nase und schweigsam geworden war.

Besorgt musterte Marta, der der Seegang nichts auszumachen schien, ihre beiden Töchter.

»Mädchen«, stellte sie fest, »ihr werdet doch nicht seekrank werden? Vielleicht solltet ihr an Deck gehen. In dieser schrecklichen Luft hier unten wird es bestimmt nicht besser.«

»Nach draußen, bei diesem Seegang?«, entgegnete Rieke entsetzt.

Jacobs Blick wanderte zum Fenster.

»So tragisch ist es heute gar nicht. Normaler Wellengang für einen grauen Herbsttag. Ihre Frau Mama hat schon recht, meine Teuerste. In dieser verräucherten Salonluft wird Ihre Übelkeit gewiss nicht besser. Wenn Sie möchten, begleite ich Sie gern nach draußen und achte auf Ihre Sicherheit. Wir könnten ganz nach vorn gehen, und Sie suchen einen Punkt am Horizont, den Sie fixieren. Diesen Trick habe ich von meinem Großvater. Damit vergeht die Seekrankheit zumeist sehr schnell wieder.«

»Also gut«, antwortete Rieke zögernd und erhob sich. Ida schloss sich ihnen an. An Deck wurden sie von rauer, nach Salz riechender Luft und kreischenden Möwen empfangen. Es hatte zu regnen aufgehört, und am Horizont waren sogar bereits erste blaue Flecken in den grauen Wolken zu erkennen. Langsam gingen sie Richtung Bug, wo sie auf einer von einem Vordach geschützten Bank Platz nahmen. Auch andere Passagiere hatten sich hierhergewagt, einige von ihnen standen sogar an der Reling, um die wogende See aus nächster Nähe betrachten zu können.

»Immer schön den Blick auf den Horizont halten«, sagte Jacob. »Das Wetter bessert sich. Bestimmt kommt bald die Sonne heraus.«

Rieke und Ida konzentrierten sich auf den Horizont, und Jacob sollte recht behalten. Die Übelkeit ließ nach. Bald darauf drangen die ersten Sonnenstrahlen durch die Wolken und brachten die Oberfläche des Wassers zum Funkeln. Fasziniert von dem Naturschauspiel, erhob sich Rieke und trat an die Reling. Tief atmete sie die Seeluft ein und beobachtete die um das Boot herumfliegenden Möwen.

Ida und Jacob traten neben sie.

»Sehen Sie nur, dort ist bereits Helgoland zu erkennen«, sagte Jacob und deutete nach vorn.

»Wissen Sie schon ein wenig über die Insel Helgoland?«, erkundigte sich Jacob. Rieke verneinte. »Sie gehört erst seit dem Jahr 1890 zum Deutschen Reich, zuvor war sie britisch. Ihr Wahrzeichen ist die Lange Anna, ein aus dem Meer aufragender, frei stehender Felsen. Zum Baden ist die Hauptinsel jedoch weniger geeignet, da an dem einzigen Sandstrand die Strömung zu stark ist. Dafür gibt es die sogenannte Düne, wo die Gäste mit Booten hingebracht werden.«

Er deutete nach links, doch Rieke konnte keine Düne erkennen. Erneut ertönte die Glocke, und eine Durchsage kündigte ihre Ankunft in Helgoland an. Es waren nicht viele Passagiere, die hier von Bord gingen.

»Das ist also die wunderschöne Insel Helgoland«, sagte plötzlich Wilhelm hinter ihnen. Rieke zuckte zusammen und wandte sich um.

»Mama, Papa«, rief sie überrascht.

»Was für ein herrliches Wetter wir plötzlich haben«, kommentierte Marta die Wetterbesserung. »Und das Meer scheint sich auch beruhigt zu haben.« Sie ließ den Blick über den Hafen schweifen. »Sehr nett ist es hier. Was für hübsche kleine Häuschen. Nur die Felsen wirken arg schroff. Wollen wir hoffen, dass es auf Amrum nicht so sein wird. Es muss einem ja schwindelig werden, wenn man von dort oben aufs Meer hinabblickt.«

»Keine Sorge, Frau Stockmann«, erwiderte Jacob, »auf Amrum sind die Sanddünen und der Leuchtturm das Höchste. Felsen oder gar Klippen, wie es sie hier gibt, werden Sie dort nicht finden.«

»Na, dann bin ich ja beruhigt«, antwortete Marta erleichtert.

Erneut erklang die Schiffsglocke, die ihre Abfahrt ankündigte. Das Schiff wendete und fuhr an der Düne vorüber, von der Jacob gesprochen hatte. Auf dem breiten Sandstrand tummelten sich tatsächlich einige Menschen. Ida konnte sogar eine Gruppe Kinder ausmachen, die eine Sandburg bauten.

»Rieke, sieh nur«, rief sie und deutete auf die Kinder. »Wollen wir auf Amrum auch eine Sandburg bauen? Das macht bestimmt großen Spaß.«

»Das macht es auch«, antwortete Jacob für Rieke. »Auf Föhr und, soweit ich weiß, auch auf Amrum gibt es inzwischen richtige Wettbewerbe, die sich immer größerer Beliebtheit erfreuen. Es werden sogar schon Preisgelder für die schönste Sandburg bezahlt.«

»Oh, wie toll.« Ida klatschte aufgeregt in die Hände. Rieke bemühte sich um ein Lächeln. Sandburgen bauen gehörte nicht unbedingt zu ihren bevorzugten Beschäftigungen. Gewiss würde man sich dabei das Kleid schmutzig machen.

Die restliche Fahrt verbrachten sie an Deck. Marie war erwacht, und Marta hatte alle Hände voll damit zu tun, das lebhafte Mädchen im Zaum zu halten. Die Sonne schien inzwischen von einem beinahe wolkenlosen Himmel, und die See hatte sich beruhigt. Wilhelm hielt die Nase in den Wind und atmete tief die salzige Luft ein.

»Ich habe es dem guten Oskar ja nicht glauben wollen, aber bereits jetzt fühle ich mich besser. Was ist das hier aber auch für eine wunderbare Luft.«

»Deshalb treibt es ja die Landratten zu uns auf die Inseln«, erwiderte Jacob mit einem Augenzwinkern. »Vier Wochen Aufenthalt in unserer guten Nordseeluft, und Sie fühlen sich wie ein neuer Mensch.« Er deutete nach vorn. »Jetzt dauert es nicht mehr lang, bis die Ausschiffung nach Amrum beginnt. Dort vorn kommen bereits die Seehundbänke in Sicht.«

»Seehundbänke, mit richtigen Seehunden darauf?«, fragte Rieke erstaunt.

»Aber ja. Seht nur, sie liegen wie immer faul in der Sonne.«

Rieke und Ida stürmten an die Reling und bewunderten, gemeinsam mit den anderen Passagieren, die Tiere, die in der Sonne lagen und schliefen.

»Meine Güte, richtige Seehunde in freier Wildbahn. Welch ein Anblick«, sagte Marta. »Und so viele davon. Sieh nur, Mariechen, die vielen Seehunde.«

Die Kleine deutete auf die Tiere und klatschte, vor Freude quietschend, in die Hände.

Dem Dampfer näherte sich nun ein kleineres Schiff, das Wilhelm als Erster bemerkte.

»Wenn ich mich nicht täusche, werden wir jetzt nach Amrum ausgeschifft, oder?«

»Richtig«, erwiderte Jacob. »Leider ist der Anleger für die großen Salondampfer in Wittdün noch nicht so weit fertiggestellt, sodass die Reisenden noch immer auf See mit einem kleineren Dampfer abgeholt werden müssen. Aber bald soll es möglich sein, Wittdün direkt anzufahren.«

Wilhelm beobachtete, wie der um einiges kleinere Dampfer an einer herabgelassenen Fallreeptreppe anlegte und die Matrosen das Gepäck von Bord trugen.

Eine Durchsage ertönte, die die Passagiere für Amrum darauf hinwies, auf die kleinere Fähre umzusteigen, die sie sicher nach Wittdün befördern würde.

»So heißt es jetzt also Abschied nehmen von unserer freundlichen Seebegleitung«, sagte Wilhelm zu Jacob und reichte ihm die Hand, die Jacob ergriff. »Es war mir eine Freude, Sie kennenzulernen, junger Mann. Und vielleicht läuft man sich ja irgendwann einmal wieder über den Weg.«

»Ja, vielleicht«, erwiderte Jacob und verabschiedete sich auch von Marta, Ida und Rieke. Sogar Maries kleines Händchen schüttelte er lächelnd zum Abschied. Die fünf machten sich auf den Weg zu der äußeren Schiffstreppe. Rieke winkte Jacob noch einmal zu, dann setzte sie vorsichtig einen Fuß vor den anderen und erreichte das Deck der kleineren Fähre, die beachtlich schwankte. An der Reling stehend, blickte Rieke zurück zum Salondampfer. Jacob winkte ihnen noch immer zu. Freudig winkte sie zurück.

»Er ist ein wirklich netter junger Mann«, sagte Marta, die neben sie getreten war und ebenfalls winkte.

»Ja, das ist er tatsächlich«, erwiderte Rieke. »Nur leider werden wir ihn wohl niemals im Leben wiedersehen, denn er lebt auf Föhr und wir in Hamburg.« Sie seufzte.

»Und bestimmt könnte er auch großartige Sandburgen bauen«, fügte Ida wehmütig hinzu. »Na, was soll's.« Sie zuckte mit den Schultern. »Vielleicht findet sich auf Amrum ja ein besserer Spielkamerad in meinem Alter.«

»Mit Sicherheit«, erwiderte Marta, während sich die kleine Fähre in Bewegung setzte. »Himmel, was das aber auch schwankt«, rief sie und klammerte sich an das Geländer.

»Die Fahrt wird nicht lang dauern, Gnädigste«, versuchte ein älterer Herr mit Hut, sie zu beruhigen. »Nur wenige Minuten, und wir werden den Anleger von Wittdün erreicht haben.«

»Worauf ich hoffe«, entgegnete Marta. »Denn ich habe langsam wirklich genug von dem schwankenden Untergrund.«

Es dauerte tatsächlich nicht sehr lang, bis sie den Anleger erreichten und wieder festen Boden unter den Füßen hatten. Sie wurden bereits erwartet. Ein stämmiger Mann mit Schirmmütze und Bart hielt ein Schild mit ihrem Namen darauf in die Höhe. Wilhelm begrüßte den Mann, der sich als Jasper Hansen vorstellte, und die beiden schafften das Gepäck auf das kleine Pferdefuhrwerk, mit dem er gekommen war. Dann kletterten sie auf das wenig luxuriöse Gefährt, und das Fuhrwerk setzte sich in Bewegung. Zuerst ging es durch den Ort Wittdün, wo eine rege Bautätigkeit zu herrschen schien.

»Wird ja ordentlich gebaut hier«, kommentierte Wilhelm die vielen Baustellen, an denen sie vorüberfuhren.

»Alles Pensionen, Hotels und Gästehäuser«, antwortete Jasper. »Sogar ein mondänes *Kurhaus* wird gerade errichtet. Vorn auf der Südspitze. Nichts für ungut«, entschuldigte er sich, »aber wegen mir hätte es das alles nicht gebraucht. Ein ganzes Seebad stampfen sie auf einer weißen Düne aus dem Boden, weil die Insel jetzt unbedingt berühmt werden muss. Es war vorher doch auch alles gut. Aber es ist eben, wie es ist. Und es hat ja durchaus Vorteile. Es gibt neuerdings einen Arzt auf der Insel. Kaline ist im Sommer gestürzt und hat sich arg am Knie verletzt. Da war der Kurarzt gleich zur Stelle und hat sich großartig um sie gekümmert. Früher hätten wir mit ihr nach Föhr hinüberfahren müssen.«

Rieke hörte Jasper nur mit halbem Ohr zu. Sie ließ ihren Blick über die Wiesen schweifen, auf denen Kühe und Schafe weideten. Dahinter funkelte das Meer in der untergehenden Sonne. Es war landschaftlich sehr hübsch hier, keine Frage. Aber es erschreckte sie, dass es nur so wenige Häuser gab. Im Moment war weit und breit kein Anwesen in Sicht. Sollte Lotte recht gehabt haben, und sie würde die nächsten vier Wochen in der totalen Einöde verbringen müssen? Sie erreichten das in der Mitte der Insel gelegene Dörfchen Nebel, das mit seinen zumeist reetgedeckten Häuschen und der kleinen Kirche einen beschaulichen Eindruck machte.

»Was sind diese Häuser aber auch niedlich«, sagte Marta und deutete auf ein besonders hübsches Friesenhaus. Kletterrosen, die sogar jetzt noch blühten, rankten an der Hauswand hinauf, und ein Mäuerchen, aus losen Steinen gefertigt, das von Wildkräutern und Heckenrosen überwuchert wurde, umrahmte den Garten, in dem einige Obstbäume standen. Vor dem Haus nahm eine Frau mittleren Alters die Wäsche von der Leine. Sie winkte

Jasper zu, und es wurden einige Worte gewechselt, die Rieke nicht verstand.

»Vermutlich Friesisch«, flüsterte Marta ihr zu. »In meinem Reisemagazin stand geschrieben, dass die Bewohner Amrums sehr viel Wert auf diese Sprache legen.«

Es dauerte nicht lang, bis sie Norddorf erreichten, das nur aus wenigen Häusern bestand und recht verschlafen wirkte. Das Fuhrwerk blieb vor einem Friesenhaus stehen, dessen Mauern aus rotem Ziegelstein bestanden. Eingangstür und Fensterrahmen waren blau gestrichen, auch hier rankten Rosen an einem Spalier die Hauswand hinauf. Den Garten begrenzte ein weiß gestrichener Holzzaun, an dem die unterschiedlichsten Blumen wuchsen. Marta erkannte Rittersporn und Sonnenhut, die auch in Hamburgs Gärten oftmals bis in den Oktober hinein noch blühten. Die Tür öffnete sich, als Jasper, der bereits zwei Koffer trug, das Gartentor mit dem Fuß aufstieß. Eine ältere Frau mit grauem Dutt, die ein schwarzes Kleid mit weißer Schürze trug, trat nach draußen, um sie zu begrüßen.

»Sie müssen Herr Stockmann sein«, sagte sie zu Wilhelm und reichte ihm die Hand. »Sine Peters mein Name. Es ist mir eine Freude, Sie und Ihre Familie in unserem bescheidenen Gästehaus begrüßen zu dürfen.«

Wohlwollend ließ sie den Blick über Marta, Rieke, Ida und Marie schweifen. Letztere lag schlafend im Arm ihrer Mutter, was sogleich kommentiert wurde: »Ach, die süße Lütte. So eine weite Seereise ist aber auch anstrengend.«

Sine gefiel Marta auf den ersten Blick. Sie folgten ihr in das Innere des Gasthauses und betraten den Gastraum, der linker Hand neben dem Eingang lag und mit allerlei Nippes, wie Kerzenständern, Keramikfiguren, bevorzugt Seelöwen, Laternen und Schiffsmodellen in allen Formen und Größen, vollgestopft war. An der Decke hing ein Fischernetz. Tische und Bänke waren bunt durcheinandergewürfelt. Bilder vom Strand zierten die Wände, vor den Fenstern hingen gehäkelte Gardinen. Den Blickfang des Raumes stellte jedoch der schwere gusseiserne Ofen dar, hinter dem die Wand mit blau-weißen Kacheln bedeckt war, die das Bild eines Schiffes zeigten. Darunter stand ein Spruch in geschwungenen Lettern, den Marta zu entziffern versuchte.

»Durch Schipfahrt und durch Wahlfischfang unterhalt Gott viel Leut und Land«, las sie laut vor und fügte hinzu: »Diese Kacheln sind einmalig schön.«

»Nicht wahr?« Sine freute sich über Martas Interesse und Lob. »Sie werden sie so oder so ähnlich in vielen Häusern auf der Insel vorfinden. Diese Kacheln gehören zu Amrum wie das Meer, die Schiffe, der Fisch und die Krabben.« Sie lächelte und wollte noch etwas hinzufügen, wurde aber durch eine ältere Frau mit einem schäbigen Schlapphut auf dem Kopf unterbrochen, die hinter ihnen den Raum betrat und ohne ein Grußwort sofort zu sprechen begann: »Sine, stell dir vor, ich komme gerade von Enna. Sie ist ganz aufgelöst, denn heute Nacht hat ein Gonger an ihre Tür geklopft. Sie glaubt, ihr Fiete wird jetzt nicht mehr von der See heimkehren.«

Sine verdrehte die Augen.

»Hallo, Kaline. Schön, dass du endlich mit den Einkäufen zurückkehrst. Unsere Gäste sind inzwischen ebenfalls eingetroffen.« Sie wandte sich ihren Gästen zu und stellte Kaline als ihre Schwester vor.

Kaline schaute kurz zu Wilhelm und den anderen, ließ sich von deren Anwesenheit jedoch nicht von ihrem Bericht abbringen. »Aber was sollen wir denn jetzt machen? Die arme Enna. Wenn es wirklich ein Gonger gewesen ist, dann steht sie doch mit allem ganz allein da.«

»Was ist denn ein Gonger?«, stellte Ida die Frage, die auch Rieke auf der Zunge lag.

Kaline zuckte zusammen und sah Ida an, als würde sie sie erst jetzt richtig wahrnehmen. »Das weißt du nicht, mien Deern? Das ist ein Wiedergänger. Ein Toter, ertrunken im Meer, der zurückkehrt, um seiner Familie von seinem Ableben zu berichten.«

Ida riss erschrocken die Augen auf.

»Kaline, bitte. Jetzt hast du die Lütte erschreckt. Gonger und Wiederkehrer. Du immer mit deinen Schauermärchen. Wir wissen beide, dass es so etwas nicht gibt.« Sie warf ihrer Schwester einen strafenden Blick zu und wandte sich an Wilhelm. »Das Beste wird sein, ich zeige Ihnen jetzt erst mal die Zimmer. Zum Abendbrot habe ich frische Krabben und Kartoffeln vorbereitet, wenn es recht ist.«

»Das hört sich wunderbar an«, erwiderte Wilhelm mit einem Lächeln.

Sine führte sie an der noch immer neben der Tür stehenden und finster dreinblickenden Kaline vorbei und eine schmale Stiege nach oben. Die Gästezimmer befanden sich direkt unter dem Dach. Jedes von ihnen war individuell eingerichtet. In der ersten Kammer gab es ein Doppelbett, dazu einen Kleiderschrank und zwei Nachtschränkchen. Auf einer hölzernen Kommode standen Waschschüssel und Krug, daneben lagen einige Handtücher. Auch hier zierten Bilder von Strand und Meer die Wände. Ein kleiner Petroleumofen in der Ecke sorgte für Wärme. In der zweiten Kammer, die nur ein schmales Fenster besaß, gab es zwei Alkovenbetten, in die sich Ida auf den ersten Blick verliebte. Sie setzte sich auf eines der Betten und ließ ihren Blick über die weiß gestrichene Holzdecke schweifen. »Was für ein zauberhafter Schlafplatz«, rief sie aus. »Das ist ja wie eine kleine Höhle.«

Riekes Begeisterung hielt sich indes in Grenzen, denn Komfort sah in ihren Augen anders aus. Sie behielt ihre Meinung jedoch für sich und hoffte darauf, dass die dritte Kammer ihren Ansprüchen genügen würde. Doch sie wurde enttäuscht. Der Raum, zu dem man über eine steile Stiege gelangte, lag direkt unter dem Dachgiebel. Die Decke war so niedrig, dass man kaum aufrecht stehen konnte, dazu war das Zimmer auch noch winzig klein. Auch hier gab es ein Alkovenbett und ein Nachtkästchen, das neben dem winzigen, kreisrunden Fenster an der Wand stand.

»Ich weiß, die Kammer ist sehr klein und schmal. Wir dachten, hier oben könnte Ihr Kindermädchen schlafen«, erklärte Sine entschuldigend.

»Oh, das habe ich Ihnen ja noch gar nicht mitgeteilt«, erwiderte Marta. »Unsere Merle musste aufgrund einer Erkrankung ihrer Mutter in Hamburg bleiben und konnte uns nicht begleiten. Aber wir werden selbstverständlich das Zimmer bezahlen, sollten Sie darauf bestehen.«

»Nein, das müssen Sie nicht«, antwortete Sine. »Die kleine Kammer hab ich schnell wieder weitervermietet.«

Rieke war fassungslos. Was für ein Reinfall dieses Gästehaus doch war. Sie würde also tatsächlich in einem dieser schrecklichen Alkovenbetten und mit Ida in einem Zimmer schlafen müssen. Und elektrisches Licht schien es auch nicht zu geben. Und dann lief hier auch noch diese verrückte Alte herum, die Schauermärchen erzählte. Na wunderbar. Unter einem Aufenthalt in einem Seebad hatte sie sich etwas ganz anderes vorgestellt. Ihre Mutter hatte ihr zu Hause ein Magazin gegeben, in dem der besondere Komfort in den Gäste- und Logierhäusern hervorgehoben wurde. Komfort entdeckte sie in diesem alten Gästehaus jedoch keinen. Missmutig folgte sie ihren Eltern wieder nach unten. Vier Wochen, dachte sie. Wie sollte sie diese unendlich lange Zeit hier nur überleben?

14

Ida saß neben Kaline in der Gaststube am Tisch und lauschte gespannt der Geschichte, die die alte Frau erzählte. Es war schnell gegangen, dass sie sich miteinander angefreundet hatten, denn Ida liebte Geschichten, und Kaline wusste viele zu erzählen.

»Hast du schon einmal von Harck Olufs gehört?«, fragte sie Ida. Das Mädchen schüttelte den Kopf. »Wirklich nicht? Na so was aber auch«, antwortete Kaline, die sich nebenher mit einer Häkelarbeit beschäftigte. »Du musst wissen, er war der berühmteste Bewohner der Insel Amrum. Harck Olufs wurde im achtzehnten Jahrhundert auf dem Schiff seines Vaters von türkischen Seeräubern gefangen genommen und als Sklave an den Bey von Constantine verkauft. Nachdem er ihm elf Jahre als Schatzmeister gedient und als Führer seiner Reiterei manchen Kampf zugunsten seines Herrn entschieden hatte, schenkte ihm dieser im Oktober 1735 die Freiheit, und er kehrte heim nach Amrum, wo er eine Familie gründete. Nach seinem Tod jedoch, der leider recht plötzlich eintrat, kam er als Wiedergänger zurück, und man hat ihn des Nachts im Totengewand zwischen Nebel und Süddorf umherwandern sehen, denn dort hat er gewohnt. Lange Zeit wagte niemand, den Wiedergänger zu fragen, was seine Ruhe störte, bis eines Tages Boy Erkens, der mal wieder einige Schnäpse zu viel getrunken hatte und bester Laune war, des Weges kam. Er fragte ihn in seinem Übermut, was er begehre.«

»Wirklich?«, unterbrach Ida Kaline. »So etwas hätte ich mich niemals getraut.«

»Das hatte vorher ja auch noch niemand gewagt. Boy Erkens hatte jedoch Glück, denn der Wiederkehrer beantwortete ihm seine Frage. Da er so plötzlich verstorben sei, habe er seiner Frau nichts mehr von dem Schatz erzählen können, den er aus Angst vor Dieben unter der Türschwelle seines Hauses vergraben habe. Du musst nämlich wissen«, erläuterte Kaline, »dass der gute Harck ganz plötzlich, im Sessel sitzend, gestorben ist, als seine Familie beim Kirchgang war. Deshalb, weil er ihnen nichts von dem Schatz erzählt hatte, fand er jetzt keine Ruhe. Tja, und was soll ich sagen: Der Schatz, es waren viele Gold- und Silbermünzen, wurde tatsächlich unter der Türschwelle entdeckt, und seither ward der Wiedergänger niemals wieder auf der Insel gesehen.«

»Also sind diese Wiedergänger eigentlich gar nicht böse«, meinte Ida.

Kaline wollte etwas erwidern, kam jedoch nicht mehr dazu, denn sie wurde von ihrer Schwester unterbrochen, die gerade den Raum betrat.

»Ach, hier steckst du. Erzählst der Lütten schon wieder eine deiner Schauergeschichten. Wenn du so weitermachst, wird sie uns in den Nächten vor lauter Albträumen das ganze Haus zusammenschreien.«

»Es war aber keine Schauergeschichte«, verteidigte Ida Kaline. »Sie hat mir von Harck Olufs und dem Schatz unter der Türschwelle erzählt. Er war gar kein böser Wiedergänger.«

»Siehst du, was du angerichtet hast: Jetzt glaubt die Lütte diesen vermaledeiten Unsinn«, sagte Sine kopfschüttelnd und fügte hinzu: »Was hältst du davon, wenn du dich nützlich machst und Austern fürs Abendessen ernten gehst? Du bist viel besser darin, sie zu finden, und mir tut der Rücken weh.«

»Austern ernten?«, fragte Ida.

»Ja, sie wachsen im Watt draußen. Wenn wir Glück haben und genug finden, gibt es sie heute zum Abendbrot.«

»Kann ich mitgehen? Ich war noch nie im Watt, und Austern hab ich auch noch keine geerntet, geschweige denn welche gegessen.«

»Du hast noch nie Austern gegessen?«, fragte Sine. »Armes Kind. Und derweil bist du in Hamburg aufgewachsen. Da möchte man doch meinen, es sollte welche geben.«

»Die gibt es dort auch. In den feinen Restaurants am Jungfernstieg, wo sie arg teuer sind. Da esse ich lieber Fisch oder die guten Apfelringe von Fanny.«

»Apfelringe sind auch nicht zu verachten«, meinte Kaline. »Aber sie sind mit einer frischen Auster aus der Nordsee nicht vergleichbar. Was meinst du, Sine« – sie wandte sich ihrer Schwester zu –, »ob ich die Deern wohl mitnehmen kann?«

»Wieso nicht?«, entgegnete Sine. »Marta Stockmann schläft oben mit der Kleinen, und Herr Stockmann ist mit seiner ältesten Tochter nach Wittdün gefahren. So schnell werden sie gewiss nicht wiederkommen.«

»O wie toll«, rief Ida erfreut, »dann geh ich schnell Hut und Mantel holen. Ich bin gleich wieder da.« Sie verließ den Raum.

Sine blickte ihr mit einem Lächeln nach.

»Die Deern gefällt mir«, sagte sie. »Aber das große Mädchen ist schon ein recht verwöhntes Ding. Hast du gesehen, wie sie ständig die Nase rümpft? Nichts kann man ihr recht machen. Erst gestern hab ich gehört, wie sie sich bei ihrer Mutter darüber beschwert hat, dass wir keine elektrische Beleuchtung im Haus hätten und sie für ihre Notdurft auf den Hof hinausmüsste.«

»Ist eben ein Stadtmädchen«, antwortete Kaline und zuckte mit den Schultern. »Genau die Sorte läuft in Wittdün scharenweise herum. Hübsch gekleidet, das blasse Näschen unter dem Sonnenschirm versteckt, sehen und gesehen werden. Etwas anderes haben die nicht im Sinn. Und wir Insulaner sind so bescheuert und lassen zu, dass sie ein mondänes Kurhaus nach dem anderen bauen, ja, einen ganzen Ort neu erschaffen, und das auch noch auf einer nutzlosen weißen Düne. Das muss man sich mal vorstellen. Unsere Insel steht zum Ausverkauf, und wir sehen zu, wie sie immer mehr verkommt.«

»Obwohl auch wir Nutznießer der vielen Besucher sind«, antwortete Sine. »Denk nur mal an den letzten Sommer. So viele Gäste hatten wir noch nie. Und selbst jetzt im Herbst konnten wir noch vermieten.«

»Tja, wo Licht, da auch Schatten, und andersherum«, erwiderte Kaline seufzend, erhob sich und verließ den Raum. Im Flur schlüpfte sie in ihren Mantel und setzte ihren schäbig aussehenden schwarzen Schlapphut auf, den sie bereits seit über zwanzig Jahren bei ihren Spaziergängen im Watt oder über die Insel auf dem Kopf trug. Ida kehrte zurück, und die beiden verließen, mit Körben und Messern bewaffnet, das Haus.

Es ging durch die Dünen Richtung Strand. Das Wetter war gut geblieben – blauer Himmel, Sonnenschein. Nur wenige Wolkenfetzen waren am Horizont zu sehen. Plötzlich entdeckte Ida zwischen den mit Binsen und Strandhafer bewachsenen Dünen ein Kaninchen, das rasch Reißaus nahm.

»Oh, ein Kaninchen«, rief sie, blieb stehen und deutete in die Richtung, in die das Tier verschwunden war.

»Ach, von denen wirst du hier in den Dünen noch viele sehen. Sie gehören zu Amrum wie das Watt, der Wind und die Seehunde draußen auf den Bänken.«

»Die Seehunde haben wir schon bei unserer Ankunft gesehen. Sie sind großartige Tiere. In Hamburg habe ich mal einige von ihnen im Zoo bewundert. Aber so viele waren es nicht gewesen.«

»Im Zoo«, sagte Aline abfällig und schüttelte den Kopf. »Keine zehn Pferde würden mich jemals dort hineinbringen. Tiere hinter Gittern zum Begaffen. So etwas kann auch nur den Menschen einfallen.«

Sie erreichten den Strand, wo sich das Meer weit zurückgezogen hatte und nur noch am Horizont zu erkennen war. Einige Passanten hielten sich in der Nähe der Strandhalle des nahen Seehospizes auf, das, wie Ida inzwischen wusste, von Pastor Bodelschwingh gegründet worden war, von Pfarrer Bertramsen verwaltet wurde und der einzige größere Kurbetrieb in Norddorf war. Neben der Strandhalle standen die sogenannten Badekarren bereit, die jedoch bei Ebbe nicht zum Einsatz kamen.

»Für was sind die Karren gedacht?«, erkundigte sich Ida neugierig.

»Zum Baden. Damit können die feinen Herrschaften ins Meer gefahren werden. Dann klettern sie heraus, gehen kurz ins Wasser und steigen wieder hinein.«

»Und wieso gehen die Leute nicht einfach so ins Wasser?«, fragte Ida.

»Kluges Mädchen«, lobte Kaline. »Das fragen wir uns schon, seit diese sonderbaren Karren hier auftauchten. Angeblich geht es um die guten Sitten. Was für ein Blödsinn. Unser Wellenschlag soll plötzlich gegen alle möglichen Leiden helfen. Ob es stimmt, kann ich nicht sagen. Wir Insulaner gehen nicht schwimmen. Wir sammeln nur Austern, Strandgut und gehen zum Fischen. Also haben sie ihren Wellenschlag ganz für sich allein.«

Aus der Menge der Passanten löste sich plötzlich ein Junge und lief auf sie zu.

»Das ist Thaisen. Er ist zwölf Jahre alt und der Sohn des Pfarrers Bertramsen«, erklärte Kaline. »Wenn er mich am Strand sieht, kommt er immer angelaufen, denn er geht gern Austern ernten. Aber er darf allein nicht ins Watt, was vernünftig ist, da es dort ziemlich gefährlich werden kann. Gab schon so einige

Bewohner oder Besucher, die draußen ertrunken sind.« Sie deutete aufs Watt hinaus.

»Gud Dai, Kaline«, begrüßte Thaisen Kaline auf Friesisch, hob kurz seine Mütze an, sodass sein blondes Haar zum Vorschein kam. »Gehst du Austern ernten? Kann ich wieder mitkommen?« Sein Blick blieb an Ida hängen, und er fragte: »Wer ist das denn?«

»Moin, Thaisen, mien Jung. Nicht so stürmisch, immer schön der Reihe nach. Natürlich geh ich Austern ernten. Und du darfst immer mitkommen, das weißt du doch. Die Deern hier ist Ida. Sie ist Gast bei uns und hat sich mir angeschlossen.«

Thaisen musterte Ida mit skeptischem Blick von oben bis unten.

»Ida also.« Seine Stimme hatte einen abfälligen Unterton. »Deine Stiefel sind viel zu fein für das Watt. Bist bestimmt ein Stadtkind, was?«

»Sie kommt aus Hamburg«, beantwortete Kaline seine Frage und sah ihn strafend an. Sie wusste, dass der Junge es nicht gern hatte, wenn jemand sie begleitete. Doch heute würde er sich fügen müssen. »Und ihre Stiefel sind ganz in Ordnung.«

Thaisen hatte die Botschaft verstanden. »Immerhin sind sie schwarz und aus glattem Leder«, lenkte er ein, um Kaline nicht noch weiter gegen sich aufzubringen. »Dann lassen sie sich nachher bestimmt gut sauber machen.«

»Na, dann wollen wir mal los«, sagte Kaline. »Sonst verdirbt uns die Flut am Ende noch unsere Mahlzeit.«

Sie gingen aufs Watt hinaus, und Kaline erwies sich als hervorragende Wattführerin, die Ida jede einzelne ihrer Fragen beantwortete. Auch Thaisen gewöhnte sich an Idas Anwesenheit und zeigte ihr kleine Krebse, buddelte mit ihr gemeinsam einen Wattwurm aus und hob glibberige Quallen auf, die Ida vorsichtig berührte. Ida sammelte Muscheln in allen Größen und Formen und steckte sie in ihre Manteltaschen, denn in den Korb durften sie nicht gelegt werden, der war für die Austern bestimmt und füllte sich zusehends. Wie schön es hier draußen war. Immer mal wieder ließ sie den Blick über das Watt mit seinen Prielen und Pfützen bis zur Insel Sylt schweifen, die sie von hier aus erkennen konnte, und atmete tief die salzige Luft ein. Ihr war es vollkommen schleierhaft, wie Rieke diese wunderbare Insel nicht mögen konnte. Für sie fühlte es sich an wie das Paradies auf Erden.

»Lass dich vom Meer und dem milden Sonnenlicht nicht täuschen«, sagte Kaline, die ihre Gedanken erraten zu haben schien. »Schon morgen kann eine Sturmflut aufziehen, und die Inselwelt zeigt ihr anderes, gefährliches Gesicht.«

»Oder wir versinken tagelang im Nebel«, fügte Thaisen hinzu.

»Trotzdem ist es herrlich«, erwiderte Ida. »Hier ist es nicht so duster wie in Hamburgs Gassen. Gewiss fühlt es sich auch bei Sturm besonders an.«

»So kann man es auch ausdrücken«, kommentierte Kaline Idas Beschreibung, die ihr ans Herz ging. Die Deern schien gerade dabei zu sein, sich in Amrum zu verlieben. Und da verzieh sie ihr auch den Unsinn, den sie redete. Sollte sie während der Zeit ihres Aufenthalts eine Sturmflut erleben, dann würde sie gewiss anders denken. Doch sie behielt ihre Vorbehalte für sich.

»Wir sollten zurückgehen«, sagte Kaline stattdessen und deutete zur Insel. »In einer halben Stunde ist hier alles voller Wasser, und ich hab keine Lust, nasse Füße zu bekommen.«

Sie machten sich auf den Rückweg. Als sie den Strand erreichten, staunte Ida nicht schlecht darüber, wie schnell hinter ihnen das Wasser auflief. Längst waren aus den kleinen Wasserläufen breite Seen geworden.

Kaline wollte zu dem schmalen Dünenweg laufen, doch Thaisen hielt sie zurück und fragte: »Darf Ida noch ein Weilchen hier bleiben? Wir könnten ein Stück den Strand hinunterlaufen, und vielleicht finden wir sogar Bernstein.«

Verwundert schaute Kaline ihn an. So schnell fasste Thaisen selten zu Fremden Zutrauen.

»Das wäre schön«, antwortete Ida. Sie wusste zwar nicht, was Bernstein war, aber Thaisen würde es ihr bestimmt gleich erklären.

»Meinetwegen«, erwiderte Kaline. »Vielleicht habt ihr ja Glück. Wenn sie einen hübschen Stein findet, kann sie ihn bei Ole polieren und einen Anhänger daraus machen lassen. Dann hat sie eine schöne Erinnerung an die Insel. Ich werde deiner Mutter Bescheid sagen, wo du bist«, sagte sie zu Ida. »Aber lauft nicht zu weit und bleibt nicht zu lang fort.« Sie hob mahnend den Zeigefinger.

»Ich werde gut achtgeben«, versprach Thaisen.

Kaline nickte, nahm Ida den Korb mit den Austern ab und ging nach einem knappen Grußwort allein weiter.

Als sie außer Hörweite war, sagte Thaisen: »Sie ist etwas Besonderes, oder?«

»Ja, das ist sie«, erwiderte Ida. »Sie erinnert mich ein wenig an meine Großtante Nele. Mit ihr würde sie sich bestimmt großartig verstehen. Sie leitet in Hamburg eine kleine Pension, und die Apfelringe ihrer Köchin Fanny schmecken einmalig.«

»Das glaub ich gern«, antwortete Thaisen und fügte hinzu: »Wollen wir los?« Wie selbstverständlich streckte er Ida die Hand hin, die sie ergriff.

Lachend liefen sie den Strand hinunter, an der Strandhalle vorüber, ein Stück aufs Watt hinaus, aber nur bis zur Wasserkante, die minütlich näher zu kommen schien. Kichernd wichen sie vor den Wellen zurück, die sich das Land zurückeroberten. Erneut hob Ida Muscheln auf, bewunderte Krabben und anderes Getier, das sich auf dem feuchten Untergrund tummelte. Längst hatten sie die Strandhalle hinter sich gelassen und waren ganz allein. Hier gab es nur noch die Dünen, den Strand und das Meer. Möwen kreisten schreiend über ihnen, weit draußen waren einige Kutter zu erkennen.

»Und was hat es jetzt mit diesem Bernstein auf sich?«, fragte Ida.

»Das ist Baumharz, das viele Millionen Jahre alt ist. Es ist goldgelb und wertvoll. Hier auf der Insel wird Schmuck daraus gemacht, oder die Steine werden gleich aufs Festland geliefert. Besonders nach Herbststürmen finden sich Stücke am Strand zwischen angeschwemmtem Holz und Tang. Leider war es die letzten Tage ruhig, weshalb wir vermutlich kein Glück haben werden. Aber ich kenne eine gute Stelle ein paar Meter den Strand hinunter, wo in den letzten Tagen viel Holz und Tang angespült worden ist. Wenn du magst, können wir dort nachsehen, ob wir etwas entdecken.«

»Natürlich mag ich«, antwortete Ida.

Sie liefen den Strand hinunter. Das Wasser war inzwischen noch weiter aufgelaufen und hatte sich das Watt beinahe vollständig zurückerobert.

»Dort vorn ist es.« Thaisen deutete auf eine Stelle am Strand, wo tatsächlich eine Menge Holz und schwarzer Tang lagen. Sie begannen sogleich, darin herumzuwühlen.

»Es müffelt«, stellte Ida fest.

»Nordsee eben.« Thaisen zuckte mit den Schultern. »Da gehören der Tang und das angespülte Holz dazu. Und wenn das Zeug eine Weile im Wasser schwimmt oder hier herumliegt, dann müffelt es eben. Am Strand wird aber auch eine Menge anderes Zeug angespült. Ganze Schiffsladungen, zum Beispiel. Auf die haben es die Strandgutsammler abgesehen, denn manchmal sind wahre Schätze dabei. Nur leider ist es verboten, Strandgut zu sammeln. Man sollte sich nicht vom Strandvogt erwischen lassen. Wir Insulaner halten uns jedoch nur selten an das Verbot.« Er grinste. »Auch ich hab schon eine ganze Sammlung. Soll ich sie dir zeigen?«

Ida überlegte kurz, ob es gut war, sich auf etwas Verbotenes einzulassen, stimmt dann aber zu. So schlimm würde es schon nicht werden.

Sie ließen von dem stinkenden Haufen Tang und Holz ab und liefen den Strand wieder zurück. Thaisen führte Ida in die Dünen, wo sie plötzlich vor einer kleinen, mit Reet gedeckten Kate standen. Er öffnete die Tür und bedeutete Ida, ihm ins Innere zu folgen. Es gab auch ein Fenster, das er öffnete. Fensterläden klappten an die steinernen Außenwände, und Sonnenlicht fiel auf den staubigen Dielenboden. Staunend blickte sich Ida in der kleinen Kammer um. Es gab unzählig viele Flaschen in allen Größen und Formen, dazu Tongefäße, mal mehr mal weniger beschädigt. Schuhe stapelten sich in einer Ecke neben einem Stuhl, von dem die rote Farbe abgeblättert war. Zwei Fässer standen an einer Wand, auf ihnen eine hölzerne Schmuckschatulle, die einen ramponierten Eindruck machte. In einer Schale auf dem Fensterbrett lagen unzählige Seesterne. Ida berührte sie mit der Fingerspitze.

»Ich weiß, es ist nur Plunder«, sagte Thaisen. »Und die Seesterne sammle ich, weil ich sie gernhabe. Bei den Fässern, dem Stuhl und der Schatulle frage ich mich, wo sie herkommen. Was es wohl für ein Schiff gewesen sein mag, das sie geladen hatte, und ob es in einem Sturm gesunken ist. In der Schatulle ist eine Goldkette mit einem Anhänger, in dem ein Foto steckt. Magst du sie sehen?«

Ida stimmte zu. Thaisen öffnete die Schatulle und holte die Goldkette mit dem hübschen Anhänger heraus, der sich tatsächlich öffnen ließ. Auf der sich darin befindenden Fotografie war eine junge Frau abgebildet, die freundlich lächelte.

»Manchmal frage ich mich, wer sie ist und ob sie mit dem Schiff unterging oder vielleicht sogar gerettet wurde«, sagte Thaisen. »Vielleicht lebt sie noch, und es ist ihr Liebster, den sie verloren hat. Auf der Rückseite des Anhängers sind Initialen eingeprägt.«

Ida drehte den Anhänger um. »M. J.«, sagte sie laut. »Was das wohl bedeutet?« Sie schaute noch mal das Bild an. »Sie ist sehr hübsch. Nicht viel älter als Rieke. Hoffentlich geht es ihr gut.«

»Ja, das hoffe ich auch.« Thaisen machte eine kurze Pause, dann fügte er hinzu: »Immerhin ist ihre Leiche nicht angespült worden.«

»Ihre Leiche?«, fragte Ida entsetzt.

»Es kommt nicht sehr häufig vor, aber manchmal werden auch Leichen angespült«, erklärte Thaisen. »Zahllose Tote von irgendwelchen Schiffsunglücken, die das Meer wieder preisgibt. Sie werden auf einem Acker in Nebel beerdigt. Ich habe dort ein Lieblingsgrab. Es ist von einem kleinen Mädchen, das ich gemeinsam mit meinem Vater vor zwei Jahren gefunden habe. Sie war nicht viel älter als wir und muss bereits tagelang im Meer getrieben haben. Willst du ihr Grab sehen?«

»Ich weiß nicht«, antwortete Ida zögerlich. Die Sache mit den Leichen erschreckte sie. Und dann auch noch ein angeschwemmtes Mädchen, wie gruselig. »Vielleicht ein andermal.«

»Wenn du meinst.« Thaisen zuckte mit den Schultern und blickte nach draußen. »Ist eh spät geworden. Wird Zeit, dass ich dich zurückbringe.«

Ida nickte erleichtert, und sie verließen die Hütte. Schweigend liefen sie den Strand hinunter. Der Wind hatte aufgefrischt und zerrte an Idas Rock. Wolkenfetzen warfen Schatten auf den Strand und das Meer. Als sie die Strandhütte des Seehospizes erreichten, ging gerade die Sonne unter. Ida blieb stehen. Rotgolden schimmerten der Himmel und das Meer, und die Sonne versank wie ein leuchtender Ball in den Wellen. Stundenlang hätte sie einfach nur hier stehen bleiben und das Naturschauspiel beobachten können. Möwen zogen kreischend am Himmel ihre Kreise, der salzige Wind wehte ihr um die Nase, die Wellen schlugen an den menschenleeren Strand.

»Es fühlt sich wie unendliche Freiheit an«, murmelte sie ergriffen.

»Ich wollte dich mit den Toten nicht erschrecken«, erklärte Thaisen.

»Ist schon gut«, erwiderte Ida. »Es ist nett, dass du ihr einen Namen gegeben hast. Und vielleicht lebt die Frau auf dem Bild ja noch.«

»Ja, da wäre schön«, antwortete er mit einem Lächeln. »Aber jetzt müssen wir leider los. Sonst reißt mir Kaline am Ende noch den Kopf ab. Wir sind viel länger fortgeblieben als gedacht.«

Mittlerweile war die Sonne im Meer versunken.

Thaisen lief zu dem schmalen Dünenweg, der nach Norddorf führte. Ida folgte ihm und fragte, noch ehe das Gästehaus von Sine und Kaline in Sicht kam: »Hast du morgen wieder Zeit?«

15

Wilhelm kletterte hinter Jasper vom Wagen und ließ seinen Blick über den spärlich beleuchteten Hafen schweifen. Es war drei Uhr morgens. Die beste Zeit also, um Seehunde zu jagen. Das behauptete jedenfalls Philipp Schau aus Nebel, einer der Seehundjäger, mit dem sie heute zu den Seehundbänken hinausfahren würden, um ihr Glück zu versuchen. Wilhelm hatte in den letzten Tagen häufiger von diesem besonderen Erlebnis gehört, weshalb er Jasper vor einigen Tagen darauf angesprochen hatte. Dieser war begeistert über Wilhelms Interesse für die Seehundjagd gewesen und bot ihm an, ihn auf eine der nächsten Touren mitzunehmen. Der Ausflug in die Welt der Seehundjäger würde Wilhelm drei Mark kosten, was es ihm wert war. Ob er am Ende jedoch wirklich den Schneid hätte, auf eines der Tiere zu schießen, wusste er nicht. Auch Marta hatte er seine Pläne für den heutigen Tag verschwiegen. Sie hätte sich am Ende Sorgen gemacht, und das wollte er nicht. Also hatte er ihr etwas von einer Kaninchenjagd in den Dünen erzählt, was sich bedeutend weniger gefährlich anhörte. Vom ersten Tag an hatte er sich auf der Insel wohlgefühlt, und auch die Luft bekam ihm hervorragend. Der quälende Husten der letzten Monate schien wie weggefegt zu sein, und seine Asthmazigaretten hatte er seit ihrer Ankunft nicht mehr angefasst. Er liebte es, gemeinsam mit Marta am Strand spazieren zu gehen, aber auch das Landesinnere der Insel hatte seine Reize. Der verschlafene Ort Nebel mit seinen behäbigen Friesenhäuschen, die stets von kleinen Gärten umgeben waren, die Marta jedes Mal bewunderte. An einem

Tag hatte es urplötzlich heftig zu stürmen begonnen, und sie hatten vor dem einsetzenden Regen in Steenodde im Gasthaus *Zum Lustigen Seehund* Schutz gesucht. Der aus Hannover stammende Wirt Ludolf Schulze berichtete ihnen, dass er als erstes Gästehaus überhaupt Feriengäste auf Amrum beherbergte, noch bevor in Wittdün ein Gästehaus gebaut worden war. Mittlerweile schossen die Hotels, Gäste- und Logierhäuser nur so aus dem Boden, und dieser neue seelenlose Ort lockte immer mehr Feriengäste auf die Insel. Bereits im nächsten Jahr sollte das Flaggschiff von Wittdün, das an der Südspitze entstehende *Kurhaus*, fertiggestellt sein. Die neu gegründete Aktiengesellschaft Wittdün-Amrum, die Heinrich Andresen ins Leben gerufen hatte, steckte dahinter. Zum Ausverkauf stand eine weiße Düne, die bis vor wenigen Jahren keinen Pfifferling wert gewesen war. Aber es hatte ja so kommen müssen, denn längst waren Seebäder auf Sylt oder Föhr gegründet worden, und Amrum hinkte bisher hinterher. Und wenn die Insel nicht aussterben wollte, denn viele junge Leute wanderten nach Amerika aus, musste man für eine Zukunftsperspektive sorgen und durfte sich nicht abhängen lassen. Obwohl es meistens die Fremden waren, die sich engagierten, weshalb sich viele der Alteingesessenen vor dem Verfall der guten Sitten fürchteten. Ludolf Schulze hatte sich sogar zu Marta und Wilhelm an den Tisch gesetzt, denn sie waren an diesem unwirtlichen Tag seine einzigen Gäste in der gemütlichen Gaststube gewesen, die der von Sine und Kaline ähnelte. Auch hier gab es einen schmiedeeisernen Ofen, der für Wärme sorgte, und die für Amrum typischen blau-weißen Kacheln an den Wänden. Stehlampen am Fenster sorgten für warmes Licht, der Wind pfiff ums Haus, und der heiße Grog wärmte den Magen. Wilhelm hätte ewig sitzen bleiben und den Geschichten von Schulze lauschen können, der ihnen die eine oder andere Anekdote vom Inselleben erzählte und niemals wieder nach Hannover zurückkehren wollte.»Wer einmal sein Herz an diese Insel verloren hat, geht nicht mehr fort«, hatte er gesagt und Marta zugezwinkert.

Als Wilhelm und Jasper das Boot von Philipp Schau erreichten, begrüßte Philipp sie mit Handschlag und den Worten: »Früh zu Bett und früh aufstehn macht gesund, reich und klug.« Der bullig wirkende Seemann, der sie an Bord winkte, gefiel Wilhelm auf Anhieb. Er trug eine braune Hose, einen dicken Mantel darüber und eine dunkelblaue Wollmütze. Eine Pfeife klemmte zwischen seinen Zähnen. Der Geruch von Tabak wehte Wilhelm entgegen.

Jasper stellte Wilhelm vor, und Philipp Schau fragte ihn: »Schon mal Seehunde gejagt?«

Wilhelm verneinte und fügte hinzu: »Ich jage eigentlich gar nicht. Aber ich fand die Idee spannend.«

»Also noch total grün hinter den Ohren.« Philipp Schau schüttelte den Kopf und warf Jasper einen strafenden Blick zu. »Was hast du mir da angeschleppt, mein Freund? Ich dachte, er hätte wenigstens mit Rotwild oder sonst irgendwelchem Viehzeug Erfahrung.«

»Und ich nahm an, du nimmst Besucher gern mit, um ihnen unsere Gepflogenheiten näherzubringen«, entgegnete Jasper seelenruhig.

»Hast ja auch wieder recht«, lenkte der Seehundjäger ein und wandte sich erneut Wilhelm zu: »Nichts für ungut. Mir hängt noch der gestrige Tag nach, wo mir ein Mitfahrer aus Wittdün die ganze Entenjagd vermasselt hat, weil ihm während der Fahrt schlecht geworden ist. Gekotzt hat der, ich kann's Ihnen sagen. So was habe ich schon lang nicht mehr erlebt. Zwischendrin behauptete er steif und fest, seetauglich zu sein. Er wäre sogar bei der Marine gewesen. Wenn Sie mich fragen, hat der arme Kerl was Schlechtes gegessen. So kotzt keiner, der mal 'n büschen

Wellengang unterm Hintern hat. Nach einer Stunde sind wir zurückgefahren, mit drei mageren Enten als Ausbeute.« Er seufzte und erkundigte sich vorsichtshalber nach Wilhelms Befinden.

»Mir geht es hervorragend. Und Wellengang macht mir nichts aus«, erklärte Wilhelm, um Philipp Schau zu beruhigen.

»Das hört man gern. Dann wollen wir mal los. Wird ein Weilchen dauern, bis wir die Seehundbänke erreichen. Wenn ihr zwei wollt, könnt ihr unter Deck ein Nickerchen halten. Später gibt es Frühstück. Meine Anne hat uns einen gut gefüllten Korb mitgegeben, und selbstverständlich ist auch Kaffee da.«

Plötzlich tauchte ein junger Bursche auf, der bis dahin unter Deck gewesen war, und murmelte etwas auf Friesisch, das Wilhelm nicht verstand. Schau stellte ihn als seinen Schiffsjungen Jannes vor und wies ihn sogleich an, die Segel zu hissen, während er sich ans Steuerrad setzte. Lautlos glitt ihr Boot wenig später in die Nacht, und sie ließen den Hafen schnell hinter sich. Nach einer Weile bedeutete Jasper Wilhelm, ihm unter Deck in eine kleine, von einer einzelnen an der Decke hängenden Öllampe erhellte Kammer zu folgen, die mit einer Sitzgruppe und zwei Kojenbetten ausgestattet war, in die sie sich legten. Wilhelm stellte Jasper, der über ihm lag, noch einige Fragen über Philipp Schau, dann schlief er ein.

Es war der Schiffsjunge, der ihn bald darauf wieder wach rüttelte und verkündete, dass der Kaffee fertig sei.

Als Wilhelm an Deck kam, brach im Osten bereits der Morgen an, die Segel waren eingeholt und der Baum herabgelassen. Das Boot schaukelte auf den Wellen, der Himmel war wolkenverhangen. Schau reichte Wilhelm einen mit Kaffee gefüllten Becher und ein Fischbrötchen und deutete auf das kleine Ruderboot.

»Gleich geht es los. Vielleicht haben wir ja Glück, und einer der Seehunde schläft so fest, dass er sich überrumpeln lässt.«

»Das sagst du jedes Mal, kurz bevor wir zur Seehundbank hinüberfahren«, erwiderte Jasper. »Und jedes Mal hauen die Tiere alle ab. Hast du eigentlich jemals einen schlafenden Seehund überrumpelt?«

»Schon mehrfach«, erwiderte Schau mit leicht beleidigter Miene. »Allerdings gelingt so ein Kunststück meist nur, wenn man keine unerfahrenen Jäger dabeihat, die keine Ahnung davon haben, wie man sich anständig an eine Gruppe Seehunde heranschleicht.«

Wilhelm wusste diese Bemerkung zu deuten, sagte jedoch nichts, denn der Mann hatte ja nicht unrecht. Er war ein unerfahrener Jäger, der, wenn er es genau nahm, sogar ein wenig Angst empfand. Oder sollte er es Respekt nennen? Vielleicht hätte er doch erst einmal mit der Enten- oder Kaninchenjagd beginnen sollen. Aber jetzt saß er in diesem Boot, und es würde kein Zurück mehr geben. Und vielleicht würde es sich ja am Ende ganz toll anfühlen, einen mächtigen Bullen zu erlegen.

Sie verspeisten ihr Frühstück und kletterten dann, mit Gewehren bewaffnet, in das Ruderboot. Schau ruderte sie zu der Seehundbank hinüber, wo sie vor Anker gingen. Er hatte sich für die bevorstehende Jagd sogar extra in Schale geworfen und trug jetzt einen feinen Seehundjäger-Anzug, was auf Wilhelm eher befremdlich wirkte. Wieso man ausgerechnet zur Seehundjagd einen feinen Anzug anlegen musste, erschloss sich ihm nicht. Er behielt seine Meinung jedoch lieber für sich, denn er wollte Schau nicht gegen sich aufbringen. Er würde später Jasper fragen, was es mit dem ominösen Anzug auf sich hatte.

Sie schlichen nebeneinander über die Sandbank. Jeder von ihnen hatte ein Gewehr im Arm, und Schau zog den drei Meter langen Seehundhaken hinter sich her, mit dem das erlegte Tier später abtransportiert werden sollte.

Es dauerte nicht lang, bis sie von dem Wache haltenden Seehund entdeckt wurden, der sofort Alarm schlug, sodass alle Tiere hektisch das Weite suchten. Die drei Männer erreichten den Lagerplatz der Seehunde.

»Niederlegen und ruhig«, befahl Schau. Wilhelms Herz begann, schneller zu schlagen. In einiger Entfernung war der Kopf eines Seehundes zu erkennen, der sich langsam wieder dem Strand näherte. Flüsternd erklärte Schau, dass nun die eigentliche Arbeit, das Anlocken, beginnen würde. Schau streckte sich aus, hob den Kopf in die Höhe, hielt die Füße geschlossen und nach oben gekrümmt, damit er wie ein Seehund aussah. Wilhelm bemühte sich, ebenso wie Jasper, ebenfalls diese Körperhaltung einzunehmen, was ihm nur leidlich gelang. Es war gar nicht so einfach, die Füße nach oben zu halten, und schnell tat ihm der Rücken weh. Es dauerte nicht lang, bis zwei Seehunde damit begannen, sie argwöhnisch zu betrachten. Nach einer Weile kam einer von ihnen aus der Brandung heraus und schwamm auf sie zu. Wilhelms Hände begannen zu zittern. Der Seehund war nur wenige Meter von ihm entfernt.

Schau mahnte zur Ruhe und sagte: »Der kommt zu uns, das ist ein Dummer.«

Jasper macht sich schussbereit. Wilhelm griff nicht nach seinem Gewehr. Fasziniert beobachtete er das Tier, wie es wenige Meter vor ihm das Meer verließ und über den Sand robbte. So nahe war er einem Seehund noch nie gekommen. Was für ein großartiges und besonderes Geschöpf dieses Tier war. Beunruhigt blickt Wilhelm zu Schau, der sein Gewehr bereits angelegt hatte und auf den Kopf des Seehundes zielte. Auch Jasper hatte den Finger am Abzug. Wilhelm sah zu dem Tier, zu Schau, zu Jasper, seine Hände zitterten. Der Seehund war so einzigartig, so besonders. Sie durften ihn nicht erschießen. Nicht hier vor seinen Augen. Er könnte es nicht ertragen.

»So geht das nicht«, sagte er plötzlich laut und verscheuchte damit das Tier.

Schau und Jasper ließen ihre Gewehre sinken, und Schau schimpfte sofort los.

»Was sollte das denn jetzt? Wir hatten ihn, verdammt noch eins.« Er schlug mit der Faust in den Sand.

Wilhelm stand auf, ging zum Rand der Seehundbank und blickte auf die Stelle in der Brandung, wo das Tier verschwunden war.

»Er war zu schön«, murmelte er.

»Der eine kotzt, der Nächste wird sentimental«, schimpfte Schau hinter ihm her. »In Zukunft bleiben die Landratten wieder dort, wo sie hingehören.«

»Also mir ist sentimental allemal lieber als kotzen«, kommentierte Jasper Schaus Bemerkung, trat neben Wilhelm und legte ihm die Hand auf die Schulter.

»Ist der Bursche dieses Mal eben davongekommen. Vielleicht merkt er es sich ja und wird niemals im Leben mehr dumm sein.«

»Aber hoffentlich ein anderer«, meinte Schau, der neben sie getreten war. »Das kostet Sie aber extra, mein Freund. Mit drei Mark lass ich Sie nicht wegkommen.«

»Jetzt hab dich nicht so, Philipp«, sagte Jasper. »Du wusstest um das Risiko. Wilhelm ist nicht der erste Tourist, der dir die Suppe versalzt.«

»Meinetwegen«, grummelte Schau. »Aber einen ausgeben muss er schon. Können Sie wenigstens Karten spielen? Skat?«, fragte er Wilhelm.

»Ja, das kann ich.«

»Na, das ist doch schon mal ein Anfang. Heute Abend im *Lustigen Seehund*?«

»Aber gern«, erwiderte Wilhelm, sichtlich erleichtert darüber, dass ihm der Seehundjäger nicht länger grollte.

»Dann lasst uns zurückfahren.« Schau deutete in Richtung des Ruderbootes, und sie verließen die Sandbank. Als sie wenig später die Segel hissten und auf Amrum zusteuerten, ging die Sonne auf. Es war fast windstill, das Meer lag wie ein Spiegel vor ihnen.

Von dem Anblick ergriffen, stand Wilhelm an Deck. »Es ist so wunderschön. Am liebsten würde ich für immer hierbleiben«, sagte er mehr zu sich selbst, doch Jasper hatte seine Worte gehört.

»Dann mach es doch einfach, mein Freund«, antwortete er. »Wärst nicht der Erste, den unsere Insel bezaubert und nicht mehr fortlässt.«

»Wenn das so einfach wäre«, erwiderte Wilhelm mit einem tiefen Seufzer und beobachtete, wie sich ein Schwarm Möwen kreischend um einen unweit von ihnen liegenden Krabbenkutter scharte, der gerade seine Netze ins Wasser ließ.

Noch wenige Wochen, und Hamburg würde ihn mit seinem Trubel und seiner Düsternis und schlechten Luft in einen neuen Alltag zwingen, von dem er noch keine Ahnung hatte, wie er aussehen würde. Oder war er jetzt ungerecht? Hamburg, mit all seinen Facetten, war nie schlecht zu ihm gewesen. Er hatte dieser Stadt die Liebe seines Lebens und seinen gesellschaftlichen Aufstieg zu verdanken. Aber vielleicht würde ein Neuanfang gerade jetzt guttun. Joachim Mertens hatte ihm geschrieben. Die Handelsagentur Kohlsen und Graber suchte einen fähigen Prokuristen. Er habe ihn vorgeschlagen, und man war nicht abgeneigt gewesen. Hamburg, die Stadt voller Möglichkeiten, ihr Zuhause. Und doch schien es im Augenblick, als wäre ihr dortiges Leben ein Teil einer Vergangenheit, mit der er abgeschlossen hatte.

»Da vorn ist schon der Hafen«, sagte Jasper und riss ihn aus seinen Gedanken. »Wenn es dir nichts ausmacht, würde ich gern noch bei Gustav Petersen im Laden vorbeischauen, denn mein Tabak ist aus.«

»Ich müsste auch noch ins Papeteriegeschäft von der Witwe Schamvogel, da meiner Rieke das Briefpapier ausgegangen ist und sie mich darum gebeten hat, ihr neues mitzubringen«, erwiderte Wilhelm.

»Schreibt sie dem Bengel also immer noch«, antwortete Jasper.

Erstaunt sah Wilhelm ihn an. Jasper zuckte mit den Schultern.

»Ich bringe jeden Tag ihre Briefe zur Post. Ich mag ein einfacher Insulaner sein, doch auf den Kopf bin ich nicht gefallen. Es ist nur ein Jammer, dass ihr der Bursche niemals antwortet.«

»Oder ein Segen«, erwiderte Wilhelm augenzwinkernd, was Jasper zum Grinsen brachte.

Bald darauf fuhren sie in den Hafen ein und verabschiedeten sich von Philipp Schau, jedoch nicht, ohne die Verabredung zum Kartenspiel am Abend noch einmal zu bekräftigen. Beschwingt folgte Wilhelm Jasper zum Wagen, den dieser unweit des Hafens bei einem Bekannten untergestellt hatte. Er mochte keinen Seehund erlegt haben, aber dieses Erlebnis hätte er auf keinen Fall verpassen wollen. Und vielleicht ließe sich ja Philipp Schau dazu überreden, ihn zur Entenjagd mitzunehmen.

16

Kreischend rutschten Ida und Marta die Düne hinunter, während Rieke mit säuerlicher Miene oben stehen blieb. Keine zehn Pferde würden sie dazu bringen, diese Albernheit mitzumachen. So etwas gehörte sich nicht, und außerdem wäre dann ihr Rock vollkommen ruiniert. Wenn sie gewusst hätte, wie peinlich sich ihre Mutter benehmen würde, wäre sie zu Hause geblieben. Ihr Blick wanderte zu einer Gruppe älterer Herren, die unweit von ihnen stehen geblieben waren und sich angeregt unterhielten. Einer von ihnen nickte ihr freundlich lächelnd zu. Rieke wollte lieber nicht darüber nachdenken, was in dem Kopf des Mannes vorging, der, nach seiner Kleidung zu urteilen, vermutlich von höherem Stand war, am Ende sogar adelig. Sie erwiderte sein Lächeln und blickte zurück auf die Düne. Ida und Marta waren unten angekommen und kullerten kichernd über den Sand. Dem Herrn im Himmel sei Dank, waren sie nicht die einzigen Verrückten, die sich diesem unsäglichen Vergnügen hingaben. Drei weitere Damen, ein junger Mann und ein kleines Mädchen rutschten ebenfalls mit größter Freude die Düne hinab. Marta erhob sich, klopfte sich den Sand vom Rock ab und winkte Rieke zu. Sie rief etwas, doch Rieke konnte die Worte nicht verstehen. Gewiss forderte ihre Mutter sie dazu auf, es ebenfalls auszuprobieren, was niemals geschehen würde. Rieke öffnete stattdessen lieber ihren Sonnenschirm und setzte sich auf einer Bank neben eine ältere Dame, die ihre Nase in ein Buch steckte und keine Notiz von ihr nahm. Hätte sie sich doch bloß nicht zu diesem dämlichen Spaziergang überreden lassen, dachte sie missmutig und ließ ihren Blick über die Dünen und aufs Watt schweifen. Langsam lief das Wasser wieder auf. Priele und Wasserrinnsale funkelten im hellen Licht der Nachmittagssonne. Eine Gruppe Touristen, darunter auch Frauen, kehrte gerade von einer Wattwanderung zurück. Zu Riekes Entsetzen trugen die Damen weder Schuhe noch Strümpfe und rafften ihre Röcke, sodass man die nackten Füße und sogar die Waden sehen konnte. Was für eine Ungeheuerlichkeit! Auf dieser Insel schienen selbst Besucher aus besseren Häusern jede Form von Anstand zu verlieren. Neben Rieke landete eine Möwe auf dem sandigen Weg, hopste Richtung Düne und erhob sich wieder in die Lüfte zu ihren unzähligen Kameraden, die durchdringend kreischten. Selbstverständlich gab es auch in Hamburg Möwen, doch hier schien ihre Zahl um einiges höher zu sein, was Rieke genauso missfiel wie die vielen Karnickel in den Dünen, die sie auch noch niedlich finden sollte. Sine meinte, die Tiere gehörten zu Amrum wie die Dünen, das Watt und das Meer. Rieke hätte gut auf sie verzichten können, genauso wie auf die ganze Insel. Sehnsüchtig zählte sie die Tage bis zu ihrer Rückkehr in ihr geliebtes Hamburg. Jeden Tag schrieb sie einen Brief an ihren Georg. Auf eine Antwort wartete sie allerdings vergebens, was sie in tiefstes Unglück stürzte. Wieso antwortete er nicht? Womöglich liebte er längst eine andere. Sie sah das Gesicht von Erna Wilhelmsen. Oh, dieses Biest. Gewiss würde sie die Gunst der Stunde nutzen und sich Georg an den Hals werfen. Doch eine Bestätigung für diese Befürchtung hatte Rieke auch von ihrer Freundin Berta nicht erhalten, die es nicht für nötig zu halten schien, ihr in dieser schweren Zeit durch ein paar Zeilen beizustehen. Erst einen einzigen Brief hatte sie von ihr erhalten, der nur wenige Belanglosigkeiten enthielt. Vermutlich verheimlichte Berta ihr etwas. Mit jedem verstreichenden Tag wurde Rieke unruhiger und missgelaunter. Aber vielleicht machte sie sich einfach zu viele Gedanken. Doch was sollte man auf dieser bescheuerten Insel, auf der sich Fuchs und Hase Gute Nacht sagten, auch sonst tun? Tanzvergnügen, Konzerte und ähnliche Veranstaltungen fanden nur in der Saison statt, wie sie kurz nach ihrer Ankunft erfahren hatten. Somit war sie zu Spielabenden und Strandspaziergängen verurteilt. Diese schreckliche Kaline hatte sie sogar einmal gefragt, ob sie das Krabbenpulen erlernen wolle. Was stellte sich diese trampelhafte Person nur vor? Sie war hier Gast und kein Küchenmädchen. Ihre Mutter, die mit Ida gerade eine zweite Runde Dünenrutschen in Angriff nahm, hatte sich selbstverständlich sofort zum Pulen überreden lassen. Den ganzen gestrigen Nachmittag hatte sie, mit Kaline schwatzend, in der Küche verbracht, während sie sich in der Stube mit einem geliehenen Buch zu Tode langweilte.

Zwei junge Männer kamen des Weges. Einer von ihnen blieb stehen und sagte: »Oh, welch Überraschung. Ich freue mich, Sie wiederzusehen, Fräulein Stockmann. Das wagte ich gar nicht mehr zu hoffen.«

Rieke sah den Mann einen Moment verdutzt an, dann erkannte sie ihn. Es war Jacob Thieme aus Föhr.

»Die Freude ist ganz auf meiner Seite, lieber Herr Thieme«, antwortete sie, erfreut darüber, ihn zu sehen. »Was führt Sie nach Amrum? Ich wähnte Sie auf Föhr.«

Sie stand auf und reichte ihm die Hand, die er ergriff.

»Geschäfte, was sonst.« Er zwinkerte ihr zu. »Darf ich Ihnen meinen Freund Hinrich Thomason vorstellen?«

Der andere Mann, ein dunkelhaariger, leicht untersetzter Bursche mit Schnauzbart, nahm seinen Hut ab und streckte Rieke mit einem Kopfnicken die Hand entgegen. Er hatte ein einnehmendes Lächeln, das ihr gefiel.

»Es freut mich, Ihre Bekanntschaft zu machen«, sagte Hinrich Thomason und deutete eine Verbeugung an.

»Und ich hatte gedacht, Sie wären längst wieder nach Hamburg zurückgereist«, sagte Jacob.

»Erst übernächste Woche«, erwiderte Rieke und vermied es, das Wort »leider« hinzuzufügen. Sie wollte noch etwas sagen, wurde aber von ihrer Mutter und Ida unterbrochen, die näher traten.

»Rieke, meine Liebe, du hast ja Gesellschaft bekommen.« Mit einem Lächeln gab Marta Jacob Thieme die Hand und begrüßte ihn mit Namen, was er wohlwollend zur Kenntnis nahm. Er beugte sich zu Ida vor, die ebenfalls freundlich grüßte und, genauso wie ihre Mutter, voller Sand war.

»Ich nehme an, die Damen haben sich dem Vergnügen des Dünenrutschens hingegeben. Das mache ich auch ganz gern.« Er zwinkerte Ida zu, die verschmitzt grinste. Dann richtete er sich wieder auf und sah Rieke an, während er fortfuhr: »Wir bleiben noch bis Sonntag auf der Insel. Heute Abend findet eines der wenigen Herbstkonzerte im *Kurhaus zur Satteldüne* statt. Wir würden uns freuen, wenn Sie uns begleiten könnten.«

Riekes Augen begannen zu strahlen, was Marta wohlwollend zur Kenntnis nahm.

»Es wäre uns ein Vergnügen, nicht wahr, Rieke?«, sagte sie und nahm die Einladung ohne Umschweife an.

»Ja, das wäre es«, erwiderte Rieke.

Sie hielt noch immer den Blick von Jacob Thieme fest, und es entstand ein kleiner Moment der Stille, den Marta zu deuten wusste. Wo auch immer im Kopf ihrer Tochter Georg Paulsen herumspukte, in diesem Moment hatte er nichts zu melden. Und wenn es nur wenige Stunden waren, in denen sich Rieke ablenken ließ. Sie waren ein Geschenk.

»Dann sehen wir uns also dort. Das Konzert beginnt um sieben Uhr. Wir freuen uns.« Jacob Thieme deutete eine Verbeugung an und verabschiedete sich, da bedauerlicherweise geschäftliche Termine anstanden, die nicht warten konnten.

Rieke blickte den beiden strahlend nach.

»Der hat sich in dich verguckt«, sagte Ida keck.

Rieke zuckte ertappt zusammen und gab ihrer Schwester einen Klaps auf die Schulter. »Welch ein Unsinn. Er ist eben ein Gentleman.«

»Ja, und dann auch noch so ein netter«, fügte Ida hinzu. »Und er mag Dünenrutschen. Davon hast du keine Ahnung. Komm schon«, bettelte Ida, »eine Runde mit mir. Es macht einen Riesenspaß.«

»Damit ich Sand in die Haare bekomme«, entgegnete Rieke. »Ich muss doch heute Abend perfekt aussehen.«

»Ach, du hast doch einen Hut auf.« Ida ließ nicht locker. »Und wir rutschen auf dem Po und nicht auf dem Kopf. Jetzt hab dich doch nicht so.«

Rieke blickte zu ihrer Mutter, die ihr aufmunternd zunickte. »Es macht wirklich großen Spaß.«

»Also gut«, gab Rieke nach und reichte ihrer Mutter den Sonnenschirm. »Damit die liebe Seele ihre Ruhe hat.«

Sie nahm Idas Hand, die beiden traten an den Rand der Düne und setzten sich. Keine Sekunde später ging es los. Lachend rutschten sie über den Sand, der sich herrlich warm und weich anfühlte. Als sie unten ankamen, warf sich Ida in Riekes Arme, und die beiden fielen kichernd um. Ida drückte Rieke ein Küsschen auf die Wange und rief überschwänglich: »Es ist so schön, wenn du fröhlich bist. Wollen wir gleich noch einmal?«

»Gern«, erwiderte Rieke und drückte ihre Schwester fest an sich, »aber nur, wenn Mama dieses Mal mitrutscht.« Und in Gedanken fügte sie hinzu: Wenn schon peinlich, dann alle drei gemeinsam.

17

Als Rieke einige Stunden später mithilfe von Jasper vom Wagen herabstieg, fühlte sie sich seit Langem mal wieder richtig wohl. Sie hatte sich herausgeputzt und trug zum ersten Mal auf der Insel ihr hellblaues Seidenkleid mit der hübschen Spitze am Dekolleté und den Ärmeln. Ihr Haar war am Hinterkopf festgesteckt und verschwand unter einem Haarnetz, das mit hellblauen Glitzersteinchen besetzt war. Es war aufregend gewesen, sich für diesen Anlass zurechtzumachen, den weichen Seidenstoff auf der Haut zu fühlen, das Korsett so eng zu schnüren, dass einem die Luft wegblieb, Rouge aufzutragen und die Wimpern zu tuschen. Ida, die ihr bei den Vorbereitungen für den Abend zugesehen hatte, beneidete sie offenkundig darum, in das *Kurhaus zur Satteldüne* gehen zu dürfen, denn dieses große, unweit von Nebel gelegene Gebäude beeindruckte sie sehr. Thaisen war mit ihr vor ein paar Tagen daran vorbeigelaufen und erklärte, dass dort nur die reichen Pinkel absteigen würden. Offiziere und ihre feinen Damen, sogar Adlige waren hier gesehen worden. So richtige Grafen oder so was Ähnliches. Auch Sine, die sowohl Ida als auch Rieke am Nachmittag in der Stube mit Fragen löcherte, war dieser Ansicht. Dort dürfen nur die Gutbetuchten rein. Gewiss musste Jacob Thieme Kontakte haben. Anders wäre es nicht möglich, an einer im *Kurhaus* stattfindenden Veranstaltung teilzunehmen. Siebzig Zimmer beherbergte das im Schweizerstil erbaute Gebäude. So eine Aktiengesellschaft aus Wandsbek habe das Haus erbaut, wusste Sine zu berichten. Waschechte Husaren nutzten das Haus als Erholungsheim, in dem es sogar Wassertoiletten geben sollte.

»Die feinen Leute gehen zum Pinkeln nicht mehr auf den Hof hinaus«, hatte Jasper grinsend eingeworfen, wofür er von Sine mit einem strafenden Blick bedacht worden war. »In der Saison ist sogar ein Arzt anwesend, und es gibt eine Apotheke«, führte Sine weiter aus. Auch ein Telefon solle eingerichtet worden sein. Obwohl sie sich da nicht ganz sicher wäre, denn erst neulich habe Frauke Schamvogel bei einem Schnack in ihrem Laden davon erzählt. Sie hätte es von einer Bekannten aus Nebel gehört, die es von einem der Dienstbotenmädchen habe. Bald schon sollte es auch in der Poststelle auf Wittdün ein Telefon geben. Sie wüsste gar nicht, wie man so ein Ding bediente. Sie hätte ja schon das Telegrafieren spannend gefunden, und das ginge wohl schnell genug. Bisschen auf so ein Ding drücken, sonderbare Geräusche, und, schwupp, schon war die Nachricht am anderen Ende beim Empfänger angekommen. Aber so war anscheinend der Lauf der Zeit. Manche Dinge ließen sich nicht aufhalten.

Ein Telefon, hatte Rieke gedacht. Vielleicht könnte sie damit Georg anrufen. Es wäre wunderbar, seine Stimme zu hören. Allerdings durften gewiss nur Gäste des Hauses den Apparat benutzen. Aber vielleicht ergab sich ja eine Möglichkeit.

Jetzt jedoch, wo sie vor dem luxuriösen Gebäude stand, schwanden ihre Hoffnungen auf so eine Gelegenheit. Wo sollte sie bei diesen vielen Zimmern den Apparat finden?

Es setzte leichter Regen ein, und ein unsanfter Wind zerrte an ihrem Mantel. Sie fröstelte.

»Jetzt kommt der Wetterumschwung«, erklärte Jasper. »Hab schon drauf gewartet. Waren ungewöhnlich warm, die letzten Tage.« Er vereinbarte mit Marta eine Abholzeit und kletterte zurück auf seinen Kutschbock. »Keine Sorge, die Damen. Zum Abholen ziehe ich das Dach auf«, versprach er und fuhr nach einem knappen Gruß davon.

Marta und Rieke beeilten sich, in den schützenden Eingangsbereich des *Kurhauses* zu gelangen. Schon die Eingangshalle beeindruckte Rieke. Es gab mit weinrotem Samt bezogene Polstermöbel, der Boden schien aus Marmor zu sein, und elegante Lampen sowie ein Kronleuchter sorgten für angenehmes Licht. An der Rezeption erfuhren sie, dass das Konzert im angrenzenden Speisesaal stattfinden würde. Ob sie angemeldet seien, wollte der ältere Herr wissen und holte eine Liste mit Namen hervor. Unsicher blickte Marta zu Rieke und nannte ihre Namen. Zu ihrer Verwunderung fand der Mann diese sofort, hakte sie ab und teilte ihnen mit, dass sie bereits erwartet wurden. Er bedeutete einem Diener, ihnen den Weg zu weisen, und wandte sich dann dem nächsten Gast zu, einer älteren Dame, die in Begleitung ihres Mannes gekommen war, der mit grimmiger Miene und einer stinkenden Zigarre im Mundwinkel in einem Rollstuhl saß. Vermutlich wäre er, genauso wie Wilhelm, auch lieber Karten spielen gegangen, mutmaßte Marta, während sie dem Diener in den Speisesaal folgten. Wilhelm hatte gleich abgewunken, als sie ihm von der Einladung zu dem Konzert berichtete. Er sei mit Jasper und Philipp zum Kartenspielen im *Lustigen Seehund* verabredet. Sie sollten sich ohne ihn amüsieren. Sie hatte seine Ablehnung ohne Widerworte hingenommen, obwohl ihr die ständigen Treffen nicht gefielen, denn Wilhelm kam vom Kartenspiel stets betrunken nach Hause, was vermutlich seiner Gesundheit schadete. Als sie Jasper jedoch neulich diskret darauf angesprochen hatte, meinte er nur, dass so ein ordentlicher Korn noch keinem Mann geschadet hätte. Der desinfiziere nämlich. Da könne sie sogar den Herrn Doktor fragen. Marta gab es auf. Solange sie nur Karten spielten und sich nicht wieder auf irgendwelchen Seehundbänken herumtrieben – was sich natürlich nicht vor ihr verbergen hatte lassen –, würde es ihrem Wilhelm wohl nicht allzu sehr schaden. Wenn sie ehrlich war, hatte sie ihn selten so entspannt gesehen. Amrum hatte ihn in einen anderen Menschen verwandelt, und dafür war sie dankbar.

Sie betraten den stilvoll eingerichteten Speisesaal, und ihre Augen weiteten sich staunend. Selbst in den elegantesten Salons Hamburgs, die sie bisher aufgesucht hatten, sah man keine solche Pracht. Bläulich schimmernde Seidentapeten zierten die Wände. Gemälde in wertvollen Rahmen zeigten Dünenlandschaften, den Amrumer Leuchtturm und Segelschiffe auf dem Meer. Steh- und Wandlampen sorgten für warmes Licht. Jeder der runden, eingedeckten Tische war mit einem kleinen blauen Segelschiffmodell, einer Kerze und einigen Muscheln dekoriert, was maritimes Flair verbreitete, das Marta ganz entzückend fand. Der Diener führte die beiden Frauen zu einem unweit einer kleinen Bühne stehenden Tisch und machte eine kurze Verbeugung. Jacob Thieme und Hinrich Thomason erhoben sich. Rieke erzitterte innerlich, als Jacob sie zur Begrüßung sogar leicht umarmte und ihr ein Küsschen auf die Wange hauchte. Was für eine Ungeheuerlichkeit diese Begrüßung war. Eigentlich hätte sie empört sein müssen, doch stattdessen sank sie auf einen Stuhl neben ihn und versuchte, sich zu beruhigen. Er war nur ein Bekannter. Sie sollte sich zusammenreißen. Vermutlich würde sie ihn nach dem heutigen Abend niemals wiedersehen.

»Wo ist Ihr werter Herr Gemahl geblieben?«, erkundigte sich Jacob, ganz Gentleman, bei Marta.

»Er hatte leider anderweitige Verpflichtungen«, antwortete Marta, um ein Lächeln bemüht. »Aber er lässt herzlich grüßen.«

»Dann haben wir die beiden Damen also heute Abend ganz für uns allein«, scherzte Jacob und zwinkerte Rieke zu, die errötend den Blick senkte. Unmöglich konnte sie sich jetzt in diesen Insulaner vergucken. Sie würden ja bald wieder nach Hamburg zurückkehren, und dann würde es wieder Georg geben. Oder stimmte das überhaupt noch? Vielleicht liebte er sie nicht mehr. Hatte er das überhaupt jemals getan? Und wenn die Gerüchteküche doch stimmte, und er ein Schürzenjäger war? Seit Wochen hatten sie einander nicht mehr gesehen, und vielleicht vergnügte er sich längst mit einer anderen. Aber tat sie das nicht auch? Sie nahm die Einladung eines fremden Mannes an und ließ sich von ihm betören, obwohl in der Heimat jemand auf sie wartete. Jemand, der keinen ihrer Briefe beantwortete, fügte sie in Gedanken hinzu. Ihr Blick wanderte zum Saalausgang. Und wenn sie doch nach dem Telefon suchen würde? Vielleicht würde man ihr ja gestatten, den Apparat zu benutzen. Der Herr am Empfang war sehr freundlich gewesen. Sie beschloss, die Idee in die Tat umzusetzen, und stand abrupt auf. Jacob und Hinrich erhoben sich ebenfalls, genauso wie ihre Mutter.

»Benötigen Sie irgendetwas?«, erkundigte sich Jacob.

»Nein, nein. Es ist alles in Ordnung. Ich müsste nur kurz …« Sie brach den Satz ab und senkte den Blick. Jacob verstand:

»Soll ich dich begleiten?«, bot Marta an, was Rieke sofort verneinte. »Nein, nein. Ich finde mich schon zurecht.« Sie beeilte sich, vom Tisch wegzukommen, und fühlte sich bereits auf dem Weg durch den Saal scheußlich. Wieso tat sie so etwas? Jacob Thieme war nett und charmant. Er hatte es nicht verdient, dass sie ihn anlog. Sie erreichte den Saalausgang und betrat die Eingangshalle. Dort verließ sie jedoch der Mut, sich nach dem Telefon zu erkundigen. Gewiss würde der Herr an der Rezeption das Telefon verweigern, denn sie war kein Gast. Aber sie könnte sich ein wenig umsehen. Vielleicht würde sie es ja finden. Ein Diener erkundigte sich, ob er ihr behilflich sein könne, und sie fragte ihn spontan nach dem Weg zur Toilette. Der junge Mann war so höflich, ihr sogar den Weg dorthin zu zeigen, was sie sofort ausnutzte, um Nachforschungen nach dem Telefon anzustellen.

»Ich hörte, hier im Haus gäbe es einen Telefonanschluss«, sagte sie, während sie einem langen Flur folgten, der von kleinen Wandlampen erhellt wurde.

»Ja, seit einigen Monaten bieten wir unseren Gästen die Möglichkeit zu telefonieren«, beantwortete der Bursche ihre Frage.

»Und wo befindet sich das Telefon?«, erkundigte sich Rieke, die durch die Höflichkeit des Hausdieners mutiger geworden war.

»Im Büro des Direktors. Es darf aber nur nach vorheriger Absprache und selbstverständlich nur von unseren Hausgästen benutzt werden.« Seine Stimme klang plötzlich streng. Oder bildete sie sich das nur ein? Sie hatten ihr Ziel, die Damentoiletten, erreicht, und er verabschiedete sich mit einer Verbeugung von ihr. Rieke schenkte dem Burschen ein charmantes Lächeln und betrat die Toilettenräume. Diese waren, wie nicht anders zu erwarten, gediegen eingerichtet. Neben dem großen Spiegel lagen auf dem Waschtisch Handtücher in einem Korb bereit, und der Duft von Rosen stieg aus einer gläsernen Schale auf, die in Wasser schwimmende Rosenblätter enthielt. Rieke wusch sich rasch die Hände und inspizierte ihr Haar und ihr Make-up. Im Büro des Direktors gab es also das Telefon. Das dürfte nicht allzu schwer zu finden sein. Vielleicht könnte sie sich ja kurz hineinschleichen, den Anruf tätigen und ungesehen wieder verschwinden. Oder war dies zu infam? Was wäre, wenn sie erwischt würde? Mama würde wütend werden, und was sollte sie Jacob erklären? Sie sah sich im Spiegel an. Keine Antwort auf ihre Briefe, nicht eine Zeile, und das seit Wochen. Die ständige Unruhe, die vielen Gedanken, ihre Schlaflosigkeit. So konnte es auf gar keinen Fall weitergehen. Sie brauchte Gewissheit. Entschlossen nickte sie sich selbst zu und verließ den Raum. In der Eingangshalle angekommen, blickte sie sich suchend um. Das Büro lag vermutlich irgendwo in der Nähe der Rezeption. Sie wandte sich seufzend nach links und schaute in einen Raum, in dem ein großer Flügel und andere Instrumente standen – das Musikzimmer. Eine Tür weiter, sie befand sich jetzt in einem schmalen Flur außerhalb der Sichtweite der Rezeption, hatte sie Glück. Es schien tatsächlich ein Büro zu sein. Sie betrat leise den Raum und sah sich suchend nach dem Telefon um. Doch erst in einem weiteren Raum, der mit dem Büro durch eine Zwischentür verbunden war, wurde sie fündig. Hier stand tatsächlich ein Telefon auf dem Tisch. Sie nahm den Hörer ab und drehte hektisch an der Kurbel, um es in Gang zu setzen, doch keine weibliche Stimme aus der Vermittlungszentrale meldete sich. Sie legte den Hörer auf und versuchte es erneut, doch wieder blieb die Leitung wie tot. Ihr Blick fiel auf eine Uhr an der Wand. Es war bereits halb acht. In Hamburg war das Benutzen des Fernsprechers anfänglich nur bis einundzwanzig Uhr möglich gewesen. Erst seit dem letzten Jahr waren Telefonate innerhalb des Stadtgebiets auch nachts möglich. Gewiss gab es auch hier Ruhezeiten für die Damen der Vermittlung, wo auch immer diese saßen. Enttäuscht legte sie den Hörer auf, löschte das Licht und verließ das Büro. Wieder in der Eingangshalle angekommen, schalt sie sich selbst für ihre Dummheit. Heute war ein besonderer Abend. Jacob Thieme hatte sie eingeladen, und sie dankte ihm seine Höflichkeit damit, dass sie mit einem anderen Mann telefonieren wollte.

Sie ging zurück in den Speisesaal, wo die meisten Tische inzwischen besetzt waren und die Musiker gerade ihre Plätze auf der Bühne einnahmen. Jacob schenkte ihr ein charmantes Lächeln, als sie Platz nahm. Ein Glas Weißwein stand vor ihr auf dem Tisch. Sie nippte an dem Wein und entspannte sich. Bereits Ende nächster Woche würde sie wieder in Hamburg sein, und dann würde sich gewiss alles aufklären. Jetzt galt es, den Abend zu genießen. Jacob warf ihr einen kurzen Seitenblick zu, der ihr Herz erneut höherschlagen ließ. Sie erwiderte seinen

Blick mit einem Lächeln, sah dann aber wieder nach vorn. Die Musikkapelle, die aus fünf Mann bestand, spielte klassische Stücke und machte ihre Sache recht ordentlich. Das Konzert dauerte eine gute Stunde, und die Musiker wurden mit begeistertem Applaus und erst nach einigen Zugaben entlassen.

»Ich hoffe, die Darbietung hat Ihnen gefallen?«, erkundigte sich Hinrich Thomason bei Marta. »Aber vermutlich gibt es in Hamburg um einiges bessere Kapellen.«

»Oh, das würde ich nicht sagen«, erwiderte Marta. »Allerdings muss ich gestehen, dass ich in letzter Zeit nicht sonderlich oft ausgegangen bin. Die häuslichen Pflichten, Sie verstehen. Rieke hat ja noch jüngere Geschwister.«

»Die ganz bezaubernd sind«, bemerkte Jacob. »Besonders die kleine Marie ist entzückend. Ich hoffe, Sie ist heute Abend in guten Händen.«

»Aber selbstverständlich.« Marta war von Jacobs fürsorglicher Frage überrascht. »Unsere Herbergsmütter Sine und Kaline Peters haben einen Narren an den Kindern gefressen und verwöhnen sie nach Strich und Faden. Für die beiden wird unsere Rückkehr nach Hamburg eine große Umstellung bedeuten. Besonders Ida gefällt es auf der Insel sehr gut. In der Stadt ist das Leben doch oftmals eingeschränkter als auf einer Insel wie Amrum.«

»Und Sie, Fräulein Rieke? Haben Sie Gefallen an Amrum gefunden?«

»Schon, ich meine …« Rieke verstummte.

»Es ist Ihnen zu ruhig.« Jacob erriet ihre Gedanken.

»Vielleicht ein wenig«, gestand Rieke.

»In der Saison ist mehr geboten. Sie sollten im nächsten Sommer noch mal kommen, dann werden Sie die Insel kaum wiedererkennen. Kapellen an den Stränden, Kutschfahrten, Bälle und Varietés. Amrum erwacht im Sommer wahrlich zum Leben.«

»Oh, wir werden ganz sicher wiederkommen«, erwiderte Marta. »Mein Gatte fühlt sich hier sehr wohl, und das Klima bekommt ihm ausgesprochen gut.«

»Da freuen wir uns aber«, antwortete Jacob. »Und vielleicht dürfen wir Sie dann ja auch in unserem neuen Logierhaus als Gäste empfangen.«

»In Ihrem Logierhaus?«, hakte Rieke nach.

»Deshalb weilen wir gerade auf der Insel«, erklärte Hinrich. »Wir überlegen, eines der Häuser in Wittdün zu übernehmen. Es ist noch nicht ganz sicher, aber wir sind guter Dinge.«

»Das wäre doch wunderbar, oder, Mama?«

»Ja, das wäre es«, antwortete Marta zurückhaltend. Sie mochte das Gästehaus von Sine und Kaline, und auch den kleinen Ort Norddorf hatte sie ins Herz geschlossen. Wittdün hingegen gefiel ihr nicht so gut. Der Ort hatte etwas Seelenloses an sich. Für die Touristen erbaut, konnte er ihrer Meinung nach mit den gewachsenen Dörfern der Insel, die mit ihren reetgedeckten Häusern und hübschen Gärten die Besucher bezauberten, nicht mithalten.

»Am besten wird es sein, wenn wir Ihnen eine Anzeige zukommen lassen, damit Sie darüber informiert sind«, sagte Hinrich. »Allerdings ist noch nicht alles in trockenen Tüchern. Die nächsten Wochen sind entscheidend.«

»Ich verstehe«, erwiderte Marta. »Dann drücken wir Ihnen selbstverständlich die Daumen, meine Herren, dass sich alles zu Ihrer Zufriedenheit entwickelt.« Ihr Blick fiel auf eine mit maritimen Mustern verzierte Wanduhr unweit ihres Tisches. »Leider müssen wir uns jetzt auch schon wieder verabschieden. Unser Fahrer wartet wahrscheinlich schon am Eingang auf uns.«

»Oh, wie schade«, sagte Jacob.

»Aber vielleicht könnten wir uns die nächsten Tage noch einmal zum Tee treffen. Gewiss hat dann auch mein Gatte Wilhelm Zeit«, schlug Marta vor.

»Das wird bedauerlicherweise nicht möglich sein«, erwiderte Jacob und sah dabei Rieke an. »Bereits morgen reisen wir aufs Festland und werden dort einige Tage unterwegs sein.«

»Wie schade.« Marta erhob sich. »Dann müssen wir auf ein Wiedersehen im nächsten Jahr hoffen, nicht wahr, Rieke?«

Auch Rieke stand auf. Jacobs Ankündigung, abzureisen, setzte ihr zu. Sie hätte ihn, trotz ihres schlechten Gewissens wegen Georg, gern noch einmal wiedergesehen. Zum Abschied nahm er ihre Hand und hielt sie einen Moment zu lang fest. Sie blickte ihm in die leuchtend blauen Augen und glaubte, darin zu versinken. Er war so anders als Georg. Höflicher, korrekter, und doch machte er klar, was er wollte.

»Ich hoffe auf ein Wiedersehen«, sagte er. »Vielleicht sogar in Hamburg.« Seine Stimme klang einschmeichelnd.

Rieke nickte. »Das wäre schön.«

Schweren Herzens ließ sie seine Hand los und verabschiedeten sich von ihm. Jasper stand draußen im Regen, und es wäre unhöflich, ihn noch länger warten zu lassen. An der Tür wandte sich Rieke noch einmal um und blickte zurück. Jacob nickte ihr lächelnd zu. Sie hob kurz die Hand, dann folgte sie ihrer Mutter in die Eingangshalle, wo ein eifriger Diener Marta bereits den Mantel brachte.

Als sich kurz darauf die hell erleuchteten Fenster des *Kurhauses* in der Dunkelheit verloren, legte Marta den Arm um ihre Tochter und drückte sie fest an sich.

»Was für ein schöner Abend das war. Dieser Jacob ist wirklich ein netter Mann.«

»Ja, das ist er«, erwiderte Rieke und fügte seufzend hinzu: »Aber schon bald werden wir wieder in zwei verschiedenen Welten leben.« Und ich werde Georg wiedersehen, dachte Rieke, was sich sonderbarerweise nicht besonders gut anfühlte.

18

Marta saß bei Anne Schau in der Stube und nippte an ihrem Tee, der sie nach dem Spaziergang durch den kühlen Wind wieder aufwärmte. Anne hatte sie zu Tee und Kuchen eingeladen, um ein wenig zu klönen, denn was die Männer konnten, konnten sie schon lang. Marta liebte Annes Wohnstube. Auch hier hatten es ihr besonders die blau-weißen Fliesen angetan, die eine Wand bedeckten. Der Rest des Raumes war mit blau gestrichenem Holz vertäfelt. Es gab sogar ein Alkovenbett, in dem bis vor einem Jahr noch Annes Mutter gelegen hatte, die in den letzten Monaten ihres Lebens gepflegt werden musste. Jetzt hielt Philipp gern mal ein Nachmittagsnickerchen auf dem Bett, wenn sich die Zeit dafür fand, da die vielen Touristen auf der Insel ihn ziemlich auf Trab hielten.

»Erzähl mal«, sagte Anne und nahm sich noch ein Stück Butterkuchen. »Wie ist es so in Hamburg? Stimmt es, dass es in der Stadt überall elektrisches Licht gibt? Und sogar in allen Häusern Telefon? Und wie ist es in St. Pauli? Da sollen die Frauen ja halb nackt herumlaufen, und angeblich gibt es Zirkusse mit Löwen und Tigern und fremd aussehenden jungen Mädchen.«

Marta lächelte über die naive Wissbegier von Anne. Aber wie sollte es auch anders sein? Anne hatte es bisher nur bis Sylt und Föhr geschafft, wo Verwandte von ihr und Philipp wohnten. Eine Stadt wie Hamburg war für sie eine fremde Welt.

»Es gibt elektrisches Licht«, berichtete Marta. »Allerdings nicht überall und längst nicht in jedem Haushalt. In den ärmeren Vierteln der Stadt, wie den Gängevierteln, gibt es keinen

Strom. Dort leben die Menschen in äußerst beengten Verhältnissen, und auch die hygienischen Bedingungen sind sehr schlecht. Wilhelm meinte nicht nur einmal, die Viertel stänken zum Himmel und die Stadt Hamburg sollte sich was schämen. Aber so schnell wird sich an den dortigen Zuständen gewiss nichts ändern, denn Hamburg zieht die Menschen an wie das Licht die Mücken, und diejenigen, die arm sind, suchen sich eben eine Bleibe in den Gängevierteln. Dort hausen sie dann, wohnen kann man es nicht nennen, oftmals zu fünft in einer winzigen Kammer. Und von den Zuständen in den Auswandererbaracken will ich gar nicht erst reden.« Marta winkte ab, nippte an ihrem Tee und fuhr fort: »Wir wohnen im Norden des Stadtteils St. Georg in einem Stadthaus unweit der Kirche. Es ist nett dort, wenn auch nicht ganz so luxuriös wie auf dem Uhlenhorst, wo sich die gut betuchte Gesellschaft kleine Schlösschen direkt am Alsterufer bauen lässt, die selbstverständlich mit allem Komfort ausgestattet sind. Aber auch unser Haus verfügt über elektrisches Licht und eine Wassertoilette, die ich sehr schätze. Und wir haben ein Telefon. Eine herrliche Erfindung.«

»Gängeviertel«, wiederholte Anne. »Davon habe ich auch schon gehört. Dort zu leben muss wirklich schrecklich sein.«

»Das mag sein«, erwiderte Marta, »aber Hamburg ist eine reiche Handelsstadt, und viele Menschen versuchen, in der Stadt ein glücklicheres Leben oder wenigstens ein Auskommen zu finden.«

»Ich weiß nicht, ob das was für mich wäre«, erwiderte Anne. »Vielleicht mal anschauen. Aber dann wollte ich gewiss schnell wieder auf meine ruhige Insel zurück.«

»Wenn ich hier aufgewachsen wäre, würde ich sicher auch so denken«, erwiderte Marta. »Und Amrum ist schon etwas ganz Besonderes. Ich genieße es, hier zu sein. Besonders die Ruhe schätze ich sehr. Auf meinem Weg hierher bin ich nicht einem einzigen Menschen begegnet. So etwas würde einem in Hamburg niemals passieren.« Sie lachte laut auf.

»Und, freust du dich schon wieder auf zu Hause?«, fragte Anne.

»Ein wenig«, antwortete Marta. Sie überlegte kurz, ob sie mit Anne ihre privaten Sorgen, Wilhelm betreffend, teilen konnte, und entschied sich dafür, es zu tun. Anne war ein lieber Mensch und konnte gut zuhören. Und bei ihr bestand nicht die Gefahr, dass sie ihr Wissen weitertratschen würde.

»Wilhelms Vorgesetzter ist vor unserer Reise hierher bei einem Feuer umgekommen«, sagte sie. »Er scheint sich umgebracht zu haben. Weshalb genau, das war nicht herauszufinden. Anscheinend hatte er die Finger in zwielichtigen Geschäften. Das alles hat Wilhelm sehr mitgenommen. Nach Amrum zu fahren war für ihn beinahe so etwas wie eine Flucht. Wie es in Hamburg weitergeht, das wissen wir noch nicht. Dazu kommt sein Asthma. Letzten Winter plagte ihn eine Lungenentzündung, die ihn beinahe das Leben gekostet hätte. Ehrlich gesagt, wünschte ich mir, wir könnten noch länger auf der Insel bleiben. Hier ist er ausgeglichen wie lange nicht, und die Asthmazigaretten hat er nicht mehr angerührt. Es macht ihm viel Freude, seine Zeit mit Philipp und Jasper zu verbringen.«

»Wenn man mal davon absieht, dass sie zu viel Korn trinken«, erwiderte Anne schmunzelnd, wurde dann aber wieder ernst. »Das mit Wilhelms Anstellung tut mir leid. Was hat seinen Chef nur umgetrieben, um sich auf so schreckliche Art und Weise das Leben zu nehmen? Ich kann gut verstehen, dass du noch länger hierbleiben möchtest. Früher besuchte mich häufiger eine Cousine mütterlicherseits, die auf dem Festland in der Nähe von Bremen lebte. Sie sagte immer, Amrum erdet und beruhigt auf eine ganz eigene und zärtliche Art.« Ihre Lippen umspielte ein Lächeln. »Ich glaube, ich weiß, was sie meint. Es sind die Ruhe und die Weite unseres Strandes, aber auch der ruppige Wind oder die aufgewühlte See. Es ist die Kombination aus allem, die uns innehalten und den Alltag abschütteln lässt.«

»Vermutlich«, antwortete Marta. »Und die vielen lieben Menschen, die zu Freunden geworden sind.« Sie nahm Annes Hand und drückte sie.

Anne lächelte und sagte: »Und du willst also wirklich zurück nach Hamburg.« Sie schüttelte den Kopf. »Wir haben dich Stadtpflanze und deinen Wilhelm doch längst eingefangen.«

»Wollen steht hier nicht zur Diskussion«, antwortete Marta seufzend. »Wir müssen. So ein Inselleben ist auf Dauer nichts für uns. Wilhelm ist Prokurist, und seine Arbeit geht ihm über alles. Er hat auch bereits die Fühler nach einer neuen Anstellung ausgestreckt, und nach unserer Rückkehr wird er erste Gespräche führen. Und Rieke würde mir den Kopf abreißen, wenn wir hierblieben. Für sie ist Amrum todlangweilige Provinz, und sie zählt die Stunden, bis sie endlich wieder mit ihren Freundinnen in ihren geliebten *Concertgarten* gehen und durch Hamburgs Modegeschäfte schlendern kann. Nur Ida würde vermutlich jubeln. Sie liebt die Insel, hängt sehr an Kaline und streunt den ganzen Tag mit Thaisen durch die Gegend. Die beiden haben einen Narren aneinander gefressen. Der Abschied wird ihr schwerfallen.«

»Das wird nicht nur Ida so ergehen«, sagte Anne. »Auch wir werden euch vermissen. Philipp meinte erst gestern Abend, dass er es sich ohne Wilhelm gar nicht mehr vorstellen könne. Obwohl er ein lausiger Jäger wäre.« Sie grinste.

»Was mir lieber ist«, antwortete Marta. »Die armen Robben, Enten und Karnickel. Ich brächte es auch nicht fertig, auf sie zu schießen.«

»Bist eben doch eine Stadtpflanze«, konstatierte Anne. »Sogar ich habe schon Enten gejagt und Karnickel gefangen. Nur bei den Robben streike ich. Die hab ich irgendwie gern.« Sie wollte noch etwas hinzufügen, wurde aber durch das laute Schlagen der Standuhr unterbrochen, die in der Ecke neben dem schmiedeeisernen Ofen stand.

»Meine Güte, schon vier Uhr«, sagte Marta. »Da mache ich mich wohl lieber wieder auf den Rückweg, bevor ich in die Dunkelheit komme.«

»Tu das«, erwiderte Anne. »Obwohl dir hier im Dunkeln höchstens Wiedergänger oder betrunkene Männer begegnen, vielleicht auch Strandräuber. Aber von denen hast du nichts zu befürchten.« Sie sah aus dem Fenster. »Ich komme noch mit raus und hol rasch die Wäsche von der Leine. Ist recht windig geworden. Könnte Regen geben.«

Anne erhob sich. Marta legte sich ihr wollenes Schultertuch über die Schultern, und die beiden Frauen gingen nach draußen. Im Garten der Schaus blühten die Rosen immer noch, die Birnen an den Bäumen waren bereits abgeerntet. Der kühle Wind rüttelte an den Zweigen und trieb weiße Wattewolken über den Himmel. Neben dem Haus tummelten sich auf einer Viehweide einige Schafe, die neugierig näher kamen.

»Sie denken, sie kriegen altes Brot«, sagte Anne lachend. »Ich verwöhne sie zu sehr.«

»Gehören sie euch?«

»Aber nein. Sie gehören einem Landwirt aus Süddorf. Philipp ist nicht zum Bauer geschaffen.« Sie zwinkerte Marta zu. Die beiden Frauen verabschiedeten sich voneinander mit dem Versprechen, sich vor Martas Abreise noch einmal zu treffen. Gern bei Sine und Kaline in der Stube oder vielleicht bei einem leckeren Essen zusammen mit den Männern.

Marta verließ den Garten und schlenderte die Dorfstraße hinunter. Bald darauf hatte sie die Häuser Nebels hinter sich gelassen. Sie beschloss, einen anderen Weg zu laufen, und bog ein

Stück weiter rechts in die Dünen ab. Sie liebte diese Landschaft. Heidekraut bedeckte den größten Teil der Dünen, hier und da waren Karnickel oder Fasane zu sehen. Möwen zogen kreischend über ihr ihre Kreise. Sie hörte das Rauschen des Meeres und hielt an einer Stelle inne, von der aus man einen Blick auf den Strand erhaschen konnte. Hatte Anne recht, und die Insel hatte sie alle eingefangen? Sie würde Amrum vermissen. Dieses besondere Gefühl von Freiheit, das Geräusch der Wellen und des Windes. Seufzend ging sie weiter und erreichte irgendwann die ersten Häuser von Norddorf. In dieser schmalen Seitenstraße war sie bisher noch nie gewesen. Sie schlenderte den Weg hinunter und erreichte alsbald ein Haus, vor dem ein Zu-verkaufen-Schild stand. Es war ein altes Friesenhaus. Rote Ziegelsteine, blau gestrichene Fensterläden, von denen allerdings die Farbe abblätterte, reetgedeckt. Am weißen Zaun blühten die letzten Herbstblumen, besonders Sonnenhut in Hülle und Fülle. Marta betrat den Vorgarten, um sich das Haus näher anzusehen, und blickte durch die Fenster ins Innere. Sie ging zur Tür und drückte die Klinke nach unten. Es war nicht abgeschlossen. Sie öffnete die Tür, die knarrte und ein wenig schief in den Angeln hing. Im engen Flur herrschte dämmriges Licht. Roter Fliesenboden, weiß getünchte Wände, eine tiefe Holzdecke. Rechter Hand ging es in die Küche. Ein gemauerter Ofen, wie er für diese Häuser typisch war, Haken an den Wänden, ein Holztisch stand unter dem Fenster, an dem noch eine Häkelgardine hing. Marta betrat die Wohnstube. Sie war relativ groß, mit einem schmiedeeisernen Ofen in der Ecke. Die eine Wand war komplett mit den blau-weißen Fliesen bedeckt, die sie so sehr liebte. Sie strich mit den Fingern über die Kacheln und lächelte versonnen. Der Raum würde sich wunderbar als Gastraum eignen, kam ihr plötzlich in den Sinn. An den Fenstern einige Tische, zwei bequeme Lehnstühle am Ofen, Lampen auf den Fensterbänken, die warmes Licht verbreiteten. Der Gedanke gefiel ihr. Ein Hotel auf Amrum. Wieso nicht? Viele suchten hier ihr Glück. Sie dachte an ihr kleines Buch. Das *Hotel Stockmann* am Alsterufer. Feinstes Interieur, gut betuchte Gesellschaft, der Garten mit der Terrasse und den weißen Gartenmöbeln unter Sonnenschirmen. Einen Garten gab es hier gewiss auch. Sie trat zurück in den Flur und verließ das Haus durch die Hintertür. Und tatsächlich – das Grundstück erstreckte sich bis zu den Dünen. Es gab viele Obstbäume, vielleicht Kirschen oder Birnen. Rechter Hand lagen ein weiteres, kleineres Gebäude, ebenfalls reetgedeckt, und eine Remise. Marta sank auf die Bank vor dem Haus. Es wäre perfekt. Ein wunderbarer Ort für ein neues Leben. Doch sie wusste, dass es ein Traum bleiben würde. Sie wandte das Gesicht in die untergehende Sonne und schloss die Augen. Vielleicht sollte sie ein neues Hotelbuch beginnen, in dem sie sich jeden Tag nach Amrum in ihr Inselhotel träumen könnte. Der Gedanke gefiel ihr und ließ sie gleichzeitig wehmütig werden. Nur noch eine Woche würden sie auf der Insel bleiben, und schon jetzt wusste sie, dass ihr der Abschied schwerfiele. Aber so spielte nun einmal das Leben. Nicht jeder Wunsch konnte in Erfüllung gehen. Ihr Lebensmittelpunkt lag in Hamburg. Bald würde Wilhelm wieder zu arbeiten beginnen, Rieke würde vielleicht doch noch ihren Georg heiraten, Ida würde in wenigen Jahren auf die höhere Töchterschule wechseln, und gewiss würde sich auch für sie eine gute Partie in der Hamburger Gesellschaft finden lassen. Nur Marie blieb ihr noch eine Weile. Ihr kleiner Sonnenschein, ihr Nachzügler, der besondere Schatz, den ihnen das Schicksal geschenkt hatte und der ihnen so viel Freude bereitete. Nein, sie sollte nicht ungerecht werden und sich ein anderes Leben wünschen. Hamburg war ihr stets eine gute Heimat gewesen, und hin und wieder gab es eben Schatten. Und Nele und ihre Pension wollte sie auch nicht missen.

Die Sonne verschwand hinter den Dünen und tauchte den Himmel in rotgoldenes Licht. Marta beobachtete eine Weile versonnen das Schauspiel und stand dann auf. Dieses Haus würde bestimmt einen guten neuen Besitzer finden. Und vielleicht würde derjenige sogar ein Logierhaus eröffnen. Wieso sollten die Touristen nicht auch vermehrt nach Norddorf kommen? Pastor Bodelschwingh mit seinem Seehospiz hatte gewiss kein Monopol auf den Ort. Sie schob den Gedanken beiseite. Was mit dem alten Friesenhaus geschehen würde, lag nicht in ihrer Hand. Sie überquerte den Innenhof und trat zurück auf den Weg. Als sie das Gartentor hinter sich zuzog, kam Jasper ihr entgegen.

Er lächelte und lüpfte kurz seinen Hut. »Moin, Marta. Hast du dir mal unsere alte Schule angesehen.«

»Ach, das war früher eine Schule?«, fragte Marta.

»Ja, aber jetzt ist für die Kinder ein neues Haus gebaut worden, denn das hier ist in die Jahre gekommen, und der Klassenraum ist zu klein. Aber es hat eine gute Substanz, und das Grundstück ist groß. Dazu noch die Nebengebäude und die Remise. Da lässt sich was draus machen. Mal sehen, wie lange es dauert, bis sich ein Käufer findet.«

Marta nickte, sagte jedoch nichts. Sie blickte zurück. Auf dem Dach wuchs Moos, die Sonne spiegelte sich in einem der Fenster, ein verlassenes Vogelnest hing in einem Baum. Sie wandte sich seufzend ab. Schweigend liefen sie eine Weile nebeneinander her. Jasper hatte seine Pfeife im Mund. Tabakgeruch hing in der Luft. Der Wind trieb jetzt dicke Wolken über den Himmel.

»Wird Zeit, dass wir in die gute Stube kommen«, sagte Jasper. »Wird Regen geben.«

Marta nickte und blickte noch einmal zurück. Doch das ehemalige Schulhaus war nicht mehr zu sehen. Ein Inselhotel, ein neuer Traum. Sie dachte an Wilhelms Kosenamen für sie. *Mein*

Pensionsmädchen, nannte er sie oft zärtlich. Ein Pensionsmädchen ohne Pension.

»Du siehst traurig aus«, sagte Jasper plötzlich. »Ist alles in Ordnung?«

Marta zuckte erschrocken zusammen.

»Alles ist gut«, antwortete sie.

Jasper warf ihr einen kurzen Blick zu, sagte jedoch nichts.

»Mir ist nur kalt«, fügte Marta rasch hinzu.

»Na, dem kann Abhilfe geschaffen werden«, erwiderte Jasper und deutete nach vorn. Das kleine Gästehaus von Sine und Kaline kam in Sicht. Rauch stieg aus dem Kamin in den Himmel, und als sie in den Vorgarten traten, öffnete sich die Haustür, und Wilhelm kam ihnen mit Marie auf dem Arm entgegen, die freudig die Ärmchen nach Marta ausstreckte. Marta nahm ihre kleine Tochter auf den Arm, drückte ihr ein Küsschen auf die Wange und schob die schwermütigen Gedanken endgültig beiseite. Sie hatte ihr größtes Glück, ihre Familie, bereits gefunden, und das galt es festzuhalten.

19

Ida bückte sich, hob eine Muschel auf und zeigte sie ihrem Vater. »Diese hier ist doch sehr schön, oder?

»Ja, das ist sie tatsächlich«, pflichtete Wilhelm ihr bei. »Sie darf in unseren Korb.«

»In den nur die schönsten Muscheln kommen«, sagte Ida.

»Es soll ja auch ein ganz besonders hübsches Geschenk für Mama werden«, erwiderte Wilhelm und zwinkerte seiner Tochter zu.

Die beiden hatten Pläne für Martas Geburtstag geschmiedet, den sie noch auf Amrum feiern würden. Es war ihr letzter Abend auf der Insel, und Sine und Kaline planten ein kleines Abschiedsfest. Sine, die von Ida erfahren hatte, dass Marta an diesem Tag Geburtstag hatte, wollte ihr sogar extra einen Geburtstagskuchen backen und hatte sich bei Wilhelm nach ihren Vorlieben erkundigt. Die beiden Frauen waren in den letzten Wochen zu Freundinnen geworden.

Wilhelm und Ida hatten vor einer Weile gemeinsam mit Thaisen die Insel erkundet und bei Frauke Schamvogel einen gerahmten Spiegel entdeckt, der einen recht heruntergekommenen Eindruck machte. Ein alter Freund von ihr habe ihn mit allerlei anderem Trödelkram angeschleppt, hatte sie gesagt, und wollte das hässliche Ding wegwerfen. Die Farbe blätterte ab, und an der unteren Ecke war der Rahmen beschädigt. Ida war auf die Idee gekommen, den Spiegel mit Muscheln zu bekleben. Dann würde er wieder richtig schön aussehen, und Mama hätte in Hamburg ein Andenken an die Insel. Frauke Schamvogel war sogleich begeistert von Idas Kreativität und schenkte ihr den Spiegel, der jetzt unter Idas Bett in der Kammer lag, damit die Mutter ihn nicht finden würde. Heute Abend, wenn sie gemeinsam mit Kaline ausgegangen war, wollten sie mit der Arbeit an dem Spiegel beginnen. In Nebel fand eine Tanzaufführung des Trachtenvereins statt, und Kaline hatte Marta gefragt, ob sie vielleicht mitkommen wolle. Da Marta die Amrumer Tracht besonders zauberhaft fand, hatte sie sofort freudig zugestimmt.

»Ich habe ein kleines Schneckenhaus gefunden«, rief Thaisen, der sich ihnen angeschlossen hatte. Wilhelm mochte den Pfarrerssohn, der jeden Nachmittag bei ihnen auftauchte, um Zeit mit Ida zu verbringen. Die beiden waren in den letzten Wochen dicke Freunde geworden, sodass der bevorstehende Abschied für Ida nicht leicht werden würde. Wilhelm ließ seinen Blick über die Dünen, den Strand und das Meer schweifen und seufzte. Auch ihm würde die Rückkehr nach Hamburg schwerfallen, obwohl sich dort tatsächlich eine neue berufliche Perspektive gefunden zu haben schien. Er hatte ein Telegramm erhalten, in dem ihm eine Stelle bei dem Handelsunternehmen Gotthard angeboten wurde. Den dortigen Prokuristen hatte unerwartet ein Herzanfall aus dem Leben gerissen, und er war empfohlen worden. Von wem, hatte sich aus dem Telegramm und dem darauffolgenden Schreiben nicht ergeben. Er würde es erfragen, wenn er wieder in Hamburg war. Endgültig zugesagt hatte er noch nicht, jedoch sein Interesse hatte er bereits bekundet. Sogleich nach seiner Rückkehr würde er dem Firmeninhaber Friedhelm Gotthard seine Aufwartung machen und alles Notwendige besprechen.

»Sieh mal, Papa, ein toter Krebs.« Ida deutete auf einen kleinen Krebs, der vor ihnen im Sand lag.

»Den können wir aber nicht für unseren Spiegel nehmen. Da erschreckt sich deine Mutter«, erklärte Wilhelm, während Thaisen das Tier hochhob, von allen Seiten betrachtete und fachmännisch verkündete, dass er noch nicht lang tot sein konnte. »Aber ich könnte ihn für meine Sammlung gebrauchen«, meinte er. »Ich mag seine Farbe.«

Er steckte das tote Tier in seine Jackentasche, und sie liefen weiter den menschenleeren Strand hinunter. Bei dem unwirtlichen Wetter blieben Bewohner und Touristen lieber in der warmen Stube. Es nieselte bereits seit den Morgenstunden und war unangenehm kühl geworden. Ida hatte eine von Kalines Wollmützen aufgesetzt und einen Schal umgebunden, damit sie sich nicht erkältete. »Der Sommer im Herbst wäre jetzt ein für alle Mal vorbei«, hatte Kaline gesagt und mahnend den Zeigefinger gehoben. Und Ida wäre nicht die erste Deern, die sich im kühlen Wind einen Schnupfen holte. Ida war Kaline dankbar für die wärmende Ausstattung.

»Ist halt Wetter«, hatte Thaisen schulterzuckend Wilhelms Bemerkung über den trüben Tag kommentiert, als sie gemeinsam durch die Dünen liefen.

»Sammelst du die Krebse auch in deiner Hütte?«, fragte Ida und biss sich sofort auf die Lippen. »Ich meine, in dem Schuppen, neben dem Haus«, fügte sie rasch hinzu. Beinahe hätte sie Thaisens geheime Kate verraten. Da wäre er sicherlich böse geworden, denn diesen wunderbaren Platz hatte er bisher nur ihr gezeigt und sonst niemandem. Selbst sein Vater, der immer etwas griesgrämig dreinblickende Pfarrer Ricklef Bertramsen, den Ida schon vor einer Weile kennengelernt hatte, wusste nichts von der winzigen Hütte zwischen den Dünen.

»Ja«, erwiderte Thaisen, »ich sammle vieles, das angeschwemmt wird. Das Meer nimmt, das Meer gibt. Sogar Leichen, wie du weißt.«

»Ach, tatsächlich.« Wilhelm zog eine Augenbraue in die Höhe und warf Ida einen besorgten Blick zu. Tote an Stränden schienen ihm nicht die passenden Fundsachen für seine Tochter zu sein.

»Es sind Schiffbrüchige, die wir hin und wieder finden«, fuhr Thaisen fort, als wäre es das Normalste der Welt. »Wir begraben sie auf einem unweit der Kirche gelegenen Acker. Vor zwei Jahren haben wir sogar ein kleines Mädchen gefunden. Ich besuche sie ganz oft, damit sie nicht so allein ist.«

»Das arme Mädchen. Weiß man, von welchem Schiff sie kam?«, erkundigte sich Wilhelm und hob eine weitere Muschel auf.

»Nein, leider nicht. Es ist wie mit dem Strandgut. Nur selten erfahren wir, was von welchem Schiff ist. Eigentlich dürfen wir es ja nicht sammeln, aber bei nicht so wertvollen Sachen wird schon mal ein Auge zugedrückt. Viele Dinge sind überhaupt erst durch Schiffsuntergänge auf unsere Insel gelangt. Mein Vater kennt eine Menge lustige Geschichten zu dem Thema. So trieb zum Beispiel im Jahr 1740 ein Schiff mit einer Teeladung an. Die Amrumer wussten mit den Teeblättern nichts anzufangen, kochten sie wie Kohl und versuchten, sie zu essen. Erst im Jahr 1794, als ein weiteres Teeschiff strandete, wurde die Ladung richtig verwertet. Und auch der Kaffee, auf den kein Insulaner jemals verzichten würde, fand in etwa zur selben Zeit auf die gleiche Weise den Weg auf unsere Insel.«

»Ach du meine Güte«, erwiderte Wilhelm und lachte laut auf. »Teeblätter wie Kohl kochen. Das muss ja scheußlich geschmeckt haben.«

»Das glaube ich auch«, sagte Ida und schüttelte sich. »Da sind wir doch froh, dass die Inselbewohner inzwischen wissen, wie man Tee kocht.« Sie grinste.

»Das will ich meinen«, antwortete Wilhelm, »und eine warme Tasse Tee könnte ich jetzt auch gebrauchen. Langsam wird mir kalt. Lasst uns zurückgehen. Ich denke, wir haben genug Muscheln für den Spiegel gesammelt.«

Thaisen und Ida stimmten ihm zu, und sie machten sich gemeinsam auf den Rückweg.

Als sie bald darauf das Gästehaus betraten, empfing sie der herrliche Duft von Sines Schokoladenkeksen. Eifrig kam sie, sich die Hände an ihrer Schürze abtrocknend, aus der Küche gelaufen und begrüßte sie.

»Da sind ja unsere Strandgänger wieder. Na, seid ihr fündig geworden?« Ihr Blick fiel auf den Korb, und sie nickte anerkennend. »Die Muscheln sehen gut aus. Der Spiegel wird bestimmt wunderhübsch werden.«

»Pst, nicht so laut. Mama könnte dich doch hören, Sine«, mahnte Ida und schlüpfte aus ihrem Mantel.

»Ganz sicher nicht«, entgegnete Sine. »Sie ist nämlich mit Jasper und Marie nach Wittdün gefahren, um ihm bei den Besorgungen zur Hand zu gehen. Ihr würde sonst die Decke auf den Kopf fallen, hatte sie gemeint, und die Kleine bräuchte auch mal eine Abwechslung. Außerdem wollte sie ein geliehenes Buch bei der Witwe Schamvogel zurückgeben. So wie ich unsere Frauke kenne, lässt diese sie erst nach einem längeren Schnack wieder gehen. Bei dem Wetter hat sie kaum Kundschaft und langweilt sich immer zu Tode.« Sine zwinkerte Ida zu, nahm Wilhelm den Muschelkorb ab und erklärte, ihn in der Abstellkammer unter der Stiege zu verstecken. »Ihr seht ganz durchgefroren aus. Ich mach uns eine schöne Kanne Tee, der wird uns allen guttun.«

»Solange du die Blätter nicht wie Kohl kochst«, antwortete Ida kichernd.

Sine schaute sie verwundert an. »Teeblätter wie Kohl kochen? Was redest du nur für einen Unsinn, Kind?«

»Ach, nichts weiter«, antwortete Ida und blickte zu Thaisen, der grinste.

»Ihr heckt doch wieder irgendwas aus? Wer frech ist, bekommt keine Kekse«, drohte Sine scherzhaft.

»Aber wir sind doch gar nicht frech«, verteidigte sich Thaisen entrüstet.

»Schert euch in die Stube. Dort könnt ihr Kaline beim Schälen und Schneiden der Äpfel für das Kompott zur Hand gehen.« Sie wedelte mit den Armen, und die beiden trollten sich.

»Wo sie nur wieder diesen Unsinn herhaben«, sagte sie zu Wilhelm, der sich um Fassung bemühte und erklärte, rasch nach oben zu gehen, um seine feuchte Garderobe zu wechseln. Er freue sich schon auf den Tee, fügte er hinzu und lief schmunzelnd die Treppe hinauf.

Im Schlafzimmer kleidete er sich um und trat dann ans Fenster. Die Wolkendecke war aufgerissen, und vereinzelte Sonnenstrahlen fielen auf die hinter dem Haus liegenden Dünen. Vor einigen Tagen war Marta Sine und Kaline dort bei der Sanddorn-Ernte zur Hand gegangen. Die beiden machten aus den Beeren allerlei Leckereien wie Likör, Marmelade oder Saft. Im Strandbazar in Wittdün gab es sogar Sanddornbonbons zu kaufen, die köstlich schmeckten. Er würde einen Vorrat der Leckerei erstehen und mit nach Hamburg nehmen, denn auch Marie war ganz verrückt nach der Süßigkeit. Die Kleine liebte es, hier zu sein, und buddelte mit Vorliebe im Sand. Dafür hatte er ihr Eimer und Schaufel besorgt. Sogar eine Strandburg hatte er für sie gebaut, die das Mädchen sofort wieder zerstört hatte. Er lächelte bei der Erinnerung daran. In Hamburg würde er Marie seltener sehen, da sie meistens bereits schlief, wenn er vom Büro nach Hause kam. Er würde es vermissen, Zeit mit ihr zu verbringen. Seufzend wandte er sich vom Fenster ab und wischte dabei ein kleines, in schwarzes Leder gebundenes Buch von der Kommode. Er hob es auf und öffnete es. Es war Martas Schrift, auf die er blickte. Eigentlich wollte er es sofort wieder zuklappen und zurücklegen, denn er achtete Martas Privatsphäre, doch dann sprang ihm die Überschrift auf der ersten Seite ins Auge.

Hotel Stockmann, stand dort in hübschen Lettern geschrieben. Welches Hotel Stockmann? Er sank mit dem Buch aufs Bett und blätterte die Seiten durch. Er sah Beschreibungen, Auflistungen von Personal, sogar Skizzen des Gebäudes hatte sie angefertigt. Er brauchte eine Weile, um zu begreifen, was er vor sich hatte. Es war eine Fantasiewelt, ein Traum, dem sich Marta in diesem kleinen Büchlein hingab. Sein Mädchen aus der Pension. Er lächelte wehmütig, und die Erinnerung an ihre erste Begegnung kam ihm in den Sinn. Bereits als sie damals den Raum betreten hatte, war er verzaubert von ihr. Ihr Lächeln, ihre Art, sich zu bewegen. Was war es ihr peinlich gewesen, als sie den Kaffee verschüttet hatte. Er hatte es gespürt, gewusst: Sie war die Richtige für ihn. Zärtlich strich er mit den Fingern über erdachte Einkaufslisten und Dienstpläne, sogar den Ablauf einer fiktiven Hochzeitsgesellschaft hatte sie geplant. Das Hotel lag an der Alster. Eine Terrasse zum Verweilen, Liegestühle im Garten unter Bäumen, die Schatten spendeten. Bis ins kleinste Detail hatte sie die Zimmer beschrieben. Er hatte gedacht, sie würde sich ihrem neuen Leben anpassen und Erleichterung empfinden, der harten Arbeit in der Pension ihrer Tante entkommen zu sein. Doch er hatte sich getäuscht. Oder war es ihm nicht schon immer klar gewesen? All die Jahre wollte er die Wahrheit nicht zulassen, obwohl er sie jeden Tag vor Augen hatte. Marta war in einer Welt gefangen, die nicht die ihre war. Ändern würde er es allerdings nicht können. Ihr Leben war nun einmal, wie es war, und sie hatte sich dafür entschieden, als sie seinen Antrag annahm. Aber vielleicht sollte er in Zukunft etwas nachsichtiger mit ihr sein. Sollte sie doch zum Markt der Vierländerinnen laufen, dreimal die Woche ihrer Tante Nele einen Besuch abstatten und auch zu Hause in der Küche hantieren, wenn sie Freude daran hatte. Dann war es eben so. Er hatte ein Pensionsmädchen geheiratet, eine Frau mit Persönlichkeit. Wenn sie glücklich war, dann war er es auch. Er klappte das Tagebuch zu und legte es zurück auf die Kommode. Leider würde das Hotel Stockmann für alle Ewigkeit ein Traum, eine Fantasie bleiben.

20

Rieke saß am Fenster und blickte fassungslos auf die Zeilen ihrer Freundin. Sogar ein Telegramm war es, das Berta ihr in aller Eile hatte zukommen lassen. Ihr geliebter Georg hatte sich verlobt. Mit Erna Wilhelmsen, diesem Biest. Oh, das war eine Schmach. Heiße Tränen stiegen ihr in die Augen. Deshalb hatte er nicht auf ihre Briefe geantwortet, dieser Schuft. Wie konnte sie nur so naiv sein. Eine ihrer Tränen tropfte auf das Papier. Sie zerknüllte es und schleuderte es wütend in die Ecke. Was würde das für eine schreckliche Rückkehr nach Hamburg werden. Alle wussten doch, dass sie sich Hoffnungen gemacht hatte. Im Grunde hatte sie bereits überall herumerzählt, dass Georg ihr bald einen Antrag machen würde. Wie sollte sie denn jetzt ihren Freundinnen unter die Augen treten? Die dumme Gans, die sich von einem Weiberhelden umgarnen hatte lassen. Sollte Erna ihn doch haben. Irgendwann würde er auch sie betrügen. Sie würde schon sehen. Rieke verschränkte die Arme vor der Brust und blickte zum Fenster. Vielleicht war es ja doch gut, dass sie nach Amrum gefahren waren. In dieser Zeit hatte er seinen wahren Charakter gezeigt, und sie war ihm noch einmal entkommen. So würde sie es auch nach ihrer Rückkehr darstellen. Ihr Blick fiel auf das Papier in der Ecke. Als Jasper es ihr vorhin im Flur gegeben hatte, war sie voller Hoffnung gewesen, Georg könnte ihr geschrieben haben. Worte der Entschuldigung, eine Liebesbekundung. Erneut flossen die Tränen. Würde sich überhaupt noch irgendjemand in sie verlieben? Nach diesem Skandal würde in Hamburg niemand mehr sie ansehen, war sie doch die verschmähte Geliebte von Georg Paulsen. Alle würden über sie spotten und hinter ihrem Rücken tuscheln.

Die Tür öffnete sich, und Ida betrat den Raum. Irritiert schaute sie Rieke an.

»Aber du weinst ja. Was ist denn passiert?«

»Gar nichts«, entgegnete Rieke und wischte sich die Tränen von den Wangen.

»Für gar nichts siehst du aber ganz schön verheult aus«, konstatierte Ida.

»Lass mich in Ruhe. Was weißt du schon? Du bist ja noch ein Kind.« Rieke sprang auf und lief aus dem Zimmer. Sie wollte nicht reden, nichts erklären müssen. Sie rannte die Treppe hinunter, griff an der Garderobe nach Mantel und Hut und eilte an der verdutzt dreinblickenden Sine vorüber, die gerade auf dem Weg zur Vorratskammer war.

»Nicht so stürmisch, mien Deern«, rief sie erschrocken. Hinter Rieke fiel die Tür ins Schloss. Sie durchquerte den Garten und schlug den Weg zum Strand ein. Das Meer hatte sich weit zurückgezogen und funkelte in der Ferne. Wolken wurden vom Wind über den Himmel getrieben. Vor ihr lag das Watt. Und wenn sie doch einmal darüberlaufen würde? Die ganze Zeit über hatte sie sich geweigert, es zu betreten. Überhaupt war sie nur wenige Male an den Strand gegangen. Ida trieb sich ständig hier herum, und selbst Papa und Mama schienen diese Insel zu lieben. Was konnten sie dieser elenden Einsamkeit nur abgewinnen? Rieke lief drauflos, umrundete funkelnde Priele und Wasserläufe; und mit jedem Schritt hellte sich ihre Stimmung auf. Sie hob sogar einige Muscheln auf, um sie näher zu betrachten. Kleine Krebse und glitschige Quallen zogen ihre Aufmerksamkeit auf sich, und sie fragte sich, weshalb überall auf dem Sand solch sonderbare kleine Hügel zu sehen waren. Sie würde später Kaline danach fragen. Gewiss wusste sie eine Antwort. Rieke lief immer weiter auf das Watt hinaus und wollte unbedingt die Wasserkante erreichen. Der Wind zerrte an ihrem Hut. Sie musste ihn festhalten, damit er ihr nicht davonflog. Möwen flogen kreischend über sie hinweg, in der Ferne konnte sie ein Segelschiff ausmachen. Schattenflecken, von den Wolken auf den Sand gezeichnet, zogen über das Watt. Die Arme weit ausgebreitet, drehte sie sich im Kreis. Es fühlte sich gut an. Hier war sie allein, frei und konnte tun und lassen, was sie wollte. Niemand beobachtete sie und achtete auf Etikette. Hier gab es keinen Georg und keine Erna Wilhelmsen, keine Gerüchteküche und kein Gerede. Es gab nur sie, die Möwen, das Watt und weit draußen das funkelnde Meer. Sie lief dem Wasser übermütig entgegen. Ihre Schuhe und ihr Rock wurden feucht, es war ihr gleichgültig. Niemals zuvor hatte sie so ein intensives Gefühl von Freiheit empfunden. Es schien wie ein Rausch zu sein. Vielleicht war es ja das, was die anderen so sehr an Amrum liebten. Das Ursprüngliche, die Natur, den Wind im zerzausten Haar. Den Hut in den Händen, erreichte sie die Wasserlinie, lief an ihr entlang, wich lachend vor den Wellen zurück und erfreute sich an einem Seestern, der im feuchten Sand lag. Nach einer Weile wandte sie sich um und blickte zur Insel zurück. Wie weit entfernt sie schien. Sie war wirklich ein ganzes Stück auf das Watt und weit nach rechts gelaufen. In der Ferne konnte sie in Stück Land erkennen. War das Föhr? Es könnte sein. Hatte Kaline nicht irgendwann einmal erwähnt, man könne durch das Watt dorthin gelangen? Dann könnte sie Jacob Thieme einen Besuch abstatten. Der Gedanke gefiel ihr. Aber wo sollte sie ihn auf der Insel suchen, die ein ganzes Stück größer als Amrum war? Sie hatte ihn nicht danach gefragt, wo genau er auf Föhr wohnte. Am Ende hielt er sie für unhöflich. Und war sie das nicht auch gewesen? Da lud er sie und ihre Mutter zu einem Konzertabend in das mondäne *Kurhaus zur Satteldüne* ein, und sie hatte die ganze Zeit über nur an Georg gedacht. Seufzend blickte sie zu der entfernten Insel. Jetzt würde sie Jacob niemals wiedersehen. Oder vielleicht doch? Er plante ja ein Logierhaus in Wittdün. Bei ihrem nächsten Besuch, der hoffentlich im Sommer stattfinden würde, könnten sie ja dort wohnen. Jacob hatte davon gesprochen, dass es in der Saison viele Vergnügungen auf der Insel gab – Konzerte, Bälle, Kutschfahrten und Theateraufführungen. Allerdings schien der nächste Sommer eine Ewigkeit entfernt zu sein. Hamburg wartete mit all seinem Kummer. Aber vielleicht war ja alles gar nicht so schlimm. In einer großen Stadt geschahen so viele aufregende Dinge. Wahrscheinlich sprach längst niemand mehr über ihre Schmach. Sie spazierte weiter an der Wasserlinie entlang, stets den Blick auf die Küste der vermeintlichen Insel Föhr gerichtet. In Hamburg könnte sie wieder zu Bällen, ins Theater und zum Tanz gehen. Ach, sie vermisste das bunte Treiben dort. Immerhin war Berta so nett gewesen und hatte sie informiert. So fiel sie bei ihrer Rückkehr nicht aus allen Wolken und musste sich die Abfuhr nicht direkt bei Georg abholen. Wasser, das plötzlich um ihre Füße gurgelte, riss sie aus ihren Gedanken. Sie blickte sich um. Das Meer schien näher gekommen zu sein. Gerade eben war die Wasserlinie doch noch dort hinten gewesen. Um sie herum verteilte sich immer mehr Wasser. Es eroberte sich das Watt Stück für Stück zurück. Sie musste hier weg, sofort. Sie lief los, bemerkte jedoch schnell, dass die Rückkehr zur Insel ihre Tücken hatte. Viele der Priele waren inzwischen viel zu tief geworden, als dass man einfach durch sie hätte hindurchlaufen können. Sie musste sie umrunden und nach Stellen suchen, wo das Wasser noch nicht so tief war. Ihr nasser Rock hing schwer an ihr. Wie hatte sie nur so dumm sein können? Hatte Ida nicht vor dem Watt gewarnt? Rieke erreichte eine Sandinsel und blieb, nach Luft japsend, stehen. Noch immer schien der rettende Strand weit entfernt zu sein. Sie rannte am Rand eines Priels entlang und schaffte es, ihn an einer flacheren Stelle zu durchqueren. Sie hielt Ausschau, ob sie am Strand eine Gestalt erkennen konnte, die ihr zu Hilfe eilen könnte. Doch sie sah niemanden. Es schien wie verhext zu sein. Meist trieben sich an den Strandhallen des Hospizes doch immer irgendwelche Leute herum. Sie lief an einem breiten Priel entlang und watete in ihrer Verzweiflung hindurch. Bis zur Taille ging ihr dieses Mal das eiskalte Wasser. Vor Panik begann sie zu weinen. Sie durfte jetzt nicht aufgeben, sie musste es schaffen und den rettenden Strand erreichen. Ein Stück weiter war das Wasser noch nicht so weit aufgelaufen. Immer wieder schaute sie zum Strand. Vielleicht tauchte ja doch noch jemand auf, der sie sehen und ihr helfen würde. Und tatsächlich, dort vorn, da war jemand. Sie konnte eine Gestalt ausmachen, die ihr sogar zuzuwinken schien. Sie winkte zurück und begann, lautstark um Hilfe zu rufen. Es war eine Frau, so viel konnte sie erkennen. Mit dem Mut der Verzweiflung durchquerte sie den nächsten Wasserlauf. Dieses Mal stand ihr das Wasser bereits bis zur Brust. Sie hielt den Atem an und den Blick auf die Frau gerichtet, die sich ihr winkend näherte. Sie kroch auf allen vieren aus dem Wasser und blieb für einen Moment erschöpft liegen. Dann rappelte sie sich wieder auf und lief weiter. Lang würde es nicht mehr dauern, und sie würde untergehen. Die Frau kam näher. Auch sie stand bereits im Wasser. Rieke erkannte sie. Es war Kaline.

»Komm hier entlang«, rief Kaline Rieke zu. »Dort vorn ist es schon zu tief. Dort kommst du nicht mehr durch.« Sie bedeutete Rieke, nach rechts zu laufen. Rieke befolgte ihren Rat und lief in die angegebene Richtung. »Hier, an dieser Stelle, müsste es noch gehen. Beeil dich, schnell.«

Rieke nahm all ihren Mut zusammen und lief durch das Wasser, das ihr erneut beinahe bis zur Brust reichte.

»Du machst das großartig«, rief Kaline ihr zu. »Nur noch ein kleines Stück, dann hast du es geschafft.« Sie kam ihr ein wenig entgegen und streckte ihr die Hand hin.

Rieke ergriff sie, und gemeinsam schafften sie es an den rettenden Strand, wo Rieke erschöpft in den Sand sank.

»Das Wasser. Überall war Wasser. Es ging so schnell«, stammelte sie und begann, von ihren Gefühlen überwältigt, zu weinen.

Kaline nahm sie liebevoll in die Arme. »Jetzt ist es ja gut. Du bist ja hier. Es ist vorbei. Gott sei Dank, ist es vorbei.« Tröstend wie eine Mutter wiegte sie Rieke.

Nach einer Weile löste sich Rieke aus der Umarmung und begann, sich selbst zu schelten: »Ich bin aber auch ein Dummkopf. Ida hat gesagt, dass es gefährlich ist. Hätte ich mal bloß auf sie gehört.« Ihre Zähne schlugen vor Kälte aufeinander.

»Es ist ja gerade noch mal gut gegangen. Ida hat mit unserem Thaisen einen hervorragenden Lehrmeister. Komm. Lass uns nach Hause gehen. Du bist vollkommen durchnässt und wirst dir hier draußen den Tod holen.« Kaline erhob sich, zog Rieke auf die Beine, und sie machten sich auf den Rückweg. Rieke blickte aufs Meer hinaus. Dort, wo sie gerade noch gelaufen war, war nun alles voller Wasser.

»Es geht schneller, als man denkt.« Kaline erriet Riekes Gedanken. Sie erreichten die Strandhallen des Hospizes, ein Stück weiter bogen sie in den schmalen Dünenweg ein, der nach Norddorf führte. Der Himmel hatte sich zugezogen, und der Wind frischte auf.

»Wird Regen geben«, unkte Kaline und studierte die über den Himmel fliegenden Wolken.

»Wenn wir Pech haben, sogar den ersten Herbststurm. Aber jetzt schaffen wir dich erst einmal ins Warme. Du musst schleunigst aus den nassen Sachen raus. Dann setzen wir dich an den warmen Ofen und geben dir Tee mit Rum.«

Als sie das Haus erreichten, stand Sine im Garten und schnitt verblühte Blumen ab. Sofort legte sie die Schere weg und kam ihnen entgegengelaufen.

»Meine Güte, Rieke. Was ist passiert?«

»Was wohl«, antwortete Kaline für Rieke, die wegen ihrer aufeinanderschlagenden Zähne kein Wort mehr herausbrachte. Sie zitterte erbärmlich. »Sie ist aufs Watt hinausgelaufen. Gerade so konnte sie noch das Ufer erreichen. Sie hat Glück gehabt, dass ich dort war.«

»Ach du je. Allein auf dem Watt als Fremde. Sonst was hätte passieren können. Gott sei Dank, ist es noch einmal gut ausgegangen. Ich geh und koch gleich Tee mit Rum, auch Krabbensuppe ist noch da. Das wärmt von innen.«

»Jetzt muss sie erst mal aus den nassen Sachen raus«, antwortete Kaline und führte Rieke zur Treppe. »Wo ist Marta?«

»Sie ist mit Wilhelm vor einer Weile weggegangen. Wo sie hinwollten, haben sie nicht gesagt.«

»Dann werde ich mich darum kümmern, dass das Mädchen die nassen Sachen auszieht«, antwortete Kaline. »Ist der Ofen schön warm?«

»Ich lege gleich noch Holz nach und hole eine Decke. Wir werden dich schon wieder aufgewärmt bekommen, mien Deern.« Liebevoll tätschelte Sine Rieke die Schulter, dann verschwand sie in der Küche.

Kaline führte Rieke die Treppe nach oben und setzte sie behutsam aufs Bett. Rieke fror entsetzlich, ihre Lippen waren bereits blau. Kaline öffnete den Schrank und holte einen dunkelblauen Wollrock sowie eine weiße Bluse heraus. Sie hielt die Sachen Rieke hin, die nickte. Auch Leibwäsche und Strümpfe fischte Kaline aus dem Schrank und legte sie neben den Rock auf das Bett.

Sie half Rieke beim Entkleiden und rubbelte ihr Haar mit einem Tuch trocken.

»Gleich haben wir es geschafft«, tröstete Kaline das Mädchen und zog Rieke Wäsche und Strümpfe an, danach die Bluse und den Rock.

»Im Schraaank ist ein Tuuuch«, stammelte Rieke und deutete auf das obere Fach. Kaline holte das wollene weinrote Schultertuch hervor, legte es Rieke fürsorglich um die Schultern und sagte aufmunternd: »Da kommen ja schon wieder Worte heraus. Wie schön.« Sie wollte sich aufrichten, doch Rieke hielt sie zurück.

»Danke. Ich wusste nicht ...«, sagte sie. Tränen schimmerten in ihren Augen.

»Gern geschehen«, unterbrach Kaline sie. »Ein wenig ist es ja auch meine Schuld. Ich hätte es gleich bei eurer Ankunft erklären sollen. Wollen wir hinuntergehen? Sine hat bestimmt schon den Tee fertig. Der wird dir guttun.« Gemeinsam liefen sie die Treppe nach unten. In der Gaststube platzierte Kaline Rieke auf die Ofenbank und legte ihr zusätzlich noch eine wollene Decke über die Beine. Sine brachte den Tee.

»Damit kriegen wir dich ruckzuck wieder aufgewärmt.« Fürsorglich tätschelte sie Rieke den Arm.

Rieke nahm die Tasse mit dem dampfenden Tee dankbar entgegen und roch daran. Der beißende Geruch des Alkohols schlug ihr entgegen. Sie verzog das Gesicht.

»Ich hab einen ordentlichen Schluck Rum reingegeben. Der wärmt den Magen.« Sine grinste.

Rieke nippte vorsichtig an dem Gebräu. Es brannte im Hals, dann breitete sich tatsächlich eine wohlige Wärme in ihrem Magen aus. Entspannt lehnte sie sich zurück.

»Siehst du. So ein ordentlicher heißer Grog, und die Welt ist wieder in Ordnung«, sagte Kaline. »Und jag uns bitte niemals wieder einen solchen Schrecken ein, hörst du!« Mahnend hob sie den Zeigefinger.

»Was für einen Schrecken?«, fragte plötzlich Wilhelm. Unbemerkt von den drei Frauen, hatten er und Marta den Raum betreten.

»Sie war im Watt, als die Flut kam.«

»Ach du meine Güte«, rief Marta, eilte zu Rieke und schloss sie in die Arme. »Wie geht es dir, mein Schatz?«

»Schon besser«, antwortete Rieke. »Kaline hat mich gerettet.«

»Ach, papperlapapp.« Kaline winkte ab. »Sie hat das großartig gemacht. Nur das letzte Stück hab ich ihr den Weg gewiesen.«

»Warum bist du überhaupt allein auf das Watt hinausgelaufen?«, fragte Wilhelm. »Jeder weiß doch, dass man das als Fremder bleiben lassen sollte. Ida hat erst neulich wieder beim Frühstück davon berichtet, wie gefährlich es werden kann.«

»Da muss ich wohl nicht so genau zugehört haben«, erwiderte Rieke kleinlaut. »Ich war wütend und wollte allein sein. Heute kam ein Telegramm von Berta. Georg hat sich mit Erna Wilhelmsen verlobt, dieser elende Schuft.«

»Ein Mann also. Was auch sonst«, konstatierte Kaline, was ihr einen Rempler von Sine einbrachte. »Ich meine« – sie sah Wilhelm entschuldigend an –, »nicht alle Männer …«

»Schon gut«, beschwichtigte Wilhelm sie, ein Grinsen unterdrückend.

»Sagen wir mal, es waren Gefühle. Und wenn die im Spiel sind, dann setzt der Verstand gern mal aus«, sagte Marta. »Allerdings bin ich froh, dass dieser Aussetzer noch einmal gut ausgegangen ist.« Sie nahm Riekes Hand und drückte sie fest. »Und ehrlich gesagt bin ich erleichtert darüber, dass Georg ein anderes Mädchen gefunden hat. Er war nicht der Richtige für dich.«

Rieke wollte etwas erwidern, kam jedoch nicht mehr dazu, denn Ida betrat den Raum. Ihr folgte Thaisen, der Marie auf dem Arm hatte, die fröhlich quietschte und die Ärmchen nach Wilhelm ausstreckte. Mit einem Lächeln nahm er sie auf den Arm und stupste ihr auf die Nase.

»Alle hier«, sagte Ida und blickte in die Runde. »Haben wir etwas verpasst?«

»Nein, das habt ihr nicht«, antwortete Kaline noch vor Marta. »In der Küche auf dem Tisch liegen Kekse. Wenn ihr wollt, könnt ihr euch welche holen. Ich sehe doch, dass ihr Hunger habt.«

Das ließen sich Ida und Thaisen nicht zweimal sagen und trollten sich in die Küche. Wilhelm und die anderen folgten ihnen.

Nachdem alle fort waren, setzte sich Marta neben Rieke und fragte: »Besser so?«

Rieke nickte. »So eine Blamage. Ich wünschte, ich müsste niemals wieder nach Hamburg zurück. Alle werden hinter meinem Rücken tuscheln.«

»Dann lass sie eben tuscheln, die dummen Gänse. Du bist nicht das einzige Mädchen, das einen Korb von seinem Schwarm bekommt.«

»Deshalb hat er nicht geschrieben.« Rieke ging nicht auf die Worte ihrer Mutter ein. »Dieser elende Schuft. Soll ihn Erna doch haben.« Sie machte eine kurze Pause, dann fragte sie: »Ist sie hübscher als ich? Liegt es daran? Ich war nicht gut genug, oder?«

»Oh, so etwas will ich niemals wieder hören«, erwiderte Marta und nahm Rieke in den Arm, die zu weinen begonnen hatte. »Du bist das hübscheste Mädchen von ganz Hamburg, und das sage ich jetzt nicht nur, weil ich deine Mutter bin. Und wenn er dich nicht haben will, dann soll er eben verschwinden. Andere Mütter haben auch schöne Söhne.«

»Das sagt Tante Nele auch immer«, erwiderte Rieke schniefend.

»Und was sagt sie noch?«, fragte Marta. Sie löste sich aus der Umarmung und sah ihre Tochter an.

»Dass Heulen hässlich macht.« Rieke zwang sich zu einem Lächeln und wischte sich die Tränen von den Wangen.

»Genau. Und deshalb wirst du jetzt ganz schnell damit aufhören, und wir holen uns Kekse, bevor die anderen uns alle wegessen.« Sie hielt ihrer Tochter auffordernd die Hand hin. Rieke ergriff sie, und sie gingen in die Küche, wo Sine lächelnd verkündete, dass sie die letzten beiden Kekse mit ihrem Leben verteidigt hätte.

21

Wilhelm stand an Deck von Philipps Fischerboot und hatte den Blick auf den Horizont gerichtet. Die See war aufgewühlt, und ein böiger Wind trieb Wolkenpakete über den Himmel. Er spürte am Hals seinen Pulsschlag, und seine Hände zitterten. Vor wenigen Minuten hatten sie noch für den heutigen Abend das Kartenspiel im Gasthof *Zum Lustigen Seehund* geplant, und jetzt waren sie unterwegs zur Sandbank Holtknob, wo ein mit Stückgut beladener Dreimastschoner gestrandet war. Philipp unterstützte häufig die Rettungsboote, besonders wenn es größere Schiffe waren und viele Männer aufgenommen werden mussten. Auch gab es Bergungslohn zu verdienen, den er sich nicht entgehen lassen wollte. Wilhelm hatte noch überlegt, von Bord zu gehen. Doch dann hatte er den Gedanken wieder verworfen. Es galt, Gestrandeten zu helfen, und da wurde nicht gekniffen, auch wenn man eine Landratte war. Allerdings sank sein Mut mit jedem Meter, dem sie sich der Sandbank näherten. Was war, wenn etwas schiefginge? Er versuchte, sich selbst zu beruhigen. Philipp hätte ihn gewiss nicht mitgenommen, wenn er die Aktion für gefährlich hielte.

Sie erreichten das Schiff als Erste, und Philipps Miene verfinsterte sich. »Sieht schlecht aus, dass wir den Kahn wieder flottmachen können«, grummelte er.

An Deck sah Wilhelm einige Männer, die ihnen aufgeregt zuwinkten. Philipp steuerte sein Boot längsseits des Schiffes.

»Ist gar nicht so leicht, das Boot anzusteuern, ohne selbst auf Grund zu laufen«, sagte Philipp. »Gerade Holtknob kann tückisch sein.«

Wilhelm hatte inzwischen gelernt, dass es um Amrum herum mehrere Sandbänke gab. Theeknob, Hörnumknob, Jungnamensand, Kapitänsknob und eben Holtknob. Sogar der Kniepsand war in früheren Jahrhunderten eine Sandbank gewesen und hatte sich erst nach und nach mit der eigentlichen Insel verbunden.

Philipp schaffte es, mit dem Boot längsseits des Schoners zu gehen, sodass sie neun Seemänner an Bord nehmen konnten.

»Mehr geht nicht«, sagte er zu den restlichen fünf Männern, die noch an Deck standen, unter ihnen war auch der Kapitän. »Aber der Rettungsdienst ist bereits unterwegs. So lange wird der Kahn noch halten.«

Er lenkte das Boot von dem Dreimastschoner weg und steuerte den Wittdüner Hafen an. Auf halber Strecke kamen ihnen zwei Boote entgegen. »Noch fünf Männer an Bord«, schrie Philipp zu einem der Männer. »Der Kahn hat schon Schlagseite. Den kriegen wir nicht mehr flott.«

Der andere reckte den Daumen hoch. Wilhelm stand zwischen den Seemännern an Deck, die allesamt einen erschöpften Eindruck machten. Einer von ihnen, Wilhelm schätzte ihn auf Anfang dreißig, war jedoch wütend. »Ich habe gesagt, hier sind Sandbänke, und es ist tückisch«, schimpfte er. »Aber mir wollte der feine Herr Kapitän ja nicht glauben. Und was ist? Beinahe abgesoffen wären wir.« Der eine oder andere der Männer nickte, doch keiner fiel in das Geschimpfe mit ein, sie rauchten und schwiegen. Wilhelm wollte sich lieber nicht vorstellen, wie man sich fühlte, wenn ein Schiff in Seenot geriet. Da mussten die Nerven blank liegen.

Als sie den Wittdüner Hafen erreichten, gingen die Seemänner erleichtert von Bord.

Wilhelm beobachtete, wie sie sich vom Boot entfernten, und fragte: »Was werden sie jetzt machen?«

»Auf ihre Abholung durch die Reederei warten und saufen«, antwortete Philipp. »Vermutlich verbringen sie die Nacht heute im *Haus Seeheim*. Für Gestrandete werden dort Feldbetten aufgestellt, und es gibt Suppe. Selbstverständlich muss die Reederei für unsere Unkosten aufkommen. Mit der nächsten Fähre werden sie die Insel dann verlassen.«

»Und was wird aus dem Schiff auf der Sandbank?«, fragte Wilhelm, dessen Pulsschlag sich noch nicht beruhigt hatte.

»Es wird geborgen, oder das Meer bemächtigt sich seiner vollständig. Wir werden sehen.« Philipp zuckte mit den Schultern und musterte Wilhelm genauer. »Du siehst blass aus, mein Freund. So eine Rettungsaktion kann ganz schön nervenaufreibend sein, was? Magst noch einen Korn?«

»Nein, lieber nicht«, lehnte Wilhelm das Angebot ab. »Aber du hast recht. Es war sehr aufregend. Ich denke, ich brauch jetzt etwas Ruhe. Ein Spaziergang wird mir guttun.«

»Wenn du meinst«, erwiderte Philipp. »Aber heute Abend kommst du doch in den *Lustigen Seehund*, oder?«

»Natürlich«, antwortete Wilhelm. »Ich muss doch meine Niederlage von neulich wieder vergessen machen.« Er zwinkerte Philipp grinsend zu, und die beiden verabschiedeten sich mit einem kurzen Schulterklopfen voneinander.

Wenig später schlenderte Wilhelm die Dorfstraße hinunter. Er winkte kurz Frauke Schamvogel, die gerade Feierabend machte und einen Ständer mit Ansichtskarten in das Innere ihres Papeteriegeschäfts schaffte. Bald ließ er Wittdün hinter sich. Die Sonne spitzte immer wieder zwischen den Wolken hervor und malte schimmerndes Licht auf die Felder der Bauern. Einige Schafe kamen neugierig an den Zaun, um Wilhelm näher zu betrachten. Schnatternd kreuzten zwei Gänse seinen Weg. Die reetgedeckten Häuser von Süddorf tauchten auf, in denen sich Familiengeschichten von Kapitänen, Seemännern, Walfischjägern und

Auswanderern verbargen. Jasper erzählte öfter von den Bewohnern, deutete auf die Häuser, nannte Namen und berichtete von Unglücksfällen, lustigen Begebenheiten, von Wiedergängern und Strandräubern. Wilhelm liebte seine und auch Philipps Geschichten. Die beiden Männer waren ihm in den letzten Wochen wahre Freunde geworden. Der Abschied würde Wilhelm schwerfallen. Er hatte sich tatsächlich in dieses Inselchen verliebt. Wenn ihm das vor einigen Monaten jemand gesagt hätte … Er dachte an Hamburg. Bald schon würde er wieder im städtischen Schmelztiegel versinken, wovor ihm graute. Obwohl natürlich auch Hamburg seine Reize hatte, besonders an der Außenalster. Doch diese herrliche Stille und die gute Luft, Amrum selbst mit seiner besonderen Seele, würde er vermissen. Er erreichte Nebel. Anne Schau stand im Garten und holte Wäsche von der Leine. Sie winkte ihm zu und fragte: »Konntet ihr die Männer retten?«

»Ja, alle sicher an Land«, antwortete Wilhelm. »Nur das Schiff scheint verloren.«

»Das kommt öfter vor. Ach, noch was: Es war sehr nett bei Martas Geburtstagsfest. Und dann der hübsche Spiegel mit den Muscheln, so einen hätte ich auch gern.«

»Ja, es war wirklich ein schönes Fest«, antwortete Wilhelm. »Sag das mit dem Spiegel doch Ida, vielleicht bastelt sie dir auch einen.«

Anne nahm ihren Wäschekorb und ging zum Haus. »Grüß Marta von mir.«

Wilhelm nickte. »Mach ich.«

Er hob die Hand zum Abschied und wählte für den Rückweg einen schmalen Trampelpfad, der mitten durch die Dünenlandschaft bis Norddorf führte. Das Heidekraut war von der tief stehende Sonne rötlich verfärbt. Zwischen den Dünen hindurch ließ sich immer wieder ein Blick auf den nahen Strand und das funkelnde Meer erhaschen. Bald tauchten die ersten Häuser von

Norddorf auf, und der schmale Dünenweg mündete auf eine der Dorfstraßen. Eine Diakonissin kreuzte seinen Weg, und Wilhelm grüßte freundlich. Er schlenderte die Straße hinunter und pfiff eine Melodie. Der Spaziergang über die Insel hatte ihn tatsächlich beruhigt. Er erreichte ein Friesenhaus. Ein Verkaufsschild ließ ihn innehalten. Er betrachtete das Haus näher. Einem Impuls folgend, öffnete er die Gartentür und betrat das Grundstück. Neben dem Haus gab es einen Hof, und zu dem Anwesen gehörten noch ein Nebengebäude und eine Remise. Er sah durch die Fenster ins Innere. War das die Küche? Er überlegte, hineinzugehen, verwarf den Gedanken jedoch wieder und lief um das Haus herum in den Garten. Obstbäume standen auf der Wiese, die direkt an die Dünen grenzte. Es war schön hier. Er wandte sich um und betrachtete das Haus von dieser Seite. Die Abendsonne spiegelte sich in den Fenstern. Das Haus wäre perfekt für seine Familie. Plötzlich dachte er an Martas Tagebuch. Hier könnte sie ihren Hoteltraum leben. Das Grundstück war groß genug. Sogar Anbauten wären möglich. Wieso nicht auch in Norddorf ein Logierhaus eröffnen, da es jedes Jahr mehr Kurgäste nach Amrum trieb? Es war zwar keine Villa am Alsterufer, aber Marta würde diesem Haus eine Seele geben.

»Wilhelm?« Eine vertraute Stimme riss ihn aus seinen Gedanken, und er sah hoch. Jasper stand vor ihm, schaute ihn verdutzt an und sagte: »Das Gartentor stand offen, da wollte ich mal nach dem Rechten sehen. Was machst du hier?«

»Ich bin durch Zufall vorbeigekommen und habe mir das Haus näher angesehen«, antwortete Wilhelm. »Es steht zum Verkauf.«

»Ich weiß. Es ist unsere ehemalige Schule. Lustig, dich hier zu sehen. Neulich war auch Marta hier.«

»Marta?«

»Ja, sie hat es sich ebenfalls angesehen. Nur ...« Er geriet ins Stocken.

»Was, nur?«, hakte Wilhelm nach.

»Ich glaube, es gefiel ihr. Aber auf dem Rückweg wirkte sie traurig.«

Wilhelm nickte und überlegte kurz, ob er Jasper sein Herz ausschütten sollte. Er entschied sich dafür.

»Ich habe einen Kosenamen für sie. Ich nenne sie immer *mein Pensionsmädchen*.«

»Pensionsmädchen?«, fragte Jasper und zog eine Augenbraue hoch.

»Ja, Pensionsmädchen«, bestätigte Wilhelm mit einem Lächeln. »Ist eine längere Geschichte. Wenn du magst, erzähle ich sie dir.« Er deutete auf eine Bank neben der Hintertür.

Jasper nickte und antwortete: »Weißt doch, dass ich für Geschichten was übrighab.«

Die beiden Männer setzten sich auf die Bank, und Wilhelm begann zu erzählen, wie er Marta kennengelernt hatte und wie ihr Leben in Hamburg war. Er hielt mit nichts hinter dem Berg und berichtete auch von dem Brand des Lagerhauses und seinem bevorstehenden Neuanfang. Als er geendet hatte, herrschte Schweigen. Jasper zündete sich eine Zigarette an und blies den Rauch in die Luft. Die Sonne versank hinter den Dünen, und mit ihrem Verschwinden wurde es kühl.

Irgendwann fragte er: »Und was wirst du jetzt machen?«

»Ich weiß es nicht«, antwortete Wilhelm.

»Doch. Du weißt es«, erwiderte Jasper. »Nur liegt manchmal ein langer Weg zwischen wissen, wollen und es tatsächlich tun.« Er stand auf und klopfte Wilhelm auf die Schulter. »Wir sehen uns später im *Lustigen Seehund*.« Ohne ein weiteres Wort verschwand er um die Hausecke.

Wilhelm blieb noch einen Moment sitzen und starrte auf den rötlichen Abendhimmel über den Dünen. Dann verließ auch er das Grundstück. Wollen, dachte er und seufzte. Wenn er so könnte, wie er wollte. Aber wieso eigentlich nicht? Marta sah traurig aus, hatte Jasper gesagt. Sie hatte das Haus ebenfalls angesehen. Sein Pensionsmädchen. Amrum, diese Insel. Er wollte nicht mehr fort. Hier würde sich ein Neuanfang besser anfühlen. Wollen und wissen, wollen und entscheiden. Er wusste nicht, wie es funktionieren sollte, spürte aber, dass er es tun musste. Er erreichte Sines und Kalines Gästehaus und fand Marta allein auf der Bank vor dem Haus vor.

Er nutzte die Gelegenheit, setzte sich tief durchatmend neben sie und sagte: »Ich habe mir gerade das ehemalige Schulhaus angesehen. Jasper meinte, du wärst auch dort gewesen.«

Marta sah ihn erstaunt an und nickte. »Es ist hübsch. Wieso fragst du?«

»Weil es Zeit ist, zu wollen und zu entscheiden. Und das wissen wir beide.«

Marta blickte ihn verständnislos an. Er nahm ihre Hand und sah ihr in die Augen.

»Ich habe neulich ein Tagebuch von dir gefunden. Ich wollte nicht darin lesen, das musst du mir glauben. Doch dann tat ich es doch, und es war wunderbar. Du träumst von einem eigenen Hotel, nicht wahr?«

»Manchmal«, gestand Marta, der Tränen in die Augen getreten waren. »Es ist nun einmal, wie es ist. Und das weißt du doch auch ohne mein Tagebuch.« Sie wischte sich über die Augen.

»Ja, aber es hat sich verändert. Hamburg ist kein sicherer Hafen mehr. Auch dort liegt ein Neuanfang vor uns. Wir könnten diesen jedoch auch hier wagen. Was meinst du?«

»Hier? Bist du betrunken?«, fragte Marta ungläubig.

»Nein, das bin ich nicht, Marta Stockmann«, erwiderte er und stand abrupt auf. Er zog auch sie auf die Beine und schloss sie in seine Arme. »Aber ich habe endlich begriffen, dass ich diese Insel liebe und nicht mehr fortmöchte. Und ich glaube, dir geht es auch so.«

»Ja«, gestand Marta, »aber in Hamburg ist ...«

»Ich weiß«, antwortete er, und seine Lippen näherten sich den ihren. »Aber wir denken jetzt nicht an Hamburg. Wollen wir zusammen zu dem Haus gehen und es uns noch einmal ansehen, nur wir beide, und für den Anfang ein wenig träumen?«

»Und was ist mit dem Angebot von Gotthard? Du warst doch so begeistert deswegen. Und wie willst du den Aufbau einer Pension zum jetzigen Zeitpunkt finanzieren?«, fragte Marta.

»Das Angebot von Gotthard ist gut, keine Frage«, antwortete Wilhelm. »Aber ich habe schon seit einigen Tagen das Gefühl, dass das nicht der richtige Weg für mich ist. Amrum tut mir und meiner Gesundheit gut. Ich fühle mich wohl hier und du dich doch auch. Wir haben hier Freunde gefunden. In Hamburg würde ich schnell wieder in den alten Trott fallen, und du würdest dich bei den üblichen Teekränzchen und Konzerten langweilen. Ida gefällt es hier, und sogar Rieke mag die Insel inzwischen. Und wegen der Finanzierung mach dir mal keine Sorgen. Das Schulgebäude ist heruntergekommen und gewiss nicht teuer. Einen Teil meiner Erbschaft habe ich ja noch. Das wird für den Anfang reichen.«

Marta nickte. Sie wollte noch etwas sagen, kam jedoch nicht mehr dazu, denn Wilhelm küsste sie.

Sine war diejenige, die sie durch ein Räuspern trennte und verkündete, dass das Abendessen fertig sei. Kichernd wie junge Leute folgten sie ihr ins Haus und warfen sich verschwörerische Blicke zu, während sie die Stube betraten. Noch war es ihr Traum, eine vage Vorstellung von einer Zukunft. Ein Wunsch, dessen Erfüllung noch nicht entschieden war. Sich aber gut anfühlte.

22

Norddorf, 12. November 1891
Heute haben wir den Kaufvertrag für das Haus unterschrieben. Es war ein großartiger Moment, und später haben wir mit unseren Freunden auf unser neues Leben auf Amrum angestoßen. Wilhelm schenkte mir zu diesem Anlass ein neues Notizbuch, in das ich nun zum ersten Mal schreibe. Besonders Ida freut sich über unsere Entscheidung, auf der Insel zu bleiben, denn in Thaisen hat sie einen wahren Freund gefunden, und sie liebt Amrum. Nur Rieke war anfänglich unglücklich darüber, und sie überlegte sogar, zu Nele in die Pension zu ziehen, was ich ihr nicht verwehrt hätte. Doch dann traf sie vor einer Weile Jacob Thieme wieder, der tatsächlich mit seinem Freund ein Logierhaus in Wittdün übernommen hat. Die beiden wären wirklich ein hübsches Paar. Nun gut. Wir werden sehen, was die Zeit bringt. Jetzt geht es erst einmal darum, unser neues Häuschen zu renovieren und herauszuputzen. Wilhelm hat einen Architekten bestellt, der am Freitag mit ihm eine Grundstücksbegehung machen wird. Auf jeden Fall muss das Nebengebäude ausgebaut werden, denn es soll uns als privates Wohnhaus dienen und auch Wilhelms Büro beherbergen. Ebenfalls muss die Küche saniert werden. Ein Hotelbetrieb funktioniert nicht mit einem veralteten Steinofen. Auch überlegen wir, eine Etagentoilette mit Wasserspülung einzubauen, denn es ist den Gästen nicht zumutbar, über den Hof zum Abort zu laufen. Es fehlt uns auch noch ein Kostenplan. Dazu kommt die Innenausstattung. Sine und Kaline

haben uns ihre Unterstützung zugesagt. Sie eröffneten uns heute, dass sie ihr Gästehaus schließen werden. Das war schon länger geplant, und jetzt hätten sie es endgültig entschieden. Um mit den Logierhäusern in Wittdün und dem Seehospiz mithalten zu können, müssten sie ihr kleines Häuschen renovieren, und dafür fehlen ihnen die finanziellen Mittel. Sie fragten, ob sie stattdessen für uns arbeiten könnten. Besseres Personal findet sich auf der ganzen Insel nicht. Sine wird unsere offizielle Köchin und Kaline Mädchen für alles. Auch Jasper wird zukünftig für uns arbeiten, jedoch bei Sine und Kaline wohnen bleiben. Der gute alte Jasper. Sine erzählte mir erst neulich, dass er es im Leben nicht leicht gehabt habe. Seine Frau erfror im Winter 1880 im Eis zwischen Amrum und Föhr. Das hat er nur schwer verkraftet. Sein Haus wurde einige Jahre später von einer schwerer Sturmflut zerstört. Alle seine Schafe ertranken in den Fluten. Seitdem wohnte er bei Sine und Kaline, die ihm mit viel Mühe seinen Lebenswillen zurückgaben. Wilhelm und ich werden alles dafür tun, dass er es auch bei uns gut hat. Er ist kein Mitarbeiter, sondern ein Freund, so wie alle hier. Geliebte Freunde, die wir nicht missen möchten. Jetzt muss nur alles glattgehen, dann können wir nächstes Frühjahr bereits die ersten Gäste empfangen. Aber wir sind guter Dinge.

Hamburg, Dezember 1891

Marta sah sich in dem leeren Esszimmer um, und ein Hauch von Wehmut ergriff sie, obwohl sie in St. Georg niemals heimisch geworden war. Sie trat ans Fenster und blickte zum Kirchturm hinüber, um den einige Schneeflocken wirbelten. Niemals wieder würde sie, in ihrem gemütlichen Lehnstuhl sitzend, dem morgendlichen Spiel des Trompeters lauschen. Sie würde seine Melodien vermissen. Ihr Blick wanderte über die Dächer hinweg bis zur nahen Außenalster. Wie oft war sie an deren Ufer entlanggelaufen? Flete und Wasserläufe, voller Ewer und anderer Boote. St. Pauli mit seinem immerwährenden Jahrmarkt, den Theatern, Varietés, schummrigen Ecken und zwielichtigen Gestalten. Niemals wieder würde sie mit einem Karrenhändler handeln oder bei einer Vierländerin Gemüse kaufen. Selbst das Bellen der Hunde würde ihr fehlen. Hamburg war ihre Heimat, und jetzt, da der endgültige Abschied gekommen war, stellte sich auch die Trauer ein. Amrum war wunderbar, ihr Neubeginn fühlte sich gut an. Doch sie ließ mit Hamburg auch ein Stück von sich selbst zurück.

»Hier steckst du«, rief Wilhelm und riss sie aus ihren Gedanken. »Wir müssen los. Sonst kommen wir noch zu spät zur Kirche, was uns Auguste niemals verzeihen würde.«

Marta nickte. Ihre Auguste heiratete heute. Torben hatte nicht lang damit gewartet, sie um ihre Hand zu bitten. Sie waren ein hübsches Paar und würden in der Nähe vom Hopfenmarkt eine kleine Wohnung beziehen, die Auguste bereits einrichtete. Marta hatte den beiden einige Möbel überlassen. Eine Anrichte, eine Kommode, dazu noch den Küchentisch und die vier Stühle. Auch Merle, das Kindermädchen, würde zur Hochzeit kommen. Marta hatte ihr ein hervorragendes Zeugnis und ein zusätzliches Empfehlungsschreiben ausgestellt, und sie hatte bereits eine neue Anstellung in einem herrschaftlichen Haus gefunden, das direkt an der Außenalster lag und wie ein Schloss aussah. Drei Kinder galt es zu hüten, die schlimmer als ein Sack Flöhe waren, wie sie Marta erzählte.

»Ich glaube, ich werde unser Stadtleben schon ein wenig vermissen«, sagte Marta zu Wilhelm, ohne auf seine Aufforderung einzugehen. »Hamburg ist mein Zuhause, seit ich denken kann. Besonders der Abschied von Nele wird schwer werden.«

»Ich weiß«, antwortete Wilhelm und legte die Arme um Marta. »Mir wird Hamburg auch fehlen. Amrum ist doch um einiges beschaulicher und ruhiger. Aber in der Sommersaison soll es recht trubelig werden, und mit Sine und Kaline haben wir einen guten Ersatz für Nele gefunden, nicht wahr?« Er zwinkerte ihr zu. »Es ist die richtige Entscheidung, auch im Hinblick auf meine Gesundheit. Ich merke bereits wieder, wie mir die verschmutzte Stadtluft schadet. Erst heute Morgen musste ich eine meiner Asthmazigaretten rauchen, die ich während unserer ganzen Zeit auf der Insel nicht ein Mal angerührt habe. Und vor allem, du bekommst dein eigenes kleines Hotel. Davon hast du doch immer geträumt. In Hamburg hätten wir das niemals machen können.«

»Ich weiß«, erwiderte Marta. »Die Gattin eines angesehenen Prokuristen spielt nicht Gastwirtin.« Ihr Tonfall klang zynisch. Sie wollte noch etwas hinzufügen, kam jedoch nicht mehr dazu, denn Rieke betrat den Raum und begann sofort loszuschimpfen.

»Was bummelt ihr hier herum? Wir müssten schon längst weg sein. Ich kann mir doch nicht entgehen lassen, wie Auguste in meinem Kleid heiratet.«

»Auf gar keinen Fall«, antwortete Marta und löste sich aus Wilhelms Umarmung. »Auguste sieht in dem roséfarbenen Musselinkleid wirklich zauberhaft aus. Es ist lieb von dir, dass du es ihr geschenkt hast.«

»Sie hat mir jahrelang wunderbare Frisuren gezaubert, für die ich viel Lob bekommen habe. Da ist es nur recht und billig, dass ich mich erkenntlich zeige. Und sie hat das Kleid oft sehnsüchtig angesehen. Das arme Ding besitzt ja nicht einmal ein anständiges Sonntagskleid. Nur so einen schwarzen Fetzen ohne Spitze. Darin kann man unmöglich heiraten.«

»Unmöglich«, pflichtete Wilhelm seiner Tochter schmunzelnd bei, während sie in den Flur traten. Ein letztes Mal warf

Marta einen Blick in die Zimmer. Allesamt waren sie leer. Ihr Hab und Gut war in Kisten verstaut, und sämtliche Möbel waren verpackt. Bereits heute würde ihr Hausstand die Reise nach Amrum antreten, sie selbst würden nach den Weihnachtsfeiertagen, die sie bei Tante Nele in der Pension verbrachten, mit der *Cobra* folgen. Bisher hatten sie bei Sine und Kaline gewohnt, aber dies würde sich nun ändern. Das Nebengebäude war bezugsfertig. Allerdings mussten sich Rieke und Ida noch eine Weile eine kleine Kammer neben der Küche teilen, bis das Dach vollständig ausgebaut war. Doch allzu lang sollte dies nicht mehr dauern. Dann hätte jede eine Kammer für sich. Marie würde für den Anfang im Elternschlafzimmer schlafen. In den nächsten Wochen sollte dann der Umbau des Haupthauses stattfinden. Marta konnte nur hoffen, dass alles glatt verlief. Aber Wilhelm und der Architekt waren guter Dinge. Sogar das alte Reetdach war nach genauer Überprüfung noch für stabil und sicher befunden worden. Am zeitaufwendigsten würden wohl der Umbau der Küche und der Einbau der Wassertoilette im oberen Flur sein, für die extra ein kleines Kämmerchen abgetrennt werden musste.

Marta, Wilhelm und Rieke verließen das Haus und gerieten schnell in den bunten Straßentrubel. Mal wieder stauten sich Droschken hinter der Straßenbahn. Lautes Hundegebell ertönte. Die drei eilten Richtung Georgsplatz, wo sie Sitzplätze in einer Straßenbahn ergatterten. Der Schneefall hatte sich inzwischen verstärkt, und es war eiskalt. Ein böiger Wind wehte den Schnee von den Dächern und wirbelte die Flocken durch die Straßen und Gassen und über die Alster. Die Fahrt ging über die Steinstraße zum Fischmarkt, wo sie ausstiegen. Dort herrschte, trotz des Winterwetters, der übliche Marktbetrieb, und sie hatten Mühe, durchzukommen. Als sie die St.-Katharinen-Kirche erreichten, stand die kleine Hochzeitsgesellschaft bereits vor der Tür. Augustes Familie war nicht sonderlich groß, und leider konnte ihr Vater, ein Seemann, an der Hochzeit seiner Tochter nicht teilnehmen. Er war gerade auf dem Weg nach Indien, und von dort aus sollte es noch weiter Richtung Australien gehen. Erst im Sommer würde er zurückkehren. Auguste ertrug seine Abwesenheit mit Fassung. Sie kannte es ja nicht anders. Neben ihr standen ihre Mutter und ihre drei jüngeren Geschwister. Zwei Mädchen und ein Bub, die in ihren schwarzen Mänteln blass wirkten. Die Jüngste, sie war gerade mal fünf Jahre alt, klammerte sich an die Hand ihrer Mutter. Johanna Heckel war eine hagere Frau mit eingefallenen Wangen und einem strengen Blick. Auch die Familie des Bräutigams war anwesend. Torbens Vater betrieb ein kleines Kurzwarengeschäft in der Nähe des Fischmarkts. Die Geschäfte liefen gut, weshalb es die Familie zu bescheidenem Wohlstand gebracht hatte. So stellte die Heirat mit Torben für Auguste sogar einen kleinen gesellschaftlichen Aufstieg dar. Auch Tante Nele war anwesend und hatte Ida und Marie mitgebracht. Merle, die ebenfalls schon eingetroffen war, hatte Marie auf dem Arm, die über das ganze Gesicht strahlte. Marta dachte wehmütig, dass so ein gutes Kindermädchen wie Merle auf Amrum schwer zu finden sein würde. Allerdings hatten sie dort ja Sine und Kaline, die die Kleine wie Großmütter verwöhnten.

Der starke Schneefall trieb die Hochzeitsgesellschaft ins Gotteshaus, wo sie in den vordersten Kirchenbänken Platz nahmen. Marta mochte das Innere der Katharinen-Kirche. Besonders die reich verzierte Orgel und deren Klang hatten es ihr angetan. Auguste wurde von ihrem Onkel, einem schmächtigen, gebückt gehenden Mann, zum Altar geleitet. Riekes Kleid stand ihr hervorragend und betonte ihre schmale Taille. Ihr aufgestecktes Haar verschwand unter einem weißen Schleier, der bis zur Mitte ihres Rückens reichte. In der Hand hielt sie, passend zum Kleid, einen Brautstrauß aus rosa Rosen und Schleierkraut. Ihre kleine

Schwester streute einige Blümchen. Es wurde eine festliche Trauung, bei der Marta sogar mit den Tränen kämpfen musste, denn Auguste war im selben Alter wie Rieke. Martas Blick wanderte zu ihrer Tochter. Gestern hatte sie mit ihren Freundinnen im *Concergarten* Abschied gefeiert. Dieses Mal hatte Marta ihr sogar erlaubt, zur Schwoferei zu bleiben. Erst gegen Mitternacht war Rieke nach Hause gekommen, wie Nele, die Ohren wie ein Luchs hatte, am nächsten Morgen zu berichten wusste. Getratsche oder Getuschel wegen Georg hatte es nicht gegeben, und auch eine Begegnung mit Erna war ihr erspart geblieben.

Nach dem Gottesdienst und den üblichen Gratulationen zog die Hochzeitsgesellschaft in ein kleines, unweit vom Hopfenmarkt gelegenes Gasthaus. Augustes Mutter hatte beschämt das Angebot von Torbens Vater angenommen und ihm die Finanzierung des kleinen Hochzeitsfestes überlassen. So gab es Sekt, später Kaffee und Kuchen und zum Abend hin die Spezialität des Hauses – Hamburger Sauerbraten mit Klößen. Satt und bester Laune verabschiedeten sich Marta, Wilhelm, Rieke und Nele als Erste. Mit Ida und Marie im Schlepptau ging es durch die nächtlichen Straßen und Gassen zurück in die Poststraße. Es schneite noch immer. Flocken wirbelten durch die Lichtkegel der Straßenlaternen, der Geruch von Holzrauch hing in der Luft. Helles Licht fiel durch das eine oder andere Fenster nach draußen. Marie hing schlafend über Wilhelms Schulter.

Marta genoss den nächtlichen Spaziergang durch die winterliche Stadt und atmete die vertrauten Gerüche tief ein. Leider war die Alster noch nicht komplett zugefroren, sonst hätten sie noch einmal Schlittschuhlaufen gehen können. Dieses Vergnügen liebte besonders Ida.

»Sie war wirklich eine hübsche Braut«, sagte Rieke. »Und es war so romantisch. Habt ihr gesehen, wie Torben sie ansieht? Er ist so verliebt in sie.«

»Und er ist kein Seemann«, fügte Tante Nele hinzu, die nicht mehr ganz sicher auf den Füßen war, da sie dem Rotwein munter zugesprochen hatte. »Dann säuft er ihr wenigstens nicht irgendwo ab. Hat eine gute Wahl getroffen, die Deern. Bestimmt laufen bald ihre Bälger durch die Gassen der Stadt.« Sie grinste.

Marta sah zu Rieke, die nichts erwiderte, jedoch lächelte. Gewiss dachte sie an Jacob. Die beiden hatten sich in den letzten Wochen einige Male getroffen, und Marta hoffte darauf, dass Rieke mit ihm ihr Glück finden würde. Sie erreichten die Poststraße, bei deren Anblick Marta erneut wehmütig wurde. Nach ihrer Rückkehr nach Amrum würde es sehr lang dauern, bis sie die vertraute Straße mit den roten Backsteinhäusern wiedersehen würde. Sie liefen die Stufen zum Eingang hinauf und betraten die Pension. Nur wenige Tage blieben ihr noch, um Hamburg mit all seinen Eigenheiten in sich aufzunehmen und auf all die Kleinigkeiten zu achten, die früher alltäglich gewesen waren, dann galt es, endgültig zu neuen Ufern aufzubrechen.

23

Norddorf, 12. Februar 1892
Gestern wurde endlich der neue Herd für die Küche geliefert und eingebaut. Wir haben gleich eine Art Einweihungsfest mit Kartoffelsuppe und frisch gebackenem Brot gefeiert. Er funktioniert wunderbar, und die Küche ist jetzt fertig eingerichtet. Kaline hat uns mit gehäkelten Gardinen überrascht, die nun im ganzen Haus die Fenster zieren. Es war ein Glück für uns, dass ein Logierhaus in Wittdün von seinem Besitzer aufgegeben wurde. So konnten wir günstig die Innenausstattung für die Gästezimmer noch im Januar erwerben. Das ersparte uns eine lange und teure Lieferung von Möbeln über den Seeweg. Wir haben jetzt drei Doppelzimmer, davon eines mit zwei hintereinander liegenden Alkovenbetten, und zwei Einzelzimmer anzubieten. Wilhelm überlegt, den Dachstuhl auszubauen, dann könnte dort oben ein Gast nächtigen. Allerdings ist es wenig komfortabel. Auch die Anschaffung von zwei Wagen ist erfolgreich geglückt. Einen der Wagen kann man auch regenfest umbauen, was bei dem Transport von Gästen unabdingbar ist. Ich habe mit der Wäscherei in Wittdün einen guten Handel wegen der anfallenden Wäsche geschlossen. Da wir im Haus nur über eine kleine Waschküche verfügen, ist es unmöglich, die ganze Weißwäsche hier zu erledigen. Die Leiterin der Wäscherei hat mir einen günstigen Preis gemacht. Rieke ist noch immer erkältet und bringt keinen Ton heraus. Sine versorgt sie mit Hühnersuppe. Gott sei Dank hat sich bisher niemand bei ihr angesteckt. Wilhelm scheint der

Alkohol zu desinfizieren. Meiner Meinung nach trinkt er zu viel und spielt zu oft Karten. Aber Jasper beruhigte mich erst gestern. Er meinte, das mit dem Korn habe schon seine Richtigkeit. Der wärme von innen und gehöre im Winter auf Amrum einfach dazu. Wenn Wilhelm deshalb gesund bleibt, will ich mal nicht so streng sein. Morgen gehe ich mit Sine und Kaline zu einer Tanzveranstaltung des Trachtenvereins. Darauf freue ich mich schon, denn die Amrumer Trachten gefallen mir ausgesprochen gut.
Das war es dann mal wieder für heute.

Ida lief neben Kaline durchs Watt, das durch die gestiegenen Temperaturen der letzten Tage wieder aufgetaut war. Kaline war wie immer auf der Suche nach Austern. Trotz der milden Temperaturen war es noch kühl, kalter Nieselregen legte sich auf Idas Mantel. Aber sie hatte nicht zu Hause bleiben wollen, denn in der Stube war es langweilig und seit ein paar Tagen auch laut, da gerade die Wassertoilette eingebaut wurde. Rieke hatte ihr das Sticken beibringen wollen. Sie beschäftigte sich damit, Kissenhüllen für die Lehnstühle und die Gästezimmer zu besticken. Doch Ida stach sich immer wieder in den Finger und verlor ständig den Faden. Auch sahen ihre Muster nicht hübsch aus. Zum Handarbeiten war sie nicht geschaffen. Dann doch lieber mit Kaline über die Insel streunen und das Mittagessen organisieren. Gestern waren sie an einer Stelle gewesen, wo Aale im Schlick ihren Winterschlaf hielten. Im Sommer waren sie nicht leicht zu fangen, aber im Winter konnte man ihrer leicht habhaft werden. Das gestrige Fangen der Aale hatte Ida jedoch besser gefallen als die heutige Ernte der Muscheln. Ihre Finger waren schon ganz rot von dem kalten Wasser, und ihre Nase begann zu laufen. Aber Jammern würde Kaline nicht zulassen. Wer jammerte, blieb zu Hause. Ein echtes Inselmädchen muss Wind und Wetter abkönnen, hatte sie erst neulich zu Ida gesagt. Deshalb verbiss sich Ida das Jammern und beobachtete lieber die Möwen, die vor ihnen im Schlick herumhüpften.

»Hoffentlich ist Thaisen bald wieder gesund«, sagte Kaline. »Der Bengel fehlt mir.«

»Mir auch«, erwiderte Ida. »Aber mit Mandelentzündung geht man nicht ins Watt oder Aale fangen.«

»Der arme Junge. Jeden Winter plagt ihn so eine scheußliche Entzündung. Braucht kein Mensch.« Sie blickte in den Himmel und zur Insel Föhr hinüber.

»Ich denke, wir sollten für heute Feierabend machen. Es liegt was in der Luft, das mir nicht gefällt. Sehen wir besser zu, dass wir nach Hause kommen und die Schotten dicht machen.«

»Die Schotten dicht machen?«, wiederholte Ida und zog eine Augenbraue in die Höhe.

»Na, die Bude dicht machen und sich in Sicherheit bringen. Ich muss zu Hause gleich mal auf mein Barometer gucken. Obwohl« – Kaline winkte ab –, »einen nahenden Sturm erkenne ich auch ohne Hilfsmittel. Bisher gab es noch keinen in diesem Winter, dann kommen sie meistens im Februar und werden heftig.«

»Ein Sturm kommt. Wo denn?«, fragte Ida, als sie durch das Watt zurückliefen. »Es weht doch gar kein Wind, und die Sonne kommt raus. Wärmer ist es auch geworden. Das ganze Eis ist weggeschmolzen. Mama meinte heute Morgen, es könnte Frühling werden.«

»Das wird es auch. Aber vorher kommt der Sturm. Ich spür es in den Knochen.« Sie erreichten den Strand. »Komm mit. Ich zeige es dir an unserem Barometer. Es hängt in der Stube neben dem Ofen.«

Sie verließen den Strand und liefen durch Norddorf. Vor der Bäckerei Schmidt beschäftigte sich Mathilde Schmidt damit, die Porzellantöpfe auf der Fensterbank ins Haus zu holen.

»Moin, Mathilde«, grüßte Kaline, »bringste schon mal deine Schätzchen in Sicherheit?«

»Ja, das Barometer ist innerhalb der letzten Stunde noch mal gefallen. Bestimmt wird es nicht mehr lang friedlich bleiben. Wir können nur hoffen, dass es nicht allzu schlimm wird. Unsere alte Rahn erzählt ja immer noch von der großen Flut im Jahr 1825. Da sind sogar die Halligen abgesoffen, und es hat viele der Dünen einfach so weggespült. Außerdem gab es Hunderte von Toten.«

Idas Augen wurden groß.

»Ja, unsere Nordsee kann auch anders als friedlich und 'n büschen Brise«, sagte Kaline. »Aber ich denke nicht, dass wir dieses Mal eine Halligflut kriegen. Oder was meinst du?« Kaline sah Mathilde in die Augen. Die Bäckersfrau ahnte, weshalb ihr Blick so eindringlich war.

»Gewiss nicht«, beruhigte sie Ida. »Ich hab mein ganzes Leben lang keine solche Sturmflut erlebt. Aber trotzdem ist es besser, die Porzellantöpfchen reinzuholen. Vorsorglich, versteht sich.« Sie bemühte sich um ein Lächeln und fragte Ida: »Magst ein Milchbrötchen auf den Heimweg mitnehmen?«

Ida stimmte freudig zu. Die Bäckersfrau verschwand kurz im Laden, kam mit einem Milchbrötchen wieder zurück und reichte es Ida. »Sonst verhungerst du uns noch auf dem Weg bis nach Hause. Und grüß mir deine Frau Mama recht herzlich. Sie kann gern mal wieder auf einen Schnack vorbeischauen. Ich freu mich immer, wenn sie kommt.«

»Das mach ich«, sagte Ida und steckte das Milchbrötchen in ihre Manteltasche. Sie würde es später Thaisen bringen, denn es war schön weich. Gewiss konnte er es schlucken.

Kaline und Ida verabschiedeten sich von Mathilde und gingen die Dorfstraße hinunter. Der Wind frischte immer mehr auf, und die Sonne verschwand hinter dunklen Wolken. Kaum waren sie zu Hause, begann es auch schon zu regnen.

Sie betraten das Haupthaus, in dem es sonderbar ruhig war. Kein Hämmern oder Bohren, niemand kam die Treppe heruntergepoltert. Anscheinend hatten die Handwerker früher Schluss gemacht.

Sine stand in der Küche und rührte in einem großen Topf. Marta schälte am Küchentisch Kartoffeln.

»Da seid ihr ja endlich«, begrüßte Sine die beiden. »Habt ihr Austern gefunden?«

»Nicht viele«, erwiderte Kaline. »Aber für eine Mahlzeit wird es reichen. Wir haben uns rechtzeitig vom Strand davongemacht. Wird übel kommen.«

»Ich weiß«, erwiderte Sine. »Deswegen haben die Handwerker heute früher Schluss gemacht. Der alte Kalle meinte, es könnte ein heftiger Sturm werden, denn ihm tue schon seit gestern der Fuß weh. Was wollen wir machen?«, fragte sie Kaline. »Nach Hause gehen oder hierbleiben?«

Sine sah zu Marta, dann zu Ida und antwortete: »Hierbleiben. Unsere Neuinsulaner haben keine Ahnung von Sturmfluten auf der Insel. Und daheim kann nicht viel wegfliegen. Höchstens der alte Besen vorm Haus oder einer der Blumenkübel. Es ist dir doch recht, oder?«, fragte sie Marta, die nickte.

»Ich könnte die Sachen schnell reinräumen und noch einmal nach dem Rechten sehen«, meinte Kaline. »Dann komm ich zurück, und wir machen uns einen schönen Abend in der Stube. Wenn der Wind ums Haus tost, ist es drinnen besonders gemütlich.« Sie zwinkerte Ida zu.

»Denkst du, ich könnte es noch zu Thaisen ins Hospiz schaffen, um ihm das Milchbrötchen zu bringen?«, fragte Ida und holte es aus ihrer Manteltasche. »Es ist so schön weich. Das kann er gewiss gut schlucken.«

»Ja ist er denn im Hospiz?«, fragte Marta. »Ich dachte, er wäre im Pfarrhaus in Nebel bei seiner Mutter.«

»Er ist nicht in Nebel. Eine der Diakonissinnen, ihr Name ist Helene, ist doch gelernte Krankenschwester. Sie kümmert sich ganz toll um ihn und ist sehr nett.«

»Bis zum Hospiz schaffst du es noch«, meinte Kaline. »Lauf aber rasch und komm schnell zurück. Der Wind wird immer heftiger. Nicht, dass du uns noch davonfliegst.«

»Also gut«, sagte Sine, »dann lauft ihr beiden noch schnell los. Und wenn du schon mal zu Hause bist, kannst du unser Nachtzeug mitbringen. Wir können doch in einem der Gästezimmer schlafen, oder?«, fragte sie Marta.

»Natürlich«, antwortete Marta. »Hoffentlich wird es nicht so schlimm. Auch Hamburg kennt sich mit Sturmfluten aus. Kommt häufiger vor, dass der Fischmarkt unter Wasser steht und es ordentlich über die Dächer pfeift. Aber hier auf der Insel ist es bestimmt noch heftiger.«

»Gut, dann wollen wir mal los«, sagte Kaline. »Sonst trägt uns der Wind noch durchs Dorf wie früher die Hexen.«

»Hexen?«, hakte Ida nach, während Kaline die Tür öffnete.

»Erzähl ich dir später«, antwortete Kaline, der nicht entging, wie Sine die Augen verdrehte. Als sie nach draußen traten, kam Wilhelm mit Marie auf dem Arm über den Hof gelaufen.

»Ganz schön windig heute«, rief er ihnen entgegen. »Aber ich hab es kommen sehen. Bereits heute Morgen ist mein Barometer gefallen. Wo wollt ihr zwei Hübschen denn hin?«

»Nur kurz was erledigen«, antwortete Kaline. »Wir sind gleich zurück. Ich pass auch auf, dass Ida nicht wegfliegt.« Um ihre Aussage zu bekräftigen, nahm sie Ida an der Hand.

»Na, dann ist es ja gut. Ist wohl besser, wenn wir uns heute in der Stube verkriechen. Hoffentlich wird es nicht zu schlimm. Sturmschäden können wir jetzt nicht gebrauchen.« Er verschwand mit Marie im Haus.

Auch Rieke kam aus dem Nebengebäude. Sie hatte sich ein wollenes Tuch um die Schultern gelegt und sah etwas zerzaust aus. Der Wind zerrte an ihrem lose zusammengebundenen Haar.

»Kind, was machst du hier draußen?«, fragte Kaline. »Sieh zu, dass du schnell ins Haus kommst. Sonst bläst dich der Sturm noch um, so wackelig, wie du auf den Beinen bist. Wir kommen gleich wieder. Ich will nur rasch zu Hause nach dem Rechten sehen.«

Rieke nickte, krächzte etwas Unverständliches und ging ins Haus, wo sie den Rest der Mannschaft in der Küche vorfand.

»Rieke, was machst du denn hier?«, rief Marta und stand auf. »Du sollst doch im Bett bleiben.«

»Ich konnte nicht mehr schlafen«, krächzte Rieke und fragte: »Es gibt Sturm?«

»Sieht ganz danach aus«, antwortete Sine, bei der Marie auf dem Schoß saß und bereits den ersten Keks in Händen hielt. Zur Bestätigung fegte genau in diesem Moment eine kräftige Windböe ums Haus, die einen der vor dem Haus stehenden Metalleimer umwarf.

»Jasper meint, es könnte heftig werden«, sagte Wilhelm mit sorgenvoller Miene. »Er bringt gerade die Pferde in den Stall. Nicht, dass sie uns noch ersaufen, hat er gemurmelt. Denkt ihr wirklich, es kommt so schlimm?«

»Wissen kann man es nie«, antwortete Sine. »War schon mal schlimm im Februar. Fünfundzwanzig, da sind sogar die Halligen abgesoffen, und auch hier auf Amrum sind Dünen weggeschwemmt worden.«

Wilhelm nickte.

»Also bleiben Jasper und ich heute lieber hier. Philipp wird das ärgern, denn wir waren um sieben bei ihm zum Kartenspiel verabredet. Dann eben ein andermal.«

»Einen Abend ohne Korn und Skat wirst du gewiss überleben«, konnte sich Marta nicht verkneifen zu sagen.

»Obwohl der gerade bei Sturm gut für die Nerven ist. Nach der Fünfundzwanziger hat meine Mutter, Gott hab sie selig, bei Sturm gern einige Gläschen gepichelt. Dann geht es mit den Nerven leichter, hat sie gesagt.« Sine grinste.

»Jetzt fall du mir auch noch in den Rücken«, entgegnete Marta gespielt entrüstet.

»Heute Abend gibt es keinen Korn. Weder für die Nerven noch zum Desinfizieren. Heute gibt es Fischsuppe, Austern und Kartoffeln.«

»Was auch nicht zu verachten ist«, meinte Wilhelm und verabschiedete sich wieder in sein Arbeitszimmer, denn es gebe noch einige Dinge zu erledigen, die nicht warten konnten.

»Was macht er jetzt noch?«, fragte Sine Marta, nachdem er die Küche verlassen hatte.

»Er plant, eine Werbeanzeige in den Hamburger Tageszeitungen zu schalten, und feilt an dem Text«, antwortete Marta. »Ich kann nur hoffen, dass er den richtigen Ton trifft. Gestern wollte er unser Haus allen Ernstes als erstes Hotel am Platz bewerben.«

»Aber damit hat er ja recht«, entgegnete Sine. »Es ist doch das erste Hotel in Norddorf.«

»Ich glaube, Mama meint das anders«, krächzte Rieke.

»Kind, Kind«, sagte Sine und schüttelte den Kopf. »Dein armes Stimmchen. Komm, ich geb dir gleich mal von der guten Brühe, und dann setzt du dich rüber an den warmen Ofen. Dort wartet auch noch dein Stickzeug auf dich. Dann wird dir nicht langweilig.«

Sine füllte ein wenig von der Fischbrühe in eine Schüssel, die sie Rieke in die Hand drückte. Ohne Widerworte ging Rieke in die Wohnstube. Marta schälte wieder Kartoffeln, und Marie erfreute sich daran, die Kekskrümel über den Fußboden unter dem Tisch zu verteilen. Der Wind wurde immer heftiger und toste ums Haus. Als es dämmerte, kamen Kaline und Ida zurück, die regelrecht ins Haus geblasen wurden, und berichteten, dass der Sturm gefährlich werden könnte. Jedenfalls meinte das Kapitän Hansen, dem sie auf dem Rückweg begegnet waren. »Könnte einer wie der Fünfundzwanziger werden«, hatte er geunkt.

Sine winkte ab. »Hansen war schon immer ein Schwarzmaler. Der sieht bereits einen schweren Sturm, wenn der Himmel kurz hustet. Jetzt gibt es erst mal Abendbrot, und dann sehen wir weiter.«

Gemeinsam wurde in der Stube der Tisch gedeckt, und auch Wilhelm gesellte sich wieder zu ihnen, genauso wie Jasper, der sonderbar schweigsam war. Marta dachte daran, was Sine ihr erzählt hatte. Eine Sturmflut hatte ihm alle seine Tiere getötet. Gewiss steckte die Angst noch in ihm. Der Sturm wurde mit jeder Stunde heftiger. Immer wieder öffneten sie die Haustür und blickten nach draußen. In der Stube herrschte eine angespannte Stimmung. Rieke schlief trotz des Getöses irgendwann im Sessel vor dem Ofen ein, ihre Wangen waren gerötet.

»Sie ist noch immer fiebrig«, sagte Marta, nachdem sie ihr prüfend die Hand auf die Stirn gelegt hat. »Wenn das so weitergeht, sollten wir doch mal den Arzt in Wittdün konsultieren.«

»Der ist aber nur an zwei Tagen in der Woche da«, erwiderte Sine und ließ ihr Strickzeug sinken. »Und bis nächsten Mittwoch ist sie bestimmt wieder gesund.«

Neben ihr auf der Bank lag die schlafende Marie. Fürsorglich hatte Kaline, die zur Ablenkung von dem Sturm mit Ida Karten spielte, sie mit einer Wolldecke zugedeckt.

Plötzlich gab es einen lauten Schlag, der alle zusammenzucken ließ.

»Himmel, was war das denn!«, rief Sine. Jasper und Wilhelm eilten zur Tür und in den tosenden Sturm hinaus.

Auch Sine und Kaline, Marta und Ida liefen zur Tür. Marie wurde wach und begann zu weinen. Rieke, die von dem Lärm aufgeschreckt worden war, ging zu ihr, um sie zu beruhigen.

Wilhelm und Jasper kehrten zurück. Beide waren klatschnass geworden. Jasper nahm sich eine Lampe und verschwand, etwas Unverständliches murmelnd, um die Hausecke.

»Der große Birnbaum ist auf die Remise gekracht«, sagte Wilhelm.

»Ach du meine Güte.« Marta sah zu den Stallungen und zur Remise hinüber. »Im Stall sind die Pferde.«

»Der scheint, soweit wir es erkennen konnten, heil geblieben zu sein. Natürlich sind die Tiere verschreckt und treten mit den Hufen gegen die Wände ihrer Boxen. Aber wir können sie jetzt nicht herausholen, sonst gehen sie uns durch. Wir können nur hoffen, dass der Stall heil bleiben und der Sturm bald abflauen wird.«

»Wo ist Jasper hingegangen?«, fragte Sine und blickte besorgt nach draußen.

»Er wollte nachsehen, ob hinten im Garten das Wasser steht.«

»Ach du je«, rief Kaline. »Denkt er wirklich, es wird so schlimm? Wenn es das Wasser über die Dünen schafft, dann kommt es auch ins Haus.« Sie wickelte sich noch fester in ihr wollenes Schultertuch und legte beruhigend den Arm um Ida, die zu weinen begonnen hatte.

»Jetzt malen wir den Teufel mal nicht an die Wand«, versuchte Sine, alle zu beruhigen. »Jasper kommt bestimmt gleich zurück und gibt Entwarnung. Und der umgefallene Birnbaum wird schnell beseitigt werden. Vermutlich war er morsch und ist deshalb umgekippt.«

Niemand antwortete etwas. Allen stand die Angst ins Gesicht geschrieben.

»Ich glaube, ich will jetzt doch einen Korn«, sagte Marta, was ihr einen verwunderten Blick von Wilhelm einbrachte. Sie gingen in die Wohnstube, und Sine holte Gläser und die Schnapsflasche. Jasper kehrte zurück und berichtete, dass kein Wasser über die Dünen kam. Er sei auch noch ein Stück Richtung Strand gelaufen. Das Wasser stehe kurz vor dem Seehospiz. Dort habe man zum Schutz Sandsäcke gestapelt. Er nahm sich ein Glas Korn, leerte es in einem Zug, stellte es auf den Tisch und forderte Sine auf, es sogleich wieder zu füllen. Auf einem Bein ließ sich so eine Sturmnacht nicht ertragen. Es dauerte nicht lang, bis die Flasche leer war. Sie blieben gemeinsam in der Stube sitzen, und irgendwann schliefen alle trotz des Unwetters ein. Marta erwachte, als es dämmerte. Es war still. Kein tosender Sturm war mehr zu hören. Ihr Blick wanderte zum Fenster. Der Himmel war klar.

»Es scheint vorbei zu sein«, sagte sie laut und stand auf. Wilhelm, der neben ihr saß, zuckte erschrocken zusammen und öffnete die Augen. Auch die anderen erwachten. Kaline, die im Sessel vor dem Ofen neben Rieke geschlafen hatte, stöhnte, als sie sich aufrappelte. »Gottverdammter Rücken. Eine Nacht im Sessel, und er führt sich auf, als wäre ich hundert.«

Jasper war der Erste, der nach draußen ging. Wilhelm und die anderen folgten ihm. Und alle gemeinsam betrachteten den in der Nacht entstandenen Schaden.

»Scheint nicht viel passiert zu sein«, meinte Jasper, lüpfte seine Mütze und kratzte sich am Kopf. »Den Birnbaum werden wir absägen, und dann begutachten wir den Schaden am Dach. Bestimmt ist das schnell ausgebessert.«

Wilhelm nickte. Auf dem Innenhof lagen einige kaputte Dachschindeln, dazu zwei Eimer und die beiden Gartenstühle, die vor dem Nebengebäude an der Wand gestanden hatten. Die Remise war nicht mit Reet gedeckt und intakt geblieben. Sie waren wohl noch einmal mit einem blauen Auge davongekommen.

»An solche Ereignisse werden wir uns vermutlich gewöhnen müssen«, meinte Marta.

»Ist eben, wie es ist«, sagte Sine und zuckte mit den Schultern. »Sturmfluten gehören zu den Inseln wie das Watt und die Austern.«

Auch Rieke kam nun nach draußen. Sie wickelte fröstelnd ihr Schultertuch fester um sich und betrachtete den umgefallenen Baum. Sie wollte etwas sagen, wurde aber von Mathilde Schmidt unterbrochen, die am Gartenzaun auftauchte und sofort draufloszuplappern begann: »Moin, ihr Lieben. Gott sei Dank, ihr seid alle wohlauf. Ein umgefallener Baum, wie ich sehe. Halb so wild. Bei uns gibt es keine Schäden zu vermelden, und auch im Seehospiz geht es einigermaßen. Das Erdgeschoss ist vollgelaufen, aber nicht der Rede wert. Die Diakonissinnen sind schon fleißig am Wischen. Aber in Wittdün muss es schwer gewütet haben. Einige der Logierhäuser sind wohl arg in Mitleidenschaft gezogen worden. Herbert, der die Nacht bei seinem Freund Fietje verbracht hat, meinte, eines der Häuser habe es besonders schlimm erwischt. Es ist das Logierhaus von Jacob und Hinrich. Das ganze Dach ist weggeflogen, und Keller und Erdgeschoss stehen unter Wasser.«

Rieke horchte erschrocken auf. Sofort legte Marta ihr beruhigend die Hand auf den Arm.

Mathilde redete weiter: »Aber immerhin ist den beiden nichts passiert. Allerdings stehen sie jetzt wohl vor dem Nichts. Arme Kerle. Und sie waren so guter Dinge. Bist du nicht mit Jacob näher bekannt, Rieke?« Mathilde sah Rieke an, die nickte.

Riekes Hände begannen zu zittern. Jacob stand vor dem Nichts, klangen Mathildes Worte in ihrem Kopf nach. Was würde jetzt geschehen? Sie musste sofort nach Wittdün fahren und ihm beistehen. Und vielleicht war es am Ende ja doch nicht so schlimm, und sein Logierhaus konnte gerettet werden.

24

Norddorf, 28. März 1892

Heute haben die ersten Gäste Zimmer reserviert. Eine Familie Franke aus Hannover. Sie werden zu dritt anreisen und bereits im Mai kommen. Wilhelm hat sich, trotz meiner Kritik, dazu entschlossen, unser Hotel als erstes Hotel am Platz in der Anzeige zu bewerben, denn das würde Aufmerksamkeit erregen und es stimme ja auch. Wir können nur hoffen, dass diese Formulierung nicht den falschen Ton trifft. Immerhin sehen erste Häuser am Platz etwas anders aus als unser bescheidenes Häuschen. Der Einbau der Wassertoilette ist jetzt abgeschlossen. Nach längerer Überlegung ließen wir zusätzlich im Nebengebäude eine Toilette für uns einbauen. So konnten wir den Abort auf dem Hof nun doch abreißen lassen. Leider gibt es auf der Insel noch keinen Strom, weshalb wir mit Petroleumlampen arbeiten müssen und damit nicht in der Anzeige werben können. Aber gewiss wird sich das in den nächsten Jahren ändern. Die Elektrizität ist ja überall im Land auf dem Vormarsch, genauso wie das Telefon, das mir an manchen Tagen sehr fehlt. Diesen Komfort habe ich in Hamburg sehr genossen. Inzwischen ist auch alles so weit angeschafft, und es gibt nur noch die eine oder andere Kleinigkeit zu richten. Geschirr und Küchenausstattung, Bettwäsche und Lampen. Frauke Schamvogel hat uns einen guten Preis für die Tischwäsche gemacht, und erst gestern war ich mit Kaline noch einmal auf Föhr, denn dort gibt es ein großes Haushaltswarengeschäft, in dem ich entzückende Vasen für die Gästezimmer gefunden habe. Mit der Wäscherei in Wittdün funktioniert die Zusammenarbeit schon jetzt sehr gut, ihre Arbeit ist einwandfrei. Es ist wunderbar, dass sich die Bäckerei Schmidt direkt in Norddorf befindet. So können wir unsere Gäste jeden Morgen mit frischen Brötchen verwöhnen. Wilhelm ist sehr begeistert von allem, er plant sogar schon einen Anbau. Vielleicht einen Saal, dann könnten wir Musik und Tanz anbieten. Ich hingegen bin eher dafür, einen Anbau mit mehr Gästezimmern zu machen, denn die Übernachtungen werden das meiste Geld einbringen. Vergnügungen finden sich auf der Insel doch in Hülle und Fülle. Aber vielleicht lässt sich beides in den nächsten Jahren in die Tat umsetzen. Wir stehen ja noch am Anfang. Leider gibt es schlechte Nachrichten von Jacob, die besonders Rieke arg mitnehmen. Er kam letzte Woche zu Besuch, um sich von uns zu verabschieden. Ihr Logierhaus war zu stark beschädigt, und Hinrich und er haben von ihren Hotelier-Plänen Abstand genommen. Er meinte, jetzt wohl doch nach Amerika auswandern zu wollen. Rieke ist seitdem sehr in sich gekehrt. Ich mache mir inzwischen ernsthaft Gedanken, ob es nicht doch besser wäre, sie nach Hamburg in die Obhut von Nele zu geben. Dort hätte sie ihr gewohntes Umfeld um sich. Erst gestern habe ich mit Sine darüber gesprochen. Sie sagte allerdings, ich solle nichts übers Knie brechen. Rieke wäre jung und stark. Sie würde das verkraften. Vielleicht mache ich mir ja wirklich grundlos Sorgen. Irgendwie wird es schon gehen. Das war es dann für heute auch schon wieder.

Marta stand am Fenster und blickte missmutig in den Regen. Seit Tagen trieb ein böiger Wind immer wieder dicke Wolkenpakete über die Insel hinweg, heftige Regenschauer entluden sich, am Vorabend hatte es sogar ein Gewitter gegeben. Morgen sollte doch das große Einweihungsfest des Hotels im Garten stattfinden. Jasper hatte bereits Bänke und Tische gebracht, die jetzt im Regen standen. Auf dem Weg zum Haus schwammen die Blütenblätter der Kirschbäume in großen Pfützen. So viele lieb gewonnene Nachbarn und Freunde hatten sich angekündigt, um mit ihnen auf die Eröffnung des Hotels anzustoßen, und jetzt war das Wetter so scheußlich.

»Da steht sie am Fenster und schaut traurig in den Garten, derweil haben wir noch so viel vorzubereiten.« Sine betrat den Raum und riss Marta mit ihrer lauten Stimme aus ihren Gedanken.

Marta warf ihr einen kurzen Blick zu, in dem all die Zweifel lagen, die sie in den letzten Tagen umtrieben. Am Ende würden sie mit ihrem Hotel doch Schiffbruch erleiden. Die Häuser in Wittdün waren viel mondäner. Sogar gegen die kleineren Gästehäuser wirkte ihr Haus fast schon schäbig, obwohl sie sich alle Mühe mit der Renovierung gegeben hatten. Wilhelm meinte, den Charme eines echten Friesenhauses könnte kein mondänes *Kurhaus* ersetzen, doch in ihr blieben Zweifel. Die gehobene Gesellschaft liebte den Luxus, den sie bei ihnen nicht finden würde. Was würden sie denn machen, wenn es schiefginge? Zurück nach Hamburg? Nein, damit hatten sie abgeschlossen.

Sine trat neben sie und blickte ebenfalls in den Regen.

»Das hört auf. Heute Nachmittag schon. Das hab ich im Gespür.«

»Dein Wort in Gottes Ohr.«

»Eher in dem Ohr vom Klabautermann«, erwiderte Sine mit einem Lächeln.

Jetzt musste auch Marta lachen. Doch ihre Miene wurde schnell wieder ernst.

»Und du denkst, das hier wird funktionieren?« Sie machte eine weit ausholende Geste. »Unser Hotel kann doch nicht mit den Prachtbauten in Wittdün mithalten. Gerade erst haben sie dort das neue *Kurhaus* und den *Kaiserhof* fertiggestellt. Diesem Heinrich Andresen mit seiner Aktiengesellschaft haben wir doch nichts entgegenzusetzen.

Und dann hat Wilhelm unser kleines Häuschen, trotz meiner Widerworte, auch noch als das erste Hotel am Platz beworben. Darunter stellen sich die Leute doch etwas ganz anderes vor. Sie werden uns gleich wieder davonlaufen – und was dann?«

»Du bist heute wohl mit dem falschen Fuß aufgestanden«, meinte Sine und stemmte die Hände in die Hüften »Jetzt ist Schluss mit dem düsteren Geschwätz. Das wird bestimmt alles ganz wunderbar. Das Haus ist wunderschön geworden, und die Gäste werden sich bei uns bestimmt wohlfühlen. Diese noblen Kurhäuser in Wittdün müssen sie erst mal voll bekommen. Wenn du mich fragst, backen die viel zu große Brötchen, und gefallen tut es mir dort auch nicht. Welcher Gast will schon in einem Ort Urlaub machen, der etwas von einer Großbaustelle hat? Ständig werden neue Häuser gebaut, überall wird gehämmert und geschraubt. Und teuer sind die Zimmer auch. Das kann oder will sich nicht jeder leisten. Wir haben vernünftige Preise und, wenn du mich fragst, auch den schöneren Strandabschnitt.«

»Und was ist mit Vergnügungen? Hier in Norddorf gibt es doch nichts. Rieke hat das Thema neulich angesprochen, und sie hat recht damit. Die Leute wollen auch abends Unterhaltungen haben und nicht nur Gemütlichkeit.« Ihr Blick streifte durch den Raum, den sie mit viel Herzblut in eine richtige Gaststube verwandelt hatten. Blau gestrichene Tische und Stühle, hübsche Tischdecken, Blumenvasen mit Tulpen darauf. Dazu standen vor dem schmiedeeisernen Ofen zwei gemütliche Lehnstühle und eine hübsche Standuhr an der gefliesten Wand, die Marta sehr liebte. Doch würde diese einfache Ausstattung die Gäste überzeugen können?

»Ach, in Wittdün gibt es doch genug Kurkonzerte, Tanztees und Theateraufführungen. Jasper fährt die Gäste überallhin. Kaline wollte Wattwanderungen anbieten, und Philipp räumt euren Gästen einen besonderen Rabatt bei der Jagd und bei Bootsausflügen aller Art ein.«

»Ja, schon«, erwiderte Marta, »aber ob das reichen wird?«

»Aber sicher, meine Liebe. Es wird alles gut werden.« Sine tätschelte Marta den Arm und deutete nach draußen. »Und sieh mal: Die Wolken reißen endlich auf.«

»Tatsächlich«, sagte Marta und blickte verblüfft auf die Wolkenlücken am Horizont, durch die erste Sonnenstrahlen auf die Dünen fielen.

»Und jetzt lass uns endlich in die Küche gehen und weiter Kuchen backen und alles vorbereiten. Sonst haben wir morgen nichts zu essen, und das wäre wirklich eine Katastrophe.«

Marta nickte. Vielleicht hatte Sine ja recht, und sie sah wirklich zu schwarz. Sie sollte positiv denken.

Sie verließen den Raum und betraten die Küche, wo Rieke gerade laut fluchend den Backofen öffnete.

»Himmel, vermaledeit noch mal. Das darf doch nicht wahr sein«, schimpfte sie und zog etwas Undefinierbares, Schwarzes heraus, das ein Kuchen hätte werden sollen.

»Rieke, Kind. Was hast du nur mit dem Butterkuchen angestellt«, rief Sine, eilte zu ihr und besah sich das auf der Ofenplatte stehende Malheur näher.

»Komplett verbrannt«, stellte sie unnötigerweise fest, während Marta das Fenster öffnete und die vom Regen geschwängerte Frühlingsluft den Raum flutete. »Ich hab dir doch gesagt, dass du die Uhr im Auge behalten sollst.«

»Ich war nur kurz draußen, weil ein Brief für mich angekommen ist, und dann ...«

»Hast du ihn gelesen und die Zeit vergessen«, ergänzte Sine. »So wird das nichts mit der Küchenkarriere, meine Liebe.«

»Aber ich wollte ja auch keine Küchenkarriere machen«, entgegnete Rieke und verschränkte trotzig die Arme. »Ich wollte das alles hier nicht.«

Sie lief aus dem Raum, über den Hof zum Nachbargebäude und schlug die Tür so laut hinter sich zu, dass es noch in der Küche zu hören war.

Für einen Moment herrschte Stille. Dann nahm Sine den verbrannten Butterkuchen, beförderte ihn in den Müll und sagte: »Backen wir eben einen neuen Kuchen. Die Zutaten hab ich noch. Pulst du die Krabben?« Sie sah zu Marta, die noch immer am offenen Fenster stand.

»Diese dumme Sturmflut aber auch. Sie trauert noch immer Jacob nach«, sagte Marta, ohne auf Sines Worte einzugehen. »Sie mochte ihn sehr gern.«

»Ich weiß«, antwortet Sine, während sie die Zutaten für einen neuen Butterkuchen zusammensuchte. »Für Jacob und Hinrich war es wirklich großes Pech. Ausgerechnet ihr Haus wurde am schlimmsten beschädigt. Soweit ich weiß, sind die beiden bereits nach Hamburg aufgebrochen, wo sie ihre Auswanderung planen. Jacob hat Familie in Amerika.«

»Vielleicht wäre es ja doch besser, Rieke zurück nach Hamburg zu schicken«, sagte Marta seufzend. »Dort könnte sie bei Nele wohnen und hätte ihr vertrautes Umfeld.«

»Wir wissen beide, dass sie dort nicht glücklich wird«, entgegnete Sine, die es langsam leid war, immer wieder über dieses Thema zu sprechen. »Deine Tochter wünscht sich ein Leben zurück, das ein für alle Mal vorbei ist.«

»Ich weiß.« Marta seufzte erneut.

»Das wird schon werden. Sie braucht eben ein wenig mehr Zeit, um ihren Platz auf der Insel zu finden.«

»Der nicht in einer Küche sein wird«, erwiderte Marta, was beide zum Lachen brachte. »Ach, Sine, was würde ich nur ohne dich und Kaline tun. Wilhelm und ich, wir wissen gar nicht, wie wir euch euren Einsatz für unser Gästehaus jemals danken sollen.«

»Ach, da gibt es nichts zu danken«, wiegelte Sine ab. »Du hast uns doch offiziell angestellt. Mich als Köchin und Kaline als Mädchen für alles. Wir haben eher euch zu danken, denn die Vermieterei ist uns längst zu viel geworden. Jetzt haben wir es in unserem Häuschen ruhig und beschaulich, und niemand meckert darüber, dass der Strom fehlt oder man zur Toilette über den Hof laufen muss.« Sie zwinkerte Marta zu.

Marta lächelte. Sie hatte Sine sehr ins Herz geschlossen. Diese hatte ihr neulich stolz ein Bild ihrer Tochter gezeigt, die auf dem Festland lebte und einen Bauern geheiratet hatte, der einen großen Obsthof betrieb. Irgendwann würde sie sie mal besuchen fahren, um sich das alles anzusehen. Sines Mann war Walfänger gewesen und eines Tages nicht mehr heimgekommen. Kaline war unverheiratet geblieben. Einmal hatte Sine von ihren Eltern erzählt, Bauern, die ihnen das Haus hinterlassen hatten. Einfache Leute, doch mit dem Herzen am rechten Fleck.

Lautes Gelächter auf dem Flur unterbrach Martas Gedanken und ließ sie aufblicken. Thaisen und Ida betraten die Küche. Thaisen hatte Marie auf dem Arm, die sofort die Hände nach Sine ausstreckte. Marta wusste durchaus, weshalb Marie Sines Nähe suchte. Sine hatte stets Karamell in ihrer Rocktasche, von dem die Kleine nicht genug bekommen konnte. Auch jetzt steckte Sine Marie ein Stück der süßen Leckerei ins Mündchen, und die Kleine lächelte selig. Hinter den Kindern betrat Jasper den Raum und überreichte Sine feierlich einen mit Fischen gefüllten Eimer.

»Maischollen, extra für euch gefangen. Ich war heute schon mit Fietje Martens auf dem Meer draußen, und er hat mir die Fische für euch mitgegeben.«

»Und was will er als Gegenleistung haben?«, fragte Sine sogleich.

»Ein gutes Essen«, erwiderte Jasper grinsend, reckte die Nase in die Luft und fragte: »Riecht es hier verbrannt?«

»Das war bestimmt Rieke, oder?«, meldete sich Ida zu Wort. »Die sitzt mit einem Brief hinter der Hütte im Küchengarten und heult.«

»Sie heult?«, fragte Marta bestürzt. »Am Ende hat sie schlechte Nachrichten bekommen. Ich werde gleich mal zu ihr hinübergehen, um mit ihr zu reden.«

»Ach, die heult doch andauernd wegen irgendwas«, meinte Ida und zuckte mit den Schultern.

»Um das zu verstehen, bist du mit deinen zehn Jahren noch zu jung«, entgegnete Marta und stand auf. »Ich geh mal nach ihr sehen«, sagte sie zu Sine. »Und Krabben pulen kann Ida sowieso besser als ich.«

Idas Miene verfinsterte sich. »Das ist jetzt aber gemein«, rief sie. »Wir wollten doch noch mit Kaline ins Watt, Austern ernten. Und das alles nur, weil die doofe Ziege schon wieder heult.«

Marta warf Ida einen strengen Blick zu, den Ida zu deuten wusste. »Gut, dann eben keine doofe Ziege. Aber die Krabben pul ich trotzdem nicht. Komm, Thaisen, wir verschwinden.« Sie nahm Thaisen an der Hand und zog ihn hinter sich her aus dem Raum.

»Aber irgendjemand muss die Krabben doch pulen«, sagte Sine und rang die Hände. »Sonst werden wir nie fertig.«

»Dann mach ich das eben«, bot sich Jasper an. »Da kann man so schön bei nachdenken. Ich geh aber lieber vors Haus« – er griff nach Eimer und Schüssel –, »da scheint die Sonne an die Mauer. Das hab ich gern.« Ohne ein weiteres Wort verließ er die Küche.

»Na, dann ist das ja geklärt«, sagte Marta und folgte ihm erleichtert. Jetzt musste sie nur noch herausbekommen, was der Grund für die Tränen ihrer Ältesten war. Gewiss wieder eine der üblichen Belanglosigkeiten aus Hamburg, die ihr Berta berichtet hatte. Wenn das Mädchen doch nur endlich damit aufhören würde, Rieke diesen ganzen Unsinn zu schreiben, der sie wirklich nichts mehr anging. Sie wollte den Hof überqueren, blieb dann aber stehen, denn ein Fuhrwerk hielt direkt vor dem Zaun. Es war Torben Ricklefs, der Sohn eines Fischers aus Süddorf. Auf seinem Karren saß – Marta musst zweimal hinsehen – Tante Nele.

»Nele«, rief sie erstaunt, während der junge Torben, er war kaum älter als vierzehn Jahre, Nele vom Wagen herabhalf. »Wie kommst du denn hierher?«

»Ich bin geschwommen«, antwortete Nele grinsend und folgte dem Burschen durch das Gartentor. »Du glaubst doch nicht, dass ich mir das Einweihungsfest für deine erste eigene Pension entgehen lasse.« Sie breitete die Arme aus und umarmte Marta, die noch immer vollkommen perplex war.

»Nele«, rief plötzlich auch Wilhelm, der mit Philipp Schau, dem Jäger, just in diesem Moment von der Entenjagd zurückkehrte. »Ich dachte, du kommst erst morgen.«

»Du hast davon gewusst?«, fragte Marta ihren Mann erstaunt.

»Aber natürlich. Ich hab Nele schon vor einer ganzen Weile den Termin unseres Einweihungsfestes telegrafiert, und sie hat mir sofort ihr Kommen zugesagt.« Er umarmte Nele und gab ihr ein Küsschen auf die Wange. »Aber mit deiner heutigen Ankunft hast du sogar mich überrascht. Vielen Dank, Torben, dass du sie zu uns gebracht hast.« Er klopfte dem Burschen auf die Schulter und steckte ihm ein paar Münzen zu.

»Keine Ursache«, murmelte Torben. »Ich hatte sowieso eine Lieferung für das Hospiz.«

»Hach, habt ihr das hübsch hier«, sagte Nele und ließ ihren Blick über Garten und Haus schweifen. »Was für ein entzückender Garten und diese niedlichen Fensterchen. Und das Haus besitzt sogar ein richtiges Reetdach. Da könnte man ja glatt neidisch werden.« Sie hängte sich bei Marta ein. »Du musst mir sofort alles zeigen und berichten. Und dann werde ich euch gern bei den Vorbereitungen für das Fest helfen. Ihr könnt doch gewiss eine helfende Hand in der Küche gebrauchen, oder? Zum dumm Rumsitzen bin ich nämlich nicht gekommen.«

Auch Sine war neugierig nach draußen gelaufen.

»Oh, Sie müssen Sine oder Kaline sein, nicht wahr?«, begrüßte Nele sie erfreut und reichte ihr die Hand.

Sine ergriff die Hand, stellte sich vor und fügte hinzu: »Jetzt lerne ich also endlich die hochgepriesene Tante Nele persönlich kennen. Was für eine Freude.«

»Na, na. Wer hat denn da so übertrieben«, sagte Nele und sah gerührt zu Marta. »Eine einfache Pensionswirtin bin ich, sonst nichts.«

Die Damen gingen ins Haus. An Rieke dachte Marta nicht mehr.

Wilhelm folgte ihnen lächelnd mit dem Gepäck und bat seinen Freund Philipp Schau, die erlegten Enten in die Küche zu bringen.

»Skat heute Abend«, murmelte Philipp mit einem verschwörerischen Blick in Richtung der Damen, die gerade in der Gaststube verschwunden waren.

»Unbedingt«, erwiderte Wilhelm leise, »so gegen halb neun?«

Philipp nickte und legte die Enten auf den Küchentisch.

»Und bring Jasper mit.«

»Mach ich«, erwiderte Wilhelm mit einem Grinsen und folgte den Damen in die Wohnstube.

25

Es dämmerte bereits, als Rieke am Strand ankam, wo ein böiger Wind für unruhige See sorgte. Hohe Wellen schlugen ans Ufer, letzte Sonnenstrahlen ließen die Wasseroberfläche funkeln. Rieke nahm ihren Hut ab, löste ihr Haar, schloss die Augen und atmete die salzige Luft tief ein. Es tat gut, hier draußen zu sein, sich frei zu fühlen und dem Trubel im Haus zu entfliehen. Irgendwann hatte sie sich dazu durchgerungen, Tante Nele zu begrüßen. Diese hatte sie so fest an sich gedrückt, dass sie beinahe keine Luft mehr bekam, und die ganze Zeit über wie ein Wasserfall geredet. Doch ihr war heute nicht nach den Erzählungen von Tante Nele zumute, obwohl sie den neuesten Tratsch aus Hamburgs Straßen und Gassen mitbrachte. Irgendwann hatte Rieke es nicht mehr ausgehalten, hatte ihren Mantel genommen und sich fortgeschlichen. Sie musste allein sein und nachdenken, und das ging am Strand am besten. Trotz ihres schrecklichen Erlebnisses im Watt hatte sie die See lieb gewonnen. Sie konnte gar nicht so genau sagen, was es war, was sie faszinierte. Vielleicht war es der stetige Wandel, der es ihr angetan hatte. Jedes Mal wenn sie hierherkam, sah das Meer anders aus. An einem Tag war es rau, stürmisch und aufbrausend, am nächsten friedlich. Es schien wie ein Getriebener, zwischen den Gezeiten gefangen, launisch, freundlich, gefährlich und wunderschön. In Steenodde gab es einen Spruch, den irgendjemand in der Nähe vom Hafen auf ein Holzschild geschrieben hatte, der ihr gerade jetzt in den Sinn kam.

*Freunde, geht ins Seebad! Jedes Leid und Weh
lindert und beschwichtigt, scheucht und heilt die See.*

Heute fühlte es sich genau so an. Sie brauchte die See, die ihren Schmerz linderte und sie zur Ruhe brachte. Hier am Meer konnte sie ihre Gedanken ordnen.

Sie griff in ihre Rocktasche und holte den Brief von Berta hervor, den sie heute erhalten und dessen Inhalt sie zum Weinen gebracht hatte. Bertas kleine Schwester Susanne war an Diphtherie verstorben. Der kleine Sonnenschein mit den blonden Locken, der sie stets so freudig begrüßt und schon als Kleinkind auf ihren Knien geschaukelt hatte. Auf dem Briefpapier war die Tinte stellenweise verwischt. Berta hatte anscheinend geweint, als sie ihr die Zeilen geschrieben hatte. Bertas für Ende Mai geplante Hochzeit war verschoben worden. Zum Feiern war niemandem zumute, was Rieke gut verstehen konnte. Berta hatte jetzt endgültig all ihre Geschwister, drei an der Zahl, an irgendwelche hinterlistigen Krankheiten verloren. Die Machtlosigkeit ist das Schlimmste, hatte sie geschrieben. Auch jetzt trieben Bertas Worte Rieke erneut die Tränen in die Augen. Wie sollte sie hier auf Amrum fröhlich sein, wenn es ihrer besten Freundin zu Hause so schlecht ging? Oder war sie überhaupt noch ihre beste Freundin? Konnte man das noch sein, wenn ein ganzes Meer zwischen ihnen lag? Beste Freundinnen mussten miteinander reden und sich umarmen können. Sie mussten füreinander da sein und einander trösten. Sie konnte Berta jetzt nicht trösten, nicht in den Arm nehmen, nicht zuhören. Sie konnte nur hier am Strand stehen und an sie denken, zurückschreiben, was nicht dasselbe sein würde. Sie vermisste Hamburg sehr. Sie bemühte sich wirklich, aber diese Insel mit all ihrer Schönheit hatte es noch immer nicht geschafft, ihr Herz zu erobern. Und der Weggang von Jacob hatte alles noch schlimmer gemacht.

Sine schien ihre Ablehnung zu spüren. Rieke hatte sie einmal mit Kaline über sich reden hören. Das Mädchen hasst unser Inselchen, hatte sie gesagt. Kaline hatte Sine widersprochen und Rieke verteidigt, wofür diese ihr dankbar war. Seitdem Kaline sie aus dem Watt gerettet hatte, bestand eine enge Verbindung zwischen ihnen. Blicke, Gesten, wortlos verstanden sie einander. Veränderung passiert nicht von jetzt auf gleich, hatte Kaline gesagt. All die Wünsche, Träume und Hoffnungen eines vergangenen Lebens müssen begraben werden. Jeder brauche dafür seine Zeit. Hamburg war vergangen. Niemals wieder würde sie über die Reeperbahn laufen, in *Hornhardts Concertgarten* einer Musikkapelle lauschen, plappernd mit ihren Freundinnen über den Jungfernstieg spazieren und ins Kaffeehaus gehen. Doch auch Hamburg hatte sich in den letzten Monaten verändert. Trotz des Todes ihrer Schwester würde Berta noch in diesem Sommer heiraten. Simon wollte mit ihr nach Blankenese ziehen. Zwei ihrer Klassenkameradinnen waren bereits verheiratet, eine weitere Freundin plante, nach Amerika auszuwandern. Veränderung. Sie schlich sich an, kam auf leisen Sohlen, raubte das Gewohnte und brachte so manchen Kummer. Riekes Blick folgte einer Möwe, die ihre Kreise über dem Wasser zog und aufs Meer hinausflog. Nicht weit entfernt lag Föhr. Sie dachte an Jacob. Er fehlte ihr mehr, als sie sich eingestehen wollte. Hatte sie sich wirklich Hoffnungen gemacht? Er war nett, höflich, zuvorkommend und sah gut aus. Aber mit den Männern der Hamburger Gesellschaft war er nicht zu vergleichen. Trotzdem wäre es schön gewesen, wenn er geblieben wäre.

»Rieke?«

Rieke zuckte erschrocken zusammen und wandte sich um. Doch es war nur Thaisen, der neben sie trat.

»Ach, Thaisen, du bist es. Meine Güte, hast du mich erschreckt.«

»Das wollte ich nicht«, entschuldigte er sich. »Hier steckst du also. Marta hat sich vorhin Gedanken darüber gemacht, wo du abgeblieben bist.«

»Ich wollte ein wenig meine Ruhe haben«, erklärte Rieke.

»Was ich gut verstehen kann«, erwiderte er grinsend. »Heute war es recht hektisch. Aber eure Tante Nele ist sehr nett.«

»Ja, das ist sie«, antwortete Rieke, um ein Lächeln bemüht. Thaisen nickte. Er wirkte seltsam unbeholfen. Als wüsste er nicht so recht, was er noch sagen sollte.

Schweigend beobachteten sie die Sonne dabei, wie sie im Meer versank. Halb verdeckt von einigen Wolken, tauchte sie den Himmel in ein atemberaubendes rotes Leuchten.

»Kennst du den Spruch auf dem Schild am Hafen von Steenodde?«, fragte Rieke unvermittelt.

»Ja, natürlich«, antwortete Thaisen.

»Denkst du, er stimmt tatsächlich?«

»Gibt es denn ein Leid, das die See heilen soll?«, fragte Thaisen.

Rieke sah ihn verwundert an.

»Du hast heute Mittag im Küchengarten geweint. Ida und ich haben dich gesehen. Es liegt an dem Brief, oder?« Er deutete auf Bertas Brief, den Rieke noch immer in den Händen hielt.

Sie nickte und antwortete: »Die kleine Schwester meiner besten Freundin ist an Diphtherie verstorben. Ich hatte sie gern. Sie war ein lieber kleiner Wirbelwind, der stets gelacht hat.«

»Oh, das tut mir leid«, antwortete Thaisen betroffen. Er trat noch ein Stück näher an Rieke heran und berührte kurz ihren Arm.

»Ich wäre jetzt so gern bei meiner Freundin«, fuhr Rieke fort. »Einfach nur, um für sie da zu sein. Verstehst du das?«

Thaisen nickte, sagte jedoch nichts. Erneut herrschte Schweigen. Die Stille tat Rieke gut. Nicht reden, nichts erklären müssen. Susanne war tot, Berta traurig, die Tinte in ihrem Brief verwischt von ihren Tränen. Worte würden es nicht besser machen, nichts ändern.

Thaisen war es, der nach einer Weile sagte: »Du magst das Meer, nicht wahr?«

»Ja, das tue ich«, antwortete Rieke überrascht.

»Ida sagt, du würdest alles hier hassen, aber das stimmt nicht. Du siehst das Meer an wie ein Mensch, der es wirklich liebt.«

»Das mag sein. Nur leider weiß ich noch nicht so recht, wie es mit mir weitergehen soll.«

»Aber irgendwie geht es doch immer weiter«, antwortete Thaisen. »Kaline sagt das immer.«

»Wenn das so ist, dann wird es schon stimmen.«

»Du hast sie gern, oder?«

»Ja, das hab ich. Sie ist meine Retterin und versteht mich.«

»Im Verstehen ist sie die Beste.« Thaisen grinste.

»Langsam beginne ich zu begreifen, weshalb Ida dich so mag«, meinte Rieke mit einem Lächeln. »Danke fürs Zuhören, Thaisen Bertramsen.«

»Aber gern«, erwiderte er. »Jederzeit wieder.«

»Wir sollten gehen, oder?«

»Ja, das sollten wir. Bestimmt wartet mein Vater schon auf mich.«

Die beiden verabschiedeten sich voneinander, und Thaisen lief Richtung Seehospiz davon.

Rieke schlenderte zu dem nach Norddorf führenden Dünenweg. Im Dämmerlicht stand dort eine Frau, und Rieke brauchte einen Moment, um Kaline zu erkennen. Weshalb lief sie um diese Zeit zum Strand? Rieke blieb vor Kaline stehen und sah ihr in die Augen. Kaline erwiderte den Blick, ohne etwas zu sagen. Rieke wusste nicht, warum, aber plötzlich hatte sie das Gefühl, dass erneut eine Veränderung bevorstand.

»Was ist los?«, fragte sie.

Kaline schüttelte den Kopf. »Nicht jetzt.«

»Vielleicht morgen?«

Kaline zuckte mit den Schultern, sagte jedoch nichts.

Rieke verstand. Was es auch war, das Kaline an den Strand getrieben hatte, es würde ihnen nicht gefallen. Schweigend liefen die beiden zum Hotel zurück, und Rieke zog fröstelnd ihr Schultertuch enger um sich.

26

Norddorf, 03. Mai 1892
Welch eine Freude, die Sonne scheint, und wir können unser
Fest doch im Garten feiern. Das ist bestimmt ein gutes Omen
für unser Hotel. Und dann ist auch noch Nele überraschend
angekommen. Nur Rieke macht mir Sorgen. Sie ist sehr traurig
darüber, dass Bertas Schwester an Diphtherie gestorben ist.
Wieder einmal hat die Diphtherie einen kleinen Engel geholt.
Ich kann nur hoffen, dass das Fest Rieke auf andere Gedanken
bringt und sie wieder etwas fröhlicher wird.

Wilhelm blinzelte und zog seinen Hut tiefer ins Gesicht, damit ihn die hellen Strahlen der Morgensonne nicht blendeten. Gestern Abend war es bei Philipp mal wieder spät geworden. Wie viele Korn er wohl getrunken hatte? Seinem Brummschädel nach zu urteilen, mussten es einige gewesen sein. Sein Blick wanderte zu Jasper, der neben ihm auf dem Karren saß und ebenfalls einen leicht zerknitterten Eindruck machte. Doch heute galt es, nicht zu jammern, denn es war Martas großer Tag, und in wenigen Stunden würde das Einweihungsfest des Hotels beginnen. Bereits seit dem Morgengrauen war sie mit Sine, Kaline und Nele in der Küche am Werkeln. Hungern würde heute niemand, so viel stand fest. Entenbraten, Salzwiesenlamm, Matjes und Maischollen. Dazu Unmengen von Erbsenpüree, Kartoffelsalat und natürlich Grünkohl. Der Butterkuchen war längst neu gebacken. Im ganzen Haus hatte sich bereits der verführerische Duft von den geliebten Heißwecken ausgebreitet, die Sine in wahren Massen produzierte. Nele wollte zusätzlich noch Hamburger Braune Kuchen beisteuern, auf die sich besonders Ida freute. Sämtliche Getränke standen in der Vorratskammer bereit. Unmengen von Wein, Bier, Korn und hausgemachter Limonade für die Kinder. Sogar das Wetter hatte sich, dem Anlass entsprechend, herausgeputzt. Die Sonne schien von einem wolkenlosen Himmel, und der böige Wind der letzten Tage hatte endlich nachgelassen. Wenn jetzt noch die elenden Kopfschmerzen verschwinden und die Sache mit der Überraschung klappen würde, dann wäre es der perfekte Tag. Allerdings war er sich gerade bei Letzterem nicht so ganz sicher. Er war leider erst sehr spät auf die Idee gekommen, Marta mit diesem besonderen Geschenk eine Freude zu machen. Sie bewunderte die hübschen Haustüren der Friesenhäuser. Besonders eine Tür in Nebel hatte es ihr angetan. Sie war blau-weiß gestrichen, hatte ein Fenster, und der obere Bereich ließ sich extra öffnen. Als Wilhelm eines Tages mal wieder an dem Haus in Nebel vorübergelaufen war, war ihm die Idee zu der Überraschung gekommen. Nur leider hatte er auf Amrum niemanden gefunden, der ihm weiterhelfen wollte. Auf Föhr fand sich dann doch noch ein Schreiner, der ihm so eine Tür anfertigen konnte, ob er es jedoch rechtzeitig zum Termin schaffen würde, wusste er nicht. Wilhelm konnte also nur hoffen, dass sich ihre heutige Überfahrt nach Föhr lohnen und seine Überraschung gelingen würde. Schon jetzt stellte er sich Martas strahlende Augen vor, was sein Herz höherschlagen ließ. Keinen einzigen Tag hatte er in den letzten Wochen und Monaten ihre Entscheidung, auf der Insel zu bleiben, bereut. Den letzten Winter über war er so gesund wie lange nicht gewesen. Ein leichter Schnupfen, einmal eine Magenverstimmung, mehr hatte es nicht gegeben. Das Hotel herzurichten machte ihm Freude, obwohl er sich eher um die Bücher und das Kaufmännische kümmerte, denn ihm fehlte handwerkliches

Geschick. Aber dafür gab es ja Jasper, der ihnen mit Rat und Tat zur Seite stand und für jedes Problem die richtige Lösung fand oder den richten Mann auftreiben konnte. Ohne ihn und Philipp Schau wären sie bestimmt nicht zum Saisonbeginn fertig geworden, wofür er sich heute bei den beiden während des Festes mit einem Korb voller Leckereien bedanken wollte, in dem natürlich ein Fläschchen Korn nicht fehlen durfte.

Die Häuser von Nebel kamen in Sicht, und sie rumpelten über die schlecht angelegte Dorfstraße. Kresde Mathiesen, die Gattin von Peter Mathiesen, einem hochangesehenen Schiffskapitän, der mal wieder im fernen Asien unterwegs war, winkte ihnen zu und fragte, ob sie ihre Tochter und ihren Enkel zum Fest mitbringen dürfe. Die beiden seien unverhofft zu Besuch gekommen. Wilhelm bejahte. Kresde Mathiesen gehörte zum Freundeskreis von Anne Schau und hatte tatkräftig mit angepackt, was Wilhelm ihr hoch anrechnete.

»Ach, Chef, beinahe hätte ich es vergessen«, sagte Jasper plötzlich, griff in seine Manteltasche, holte zwei Heißwecken hervor und hielt einen Wilhelm mit einem schelmischen Grinsen hin. »Sine war für einen kurzen Moment unaufmerksam. Da hab ich zugeschlagen.«

Wilhelms Miene hellte sich auf. »Oh, ich hatte ebenfalls versucht, einen zu mopsen, aber Sine hat mir sofort auf die Finger geklopft. Dieser Geizhals.« Er biss genießerisch in den Wecken. »Aber backen kann sie, das alte Mädchen«, sagte er mit vollem Mund. »Dem Herrn im Himmel sei Dank, haben wir sie in unserer Küche. Sie ist die beste Köchin, die ich kenne.«

»Lass das deine Marta lieber nicht hören«, antwortete Jasper grinsend.

»Niemals«, erwiderte Wilhelm, »sonst muss ich den Rest meines Lebens im Schuppen schlafen.«

Jasper lachte.

Sie näherten sich Wittdün, was sich vor allen Dingen dadurch bemerkbar machte, dass der Betrieb auf der Straße deutlich zunahm. Erste Feriengäste tummelten sich zwischen Händlern, Einheimischen, Bauarbeitern, Pensionsbesitzern und Hotelangestellten. Besonders in Wittdün hatte es über den Winter erhöhte Bautätigkeit gegeben. Wilhelm war immer wieder erstaunt darüber, wie schnell der Ort wuchs. An der äußersten Südspitze erhob sich das neue Wahrzeichen des Seebades, das *Kurhaus*, in seiner ganzen Pracht, dazu der *Kaiserhof* und weitere Hotels und Logierhäuser. Über kleine Trampelpfade kamen aus den Inseldörfern jeden Tag Scharen von Männern nach Wittdün, um auf den Baustellen von frühmorgens bis spätabends zu arbeiten. Unmengen von Frachtseglern bevölkerten auch heute wieder die Hafenbucht, die Baumaterial, Mobiliar und sonstige Ausstattung für die noblen wilhelminischen Hotels anlieferten. Sie fuhren an dem neuen Verwaltungsgebäude der Aktiengesellschaft vorüber, dem *Haus Daheim*, in dem sich die Post, eine Apotheke, die Arztpraxis und die Schule befanden. Gleich daneben lag die neue *Villa Elisabeth*, die von dem in Nebel wohnenden Kapitän Georg Wilhelm Hansen erbaut worden war. Er war neben Volkert Martin Quedens und der Familie Matzen einer der wenigen Insulaner, die sich an dem Aufbau von einem mondänen Wittdün beteiligten. Die anderen waren Auswärtige, die sich um die neu ausgewiesenen Parzellen stritten und die Grundstückspreise in die Höhe trieben. Ob Bierbrauer aus dem dänischen Tondern oder Millionäre aus Amerika, jeder schien etwas vom vielversprechenden Kuchen abhaben zu wollen. Unter den Bauherren befand sich sogar der Neffe des Reichskanzlers, der das *Hotel Germania* errichten ließ. Ob *Hotel Hohenzollern*, *Villa Margarethe* oder *Hotel Victoria* – wie die Pilze schossen die Gebäude in die Höhe, und längs der Hauptstraße entstand eine geschlossene Häuserzeile mit etlichen Geschäften und Cafés.

»Was für ein Trubel hier schon wieder herrscht«, sagte Jasper. »Mir ist das alles zu viel. Da ist mir unser beschauliches Norddorf schon lieber. Bei uns lernen die Gäste das richtige Amrum kennen und nicht diese Prachtbauten-Welt, die um jeden Preis mit den anderen Kurbädern mitzuhalten versucht.«

»Die Gesellschaft mag es eben so. Mondän und luxuriös soll es sein, und genau darin liegt Martas größte Sorge, die ich ihr nicht nehmen kann. Unser Häuschen mag gemütlich sein, jedoch ist es einfach, und man sieht ihm die vielen Jahre, die es auf dem Buckel hat, trotz all unserer Mühen an. Es ist beengt und klein, viele der Möbel sind gebraucht. Langsam beginne ich mir Gedanken darüber zu machen, ob es wirklich richtig war, unser Haus vollmundig als das erste Hotel am Platz zu bewerben.«

»Aber das ist es doch auch«, sagte Jasper. »Und es ist wunderschön geworden. Du wirst sehen: Die Leute werden es lieben. Marta ist so ein herzlicher Mensch. Sie wird den Aufenthalt für jeden Gast zu einem einmaligen Erlebnis machen, dessen bin ich mir sicher. Und dazu noch Sines köstliche Küche. Die Leute werden gar nicht mehr abreisen wollen.«

»Wenn du das sagst«, antwortete Wilhelm und zog an den Zügeln. Sie hatten den Hafen erreicht, wo Philipp Schau bereits mit seinem Boot auf sie wartete, um mit ihnen gemeinsam nach Föhr hinüberzufahren. Sie hielten, wie gewohnt, vor dem Papeteriegeschäft von Frauke Schamvogel, die sofort aus ihrem Geschäft herauskam, um sie zu begrüßen.

»Gud Dai, Männer«, rief sie ihnen entgegen. »Da seid ihr ja endlich. Was ein Wetter heute. Das hat sich unsere Marta aber auch verdient. Hach, was freue ich mich schon auf das Fest.«

»Wir uns auch, Frauke. Wir uns auch«, erwiderte Wilhelm. Fraukes Freude vertrieb endgültig seine trüben Gedanken. Heute galt es, fröhlich zu sein, denn sie hatten es geschafft, das heruntergekommene Schulhaus in ein hübsches kleines Hotel zu verwandeln, das einen ganz eigenen Charme ausstrahlte.

»Wir nehmen dich nach unserer Rückkehr von Föhr dann gleich mit nach Norddorf«, sagte Jasper zu Frauke.

»Fein«, erwiderte sie, »ich hab auch schon alles gerichtet. Und eine Überraschung bring ich auch noch mit. Ihr werdet staunen.« Ihr Blick bekam etwas Geheimnisvolles.

»Ich seh schon, das wird heute der Tag der Überraschungen«, erwiderte Jasper grinsend und folgte Wilhelm, der bereits auf dem Weg zu Philipps Boot war. Philipp Schau, der ebenfalls einen mitgenommenen Eindruck machte, stand an Deck und begrüßte ihn mit den Worten: »Da sieh mal einer an, die Landratte will mal wieder bei mir mitfahren.«

»Solang du keine Robben jagst«, antwortete Wilhelm mit einem Augenzwinkern und ging an Bord.

»Heute nicht, mein Freund. Obwohl ich mich frage, ob ich meinem alten Kutter den Transport einer profanen Haustür tatsächlich zumuten kann.« Er grinste.

»Eine profane Haustür, für die ich Himmel und Hölle in Bewegung gesetzt habe«, erwiderte Wilhelm und warf Philipp einen gespielt strengen Blick zu.

»So ganz verstehe auch ich nicht, weshalb wegen einer Haustür so ein Aufhebens gemacht wird«, pflichtete Jasper Philipp bei und kletterte ebenfalls an Bord. »Aber wenn sich unsere Marta eine andere Tür wünscht, dann werden wir ihr diesen Wunsch eben erfüllen. Nicht wahr, Freunde?«

»Das tun wir«, antwortete Philipp und machte das Boot zum Ablegen klar. »Dann wollen wir mal hoffen, dass Tamme uns nicht hat hängen lassen. Der arme Kerl erstickt in Aufträgen, was bei der aktuellen Bauwut ja kein Wunder ist.« Er ging an Wilhelm vorbei, trat hinter sein Steuerrad, wies Jannes, den Schiffsjungen, an, die Segel zu hissen, steckte seine Pfeife in den

Mund und sagte: »Auf Föhr holen wir uns bei der Wiebke einen ordentlichen Rollmops. Der wird uns wieder gerade richten.«

»Einen Rollmops bei Wiebke«, wiederholte Wilhelm und sah Philipp irritiert an.

»Das beste Mittel gegen Kater überhaupt. Ein ordentlicher Rollmops, und du bist komplett wiederhergestellt«, erklärte Philipp und schlug Wilhelm auf die Schulter. »Und die besten Rollmöpse weit und breit gibt es in Wiebke Thadens Fischgeschäft in Wyk am Hafen.«

»Wenn du meinst«, erwiderte Wilhelm, der sich nicht so recht vorstellen konnte, wie ein Rollmops ihm dabei helfen sollte, seine Kopfschmerzen in den Griff zu bekommen. Er folgte Jasper unter Deck und kam wenig später mit einem Kaffeebecher in der Hand wieder nach oben, nahm einen kräftigen Schluck und wandte sein Gesicht der Sonne zu.

Die Überfahrt nach Föhr dauerte nicht lang. Dort angekommen, steuerte Philipp sofort die unweit des Anlegers gelegene Fischbude von Wiebke Thadens an, die ihnen drei Fischbrötchen verkaufte und sich nebenbei nach dem neuesten Klatsch auf Amrum erkundigte.

»Ach, das Übliche.« Philipp versuchte, das Gespräch, so gut es ging, abzukürzen, denn wenn Wiebke mal mit dem Schnacken angefangen hatte, war sie nur schwer zu bremsen. »In Wittdün bauen sie noch immer wie die Verrückten, und die ersten Gäste sind auch schon da. Aber leider müssen wir einen längeren Schnack verschieben, denn wir haben heute noch viel zu erledigen. Das nächste Mal gibt es wieder mehr Neuigkeiten. Versprochen.«

Wiebke gefiel die Abfuhr nicht, und sie zog eine Grimasse, verabschiedete sich dann aber freundlich von ihnen. Die drei Männer liefen wenig später den Sandwall hinunter und durch eine Allee, die den Kurgästen Schatten spendete. Wilhelm wusste, dass die Bäume ein Geschenk des dänischen Königs gewesen waren, der sich mehrfach auf Föhr zur Kur aufgehalten hatte. Föhr war in Sachen Seebad der Insel Amrum um einiges voraus, denn bereits im Jahr 1819 war Föhr das erste Seebad im Herzogtum Schleswig geworden.

Sie verließen den Sandwall und bogen in eine schmale Seitenstraße ein, in der die Schreinerei von Tamme Dierksen versteckt in einem Hinterhof lag. Hoffnungsvoll betrat Wilhelm die Werkstatt und ließ seinen Blick auf der Suche nach der Haustür, die er in Auftrag gegeben hatte, durch den Raum schweifen. Und tatsächlich lehnte eine Tür unweit des Eingangs an der Wand.

»Philipp und seine Freunde«, rief Tamme und legte sein Werkzeug zur Seite. »Wenn man vom Teufel spricht. Gerade hab ich zu Otto gesagt, dass ihr bestimmt gleich auftauchen werdet, um die Tür abzuholen.« Er nickte zu seinem Lehrling hinüber, der sich mit einem Hobel an einem Tisch zu schaffen machte.

»Gud Dai, Tamme«, begrüßte Philipp den Schreiner mit Handschlag. »Wenn ich mir die Tür dort vorn so ansehe, dann hast du uns also nicht hängen lassen.«

»Wer sagt denn, dass das eure Tür ist?«, erwiderte Tamme. »Könnte doch sein, dass blau-weiße Türen gerade in Massen bei mir bestellt werden.« Er grinste breit.

»Hör mit den Albernheiten auf«, entgegnete Philipp. »Du machst unseren Wilhelm noch ganz nervös.«

»Richtig, richtig, die Überraschung zur Hoteleröffnung. Natürlich habe ich nur gescherzt. Es ist eure Tür. Ich hoffe, dem Frauchen wird sie gefallen. Hat mich mehr als eine Nachtschicht gekostet, das gute Stück.«

»Sie ist sehr schön geworden«, lobte Philipp. »Eine richtige Klöntür, wie sie sein soll.«

»Eine was?«, fragte Wilhelm.

»Na, eine Klöntür«, wiederholte Jasper den sonderbaren Begriff. »So werden auf den Inseln Türen genannt, deren oberen Türflügel man öffnen kann. Dann kann man an der offenen Tür klönen, ohne dass einem unten das Vieh davonläuft.«

»Jetzt muss ich Marta nur noch fragen, welches Vieh uns davonlaufen soll«, sagte Wilhelm.

»Ja, das frage ich mich bei uns zu Hause auch immer«, erwiderte Philipp und lachte laut auf.

Wilhelm lachte und trat näher an die Tür heran. Bewundernd strich er über das blau gestrichene Holz und den hübschen messingfarbenen Türgriff.

»Sie ist wirklich wunderschön geworden. Marta wird begeistert sein. Aber wie sollen wir das gute Stück denn jetzt zum Hafen bekommen?«

»Das ist doch keine große Sache«, erwiderte Tamme. »Otto bringt euch mit dem Karren zum Boot und hilft beim Verladen.«

»Na, dann ist ja alles bestens«, sagte Jasper erleichtert, der sich bereits, die schwere Holztür schleppend, über den Sandwall hatte laufen sehen. Zu dritt trugen sie die Tür aus der Werkstatt hinaus und auf den im Hof bereitstehenden Wagen, vor den Otto ein Pferd spannte. Wenige Minuten später waren sie wieder am Hafen, schafften die Tür an Deck und verabschiedeten Otto mit einem ordentlichen Trinkgeld. Jannes sprang von Bord und löste die Leinen. Gerade als er wieder ins Boot zurücksprang, trat ein junger Mann näher, den Wilhelm sofort erkannte. Es war Jacob Thieme. Aber war der nicht nach Amerika ausgewandert?

»Moin, die Herren«, grüßte Jacob freundlich. »Sie fahren nicht zufällig nach Amrum und könnten mich mitnehmen? Ich habe gerade die Fähre verpasst und müsste dringend auf die Insel.«

»Komm an Bord, mein Freund«, sagte Philipp. »Hab schon gehört, dass das mit eurem Gästehaus in Wittdün jetzt doch noch klappt. Erst gestern hab ich Hinrich am Hafen getroffen. Er meinte, ihr könntet sogar schon bald eröffnen.«

»Ja, so ist es«, erwiderte Jacob. »Ein Kapitän aus Helgoland hat sich mit dem Bau eines Gästehauses finanziell übernommen und es uns günstig überlassen. Es ist alles so weit fertig. Was ein Glücksfall, dass Hinrich darauf aufmerksam wurde und mir sofort telegrafiert hat.«

»Und ich glaubte, Sie wären nach Amerika ausgewandert«, mischte sich Wilhelm in das Gespräch ein. Jacobs Anblick erfreute ihn, denn er dachte sofort an Rieke. Bestimmt würde Jacobs Rückkehr nach Amrum sie aufheitern.

»Das wollte ich eigentlich auch«, erwiderte Jacob Thieme. »Doch dann benötigte mein Onkel auf seinem Hof in der Nähe von Büsum Unterstützung, denn er hatte sich das Bein gebrochen, weshalb sich alles hinauszögerte. Und nun hat sich die Sache mit dem Gästehaus ergeben.«

»Ich verstehe«, erwiderte Wilhelm. »Dann sind wir jetzt also so etwas wie Kollegen. Heute findet das offizielle Einweihungsfest unseres Hotels statt. Wenn Sie möchten, sind Sie herzlich dazu eingeladen.«

»Oh, vielen Dank. Gern nehme ich Ihre Einladung an. Hinrich berichtete mir erst gestern von Ihrem Hotel in Norddorf. Es freut mich, dass alles so gut geklappt hat und Sie rechtzeitig zum Beginn der Sommersaison eröffnen können.«

Bald darauf erreichten sie Wittdün, und die vier Männer hoben die Tür auf Jaspers Fuhrwerk. Jacob verabschiedete sich mit der Zusage, später zum Fest zu kommen, und verschwand im üblichen Hafengetümmel, während Frauke Schamvogel hektisch damit begann, ihre Ausstellungsware, hauptsächlich Nippes für die Touristen, in ihren Laden zu verfrachten, um dann das Geschlossen-Schild zu suchen. Nach Luft japsend saß sie dann neben der Klöntür auf dem Fuhrwerk, ein hübsch eingewickeltes Päckchen in Händen, das vermutlich die angekündigte Überraschung enthielt.

»Marta wird sich über diese Klöntür riesig freuen«, zwitscherte sie fröhlich und hielt ihren Hut fest, als Jasper anfuhr.

Rumpelnd verließen sie Norddorf und fuhren bald darauf durch Nebel, wo ihnen Imke Mennsen, die ebenfalls zu Anne Schaus Freundeskreis zählte, einen frisch gebackenen Apfelkuchen für die Festtafel mitgab und erklärte, wie sehr sie sich schon auf das Fest freue. Sogar ihre Tracht würde sie extra für den Anlass anziehen. Wilhelm spürte, wie sein Herzschlag sich beschleunigte, als ihr kleines Hotel in Sicht kam. Hoffentlich war es die richtige Überraschung für seine geliebte Marta.

Als sie in den Hof fuhren, stand Marta vor dem Haus und hängte ein Herzlich-willkommen-Schild an den Zaun, das gleichzeitig darauf hinwies, dass die Gäste in den Garten hinter dem Haus gehen sollten.

»Gud Dai, Marta«, rief Frauke und hielt den Apfelkuchen in die Höhe. »Den soll ich dir von Imke bringen. Sie kommt später nach. Will sich noch aufhübschen, die Gute.«

Der Wagen hielt an, und Wilhelm half Frauke vom Wagen herab.

»Wilhelm hat eine Überraschung für dich«, plapperte Frauke weiter, während sie Marta den Kuchen überreichte. Immer diese Weiber, dachte Wilhelm verärgert. Da hatte er sich in den schönsten Farben ausgemalt, was er zu Marta sagen, wie er alles vorbereiten würde, und jetzt das. Am liebsten wäre es ihm gewesen, er hätte Marta die Tür fertig eingebaut zeigen können, aber das war heute nicht möglich.

»Eine Überraschung.« Marta sah Wilhelm verwundert an.

Seine Hände begannen zu zittern. Meine Güte, er fühlte sich wie ein junger Bursche, der einem Mädchen seine Aufwartung machen wollte.

Wilhelm räusperte sich. »Ja, eine Überraschung, sozusagen zur Einweihung unseres Hotels.«

»Sie liegt auf dem Wagen«, fiel Frauke ihm ins Wort.

Wilhelm warf ihr einen strafenden Blick zu, den sie nicht zu bemerken schien, denn sie plapperte munter weiter. »Komm. Du musst es dir ansehen. Es ist ja so entzückend.«

Sie bedeutete Marta, ihr zum Karren zu folgen, was sie nach einem Blick zu Wilhelm nur widerwillig tat. Ihr armer Wilhelm, überrumpelt von einer schwatzhaften Papeterie-Verkäuferin. Doch sie war zu neugierig, um noch länger zu warten, und folgte Frauke zum Wagen. Als ihr Blick auf die Tür fiel, begannen ihre Augen zu leuchten.

»Aber, das ist ja …«

»Eine richtige Klöntür«, beeilte sich Wilhelm, ihren Satz zu vollenden, bevor Frauke ihm schon wieder die Schau stehlen würde.

»Oh, sie ist wunderschön. Mit einem Fenster in der Mitte und blau-weiß gestrichen, genau so, wie ich sie mir gewünscht habe.« In Martas Augen traten Tränen. »Oh, mein Wilhelm, mein lieber Schatz. Was für eine Freude.« Sie fiel ihm um den Hals. Er schloss sie ganz fest in die Arme und küsste sie sogar. Sollten die anderen doch denken, was sie wollten. Heute war ihr großer Tag, und er hatte es tatsächlich geschafft, seine Marta glücklich zu machen. Da durfte man sich auf offener Straße auch mal küssen.

»Jetzt ist aber genug mit dem Geknutsche.« Es war Philipp, der die Zweisamkeit unterbrach. »Wenn wir die Tür vor dem Fest noch einbauen wollen, müssen wir uns sputen.«

»Aber gewiss doch«, antwortete Wilhelm und löste sich schweren Herzens aus der Umarmung.

»Welche Tür?«, fragte Rieke, die in Begleitung von Ida und Thaisen gerade vom Muschelsammeln zurückkehrte. Damit und mit etwas Sand und Kerzen wollten sie die Tische dekorieren.

»Unsere neue Haustür«, antwortete Marta. »Eine richtige Klöntür, wie ich sie mir die ganze Zeit über gewünscht habe.« Rieke blickte auf den Wagen und bekundete sofort, dass ihr die Tür gut gefiel. In ihren Augen lag mal wieder dieser sonderbar gleichgültige Ausdruck, den Wilhelm nur schwer ertragen konnte. Er wünschte sich seine glückliche Tochter aus Hamburg zurück.

»Und für dich habe ich auch noch eine Überraschung parat«, sagte er zu Rieke. »Du wirst staunen.«

»Eine Überraschung. Für mich?«, antwortete sie verwundert.

»Ja, für dich.« Er zwinkerte ihr schelmisch grinsend zu.

Ida wollte sich jetzt zu Wort melden, wurde aber von Sine unterbrochen, die nach draußen gekommen war, um den Grund für den Menschenauflauf am Gartenzaun herauszufinden.

»Da stehen sie alle dumm herum, derweil ist noch so viel zu tun. Was gibt es denn an so einem Karren Besonderes zu sehen?«

»Eine richtige Klöntür, Sine, stell dir vor«, beantwortete Marta ihre Frage und lächelte. »Wilhelm hat sie extra für mich anfertigen lassen.«

»Oh, eine Klöntür, wie hübsch«, sagte Sine und trat näher, um die Tür zu bewundern.

»Und wenn wir die noch rechtzeitig an ihren Platz bringen wollen, dann sollten wir jetzt endlich mit der Arbeit beginnen. Sonst empfängst du deine Gäste noch an der alten Eingangstür«, sagte Philipp ungeduldig.

»Ihr habt den Mann gehört«, rief Wilhelm. »Alle wieder an die Arbeit. In wenigen Stunden kommen die ersten Gäste.« Er klatschte in die Hände, und alle verteilten sich.

Ein wenig später taufte Marta die Tür feierlich mit einem Schlückchen Korn. Sie hatte sich inzwischen umgezogen und trug einen apricotfarbenen Rock mit einer weißen Spitzenbluse dazu. Ihr Haar hatte sie hochgesteckt, und ein kleiner weißer Hut mit Schleife zierte ihren Kopf.

Keine zehn Minuten später trafen die ersten Gäste ein. Es war Pastor Bertramsen, der mit seiner Gattin kam und lachend meinte, seine Vorhut, den Sohnemann, hätten sie bereits vorausgeschickt. Ihm folgten schnell weitere Gäste. Anne Schau, die, ebenso wie Imke Mennsen, Tracht trug. Freunde, Bekannte, Nachbarn. Schnell füllten sich die Bänke unter den Kirschbäumen, und es wurde gegessen, geklönt, bewundert. Marta führte die Gäste durch die Räumlichkeiten und erhielt von allen Seiten großes Lob. Was sie aus dem alten Häuschen gemacht hätten, sei großartig. Ein wahres Schmuckstückchen sei es. Klein zwar, aber gemütlich. Gewiss würden sich die Gäste hier wohlfühlen. Rieke bewunderte die hübschen Trachten der Damen, die, wie sie bereits wusste, innerhalb der Familien vererbt wurden.

»Leider tragen wir sie viel zu selten«, sagte Imke, die sich über das Kompliment freute. »Sie sind einfach zu wertvoll für den Alltag, und es dauert sehr lang, sie anzuziehen. Aber heute hat sich ja endlich mal wieder ein Anlass gefunden, um sie auszuführen.«

Rieke nickte und suchte nach ihrem Vater. Allmählich wurde sie ungeduldig. Wann würde er denn endlich mit der Überraschung herausrücken, von der er vorhin gesprochen hatte? Oder hatte er sie längst vergessen? Und was hatte er sich nur ausgedacht? Ihre Mutter kehrte mit einigen Damen zurück in den Garten. Noch immer strahlte sie über das ganze Gesicht und sah mit dem hellen Rock und der hübschen Bluse zauberhaft aus. Sie selbst hatte sich kaum Mühe mit ihrem Äußeren gegeben. Sie trug einen dunkelblauen Rock, dazu eine schlichte weiße Bluse mit wenig Spitze am Kragen. Ihr Haar hatte sie hochgesteckt und unter einen Strohhut mit blauem Band geschoben. Sie hatte vorhin tatsächlich überlegt, ob sie sich herausputzen sollte, den Gedanken jedoch wieder verworfen. Hier gab es keinen Jungfernstieg, wo sehen und gesehen werden galt, keine rauschenden Bälle und Konzerte.

Plötzlich sah Rieke einen Mann auf ihre Mutter zugehen, der ihr vertraut vorkam. War das etwa ... Nein, sie musste sich geirrt haben. Sie reckte den Hals, um den Mann besser in Augenschein nehmen zu können, der ihr leider den Rücken zuwandte. Er trug einen dunklen Anzug mit einem hellen Hut dazu.

»Ach, da ist Jacob ja endlich«, sagte plötzlich Frauke neben ihr. »Wir haben ihn in Wittdün getroffen, und dein Vater hat ihn eingeladen. Stell dir vor: Er wird jetzt doch nicht nach Amerika auswandern, denn es hat sich ganz plötzlich noch ein Gästehaus gefunden, das er gemeinsam mit Hinrich übernehmen kann. Soweit ich weiß, ist es das *Haus Seeblick*, ein Kapitän aus Helgoland hat sich mit dem Bau wohl finanziell übernommen.«

Rieke konnte nicht fassen, was sie hörte. Sie hatte sich nicht geirrt. Es war tatsächlich Jacob Thieme. Er wanderte nicht nach Amerika aus, sondern kam nach Amrum. Genau in diesem Moment drehte er sich um, und ihre Mutter deutete in ihre Richtung. Er musste die Überraschung sein, von der ihr Vater gesprochen hatte. Und sie war nur einfach gekleidet und hatte sich kaum zurechtgemacht. Was sollte er bloß von ihr denken?

Lächelnd kam er zu ihrem Tisch. Sie stand auf und spürte ihr Herz schneller schlagen.

»Rieke, meine Teuerste. Es ist mir eine Freude, dich wiederzusehen.«

Er wirkte so herzlich, so vertraut, und seine blauen Augen leuchteten.

Jacob begrüßte auch die anderen Gäste am Tisch und setzte sich Rieke gegenüber neben den Lebensmittelhändler Heinrich Scholz, der ihm sogleich einen Becher Wein einschenkte und sich erkundigte, mit wem er es denn zu tun habe.

Jacob nannte seinen Namen und berichtete von seinem Vorhaben in Wittdün.

»Ach, noch ein Hotelier in Wittdün«, rief Heinrich. »Wer da nicht alles sein Glück versucht. Dann mal auf gute Nachbarschaft, mein Freund.« Er stieß mit Jacob an, leerte seinen Becher in einem Zug und füllte ihn sofort wieder. Rieke wusste nicht so recht, was sie sagen sollte.

»Hast du das Haus hier schon von innen gesehen?«, fragte sie unsicher.

»Nein, noch nicht«, erwiderte Jacob.

»Wenn du möchtest, zeige ich dir alles«, bot sie an. Er stimmte zu, und sie gingen ins Haus.

»Ich weiß, es ist einfach und kann mit der Pracht in Wittdün nicht mithalten«, sagte Rieke, als sie die Gaststube betraten. »Aber wir stehen ja noch am Anfang. Papa plant bereits einen Anbau. Dann soll es sogar eine Bar und eine Möglichkeit zum Tanz geben.«

»Ich finde es sehr hübsch«, erwiderte Jacob. »Gemütlich. Besonders die gefliese Wand ist ein Blickfang.«

Sie gingen weiter in die Küche, wo sie Sine und Kaline klönend mit Imke Mennsen vorfanden. Es ging weiter die steile Stiege nach oben in die Gästezimmer, die Jacob ebenfalls sehr hübsch fand. Auch hier lobte er die Gemütlichkeit und die Liebe zum Detail. Rieke gefiel es, ihn herumzuführen. Sie zeigte ihm sogar das Nebengebäude mit ihrem privaten Wohnbereich, der doch sehr beengt war. Ein Kanapee neben dem Petroleumofen in der Ecke, dazu eine kleine Sitzgruppe mit abgewetztem grünem Stoff vor dem Fenster. Ihm gefiel es trotzdem. Wieder auf dem Hof angekommen, fragte Jacob, ob sie ein Stück mit ihm spazieren gehen würde. Rieke stimmte sofort zu, und die beiden machten sich auf den Weg zum Strand, wo an diesem Nachmittag reger Betrieb herrschte. Vor den Strandhallen des Seehospizes bauten Kinder Sandburgen, Damen flanierten mit aufgespannten Sonnenschirmen an Strandkörben vorüber, die vor einigen Wochen ihren Winterschlaf im Schuppen des Hospizes beendet hatten und bereits gut besetzt waren. Badekarren wurden ins Meer geschoben oder wieder herausgezogen.

Rieke und Jacob liefen an der Strandhalle vorüber und erreichten bald darauf einen ruhigeren Strandabschnitt.

»Seit wann bist du wieder auf Amrum?«, stellte Rieke, nachdem sie eine Weile schweigend nebeneinander hergelaufen waren, die Frage, die ihr schon seit ihrem unverhofften Wiedersehen auf der Zunge lag.

»Seit heute«, antwortete er. »Gestern erst kam ich vom Festland nach Föhr zurück. Dort habe ich die Nacht bei meinen Eltern verbracht. Hinrich hat sich bis jetzt allein um das Gästehaus gekümmert, denn ich musste meinem Onkel noch auf dem Hof helfen. Aber jetzt ist er so weit wieder auf den Beinen, und ein neuer Knecht ist zur Unterstützung eingetroffen, weshalb ich endgültig abreisen konnte. Das von uns übernommene Gästehaus ist, gottlob, bereits vollständig eingerichtet, und schon nächste Woche werden die ersten Gäste eintreffen. Du ahnst gar nicht, wie sehr ich mich freue, hierbleiben zu können. Und ehrlich gesagt« – Jacob blieb stehen, nahm Riekes Hand und suchte ihren Blick –, »wenn mich dein Vater heute nicht zu dem Fest eingeladen hätte, hätte ich euch die Tage einen Besuch abgestattet. Ich freue mich so sehr darüber, dich wiedersehen zu dürfen, Rieke.«

Rieke senkte errötend den Blick. Ihr Herz hämmerte wie verrückt in ihrer Brust. Sie konnte es noch gar nicht fassen. Jacob war wieder auf Amrum, und er würde bleiben. Was sollte sie ihm jetzt antworten? Jedes Wort kam ihr unpassend vor.

»Und sie freut sich erst recht«, sagte plötzlich Ida.

Rieke zuckte erschrocken zusammen und wandte sich um. Ida stand grinsend neben ihr und fügte hinzu: »Sie hat dich nämlich gern. Das weiß ich genau.«

»Du kleines Biest«, rief Rieke und schlug nach ihrer kleinen Schwester. Ida wich ihr gekonnt aus und lief kichernd davon. Rieke folgte ihr fluchend. »Bleibst du wohl hier, du kleine Krabbe.«

Jacob lachte laut auf und begrüßte Thaisen, der kopfschüttelnd neben ihn trat und sagte: »Man muss sie einfach gernhaben, nicht wahr?«

27

Kaline stand am Strand und blickte aufs Watt hinaus. Der Morgen zog herauf und tauchte den Horizont in brennend rotes Licht, das sich in Pfützen, Rinnsalen und Prielen spiegelte. Sie wusste, was der zauberhafte Anblick zu bedeuten hatte. Das schöne Wetter der letzten Tage würde ihnen schon bald ein strammer Westwind mit Wolken und Regen im Gepäck stehlen. Doch noch war es ruhig. Wie sehr sie die frühen Stunden am Meer und die Ruhe liebte. Es war beinahe ein wenig wie früher, als es weder Strandhallen noch Badekarren gegeben hatte. In der Ferne sah sie einen Kutter. Vielleicht war es Philipp Schau, der von einer erfolgreichen Seehundjagd zurückkehrte. Oder es war einer der vielen Fischer, der seinen Fang nach Hause brachte. Früher war sie öfter mit einem von ihnen mitgefahren. Mit Kai Janke, der in Süddorf gewohnt hatte. Zu Anfang hatte sie über der Reling gehangen und gespuckt. Er hatte nicht viel dazu gesagt. Ist eben so, mien Deern. Sie konnte sich noch genau daran erinnern, wie er ausgesehen hatte. Gedrungen, stets einen dicken Pullover tragend, seine Kapitänsmütze auf dem Kopf, meist eine Pfeife im Mund. Er kannte das Meer wie seine Westentasche. Mit den Jahren waren sie Freunde geworden. Er, der alte Fischer, dem kaum noch ein Haar auf dem Kopf geblieben war, und sie, die Tochter eines Bauern, den er oft als Landratte bezichtigt hatte, was ja auch stimmte. Ihr Vater war nie gern zur See gefahren und mied Boote wie der Teufel das Weihwasser, weshalb, das konnte er selbst nicht sagen. Es war eben so. Ein Amrumer, der Boote nicht mochte – verrückt. Doch er sah das

Meer gern an, denn er liebte es mit all seinen Eigenheiten, selbst wenn es toste, stürmte und gefährlich wurde. Auch liebte er Ebbe und Flut. Das ständige Hin und Her, die Veränderung war es, die er schätzte. Gleichschritt war noch nie sein Ding gewesen. Doch das Meer war es auch, das ihm die Liebe seines Lebens, ihre Mutter, raubte. An die schreckliche Sturmflut, die damals Amrum heimsuchte, hatte sie kaum noch eine Erinnerung, wohl aber an ihre Mutter, die nach einem Dammbruch in den Wellen der Nordsee ertrank, als sie einer Nachbarin dabei helfen wollte, ihr Vieh zu retten. Auf der Kommode in der Stube stand eine Fotografie von ihr. Sine glich ihr. Früher blondes Haar, volle Wangen, Grübchen an den Mundwinkeln, dieselbe Statur, derselbe Ausdruck in den Augen. Sie selbst ähnelte dem Vater. Hoch gewachsen, schlaksig, zu lange Arme, wie sie meinte. Mit den Proportionen hat es der Herrgott bei mir nicht so genau genommen, sagte sie manchmal. Sie glich ihrem Vater jedoch nicht nur äußerlich. Sie waren mehr als Vater und Tochter, sie waren verwandte Seelen. Auch jetzt hatte sie das Gefühl, er würde neben ihr stehen. Gemeinsam hatten sie oft schweigend aufs Meer hinausgeblickt, der Sonne beim Auf- oder Untergehen zugesehen. Wie sehr sie ihn vermisste. Mit ihm an ihrer Seite würde sie jetzt den richtigen Weg finden. Er würde sie an die Hand nehmen und leiten, so wie er es stets getan hatte. Doch er war fort, und sie musste allein entscheiden, was richtig war.

Plötzlich trat eine Gestalt neben sie, mit der Kaline bereits gerechnet hatte. Es war Rieke, die häufig um diese Zeit hierherkam. Sie schien endgültig ihren Weg gefunden zu haben. Eine Weile sagte keine von beiden etwas. Schweigend standen sie nebeneinander und beobachteten, wie sich Wolken vor die aufgehende Sonne schoben. Vereinzelte Sonnenstrahlen fanden dennoch den Weg zum Boden, trafen auf das Watt und funkelten in den Prielen, Wasserläufen und Pfützen. Das Meer kam zurück. Bald schon würde die Wasserlinie wieder dicht vor ihnen liegen. Der Wind frischte auf und zerrte an ihren Röcken.

»Du stehst an seiner Stelle«, sagte Kaline.

Rieke wusste, von wem sie sprach, und antwortete: »Das Hin und Her, die Veränderung. Er mochte sie.«

»Er sagte immer, hier draußen atmet das Meer. Ich weiß bis heute nicht, was er damit gemeint hat.« Kalines Stimme klang wehmütig.

»Ihr werdet fortgehen, nicht wahr?«, fragte Rieke.

Kaline nickte.

»Sines Tochter Birte braucht uns. Ihr Mann ist letzte Woche bei einem Unfall ums Leben gekommen. Sie steht mit dem Hof und den fünf Kindern jetzt ganz allein da. Wir überlegten ja schon früher hin und wieder, das Haus auf Amrum zu verkaufen und zu ihr zu ziehen. Ist doch schöner, wenn die Familie vereint ist. Aber bisher konnten wir uns dazu einfach nicht durchringen. Birte wohnt in der Nähe von Bremen auf dem flachen Land. Kein Meer, kein Strand, keine Gezeiten, kein ständiges Hin und Her.« Kaline verstummte für einen Augenblick, und Rieke glaubte, Tränen in ihren Augen wahrzunehmen. »Ich habe Angst, dort könnte ich ihn vergessen«, fuhr sie fort. »Wir werden nicht mehr gemeinsam hier stehen und aufs Meer hinausblicken können. Verstehst du das?«

Rieke nickte wortlos. Wenn nicht sie, wer sonst sollte verstehen, was Kaline auszudrücken versuchte. Vertrautes aufzugeben war schwierig. Wenn sie in den letzten Monaten jedoch eines gelernt hatte, dann, dass es sich manchmal lohnte, sich auf das Neue einzulassen.

»Veränderung«, sagte Rieke irgendwann leise.

Kaline warf ihr einen kurzen Seitenblick zu. Das Mädchen überraschte sie jedes Mal wieder. Plötzlich glaubte sie, die Anwesenheit ihres Vaters zu spüren, ja sogar seine Stimme zu hören. Veränderung. Ein Wort, das so viel mehr bedeutete. Du musst von deinem Leben mit all seinen Wünschen, Träumen und Hoffnungen Abschied nehmen. Das Gewohnte hinter dir lassen und das Ungewohnte zulassen, dann wird das schon werden, mien Deern. Oder war es ihre eigene Stimme, die sie hörte? Sie selbst war diejenige, die genau diese Sätze vor wenigen Monaten zu Rieke gesagt hatte.

»Wann werdet ihr es Mama sagen?«, fragte Rieke.

»Noch heute«, erwiderte Kaline. »Sine wird es machen. Sie ist in solchen Dingen besser als ich. Wir wollten aber erst das Fest abwarten und Martas Freude an dem Tag nicht trüben. Am Sonntag findet die Beerdigung von Birtes Mann statt. Daran müssen wir natürlich teilnehmen.«

Rieke nickte.

»Und was wird aus eurem Häuschen?«

»Wir werden es verkaufen. Sine hat mit Pfarrer Bertramsen gesprochen. Er hat Interesse an dem Grundstück, denn er würde gern das Hospiz ausbauen.«

»Ihr kommt also niemals zurück?«

»Nein. Sine meint, so ist es besser.«

»Und was meinst du?«, fragte Rieke.

»Was Sine sagt, wird schon richtig sein. So war es immer. Sie ist die Ältere.«

»Die bin auch«, erwiderte Rieke. »Allerdings macht Ida trotzdem, was sie will.« Sie lächelte.

»Das stimmt«, antwortete Kaline. »Zehn Jahre alt und einen Sturschädel wie ein alter Esel, die Deern.« Sie grinste.

»Ich werde dich vermissen«, sagte Rieke.

Kaline lächelte und erwiderte: »Ich dich auch. Und lauf mir bloß nicht mehr allein aufs Watt hinaus.« Mahnend hob sie den Zeigefinger. »In Zukunft werde ich nicht mehr da sein, um dich an Land zu holen.«

»Niemals wieder. Ich verspreche es.« Rieke machte eine kurze Pause, dann sagte sie: »Mama wird euer Weggang hart treffen. In wenigen Tagen kommen die ersten Gäste. Wo sollen wir denn jetzt so schnell einen passenden Ersatz für Sine herbekommen? Und du hilfst doch auch an allen Ecken und Enden. Besonders Marie liebt dich abgöttisch. Du bist das beste Kindermädchen, das wir jemals hatten.«

»Daran habe ich auch schon gedacht. Aber es wird sich gewiss ein Weg finden. Marta ist eine starke Frau, und sie weiß, worauf es ankommt. Sie wird das Kind schon schaukeln. Und du bist ihr eine große Hilfe. Gemeinsam bekommt ihr das schon hin. Nur das Kochen solltest du besser deiner Mutter überlassen.« Kaline zwinkerte Rieke zu.

Rieke zog eine Grimasse. »Ganz so schlimm ist es jetzt auch nicht. Immerhin kann ich schon Krabben pulen und Kartoffeln schälen.«

»Na, das ist doch was«, erwiderte Kaline und lachte laut auf. »Krabben mit Kartoffeln. Verhungern wird also niemand müssen. Komm.« Sie legte den Arm um Rieke. »Lass uns zurückgehen. Gleich wird es zu regnen beginnen, und ich will ungern nass werden.«

Die beiden schlenderten durch die Dünen zurück zum Hotel, wo sie Marta und Sine, auf der Bank sitzend, vor dem Haus antrafen. Martas Miene war ernst, Sine blickte betroffen zu Boden.

»Du hast es ihr also bereits gesagt«, stellte Kaline unnötigerweise fest. Sine nickte mit schuldbewusster Miene.

»Ich hab ihr angesehen, dass etwas nicht stimmt«, sagte Marta, noch ehe Kaline weitersprechen konnte.

Kaline nickte und setzte sich neben Sine, die weinte, auf die Bank. Rieke blieb neben ihrer Mutter stehen. Keine wusste so recht, was sie jetzt sagen sollte. Wieso müssen sich Veränderungen immer so bescheuert anfühlen?, kam es Rieke in den Sinn.

Genau in diesem Moment kam Wilhelm mit Marie auf dem Arm nach draußen. Das kleine Mädchen streckte sofort freudig die Ärmchen nach Kaline aus. Den Tränen nahe, nahm sie das Kind auf den Arm. Wilhelm sah sie verwundert an, blickte in die Runde und fragte: »Hab ich irgendetwas verpasst?«

28

Norddorf, 10. Mai 1892
Jetzt sitze ich hier in der Küche und fühle mich schrecklich leer. Sine und Kaline sind erst seit wenigen Stunden fort, und trotzdem habe ich das Gefühl, unserem Häuschen fehlt die Seele. Wie soll es ohne die beiden nur weitergehen? Übermorgen treffen die ersten Gäste ein. Ich kann doch nicht alles allein machen. Rieke hilft natürlich, und Ida hat versprochen, auf Marie zu achten. Aber auf Dauer kann es so nicht weitergehen. Wir benötigen Personal, und dieses muss untergebracht werden. Eine Köchin könnte in der Kammer neben der Küche schlafen. Ein Zimmermädchen unter dem Dach. Auch Jasper wird bald bei uns einziehen, denn das Häuschen von Sine und Kaline soll verkauft werden. Die beiden wollen mit dem Geld ihre Tochter unterstützen. Wilhelm überlegt, die Kammer neben dem Stall auszubauen. Dort hätte Jasper seine Ruhe und etwas Privatsphäre. Auch mag er die Nähe zu den Tieren.
Ich werde noch heute eine Suchanzeige für eine Köchin aufsetzen. Frauke hat mir angeboten, diese auszuhängen. Aber was soll ich schreiben? Eine wie Fanny, oder eben Sine, müsste es ein. Ach du je, jetzt fange ich zu heulen an. Wenn nur Nele noch hier wäre oder ich sie wenigstens anrufen und um Rat fragen könnte. Sie weiß immer, wie sie mich beruhigen kann. Am Ende geht doch noch alles schief. Was soll nur werden, wenn wir es nicht schaffen und Schiffbruch erleiden? Oder sehe ich zu schwarz? Wir können nur hoffen, dass die

neuen Gäste liebe und umgängliche Leute sind und unser Haus mögen werden. Der Rest wird sich hoffentlich bald finden.

Das war es dann für heute.

»Küstennebel. Ich hasse Küstennebel«, maulte Rieke. »Warum muss der dumme Kerl ausgerechnet jetzt aufziehen? Gerade eben war es noch so schön sonnig und warm.«

Sie stand neben ihrem Vater in Wittdün am Hafen, um ihre ersten Gäste mit ihm gemeinsam in Empfang zu nehmen. Auch Jasper war mitgekommen, der sehnsüchtig zu der kleinen Verkaufsbaracke in der Nähe der Brücke blickte, wo Marie Jansen Schnaps verkaufte. Die blonde Mittvierzigerin schien heute mal wieder selbst ihre beste Kundin zu sein, denn in ihren Augen lag bereits der selige Ausdruck eines Betrunkenen.

»Ach komm schon, Chef«, startete Jasper einen erneuten Versuch, Wilhelm dazu zu überreden, sich einen Kurzen zu genehmigen. »Das Schiff ist doch noch gar nicht in Sicht, und so ein Schnaps wärmt den Magen. Ich geb Rieke auch einen aus. Die Deern zittert ganz scheußlich.«

»Ich habe Nein gesagt«, entgegnete Wilhelm, der sichtlich nervös war. »Einen betrunkenen Kutscher kann ich jetzt nicht auch noch gebrauchen, und Rieke mag keinen Schnaps.«

So hatte er sich den Ankunftstag seiner ersten Gäste nicht vorgestellt. Alles sollte perfekt gerichtet und das Wetter schön sein. Doch plötzlich schien überall der Teufel drinzustecken. Seit Sine und Kaline abgereist waren, war seine Marta vollkommen verändert und ließ ihren Ärger an den Kindern, bevorzugt an Rieke, aus, die ihr, so schien es jedenfalls, so gar nichts recht machen konnte. Den ganzen Tag lief das arme Ding wie ein aufgescheuchtes Huhn durch die Gegend, hängte Wäsche auf, scheuerte die Fußböden, schälte Kartoffeln, rupfte Unkraut, pulte Krabben, hatte die Hände im Brotteig stecken und polierte bis tief in die Nacht das Silberbesteck, das ihnen Sine und Kaline überlassen hatten, weil Marta die Gäste damit unbedingt beeindrucken wollte. Ida war die Aufgabe zugefallen, sich um Marie zu kümmern, was sie murrend hinnahm. Ihre abenteuerlichen Ausflüge über die Insel mit Thaisen waren damit erst einmal Geschichte. Auch gab es jetzt niemanden mehr, der mit ihnen aufs Watt hinauslief, um Austern zu ernten. Selbst Marie fing im Moment wegen jeder Kleinigkeit zu weinen an. Und sogar Jasper, der Wilhelm bisher immer wie ein Fels in der Brandung vorgekommen war, wirkte verloren, so wie er neben ihm stand und immer wieder sehnsüchtig zu der Schnapsbude hinüberstarrte.

»Der Schnaps wird uns Sine und Kaline auch nicht zurückbringen«, sagte Wilhelm zu ihm.

»Ich weiß«, antwortete Jasper seufzend. »Aber er würde wenigstens den Magen wärmen.«

Das laute Geräusch des Schiffshorns drang durch den Nebel zu ihnen durch.

»Das Schiff kommt«, rief Rieke. Die Umrisse des Dampfers tauchten aus dem Nebel auf, und Wilhelm straffte die Schultern. Jetzt galt es, Stärke zu zeigen. Die Gäste sollten auf keinen Fall spüren, dass irgendetwas nicht stimmte. Jasper hielt das Schild in die Höhe, auf dem *Hotel Inselblick* geschrieben stand. Hoffnungsvoll blickten sie auf die doch recht ansehnliche Menschengruppe, die den Anleger hinunterlief. Es waren zwei Familien, die sich angemeldet hatten. Zusätzlich zur Familie Franke aus Hannover reiste noch eine Familie Marwitz aus Berlin an. Vater, Mutter und Sohn.

»Dort vorn«, rief eine groß gewachsene Frau mit schriller Stimme und deutete auf sie. Meine Güte, sie hörte sich an wie eine Blechtrommel. Die Frau blieb direkt vor ihnen stehen und fragte unnötigerweise: »Sie sind vom *Hotel Inselblick?*«

Wilhelm bejahte. »Marwitz mein Name, Hedwig Marwitz.«
Ihr Blick wanderte von Wilhelm zu Rieke und Jasper. »Zu dritt?«

»Das hat sich heute so ergeben«, erwiderte Wilhelm fast schon kleinlaut und stellte Rieke und Jasper vor. Die Frau hatte etwas Respekteinflößendes an sich. Jasper bewunderte die beeindruckend große Hakennase der Dame. Er konnte sich beileibe nicht erinnern, solch ein dominantes Riechorgan schon einmal gesehen zu haben. Ein dicklicher Mann, der einen recht abgehetzten Eindruck machte, trat näher. Ihm folgte ein blonder Knabe, Wilhelm schätzte ihn auf zwölf oder dreizehn Jahre, mit unfassbar vielen Sommersprossen im Gesicht. Den Schluss des Trosses bildeten zwei junge Kofferträger, die einen recht zerknitterten Eindruck machten.

»Herzlich willkommen auf Amrum«, ergriff Rieke, um ein strahlendes Lächeln bemüht, das Wort. Eines stand schon jetzt fest: Frau Marwitz und sie würden keine Freundinnen werden.

»Sehen tut man ja nicht viel davon«, sagte Frau Marwitz spitz. Rieke zuckte zusammen, doch so schnell würde sie sich von dieser Ziege nicht unterkriegen lassen. Da war sie in Hamburg andere Zicken gewohnt.

»Küstennebel. Der verzieht sich gewiss bald wieder.«

Wilhelm beeilte sich, seiner Tochter zuzustimmen, während Jasper sich um die Verladung des Gepäcks kümmerte.

Die zweite Familie näherte sich ihnen. Ein Mann mittleren Alters mit einer Nickelbrille auf der Nase blieb vor Wilhelm stehen, stellte zwei Koffer auf den Boden und reichte ihm lächelnd die Hand.

»Guten Tag, Franke mein Name. Rudolf Franke.« Wilhelm stellte sich, Rieke und Jasper vor. Rudolf Franke folgte seine Gattin. Eine blonde, extrem schmale, kleine Frau, die einen recht mitgenommenen Eindruck machte. »Meine Gattin Charlotte.«

Rieke mochte die Frau auf den ersten Blick. Sie hatte etwas Elfenhaftes an sich, so zart, wie sie wirkte. »Wo bleibt denn nur Klara schon wieder?«, fragte Rudolf Franke seine Gattin und blickte sich um. »Ständig geht sie verloren.«

Aus der Menge der Ankömmlinge löste sich ein junges Mädchen, Rieke schätzte sie auf vierzehn oder fünfzehn. Ihre Schönheit war es, die sie auf den ersten Blick beeindruckte. Klara war eine Mischung ihrer Eltern. Von ihrer Mutter hatte sie die zarte Statur geerbt, von ihrem Vater das dunkle Haar und die braunen Augen. Sie hatte etwas von einem Reh an sich und bewegte sich mit einer Eleganz, die ihresgleichen suchte. In Hamburg würden ihr sämtliche Männer der besseren Gesellschaft zu Füßen liegen.

Jasper verstaute auch die Koffer der Familie Franke auf dem Wagen. Als alle an Bord waren, Rieke saß zwischen ihrem Vater und Jasper auf dem Kutschbock, ging es los. Während der Fahrt nach Norddorf lichtete sich zu Riekes Erleichterung der Nebel, und die Sonne kam hervor.

»Sieh nur die entzückenden Häuser«, hörte sie Charlotte Franke sagen, als sie durch Nebel fuhren.

»Ich weiß nicht«, entgegnete Hedwig. »Sieht doch alles recht primitiv aus. Wo sind nur die mondänen Kur- und Logierhäuser, von denen uns in dem Prospekt vorgeschwärmt wurde? Also, da sind wir von Warnemünde aber anderes gewohnt.«

Rieke sah zu ihrem Vater, der ein Schulterzucken andeutete. Sie ahnten beide, was kommen würde, und wieder einmal verfluchte sich Wilhelm dafür, ihr kleines Häuschen vollmundig als das erste Hotel am Platz angepriesen zu haben. Er hätte auf Marta hören und nicht so große Töne spucken sollen. Doch jetzt gab es kein Zurück mehr. Die Gäste waren nun einmal da, und es galt, Haltung zu bewahren.

Sie erreichten Norddorf, das bereits beim Anblick der ersten Häuser bei Hedwig in Ungnade fiel.

»Wird das noch größer?«, fragte sie.

»Komm. Wir stoßen sie vom Wagen«, raunte Jasper Rieke zu, was sie zum Schmunzeln brachte, sie aber auch daran erinnerte, wie sie damals reagiert hatte, als sie Norddorf zum ersten Mal erblickte. Aber vielleicht würde sich ja auch eine Hedwig Marwitz noch darauf besinnen, was die Reize der Insel ausmachte.

Als sie vor dem Hotel hielten, standen Marta, die Marie auf dem Arm hatte, Ida und Thaisen vor dem Eingang. Ida hielt ein Tablett mit hausgemachter Limonade in Händen, damit sich die Gäste erfrischen konnten. Wie hübsch sie in ihrem rosafarbenen Kleid mit der adretten Schürze und dem Strohhut auf dem Kopf aussah. Auch Thaisen hatte sich in Schale geworfen. Er trug halbwegs saubere Hosen, seine schwarze Weste und eine Kapitänsmütze auf dem Kopf, die ihm allerdings ein bisschen zu groß war.

Doch auch das Begrüßungskomitee konnte nicht verhindern, dass genau das passierte, was Rieke und Wilhelm die ganze Fahrt über befürchtet hatten.

»Das ist es?«, rief Hedwig Marwitz entsetzt aus. »Wir werden veräppelt, oder? Das soll das erste Hotel am Platz sein? Diese windige kleine Hütte?«

Diese Worte trafen Rieke wie ein Schlag ins Gesicht. Sie sah, wie das Lächeln auf den Lippen ihrer Mutter gefror. Wieso hatte das Schicksal ihnen ausgerechnet jetzt so eine grässliche Person schicken müssen?

»Also ich finde es recht hübsch«, sagte Charlotte Franke, als Hedwig Luft holte. »Und dieser bezaubernde Garten mit den herrlichen Blumen. Es ist wirklich ganz entzückend.«

Rieke verbiss sich eine patzige Erwiderung an Hedwig und setzte ein verbindliches Lächeln auf. »Es freut mich, dass Ihnen unser kleines Hotel gefällt«, antwortete Rieke, an Charlotte

Franke gewandt. »Und es ist tatsächlich das erste Hotel am Platz, denn in Norddorf gibt es nur noch das Seehospiz des ehrenwerten Pastors Bodelschwingh, das von unserem Inselpfarrer geleitet wird. Pastor Bodelschwingh hat unseren Ort extra wegen der wunderbaren Natur und dem kräftigen Wellenschlag ausgewählt«, fügte sie noch hinzu.

Jasper sprang vom Wagen und half den Herrschaften beim Aussteigen. Hedwig Marwitz erwiderte Riekes Blick mit einem süffisanten Grinsen.

»Das mag sein, meine Teuerste. Aber mich werden keine zehn Pferde dazu bringen, in dieser Hütte zu nächtigen. Karl.« Ihr Mann, der Jasper beim Gepäck zur Hand ging und bis dahin geschwiegen hatte, eilte neben sie. »Du kümmerst dich noch heute um eine adäquate Unterkunft für uns, die unseren Ansprüchen angemessen ist. Verstanden?«

»Aber gewiss doch, meine Teuerste. Sofort.« Er sah Wilhelm an, zuckte mit den Schultern und meinte: »Wenn ich das geahnt hätte. Aber es war ja nicht abzusehen.«

Fritz Marwitz gesellte sich unterdessen zu Thaisen und Ida, nahm eine Limonade und leerte sie in einem Zug.

»Die schmeckt ja lecker«, rief er und griff sich gleich noch ein Glas. »So 'ne Limo kriegt man in Berlin nich, wa.« Er lispelte stark, was Thaisen genauso zum Schmunzeln brachte wie der deutliche Berliner Dialekt.

»Wir machen sie selbst«, sagte Marta und stellte Marie neben sich auf den Boden. Die Kleine lief zu Rieke und klammerte sich an ihren Rock. Rieke hob sie hoch und setzte sie sich auf die Hüfte.

»Was für ein entzückendes kleines Mädchen«, sagte Charlotte Franke. »Ihre Tochter?«, wandte sie sich an Marta.

»Ja, meine Jüngste«, antwortete Marta. »Sie ist zwei Jahre alt.«

»Ein Familienbetrieb also. Wie nett. Und wie ist dein Name?«, fragte sie Ida.

Ida nannte ihren Namen und bot Charlotte eine Limonade an, die sie dankend entgegennahm.

»Jetzt hat endlich diese fürchterliche Übelkeit nachgelassen«, sagte sie und nippte an dem erfrischenden Getränk. »Dieses Schiff hat heftig geschaukelt. Mir graut schon vor der Rückfahrt.«

»Das nennt man Seekrankheit«, sagte Jasper, der neben ihr stand und sich, ohne darüber nachzudenken, was er da eigentlich machte, ein Glas Limonade nahm und es in einem Zug leerte. »Aber das kriegen wir in den Griff. Wir nehmen Sie ein paarmal auf dem Kutter von Philipp Schau mit aufs Meer hinaus. Danach macht Ihnen das Geschaukel nichts mehr aus. Versprochen.«

»Das auch noch«, zeterte Hedwig hinter Jasper weiter. »Jetzt trinken uns die Angestellten auch noch die Erfrischungen weg. Karl.« Ihre Stimme bekam etwas Kreischendes.

Jasper wandte sich um und sah die Frau seelenruhig an. »Jetzt haben Sie sich mal nicht so. Es ist genug für alle da.«

Hedwig überraschte seine Antwort derart, dass ihr die Worte fehlten. Sie schnappte nach Luft und begann erneut, den Namen ihres Mannes zu rufen, der etwas hilflos am Gartenzaun, von ihrem Gepäck umgeben, stehen geblieben war.

Marta warf Jasper, bemüht darum, nicht laut aufzulachen, einen strafenden Blick zu.

»Vielleicht sollten wir erst einmal ins Haus gehen«, schlug sie vor. »Wir haben einen Imbiss vorbereitet, und sie könnten die Zimmer in Augenschein nehmen.«

»Eine hervorragende Idee«, sagte Rudolf Franke, nahm zwei seiner Koffer, folgte Marta ins Innere des Hauses und in die Gaststube, wo er sich sofort begeistert von der gefliesten Wand zeigte. Seine Gattin und die Tochter folgten ihm. Klara warf Rieke einen belustigten Blick zu, der ihr gefiel. Vielleicht könnten sie ja bald gemeinsam zu einer Tanzveranstaltung nach Wittdün gehen.

Die Familie Marwitz nahm die Einladung ins Haus nicht an. Mit fester Hand hinderte Hedwig ihren Sohn daran, den anderen zu folgen.

»Keine zehn Pferde werden mich in dieses Haus bringen«, sagte sie und reckte das Kinn vor. »Karl. Du kümmerst dich darum, dass wir schnellstmöglich von hier fortkommen. Am besten zurück nach Wittdün. Dort sah es mir doch etwas gesitteter aus.«

Karl, der einen hilflosen Eindruck machte, nickte beflissen. »Und bitte, sorge für eine andere Transportmöglichkeit.« Sie deutete auf das Fuhrwerk. Jetzt nickte Karl nicht mehr. Er getraute sich sogar, das Wort zu erheben. »Aber, meine Teuerste. Ich sehe ja ein, dass ...«

»Du wirst mir jetzt doch wohl nicht widersprechen«, herrschte seine Gattin ihn an. »Du hast uns mit der Buchung dieses schrecklichen Hotels in diese Lage gebracht. Also sieh zu, wie du es wieder hinbekommst, und zwar so schnell wie möglich. Ich möchte ja schließlich nicht in diesem Vorgarten übernachten.«

Marta, die wieder nach draußen getreten war, um nach ihren Gästen zu sehen, hatte die letzten Worte von Hedwig gehört und bemühte sich, ruhig zu bleiben. Solche Gäste wie Hedwig Marwitz waren ihr nicht neu, auch wenn sie gehofft hatte, dieser Kelch würde an ihr vorübergehen. Wie sagte Nele immer: Ruhig bleiben, Lösungen suchen und immer lächeln. Sie beherzigte diesen Ratschlag, setzte ihr freundlichstes Lächeln auf und sagte zu Hedwig Marwitz: »Es tut uns sehr leid, dass wir Ihnen und Ihrer Familie Unannehmlichkeiten bereiten. Wir werden selbstverständlich alles dafür tun, dass Sie eine andere Unterkunft erhalten, die Ihren Ansprüchen gerecht wird. Ich kann Ihnen da zum Beispiel das neu erbaute *Kurhaus* in Wittdün empfehlen oder das *Hotel Kaiserhof*. Aber vielleicht möchten Sie, bis wir eine Lösung gefunden haben, doch hereinkommen und eine Kleinigkeit essen. Wir haben Nordseekrabben mit Butterkartoffeln vorbereitet. Dazu einen frischen Salat.«

»Das hört sich doch gut an, meine Teuerste«, ergriff Karl das Wort und lächelte Marta erleichtert an.

»Wenn Sie möchten, können Sie den Imbiss auch im Garten einnehmen und das schöne Wetter genießen.«

»Meinetwegen«, lenkte Hedwig ein. »Aber das Haus betrete ich nicht. Wie gelangt man in den Garten?«

Sie ist ein stures Biest, dachte Marta, während sie Hedwig anbot, ihr den Weg zu zeigen. Aber so schnell würde sie nicht aufgeben. Es wäre doch gelacht, wenn sie diese starrsinnige Person nicht doch noch von den Vorzügen ihres Häuschens überzeugen konnte. Hedwig und ihre Familie setzten sich an einen Tisch unter den Kirschbäumen, und Rieke servierte ihnen Wein und Limonade. Familie Franke nahm am Nebentisch Platz, und Rudolf Franke ließ es sich nicht nehmen, Hedwig auf ihre Kritik anzusprechen.

»Ich verstehe Ihre ganze Aufregung nicht, meine Teuerste«, sagte er höflich. »Die Gaststube ist hübsch und gemütlich, und die Zimmer sind ganz zauberhaft eingerichtet. Sogar eine Etagentoilette mit Wasserspülung ist vorhanden. Was ich schon für einen besonderen Komfort halte.«

»Und es ist so herrlich ursprünglich«, ergriff nun Charlotte das Wort. »Nicht wahr, Klara?«

Klara beeilte sich zu nicken. »Sehr hübsch, wirklich. Es sieht genauso aus wie in diesem schönen Reiseprojekt, den wir neulich gesehen haben.«

»Ich weiß nicht«, erwiderte Hedwig. »Es wirkt doch alles sehr einfach und alt, und dann ist es winzig. Eine Toilette mit Wasserspülung sagen Sie. Da sieh mal einer an. Hätte ich nicht gedacht.« Sie klang etwas versöhnlicher.

Rieke kam in den Garten, verteilte Körbe mit selbst gebackenem Brot auf den Tischen und erkundigte sich, ob noch etwas fehle.

Es dauerte nicht lang, bis Marta mit einem Tablett voller Salatteller, Besteck und Servietten erschien. Rasch waren die Tische eingedeckt, und die Gäste begannen zu essen. Die Salatteller waren noch nicht geleert, da folgte bereits das Hauptgericht: Butterkartoffeln mit den Nordseekrabben, zu denen Marta eine aus Schmand und Kräutern bestehende Soße servierte. Es kehrte gefräßige Stille ein. Selbst Hedwig schien das Essen zu schmecken, denn sie aß ihren Teller leer. Fritz und Karl Marwitz baten sogar um Nachschlag und sparten nicht an Lob für die Küche. Man kam ins Gespräch. Hedwig und Karl Marwitz setzten sich irgendwann zu den Frankes an den Tisch. Marta brachte Butterkuchen und Kaffee, und Wilhelm schenkte großzügig Schnaps aus. Klara gesellte sich irgendwann zu Rieke in die Küche und begann, sie über die Insel auszufragen. Und der junge Fritz suchte Idas und Thaisens Gesellschaft. Die drei machten sich, von den anderen unbemerkt, zum Strand davon. Als die Dämmerung hereinbrach, beschloss Hedwig, sich doch das Innere des Hauses anzusehen. Und welch ein Sinneswandel. Sie zeigte sich von der kleinen Gaststube begeistert. Auch hier hatte es ihr besonders die gefliese Wand angetan. Marta erklärte, dass die blau-weißen Kacheln in vielen Friesenhäusern auf den Inseln vorhanden waren, oftmals sogar ganze Schiffe abbildeten. Auch die Gästezimmer gefielen Hedwig plötzlich. Hedwig und Karl nächtigten in der etwas geräumigeren Kammer direkt neben der Stiege, während ihr Sohn Fritz, der eben erst mit Ida vom Strand zurückgekehrt war, in einer danebenliegenden, schmalen Kammer in einem Alkovenbett schlief, was dem Buben auf Anhieb gefiel. »Das ist ja wie bei den richtigen Seemännern, wa«, rief er freudig aus und krabbelte aufs Bett. Jasper brachte das Gepäck nach oben. Selbst ihn bedachte Hedwig nun mit einem wohlwollenden Blick.

»Vielleicht ist es hier ja doch nicht so schlecht, wie ich anfangs dachte«, sagte sie zu ihrem Mann und schenkte Marta ein herzliches Lächeln. Marta überlegte, wie oft Wilhelm ihr das Schnapsglas nachgefüllt haben mochte. Der gute Korn hatte seine Wirkung nicht verfehlt. Und schließlich heiligte der Zweck manchmal die Mittel.

Als sie den Raum verließ und die Stiege nach unten ging, wich endgültig die Anspannung von ihr. Himmel, war das ein schrecklicher Tag gewesen. Aber am Ende war noch alles gut geworden.

Im unteren Flur angekommen, legte Jasper ihr die Hand auf die Schulter und fragte: »Darauf einen Korn?«

Marta nickte und erwiderte: »Gern. Wegen mir auch zwei oder drei.«

29

Norddorf, 22. Mai 1892
Heute hat sich wieder eine Köchin vorgestellt. Meine Güte, was war die Frau für eine schreckliche Person. Gewiss, sie schien Erfahrung zu haben und hatte bereits in mehreren größeren Häuser gearbeitet, aber sie hatte etwas von einem alten Besen. Da wäre ja Dorothea noch besser, und das will was heißen. Ich kann nur hoffen, dass sich bald die Richtige vorstellt. Frauke hat versprochen, sich in Wittdün umzuhören. Aber es ist schwierig. Wenn alle Stricke reißen, werde ich wohl eine Anzeige in einer Hamburger Zeitung schalten lassen. Vielleicht findet sich ja auf diesem Weg eine Lösung.
Das war es dann für den Augenblick. Die Küche ruft.

Franz Wuttge musterte Rieke und Klara.

»Ihr beiden wollt also zwei Pferde mieten.« Er klang skeptisch. »Könnt ihr denn überhaupt reiten?«

»Ja, natürlich«, antwortete Rieke, bemüht darum, ihrer Stimme einen festen Klang zu verleihen, denn mit ihren Reitkünsten war es nicht sonderlich weit her. Zuletzt war sie vor einigen Jahren geritten, als sie zehn oder elf Jahre alt gewesen war. Damals hatten sie im Sommer öfter einige Tage im Alten Land in einem Gutshof verbracht, wo eine Cousine ihres Vaters mit ihrem Gatten lebte. Allerdings waren es damals Ponys gewesen, auf denen sie geritten war. Jetzt stand sie vor einem normalen Reitpferd, dessen Größe sie einschüchterte. Doch sie hatte Klara, einer absoluten Pferdenärrin, versprochen, ihr heute zu Pferd die Insel zu zeigen, also galt es, nicht zu kneifen. Die beiden Pferde waren hellbraune Stuten, die Freya und Gloria hießen und einen friedfertigen Eindruck machten.

»Wenn wir nicht reiten könnten, würden wir dann Pferde mieten?«, fragte Klara kess.

Franz Wuttge hob beschwichtigend die Hände. »Schon gut, mien Deern. War nicht so gemeint. Aber mit den Touristen, da erlebt man Sachen, ich kann euch sagen. Ihr wärt nicht die Ersten, die vom Pferd fallen und dann dem armen Tier die Schuld dafür geben. Neulich ist einer mit meiner Freya bei Ebbe bis nach Föhr geritten. Das muss man sich mal vorstellen. So ein Dösbaddel. Zurück kam er nicht mehr, denn die Fähre wollte Freya nicht an Bord lassen. Er hat sie dann bei einem Bauern in Wyk untergestellt, und wir konnten den Rücktransport organisieren. Hat ihn eine hübsche Stange Geld gekostet.«

»Wir werden nicht aufs Watt hinausreiten«, versicherte Rieke. »Und schon gar nicht nach Föhr«, fügte sie hinzu.

»Ach, das weiß ich doch von dir, mien Deern. Bist ja schon so gut wie eingebürgert. Ich hab auch gehört, wie gut es mit eurem Hotel läuft. Richte deinem Vater bitte Grüße von mir aus.« Er lächelte. »Wie lange wollt ihr die beiden denn haben?«

»Für den Nachmittag«, antwortete Rieke. »Wenn es dämmert, bringen wir sie wieder zurück.«

»Na fein. Dann sagen wir pro Pferd zwei Mark.«

Rieke willigte ein und bezahlte.

Klara entschied sich für Gloria, was Rieke entgegenkam, denn Freya schien das ruhigere Pferd zu sein. Franz Wuttge half Klara, ganz Gentleman, beim Aufsteigen. Wie elegant sie dabei aussah, dachte Rieke. Klara trug ein dunkelblaues, schmal geschnittenes Reitkostüm, das ihre zierliche Figur betonte. Ihr dunkles Haar hatte sie am Hinterkopf hochgesteckt, und ein passender Hut mit weißem Band rundete ihr Erscheinungsbild ab. Ihr gegenüber kam sich Rieke in ihrem braunen Kostüm richtig plump vor. Franz Wuttge half auch ihr. Doch sie hatte das Gefühl, wesentlich schwerfälliger zu sein. Als sie endlich im Sattel saß und die Zügel nahm, zitterten ihre Hände. Franz Wuttge schien den Braten zu riechen, denn er raunte ihr leise zu: »Keine Sorge. Die Freya ist ein liebes Mädchen. Musst gar nicht viel machen.«

Rieke nickte. Gemächlich ging es den Feldweg hinunter. Die ersten Meter war Rieke noch unsicher, doch als sie Nebel hinter sich gelassen hatten, wurde es besser. Klara fiel irgendwann in einen leichten Trab, und auch Rieke trieb Freya an. Sie hatte noch ein wenig Mühe, sich aufrecht im Sattel zu halten, doch dafür, dass sie so lange nicht geritten war, funktionierte es ganz gut. Als sie bald darauf den Strand erreichten, glaubte sie tatsächlich, das Glück dieser Erde läge auf dem Rücken der Pferde. Es war herrlich, an der Wasserkante entlangzureiten, Sonne und Wind im Gesicht. So fühlte sich Freiheit an.

Die Idee, die Betreuung der Gäste zu übernehmen, gefiel Rieke immer besser. Sie hatte sich mit ihrer Mutter auf eine gute Arbeitsteilung geeinigt. Vormittags kümmerte sie sich um die Reinigung der Zimmer, und danach bot sie den Gästen Zerstreuung, während ihre Mama voller Begeisterung in der Küche werkelte. Nur Wilhelm sah diese Tätigkeiten seiner Frauen eher skeptisch. Rieke war kein Zimmermädchen, und seine Marta war die Hausherrin und sollte nicht kochen müssen. Er hoffte sehr, dass diese Übergangslösung bald eine Ende finden würde. So schwer konnte es doch nicht sein, auf dieser Insel patentes Personal zu finden. Allerdings entsprach nicht jeder Bewerber Martas Ansprüchen. Bereits zwei Damen hatte sie weggeschickt. Sine hatte wahrlich eine große Lücke hinterlassen. Wenigstens war ihnen noch Jasper geblieben, der überall aushalf, auch mal Krabben pulte und Kartoffeln schälte. Er spielte sogar mit Marie, die leider zumeist im Weg umging. Auch dafür mussten sie eine Lösung finden, denn Ida besuchte inzwischen wieder die Schule, und nachmittags verschwand sie oft stundenlang mit Thaisen. Sie war eben selbst noch ein Kind und genoss die vielen Freiheiten, die ihr die Insel bot. Wenigstens hatte sich Hedwig Marwitz dazu entschlossen zu bleiben. Um die Familie Marwitz kümmerten sich heute Philipp und Jasper, die mit ihnen eine Bootstour nach Föhr unternahmen. Die Frankes waren und blieben jedoch weitaus umgänglicher als die Marwitz. Charlotte Franke saß inzwischen gern in den Nachmittagsstunden mit einer Tasse Tee auf einen Plausch bei Marta in der Küche, was diese sehr genoss.

Am Abend würde Rieke mit den Damen zum ersten Ball der Saison ins *Kurhaus Wittdün* gehen. Auch Jacob würde kommen, worauf sie sich riesig freute. Schon allein der Gedanke an ihn ließ ihr Herz höher schlagen. Seit dem Einweihungsfest hatten sie sich nur noch wenige Male kurz gesehen, denn Jacob war mit der Organisation seines Logierhauses beschäftigt. Soweit sie wusste, waren gestern bereits die ersten Gäste bei Jacob und Hinrich eingetroffen. Jacob würde ihr heute Abend gewiss davon berichten, wie der Neubeginn gelaufen war.

Nach einer Weile zügelten die beiden Mädchen ihre Pferde. Klara begann Rieke auszufragen. Wie lange sie schon auf Amrum sei? Ob sie Hamburg vermissen würde? Weshalb ihr Vater ein Hotel eröffnet hatte? Sie selbst wolle niemals aus Hannover fortgehen. Besonders auf die Vergnügungen und Annehmlichkeiten des Stadtlebens wolle sie nicht verzichten. Rieke überlegte, ob sie von ihrer anfänglichen Abneigung Amrum gegenüber erzählen sollte, behielt es dann aber für sich. Ihr Privatleben ging Klara nichts an, auch wenn sie sehr nett war. Also antwortete sie höflich, dass ihr Hamburg schon ab und an fehlen würde, besonders die vielen Vergnügungen von St. Pauli. Aber die Insel habe sie eben alle bezaubert, und sie vermisse nichts. Stimmte das? Oder vermisste sie Hamburg nicht doch ein wenig? Sie hatte schon länger nicht mehr an ihre Heimatstadt gedacht, wann den letzten Brief an Berta geschrieben?

Rieke zügelte ihr Pferd und deutete aufs Meer, wo gerade ein Schiff zu sehen war. »Das ist die Fähre von Föhr. Wenn du magst, können wir auch mal hinüberfahren. Die Insel ist größer als Amrum, und es lässt sich dort wunderbar über die Strandpromenade flanieren und Nachmittagskonzerten lauschen.«

»Und bis dorthin ist der Mann wirklich mit dem Pferd geritten?«

Klara ging nicht auf Riekes Vorschlag ein.

»Bei Ebbe ist das möglich«, erwiderte Rieke. »Obwohl ich es keinem Fremden rate, zu weit aufs Watt hinauszulaufen. Und ganz besonders nicht mit einem Pferd«, fügte sie grinsend hinzu. »Das Wasser läuft schneller auf, als man denkt, und es sind schon viele dort draußen ertrunken. Aber es gibt geführte Wattwanderungen. Wenn ihr möchtet, können wir die Tage gern mal eine machen. Wiebke Olsen aus Süddorf bietet Wattwanderungen an. Sie macht das großartig.«

Rieke hätte jetzt am liebsten gesagt, Kaline Peters kennt das Watt wie ihre Westentasche. Doch es gab keine Kaline mehr, die aufs Watt hinauslief, um Austern zu ernten, die ihnen Schauermärchen erzählte und Marie durchkitzelte. Es gab keine Kaline mehr, mit der sie abends am Strand stehen und schweigen konnte. Sine und Kaline waren fort, und ein Stück Amrum war mit den beiden verloren gegangen.

»Wollen wir weiterreiten?«, fragte Klara und riss Rieke aus ihren Gedanken. »Vielleicht nach Wittdün?«

»Gern, wieso nicht.«

Sie ritten los. Vorbei an Strandhallen, gut besetzten Strandkörben, buddelnden Kindern und flanierenden Damen. Badekarren wurden ins Meer geschoben und wieder herausgeholt. Es war erst Mai und fühlte sich doch wie Sommer an.

Kurz bevor sie Wittdün erreichten, passierte es. Ein junger Bursche lief laut kreischend direkt vor Riekes Pferd, und die Stute scheute. Rieke konnte sich nicht halten, stürzte und schlug unsanft mit dem Hinterkopf auf. Zudem fuhr ein stechender Schmerz durch ihr Handgelenk.

»Rieke!«, rief Klara entsetzt, zügelte ihr Pferd und stieg ab. Einige Badegäste kamen zu ihnen gelaufen, darunter die Mutter des Jungen, die sofort lautstark schimpfte: »Da reiten Sie wie die Verrückten den Strand entlang. Gott weiß, was hätte passieren können. Mein armer Junge.«

»Ihr armer Junge sollte besser darauf achten, wo er hinläuft«, gab Klara zur Antwort. »Sehen Sie denn nicht, was er angerichtet hat?«

»Also, das ist doch wohl die Höhe. Solch eine Frechheit muss ich mir nicht gefallen lassen. Wissen Sie eigentlich, wen sie vor sich haben?«

»Das ist mir ehrlich gesagt vollkommen gleichgültig«, erwiderte Klara und sank neben Rieke auf den Boden.

»Ihr Junge ist direkt vor die Pferde gelaufen«, mischte sich eine ältere Dame ein. »Und er sieht, wenn ich das anmerken darf, im Gegensatz zu der jungen Dame recht unversehrt aus.«

Der Frau blieb daraufhin die nächste Schimpftirade im Hals stecken. »Das wird noch ein Nachspiel haben«, schnauzte sie Klara an und ging mit ihrem Buben davon.

Rieke setzte sich stöhnend auf.

»Es ging alles so schnell«, murmelte sie. »Der Junge. Freya.«

»Sie können nichts dafür, meine Liebe«, versuchte die ältere Dame, Rieke zu beruhigen. »Der Bengel ist Ihnen direkt vors Pferd gelaufen.«

»Ja, das hab ich auch gesehen«, pflichtete eine andere Frau bei. Ein älterer Herr, der sich ebenfalls genähert hatte, nickte.

»Soll sich ruhig beschweren gehen, diese schreckliche Person«, sagte ein junger Bursche, der Freya am Zügel festhielt und ihr beruhigend über die Nüstern strich. »Es gibt genug Leute, die gesehen haben, wie der Junge Ihnen in den Weg gerannt ist. Wir mussten ihn von den Badekarren auch schon wegjagen, denn auch unsere Pferde hat er bereits aufgescheucht. Der Bengel scheint wohl Spaß daran zu haben, die Tiere zu erschrecken.« Er deutete zu einem der Badekarren hinüber, vor dem einer seiner Mitstreiter sich gerade eine Zigarette anzündete.

»Tut dir etwas weh?«, fragte Klara. »Kannst du aufstehen?«

»Das Handgelenk«, antwortete Rieke. Tränen schossen ihr in die Augen. »Und wenn es gebrochen ist?«

»So schlimm wird es hoffentlich nicht sein«, erwiderte die ältere Dame. »Am besten, wir bringen Sie zum Kurarzt nach Wittdün.«

Rieke nickte und schaffte es, von Klara gestützt, aufzustehen. Der ältere Herr reichte ihr fürsorglich ein Taschentuch. »Das wird schon wieder, Mädchen«, tröstete er sie. »Sie sind doch weich gefallen. Gewiss ist nichts gebrochen.«

»Was machen wir denn jetzt mit den Pferden?«, fragte Rieke.

»Wir können sie nach Nebel zu Wuttge bringen«, bot sich der Bursche an, der Freya am Zügel hielt.

»Oh, das wäre nett«, erwiderte Klara.

»Und wir können auch gleich zum *Hotel Inselblick* laufen und dort Bescheid geben. Jasper kommt Sie dann bestimmt abholen.«

Verdutzt schaute Rieke den Burschen an.

»Ich bin Jan Schau. Der älteste Sohn von Philipp Schau. Ich war auch auf dem Einweihungsfest, erinnern Sie sich?«

»Jan, richtig. Du warst auf See, oder?«

Ohne darauf zu achten, war Rieke zum Du übergegangen.

»Genau. In Asien, für ein Jahr. Aber jetzt bleib ich erst mal zu Hause. Gibt nun genug Arbeit hier.«

»Dann wollen wir mal«, sagte Klara und führte Rieke langsam in Richtung Strandhallen, und von dort ging es Richtung Dünenwall. Rieke blieb immer wieder stehen, denn ihr war schwindelig.

»So ein Sturz vom Pferd ist nicht zu unterschätzen«, sagte die ältere Dame besorgt, die sie begleitete. »Mein Johannes, Gott hab ihn selig, hat sich bei einem Sturz dieser Art das Bein gebrochen. Er hat drei Monate gebraucht, bis er wieder richtig laufen konnte.«

Klara warf der Dame einen strengen Blick zu, den diese nicht zu registrieren schien, denn sie plapperte munter weiter: »Und mein Cousin mütterlicherseits hat sich bei einem Sturz vom Pferd sogar das Genick gebrochen. Ich habe immer gesagt, dass es keine gute Idee ist, diese elenden Pferderennen zu reiten. Aber auf mich wollte ja niemand hören.«

»Heute hat sich aber niemand das Genick gebrochen«, entgegnete Klara genervt.

Sie erreichten Jacobs Logierhaus, wo Jacob zufällig am Eingang stand und einen der Kofferträger anwies, sich um das Gepäck von neu eingetroffenen Gästen zu kümmern. Als er sie bemerkte, kam er sofort besorgt näher.

»Rieke, meine Liebe, was ist denn geschehen?«

»Sie ist vom Pferd gefallen«, beantwortete Klara seine Frage. »Unten am Strand. Wir wollen ins *Kurhaus* zum Arzt.«

»Ach du meine Güte«, sagte Jacob. »Ich begleite euch selbstverständlich.« Er rief den Kofferträgern zu, Hinrich Bescheid zu geben, dass er eine Weile fort sein würde, und legte fürsorglich den Arm um Rieke.

Klara nutzte Jacobs Unterstützung, um ihre nervige Begleitung endgültig loszuwerden. »Ich denke, wir kommen jetzt allein zurecht«, sagte sie, an die Dame gewandt. »Und noch einmal vielen Dank für Ihre Hilfe.«

»Aber gern«, erwiderte diese und hob mahnend den Zeigefinger. »Und halten Sie sich in Zukunft lieber von Pferden fern. Diese Tiere sind die reinsten Unglücksboten.«

»Dem Herrn im Himmel sei Dank, die sind wir los«, entfuhr es Klara.

Jacob schmunzelte, ging jedoch nicht auf ihre Bemerkung ein, sondern machte sie darauf aufmerksam, dass zu dieser Stunde auch im näher gelegenen *Haus Daheim* ein Kurarzt Sprechstunde hatte.

Sie setzten sich in Bewegung und liefen am Papeteriegeschäft von Frauke Schamvogel vorüber. Jacob hielt Rieke fest im Arm, was ihr Sicherheit vermittelte, denn immer mehr begannen sich die Straße und die Häuser zu drehen, und es hämmerte immer stärker in ihrem Kopf. Sie erreichten das *Haus Daheim*, wo das Sprechzimmer des Kurarztes Doktor Bergstein im ersten Stock lag. Langsam gingen sie die Treppe nach oben. Als sie den oberen Flur erreichten, saßen auf den Wartestühlen vor dem Behandlungszimmer noch zwei weitere Patienten. Die Sprechstunde von Doktor Bergstein, der zweimal in der Woche von Föhr herüberkam, wurde gut angenommen. Zu ihm kamen nicht nur die Kurgäste, sondern auch der eine oder andere Insulaner ließ sich von ihm behandeln. Jacob setzte Rieke auf einen freien Stuhl neben eine Frau um die fünfzig, die, nach ihrer Kleidung zu urteilen, Dienstbotin zu sein schien, Rieke mitleidig ansah und fragte: »Was ist denn geschehen?«

»Sie ist vom Pferd gefallen«, beantwortete Klara die Frage.

Rieke lehnte den Kopf nach hinten und schloss die Augen. Zu den Kopfschmerzen und dem Schwindel gesellte sich Übelkeit. Und auch das Handgelenk schmerzte. Sie getraute sich nicht, es zu bewegen.

»Ach du je«, bedauerte die Frau Rieke. »Ist wohl heute kein guter Tag.« Sie musste niesen und wandte den Kopf ab, als ein Hustenanfall folgte.

»Das tut mir leid«, bekundete Klara.

»Ach, der Husten ist nicht schlimm«, erwiderte die Frau. »Das muss dir nicht leidtun. Gewiss weiß der Arzt Rat. Viel schlimmer ist, dass sie mich gestern auf die Straße gesetzt haben. Eine niesende und hustende Hilfsköchin könnten sie nicht gebrauchen, haben sie gesagt. Dieser elende Küchenchef, piekfein und schnöselig und doch nur ein alter Dösbaddel, der keine Ahnung hat.« Sie winkte ab. »Dreißig Jahre lang hab ich unser kleines Gasthaus auf Helgoland geleitet. Wär ich mal dort geblieben, anstatt in meinem Alter noch das Glück in der Fremde zu suchen.« Sie seufzte.

Rieke hörte nur mit halbem Ohr, was die Frau neben ihr erzählte. Ihre Übelkeit verstärkte sich, und sie befürchtete, sich übergeben zu müssen. Die Tür des Behandlungszimmers öffnete sich, und eine adrett gekleidete Frau mittleren Alters kam heraus.

»Wer ist der Nächste?«, fragte die Arzthelferin.

»Das bin dann wohl ich«, antwortete die Frau neben Rieke und erhob sich. Die Tür schloss sich hinter ihr, und Klara setzte sich neben Rieke.

Der andere Patient, ein älterer Herr, gab das Warten auf und ging. Im Vorbeigehen nickte er Rieke aufmunternd zu. Er war noch nicht ganz außer Sicht, da kam plötzlich Wilhelm angelaufen und blieb, nach Atem ringend, vor ihnen stehen.

»Ach, Gott sei Dank. Ihr seid hier. Rieke, Kind, was machst du denn für Sachen? Ich habe dir gleich gesagt, dass das mit dem Reiten keine gute Idee ist. Es ist Jahre her, dass du zuletzt auf einem Pferd gesessen hast.«

»Oh, Rieke ist sehr gut geritten. Ein Lausebengel ist ihr einfach vors Pferd gesprungen und hat es erschreckt«, antwortete Klara, der schlagartig klar wurde, dass Rieke nur ihr zuliebe auf das Pferd gestiegen war.

»Und, Jacob, Sie sind ja auch hier«, sagte Wilhelm zu Jacob. »Vielen Dank für Ihre Hilfe.«

»Ich stand gerade vor dem Haus, als die Damen vorbeikamen. Da musste ich doch helfen«, antwortete Jacob.

Die Tür zum Behandlungszimmer öffnete sich, und Frau Janke kam wieder heraus.

»Ein Reizhusten«, sagte sie lächelnd zu Klara. »Wird schon wieder, hat der Arzt gesagt. Unkraut vergeht nicht so schnell.« Sie wollte zur Treppe gehen, wurde aber von der Schwester noch einmal zurückgerufen, die ihr nacheilte. »Frau Janke, Sie haben Ihre Tropfen vergessen.«

Die Schwester reichte der Frau ein braunes Fläschchen, dann kam sie zurück und bedeutete Rieke, ihr zu folgen. Mit der Hilfe von Wilhelm stand Rieke vorsichtig auf, und die beiden verschwanden im Behandlungszimmer. Klara und Jacob warteten draußen.

Rieke wurde auf eine Liege gelegt, und der Arzt erkundigte sich danach, was genau passiert war. Er untersuchte ihr Handgelenk und konstatierte eine schwere Verstauchung, dazu eine leichte Gehirnerschütterung, die die Übelkeit verursachte. Er verordnete mindestens eine Woche Ruhe und wies die Schwester an, das Handgelenk zu verbinden.

»Eine Woche«, murmelte Rieke und begann zu weinen. »Wie soll das gehen, Papa. Die Gäste ...«

»Wir werden schon eine Lösung finden«, beruhigte Wilhelm sie und tätschelte ihr die Schulter. »Jetzt musst du erst einmal wieder gesund werden. Wir können froh sein, dass nicht mehr passiert ist.«

Rieke nickte und zog wenig damenhaft die Nase hoch, während eine Schwester ihr Handgelenk mit einer Salbe einrieb und verband.

»Ich bringe dich jetzt erst einmal nach Hause, und du ruhst dich aus.« Wilhelm half Rieke beim Aufstehen.

Die Schwester öffnete die Tür und wünschte gute Besserung. Draußen erhoben sich Klara und Jacob von den Stühlen.

»Eine leichte Gehirnerschütterung und eine Verstauchung«, beantwortete Wilhelm die unausgesprochene Frage. »Sie braucht Ruhe.«

Jacob nickte. »Gott sei Dank kein Bruch.«

»Ja, da können wir froh sein«, erwiderte Wilhelm.

Klara sagte nichts. Sie hatte ein schlechtes Gewissen. Nur sie allein trug die Schuld an diesem Unfall. Rieke hatte gezögert, als sie mit der Idee, zu reiten, ankam. Auch war ihr durchaus aufgefallen, wie unsicher Rieke im Sattel gesessen hatte. Wenn sie nicht so forsch vorausgeritten wäre, hätte sich Rieke vielleicht im Sattel halten können. Ach, dieser elende Lausebengel. Eine Ohrfeige hätte sie ihm verpassen sollen. Die wäre mehr als verdient gewesen.

Vor dem Haus stand das Fuhrwerk des Hotels. Wilhelm und Jacob halfen Rieke beim Einsteigen.

»Ich komme bald vorbei, um nach dir zu sehen«, sagte Jacob und nickte Rieke zu. Klara nahm neben Rieke Platz und legte fürsorglich den Arm um sie. Wilhelm verabschiedete sich von Jacob, kletterte auf den Kutschbock des kleinen Wagens und trieb das Pferd an. Rieke hob den Kopf und blickte zurück. Jacob war mitten auf der Straße stehen geblieben und winkte ihnen nach. Hinter ihm waren die Umrisse des *Kurhauses* zu erkennen. Der Anblick trieb Rieke erneut die Tränen in die Augen. Der erste Ball der Saison würde ohne sie stattfinden. Und sie hatte doch mit Jacob tanzen wollen.

Als sie zu Hause eintrafen, kam ihnen eine vollkommen aufgelöste Marta entgegengelaufen.

»Rieke, Kind. Was ist denn nur geschehen?«, fragte sie.

»Sie ist vom Pferd gefallen«, antwortete Klara schon wieder anstelle von Rieke.

»Aber es ist Gott sei Dank nicht viel passiert«, beruhigte Wilhelm seine Frau. »Eine leichte Gehirnerschütterung und ein verstauchtes Handgelenk. Das wird schon wieder. Allerdings meinte der Arzt, dass sie eine Woche lang absolute Ruhe benötigt.«

»Es tut mir leid, Mama«, murmelte Rieke, während sie mit Wilhelms Hilfe vom Wagen herabkletterte.

»Du musst dich nicht entschuldigen«, erwiderte Marta, legte fürsorglich den Arm um Rieke und ging mit ihr ins Haus. »Jetzt legst du dich erst einmal hin und schläfst ein wenig.«

»Aber das Hotel, die Zimmer, die Gäste. Das schaffst du niemals allein.«

»Wir werden das Kind schon schaukeln«, beschwichtigte Wilhelm.

»Dein Vater hat recht. Ich laufe nachher gleich zu Anne Schau hinüber. Sie hat mir ihre Hilfe angeboten, sollte mal Not am Mann sein. Die paar Tage können wir überbrücken. Mach dir deswegen mal keine Gedanken.«

Sie zog ihrer Tochter das Kleid aus und löste die Schnürung des Korsetts. Nur noch mit ihrem Hemd bekleidet, schlüpfe Rieke unter die Decke.

»Ruh dich aus. Später bringe ich dir etwas zu essen. Und Ida quartieren wir für die nächste Zeit auf das Sofa in der Stube, damit du deine Ruhe hast.«

Marta drückte ihrer Tochter noch einmal die Hand, Wilhelm hauchte ihr ein Küsschen auf die Wange, dann verließen die beiden den Raum. Als sie über den Innenhof zurück zum Haupthaus liefen, kam Familie Marwitz von ihrer Bootstour nach Föhr zurück.

Eine vollkommen durchweichte Hedwig Marwitz saß mit verschränkten Armen auf dem Wagen und blickte finster drein. Marta ahnte Fürchterliches. Sie hatte den Wagen noch nicht erreicht, da zeterte Hedwig bereits los. Keine zehn Pferde würden sie auch nur eine Minute länger auf dieser Insel halten. Sie würde abreisen. Und zwar sofort!

30

Hedwig Marwitz saß in drei Decken gehüllt in einem Sessel vor dem Ofen und wärmte ihre Hände an einem Teebecher. Ihre Miene war grimmig. Doch immerhin hatte sie zu zetern aufgehört, wofür Marta mehr als dankbar war, denn Hedwigs schrille Stimme war unerträglich. Charlotte Franke, die in Begleitung ihres Gatten ebenfalls auf Föhr dabei gewesen war, saß neben Hedwig, um der Unglücklichen Gesellschaft zu leisten. Marta bewunderte diese Frau für ihre Geduld. Charlotte beruhigte Hedwig, tätschelte ihr den Arm, schenkte Tee nach und erinnerte an die schönen Dinge ihres Ausflugs: den Spaziergang über die Strandpromenade, die herrlichen Geschäfte und Läden, in denen es so hübschen Tand zu kaufen gegeben hatte, den großartigen Pianisten, dem sie in einem Café gelauscht hatten. Doch auch Charlotte hatte es bisher nicht geschafft, Hedwig zum Bleiben zu überreden. Noch immer hielt sie stur daran fest, am nächsten Tag die Insel zu verlassen. Karl Marwitz, der, eine Zigarette rauchend, mit Wilhelm vor dem Haus in der Sonne saß, schien froh darüber zu sein, seiner Gattin für eine Weile entfliehen zu können. Er hatte sich vorhin bei Wilhelm nach den Abfahrtszeiten der *Cobra* erkundigt und resigniert hingenommen, dass erst morgen früh wieder ein Schiff nach Hamburg ablegen würde.

Jasper, der Marta in der Küche zur Hand ging und die Bohnen für das Abendbrot putzte, berichtete unterdessen ein weiteres Mal, wie es geschehen konnte, dass Hedwig ins Hafenbecken geplumpst war.

»Sie lief direkt hinter mir. Genau hab ich es nicht gesehen. Sie muss wohl ausgerutscht sein. Ich hörte sie schreien. Als ich mich umwandte, saß sie bereits im Wasser. Sogleich sind zwei Hafenarbeiter hinterhergesprungen und haben sie herausgefischt. Sogar auf mich eingeschlagen hat sie, nachdem sie wieder auf dem Trockenen saß. Als wenn ich daran schuld wäre, dass sie nicht laufen kann. Wie eine Furie hat sie gezetert, so etwas habe ich überhaupt noch nicht erlebt. Philipp hat sie sofort in eine Decke gewickelt, unter Deck gebracht und ihr einen heißen Kaffee gegeben, aber sie ließ sich nicht beruhigen. Weder von ihm noch von Charlotte, die für ihre Geduld einen Orden verdient hätte. Dass ein Weib so scheußlich zetern, jammern und schimpfen kann, und das alles in nur einem Atemzug ...« Er schüttelte den Kopf. »Das war die schrecklichste Überfahrt von Föhr, die ich jemals erlebt habe. Wenn du meine Meinung hören willst: Sei froh, wenn sie den nächsten Dampfer nach Hamburg nimmt. Das wird die nächsten Wochen nicht besser.«

»Wochen, du sagst es«, erwiderte Marta seufzend. »Sie haben für vier Wochen reserviert, und es würde einer Katastrophe gleichkommen, wenn sie jetzt abreisen. Woher soll ich denn so schnell neue Gäste bekommen? Selbst in Wittdün gibt es überall noch freie Zimmer, und wir wissen beide, dass dort mehr Komfort geboten wird.« Sie ließ davon ab, den Speck in Streifen zu schneiden, und setzte sich neben Jasper an den Tisch. »Irgendwie habe ich das Gefühl, alles geht schief. Erst verlassen Sine und Kaline uns, dann fällt Rieke vom Pferd, und jetzt plumpst uns Hedwig auch noch ins Hafenbecken. Womöglich war es wirklich keine gute Idee, ein Hotel zu eröffnen.«

»Ach, das wird schon«, tröstete Jasper sie. »Bei Sine und Kaline ging auch nicht immer alles gut. Ist wie mit dem Meer, hat Kaline dann immer gesagt. An einem Tag sieht es grau und scheußlich aus und schlägt solch hohe Wellen, als wollte es die ganze Insel verschlingen. Und am nächsten funkelt es im hellen Sonnenlicht und zaubert ein Lächeln auf deine Lippen.«

»Ach, unsere Kaline. Wie sehr ich sie vermisse. Sie wüsste jetzt bestimmt, was zu tun ist«, antwortete Marta seufzend.

Klara, die noch einmal bei Franz Wuttge gewesen war, um nach den Pferden zu sehen, betrat die Küche, erkundigte sich nach Riekes Befinden und fragte, ob sie irgendwie helfen könne. Marta erklärte ihr, dass Rieke schlafe und sie als Gast nicht arbeiten müsse.

»Aber ich bin doch schuld an der Misere«, erwiderte Klara und wollte sich nicht abwimmeln lassen. »Ohne mich wäre Rieke niemals auf das Pferd gestiegen. Wenn ich gewusst hätte, dass sie keine sichere Reiterin ist ...« Sie verstummte.

»... wärst du trotzdem mir ihr losgeritten, weil du es unbedingt wolltest«, vollendete Jasper mit einem Augenzwinkern ihren Satz.

»Stimmt«, gestand Klara und sank neben ihn auf einen Stuhl. »Und Rieke hat sich auch gar nicht schlecht geschlagen. Bis dann dieser verdammte Bengel aufgetaucht ist und ihr Pferd erschreckt hat. Die Arme. Und sie hat sich so sehr auf den Ball im *Kurhaus* heute Abend gefreut.«

»Es wird dieses Jahr noch viele Bälle geben«, antwortete Marta lächelnd.

»Kann ich trotzdem helfen?«, fragte Klara. »Ich könnte Kartoffeln schälen. Ich verspreche auch, mich nicht in den Finger zu schneiden. Rieke fällt doch jetzt aus, oder? Ich kann mich nützlich machen, ehrlich.«

Marta schaute zu Jasper, der mit den Schultern zuckte. Es war ihr eigentlich nicht recht, Klaras Hilfe anzunehmen, denn Gäste sollten nicht arbeiten. Allerdings war eine Notsituation eingetreten, also warum nicht?

»Meinetwegen«, sagte sie, stellte die Schüssel mit den Kartoffeln auf den Tisch und reichte Klara ein Messer. Das Mädchen machte sich sogleich ans Werk, und Marta bemerkte erstaunt, dass sie sich recht geschickt anstellte.

»Zu Hause gehe ich unserer Köchin auch manchmal zur Hand. Ich habe Spaß daran, mich nützlich zu machen«, erklärte Klara, die Martas Gedanken erraten hatte. »Sogar Kuchen backen kann ich schon. Mama sieht es nicht gern, denn sie meint, ein Mädchen aus gutem Haus muss nicht in der Küche arbeiten. Aber wenn es mir doch Freude macht.« Sie lächelte Marta an, für die die Worte des Mädchens wie Balsam auf ihre geschundene Herbergsmutterseele waren. Klara plapperte weiter und kam wieder auf Riekes Reitunfall zu sprechen. »In Wittdün war ja dann Gott sei Dank dieser nette junge Mann zur Stelle. Wie war noch gleich sein Name?«

»Jacob, Jacob Thieme«, sagte Marta.

»Richtig. Jacob Thieme. Glücklicherweise mussten wir dank seiner Hilfe nur bis zum *Haus Daheim* laufen.«

»Ich weiß, dort behandelt Doktor Bergstein aus Föhr«, sagte Jasper. »Zweimal die Woche kommt er herüber. Ihm vertrauen sogar die Insulaner, und er hat moderate Preise. Zu dem Quacksalber im *Kurhaus*, soll ein recht arroganter Pinsel sein, gehen sie nicht gern.«

»Stimmt. Es war auch noch eine andere Frau da. Eine Frau Janke oder so ähnlich. Sie saß neben Rieke. Die arme Frau litt unter ihrem Heuschnupfen und einem Reizhusten. Deshalb hat sie angeblich ihre Anstellung in einem der Hotels verloren. Moment, was war sie noch gleich? Richtig, Hilfsköchin. Sie tat mir wirklich leid, denn sie wusste nicht, wie es jetzt weitergehen würde.«

Marta, die gerade damit begonnen hatte, die Birnen zu schälen, horchte auf.

»Eine Hilfsköchin, sagst du.«

»Ja, kam von Helgoland, hat sie erzählt. Leitete dort wohl viele Jahre ein Gasthaus.«

»Und wie war ihr Name?« Marta war wie elektrisiert. Eine Köchin, die Arbeit brauchte. Zwar mit Heuschnupfen und Reizhusten, aber solche Probleme vergingen wieder.

»Janke – oder so ähnlich.«

»Weißt du zufällig, wo sie wohnt? Hat sie irgendetwas gesagt?«

»Leider nicht«, antwortete Klara, die sich von Martas plötzlichem Interesse überrumpelt fühlte. »Sie ist nach der Behandlung wieder gegangen. Mehr kann ich nicht sagen.

Marta begann, laut nachzudenken: »Sie scheint Erfahrung zu haben. Wenn sie schon ein Gasthaus geleitet hat. Vielleicht kann uns Frauke Schamvogel helfen, sie zu finden. Sie kennt in Wittdün alles und jeden.«

»Soll ich rüberfahren und mich erkundigen?«, fragte Jasper.

Marta nickte. »Das ist eine gute Idee. Heute Abend komme ich auch ohne dich zurecht. Jetzt habe ich ja eine zusätzliche Hilfe.« Sie sah zu Klara und lächelte. »Aber sei so nett und frag trotzdem Anne Schau in Nebel, ob sie mir morgen aushelfen kann. Bei dem ganzen Durcheinander bin ich gar nicht mehr dazu gekommen.«

»Aber gern«, antwortete Jasper und stand auf. »Mach dir keine Gedanken. Ich werde diese Frau Janke, oder wie sie auch immer heißen mag, schon finden.«

Er verließ den Raum, und wenig später fuhr er vom Hof. Jetzt galt es, zu hoffen, dass er diese Frau Janke finden würde und sie die Richtige für ihr Hotel wäre. Dann hätte Riekes Reitunfall am Ende doch noch etwas Gutes gehabt.

31

Ida und Thaisen standen in Wittdün vor dem Eingang zum *Kurhaus* und beobachteten die vielen feinen Herrschaften, die dort nach und nach eintrafen, um an dem ersten Ball der Saison teilzunehmen. Ida hielt nach Rieke Ausschau, konnte sie aber nirgendwo entdecken. Von Riekes Unfall und dem Vorfall mit Hedwig Marwitz hatte sie noch nichts mitbekommen, denn sie war den ganzen Nachmittag mit Thaisen unterwegs gewesen. Eigentlich sollte sie inzwischen längst zu Hause sein, doch die Neugierde hatte die beiden hierhergetrieben. So viele feine Leute sah man ja nicht jeden Tag.

»Vielleicht können wir uns hinten herum in den Garten stehlen und uns die hübschen Kleider aus der Nähe ansehen«, meinte Ida, die enttäuscht darüber war, dass die meisten Damen Mäntel über ihren Abendroben trugen.

»Und wenn wir Glück haben, besorgen uns Jacob oder Rieke sogar ein Gläschen Sekt«, ergänzte Thaisen grinsend.

»Sekt, in unserem Alter«, rief Ida. »Also dafür sind wir noch zu jung. Und schmecken tut das Zeug auch nicht.«

»Woher weißt du das denn?«, fragte Thaisen.

»An Silvester hab ich welchen getrunken«, gestand Ida. »Aber nur einen kleinen Schluck aus Mamas Glas. Es war scheußlich.«

»Also mir schmeckt das Zeug. Es prickelt so herrlich auf der Zunge.«

»Stimmt. Das Prickeln war lustig.«

»Dann also doch Sekt?«

»Meinetwegen. Aber nur ein Glas. Schließlich sind wir noch Kinder.«

»Du hörst dich an wie meine Mutter«, erwiderte Thaisen und fügte hinzu: »Komm. Lass uns hinten herumgehen. Da findet sich bestimmt ein Weg in den Garten.«

Die beiden wandten sich vom Eingang ab und liefen über einen sandigen Schleichweg auf die andere Seite des *Kurhauses* zu dem schön angelegten Garten, in dem bereits die ersten Gäste flanierten. Leider standen oder liefen überall Diener herum, denen sie besser nicht unter die Augen kommen sollten.

Sie schlüpften in einem passenden Moment durch das geöffnete Hintertor und versteckten sich hinter einem großen Fliederbusch, der verschwenderisch blühte und herrlich duftete. Ida lugte durch das Gebüsch zum Haupteingang hinüber, und ihr Blick bekam etwas Sehnsüchtiges. »Hach, einmal durch die Gänge dieses tollen Hauses laufen. Das wäre schon was.«

»Dann mach es doch einfach«, erwiderte Thaisen.

»Jetzt?«

»Wieso nicht? Wir haben es in den Garten geschafft, also schaffen wir es auch ins Haus. Mich interessiert schon länger, was an diesem *Kurhaus* so besonders sein soll.«

»Aber jetzt laufen dort drinnen doch überall Leute und die Dienerschaft herum. Gewiss wird man uns sofort hinauswerfen oder, schlimmer noch, festsetzen und es unseren Eltern sagen. Am Ende meinen sie noch, wir wären Diebe.«

»Du bist doch nur ein Angsthase«, erwiderte Thaisen.

»Nein, das bin ich nicht«, antwortete Ida und verschränkte die Arme vor der Brust.

»Dann lass uns hineingehen. Was soll denn schon passieren? Wenn sie uns erwischen, werfen sie uns gewiss einfach nur hinaus.«

»Also gut«, gab Ida nach. »Und wie willst du ungesehen an den beiden Dienern vorbeizukommen, die am Hintereingang stehen?«

»Wir gehen gar nicht durch diese Tür, sondern nehmen einen der Nebeneingänge.« Er deutete nach rechts, wo gerade eines der Küchenmädchen aus dem Haus kam und hinter der Hausecke verschwand.

»Also gut«, meinte Ida, »dann mal los.«

Sie liefen geduckt hinter den Büschen zu dem Seiteneingang und schlüpften ins Haus. Im Inneren war der erste Eindruck ernüchternd. Es empfing sie ein düsterer, von nur wenigen Petroleumlampen beleuchteter Flur, in dem es muffig roch.

»Der Dienstbotentrakt«, erklärte Thaisen flüsternd und bedeutete Ida, ihm zu folgen. Sie eilten den Flur hinunter und erreichten an dessen Ende eine Tür, die Thaisen vorsichtig öffnete. Sie spähten in den Raum. Es war die Küche, in der rege Geschäftigkeit herrschte. Küchenmädchen, Dienerschaft und Köche liefen hektisch durcheinander. Einer von ihnen, ein dicker Mann mit Schnauzbart, gab ruppig Anweisungen und verpasste einem jungen Burschen – nicht viel älter als Thaisen – eine schallende Ohrfeige, weil ihm eine Salatgurke zu Boden gefallen war. Unendlich viele Töpfe und Pfannen standen auf dem riesigen Herd, der die Mitte des Raumes ausfüllte. Essensgerüche wehten ihnen entgegen, die Idas Magen zum Knurren brachten. Teller, auf denen dekorativ angerichtete Häppchen lagen, wurden von fein gekleideten Dienern fortgetragen. Thaisen schloss die Tür wieder.

»Hier kommen wir nicht durch. Lass es uns mal dort hinten versuchen.« Er deutete nach links. Erst jetzt fiel Ida auf, dass der Flur hier gar nicht endete, sondern hinter einer Biegung noch ein ganzes Stück weiterging. Sie huschten also weiter und schlüpften durch eine weiß gestrichene Flügeltür, hinter der ein Treppenhaus lag.

»Hier ist es schon besser«, meinte Thaisen.

Sie liefen die Stufen nach oben und spähten ein Stockwerk höher in den nächsten Raum. Dieses Mal hatten sie mehr Glück. Es war die Eingangshalle des *Kurhauses*. Deren Anblick verschlug Ida die Sprache. So etwas Schönes hatte sie noch nie gesehen. Stuck an den Wänden und beeindruckende Säulen, die das ganze Treppenhaus emporragten. Dazu ein wunderschöner Mosaikfußboden, der in dezenten Farben Sterne zeichnete. Die Damen legten in der Nähe des Eingangs ihre Garderobe ab, die beflissene Diener in einen Nebenraum brachten. Feinste Seide, Taft und Spitze in den schillerndsten Farben. Besonders das fliederfarbene Kleid einer brünetten Frau hatte es Ida angetan. Es schien aus Brokat gefertigt zu sein und schimmerte wunderschön im Licht der letzten Sonnenstrahlen, die durch die Fenster hereinfielen. Feine Spitze betonte das Oberteil. Abgerundet wurde ihre Garderobe durch farblich passende Blümchen und Perlen, die in ihrem hochgesteckten Haar verteilt worden waren.

»Irgendwann werde ich auch so ein hübsches Kleid tragen dürfen. Darin fühlt man sich bestimmt wie eine Prinzessin«, flüsterte Ida beeindruckt.

»Ist doch nur Firlefanz«, grummelte Thaisen, der langsam ungeduldig wurde. »Wir müssen zusehen, dass wir weiterkommen. Hier ist gerade eine Menge los. Vielleicht gelingt es uns, ungesehen in die oberen Stockwerke zu gelangen. Ich würde nur allzu gern eines der Zimmer sehen.«

»Firlefanz. Du Banause«, konstatierte Ida. »Wegen den Kleidern sind wir doch hergekommen. Schon vergessen?«

»Meinetwegen. Dann eben kein Firlefanz«, erwiderte Thaisen und deutete nach rechts. Es war nur ein kurzes Stück bis zum nächsten Raum, der anscheinend nicht benutzt wurde, denn niemand schien dort ein und aus zu gehen. Sie beschlossen, es zu wagen und dorthin zu schleichen. Eilig hasteten sie an der Wand entlang, und Thaisen drückte die Tür auf, die nicht verschlossen war. Sie schlüpften hindurch und blieben erstaunt stehen. Sie schienen in einer Art Spielzimmer gelandet zu sein. Zwei Billardtische standen in der Mitte des Raumes, und es gab Tische und Sitzgruppen, die zum Verweilen einluden. Thaisen öffnete neugierig einen der Schränke, in dem sich, zu seiner Enttäuschung, mehrere Brett- und Kartenspiele befanden.

»Vergnügen sich also auch nicht anders, die reichen Leute«, bemerkte er und schloss den Schrank wieder. »Komm, lass uns mal nachsehen, was sich hinter dieser Tür befindet.« Er deutete auf eine weitere Tür, die in den nächsten Raum führte – die Bibliothek. Hier luden gemütliche Lehnstühle und gedämpftes Licht zur Muße ein. Bücherregale, aus dunklem Holz gefertigt, säumten die Wände. Sogar die aktuellen Zeitungen lagen in einem offenen Regal neben den neuesten Zeitschriften und Modemagazinen für die Damen.

Ida griff sich eines der Magazine und blätterte es durch.

»Diese Zeitung mit der französischen Mode wäre etwas für Rieke«, sagte sie lächelnd. »Sie konnte es in Hamburg gar nicht abwarten, bis es die neuesten Kleider der Saison gab. Das Kleid, das sie heute Abend trägt, ist auch ein französisches Modell. Obwohl ich ja finde, dass ihr die Farbe nicht steht. Altrosa. Sie sieht aus wie der Tod.« Ida zog eine Grimasse, legte das Magazin zurück, deutete auf eine andere Tür und fragte: »Wollen wir weiter?«

Thaisen nickte.

Sie öffneten die nächste Tür und fanden sich im großen Saal des *Kurhauses* wieder, der ihnen mit seiner Pracht die Sprache verschlug. Wunderschöner Stuck zierte die hellgelben Wände und die marmornen Säulen. Der Boden war mit Parkett ausgelegt, auf das die letzten Sonnenstrahlen des Tages fielen. Auf dem Musikpodium saßen bereits die Musiker, die ihre Instrumente stimmten. Ida konnte nicht anders. Sie schritt in die Mitte des Raumes und begann sich im Kreis zu drehen. Die Musiker ließen ihre Instrumente sinken und beobachteten sie wohlwollend. Keiner von ihnen kam auf die Idee, sie fortzuscheuchen. Im Gegenteil. Einer von ihnen stimmte sogleich eine leichte Melodie an, und Ida winkte Thaisen näher, der unsicher aus seinem Versteck hervortrat. Sie ergriff seine Hände, und gemeinsam begannen sie über das Parkett zu hopsen, denn tanzen konnte man das nicht nennen. Ida war es gleichgültig. Sie war einfach nur glücklich. Auch Thaisen lächelte. Einer der Musiker nickte ihm zu und reckte den Daumen hoch. Doch dann wurde die Musik jäh unterbrochen. Ein älterer Diener betrat den Raum, und die Musiker verstummten. Ida und Thaisen blieben stehen.

»Was ist denn hier los?«, polterte der Mann sogleich los. Thaisen und Ida wichen zurück. »Wo kommt ihr beiden denn her?«

Thaisen reagierte als Erster. Er nahm Idas Hand und zog sie mit sich zurück zur Bibliothekstür. Sie liefen an den Bücherregalen vorüber, durch das Spielzimmer und in die Eingangshalle. Dort rannten sie in einen Diener hinein, der ein Tablett Sektgläser fallen ließ und lautstark zu fluchen begann. Ida blieb stehen und riss erschrocken die Augen auf. Sie wollte sich entschuldigen, kam jedoch nicht mehr dazu, denn Thaisen zog sie weiter zu der in die Wirtschaftsräume führenden Tür. Hastig ging es die Treppe nach unten und in den düsteren Gang zurück. Jetzt schnell um die Ecke, und sie hätten es geschafft. Doch dann rannten sie in einen dicken Mann hinein, der an der geöffneten Küchentür stand. Ida taumelte nach hinten und fiel auf ihren Allerwertesten. Der Mann wandte sich um und schaute sie grimmig an.

Ida erkannte in ihm den Küchenchef, der vorhin dem Jungen eine Ohrfeige verpasst hatte. Sie zog den Kopf ein.

»Wo, zur Hölle, kommt ihr beiden denn her? Bälger haben ihr unten nichts zu suchen.«

Thaisen half Ida aufzustehen und brabbelte etwas davon, dass sie sich verlaufen hätten.

»Nur Ärger heute. Verschwindet, aber sofort. Und du kannst gleich mit ihnen gehen, Ebba.« Er wandte sich einer dicklichen Frau zu, die Ida erst jetzt bemerkte.

»Aber, gerade noch hatten Sie doch …«, setzte sie an, weiter kam sie jedoch nicht.

»Gar nichts hab ich. Es geht einfach nicht. Und jetzt sieh zu, dass du fortkommst. Was ist das heute nur für ein fürchterlicher Tag.« Er wandte sich ab und verschwand in der Küche. Laut fiel die Tür hinter ihm ins Schloss. Ida zuckte zusammen, und Thaisen atmete erleichtert auf.

»Das ist ja gerade noch mal gut gegangen«, sagte er. »Komm, lass uns verschwinden.«

Ida reagierte nicht auf seine Worte. Sie sah zu der Frau hinüber, die wie erstarrt zu sein schien und murmelte:

»Aber das geht doch nicht. Wo soll ich denn jetzt hin? Was soll nur werden?«

»Es tut uns leid, dass wir …« Weiter kam Ida nicht.

»Entschuldigen hilft jetzt auch nichts mehr«, unterbrach die Frau sie. »Ich hatte ihn fast so weit. Verdammt noch eins. Und dann müsst ihr beiden hier auftauchen und alles kaputt machen.« Sie begann zu husten und brauchte einen Moment, bis sie sich wieder beruhigte.

»Ach, wenn doch dieser elende Heuschnupfen nicht wäre«, schimpfte sie weiter. »Es sind nur wenige Tage, vielleicht zwei Wochen, dann geht es vorüber. Aber dieser Dösbaddel will es mir nicht glauben. Und jetzt? Schlaf ich am Strand, oder was?«

In ihre Augen traten Tränen, und sie wandte sich ab. Ohne Ida und Thaisen noch eines Blickes zu würdigen, ging sie den Gang hinunter Richtung Ausgang. Erst jetzt bemerkte Ida, dass sie ein kleines Köfferchen dabeihatte. Betroffen blickte Ida zu Thaisen.

»Und was nun? Da haben wir ja ganz schön was angerichtet. Wären wir bloß im Garten hinter dem Fliederbusch geblieben.«

»Du wolltest doch unbedingt ins Haus gehen und dich umsehen«, behauptete Thaisen. »Und dann musstest du auch noch im großen Saal zu tanzen beginnen.«

»Schon gut«, erwiderte Ida. »Das mit dem Tanzen war blöd von mir. Aber du wolltest doch auch ins Haus und hast mitgetanzt. Also haben wir es gemeinsam vermasselt. Komm, lass uns gehen, bevor noch jemand auftaucht und uns Ärger macht.«

Die beiden trotteten den Flur hinunter und verließen das *Kurhaus*. Unweit vom verwaisten Haupteingang – anscheinend waren alle Gäste mittlerweile eingetroffen – entdeckte Ida erneut die dickliche Frau. Sie saß auf einem Steinpoller und blickte zum Strand hinunter.

»Sie tut mir leid«, sagte Ida. »Offensichtlich weiß sie nicht, wohin. Ich habe ein schlechtes Gewissen. Vielleicht sind wir ja wirklich schuld daran, dass sie weggeschickt worden ist.«

»Ich weiß nicht«, erwiderte Thaisen zögernd. »Hörte es sich nicht eher so an, als wäre sie wegen ihrer Krankheit fortgeschickt worden?«

»Vielleicht. Aber so ein Heuschnupfen ist doch wirklich keine große Sache. Tante Nele leidet auch jedes Jahr darunter, und sie leitet immerhin eine eigene Pension. Wenn es an uns liegt, werde ich mir das nie verzeihen. Am Ende muss sie jetzt wegen unserem Leichtsinn unter freiem Himmel übernachten.«

»So schlimm wird es schon nicht kommen«, meinte Thaisen. »Zur Not kann sie ja in der Wartehalle am Hafen schlafen.«

Ida warf ihm einen Seitenblick zu, der alles sagte. »Ich gehe jetzt hin und rede mit ihr. Sie könnte mit zu uns kommen, bis sich eine bessere Lösung gefunden hat.«

»Du weißt, dass das deiner Mutter nicht gefallen wird«, erwiderte Thaisen. »Und dann wirst du ihr auch erzählen müssen, was wir angestellt haben.«

»Na und. So schlimm ist das wohl nicht. Wir waren im *Kurhaus* und haben uns umgesehen, mehr nicht.«

Ida ließ Thaisen stehen und ging zu der Frau hinüber. Die Augen rollend, folgte er ihr.

»Entschuldigung«, sprach Ida die Frau an und trat neben sie, »es tut uns wirklich sehr leid, dass Sie wegen uns Ihre Arbeitsstelle verloren haben. Wissen Sie jetzt wirklich nicht, wohin?«

Die Frau sah Ida an und winkte ab.

»Ach, ihr beiden seid doch gar nicht schuld daran. Der Küchenchef ist eben ein Dösbaddel. Dreißig Jahre lang hab ich in meinem Gasthaus auf Helgoland in der Küche gestanden, und keiner hat sich an meinem Heuschnupfen gestört.«

»Sie sind also eine richtige Köchin?«, fragte Ida.

»Ja«, antwortete die Frau. »Hier war ich allerdings nur Hilfsköchin. Die Bezeichnung fand ich von Anfang an doof. Wenn man kocht, kocht man, wo steckt denn da bitte schön die Hilfe? Ach, ist ja eh egal.« Sie winkte ab.

»Wir suchen eine Köchin«, sagte Ida. »Weil, Sine ist zu ihrer Tochter nach Bremen gegangen. Jetzt muss die Mama kochen, und das soll sie nicht. Jedenfalls sagt das Papa.«

Die Frau musterte Ida interessiert.

»Ihr sucht eine Köchin?«

»Meine Eltern haben ein Hotel in Norddorf eröffnet. Das *Hotel Inselblick*. Bestimmt haben Sie schon davon gehört.«

»*Inselblick*, nein. Und ihr sucht tatsächlich eine Köchin?«

»Ja. Wenn Sie wollen, können Sie gleich mitkommen und sich vorstellen.«

»Jetzt, um diese Zeit?«

»Wir suchen eine Köchin«, erwiderte Ida. »Was spielt es da für eine Rolle, ob Sie sich um acht Uhr abends oder um acht Uhr morgens vorstellen?«

»Auch wieder wahr.« Die Frau grinste und fragte: »Wie heißt du eigentlich, mien Deern? Ich bin Ebba. Ebba Janke.«

Ida nannte ihren Namen und atmete erleichtert auf. Am Ende brachte ihr unseliger Ausflug ins *Kurhaus* ja doch noch etwas Gutes mit sich.

»Dann wollen wir mal los«, sagte Ida.

»Und wie wollen wir nach Norddorf kommen?«, erkundigte sich Ebba.

»Über den Strand«, antwortete Ida wie selbstverständlich.

»Das ist aber ein ganzes Stück zu laufen«, erwiderte Ebba.

»Aber es ist schön«, sagte Thaisen, der sich bisher im Hintergrund gehalten hatte.

»Auch wieder wahr«, antwortete Ebba mit einem Lächeln und nahm ihren Koffer. »Dann mal los, ihr beiden.«

Die drei liefen zum Strand hinunter. Die Sonne stand tief am Horizont und tauchte den Himmel in rötliches Licht, das sich in den Pfützen und Prielen auf dem Watt spiegelte. Graureiher und andere Wasservögel suchten in den Rinnsalen und Wasserläufen nach Nahrung.

»Meine Güte, ist das wunderbar«, sagte Ebba und blieb stehen, um das Naturschauspiel des Sonnenuntergangs zu beobachten. »An Abenden wie diesen weiß ich wieder, wie schön meine Heimat ist. Niemals im Leben könnte ich ohne dieses Meer sein, auch wenn es manchmal ziemlich biestig ist.« Sie hustete, fing sich aber schnell wieder.

Ida gefielen ihre Worte, denn die hätten auch von Kaline sein können.

Die drei liefen weiter, und Ida fragte: »Warum sind Sie eigentlich von Helgoland fortgegangen?«

»Weil unser Gasthaus bei einem schweren Sturm diesen Winter so stark beschädigt worden ist, dass wir es nicht mehr reparieren konnten. Das ganze Dach ist weggeflogen, und mir fehlte das Geld, um es erneuern zu lassen. Mein Tamme war Fischer und ist eines Tages vom Meer nicht zurückgekehrt. Das war damals ein harter Schlag für mich und meine Gesa. Und jetzt auch noch der Verlust unseres Zuhauses.« Sie seufzte.

»Gesa?«, hakte Ida nach.

»Meine Tochter. Sie ist mit nach Amrum gekommen und hat eine Anstellung als Zimmermädchen im *Hotel Kaiserhof* gefunden. Zufrieden ist sie dort aber nicht. Die Hausdame ist ein elender Drachen, dem niemand etwas recht machen kann.« Ebba Janke winkte ab und fragte: »Was wolltet ihr eigentlich im *Kurhaus*? Gewiss nicht im Ballsaal tanzen, oder?«

»Och, wieso nicht.« Thaisen grinste, und Ida stieß ihn in die Seite.

»Nur mal gucken«, antwortete Ida. »Die hübschen Kleider, das Haus. In den letzten Wochen und Monaten wurde überall berichtet, wie prachtvoll es sein soll. Wir waren neugierig.«

»Und? Gefällt es euch?«, fragte Ebba.

»Schon. Ich meine, es ist mondän und riesengroß.«

»Aber sie haben dieselben Brettspiele wie wir im Hospiz«, meinte Thaisen. »Und ein Klavier haben wir im Speisesaal auch.«

Ebba grinste und antwortet: »Wird eben überall nur mit Wasser gekocht.«

Als sie die Strandhallen des Hospizes erreichten, verabschiedete sich Thaisen.

Ida und Ebba folgten dem Strand noch ein Stück weiter. Die Sonne war im Meer versunken, und der aufgehende Vollmond tauchte das auflaufende Wasser in schimmerndes Licht. Bald schon würde auch der letzte Fleck des Watts verschwunden sein. Auf dem Weg in den Dünen kam eine Gestalt mit einer Laterne in der Hand auf sie zugelaufen. Es war Wilhelm, Idas Vater, der erleichtert vor ihnen stehen blieb und sagte:

»Ida. Gott sei Dank, da bist du ja. Wir hatten uns schon Sorgen gemacht.« Sein Blick blieb an Ebba hängen.

»Das ist Ebba«, stellte Ida ihre Begleiterin vor. »Sie würde bei uns gern als Köchin arbeiten.«

Verdutzt sah Wilhelm Ebba an, die hinzufügte: »Ist eine längere Geschichte.«

»Na, auf die bin ich gespannt«, erwiderte Wilhelm, musterte Ebba genauer und fragte: »Kann es sein, dass wir uns heute schon mal begegnet sind? Sie heißen nicht zufällig Janke mit Nachnamen?«

»Richtig. Ebba Janke«, bestätigte Ebba. »Jetzt erinnere ich mich. Der Reitunfall. Sie sind der Vater von dem Mädchen, oder?«

»Welcher Reitunfall?«, fragte Ida alarmiert.

»Ist eine längere Geschichte«, erwiderte Wilhelm grinsend und fügte, sich erneut an Ebba wendend, hinzu: »Meine Frau wird hocherfreut darüber sein, dass wir Sie gefunden haben.«

32

Norddorf, 30. Mai 1892
Langsam scheint das Glück zurückzukehren. Wir haben neue Zimmerreservierungen und mit Ebba eine hervorragende Köchin gefunden, die sehr gut zu uns passt. Rieke hat sich von ihrem Sturz erholt, und sogar das Wetter spielt mit, und die meiste Zeit scheint die Sonne. Wir können nur hoffen, dass es so bleibt. Und Gott sei Dank reisen die Marwitz bald ab. Diese Familie hat mich viele Nerven gekostet. Ich kann nur hoffen, dass die nächsten Gäste umgänglicher sein werden.
Oh, Rieke ruft nach mir. Ich berichte die Tage weiter.

Wilhelm brütete gemeinsam mit Jasper über den Bauplänen für den Hotelanbau, die der Architekt vorbeigebracht hatte, samt einer ersten Kalkulation für das Vorhaben, die um einiges höher ausfiel, als Wilhelm es sich erhofft hatte. Ob ihm die Bank einen solch hohen Kredit bewilligen würde, das stand in den Sternen.

»Was meinst du, Jasper?«, fragte er.

»Sieht schon recht ordentlich aus, Chef«, antwortete dieser und zog an seiner Pfeife. »Besonders der Ausbau unseres alten Schulhauses gefällt mir. So um die Ecke rum ist nett. Dazu der Anbau mit der Veranda, dem Saal und der Theke. Schon fein.«

»Und das Nebengebäude soll ebenfalls ausgebaut werden. Dafür fehlen allerdings noch die Pläne. Im Untergeschoss würden sich dann unsere Privaträume befinden und im oberen Teil die Räumlichkeiten der Dienstboten. Mir ist es wirklich unangenehm, dass Ebba im Moment in der winzigen Abstellkammer neben der Küche nächtigen muss. Gerade so passt ihre Matratze hinein. Marta hat sich bemüht, es ihr nett einzurichten, aber eine Dauerlösung kann das auf keinen Fall sein. Und Ebba wird ja nicht unsere einzige Angestellte bleiben. Wenn wir mehr Zimmer haben, benötigen wir dringend noch ein Zimmermädchen, und ein Barmann wäre auch gut. Ich überlege zudem, eine eigene Hauskapelle für die Saison zu engagieren, die dann ebenfalls untergebracht werden muss. Hoffentlich lassen sich für sie Privatunterkünfte im Ort finden. Marta ist sowieso gerade dabei, sich in der Nachbarschaft wegen der Unterbringung von Gästen umzuhören. Auch das Hospiz nutzt diese Möglichkeit, weshalb sollten wir es also nicht tun?«

»Das wird unserem Pfarrer Bertramsen aber nicht gefallen«, konstatierte Jasper.

»Dem gefällt der ganze Ausbau nicht. Besonders der Saal mit der Theke ist ihm ein Dorn im Auge. Erst letztens hat er mir wieder den Verfall der guten Sitten vorgehalten, die wenigstens in Norddorf noch aufrechterhalten werden sollten. Aber da es mein Grund und Boden ist, kann ich damit tun und lassen, was ich will. Und wenn wir mit den Hotels in Wittdün mithalten wollen, müssen wir den Gästen mehr bieten als nur einen hübschen Sitzplatz im Garten.«

»Ich weiß«, erwiderte Jasper und seufzte, »obwohl mir der ganze Tingeltangel schon jetzt zu viel ist. Konzerte und Tanzkapellen überall, Kutsch- und Lustfahrten mit den Booten. Sogar eine kleine Bahnverbindung ist inzwischen in Planung, die die Gäste von Wittdün aus zum Kniepsand befördern soll. Unserm feinen Direktor Andresen macht es schwer zu schaffen, dass der Strandabschnitt in Wittdün recht schmal ist und das Wasser nicht tief genug. Da fehlt der berühmte Wellenschlag. Eine Bahnverbindung zum Strand. Das muss man sich mal vorstellen.«

»Ja, davon habe ich auch schon gehört«, erwiderte Wilhelm. »Aber in trockenen Tüchern ist das noch lang nicht. Bisher sind die Planungen recht vage. Immerhin, diese Sorge haben wir hier in Norddorf nicht. Der Strand ist in wenigen Minuten zu Fuß zu erreichen und bietet den besten Wellenschlag. Nur leider grenzt unser Strandabschnitt direkt an den des Hospizes, worin ich bereits das nächste Problem sehe, denn ich wollte gern eine hübsche Strandhalle bauen, die mehr bietet als Umkleidekabinen.« Er seufzte, zündete sich eine Zigarette an und fügte hinzu: »So hat eben jeder seine Sorgen, ob mit oder ohne Wellenschlag.«

Als hätte sie den letzten Satz gehört, stürmte genau in diesem Moment Hedwig Marwitz in den Raum, ihren Sohn Fritz im Schlepptau, der einen recht lädierten Eindruck machte. Sein rechtes Auge war zugeschwollen, seine Lippe dick und blutverschmiert.

»Mein armer Fritz ist von zwei Burschen am Strand böse zugerichtet worden. Ihr feines Fräulein Tochter behauptet, er habe angefangen und mit Steinen geworfen. Das muss man sich mal vorstellen. Mein Fritz würde niemals mit Steinen werfen. Nicht wahr, mein Junge?« Sie sah ihren Sohn an, der, den Kopf gesenkt, neben ihr stand und den Eindruck machte, als würde er gleich in Tränen ausbrechen.

Wilhelm sah hilflos zu Jasper. Schon wieder gab es Ärger mit den Marwitz, wie beinahe jeden Tag. Entweder mäkelten sie am Essen herum, oder der Ausflug gefiel ihnen nicht. Von dem Unfall in Föhr mal abgesehen, für den Hedwig Marwitz noch immer Jasper und Philipp verantwortlich machte, der ihr selbstverständlich den vollständigen Preis für den Ausflug zurückbezahlt hatte und sich darüber hinaus bereit erklärte, kostenlos eine Lustfahrt zu den Seehundbänken mit ihnen zu machen, was besonders Fritz' Augen zum Strahlen gebracht hatte. Gefahren waren sie bis heute nicht. Hedwig hatte auch der Ball im *Kurhaus zur Sattel-*

düne nicht gefallen, der vor drei Tagen stattgefunden hatte. Die Kapelle sei miserabel gewesen, das Büfett grauenvoll, der Wein zu sauer und das Publikum zu langweilig. Kein Vergleich zu den Berliner Bällen der Saison. Am liebsten hätte ihr Marta ins Gesicht gesagt, dass sie abreisen könnte, doch sie zeigte Haltung und lächelte die Kritik tapfer weg, wofür Wilhelm sie bewunderte. Auch musste er zugeben, dass er sich mit Karl Marwitz angefreundet hatte. Der friedfertige Mann, der in Berlin als Eisenbahnsekretär arbeitete, war ein netter Kerl, der sichtlich unter den Launen seiner Gattin litt, sich jedoch in keinster Weise gegen sie auflehnte. »Soll sie halt reden und schimpfen«, hatte er einmal zu Wilhelm gesagt, als sie spätabends noch in der Gaststube beieinander saßen. »Sie hört schon wieder auf. Und ich mag es, wenn sie wütend ist. Das mochte ich schon immer.«

Wo die Liebe hinfällt, hatte sich Wilhelm gedacht und Karl einen weiteren Korn eingeschenkt, den dieser gern annahm.

Jasper ging neben Fritz in die Hocke, hob sein Kinn an, betrachtete seine Verletzungen und sagte: »Das sieht wirklich nicht gut aus, mien Jung. Komm, ich bring dich in die Küche, und Marta wird dich verarzten.« Er richtete sich wieder auf, nahm die Hand des Jungen und wandte sich an Hedwig: »Und Sie können so lange mit Wilhelm nach draußen gehen und mit Ida darüber sprechen, was am Strand vorgefallen ist. Gewiss wird sich alles aufklären.«

Er verließ, ohne ihre Antwort abzuwarten, gemeinsam mit Fritz den Raum.

Hedwig Marwitz sah ihm verdutzt nach. »Aber, das ist doch …«, fing sie an.

»Eine gute Idee«, vollendete Wilhelm Hedwigs Satz und setzte ein verbindliches Lächeln auf. »Lassen Sie uns mit Ida sprechen, und dann sehen wir weiter.« Er bedeutete Hedwig, ihm zu folgen, was sie auch tat.

Auf der Bank vor dem Haus saßen Ida und Thaisen, der ebenfalls etwas abbekommen hatte. Sein rechtes Auge war zugeschwollen, und ein Kratzer zierte seine linke Wange.

Wilhelm zog einen Gartenstuhl heran und setzte sich, während Hedwig es bevorzugte, stehen zu bleiben.

»Dann mal raus mit der Sprache«, sagte Wilhelm. »Was genau ist vorgefallen?«

»Thomas und Johannes Mertens vom Hospiz waren am Strand«, begann Ida zu berichten. »Sie sind aus Hamburg und allein zur Kur hier. Nur ihr Kindermädchen ist mitgekommen, aber die ist eine dumme Ziege, die lieber mit einem der Kofferträger knutscht.«

Wilhelm sog scharf die Luft ein und erwiderte, dass er das gar nicht so genau wissen wolle.

Ida setzte ihre Erklärung fort. »Wir waren am Strand und haben mal wieder nach Strandgut gesucht.«

»Was ihr nicht machen sollt«, unterbrach Wilhelm sie erneut.

»Wir sammeln doch nichts Wertvolles.« Thaisen sprang Ida bei. »Nur Flaschen und anderen Plunder, den keiner mehr gebrauchen kann.«

»Also gut«, sagte Wilhelm, »ihr wart also am Strand. Und was ist dann passiert?«

»Fritz kam angelaufen. Ihm folgten die beiden Buben Thomas und Johannes. Sie sind öfter miteinander unterwegs. Sie hatten einen Ball dabei und begannen, Fußball zu spielen. Doch Fritz konnte es nicht so gut wie die anderen beiden, weshalb sie ihn auszulachen begannen. Sie waren echt gemein zu ihm. Er ist so wütend geworden, dass er mit Steinen nach ihnen geworfen hat. Daraufhin sind sie auf ihn losgegangen. Zwei gegen einen, das ist doch ungerecht. Also hat Thaisen ihm geholfen.«

»Die beiden sehen viel schlimmer aus als wir«, meinte Thaisen und richtete sich auf, um seinen Worten Nachdruck zu verleihen. »Und ich hätte auch mit Steinen nach ihnen geworfen«, fügte er noch hinzu.

Wilhelm nickte, wandte sich Hedwig Marwitz zu und fragte: »Was meinen Sie?«

Hedwig Marwitz wirkte unsicher. Gerade eben hatte sich das alles noch ganz anders angehört.

»Dann hat er also nicht angefangen?«

»Mit dem Steinewerfen schon«, erwiderte Ida. »Aber die beiden waren echt gehässig. Wenn Thaisen ihm nicht geholfen hätte, würde er bestimmt noch viel schlimmer aussehen.«

Genau in diesem Moment kam Fritz nach draußen, der im Flur gewesen war und mit angehört hatte, was draußen gesprochen wurde.

»Diese dummen Idioten«, maulte er und hielt sich einen Eisbeutel aufs Auge. »Und das alles nur, weil ich nicht Fußball spielen kann, wa.«

»Trotzdem wirft man nicht mit Steinen«, ermahnte seine Mutter ihn. »Du kannst froh sein, dass Thaisen dort gewesen ist, um dir zu helfen.« Ihr Tonfall klang versöhnlicher. Wilhelm reagierte erleichtert. Auch Marta kam nach draußen, ein Tablett mit frischer Limonade und Heißwecken in Händen.

»Nach diesem Schreck benötigen wir jetzt alle eine Stärkung«, sagte sie und verteilte die Gläser an die Kinder. Danach wandte sie sich mit einem Lächeln Hedwig zu und fragte: »Möchten Sie auch eine Limonade, meine Teuerste?«

»Das wäre wunderbar. Oder noch besser einen Korn. Ich kann Ihnen sagen, meine Nerven, meine Nerven.«

Und meine erst, fügte Marta in Gedanken hinzu, griff nach einem Glas und leerte es in einem Zug. Nur noch drei Tage, und die Marwitz würden abreisen und hoffentlich niemals wiederkommen.

Wilhelm nahm sich ebenfalls ein Glas Limonade und machte sich zufrieden auf den Rückweg in sein Arbeitszimmer, um die

Baupläne noch einmal genauer unter die Lupe zu nehmen. Doch als er den Raum betrat, stellte er zu seinem Entsetzen fest, dass die Pläne nicht mehr auf dem Tisch lagen. Die kleine Marie saß auf dem Fußboden und zerriss diese begeistert in kleine Fitzelchen.

»Marie!«, schrie Wilhelm entgeistert, was sofort Marta auf den Plan rief, die ihn durch die offene Tür gehört hatte und ahnte, dass ihre Jüngste mal wieder etwas angerichtet hatte. Sie trat neben ihren Mann und seufzte hörbar, während Marie ihr die Papierstücken freudig entgegenhielt.

»Es tut mir schrecklich leid. Sie muss uns in der Küche entwischt sein, als wir Fritz verarzteten.«

»Die teuren Pläne.« Wilhelm ging zu seiner Tochter und nahm sie hoch.

Sie brabbelte: »Papa lieb.«

»Ich denke, der Zeitpunkt ist gekommen, dass wir uns ernsthafte Gedanken um ein Kindermädchen machen sollten«, sagte Wilhelm zu Marta, küsste seine Tochter und blickte auf das Malheur, das sie angerichtet hatte. »Ich kann nur hoffen, dass eine Kopie der Pläne angefertigt worden ist, sonst wird es teuer.«

»Das wurde gewiss gemacht«, versuchte Marta, ihn zu beruhigen. »Ein guter Architekt ist doch nicht so leichtsinnig und erstellt nur einen Plan.« Sie nahm Wilhelm ihre Tochter ab und stupste ihr mit ernster Miene auf die Nase. »Du hast Glück, mein Fräulein, dass du noch so klein bist und nicht verstehst, was du angerichtet hast. So entgehst du einem Klaps.« An ihren Mann gewandt, fuhr sie fort: »Und du weißt, dass ich schon länger nach einem geeigneten Kindermädchen Ausschau halte. Aber bisher hat sich nichts ergeben. Ein Mädchen hat sich letzte Woche vorgestellt, aber sie war schrecklich. Die Tochter eines Fischers, die schon beim Vorstellungsgespräch schnippisch geworden ist. Kindermädchen will auf dieser Insel anscheinend keiner werden. Die jungen Mädchen möchten alle in den großen Hotels in Wittdün arbeiten, wovon sie sich gutes Geld versprechen.«

»Ich weiß«, erwiderte Wilhelm seufzend, »dann wird in Zukunft eben Rieke öfter auf Marie achten. Sie hat sich von ihrem Sturz wieder erholt und ist durchaus in der Lage dazu, Pflichten im Hotelbetrieb zu übernehmen.«

»Was sie auch bereits tut«, erwiderte Marta. »Seit einigen Tagen reinigt sie die Zimmer der Gäste. Sie nimmt Marie dazu sogar mit. Nur leider bringt unser kleiner Wirbelwind ständig alles durcheinander. Letztens hat sie sogar den Putzeimer umgeworfen, und das Seifenwasser lief über die Treppenstufen.«

»Also können wir nur hoffen, dass sich bald eine Lösung für unser Kindermädchenproblem findet«, erwiderte Wilhelm und begann damit, die Papierschnipsel vom Boden aufzuheben.

»Fürs Erste werde ich jetzt die Kinderschicht übernehmen«, meinte Marta. »Unsere kleine Maus fährt mit unserer neuen Köchin Ebba und mir nach Wittdün zum Einkaufen. Und bestimmt hat Frauke wieder Karamell für dich«, sagte sie zu ihrer Tochter.

»So ist das also«, erwiderte Wilhelm gespielt entrüstet. »Unsere Übeltäterin bekommt Karamell, und ich kann das Durcheinander beseitigen, das sie angerichtet hat.«

»Du kannst es gern Marie beseitigen lassen«, antwortete Marta grinsend.

»Gott bewahre«, erwiderte Wilhelm und hob abwehrend die Hände. »Dann fahrt ihr mal nach Wittdün. Und denkt bitte daran, mir meinen Tabak mitzubringen.«

»Machen wir«, erwiderte Marta. Sie wollte den Raum verlassen, doch Wilhelm hielt sie zurück und zog sie samt Marie in seine Arme. Überrascht sah Marta ihren Gatten an.

»Bevor du gehst, wollte ich dir nur noch sagen, dass ich dich liebe. Ich glaube, das habe ich länger nicht getan.«

Marta lächelte. »Nein, das hast du nicht.«

»Wollen wir heute Abend am Strand spazieren gehen?«, fragte Wilhelm. »Nur wir beide?«

»Gern«, antwortete Marta. Wilhelm küsste sie und dann seine Tochter, die den intimen Moment nicht gestört hatte.

Als die beiden weg waren, ließ Wilhelm seinen Blick noch einmal über die Überreste des Hotelplans schweifen und schüttelte den Kopf. Wenigstens das Hauptgebäude war noch vollständig, nur der Saalanbau mit der Theke hatte gelitten. Pfarrer Bertramsen hätte seine Freude daran gehabt.

33

Jasper setzte Marta und Ebba vor dem Laden von Frauke Schamvogel ab und murmelte, bei Philipp vorbeischauen zu wollen, dessen Boot gerade im Hafen lag. Marta ahnte, was das zu bedeuten hatte. Sie würden später mit einem angeheiterten Kutscher den Rückweg antreten. Doch sie verkniff sich eine Bemerkung. Jasper wusste, wann er genug hatte, und würde sie niemals in Gefahr bringen. Marie war nun doch nicht nach Wittdün mitgekommen, sondern in der Obhut von Rieke geblieben, die sie mit Heißwecken, Maries Lieblingskuchen, fütterte.

Als sie Fraukes Laden betraten, eilte diese ihnen mit den Worten entgegen: »Gut, dass ihr kommt. Ich muss euch etwas erzählen.« Sie kam hinter ihrem Verkaufstresen hervor und schloss hinter Marta und Ebba die Tür. Sie drehte sogar den Schlüssel im Schloss um.

»Ist etwas passiert?«, fragte Marta verwundert.

»Das kann man wohl sagen«, erwiderte Frauke. »Ein Skandal ist das. Wollt ihr einen Tee?«

Sie wartete die Antwort der beiden nicht ab, sondern eilte wieder hinter den Verkaufstresen. Marta und Ebba folgten ihr. Sie durchquerten ein kleines Hinterzimmer und betraten einen engen Flur. Über eine schmale Stiege gelangte man in Fraukes Wohnung. In der Stube, die gemütlich mit einer gepolsterten Sitzecke und einer mit Porzellan vollgestopften Anrichte eingerichtet war, setzten sich Marta und Ebba auf die Sitzbank. An den Fenstern hingen Spitzenvorhänge, und hölzerne Segelboote, die Fraukes verstorbener Mann irgendwann einmal geschnitzt hatte, reihten sich auf den Fensterbrettern aneinander.

Frauke begann, während sie Tee aufbrühte und Kekse auf einem Teller anrichtete, zu erzählen.

»Es geht um das *Hotel Kaiserhof*. Ich habe mich heute Mittag bei Andresen beschwert. Ein gehobenes Haus wie dieses kann doch nie und nimmer ein solches Subjekt beschäftigen.« Sie verteilte Teetassen auf dem Tisch und zündete die Kerze in dem hübschen blau-weiß gemusterten Stövchen an.

»Über was hast du dich bei Andresen beschwert?«, hakte Marta nach, die ahnte, dass es eine pikante Angelegenheit sein könnte.

»Na, über den Butler. Einen Olaf Seiff. Er ist übergriffig geworden. Dieser verdammte Mistkerl.«

»Übergriffig«, wiederholte Ebba und wurde kalkweiß im Gesicht. »Aber, meine Gesa ...«

»Ich weiß: Sie arbeitet dort«, unterbrach Frauke sie. »Es geht aber nicht um Gesa, sondern um ein anderes Mädchen namens Hilde Hadler. Sie kommt von Föhr. Ich kenne ihre Mutter ganz gut, die ebenfalls Witwe ist. Ihr Mann ist von der See nicht heimgekommen. Jetzt muss sie ihre sechs Kinder allein durchbringen. Was war sie stolz und glücklich, dass das Mädchen die Anstellung im *Kaiserhof* bekommen hat, und jetzt das.«

»Was, das?«, hakte Marta nach und tätschelte fürsorglich Ebbas Hand, die noch immer ganz blass um die Nase war.

»Sie soll schwanger sein. Angeblich haben sie das arme Mädchen entlassen. Das hab ich von Frieda Lempke. Sie arbeitet dort als Köchin. Im Haus geht schon länger das Gerücht um, dass sich der Butler an den Mädchen vergreift. Aber bisher konnte ihm wohl nichts bewiesen werden.«

»Und du denkst wirklich, dass Frieda recht hat?«, fragte Marta, die nicht so recht glauben konnte, was Frauke erzählte. Das

Hotel Kaiserhof war ein Haus von gutem Ruf, teuer und elegant. Nur die bessere Gesellschaft stieg dort ab. Es konnte doch nicht sein, dass ein solches Haus einen übergriffigen Butler einstellte. Allerdings tarnten sich schwarze Schafe zumeist gut, und unkorrektes Verhalten gegenüber dem Personal ging auch in Hamburgs besserer Gesellschaft zumeist als Kavaliersdelikt durch. Und wenn die Angestellte schwanger wurde oder anderweitig Schwierigkeiten machte, dann entledigte man sich ihrer eben.

»Natürlich hat sie recht. Frieda würde so etwas nie behaupten, wenn es nicht wahr wäre.« Fraukes Stimme klang bestimmt.

»Und was hat Andresen dazu gesagt?«, fragte Ebba.

»Dass er da nichts machen könnte. Es fehlten Beweise. Das Mädchen könnte ja auch von jemand anderem geschwängert worden sein oder es freiwillig zugelassen haben. Ich war fassungslos und bin richtig wütend und leider auch ein wenig ausfallend geworden. Was sonst wirklich nicht meine Art ist, wie ihr beiden bestätigen könnt. Aber da ist es mit mir durchgegangen. Hilde ist gerade mal sechzehn Jahre alt, und sie sendet jede Mark, die sie verdient, zu ihrer Familie nach Föhr, damit ihre Geschwister etwas zu essen haben. Und da behauptet so einer wie Andresen, sie hätte sich freiwillig von diesem alten Sack schwängern lassen. Entschuldigt meine Ausdrucksweise. Aber wenn es doch wahr ist.« Frauke hatte sich in Rage geredet und rang nach Luft.

»Hast du eine andere Reaktion von seiner Seite erwartet?«, fragte Marta.

»Schon, ich meine …« Frauke schüttelte den Kopf. »Wenn ich ehrlich sein soll, nein. Aber erhofft habe ich sie mir. Diese Ungerechtigkeiten uns Frauen gegenüber müssen doch mal ein Ende haben. Das arme Mädchen. Wo soll sie denn jetzt hin?«

»Wo steckt sie denn im Augenblick?«, fragte Ebba.

»Jetzt kommt deine Tochter ins Spiel«, antwortete Frauke. »Gesa stand gestern bei mir auf der Matte und fragte, ob ich

Hilde für ein paar Tage aufnehmen könnte. Sie selbst getraue sich nicht, zu fragen, wegen der Schande. Das muss man sich mal vorstellen: wegen der Schande. Das arme Ding. Selbstverständlich hab ich sie aufgenommen. Sie schläft jetzt im Lager auf einer Matratze zwischen den Regalen. Aber eine Dauerlösung ist das nicht. Gerade ist sie unterwegs. Ein Spaziergang am Strand, um nachzudenken. Das arme Ding.« Frauke schüttelte den Kopf.

»Meine Gesa war hier?«, fragte Ebba verdutzt. »Ich wusste gar nicht, dass du sie kennst.«

Frauke sah Ebba strafend an.

»Ja, ich weiß. Du kennst alles und jeden, und Wittdün ist ein Dorf.« Ebba hob abwehrend die Hände. »Aber wir sind doch noch gar nicht lang hier.«

»Gesa holt immer mal wieder Sachen für das Hotel bei mir ab, so sind wir ins Gespräch gekommen«, erklärte Frauke. »Sie ist wirklich ein sehr hübsches Mädchen.«

»Und deshalb vielleicht längst im Visier von Olaf Seiff«, fügte Marta hinzu und sprach damit Ebbas Befürchtung laut aus.

»Was wir auf gar keinen Fall zulassen können. Ich gehe sofort zum *Kaiserhof* hinüber und hole sie dort raus. Keine Minute länger bleibt meine Tochter in der Nähe eines solchen Lüstlings.«

Ebba erhob sich und verließ eiligen Schrittes den Raum.

Verdutzt blickte Marta ihr nach.

»Ich denke, das ist …«, setzte sie an, doch Ebba hörte sie nicht mehr. »Wir sollten ihr nachgehen, oder?«

»Ja, das sollten wir«, antwortete Frauke. »Nicht, dass sie noch für einen ausgewachsenen Skandal sorgt.«

Die beiden Frauen erhoben sich und folgten Ebba. Vor dem Haus holten sie sie ein.

»Wir kommen mit dir«, sagte Marta. »Als Unterstützung. Zu dritt ist immer besser. Das macht mehr Eindruck.«

Sie liefen über die Straße zum *Hotel Kaiserhof* hinüber. Das etwas kleinere, aber aufwendig gestaltete Gebäude lag am anderen Ende der Quedensstraße an den Dünen. Die drei Damen überlegten kurz, das Gebäude über den Hintereingang zu betreten, entschieden sich dann jedoch dagegen. Sie hatten ein wichtiges Anliegen und waren keine Dienstboten. Also betraten sie das Haus durch den Haupteingang. Die prachtvolle Ausstattung der Eingangshalle verschlug ihnen für einen Moment die Sprache. Der glänzende Marmorboden schimmerte im Licht der einfallenden Nachmittagssonne. Mit grünem Samt bezogene Sitzgruppen luden zum Verweilen ein. Durch Flügeltüren gelangte man auf die Veranda, wo sich im Augenblick die meisten Gäste aufhielten, um den Blick auf das nahe Wattenmeer zu genießen. Hinter der Rezeption stand ein älterer Herr, der sie mit einem aufgesetzt wirkenden Lächeln begrüßte. Besonders Ebba musterte er mit erhobener Augenbraue. Doch er hielt sich mit einer abfälligen Bemerkung ihr gegenüber zurück und wandte seine Aufmerksamkeit Marta zu, die ihn höflich ansprach.

»Guten Tag. Es geht um eine Ihrer Angestellten. Gesa Janke. Wir würden sie gern sprechen.«

Der Herr wollte antworten, kam jedoch nicht mehr dazu. Stattdessen ergriff eine hochgewachsene Frau mit grauem Haar das Wort, die ein schwarzes Kleid trug, Marta, Ebba und Frauke musterte und fragte: »Was möchten Sie von Gesa Janke?«

Marta brauchte einen Moment, um sich zu fangen. Der kalte Blick der Frau hatte sie doch tatsächlich aus dem Konzept gebracht.

»Und wer sind Sie?«, fragte sie, um einen forschen Tonfall bemüht.

»Die Hausdame. Edith Habitz. Ich bin für die Mädchen zuständig.«

»Gut. Dann bitte ich Sie darum, Gesa Janke rufen zu lassen«, erwiderte Marta. »Wir möchten sie gern sprechen.«

»In welcher Angelegenheit?«, fragte die Hausdame kühl.

»Ich bin ihre Mutter«, meldete sich jetzt Ebba zu Wort, die längst wusste, wen sie vor sich hatte. Die Habicht, wie sie von den Mädchen abfällig genannt wurde. Diese Person machte ihrer Gesa seit ihrem ersten Arbeitstag das Leben schwer.

»Das erklärt noch immer nicht, in welcher Angelegenheit Sie hier sind«, antwortete die Hausdame und hielt Ebbas Blick fest.

»In der Angelegenheit Olaf Seiff«, ergriff nun Frauke das Wort. »Wir können Ihnen gern hier und jetzt und vor aller Ohren erläutern, was wir meinen, aber ich denke, Sie wissen ganz genau, wovon wir sprechen.«

Die Hausdame schien eine Spur blasser zu werden. Sie blickte kurz zu dem Hotelportier, der knapp nickte. Dann bedeutete sie den Frauen, ihr in einen Nebenraum zu folgen, in dem ein unangenehmer Tabakgeruch hing.

Die Hausdame schloss die Tür hinter ihnen, trat näher und fragte noch einmal: »Also. Um was geht es?«

»Sie wissen ganz genau, um was es geht«, erwiderte Frauke. »Ihr feiner Butler vergreift sich an den Dienstmädchen, und Sie sehen dabei zu. Ich war heute deshalb bei Andresen und habe mich beschwert.«

»Ich weiß«, erwiderte die Hausdame gelassen. »Die Vorwürfe gegen unseren Butler haben sich jedoch als haltlos erwiesen. Von wem sich dieses Mädchen auch immer schwängern hat lassen, Herr Seiff war es gewiss nicht. Vielleicht von einem Gast oder einem der Dienstboten. Sie wäre nicht das erste Flittchen in einem Haus wie diesem.«

Frauke sog scharf die Luft ein. Marta beeilte sich, ihr beruhigend die Hand auf den Arm zu legen. Es machte keinen Sinn, mit dieser Frau zu diskutieren, das spürte sie.

»Wir würden jetzt trotzdem gern mit Gesa sprechen. Wenn Sie so freundlich wären. Deshalb sind wir ja hergekommen.«

»Und erheben haltlose Anschuldigungen«, erwiderte die Hausdame trocken. Ihr Blick wanderte zu Ebba, während sie weitersprach: »Gesa ist im Moment unabkömmlich. Sie ist gerade damit beschäftigt, die Zimmer für die Gäste zu richten, die in zwei Stunden mit der Fähre eintreffen werden. Dafür müssen Sie Verständnis haben. Vielleicht kommen Sie morgen früh wieder. Dann ist es passender. Sie entschuldigen mich jetzt.«

Marta konnte nicht fassen, was sie da hörte. Was bildete sich diese Person ein, sie auf diese Art abzuweisen. Ihr platzte der Kragen.

»Jetzt sag ich Ihnen mal was. Es ist mir vollkommen gleichgültig, ob in zwei Stunden Gäste kommen oder nicht. Hier steht Gesas Mutter und möchte dringend mit ihrer Tochter eine private Angelegenheit besprechen. Sie werden jetzt sofort das Mädchen herholen, oder ich gehe dort hinaus auf die Veranda und werde allen Gästen erzählen, was für eine Sorte Mensch Ihr feiner Herr Butler wirklich ist. Und wir beide wissen ganz genau, dass die Vorwürfe alles andere als haltlos sind. Was sind Sie denn bitte schön für eine Hausdame, die sich ihren Schutzbefohlenen gegenüber so verhält? Da kann ich nur sagen: Pfui Teufel.«

Edith Habitz' Miene veränderte sich. Sie schien weicher zu werden, was Marta nicht erwartet hatte.

»Wir wissen beide, dass wir Frauen machtlos gegenüber einem solchen Individuum sind. Und glauben Sie mir: Ich versuche, die Mädchen zu schützen. Aber ich kann leider nicht überall sein. Ich hätte Hilde gern davor bewahrt, dessen können Sie sich sicher sein. Aber jetzt ist es nun einmal, wie es ist, und ein schwangeres Mädchen können wir nicht beschäftigen.«

Für einen Moment herrschte Stille im Raum. Marta ahnte, dass hinter den Worten der Frau mehr steckte, und nahm es als

Privileg, dass die Hausdame ihnen einen kurzen Einblick hinter die Fassade gewährt hatte.

Auch Ebba schien dies verstanden zu haben, denn sie sagte jetzt etwas milder: »Bitte holen Sie meine Gesa. Ich möchte Sie gern mitnehmen.«

»Also gut«, lenkte die Hausdame ein. »Ich gehe und rede mit Gesa. Könnte sie wenigstens noch bleiben, bis die Zimmer gerichtet sind?«

»Unser Fahrer wird sie später abholen. Sagen wir um sechs Uhr?«, schlug Marta vor.

Ebba sah Marta verwundert an. Bedeutete diese Erklärung das, was sie vermutete? Marta nickte ihr kurz zu, was sie als ein Ja deutete.

Edith Habitz nickte ebenfalls.

Marta trat, einem Instinkt folgend, neben sie und legte ihr die Hand auf den Arm.

»Ich weiß, Hunderten von Dienstmädchen in unserem Land ergeht es wie Hilde. Aber wir dürfen das nicht länger zulassen. Sollten Sie einen weiteren Verdacht gegen diesen Mann haben, zögern Sie nicht, es zu melden. Nur wenn wir zusammenhalten, können wir etwas erreichen.«

Edith Habitz nickte erneut. Plötzlich glaubte Marta, Tränen in ihren Augen schimmern zu sehen.

»Ich melde mich«, sagte die Hausdame, wandte den Blick ab und fügte hinzu: »Um sechs Uhr am Dienstbotenausgang.« Dann verließ sie den Raum. Als sich die Tür hinter ihr schloss, fiel Ebba Marta spontan um den Hals.

»Danke, vielen Dank. Ich weiß gar nicht, was ich sagen soll.«

Marta schob Ebba peinlich berührt von sich.

»Ich kann noch nichts versprechen. Das letzte Wort hat Wilhelm. Aber da wir sowieso neues Personal brauchen, wäre es doch die beste Lösung für alle Beteiligten.«

»Könnt ihr beiden eure Personalplanung vielleicht draußen fortsetzen?«, mischte sich Frauke in das Gespräch ein. »Von dem scheußlichen Gestank hier drin wird mir noch ganz übel.«

Marta und Ebba lachten erleichtert auf, und die drei Frauen verließen den Raum, liefen an dem verdutzt dreinblickenden Portier vorbei und traten nach draußen. Sie kamen sich wie Heldinnen vor.

Genau in dem Moment, als sie die Quedensstraße erreichten, verdunkelte sich urplötzlich der Himmel über ihnen, und es begann zu regnen. Erst nur vereinzelte Tropfen, doch dann öffnete der Himmel seine Schleusen. Kreischend rannten sie los, doch es half alles nichts. Als sie nur wenige Minuten später am Laden von Frauke eintrafen, waren sie bis auf die Haut durchnässt. Vor der verschlossenen Tür fanden sie ein schmales, blondes Mädchen vor, das der Regenschauer ebenfalls erwischt hatte.

»Hilde, Kind, bist du auch in den Regen gekommen?«, sagte Frauke und schloss hastig die Tür auf. Alle vier eilten ins Trockene.

»Was für ein Pech. Eine einzige Wolke weit und breit, und die muss sich ausgerechnet über Wittdün abregnen«, schimpfte Ebba und nahm ihren durchweichten Strohhut vom Kopf. Frauke eilte in das Hinterzimmer und kam mit Tüchern zurück, die sie verteilte.

»Lasst uns zusehen, dass wir schnell wieder trocken werden«, sagte sie und wischte sich über das Gesicht, »sonst holen wir uns noch einen Schnupfen. Am besten gehen wir alle nach oben in die Stube, und ich heize den Ofen an. Tee ist auch noch da. Der wärmt von innen.«

Sie liefen durch das schmale Treppenhaus nach oben, und Frauke entzündete den Petroleumofen in der Ecke, der schon bald behagliche Wärme verbreitete. Dann servierte sie Tee und öffnete eine Packung von den guten Schokoladenkeksen.

Vor dem Fenster verzog sich die Regenwolke schnell wieder, und erste Sonnenstrahlen drangen durch die Spitzengardinen.

Es wurde Tee getrunken und gelacht. »Also, wie du diese Ziege ausgeschimpft hast. Was für eine Freude. Und ihr Blick. Köstlich. Niemals werde ich das vergessen. Schade, dass Gesa das nicht miterleben konnte. Sie hätte ihren Spaß daran gehabt«, sagte Ebba und nahm sich einen Keks.

»Wir waren im *Kaiserhof* und haben mit der Hausdame geredet«, klärte Frauke Hilde auf.

»Mit der Habicht.« Die Augen des Mädchens wurden groß.

»Sie weiß selbstverständlich, was der feine Herr Butler mit euch Mädchen anstellt. Doch auch ihr sind die Hände gebunden. Sie hat uns aber versprochen, Augen und Ohren offen zu halten. Vielleicht findet sich ja doch noch irgendein Weg, um ihm das Handwerk zu legen. Leider konnten wir für dich nichts tun. Es ging um Gesa. Ebba wollte ihre Tochter unbedingt dort herausholen. Sie wird um sechs Uhr von unserem Fahrer Jasper an der Hintertür abgeholt«, setzte Marta hinzu.

Hilde nickte und senkte den Kopf. Plötzlich begann sie leise zu schluchzen. Marta sah zu Frauke, die mit den Schultern zuckte. Betroffenheit breitete sich im Raum aus. Gesa würde an der Hintertür abgeholt werden. Sie konnte eine neue Anstellung in einem anderen Hotel antreten, weil ihre Mutter sich um sie kümmerte. Aber Hilde konnte das nicht. Sie stand ganz allein da. Schwanger, ohne Arbeit. Wegen der Schande brauchte sie gar nicht erst zu Hause aufzutauchen. Ihre Mutter würde sie halb tot schlagen, obwohl sie nichts dafür konnte.

»Und wenn ihr Hilde auch mitnehmt?«, fragte Frauke vorsichtig. »Ich meine, nur vorübergehend, bis wir eine andere Lösung gefunden haben. Bei mir im Lager kann sie nicht mehr lang bleiben, denn ich bekomme bald neue Ware geliefert und benötige den Platz.«

»Ich weiß nicht«, antwortete Marta zögernd. »Ich muss mit Wilhelm erst mal über Gesa sprechen. Und es ist noch sehr beengt bei uns. Wo soll Hilde denn schlafen? Wenn der Anbau schon fertig wäre, aber so ...«

»Wir könnten die kleine Kammer neben der Stiege für sie herrichten«, schlug Ebba vor.

»Die ist aber arg klein. Mehr eine Besenkammer. Und es steht viel Gerümpel darin. Außerdem haben wir keine Matratze mehr. Bereits die Unterbringung für Gesa wird schwierig werden.«

»Das Gerümpel können wir doch in die Scheune bringen, und Gesa kann sich ein Bett mit mir teilen, bis wir eine weitere Matratze organisiert haben.«

»Wir könnten Gesa für den Anfang aber auch im Dorf unterbringen«, überlegte Marta laut. »Dann hätten wir das Problem mit der fehlenden Matratze gelöst. Allerdings weiß ich noch nicht, wie Wilhelm auf Hildes Schwangerschaft reagieren wird. Pfarrer Bertramsen macht uns sowieso schon Schwierigkeiten wegen dem geplanten Anbau. Wenn wir jetzt auch noch ein schwangeres, lediges Dienstmädchen aufnehmen, könnte das Verhältnis noch problematischer werden.« Sie wandte sich Hilde zu und fragte: »Wie viele Leute in Wittdün wissen denn von der Schwangerschaft?«

»Einige Leute vom *Kaiserhof*«, erwiderte Hilde leise. »Und Frauke natürlich.«

»Und Andresen«, fügte Frauke kleinlaut hinzu. »Da hätte ich wohl mal meine große Klappe halten sollen.«

»Ja, das wäre besser gewesen. Wir können nur hoffen, dass die meisten lediglich von einem betroffenen Dienstmädchen wissen. Gewiss wird sich nicht gleich überall herumsprechen, dass es Hilde ist.«

»Wir nehmen sie also mit?«, fragte Ebba hoffnungsvoll.

»Was bleibt uns schon anderes übrig. Fraukes Lager ist keine Dauerlösung, und in Norddorf kann sie erst einmal zur Ruhe kommen, und wir überlegen uns eine Lösung. Mit Wilhelm rede ich am besten gleich nach unserer Rückkehr. Er wird nicht erfreut darüber sein, aber er wird Hilde bestimmt nicht fortschicken. So etwas macht mein Wilhelm nicht.« Jedenfalls kann ich mir das nicht vorstellen, fügte sie in Gedanken hinzu.

»Aber natürlich musst du entscheiden, ob du wirklich zu uns möchtest, Hilde. Wir können dir auch leider keinen Lohn bezahlen, sondern nur ein Dach über dem Kopf und Essen bieten. Für zwei Dienstbotenmädchen und eine Köchin reicht unser Einkommen im Moment noch nicht aus. Aber ...«

»Ich komme gern mit«, unterbrach Hilde Martas Redefluss, sprang auf und fiel ihr um den Hals. »Sie wissen gar nicht, wie gut Sie sind. Vielen, vielen Dank.« Vor Erleichterung begann sie zu weinen.

»Ist ja schon gut«, beschwichtigte Marta und legte die Arme um das Mädchen. »Wir werden das Kind, im wahrsten Sinn des Wortes, schon schaukeln.«

»Aber nicht, dass du denkst, du könntest dich auf die faule Haut legen«, sagte Ebba und hob mahnend den Zeigefinger.

»Gewiss nicht. Ich werde hart arbeiten. Versprochen.«

»So hart es in deinem Zustand eben geht«, fügte Marta hinzu und erkundigte sich im selben Atemzug nach irgendwelchen Schwangerschaftsbeschwerden. Hilde gestand, dass es ihr immer wieder übel wurde. Besonders Zigarettenrauch und Fischgeruch machten ihr zu schaffen.

»Somit ist klar, dass du vorerst keine Krabben pulen musst«, erwiderte Marta lächelnd.

»Das muss sie auch nicht«, erwiderte Ebba. »Darin ist meine Gesa perfekt. Du hast noch nie einen Menschen gesehen, der das so gut und schnell kann.«

»Na, da bin ich gespannt«, antwortete Marta, griff nach ihrem Teebecher, nippte daran, verzog das Gesicht und sagte: »Jetzt ist er kalt.«

»Ich denke, wir brauchen sowieso etwas Stärkeres«, konstatierte Frauke, holte eine Flasche Korn aus dem Schrank, stellte sie auf den Tisch und erklärte: »Der wärmt von innen.«

Lachend tranken alle ein Glas, sogar Hilde, die daraufhin zu husten begann und gestand, dass dies ihr erster Korn gewesen sei. Laute Rufe aus dem Laden trieben Frauke aus dem Raum. Es dauerte jedoch nicht lang, bis sie mit Jasper im Schlepptau wieder auftauchte, der, wie Marta bereits vermutet hatte, es sich offensichtlich bei Philipp hatte gut gehen lassen, denn er schwankte leicht.

Ihr Blick wanderte zu einer an der Wand hängenden Uhr.

»Weniger als eine halbe Stunde, dann müssen wir Gesa im *Kaiserhof* abholen. Bis dahin könnte ich noch schnell zur Gärtnerei hinüberlaufen und sehen, was im Angebot ist. Vielleicht gibt es schon Erdbeeren. Immerhin haben wir fast Juni, und im Süden Deutschlands ist es wärmer als bei uns auf den Inseln.«

»Wenn du meinst«, erwiderte Ebba und schüttelte den Kopf. »Mir schmecken ja die aus dem eigenen Garten am besten. Aber jeder, wie er will. Ich halte sowieso wenig von dem importierten Zeug aus aller Welt. Orangen, Bananen und sonstiger Firlefanz. Alles muss für teuer Geld auf unsere Insel geschafft werden. Letztens hab ich mal eine Pampelmuse probiert. Pfui Deibel, schmeckte die bitter. Aber für die feinen Herrschaften in den Kurhäusern kann es ja nicht exotisch genug sein.«

»Es sind nur Erdbeeren und keine Bananen aus Südamerika«, erwiderte Marta grinsend. »Und vermutlich stammen sie aus den Vierlanden. Nele schrieb mir erst neulich, sie habe auf dem Hühnermarkt bereits welche gesehen. Vielleicht habe ich ja Glück. Süße Erdbeeren mit Sahne wären der perfekte Nachtisch für heute Abend.« Sie stand auf und strich prüfend über ihren Rock. »Schon fast trocken. Wie schön. Der Rest trocknet während der Heimfahrt. Willst du mich zum Gärtner begleiten?«, fragte sie Jasper. Er stimmte zu, und die beiden verließen den Laden. Als sie keine Minute später auf dem Wagen saßen, fragte Jasper: »Wieso treffen wir die anderen am *Kaiserhof?*«

»Ach, Jasper, das ist eine längere Geschichte.« Marta winkte seufzend ab.

»Wenn das so ist«, erwiderte er und schwang die Zügel, »dann kannst du sie mir ja später erzählen. Aber ausgefressen hat keiner was, oder?«

»Nein, ganz sicher nicht«, erwiderte Marta schmunzelnd ob der kindlichen Frage. »Eher im Gegenteil. Wir helfen jemandem, der in Not geraten ist.«

»Noch besser«, meinte Jasper und hielt an, denn sie hatten ihr Ziel, die Gärtnerei, erreicht. Der Gärtner hatte tatsächlich Erdbeeren aus den Vierlanden im Angebot, die köstlich schmeckten. Dazu wanderten noch Kartoffeln, verschiedene Blattsalate, Tomaten und ein Bund Moosrosen auf den Wagen, mit denen Marta die Tische dekorieren wollte. Die Rechnung wurde wie immer ans Hotel geschickt.

Keine fünf Minuten später erreichten sie den Hintereingang des *Hotels Kaiserhof*, wo sie bereits von Ebba, Gesa und Hilde erwartet wurden. Gesa und Hilde hatten jeweils einen kleinen Koffer bei sich. Als Marta vom Wagen stieg und Gesa zur Begrüßung die Hand reichte, bedankte sie sich sogleich überschwänglich für die Güte, sie bei sich aufzunehmen, und versprach, tüchtig zu helfen.

»Das letzte Wort ist hierzu leider noch nicht gesprochen«, erwiderte Marta. »Mein Mann muss noch zustimmen. Aber wenn ich ihm die Umstände erkläre, wird er meine Entscheidung gewiss verstehen. In so einem Haus wollte auch ich keine Minute länger bleiben.«

Die Mädchen kletterten auf den Wagen, und die Koffer wurden zwischen Erdbeeren und Blumen untergebracht. Die Fahrt nach Norddorf verlief größtenteils schweigend. Marta saß bei Jasper auf dem Kutschbock. Er summte eine Melodie und schien recht guter Dinge zu sein.

Als sie durch Nebel fuhren, verdunkelte erneut eine Wolke die Sonne. Sorgenvoll blickte Marta zum Himmel, doch dieses Mal blieb es trocken. Bald schon tauchten die ersten Häuser von Norddorf auf. Der Anblick erfreute Marta jedes Mal wieder. Es war wirklich eine gute Entscheidung gewesen, ihr Hotel an diesem zauberhaften Ort zu eröffnen, der, wie Pastor Bodelschwingh richtig erkannt hatte, den besseren Wellenschlag zu bieten hatte. Bei ihnen musste kein Gast mit einer Bahn zum Strand transportiert werden, denn es waren nur wenige Minuten zu Fuß durch die Dünen zu ihrem Strandabschnitt. Trotzdem plante Wilhelm eine Strandhalle mit Umkleidekabinen und einem Ausschank. Dann hätten es die Gäste bequemer und müssten nicht wegen jedem Getränk zurück zum Hotel laufen, was Marta einleuchtete. Allerdings würde auch die Strandhalle Kosten verursachen, und über das notwendige Personal hatten sie noch gar nicht gesprochen. Vielleicht würden für den Anfang Männer- und Damenumkleiden genügen. Die müssten nur ein- oder zweimal am Tag überprüft und gereinigt werden, und diese Tätigkeit könnte sogar Ida übernehmen. Trieb sie sich ja beinahe jeden Tag mit Thaisen am Strand herum.

Sie erreichten das Hotel, fuhren durch das geöffnete Hoftor in den Innenhof und hielten direkt vor dem Eingang. Auf der Bank vor dem Haus saßen Ida und Thaisen, die einen bedrückten Eindruck machten. Aus Wilhelms Büro waren laute Stimmen zu hören. Marta ahnte, was los war. Sie kletterte vom Wagen. Genau in diesem Moment kamen Wilhelm und Pfarrer Bertramsen nach draußen. Der Pfarrer gestikulierte wild in der Luft herum und rief: »In der Sache ist das letzte Wort noch nicht gesprochen. Ich stehe in Kontakt mit der Inselverwaltung, und dort ist man meiner Meinung. Norddorf soll ein Ort der Ruhe und Erholung sein, und die guten Sitten müssen erhalten bleiben. Es reicht schon, dass es den Sündenpfuhl Wittdün gibt.« Sein Blick blieb an Hilde hängen, die gerade vom Wagen geklettert war. »Da sieh mal einer an, wen haben wir denn da? Bist du nicht Hilde Hadler von Föhr? Die liederliche Deern, die die Beine nicht zusammenhalten konnte und jetzt einen Balg unter dem Herzen trägt? Andresen hat mir davon erzählt und mich gefragt, ob ich da etwas tun könnte.« Er trat näher an Hilde heran.

Mit vor Schreck geweiteten Augen wich sie zurück.

Gesa stellte sich schützend vor sie.

»Was reden Sie nur für einen Unsinn«, schleuderte sie dem Pfarrer wütend entgegen. »Ihr Männer seid doch alle gleich und sucht stets die Schuld bei uns Frauen. Gewiss hat Ihnen Andresen auch gesagt, wer ihr das angetan hat. Dieses miese Schwein. Aber er kommt ohne Strafe davon, während Hilde mit Schimpf und Schande fortgejagt worden ist.«

Wilhelm, der hinter dem Pfarrer stand, sah zu Marta, die einen hilflosen Eindruck machte. Jasper war derjenige, der die Situation rettete, indem er sich schützend vor Gesa und Hilde aufbaute und sagte: »Es ist wohl besser, wenn Sie jetzt gehen, Herr Pfarrer. Die Angelegenheiten der Damen gehen Sie nun wirklich nichts an.«

Der Pfarrer sah Jasper, der einen guten Kopf größer als er war, verdutzt an, wich dann aber zurück.

»Wegen mir«, grummelte er und fügte lauter hinzu: »Thaisen. Komm her. Wir gehen. Und wenn ich dich noch einmal mit Ida erwische, setzt es was. Verstanden? Mit diesem Sündenpfuhl wollen wir nichts zu tun haben.«

Thaisen zögerte und blickte zu Ida, die in Tränen ausbrach, nachdem Thaisen und der Pfarrer den Hof verlassen hatten.

Ebba wollte sie tröstend in den Arm nehmen, doch Ida schüttelte sie ab, rannte ins Haus und schlug laut die Tür hinter sich zu. Marta zuckte zusammen. Für einen Moment herrschte Stille auf dem Hof. Wilhelm war derjenige, der als Erster das Wort ergriff und Marta fragte: »Hast du eine Erklärung?«

Marta nickte.

»Das dachte ich mir schon.« Seine Stimme klang nicht wütend, sondern resigniert. »Kannst du mir die Damen bitte vorstellen?«

Marta nickte, deutete auf Gesa und Hilde und nannte ihre Namen. Wilhelms Blick blieb an Hilde hängen, und er fragte:

»Stimmt es, was der Pfarrer gesagt hat, Mädchen?«

Hilde senkte den Blick und nickte.

»Aber sie kann wirklich nichts dafür«, sprang Ebba ihr sofort bei. »Das Schwein ist der Butler vom *Kaiserhof*. Olaf Seiff ist sein Name. Deshalb haben wir auch meine Gesa da rausgeholt.« Weiter kam sie nicht, denn Marta bedeutete ihr zu schweigen.

»Und was nun?«, fragte Wilhelm und sah seine Frau an.

»Sie bleiben erst einmal bei uns. Hilde schläft in der Kammer neben der Treppe, und Gesa kann ich im Dorf unter…« Weiter kam sie nicht, denn Wilhelm zog sie nun doch am Arm in sein Arbeitszimmer und schloss die Tür hinter ihnen.

»Du willst das schwangere Mädchen also wirklich für einen längeren Zeitraum hier behalten?«, fragte er fassungslos. »Das wird unseren Ruf ruinieren. Sie ist im *Kaiserhof* als Flittchen rausgeworfen worden, was sich herumgesprochen hat, wie dir gerade aufgefallen sein wird. Soweit ich weiß, stammt die Kleine aus Föhr und hat dort Familie. Gewiss wird sie wieder aufgenommen.«

»Und von ihrer Mutter, die sechs weitere Kinder durchbringen muss, halb tot geschlagen«, entgegnete Marta und verschränkte die Arme vor der Brust. »Ich hab versprochen, ihr zu helfen. Was ihr geschehen ist, ist eine himmelschreiende Ungerechtigkeit. Sie wird fortgejagt, und dieser elende Mistkerl, entschuldige, wenn ich es so direkt sage, kommt ohne jede Strafe davon. Ich war im *Kaiserhof* und habe dort mit der Hausdame gesprochen, die mir zu verstehen gegeben hat, dass das Treiben des Burschen bekannt ist. Aber solange keine Beweise vorliegen, sind es immer die armen Mädchen, die darunter leiden.«

»Ich weiß«, erwiderte Wilhelm seufzend, »diese Geschichten kennen wir ja auch aus Hamburg zur Genüge.«

»Und du hast selbst immer gesagt, wie sehr dir die Mädchen leidtun«, erwiderte Marta, die in diesem Moment wusste, dass sie den Kampf gewonnen hatte. »Und der Pfarrer ist doch nur wegen der Theke und dem Saal wütend.«

»Ja, ich weiß«, wiederholte Wilhelm und seufzte erneut. »Leider seid ihr mit dem Mädchen zu einem denkbar schlechten Zeitpunkt angekommen. Besonders Ida hat es hart getroffen. Ich werde nachher gleich zu ihr gehen und sie trösten müssen.«

»Wir wissen beide, dass Thaisen und Ida trotzdem einen Weg finden werden, um einander zu treffen.«

»Was noch mehr Ärger für uns alle bringen wird«, sagte Wilhelm. Sein Blick wanderte zu den Plänen auf dem Tisch. »Und wenn ich nachgebe und nur das Haus erweitere? Dann gäbe es keinen Streit.«

»Nachgeben? Nur weil so ein Pfarrer Angst um die guten Sitten hat, die es meiner Meinung nach auf dieser Insel noch nie gegeben hat? Nein, das kommt nicht infrage«, erwiderte Marta und nahm seine Hand. »Wir sind hierhergekommen, um uns eine gemeinsame Zukunft aufzubauen, und wir lassen uns unsere Pläne nicht von einem Pfarrer mit altmodischen Ansichten kaputt machen.« Sie sah Wilhelm eindringlich in die Augen.

Er begann zu lächeln. »Jetzt weiß ich wieder, warum ich dich geheiratet habe. Du hast natürlich recht. Es ist unser Hotel und unsere Zukunft. Kein Pfarrer der Welt hat das Recht dazu, uns das alles zu zerstören. Allerdings haben wir trotzdem noch ein anderes Problem.«

»Das da wäre?«, fragte Marta.

»Uns fehlen die finanziellen Mittel. Heute kam die Absage von der Bank, mit der ich bereits gerechnet hatte. Sie meinten, ich würde zu wenig Eigenkapital beisteuern.«

Marta nickte. »Dann warten wir eben ein oder zwei Jahre länger mit dem Anbau. Irgendwie wird es schon gehen. Wir planen etwas kleiner und bauen erst einmal nur das Wohnhaus aus. Auch die Anmietung von weiteren Zimmern im Dorf ist möglich.«

»Es wird trotzdem nicht reichen«, erwiderte Wilhelm mit ernster Miene. »Ich überlege deshalb bereits seit einer Weile, ob ich nach Hamburg zurückkehren und einige Monate als Prokurist arbeiten sollte. Vor ein paar Tagen habe ich Kontakt zur Firma Gotthard aufgenommen. Du weißt, dass sie mich damals einstellen wollten. Gestern kam die Antwort. Sie würden mich gern beschäftigen, auch befristet.«

»Du willst zurück nach Hamburg.« Marta sah Wilhelm entgeistert an. »Aber, das Hotel, der Betrieb, ich meine ...«

Wilhelm unterbrach sie, indem er die Arme um sie legte und entgegnete: »Ich weiß, dass du den Betrieb auch ohne mich großartig meistern wirst. Du bist doch mein Pensionsmädchen. Wenn ich bis zum nächsten Frühjahr bei Gotthard arbeite, haben wir das nötige Eigenkapital zusammen und können im Januar mit den Bauarbeiten beginnen. Wenn alles nach Plan verläuft, könnten wir in die neue Saison bereits mit dem Anbau starten.«

»Und wo willst du in Hamburg wohnen?«, fragte Marta.

»Ach, ich kenne da eine nette Pensionswirtin, die mir heute per Telegramm zugesichert hat, mir kostenlos ein Zimmer mit Verpflegung zur Verfügung zu stellen«, antwortete er grinsend.

»Nele auch noch«, erwiderte Marta und schlug ihm auf den Arm. »Also gut«, gab sie nach. »Es scheint ja sowieso schon beschlossene Sache zu sein. Aber ich lass dich nur unter einer Bedingung gehen.«

»Die da wäre?«

»Hilde darf bis zu ihrer Niederkunft bei uns bleiben, und auch danach werden wir uns um sie und das Kind kümmern.«

»Meinetwegen«, antwortete Wilhelm und fügte hinzu: »Ich denke, der Skandal ist sowieso nicht mehr aufzuhalten. Also was soll's. Und der Herrgott im Himmel weiß unsere Tat bestimmt einzuordnen.« Er zog seine Frau an sich und küsste sie so leidenschaftlich, wie er es schon lang nicht mehr getan hatte.

»Für was war das denn?«, fragte Marta verdutzt.

»Dafür, dass du das allerbeste, mutigste und gutmütigste Mädchen der ganzen Welt bist.«

Marta lächelte und küsste ihn. Als sie sich endlich voneinander lösten, legte Wilhelm liebevoll den Arm um sie und sagte: »Und jetzt gehen wir nach draußen und begrüßen unser neues Personal, so wie es sich gehört.«

Die beiden traten auf den Hof, wo sich ihnen ein friedliches Bild bot. Rieke hatte sich zu Gesa und Hilde auf die Bank vor dem Haus gesellt. Ebba verteilte Kekse und Tee. Und Marie, die auf Hildes Schoß saß, genoss es sichtlich, von ihr gefüttert zu werden. Der Anblick rührte Marta, denn es kam selten vor, dass ihre Jüngste so schnell Vertrauen zu einem fremden Menschen fasste. Anscheinend hatten sich hier zwei gefunden, was ihr Kindermädchenproblem lösen könnte.

Lächelnd traten Marta und Wilhelm näher, und Wilhelm begrüßte beide Mädchen, indem er ihnen die Hand reichte und sie offiziell im *Hotel Inselblick* willkommen hieß.

34

Norddorf, 01. Juni 1892
Wilhelm wird zurück nach Hamburg gehen. Ich weiß, dass es die Vernunft ist, die ihn dazu zwingt, denn ohne das Geld können wir unseren Traum nicht verwirklichen. Aber ich wünschte, er würde bleiben. Ohne ihn fühle ich mich wie ein halber Mensch. Bis nächstes Frühjahr. Wie soll ich das ertragen? Besonders unsere gemeinsamen Abende werden mir fehlen. Wenn wir abends im Bett noch reden, einen Strandspaziergang machen oder einfach bei einem Glas Wein zusammensitzen und über den Tag sprechen. Ich fühlte mich auch ein wenig überrumpelt. Er hat ohne mich geplant und entschieden. Er wollte mich nicht aufregen, gewiss. Doch es ist kein schönes Gefühl, ausgeschlossen zu werden. Aber nun ist es, wie es ist. Ich habe ja Ebba, Jasper und Gesa an meiner Seite und viele Freunde, die jederzeit helfen werden. Und gewiss vergehen die Monate wie im Flug. Und er kann uns ja besuchen, auf jeden Fall an Weihnachten.

Rieke stand auf der Veranda des *Kurhauses zur Satteldüne* und ließ den Blick über die aufgewühlte See schweifen, spürte den kühlen Wind auf der Haut und fröstelte. Aber egal, es tat gut, hier draußen zu sein und der stickigen Luft im Tanzsaal für einen Moment entflohen zu sein. Sie lächelte. Früher hätte sie niemals so empfunden. In Hamburg hätten sie keine zehn Pferde vom Ort des Geschehens fortgebracht, denn es galt die Devise: sehen und gesehen werden. Wer trug das schönste Kleid, wer war mit wem gekommen, über wen gab es den neuesten Tratsch. Doch hier kannte sie kaum jemanden. Die Kurgäste waren ihr fremd, und Jacob hatte leider nicht kommen können, denn Hinrich weilte bei seiner Familie auf Föhr, und einer der Gäste war erkrankt. Rieke war enttäuscht über sein Fernbleiben, denn nur für ihn hatte sie sich hübsch gemacht. Sie dachte daran, wie er sie in den Tagen nach dem Unfall häufig besucht hatte. Sogar kleine Geschenke hatte er ihr jedes Mal mitgebracht. Blumen, Schokolade oder ein Buch. Einmal war es ein Strohhut gewesen, von dem er annahm, dass er ihr gefallen könnte. Am Anfang waren sie nur in den Garten gegangen oder hatten bei Regenwetter in der Stube bei einer Tasse Tee gesessen und geredet. Später waren sie öfter zum Strand spaziert. Er erzählte von dem Logierhaus, von seinen Eltern auf Föhr, die mächtig stolz auf ihn waren, und von seinem Onkel, der ihm Briefe aus Amerika schickte, in denen er von dem Leben in New York erzählte. Er war bereits vor zwanzig Jahren ausgewandert und hatte in Brooklyn ein Kolonialwarengeschäft eröffnet, das so gut lief, dass er plante, eine weitere Filiale in Manhattan zu eröffnen. »Wenn sich nicht die Möglichkeit mit dem Logierhaus ergeben hätte, dann wäre ich jetzt dort«, hatte Jacob gesagt. Einen Brief hatte er sogar mitgebracht und ihr daraus vorgelesen, denn sein Onkel hatte die wunderbare Gabe, den Schmelztiegel New Yorks mit seinen Worten in farbenprächtige Bilder zu verwandeln. Er beschrieb die vielen Straßen der Stadt, in denen Auswanderer täglich ein besseres Leben suchten, die Straßenbahnen, Pferdekutschen und Menschen. Den Geruch der Großstadt, die Verheißung auf Glück. Auch in Hamburg war diese Stimmung stets spürbar gewesen. Sein Onkel schrieb Jacob auch von seinem besten Freund, einem Ernest Flagg, der davon träumte, das höchste Haus der Welt zu errichten. Sogar erste Pläne hatte er dafür entwickelt und ihm gezeigt. Unglaubliche siebenundvierzig Stockwerke sollte das Gebäude haben. Jacobs Onkel hielt die Pläne allerdings für nicht durchführbar. Denn das Haus müsste ja weit über einhundertzwanzig Meter hoch sein. So etwas würde es auf der Welt gewiss niemals geben. Aber so hatte eben jeder in New York seine verrückten Träume. Rieke dachte an die vielen Baracken der Auswanderer in Hamburg. In teilweise erbarmungswürdigen Umständen warteten sie oftmals monatelang auf eine Schiffspassage nach Amerika. Die meisten von ihnen würden in der dritten Klasse reisen. Von was träumten diese Menschen? Gewiss nicht davon, das höchste Gebäude der Welt zu errichten.

Auch ihre Eltern kämpften für ihren Traum, wofür Rieke sie bewunderte. Eigentlich waren sie wie die Menschen in New York. Glückssuchende, die Luftschlösser in den Himmel bauten, die irgendwann einmal wahr werden sollten. Aber dafür brauchten sie keine Überfahrt in die Neue Welt. Eine Nordseeinsel reichte ihnen vollkommen aus, wofür Rieke dankbar war, denn hier schien sie endlich angekommen zu sein. Und vielleicht würde Jacob ihr bald einen Antrag machen. Nachts, wenn sie nicht einschlafen konnte, malte sie sich aus, wie er es wohl anstellen würde, um ihre Hand anzuhalten. Bei einem Essen im Kerzenschein, romantisch am Strand im Licht eines Sonnenuntergangs oder nach einem Konzert, bei einem Ball. An diesem Nachmittag hatte sie sich gewünscht, dass es heute passieren würde. Aber das Schicksal hatte es leider anders gewollt. Wenn sie Jacobs Frau wurde, wäre sie selbst eine Herrin über ein Logierhaus. Der Gedanke gefiel ihr. Meine Güte, wenn das Nele erfuhr. Sie würde aus allen Wolken fallen. Obwohl gerade sie ihr die Verantwortung für ein solches Haus gewiss zutrauen würde, denn Nele besaß die besondere Gabe, in das Innerste der Menschen zu blicken. Das war eine Eigenschaft, die sie mit Kaline gemein hatte. Rieke vermisste Kaline schrecklich, besonders ihre gemeinsamen Stunden am Meer fehlten ihr. Jedes Mal wenn sie an den Strand kam, hatte sie ihre Worte im Ohr. Ebbe und Flut, Licht und Schatten, Stille und Sturm. Das ew'ge Hin und Her. Riekes Blick wanderte erneut zu dem menschenleeren Strand hinunter, und sie strich wehmütig über den Rock ihres fliederfarbenen Kleides, das sie schon seit einer Ewigkeit nicht mehr getragen hatte. Der schimmernde Seidenbrokat fühlte sich herrlich zart an, die Spitze am Dekolleté, die Perlen an den Schultern, genauso sollte es sein. Sie bekam kaum Luft, so eng hatte Gesa das Korsett schnüren müssen. Es war perfekt, und sie sah wunderschön darin aus. Ebba hatte sogar Tränen in den Augen gehabt, als sie auf den Hof getreten war. Und trotzdem hätte sie jetzt am liebsten das hübsche Kleid abgelegt, um an den Strand gehen, an der Wasserlinie entlanglaufen und die salzige Gischt auf der Haut spüren zu können. Sie würde das schwindende Licht des Tages so lange beobachten, bis es dem fahlen Licht des Mondscheins Platz machte. Heute war Vollmond. Und diese Nächte, in denen auf allem ein silbriger Schimmer lag, liebte sie besonders.

Zwei Pärchen traten hinter Rieke auf die Veranda und rissen sie mit ihrem fröhlichen Geplapper aus ihren Gedanken. Einer der Herrn grüßte Rieke höflich. Sie grüßte zurück und verließ wehmütig ihren Aussichtsplatz. Es galt, ihre Pflichten zu erfüllen. Immerhin war sie heute nicht als Privatperson hier, sondern musste sich um das Wohl ihrer Gäste kümmern. Für Hedwig und Karl Marwitz sollte der Ball in dem mondänen *Kurhaus* ein versöhnlicher Abschied werden, da sie am nächsten Tag abreisten.

Am Eingang zum Ballsaal lief Rieke ihrem Vater in die Arme. »Da bist du ja«, sagte er. »Ich wollte mich gerade auf die Suche nach dir machen.«

Wilhelm war dazu verdonnert worden, Rieke und die Marwitz zu begleiten, was ihm nicht sonderlich gefiel. Da Marta sich jedoch um die kränkelnde Marie kümmern musste, hatte er sich gefügt und sich in seinen Abendanzug gequetscht, dessen Jackett am Bauch spannte. Die deftige Hausmannskost von Ebba hinterließ auch bei ihm ihre Spuren.

»Ist etwas passiert?«, fragte Rieke und suchte den Raum nach Hedwig und Karl Marwitz ab.

»Nein, es ist nichts. Außer …«

Die schrille Stimme von Hedwig Marwitz unterbrach Wilhelm.

»Da sind Sie ja, mein Lieber. Sie wollten mir doch nicht etwa fortlaufen. Jetzt, wo die Kapelle meinen Lieblingswalzer angekündigt hat.« Ihr Blick fiel auf Rieke, und sie zog eine Augenbraue hoch. »Fräulein Stockmann. Wo waren Sie denn? Wir hatten schon Sorge, Sie wären uns abhandengekommen.«

Ohne eine Antwort von Rieke abzuwarten, hakte sie sich bei Wilhelm unter und zog ihn auf die Tanzfläche. Die ersten Takte des Strauß-Walzers erklangen, und die Paare begannen, sich im Kreis zu drehen. Belustigt schaute Rieke dabei zu, wie ihr Vater von Hedwig übers Parkett geführt wurde, die in ihrem schwarzen Spitzenkleid aussah, als würde sie zu einer Beerdigung gehen. Jedes Mal wenn sie an ihr vorübertanzten, warf er ihr hilfesuchende Blicke zu. Doch Rieke zuckte nur mit den Schultern. Karl Marwitz hatte sich bereits kurz nach ihrer Ankunft mit der Erklärung, kein großer Tänzer zu sein, ins Raucherzimmer verzogen und war seitdem nicht mehr gesehen worden.

Jetzt wurde auch Rieke von einem jungen Mann aufgefordert. Er führte sie aufs Parkett, und sie begannen zu tanzen. Der junge Mann war recht redselig, und seine rechte Hand wanderte nach Riekes Geschmack auf ihrem Rücken zu weit nach unten. Außerdem konnte er nicht tanzen und entschuldigte sich jedes Mal, wenn er ihr auf die Füße trat. Rieke schlug drei Kreuze, als die Kapelle endlich ein Einsehen mit ihnen hatte und den Walzer beendete. Sie entschuldigte sich bei ihrem Tanzpartner und eilte rasch zur Tür, wo sie auf ihren Vater traf, der es durch eine Ausrede geschafft hatte, Hedwig loszuwerden.

»Wohin?«, fragte er.

»An den Strand«, erwiderte Rieke.

»Oder nach Steenodde zum *Lustigen Seehund*«, meinte Wilhelm, während sie durch die Eingangshalle hasteten.

»Du weißt, dass das Mama nicht gefallen wird«, meinte Rieke.

»Aber am Strand ist es zu kühl«, entgegnete Wilhelm. »Dort wirst du dir in dem dünnen Kleid den Tod holen.«

Inzwischen hatten sie das *Kurhaus* verlassen und standen auf dem Vorplatz.

»Und was soll ich im *Lustigen Seehund*?«, entgegnete Rieke. »Dir beim Kartenspielen zusehen?«

»Wir könnten es dir beibringen«, erwiderte Wilhelm etwas hilflos.

Rieke lachte laut auf und schüttelte den Kopf. »Wenn uns jetzt Mama sehen könnte. Wie Diebe haben wir uns fortgestohlen.«

Wilhelm grinste. »Also Skat?«

»Von mir aus«, erwiderte Rieke. »Aber was machen wir mit den Marwitz? Sie werden bald unsere Abwesenheit bemerken. Besonders Hedwig Marwitz wird ungehalten über die Flucht ihres Tanzpartners sein.«

»Ach, die findet bestimmt bald ein anderes Opfer, das sie übers Tanzparkett schleifen kann. Ich schicke später Jasper vorbei, der die beiden heimbringen wird.«

»Der im *Lustigen Seehund* gewiss schon auf dich wartet, oder?«

Rieke roch den Braten. Ihr Vater hatte die ganze Zeit über geplant, sich früher wegzuschleichen.

Wilhelm bemühte sich um eine Unschuldsmiene, was ihm deutlich misslang.

»Ich mag eben keine Bälle. Und das weiß Marta. Warum musste Marie auch ausgerechnet heute Abend krank werden?«

Die beiden setzten sich in Bewegung und ließen das *Kurhaus* hinter sich. Noch immer war es hell, obwohl die Sonne bereits untergegangen war.

»Mir gefiel es bei dem Ball auch nicht«, sagte Rieke.

Verdutzt schaute Wilhelm sie an.

»Aber du warst doch … Ich meine, in Hamburg konnten es gar nicht genug Bälle sein.«

»Ja, schon. Aber jetzt ist es eben anders.« Rieke wollte noch etwas hinzufügen, wurde aber durch das Auftauchen eines Mannes unterbrochen, der aus einem Seitenweg kam und beinahe mit ihnen zusammengestoßen wäre. Es war Jacob.

»Rieke!«, rief er erfreut.

»Jacob.« Riekes Herzschlag beschleunigte sich. »Du hier?«

»Ich konnte mich doch noch loseisen und dachte …« Jacob kam ins Stocken und blickte von Rieke zu Wilhelm und wieder zurück. »Wieso seid ihr hier und nicht im *Kurhaus*?«

»Sagen wir mal: Wir hatten uns den Abend anders vorgestellt«, antwortete Wilhelm.

»Der *Lustige Seehund*«, erriet Jacob. Selbst ihm war in den letzten Wochen nicht entgangen, wie häufig es Wilhelm und seine Freunde dorthin verschlug.

»Also, ich wollte ja lieber zum Strand«, sagte Rieke. »Nur leider ist meine Garderobe dafür nicht geeignet«, fügte sie hinzu.

»Oh, für den Strand kann man nie falsch gekleidet sein«, meinte Jacob. »Und ehrlich gesagt, ist auch mir eher nach einem Spaziergang als nach einem Ball. Was meinen Sie, lieber Wilhelm? Kann ich Ihnen Ihre Tochter für eine Weile entführen? Ich würde auch gut auf sie achtgeben und sie sicher nach Hause bringen.«

Wilhelm sah zu Rieke, deren Blick etwas Flehendes bekam, und stimmte unter der Bedingung zu, dass Rieke nichts vom *Lustigen Seehund* verraten durfte, was diese versprach.

So trennten sich ihre Wege, und Rieke ging gemeinsam mit Jacob zum Strand. Als sie dort angekommen waren, legte er fürsorglich seine Jacke über ihre Schultern. Sie schlenderten ein Stück von der Wasserkante entfernt Richtung Norddorf. Keiner sagte ein Wort. Es lag eine gewisse Spannung in der Luft.

»Geht es eurem Gast besser?«, fragte Rieke schließlich.

»Ein wenig. Er ist eingeschlafen, und der Hausdiener hat mir versprochen, regelmäßig nach ihm zu sehen.«

Rieke nickte. Erneut herrschte Schweigen. Sie spürte, wie sich ihr Herzschlag beschleunigte, und getraute sich nicht, Jacob anzusehen. Ihr Blick wanderte aufs Meer hinaus, das im letzten Licht des schwindenden Tages rötlich schimmerte.

»Es ist wunderschön, nicht wahr? Ich könnte stundenlang hier stehen und es einfach nur betrachten.«

»Das ist es«, antwortete Jacob. Und plötzlich geschah es. Jacob legte den Arm um sie. Schüchtern beinahe, doch er tat es. Sie lehnte ihren Kopf an seine Schulter, und er zog sie enger an sich. Der Geruch seines Rasierwassers stieg ihr in die Nase.

Wieder schwiegen beide. Keiner wollte den Moment zerstören. So sehr wünschte sich Rieke, er würde sie jetzt küssen. Doch er tat es nicht. Als der letzte Hauch des roten Schimmers auf dem Meer verschwand, sagte er stattdessen: »Es sieht nach Regen aus. Wir sollten weitergehen.«

Rieke spürte die Enttäuschung in sich. Wieso fragte er sie jetzt nicht? Es war doch der perfekte Moment. Romantischer ging es gar nicht. Sie nickte schweigend und blinzelte die heißen Tränen weg, die ihr in die Augen stiegen. Er nahm ihre Hand, und sie schlenderten den Strand hinunter Richtung Norddorf. Es war ein Stück zu laufen, doch das machte Rieke genauso wenig aus wie die ersten Regentropfen, die ihr der Wind ins Gesicht wehte.

Sie erreichten die Strandhallen des Seehospizes und entschlossen sich, bereits hier den Strand zu verlassen. Rieke zitterte trotz Jacobs Jacke. Jacob legte erneut den Arm um sie und zog sie eng an sich. »Gleich sind wir da, dann kannst du dich aufwärmen.« Sie liefen durch die Dünen und am Hospiz vorbei, in dem noch Licht brannte. Fröhliche Musik und Lachen waren zu hören. Als sie das *Hotel Inselblick* erreichten, bemerkten sie eine Gestalt, die vor dem Haus saß. Es war Hilde, und sie weinte.

»Hilde.« Rieke trat näher und fragte: »Wieso weinst du denn? Geht es dir nicht gut?« Sie sah zu Jacob, der mit den Schultern zuckte.

»Es ist nichts«, erwiderte Hilde und schniefte.

»Wegen nichts weint man doch nicht«, erwiderte Rieke. »Willst du darüber reden?«

Hilde sah zu Jacob, der verstand.

»Ich geh dann wohl besser«, sagte er. Er nahm Riekes Hand, drückte sie fest und nickte ihr zu.

»Auf bald.«

»Auf ganz bald«, erwiderte sie und hielt seinen Blick für einen Moment fest.

Jacob nickte, ließ ihre Hand los und wandte sich ab. Rieke schaute ihm so lange nach, bis er außer Sicht war, dann setzte sie sich neben Hilde, die mit schuldbewusster Miene sagte: »Jetzt hab ich dir den Abschied vermasselt. Vielleicht hätte er dich ja geküsst.«

»Vielleicht«, erwiderte Rieke, »vielleicht aber auch nicht.« In ihrer Stimme lag ein Hauch Wehmut. Der Strandspaziergang mit ihm war schön gewesen, obwohl sie nur wenig gesprochen hatten. Doch küssen hätte er sie schon können. Wenigstens auf die Wange. Aber vielleicht war das auch zu viel verlangt. Jacob war nicht wie Georg, sondern ein Gentleman. Sie schob den Gedanken beiseite und fragte: »Und weshalb weinst du jetzt?«

»Ich weiß es nicht«, erwiderte Hilde. »Einfach so. Weil es doch zum Heulen ist. Ich meine, was soll nur werden? Mit mir, mit dem Kind. Deine Mutter ist sehr lieb zu mir. Aber ich kann ja nicht für immer hier bleiben. Die Schande ...« Sie brach erneut in Tränen aus. Liebevoll nahm Rieke sie in den Arm und strich ihr über den Rücken. Was war sie nur für ein selbstsüchtiger Mensch? Da träumte sie von einem Kuss am Meer, derweil hatte Hilde ganz andere Sorgen.

»Es wird alles gut werden«, tröstete sie das Mädchen. »Das weiß ich bestimmt. Ich kann zwar noch nicht sagen, wie. Aber es wird gut. Mit Sicherheit.«

Nach einer Weile löste sich Hilde aus der Umarmung und wischte sich die Tränen von den Wangen. Ihr Blick fiel auf Riekes Schulter.

»Jetzt habe ich dein Kleid schmutzig gemacht.«

»Ach, das war es längst«, erwiderte Rieke lächelnd und deutete auf ihren Saum, an dem feuchter Sand klebte. »Da kommt es auf die paar Tränen auch nicht mehr an.«

Hilde lächelte. »Es ist ein so schönes Kleid.«

»Aber nicht für einen Strandspaziergang geeignet«, erwiderte Rieke mit einem Augenzwinkern und fragte: »Wollen wir schlafen gehen?«

Hilde nickte und antwortete: »Danke.«

Die beiden erhoben sich und wünschten sich eine gute Nacht. Hilde verschwand im Haupthaus, wo sie wieder auf ihren Schlafplatz in der engen Dachkammer krabbeln würde. Rieke blickte noch einen Moment auf die geschlossene Klöntür, dann ging sie zum Nebengebäude hinüber und schlüpfte wenig später unter ihre Decke. Doch Schlaf fand sie keinen. Sie schien noch die Nähe von Jacob zu spüren und glaubte, den Geruch seines Rasierwassers zu riechen. Waren dies nun wahre Gefühle? Fühlte sich so die echte Liebe an? Sie wusste es nicht und wälzte sich im Bett hin und her. Das helle Licht des Vollmonds fiel durch das Fenster auf den Fußboden, und sie lauschte auf den Wind, der an dem Rosengitter vor dem Haus rüttelte. Irgendwann dämmerte sie dann doch ein und sank in einen unruhigen Schlaf, aus dem sie nach wenigen Minuten von der zeternden Stimme von Hedwig Marwitz gerissen wurde. Sie setzte sich auf und trat ans Fenster. Hedwig und Karl Marwitz waren auf den Hof getreten. Von Jasper und seinem Wagen war weit und breit nichts zu sehen.

»Dieser elende Nichtsnutz«, schimpfte Hedwig lautstark. »Ein Säufer ist er. Nicht mehr und nicht weniger.« Sie begann an die Tür des Hotels zu hämmern, die Hilde anscheinend von innen verriegelt hatte. Marta wurde von dem Lärm geweckt, trat nach draußen und wollte etwas sagen, kam jedoch nicht zu Wort.

»Da sind Sie ja endlich«, rief Hedwig. »Das wird ein Nachspiel haben. Das sag ich Ihnen. Ich werde die Rechnung kürzen. So eine Frechheit. Da fährt dieser elende Säufer einfach nicht mehr weiter, schläft auf dem Kutschbock ein, und wir müssen den ganzen Weg zu Fuß zurücklegen.«

Rieke ahnte, was geschehen war, und zog den Kopf ein.

»Und wo steckt eigentlich Ihr Gatte?«, schimpfte Hedwig weiter. »Und Ihr hübsches Fräulein Tochter war plötzlich auch verschwunden. So geht das doch nicht.«

Martas Blick wanderte zu Riekes Fenster. Rasch duckte sie sich. Alles, nur jetzt nicht dieser dummen Ziege Rede und Antwort stehen müssen, dachte sie. Das Donnerwetter ihrer Mutter würde schon reichen. Marta versuchte unterdessen, Hedwig zu beruhigen, und entschuldigte sich für das Verhalten von Jasper, der dafür natürlich zur Rechenschaft gezogen werden würde. Ebba war diejenige, die Marta aus ihrer Not erlöste. Sie kam verschlafen nach draußen und fragte ruppig, wann denn endlich wieder Ruhe wäre. Schließlich wäre es mitten in der Nacht. Daraufhin rauschte Hedwig, gefolgt von ihrem Gatten Karl, ins Haus und schlug laut die Tür hinter sich zu. Verdutzt sah Ebba zu Marta, die mit den Schultern zuckte. Beide gingen zurück ins Haus, und Rieke sprang rasch in ihr Bett, zog die Decke bis zur Nasenspitze hoch und schloss die Augen.

In der nächsten Sekunde öffnete Marta die Zimmertür und sagte: »Brauchst nicht meinen, ich hätte dich eben am Fenster nicht gesehen. Wir reden morgen. Wo dein Vater ist, kann ich mir denken.«

Sie schloss die Tür hinter sich, und ihre Schritte entfernten sich. Rieke atmete auf. Morgen war gut. Denn morgen wäre Papa da, und sie wusste, dass er und Jasper den größten Teil des Ärgers abbekommen würden.

35

Marta und Ebba standen am Eingang zum Hotel und beobachteten, wie Heinrich Scholz, der Inhaber des neu eröffneten Kramladens, das Gepäck der Familie Marwitz auf den Wagen lud. Er fungierte als Ersatzfahrer, denn Hedwig Marwitz weigerte sich, noch einmal von Jasper befördert zu werden, was Marta sogar verstehen konnte. Jasper war im Morgengrauen mit dem Wagen aufgetaucht und saß jetzt Rollmops essend neben Wilhelm in der Küche. Die beiden würden sich noch etwas anhören müssen. So ging das nicht. Einfach die Gäste im Stich lassen und saufen. Wenn sich das herumsprechen würde, konnten sie gleich dichtmachen. Heinrich Scholz half Hedwig auf den Wagen, Gatte und Sohn folgten. Marta entschuldigte sich nochmals für die Unannehmlichkeiten und wünschte eine gute Heimreise. Hedwig verabschiedete sich nicht und sah Marta nicht einmal mehr an. Heinrich Scholz rückte seine Mütze zurecht, und der Wagen verließ den Hof. Als er außer Sicht war, atmete Marta erleichtert auf. Dem Herrn im Himmel sei Dank, sie waren fort. Hoffentlich würden niemals wieder solche Gäste kommen. Sie trat ins Haus und ging in die Küche, wo Ebba Jasper gerade Kaffee nachschenkte.

»Endlich sind sie weg«, sagte Marta und sank auf einen Stuhl. Unaufgefordert stellte Ebba ihr eine Tasse Kaffee vor die Nase. Marta sah zu Wilhelm und Jasper. »Sie hat mir die Rechnung um ein Drittel gekürzt. Angeblich wegen inakzeptablen Zumutungen.«

»Ich kann das erklären«, setzte Jasper kleinlaut an.

»Jasper trifft keine Schuld«, sagte Wilhelm. »Ich wollte einfach nicht zu diesem Ball gehen.«

»Und ich auch nicht«, sagte plötzlich Rieke, die den Raum betrat. »Du hättest unseren armen Papa mal sehen sollen. Hedwig hat ihn regelrecht über die Tanzfläche geschleift, während ihr feiner Herr Gatte den Abend lieber mit einer Zigarre und Cognac im Raucherzimmer verbracht hat. Und dann hat mich auch noch so ein Trampel aufgefordert, der nicht tanzen konnte. Wir sind also regelrecht geflohen.«

»In den *Lustigen Seehund*«, konstatierte Marta.

»Nicht ganz«, meinte Rieke. »Jacob kam doch noch, und wir waren am Strand spazieren. Er hat mich – ganz Gentleman – nach Hause gebracht.« Nach einer kurzen Pause fügte sie noch hinzu: »Es war wunderschön.« Marta blickte zu Ebba, die grinste.

»Also gut. Jetzt sind sie ja weg«, lenkte Marta ein. »Solche Gäste braucht man wie einen Kropf am Hals.«

»Obwohl Karl Marwitz schon ganz in Ordnung war«, sagte Jasper. »Der arme Kerl stand nur komplett unter der Fuchtel seiner Frau.«

»Er hätte bestimmt auch gern im *Lustigen Seehund* Karten gespielt«, meinte Wilhelm und grinste.

»Also, ehrlich gesagt musste ich mir echt das Lachen verkneifen, als sie in Föhr ins Wasser geplumpst ist«, sagte Jasper grinsend. »Ihr Geschrei werde ich wohl nie vergessen, überhaupt ihre Stimme. Das ständige Gezeter und Gemecker.« Er rollte mit den Augen. »Aber wenn sie ordentlich Korn getrunken hat, war sie eigentlich ganz nett.«

»Leider konnten wir sie nicht die ganzen vier Wochen abfüllen«, erwiderte Wilhelm.

»Und der Bengel wusste sich auch nicht zu benehmen. Dauernd hat er etwas kaputt gemacht oder Streitereien angezettelt«, fügte Jasper hinzu. »Mir taten Ida und Thaisen schon fast leid, denn ihnen hat er sich ständig an die Fersen gehängt. Sie hatten wirklich alle Mühe damit, dieses verzogene Muttersöhnchen loszuwerden. Buben, die bei jeder Kleinigkeit zu ihrer Mama rennen, um sich auszuheulen, konnte ich noch nie leiden.«

»Auch wir sind erleichtert darüber, dass sie fort sind«, mischte sich plötzlich Rudolf Franke in das Gespräch ein, der unbemerkt den Raum betreten hatte. »Hedwig wollte sich immer wieder Charlotte anschließen, um mit ihr Frauensachen zu unternehmen. Einige Male hat sie sich breitschlagen lassen und war danach vollkommen erschöpft. Wenn Marta sie nicht öfter gerettet hätte ...« Er winkte ab. »Ich war froh darüber, sie abfahren zu sehen. Vorhin habe ich sie noch auf dem Flur über den Wind schimpfen hören, denn dann würde doch das Schiff arg schaukeln.«

»Oh, welch ein Drama.« Jasper lachte laut auf. »Hoffentlich weht es bei der Überfahrt ganz fürchterlich. Starker Seegang bei Helgoland, der ihren Magen ordentlich durchrüttelt, sodass ihr Hören und Sehen vergeht. Dann kommt sie bestimmt endgültig niemals wieder.«

»Das tut sie sowieso nicht«, erwiderte Wilhelm. »Das nächste Jahr will sie wieder an die Ostsee fahren, denn dort wäre ja eine ganz andere Art von Komfort geboten.«

»Und schon hab ich mit dem armen Hotelier Mitleid«, sagte Rudolf. »Ich werde nie begreifen, was sie an eurer Unterkunft so schrecklich fand. Wir fühlen uns so wohl wie nirgendwo sonst und sind unglücklich darüber, dass wir bald abreisen müssen. Ich musste meinen beiden Frauen fest versprechen, dass wir im nächsten Jahr wiederkommen werden. Charlotte hat Marta sehr gern, und auch eure Köchin Ebba ist ihr ans Herz gewachsen. Und Klara und Rieke verstehen sich hervorragend.«

»Solange sie nicht mehr ausreiten«, fügte Wilhelm hinzu. »Wir können von Glück reden, dass nicht mehr passiert ist.«

»Aber die Schuld für den Unfall hatte ja nicht Rieke, sondern dieser schreckliche Junge, der meinte, die Pferde erschrecken zu müssen.«

»Also, wenn ich den erwischt hätte. So einem gehört ordentlich der Hosenboden stramm gezogen«, sagte Jasper und machte eine eindeutige Handbewegung.

Er wollte noch etwas hinzufügen, wurde jedoch von Anne Schau unterbrochen, die den Raum betrat und sofort loszuplappern begann.

»Habt ihr schon gehört? Sybille Bertramsen ist bei der Niederkunft ihres vierten Kindes verstorben.«

Ungläubig schauten die Männer sie an.

»Aber, das kann doch gar nicht sein.« Jasper war der Erste, der reagierte. »Ich habe sie noch gestern Abend in Steenodde am Hafen gesehen. Da ging es ihr hervorragend. Sie hat sogar ein paar Worte mit mir gewechselt.«

»Es war wohl eine Sturzgeburt. Sie muss Unmengen an Blut verloren haben. Das Kind, ein Mädchen, ist anscheinend wohlauf.«

»Wenigstens etwas«, erwiderte Wilhelm schockiert. »Was für ein Unglück. Die arme Frau. Ich mag kein Freund von Bertramsen sein, doch seine Frau hatte ich gern.«

Alle nickten mit betroffenen Mienen. Sybille Bertramsen war eine herzliche und besonnene Frau und auf der Insel beliebt. Sie engagierte sich für Kranke und Schwache und galt als die gute Seele des Hospizes. Wie es dort jetzt weitergehen sollte, wusste vermutlich niemand. Ihr Verlust traf Amrum tief. Erneut herrschte beklommene Stille.

Wilhelm war derjenige, der sie irgendwann brach, aufstand und sagte: »Unter diesen Umständen werde ich meine Abreise nach Hamburg um einige Tage verschieben müssen. Und wir sollten zu Bertramsen gehen, um ihm unser Beileid auszusprechen«, wandte er sich an Marta.

»Und du denkst, das wäre eine gute Idee? Ich nehme an, du bist der Letzte, den er jetzt sehen möchte«, erwiderte sie und erinnerte ihn damit an den schwelenden Streit um den Ausbau des Hotels.

»So sehe ich das nicht«, entgegnete Wilhelm. »In Zeiten der Not sollten wir zusammenhalten und Streitereien vergessen können. Der Tod seiner Frau wiegt doch wohl mehr als unser Disput über den Ausbau des Hotels.«

»Wenn du meinst«, erwiderte Marta und zuckte mit den Schultern.

»Wir werden auch zu ihm gehen«, sagte Anne. »Und ich spreche später mit den Mitgliedern des Trachtenvereins. Sybille war stets ein engagiertes Mitglied. Wir sollten ihr in der Kirche in Tracht die letzte Ehre erweisen.«

Jaspers Blick wanderte zum Fenster. Draußen ging ein Regenschauer nieder. »Vielleicht kommt sie ja wieder«, sagte er.

»Tu mir einen Gefallen, und fang jetzt bitte nicht mit den alten Geschichten an«, erwiderte Wilhelm.

»Ich meine ja nur. Am Ende lässt sie unerledigte Sachen zurück. Ihr Tod kam ja recht plötzlich.«

»Was für unerledigte Sachen, und weshalb sollte sie wiederkommen?«, fragte Rudolf Franke.

»Spinnereien, sonst nichts«, wiegelte Wilhelm ab und stellte damit klar, dass er jetzt keine Inselmärchen hören wollte.

»Dann eben nicht«, erwiderte Jasper. »Und wenn, dann wird sie gewiss nicht hier auftauchen.«

»Jasper«, ermahnte Wilhelm ihn.

»Ist ja schon gut. Ich sag nichts mehr.«

»Wo ist eigentlich Ida?«, fragte plötzlich Rieke.

»Weg«, antwortete Ebba mit sorgenvoller Miene, »schon seit dem Morgengrauen. Der Bengel vom Bäcker Schmidt war da, um die Brötchen zu bringen. Sie haben wenige Worte gewechselt, dann ist sie fortgelaufen. Und ich wunderte mich noch, warum.«

»Jetzt wissen wir es«, antwortet Marta seufzend. »Der arme Thaisen hat letzte Nacht seine Mutter verloren.«

36

Ida saß neben Thaisen am Grab des namenlosen Mädchens und starrte auf die verwelkten Blumen, die sie vor wenigen Tagen hier abgelegt hatte. Sie hatte gewusst, dass er hier war, an ihrem Rückzugsort, der ihnen Kraft gab. Es hatte eine Weile gedauert, bis sie wieder zu Atem gekommen war, denn so schnell war sie noch nie in ihrem Leben gerannt. Den Strand hinunter, immer an der Wasserlinie entlang, wo die Wellen um ihre Füße spülten und ihre Schuhe nass wurden. Doch das war ihr gleichgültig gewesen, denn sie hatte das Meer mit all seiner Wucht und Ursprünglichkeit gebraucht. Grau war die See heute Morgen. Aufgewühlt. Der von Salz- und Tanggeruch erfüllte kühle Wind wehte ihr ins Gesicht und trocknete ihre Tränen. Sie hatte nicht glauben wollen, was der Bäckerjunge erzählte, und war sofort ins Hospiz geeilt, wo ihr eine traurige Diakonissin den Tod von Sybille Bertramsen bestätigte. Auch dort war die Todesnachricht der Pfarrersfrau erst wenige Minuten zuvor eingetroffen und hatte für Bestürzung gesorgt. Sybille Bertramsen war tot. Gestorben bei der Geburt ihres vierten Kindes. Ein kleines Mädchen, das überlebte und nun keine Mutter mehr hatte, weil diese innerhalb kurzer Zeit verblutet war. Es musste schrecklich gewesen sein. Es durfte nicht sein. Nicht Sybille, die so lieb und gut zu ihr gewesen war. Sie hatte so herrlich geduftet. Nach Kamille und Lavendel. Lavendel, den sie auf dem Dachboden zum Trocknen aufhängte und den Thaisen und sie an einem sonnigen Herbstnachmittag in kleine Säckchen steckten, die in den Schränken die Motten vertreiben würden.

Als sie das Feld der namenlosen Toten erreichte, hatte sie ihn schon von Weitem sitzen sehen und erneut zu weinen begonnen. Doch sie wischte die Tränen ab, denn sie musste jetzt stark sein. Für Thaisen, für Sybille und vielleicht auch für das kleine Mädchen, das seine Mutter niemals kennenlernen würde.

Thaisen sprach nicht. Wie erstarrt saß er da und blickte auf das hölzerne Kreuz und die verwelkten Blumen. Dieser Ort war in den letzten Monaten zu etwas Besonderem geworden. Sie wussten nicht, warum, aber so war es. Sie saßen am Grab des fremden Mädchens und berichteten ihr von ihrem Tag, von ihrem Kummer, von ihrem Leben. Sie ersannen für sie Geschichten, erfanden ein Aussehen und ein Leben für sie. Blonde Zöpfe, Sommersprossen auf der Nase, graublaue Augen, weil nur blau langweilig gewesen wäre. Ein dunkelgrünes Kleid mit weißer Schürze, dazu ein passender Hut auf dem Kopf. Sie wurde in ihrer Fantasie lebendig und war Prinzessin, Piraten- oder Händlerstochter. Sie hatten ihr sogar eine Muschelkette gebastelt, die an dem Kreuz hing. Idas Blick fiel darauf, und plötzlich begann sie laut darüber nachzudenken, ob es richtig war, was sie mit dem Mädchen machten.

»Beschmutzen wir nicht ihr Andenken mit dem, was wir tun?«, fragte sie. »Wir lassen sie jemand sein, der sie gar nicht gewesen ist. Aber sie war jemand und hatte ein Leben. Einen richtigen Namen, eine Familie, gewiss keine graublauen Augen. Am Ende war ihr Kleid auch nicht dunkelgrün. Wer gibt uns das Recht, sie so zu behandeln, nur weil sie tot ist?«

Thaisen wandte den Kopf und sah sie verwundert an. Seine Augen waren vom Weinen gerötet, er war leichenblass.

»Ich weiß es nicht«, antwortete er leise.

»Oder ist es nicht falsch, was wir tun? Vielleicht denkt dort draußen niemand mehr an sie, und wir sind die Einzigen, die sie am Leben halten. Was ist, wenn die Welt sie längst vergessen hat und ihre Eltern, all ihre Lieben tot sind? Dann ist es doch gut, dass wir an sie denken, sie zum Leben erwecken, ihr Muschelketten basteln und für sie da sind, oder?«

»Vielleicht.« Thaisen zuckte mit den Schultern und fügte nach einem Moment des Schweigens hinzu: »Sie wird Henni heißen.«

Ida wusste sofort, von wem er sprach.

»Das ist ein hübscher Name«, antwortete sie leise.

»Sie wird nie wissen, wie sie duftet«, sagte Thaisen.

»Ich weiß«, erwiderte Ida.

»Aber es ist doch wichtig, dass sie das weiß, oder? Ein Kind muss doch wissen, wie seine Mama duftet, wie ihre Stimme klingt, wenn sie vorsingt. Sie wird Henni niemals vorsingen.« Seine Stimme brach, und Ida hörte ihn schluchzen. Sie legte den Arm um ihn und zog ihn eng an sich. Wie ein Ertrinkender klammerte er sich an ihr fest. Tröstend strich sie ihm über den Rücken, sagte jedoch nichts. Sie wusste, was er meinte, wusste, wie ihre Mutter duftete. Nach dem Veilchenwasser, das sie so sehr liebte.

»Aber du kannst ihr erzählen, wie sie geduftet hat«, sagte Ida nach einer Weile. »Du weißt es. Und du kannst ihr die Lieder vorsingen, die deine Mutter dir vorgesungen hat. Du kannst ihr sagen, was du an ihr liebtest.« Ihr Blick fiel auf das Grab des unbekannten Mädchens, und sie fügte hinzu: »Und vielleicht tut dort draußen in der Welt irgendjemand das auch mit ihr. Vielleicht erzählt jemand einem kleinen Mädchen gerade, wer seine Schwester gewesen ist und wie sie geduftet hat.«

»Es wird aber nicht dasselbe sein«, antwortete Thaisen.

»Ich weiß«, erwiderte Ida. »Aber es wird etwas sein.«

In diesem Moment riss die Wolkendecke auf, und die Sonne kam hervor.

»Sie hätte gewollt, dass ich mich um sie kümmere«, sagte Thaisen leise. »Erst neulich hat sie zu mir gesagt, dass ich ein wunderbarer großer Bruder sein werde. Einer, zu dem seine kleine Schwester aufsehen wird.«

»Der beste große Bruder, den ein Mädchen haben kann. Zeigst du mir die Kleine bald?«, fragte Ida.

Er nickte. »Sie sah zerknautscht aus und hatte die Augen zu. Zuerst war ich wütend auf sie. Als ich in das Zimmer kam und Mama in dem Bett liegen sah, still und blass, ohne Leben, die Hände gefaltet, da bin ich auf Henni richtig wütend geworden. Würde es sie nicht geben, wäre Mama jetzt nicht tot. Henni hat sie umgebracht, hab ich gedacht und sie kaum angesehen. Am liebsten hätte ich die Wiege umgestoßen, aber dann tat ich es doch nicht, sondern bin fortgelaufen.«

»Wie lange bist du schon hier?«, erkundigte sich Ida.

»Eine Weile. Es dämmerte, als ich kam.«

»Wollen wir gehen?«, fragte Ida.

»Wohin?«

»Zu mir?«

»Ich weiß nicht«, erwiderte Thaisen. »Alle werden mich mitleidig ansehen und bedauern. Aber ich will nicht bedauert werden. Ich will …« Er brach ab und setzte erneut an. »Ach, ich weiß nicht, was ich will.«

»Wollen wir in unsere Kate gehen?«, schlug Ida vor. »Dort stellt keiner Fragen, und es sieht dich niemand komisch an.«

»Du wirst mich nicht bedauern, oder?«

»Nein, das werde ich nicht«, versprach Ida.

»Gut, dann lass uns gehen.«

Thaisen stand auf und half Ida auf die Beine. Schweigend verließen sie das Totenfeld und liefen über den Strand zurück Richtung Norddorf. Kurz bevor sie die kleine Kate erreichten, begann es zu regnen. Rasch öffnete Thaisen die Tür, und sie flohen vor dem kühlen Wetter ins Innere. Dort kuschelten sie sich auf einer in der Ecke liegenden Strohmatratze eng aneinander, und Thaisen breitete eine muffig riechende Wolldecke über ihnen aus.

»Denkst du, sie hat noch unerledigte Sachen?«, fragte er. Ida, die eingedöst war, öffnete die Augen.

»Du meinst, sie könnte als Wiedergänger zurückkehren? So wie Hark Olufs?«

»Vielleicht. Dann könnte ich noch einmal mit ihr reden und ihr sagen, dass sie sich um Henni und auch um die anderen keine Sorgen machen muss. Ich könnte ihr noch einmal sagen, wie lieb ich sie hab.«

»Ich glaube, das kannst du ihr auch so sagen«, antwortete Ida, der der Gedanke nicht gefiel, dass Thaisens Mutter als Gespenst wieder auftauchen könnte. »Sie hört dich bestimmt.«

»Meinst du?«

»Ich bin mir sicher.«

»Also gut.«

Thaisen verstummte, und nach einer Weile wurde seine Atmung gleichmäßig. Ida hingegen setzte sich unruhig auf. Sie lauschte auf den Wind, der an den Fensterläden rüttelte, und auf das Rauschen der nicht weit entfernten Wellen. Würde sie ihre Schritte hören, wenn sie kam? Kamen Wiedergänger nur nachts oder auch tagsüber? Woran erkannte man sie überhaupt? Gab es in Sybilles Leben unerledigte Sachen? Was galt in der Welt der Wiedergänger überhaupt als unerledigt? Bei Olufs war es das Versteck eines Schatzes gewesen. Er wollte seine Familie versorgt wissen. Wiedergänger waren also gar nicht böse. Auch Kaline hatte das gesagt. Sie waren Geister, die einfach noch etwas mitteilen wollten. Trotzdem konnte sie gern darauf verzichten und hoffte, dass Sybille nicht wiederkehren würde. Und wenn, dann nicht hier und jetzt, sondern anderswo. Vielleicht erschien sie ja ihrem Gatten, um ihm zu sagen, dass er zu streiten aufhören sollte, denn Streit hatte sie nie gemocht. Das wäre ein guter Grund für eine Wiederkehr. Oder sie kam wieder, um noch einmal einen Blick auf ihr kleines Mädchen zu werfen, bevor sie endgültig ging. Irgendwann legte sich Ida wieder neben Thaisen und schlief ein, trotz der vielen Gedanken, die ihr durch den Kopf wirbelten, und träumte davon, dass sie mit dem toten Mädchen im hellen Sonnenlicht über ein Lavendelfeld tanzen würde.

37

Ebba stand mit Marta am Gartenzaun, als Gerhard Reineke des Weges kam. Der alte Kapitän war Witwer und lebte allein in seinem unweit der Bäckerei gelegenen Häuschen. Seine Frau Annemarie war im letzten Jahr verstorben und sein einziger Sohn nach Amerika ausgewandert.

»Gud Dai, Gerhard«, begrüßte Ebba den alten Mann und lächelte. »Lang nicht gesehen. Aber das schöne Wetter treibt uns ja alle aus den Häusern, nicht wahr? Wohin führt dich denn dein Weg?«

»Moin, Ebba«, grüßte Gerhard zurück und blieb stehen. »Ja, du hast recht. Ist wirklich schön heute. Endlich hat sich das kühle Regenwetter verzogen. Jetzt kann ich wieder in der Sonne vor dem Haus sitzen. Das mögen meine alten Knochen. Das Rheuma ist es, das mich plagt. Ach, man wird ja nicht jünger.« Er winkte ab. »Ins Hospiz will ich. Dort bieten sie neuerdings einen günstigen Mittagstisch an. Nur leider ist es ein Stück zu laufen. Aber den Weg nehme ich gern in Kauf, denn es ist gute Hausmannskost, und ich hab es nicht so mit dem Kochen.«

»Das glaub ich gern«, erwiderte Ebba und sah zu Marta, die bei dem Wort Mittagstisch aufhorchte.

»Ein Mittagstisch also. Darf ich fragen, was eine Mahlzeit kostet?«

»Sechzig Pfennig«, antwortete Reineke. »Heute gibt es Huhn mit Reis. Und unter den Diakonissinnen ist so ein junges, blondes Ding. Eine Augenweide, sag ich euch.« Er zwinkerte den beiden Frauen verschwörerisch zu, verabschiedete sich und lief weiter. Ebba sah ihm kopfschüttelnd nach.

»Immer noch der alte Weiberheld. Früher soll ja kein Mädchen in den Häfen dieser Welt vor ihm sicher gewesen sein. Weiß der Kuckuck, wie viele Nachkommen er hat, von denen er keine Ahnung hat.«

»Ein Mittagstisch also.« Marta ging nicht auf Ebbas Ausführungen zu der Vergangenheit von Gerhard Reineke ein. »Sechzig Pfennig pro Mahlzeit. Davon zehn am Tag verkauft, und wir hätten ein hübsches Sümmchen verdient.«

»Du denkst doch nicht etwa daran, dem Hospiz Konkurrenz zu machen?«, entgegnete Ebba. »Damit würden wir nur noch mehr Ärger bekommen. Dem Pfarrer gefällt es schon nicht, dass wir uns mit zwei Dorfbewohnern einig geworden sind, wegen der Anmietung weiterer Gästezimmer. Und an seine Einstellung zum Thema Hotelausbau will ich gar nicht erst erinnern.«

»Was Bertramsen gefällt oder nicht, ist mir ehrlich gesagt gleichgültig«, erwiderte Marta schulterzuckend. »Konkurrenz belebt das Geschäft. Er kann doch nicht erwarten, auf den Ort Norddorf ein Monopol zu haben. Die Unterbringung bei den Dorfbewohnern ist eine gute Idee, denn dann können wir mehr Gäste aufnehmen.«

»Und du weißt, dass Bertramsen als Erster auf die Idee gekommen ist, Gäste bei den Dorfbewohnern unterzubringen.«

»Er war eben vor uns da.« Marta zuckte erneut mit den Schultern und zupfte ein welkes Blatt von einem der Rosenstöcke ab. »Und im Moment«, fuhr sie fort, »wird uns Bertramsen sowieso nicht auf die Füße treten. Seit der Beerdigung von Sybille hat er sich zurückgezogen.«

»Weshalb Bodelschwingh anwesend ist, um die Geschäfte so lange zu leiten, bis sich Bertramsen erholt hat. Und der ist eine noch härtere Nuss.«

»Die wir auch noch knacken werden«, erwiderte Marta. »Ohne den Ausbau können wir bald wieder dichtmachen. Du weißt, wie schnell das gehen kann. Auch in Wittdün sind die ersten Gästehäuser und Hotels bereits wieder verkauft worden. Und wir liegen abseits der vielen Vergnügungen, weshalb wir uns was einfallen lassen müssen. Und ein Saal mit einer Theke und einer Musikkapelle stellt nun wirklich nicht das Ende aller guten Sitten dar. Wir sind doch hier nicht in St. Pauli.«

»Mir musst du das nicht erklären«, erwiderte Ebba und deutete nach rechts. »Wenn man vom Teufel spricht.«

Pastor Bodelschwingh kam des Weges geschlendert, blieb vor ihnen stehen, grüßte freundlich und erkundigte sich, ob der Herr des Hauses anwesend sei.

Marta begrüßte den Pfarrer mit einem Lächeln, beantwortete seine Frage mit einem Ja und geleitete ihn zu Wilhelm, der in der Gesellschaft von Philipp Schau mal wieder über seinen Umbauplänen brütete. Als Marta mit dem Pfarrer im Schlepptau den Raum betrat, verstummte Wilhelm, und Philipps Miene verfinsterte sich.

»Guten Tag, die Herren«, grüßte Bodelschwingh in die Runde und sah Marta abwartend an. Es war offensichtlich, dass er darauf wartete, dass sie den Raum verließ.

»Meine Gattin darf hören, was gesprochen wird«, sagte Wilhelm und trat neben Marta. »Wir leiten dieses Haus gemeinsam.« Demonstrativ legte er den Arm um seine Frau.

»Nun gut«, erwiderte Bodelschwingh. »Ich wollte noch einmal auf unseren Disput während der gestrigen Gemeindesitzung zurückkommen. Ich denke, die Gemüter sind doch etwas hitzig geworden, und manchmal ist es besser, Dinge unter vier Augen« – sein Blick wanderte zu Philipp – »zu besprechen.« Dieser blieb jedoch ungerührt stehen und verschränkte die Arme vor der Brust.

»Ich wüsste nicht, was es da noch zu besprechen gibt«, erwiderte Wilhelm, der gestern auf Andresens Bitte hin zum ersten Mal an einer Sitzung teilgenommen hatte. Als Hotelier und Besitzer eines beträchtlichen Stücks Land in Norddorf hätte Wilhelm das Recht dazu, in die weiteren Planungen für den Ausbau des Kurbetriebes mit einbezogen zu werden. Die Gemeindesitzung war zu Beginn friedlich verlaufen. Es wurde über die Auswanderung einiger Inselbewohner gesprochen, eine Schweigeminute für Sybille Bertramsen eingelegt, deren Beerdigung einen Tag zuvor stattgefunden hatte. Außerdem war ein Schiff mit Düngersalz auf der zehn Kilometer entfernten Düne Seesand gestrandet. Die Besatzung hatte sich im eigenen Boot retten können. Leider war ein Mann ertrunken, der am Tag darauf am Strand angetrieben wurde. Deshalb wurde der Strandvogt beauftragt, die Einholung des Wrackholzes zu beaufsichtigen, nicht, dass es zu Diebstählen käme. Der baldige Besuch der Prinzessin Irene von Preußen wurde diskutiert. Es sollte eine große Begrüßung am Wittdüner Hafen mit den Damen des Trachtenvereins und einer Kapelle geben. Pastor Bodelschwingh war derjenige, der zum Ende der Sitzung das Gespräch auf die guten Sitten der Insel lenkte und noch einmal darauf hinwies, dass im beschaulichen Norddorf diese unter keinen Umständen durch weltliche Vergnügungen verloren gehen dürften. Daraufhin war Philipp der Kragen geplatzt, denn er konnte das Thema nicht mehr hören. Am Ende war er sogar laut geworden und hatte die Sitzung wutentbrannt verlassen. Wilhelm, auf den danach sämtliche Blicke gerichtet gewesen waren, war ihm wortlos gefolgt, was er bereits auf der Straße wieder bereute. Er hätte dem Pfarrer sachlich widersprechen müssen und sich nicht wie ein kleines Kind verhalten sollen. Im Nachhinein war ihm von Quedens berichtet worden, dass die Sitzung kurz danach beendet und das Thema nicht mehr weiter ausgeführt worden war. Die Sache mit

Norddorf gestaltete sich immer schwieriger, denn auch andere Gewerbetreibende hatten sich dort im Hinblick auf gute Geschäfte bereits niedergelassen. Allerdings befürchtete ein Teil der Amrumer tatsächlich den Verfall der guten Sitten durch die immer größer werdende Anzahl von Erholungssuchenden. Die Mehrzahl der Insulaner vertrat jedoch die Meinung, dass der Fortschritt nicht aufzuhalten wäre und sie gegenüber Föhr oder Sylt nicht das Nachsehen haben wollten. Auch schaffte der aufstrebende Tourismus Arbeitsplätze, was dafür sorgte, dass viele Bewohner den Gedanken an eine Auswanderung nach Amerika verwarfen; sogar einige Rückkehrer hatte es mittlerweile gegeben.

»Sie können gern Ihr Haus weiter ausbauen. Dagegen habe ich nichts«, sagte Bodelschwingh. »Konkurrenz belebt ja bekanntlich das Geschäft, und gewiss werden bald weitere Gästehäuser auch hier in Norddorf folgen. Allerdings bitte ich Sie nochmals darum, den Anbau eines Saals mit einer Theke oder gar die Überlegung, Tanzvergnügen anzubieten, noch einmal zu überdenken. Norddorf sollte doch eher ein Ort der Ruhe und Beschaulichkeit bleiben. Wenn die Menschen weltliche Zerstreuungen suchen, finden sie davon in Wittdün wahrlich genug.«

»Sie wissen ganz genau, dass das nicht funktionieren wird«, entgegnete Wilhelm. »Ich kann meinen Gästen nicht zumuten, zu abendlichen Konzerten oder zum Tanz über die Insel zu fahren. Und es geht ja nicht darum, dass wir hier St. Pauli aufmachen, sondern wir wollen lediglich ein wenig Unterhaltung bieten. Und soweit mir zu Ohren gekommen ist, ist auch das Seehospiz sehr darum bemüht, seinen Gäste Zerstreuung weltlicher Art zu bieten. Von Dünenkaffee habe ich gehört, und auf dem im Speisesaal stehenden Harmonium sollen auch mal Gassenhauer gespielt werden. Also hören Sie mit Ihrem frömmelnden

Getue auf. Sie wollen durch Ihre Intervention im Gemeinderat doch nur erreichen, dass ich pleitegehe, damit Norddorf Ihnen allein gehört«

Die Miene von Bodelschwingh verfinsterte sich.

»Der ein oder andere Gassenhauer auf dem Harmonium ist mit ausschweifenden Tanzabenden und einer Theke zum Trinken wohl nicht zu vergleichen«, entgegnete er. »Ich hätte es wissen müssen. Mit jemandem, der aus einer solch lasterhaften Stadt wie Hamburg kommt, lässt sich über gute Sitten nicht reden. Aber das letzte Worte ist in dieser Angelegenheit noch nicht gesprochen.« Er hob drohend den Zeigefinger und verließ ohne Gruß den Raum.

Marta sah von Philipp zu Wilhelm, der neben seinem Schreibtisch auf einen Stuhl sank.

Für einen Moment herrschte Stille, dann sagte sie: »Ebba und ich überlegen, einen Mittagstisch einzuführen. Fünfzig Pfennig ein Essen. Was meint ihr?«

Philipp sah sie verdutzt an, dann begann er zu grinsen.

»Das ist eine großartige Idee, meine Liebe«, antwortete Wilhelm.

Marta trat neben Wilhelm, legte ihm die Hand auf die Schulter und erklärte: »Nele würde sagen: Jetzt erst recht.«

Wilhelm nickte und antwortete: »Ja, das würde sie. Und sie hat tatsächlich recht. Von so einem dahergelaufenen Pastor, der einen auf Wohltäter macht, werden wir uns nicht unterkriegen lassen.«

38

Norddorf, 30. Juni 1892
Ein Weilchen ließ es sich noch hinauszögern, doch morgen wird
Wilhelm endgültig abreisen. Ich kann nur hoffen, dass auch
ohne ihn alles reibungslos funktioniert. Die Idee mit dem
Mittagstisch werden Ebba und ich bald in die Tat umsetzen,
und Wilhelm wird sich mitnichten von seinen Ausbauplänen
abbringen lassen. Auch Philipp meinte, er solle sich nicht
kleinkriegen lassen. Hoffentlich vergeht die Zeit bis zum
nächsten Frühjahr ganz schnell, damit Wilhelm wieder bei uns
sein kann. Und die Weihnachtsfeiertage wird er ohnehin auf
der Insel verbringen.

Rieke stand neben ihrer Mutter am Hafen und beobachtete traurig, wie ihr Vater an Bord der *Cobra* ging. Ein richtiges Abschiedskomitee hatte sich an diesem sonnigen Morgen eingefunden. Jasper, natürlich, Ebba, Gesa und sogar Hilde. Dazu Philipp und Anne Schau. Auch Frauke Schamvogel war anwesend, die Wilhelm zum Abschied noch Briefpapier geschenkt hatte, damit er in Hamburg etwas Ordentliches zum Schreiben hätte. Marta, die schon seit den frühen Morgenstunden mit einer scheußlichen Migräne kämpfte, hatte Marie auf dem Arm. Die Kleine war unleidig, weil sie nicht auf den Boden durfte. Sie quengelte und strampelte, wand sich in alle Richtungen und verlor ihre Kappe. Ida hob sie auf. Sie stand neben Thaisen, der einen eher unbeteiligten Eindruck machte. Seit dem Tod seiner Mutter schien es, als wären die beiden zu einer Einheit verschmolzen, die nichts und niemand zu trennen vermochte. Sie schliefen auch zusammen. Nicht mehr in der Kate am Meer, sondern in Thaisens Zimmer, was sogar der alte Bertramsen duldete, der seit dem Tod seiner Frau besorgniserregend schmal geworden war. Seine Schwester Mathilde war vom Festland angereist und kümmerte sich um die Kinder und den Haushalt. Sie hatte in der Nähe von Husum als Gouvernante in einem großen Haus gearbeitet und ihre Anstellung sofort gekündigt, als sie von dem Tod ihrer Schwägerin erfahren hatte. Rieke, die die Dame bisher nur wenige Male gesehen hatte, fand sie auf den ersten Blick unsympathisch. Sie erinnerte sie mit ihrer hageren Gestalt und ihrer grauen Hochsteckfrisur an ihre Englischlehrerin Frau Dahlbeck, eine der strengsten Lehrerinnen der Schule. Für Thaisen und Ida schien ihre Anwesenheit jedoch ein Segen zu sein, denn sie begrüßte Idas Aufenthalt im Pfarrhaus und das ständige Zusammensein der beiden. Der Junge brauche jetzt Halt, und wenn Ida ihm diesen geben konnte, dann war es wichtig, dies zu unterstützen. So hatte sie es zu Marta und Wilhelm gesagt, die anfangs wenig Begeisterung für das ständige Zusammensein der Kinder zeigten. Marta hoffte darauf, dass Ida bald wieder zu Hause schlafen würde. Im Moment sah es jedoch nicht danach aus. Wie Pech und Schwefel klebten die beiden den ganzen Tag zusammen. Ida ohne Thaisen existierte nicht mehr.

Im Hinblick auf den Streit um den Ausbau des Hotels war es in den letzten Tagen ruhig geblieben. Bodelschwingh war wieder abgereist, und Bertramsen schwieg weiterhin. Vielleicht sah er ja doch irgendwann ein, dass der Fortschritt auch in Norddorf nicht aufzuhalten war. Der Fortschritt. Marta seufzte innerlich. Er würde ihr ihren Wilhelm für lange Zeit nehmen und eine Menge Verantwortung auf ihre Schultern laden. Sie konnte nur hoffen, allem gewachsen zu sein.

»Komm, du kleiner Quälgeist«, sagte Rieke und nahm ihrer Mutter Marie ab. »Jetzt wollen wir mal mit der Quengelei aufhören und dem Papa noch einmal lieb zuwinken. Er soll dich doch fröhlich in Erinnerung behalten, oder?«

Der Kapitän ließ das Glockensignal ertönen, und der Raddampfer setzte sich in Bewegung. Wilhelm stand an Deck und winkte ihnen zum Abschied zu. Rieke winkte lächelnd zurück und ermunterte Marie, es ebenfalls zu tun, was die Kleine dann auch tat. Sie rief sogar lautstark »Wiedersehen, Papa« und schickte ihm einen Handkuss, den er einfing. Die Geste trieb Marta die Tränen in die Augen.

Tröstend legte Frauke den Arm um sie und sagte: »Er kommt ja bald wieder. Die Monate bis Weihnachten werden wie im Flug vergehen.«

Der Dampfer entfernte sich. Marie begann nun auch auf Riekes Arm zu zappeln. Rieke setzte sie auf den Boden, und die Kleine lief zu Ida, die sie ihrerseits hochhob und ihr ein Küsschen gab.

»Jetzt trinken wir alle erst einmal ein hübsches Tässchen Tee bei mir«, sagte Frauke zu den anwesenden Damen. »Ich habe sogar einen Kuchen gebacken, den ich vorhin erst aus dem Ofen geholt habe.«

»Gern«, antwortete Marta und sah sich suchend um. »Wo stecken denn unsere Männer?«

»Da, wo sie immer stecken«, erwiderte Anne Schau und deutete zu Philipps Boot hinüber, wo die beiden gerade eine Flasche Bier öffneten.

»Die haben ihren eigenen Tee«, sagte Ebba grinsend.

»Solange sie nicht zu viel davon trinken und Jasper uns noch wohlbehalten nach Hause bringt«, erwiderte Marta lächelnd. Die Damengruppe wandte sich zum Gehen. Vor dem *Logierhaus Seeblick* begegneten sie Jacob, der gerade die Post entgegennahm. Seine Augen begannen zu strahlen, als er Rieke sah.

Er grüßte die Damen freundlich, die allesamt den Gruß mit einem wohlwollenden Lächeln erwiderten und weiterspazierten.

Rieke allerdings blieb stehen, was Marta aus dem Augenwinkel wahrnahm und mit einem Seufzen quittierte. Es schien so, als hätten sie die nächste Teilnehmerin am Teekränzchen verloren. Allzu lang konnte es jetzt nicht mehr dauern, bis Jacob ihrer Ältesten einen Antrag machen würde.

»Hättest du Zeit für einen Spaziergang?«, fragte Jacob Rieke. Sie stimmte zu. Er meldete sich rasch an der Rezeption ab, und die beiden liefen Richtung Strand.

Gerade herrschte Flut, doch Wellengang suchte man heute vergebens. Flaute nannten es die Fischer und Seemänner. Kaum eine Wolke stand am Himmel, und die Luft war angenehm warm. Ein perfekter Frühsommertag. Um sie herum herrschte buntes Treiben. Damen flanierten mit ihren Sonnenschirmen an der Wasserkante entlang. Kinder bauten Sandburgen und sammelten Muscheln. Kichernd kugelte und rutschte Groß und Klein die Dünen hinunter, und von einer nahen Strandhalle scholl fröhliche Blasmusik herüber. Über allem lag das Kreischen der Möwen, die über das Wasser kreisten, sich frech auf die Strandkörbe setzten und dem einen oder anderen Touristen schon mal das Fischbrötchen stahlen.

Rieke entdeckte Ida und Thaisen, die ein Stück vor ihnen den Strand hinunterliefen. Sie hielten sich sogar an den Händen, als wären sie ein verliebtes Pärchen.

»Wie geht es ihm denn jetzt?«, fragte Jacob und deutete auf die beiden. »Schläft Ida noch immer im Pfarrhaus?«

»Ja, noch immer«, antwortete Rieke. »Wie es ihm geht, weiß ich nicht. Ida redet nicht darüber. Aber ich finde es gut, dass sie für ihn da ist. In einer solchen Situation ist es doch wichtig, jemanden zum Festhalten zu haben.«

»Und wie finden deine Eltern das? Der Streit mit Bodelschwingh um den Hotelausbau soll sehr heftig gewesen sein. Soweit ich weiß, soll Bertramsen im Gemeinderat sogar dafür plädiert haben, in

Norddorf sämtliche andere Hotels verbieten zu lassen. Was ist, wenn die beiden Pfarrer mit ihrem Vorschlag durchkommen?«

»Das werden sie bestimmt nicht«, erwiderte Rieke. »Auch war das alles vor dem Tod von Sybille. Seitdem wirkt Bertramsen wie verändert. Er redet kaum noch und läuft wie ein Gespenst herum. Hast du mal gesehen, wie dünn er geworden ist?«

»Ja, das habe ich«, erwiderte Jacob. »Allerdings denke ich, dass er sich bald wieder fangen wird. Vor einigen Jahren hat er schon einmal einen schweren Verlust erlitten. Eines seiner Kinder ist an Scharlach gestorben. Da lief er wochenlang ähnlich herum. Sogar bis Föhr hatte sich herumgesprochen, wie schlecht es um ihn steht. Doch nach einigen Monaten hat er sich wieder gefangen und wurde wieder fast der Alte.«

»Wir werden sehen«, antwortete Rieke. »Im Moment verhält er sich ruhig und ist auch zu Ida freundlich. Der Rest wird sich finden. Aber wie läuft es denn bei euch im Logierhaus?«, fragte sie, um das Thema zu wechseln.

»Sehr gut. Wir haben viele neue Buchungen. Zumeist Ehepaare, aber auch einige Familien sind darunter. Bis September sind wir nun fast ausgebucht. Hinrich ließ Werbeanzeigen in einigen Tageszeitungen schalten. Das hat uns zwar ein hübsches Sümmchen Geld gekostet, sorgte aber tatsächlich für Gäste. Und auch in die Reiseführer werden wir bald aufgenommen. Bei Baedeker und Grieben hat man uns zugesichert, dass unser Haus in den nächsten Ausgaben Erwähnung finden wird. Wir planen auch, den Speisesaal über den Winter renovieren zu lassen. Neue Möbel, andere Tapeten. Hinrich erwägt sogar einen Anbau mit einem Wintergarten. Aber ich finde, wir sollten für den Anfang kleinere Brötchen backen.«

Rieke nickte. »Das hört sich doch gut an.«

»Und dann ist da noch etwas. Ich möchte dir etwas zeigen. Aber dafür müssten wir für eine Weile den Strand verlassen, denn es ist in Süddorf.«

»Jetzt machst du es aber geheimnisvoll.« Rieke lächelte und ließ es zu, dass er sie an der Hand nahm. Er führte sie vom Strand weg und den schmalen Dünenweg entlang, der nach Süddorf führte. Der von Landwirtschaft geprägte Ort war sehr klein und zählte nur wenige Friesenhäuser. Vor einem von ihnen, einem kleinen, weiß getünchten Häuschen, das von einem Garten voller Birnbäume umgeben wurde, blieb Jacob stehen und sagte: »Ich habe es gemietet.«

Rieke sah ihn verwundert an.

»Aber du wohnst doch im Logierhaus«, entgegnete sie.

»Ja, schon«, erwiderte er und führte sie in den Garten, »aber das geht bald nicht mehr, denn ich plane zu heiraten.« Riekes Herz begann höherzuschlagen. Kam jetzt das, was sie sich erhoffte? Er sank vor ihr auf die Knie, nahm ihre Hand und stellte die Frage aller Fragen.

»Willst du meine Frau werden, Rieke Stockmann?«

Sie nickte und antwortete, Tränen der Freude in den Augen: »Ja.« Sogleich bekräftigte sie ihre Worte noch einmal. »Aber ja doch.«

»Oh, meine Rieke.« Jacob stand wieder auf, schloss sie in die Arme und küsste sie. Zum ersten Mal so richtig. Sie spürte seine Zunge, wie sie ihre Lippen öffnete, und ließ es geschehen. Seine Lippen fühlten sich weich an. Er schmeckte nach Tabak und Kaffee. Ganz fest drückte er sie an sich, als wollte er sie niemals wieder loslassen. Wie sehr hatte sie diesen Moment herbeigesehnt. Jetzt war es endlich so weit. Er stellte seinen Antrag nicht bei Kerzenschein, im Mondlicht, bei einem romantischen Essen zu zweit. Er stellte ihn im Garten eines Friesenhauses unter einem Birnbaum an einem sonnigen Nachmittag. Aber wie auch immer. Es fühlte sich wunderbar und richtig an. Er war der Richtige. Kein Aufschneider wie Georg. Wie hatte sie einen wie ihn nur jemals lieben können?

Als er den Kuss beendete und sie sich voneinander lösten, war Rieke fast ein wenig enttäuscht. Sie hätte ihn ewig weiterküssen können.

»Du machst mich zum glücklichsten Mann auf Erden«, rief Jacob übermütig, schloss erneut seine Arme um sie und begann, sich mit ihr gemeinsam im Kreis zu drehen. Schnell verloren sie das Gleichgewicht und purzelten in die Wiese. Kichernd wie kleine Kinder blieben sie nebeneinander liegen, küssten sich und blickten, von ihrem Glück beseelt, in den Himmel.

»Und gleich heute Nachmittag werde ich bei deiner Mutter offiziell um deine Hand anhalten. Bei deinem Vater werde ich es so schnell wie möglich nachholen und ihm ein Telegramm senden.«

»Wenn du mich einen Tag eher gefragt hättest, hättest du ihn noch persönlich sprechen können«, antwortete Rieke und sah ihn lächelnd an.

»Ich weiß«, erwiderte er. »Ich trage die Frage schon so lange mit mir herum. Neulich am Strand hätte ich sie dir beinahe gestellt, aber dann dachte ich ...« Er unterbrach sich und setzte neu an. »Aber jetzt habe ich sie gestellt. Und es ist gut, wie es ist, oder?« Unsicherheit schwang plötzlich in seiner Stimme mit.

»Ja, das ist es«, erwiderte Rieke und drückte seine Hand. »Es ist so wie Amrum, weißt du. Ohne viel Schnickschnack und ehrlich. Und deswegen ist es richtig.«

»Vielleicht aber auch ein wenig wie Föhr«, erwiderte er mit einem spitzbübischen Grinsen.

»Auch gut«, antwortete Rieke. »Solange es nicht wie Hamburg ist, ist alles in Ordnung.«

»Was ist denn an Hamburg falsch?«, fragte Jacob.

»Es liegt hinter mir«, erwiderte Rieke. »Und das ist gut so.«

»Und wie gut das ist«, antwortete Jacob und zog Rieke an sich, um sie noch einmal zu küssen.

39

Norddorf, 10. Juli 1892
Mein geliebter Wilhelm,
heute schreibe ich Dir nur wenige Zeilen, denn es gibt bis zur Ankunft der neuen Gäste eine Menge zu tun. Ich kann Dir gar nicht sagen, wie sehr ich mich darüber freue, dass eine Anreise Deinerseits zu Riekes Verlobungsfeier möglich sein wird. Sie wird sich über die Überraschung riesig freuen. Dessen bin ich mir sicher. Du kannst Dir vermutlich vorstellen, dass es im Haus kein anderes Thema mehr als Riekes Hochzeit gibt. Ich selbst freue mich aber auch darüber, dass dieser Anlass, Dich, meinen Liebsten, nun doch vor Weihnachten wieder zu uns bringen wird, denn ich vermisse Dich mit jeder Faser meines Körpers. Im Moment schläft Marie neben mir im Bett, damit ich mich nicht einsam fühle. Aber wie Du Dir natürlich denken kannst, ist unsere kleine Zuckermaus kein Ersatz für Dich.
In Liebe,
Deine Marta

Marta trat, ein Glas Limonade in der Hand, aus dem Haus und blinzelte in die hellen Strahlen der Mittagssonne. Sie war nervös, denn die Ankunft neuer Gäste stand bevor. Nach dem Erlebnis mit Familie Marwitz war sie auf das Schlimmste vorbereitet. Wieder traf eine Familie ein, die sich von Wilhelms hochtrabender Anzeige vom ersten Hotel am Platz hatte anlocken lassen. Es war eine Familie Voss aus Breslau. Marta konnte nur hoffen, dass sie ähnlich wie Familie Franke waren und erst einmal alles auf sich zukommen ließen. Eine Hedwig Marwitz pro Sommer reichte ihr vollkommen.

Die letzten Tage hatten sie damit zugebracht, das Haus von oben bis unten auf Hochglanz zu polieren und die Gästezimmer herzurichten. Sie hatte sogar die Waschschüsseln und Kannen noch einmal ausgetauscht, weil es im Strandbazar in Wittdün eine große Auswahl mit blauen Streublümchen gegeben hatte, die hervorragend in die Zimmer passten. Sie erwarb gleich fünf Stück, eine Kanne und Schüssel auf Vorrat, denn schnell ging mal etwas zu Bruch oder bekam unschöne Makel. Sogar die Gardinen hatten sie noch einmal gewaschen, was Ebba übertrieben fand. Leider zog sich das Waschen der Gardinen dann auch länger hin, weil Hilde, das arme Ding, derart von einer Übelkeitsattacke überrascht worden war, dass sie sich in den Waschzuber übergeben hatte. Gesa hatte daraufhin fürchterlich zu fluchen begonnen und war nahe dran gewesen, der armen Hilde eine Ohrfeige zu verpassen, wäre Ebba nicht dazwischengegangen. So war es bei Tränen, Wut, Entschuldigungen und der Mehrarbeit für Gesa geblieben, da sich Hilde den Rest des Nachmittags in ihrer Kammer eingeschlossen hatte und partout nicht mehr herauskommen wollte. Jasper, der den Nachmittag damit verbrachte, den Rasen zu mähen, hatte ihr am Abend gut zugeredet und es dann doch geschafft, sie wieder herauszulocken und sich sogar zu ihnen an den Abendbrottisch zu setzen. Marta hatte sich in den Streit der Mädchen nicht eingemischt. Für solche Dinge gab es ihrer Meinung nach eine Köchin im Haus, und Ebba erledigte diese Aufgabe großartig. Trotz des Trubels blieb Ebba die Ruhe in Person, wofür Marta sie bewunderte, denn sie selbst war mehr als angespannt. Am gestrigen Nachmittag hatte sie ihre Unruhe in Aktivität umgesetzt und die Blumenbeete vor dem Haus vom Unkraut befreit. Die Rosen blühten in diesem

Jahr ausgesprochen üppig, vor allem die rosafarbene Kletterrose an der Hauswand war eine wahre Pracht. Da hatte der Pferdemist, den Jasper im Frühjahr großzügig in den Beeten verteilte, seine Wirkung gezeigt. Ganz besonders erfreute sich Marta auch an dem blühenden Jasminbusch, der direkt am Gartenzaun stand und jeden Ankömmling mit seinem berauschenden Duft empfing. Dazu kamen noch Glockenblumen, Margeriten, Klatschmohn und Lupinen, die sich an dem weiß gestrichenen Zaun aufreihten und ein sommerliches Bild malten.

Marta entdeckte eine Löwenzahnpflanze zwischen den Lupinen und entfernte das Unkraut.

»Du weißt aber schon, dass Löwenzahn gesund ist«, sagte plötzlich Ebba, die nach draußen getreten war, um ein wenig frische Luft zu schnappen. Seit den frühen Morgenstunden stand sie bereits in der Küche und kochte und backte, was das Zeug hielt, um die neuen Gäste mit einem guten Essen zu begeistern, das vielleicht über den ersten, womöglich enttäuschenden Eindruck des Hauses hinwegtrösten würde. Sie hatte sich für Stubenküken als Hauptgang entschieden, die sie von einem Bauern aus Süddorf frisch geliefert bekommen hatte. Dazu gab es die üblichen Butterkartoffeln und Erbsenpüree. Frischen Kopfsalat hatte der Gemüsegarten hergegeben, der unweit der Küche lag und in dem neben Salat, Gemüse und Beeren auch viele Kräuter wuchsen. So lagen in der Küche bereits Schnittlauch, Radieschen und Gurken bereit. Als Nachtisch sollte es Rote Grütze mit Vanillesoße geben. In der Speisekammer warteten ein Erdbeerkuchen mit Sahne und ein Streuselkuchen darauf, zum Nachmittagstee verspeist zu werden. Marta höchstpersönlich hatte den Streuselkuchen gebacken. Ebba liebte es, wenn Marta zu ihr in die Küche kam, denn dann konnten sie klönen. Ihr Lieblingsthema war selbstverständlich die bevorstehende Hochzeit von Rieke. Was hatte sich Marta darüber gefreut, als Jacob bei ihr aufgetaucht war, um ganz offiziell um die Hand ihrer Tochter anzuhalten. Ihrem Gatten hatte sie die frohe Kunde von der Verlobung seiner Ältesten noch am selben Tag nach Hamburg telegrafiert, und seine positive Antwort ließ dann auch nicht lang auf sich warten. Er werde gemeinsam mit Nele mit einem Glas Sekt auf die freudigen Nachrichten anstoßen und gratuliere Rieke, stand in seinem Telegramm. Jetzt galt es also, eine Hochzeit zu planen, die noch diesen Sommer stattfinden sollte. Rieke hatte sich bereits erste Kataloge mit Hochzeitskleidern bestellt und hielt sich gerade bei der Schneiderin in Wittdün auf, um ihr Lieblingskleid für die anstehende Verlobungsfeier enger machen zu lassen. In den letzten Monaten auf der Insel war sie schmaler geworden, was gewiss der vielen Bewegung an der frischen Luft zu verdanken war. Auch Marta überlegte, sich für den Anlass ein neues Kleid anfertigen zu lassen, allerdings hatte sie im Gegensatz zu ihrer Tochter zugenommen, was sie Ebbas reichhaltiger Küche zuschrieb. Sie hatte gestern Abend die freudige Nachricht von Riekes Verlobung mit Jacob auch Sine und Kaline geschrieben und sie zu den Hochzeitsfeierlichkeiten eingeladen. Einen genauen Termin würden sie ihnen noch mitteilen. Im Moment war ein Tag Ende August vorgesehen, denn bis dahin waren sie vollkommen ausgebucht, und zur Unterbringung der Hochzeitsgäste würden sie die Gästezimmer benötigen. Sie müsste den Termin jetzt nur noch mit Jacob besprechen, der seine Verlobung mit Rieke im Rahmen seiner Geburtstagsfeier schon bald offiziell bekannt geben wollte.

Marta rupfte noch weiteren Löwenzahn aus.

»Man kann auch Salat aus den Blättern machen oder Tee.«

»Wegen mir kannst du daraus machen, was du willst«, antwortete Marta. »Hauptsache, dieses Unkraut wächst nicht zwischen meinen Rosen.«

Ebba grinste und erwiderte: »Es wird bestimmt alles gut gehen, und die neuen Gäste werden unser altes Häuschen mögen. Das hab ich im Gefühl.«

»Hoffentlich«, antwortete Marta, richtete sich auf und wischte sich die Hände an einem Tuch ab, das Ebba ihr reichte. »Noch eine Hedwig Marwitz wäre unerträglich.«

»Also, ich fand sie hin und wieder recht amüsant«, erwiderte Ebba.

Marta warf ihr einen strafenden Blick zu.

»Schon gut, schon gut« – Ebba hob abwehrend die Hände –, »dem Herrn im Himmel sei Dank, werden wir sie niemals wiedersehen. Obwohl ihr Gatte bestimmt gern wieder hierherkommen würde. Er hat sich in der Gesellschaft unserer Männer sichtlich wohl gefühlt.«

»Ja, der gute Karl war gern hier. Aber er ist nun einmal ein Pantoffelheld, wie er im Buche steht. Da kann man nichts machen«, erwiderte Marta. »Er hat sie geheiratet, also muss er mit ihr klarkommen. Bei Hedwig bekommt das Wort Ehedrachen gleich eine ganz neue Bedeutung.« Beide Frauen lachten laut auf.

»Was ist denn so komisch?«, fragte Gesa, die mit Marie auf dem Arm und Hilde im Schlepptau nach draußen kam, um nachzusehen, ob die neuen Gäste bereits im Anmarsch waren.

»Ach, nichts weiter«, erwiderte Ebba und wischte sich die Lachtränen aus den Augen.

Genau in diesem Moment bog das Fuhrwerk mit den Gästen um die Ecke. Martas Herzschlag beschleunigte sich, und sie überprüfte noch einmal, ob ihre Hände sauber waren. Ebba rückte rasch Hildes Haube gerade und wischte einen Fussel von Gesas Schürze.

Jasper strahlte über das ganze Gesicht, als er vorfuhr, was Marta für ein gutes Zeichen hielt.

»So, da wären wir«, rief er, während der Wagen zum Stehen kam: »Herzlich willkommen im *Hotel Inselblick*.«

Seine Passagiere begutachteten ihre neue Bleibe mit neugierigen, aber nicht abfälligen Blicken, soweit Marta, die sich dem Wagen näherte, um die Gäste in Empfang zu nehmen, dies erkennen konnte.

Auch sie hieß alle noch einmal auf das Herzlichste willkommen und half beim Aussteigen.

»Sie haben es aber bezaubernd hier«, sagte Else Voss, nachdem sie Marta die Hand gereicht und sich vorgestellt hatte. Ihr Gatte, Richard Voss, stellte sich ebenfalls vor und lobte das schöne und warme Wetter, das er nicht erwartet hatte.

Für Martas geschundene Gastgeberseele stellten die Komplimente der beiden einen wahren Segen dar.

»Und dieses hübsche Dach und die vielen Blumen«, fügte Else Voss mit strahlenden Augen hinzu. »Einfach wunderschön.«

Ein junger, blonder Mann um die zwanzig mit hellblauen Augen, die er eindeutig von seinem Vater geerbt hatte – der Sohn Alfred Voss –, half seiner Schwester, der kleinen Emma, vom Wagen herunter. Dem Mädchen folgte das Kindermädchen, eine dunkelblonde, etwas unscheinbar wirkende junge Frau, die Marta ein schüchternes Lächeln schenkte. Ihr Name war Johanna Grunewitz, und sie würde sich ein Zimmer mit Emma teilen. Für Alfred war die Dachkammer reserviert worden, die sie nach der Abreise der Familie Marwitz zum Gästezimmer umgebaut hatten. Davor war der kleine Raum als Abstellkammer genutzt worden, da es unmöglich schien, ein Bett sowie Kommode und eine Sitzgruppe darin unterzubringen. Doch als sie durch einen Zufall das sich hinter einer Bretterwand befindende Alkovenbett entdeckt hatten, entschieden sie, den Raum auch als Gästezimmer zu nutzen.

»Unser Jasper wird sich um Ihr Gepäck kümmern«, sagte Marta. »Wir haben eine kleine Erfrischung im Garten vorbereitet.« Sie deutete hinter sich.

»O wie nett«, antwortete Else Voss lächelnd und hängte sich bei ihrem Gatten ein. »Ich habe unsäglichen Durst. Auf dem Schiff habe ich vor lauter Aufregung das Trinken vergessen. Und die Zimmer können wir auch noch später in Augenschein nehmen. Sie werden bestimmt gemütlich sein, oder was meinst du, mein Schatz?«

Ihr Gatte nickte zustimmend.

Marta wusste gar nicht, was sie auf das Vorablob sagen sollte. Sie entschied sich für ein verbindliches Lächeln und fragte die kleine Emma, die mit ihrem himmelblauen Kleid und dem hübschen Strohhut auf dem Kopf entzückend aussah, ob sie auch Durst habe. Die Kleine, Marta schätzte sie auf acht oder neun Jahre, nickte schüchtern.

»Das ist gut so. Denn unsere Ebba hat Limonade gemacht. Und das ist die beste Limonade, die man auf der Insel kriegen kann. Und dazu gibt es Schokoladenkekse. Du magst doch Kekse, oder?«

Die Kleine nickte erneut, diesmal etwas nachdrücklicher.

»Also, bei Limonade und Schokoladenkeksen sage ich auch nicht Nein«, mischte sich Alfred in das Gespräch ein und zwinkerte seiner Schwester fröhlich zu.

Die Gruppe machte sich auf den Weg in den Garten, wo Gesa und Hilde schon bereitstanden, um die Limonade auszuschenken. Dankbar nahmen die Neuankömmlinge die kühle Erfrischung entgegen und setzten sich an den Tisch unter die Obstbäume. Alfred war der Letzte, der zu ihnen stieß. Von seinem Platz aus warf er Hilde immer wieder verstohlene Blicke zu, die sie jedoch nicht erwiderte. Sie beschäftigte sich damit, die restlichen Kekse auf einem Teller zusammenzulegen, und begutachtete einen Schokoladenfleck, der es auf das geblümte Tischtuch ihres kleinen Präsentiertischs geschafft hatte. Marta entgingen die Blicke des Jungen jedoch nicht. Schon bei ihrer Ankunft hatte sie sein Interesse bemerkt, als er Hilde erblickte. Bei der Begrüßung hatte er Hildes Hand dann auch für eine Sekunde zu lang festgehalten und sie wie eine Erscheinung betrachtet. Hilde hatte errötend den Blick abgewandt. Marta wusste, was das zu bedeuten hatte, war es ihr vor vielen Jahren doch ähnlich ergangen. Auf den ersten Blick war sie in ihren Wilhelm verschossen gewesen. Noch ehe sie überhaupt seine Stimme gehört oder seine Nähe gesucht hatte, war ihr abwechselnd heiß und kalt geworden. Liebe auf den ersten Blick. Ein seltenes Vergnügen. Allerdings war es hier eher ein kompliziertes, denn Hilde würde es durch ihre Schwangerschaft verwehrt bleiben, sich normal zu verlieben. Aber vielleicht sah sie ja auch einfach nur Gespenster und deutete Alfreds Reaktion auf Hilde, die mit ihrem dunkelbraunen Haar und ihren rehbraunen Augen durchaus hübsch anzusehen war, falsch. Und das Mädchen selbst würde gewiss nicht so dumm sein und sich mit einem Gast einlassen.

»Ich bin sehr erleichtert darüber, dass Ihr Haus nicht so groß ist wie so manches Gebäude in Wittdün«, sagte Else und riss Marta aus ihren Gedanken. »Mir sind diese Prachtbauten deutlich zu groß. Mein Mann hat deshalb bei der Buchung der Unterkunft genau darauf geachtet, wie viele Zimmer das Etablissement hat. Wissen Sie, wir suchen eher das ursprüngliche Amrum und die Ruhe. Trubel haben wir in Breslau weiß Gott genug. Deshalb haben wir auch die Bäder der Ostsee gemieden. Wir waren im letzten Jahr in Heiligendamm. Es ist sehr schön dort, wirklich. Sehr viele Villen, prachtvolle Unterkünfte und viele Vergnügungen am Strand. Aber mir war es dann doch zu viel Trubel. Also haben wir uns danach erkundigt, wo es etwas ruhiger ist, und uns wurde Amrum empfohlen. So sind wir bei Ihnen gelandet. Obwohl ich sagen muss, dass die Anreise doch etwas beschwerlich gewesen ist. Zuerst die lange Bahnfahrt nach Hamburg und dann noch die Fahrt mit dem Dampfer, die allerdings aufregend war. Besonders die Seehunde haben uns beeindruckt. Emma war ganz begeistert. Sie sehen aber auch zu niedlich aus mit ihren großen Kulleraugen.«

»Ja, sie sind sehr niedlich«, erwiderte Marta, der während des Berichts von Else Voss immer mehr Steine vom Herzen fielen. Sie waren also nicht auf die hochtrabende Werbung ihres Gatten hereingefallen, sondern hatten sich anderweitig informiert. Allerdings verwunderte es Marta dann doch ein wenig, woher Else Voss so genau wusste, wie groß ihr Haus tatsächlich war. Neugierig fragte sie nach und erhielt eine interessante Antwort.

»In Breslau hat ein Reisebüro eröffnet, in dem wir uns nach einer Alternative zur Ostsee erkundigt haben. Dort arbeitet ein sehr kompetenter Herr, der sogar selbst bereits auf Amrum gewesen ist und sich daher bestens auskannte. Er hat uns genau erklärt, wie Ihr Haus aussieht und was es zu bieten hat.«

Marta war überrascht. Sie wusste, dass immer mehr Reisebüros aufmachten, auch in Hamburg gab es bereits eines, hatte bisher aber noch nie die Möglichkeit gesehen, dass sie von einem solchen empfohlen werden könnten. Umso mehr freute sie sich über die Worte von Else Voss. Später würde sie Wilhelm davon schreiben. Vielleicht konnte er ja in dem Hamburger Reisebüro erreichen, dass sie dort ebenfalls empfohlen wurden. Wilhelm hatte ja bereits in die Wege geleitet, dass ihr Hotel in den gängigen Reiseführern über die Nordseeinseln aufgeführt werden sollte, allerdings nicht mehr als erstes Hotel am Platz, um etwaigen Missverständnissen vorzubeugen.

Beseelt von Else Voss' Bericht und der guten Stimmung im Garten, machte sich Marta wenig später auf den Weg in die

Küche, um dort nach dem Rechten zu sehen. Ebba war gerade dabei, die mit Speck und Petersilie gefüllten Stubenküken mit zerlassener Butter zu übergießen. Marta reichte ihr Salz und Pfeffer an, damit sie noch einmal nachwürzen konnte. Keine Minute später landete der Hauptbestandteil der Abendmahlzeit für die nächsten zwanzig Minuten im Backofen. Gesa bemühte sich derweil um das Erbsenpüree, während Hilde die Salatteller zurechtmachte. Marie saß neben ihr am Küchentisch und beschäftigte sich damit, die restlichen Schokoladenkekse zu essen.

»Ich kann euch gar nicht sagen, wie erleichtert ich bin«, sagte Marta. »Der Herrgott im Himmel hat meine Gebete erhört und schont meine Nerven. Noch eine von Hedwigs Sorte hätte ich so kurz vor Riekes bevorstehender Hochzeit nicht geschafft.«

»Freu dich nicht zu früh«, unkte Ebba, die die Petersilie für die Kartoffeln hackte. »Weiß ja niemand, wie sich das mit der Zeit entwickeln wird.«

»Du verhagelst mir meine gute Laune heute nicht, meine Liebe«, erwiderte Marta, stahl Marie einen Schokoladenkeks und biss hinein. »Meine Güte, sind die Dinger köstlich. Wegen dir, meine liebe Ebba, werde ich bald nicht mehr in meine Kleider passen.«

»Du musst ja nicht so viele von ihnen essen«, entgegnete Ebba trocken. »Die Kekse sind nämlich für die Gäste und nicht für die Wirtin bestimmt. Das hat mein Vater, Gott hab ihn selig, der Wirt der besten Kneipe auf Helgoland, schon immer gesagt. Wenn der Wirt sein bester Gast ist, dann kann er bald zusperren.«

»Der hat aber nur vom Schnaps geredet«, erklärte Gesa grinsend.

»Und wenn schon«, entgegnete Ebba und nahm sich ebenfalls einen Keks, was ihr einen vorwurfsvollen Blick von Marie einbrachte, die ihre Vorräte ernsthaft gefährdet sah und lautstark kundtat, dass die Kekse alle ihr gehörten.

»Wir müssen eben mehr Kekse backen«, sagte Marta. »Und wenn ich mir deshalb neue Kleider anfertigen lassen muss, ist das eben so.«

»Dann sollte aber unbedingt eine Amrumer Tracht dabei sein«, meinte plötzlich Rieke, die, von den anderen unbemerkt, den Raum betreten hatte und ihrer Mutter einen Kuss auf die Wange drückte. »Du wünschst dir doch schon so lange eine, und es wäre wunderbar, wenn du sie zu meiner Hochzeit tragen würdest.«

Marta wollte etwas erwidern, doch Rieke ließ sie nicht zu Wort kommen. »Und ich selbst werde das schönste Kleid überhaupt tragen. Ich war gerade bei der Schneiderin, und sie hat mir mein Traumkleid in einem Katalog gezeigt. Mama, du wirst staunen. Genauso habe ich es mir immer vorgestellt. Feinster Seidendamast, in den goldfarbene Blumen eingewirkt sind. Verschwenderisch viele Perlen und Tüll auf dem Oberteil. Es ist so bezaubernd.« Sie klatschte vor Freude in die Hände.

»Dann musst du mir das Kleid so schnell wie möglich zeigen«, erwiderte Marta und schluckte die Frage nach dem Preis hinunter. Gewiss hatte Rieke die Schneiderin gar nicht erst danach gefragt. »Und die Anfertigung einer Inseltracht ist eine gute Idee. Aber wenn ich eine bekomme, dann sollten wir für dich ebenfalls eine nähen lassen, oder? Immerhin sind wir allmählich richtige Amrumer Mädchen.«

»Das will ich meinen«, bekräftigte Jasper und betrat den Raum. »Darauf müssen wir anstoßen. Auf das Hotel, die tollen neuen Gäste und unsere Amrumer Mädchen.«

Er griff zu der Flasche Korn, die neben der Tür auf einem Regal stand, stellte sie auf den Tisch und machte sich auf die Suche nach Gläsern.

»Aber davon gibt es wirklich nur einen für jeden«, mahnte Ebba, als sie wenig später ihr Schnapsglas von Jasper entgegennahm. »Denkt an die Worte meines Vaters.«

Sie leerte ihr Glas in einem Zug, zog eine Grimasse, überlegte kurz, grinste und hielt es Jasper noch einmal hin, mit den Worten: »Ach, was soll's. Auf einem Bein kann man nicht stehen.«

40

Hilde lief den Weg zum Strand hinunter und blickte immer wieder hinter sich. Folgte dieser Alfred ihr? Oder bildete sie sich das nur ein? Vorhin, als sie vor dem Haus gesessen hatte, hatte er sich neben sie gesetzt, nach ihrem Namen gefragt und von sich und seiner Familie zu erzählen begonnen. Es war die Gesundheit seiner kleinen Schwester Emma, die sie nach Amrum führte. Im nächsten Jahr würde er zu studieren beginnen. Rechtswissenschaften in Weimar, worauf er sich schon freute. Dort könnte er bei seinem Onkel, einem Anwalt, wohnen, der eine hübsche Stadtvilla und eine große Kanzlei sein Eigen nannte. Er redete und redete. Sie hörte schweigend zu und wagte es kaum, ihn anzusehen, denn er sah sehr gut aus. Blondes, wuscheliges Haar und strahlend blaue Augen, die tief in ihr Innerstes zu blicken schienen und sie ganz nervös machten. Ob er bemerkt hatte, dass ihr Herz wie verrückt schlug? Im *Hotel Kaiserhof* wären sämtliche Zimmermädchen sofort in ihn verliebt gewesen. So war es immer, wenn ein besonders attraktiver Gast eintraf. Dann standen sie in der Wäschekammer zusammen, schwärmten von ihm und kicherten wie kleine Mädchen. Allerdings nur, wenn die Habicht nicht in der Nähe war, denn es war nicht geduldet, sich privat über Gäste zu unterhalten. Und schon gar nicht, für sie zu schwärmen. Aber es war gestattet, wegzusehen, wenn sich ein Butler an den jungen Dienstmädchen vergriff und sie mit der Drohung unter Druck setzte, ihnen ihren Arbeitsplatz wegzunehmen, sofern sie ihm nicht gefügig waren. Olaf Seiff arbeitete noch immer im Hotel. Sie hatte auch in Erfahrung bringen können, dass er ein weiteres Mädchen bedrängte. Tine Willichs, die keine Familie mehr hatte. Sie konnte nur hoffen, dass Tine nicht schwanger wurde oder er alsbald das Interesse an ihr verlor. Und vielleicht fand sich für sie ja auch eine andere Stellung. Gesa hatte versprochen, sich umzuhören. Sie hatte auch mit Rieke darüber geredet, die über das Problem mit ihrem Verlobten sprechen würde. Wie sehr sie sich wünschte, dass sie mutiger gewesen wäre. Auch jetzt zweifelte sie immer wieder an dem bisschen Glück, das ihr in all ihrer Not zuteilgeworden war. Marta Stockmann und ihr Mann waren so gut zu ihr, und in Gesa hatte sie eine echte Freundin gefunden. Aber was würde werden, wenn die Schwangerschaft nicht mehr zu verbergen war? Was würde werden, wenn das Kind auf der Welt war? Sollte sie nicht vielleicht doch besser zurück nach Hause gehen? Ihrer Mutter hatte sie von dem Verlust ihrer Anstellung im *Kaiserhof* geschrieben. Mehr hatte sie bisher nicht geschafft. Es war natürlich sofort eine Antwort gekommen. Wo sie jetzt wäre? Ob sie eine neue Anstellung hätte? Wann das nächste Geld käme? Doch sie hatte kein Geld mehr, das sie ihr schicken konnte. Marta und Wilhelm Stockmann ließen sie bei sich wohnen, kümmerten sich um sie und bezahlten ihr ein kleines Taschengeld, das für die wichtigsten Dinge des Lebens reichte. Sogar die Arztrechnung hatten sie neulich für sie übernommen, und Marta hatte ihr ein neues Kleid und eine hübsche Schürze gekauft, damit sie einen ordentlichen Eindruck bei den Gästen machte, denn natürlich hatte sie ihre Dienstkleidung im *Kaiserhof* zurücklassen müssen, und ihre eigene Garderobe war mehr als schäbig. Doch Geld, das sie nach Hause schicken könnte, blieb nicht mehr übrig. Sie hatte ihrer Mutter geschrieben, dass sie in ihrer neuen Anstellung weniger verdiene und nichts mehr schicken könne. Daraufhin war keine Antwort mehr gekommen. Ihrer Mutter war es stets nur ums

Geld gegangen. Alles andere im Leben ihrer Tochter schien ihr gleichgültig zu sein. Oftmals hatte Hilde sich gewünscht, ihre Mutter würde ihr von ihren kleinen Geschwistern berichten, die sie schrecklich vermisste.

Hilde erreichte den Strand, wo sich die Flut bemerkbar machte. Einige Wolken verdeckten die tief stehende Sonne, deren rötliches Licht sich in den vielen Rinnsalen spiegelte, die sich auf dem Watt ausgebreitet hatten. Es war windstill. Der Geruch von Tang lag in der Luft. Ein Kranich landete unweit von ihr und begann, im seichten Wasser nach etwas Essbarem zu suchen. Sie wandte den Blick ab und sah Richtung Föhr. Nach Amrum zu gehen war wie eine Flucht vor ihrer Mutter gewesen. Hilde wusste, dass das Leben sie zu der Frau gemacht hatte, die sie heute war. Ihre Ehe war unglücklich gewesen, ihr Mann ein Säufer, der irgendwann von der See nicht mehr heimgekommen war. Sechs Kinder, die viele Arbeit auf dem Hof. Da gab es keine Zeit für Liebe und Zuneigung. Oder sah sie das falsch? Sie dachte daran, wie Marta mit ihren Kindern umging. Mit Rieke, die ein Hochzeitskleid aus Seidendamast mit Perlen bekommen würde, mit Ida, die ein kleiner Freigeist sein durfte und nicht wusste, wie sich harte Arbeit anfühlte, und mit Marie, die nie für eine ihrer kindlichen Missetaten ins Gesicht geschlagen wurde. Und auch ihr, Hilde, gegenüber zeigte Marta Güte. Obwohl sie nur eine Belastung für sie darstellte.

»Oh, du bist auch hier.« Alfred Voss' Stimme riss sie aus ihren Gedanken. Sie wandte sich um. Hatte sie mit ihrer Vermutung darüber, dass er ihr folgte, also doch richtiggelegen. Ihr Herzschlag beschleunigte sich. Er trat neben sie und ließ seinen Blick über das Wasser schweifen.

»Das Wetter ist so herrlich. Ganz anders, als wir angenommen hatten. Papa meinte, die See wäre rau und das Wetter wechselhaft.«

»Das ist auch häufig so«, erwiderte Hilde mit leiser Stimme. »Aber diesen Sommer ist es ungewöhnlich warm und trocken.«

»Also haben wir Glück gehabt«, erwiderte Alfred. »Im letzten Jahr an der Ostsee sah das anders aus. Drei Wochen war es kühl und oftmals regnerisch, obwohl das Klima dort milder sein soll als hier an der Nordsee.«

»Dort ist es in diesem Jahr gewiss auch schöner«, antwortete Hilde.

»Mag sein«, sagte er. »Aber hier gefällt es mir besser.« Er warf ihr einen Seitenblick zu, der sie dahinschmelzen ließ. Nein, du darfst das nicht, ermahnte sie sich. Doch sich nicht verlieben dürfen, das hieß gewiss nicht, unhöflich sein zu müssen. Also deutete sie nach rechts und sagte:

»Dort drüben liegt die Insel Föhr, von dort komme ich. Meine Mutter und meine Geschwister leben noch nimmer in Wyk.«

»Und was hat dich nach Amrum geführt?« Er sprach sie so selbstverständlich mit Du an, wie Kinder es taten oder gute Freunde, die einander schon ewig kannten. Derweil lag ihre erste Begegnung erst wenige Stunden zurück. Trotzdem gefiel ihr sein vertrauter Umgangston.

»Die Arbeit. Ich hab im *Hotel Kaiserhof* in Wittdün gearbeitet und bin erst seit einer Weile im *Hotel Inselblick* als Kinder- und Stubenmädchen beschäftigt.«

»Und wo ist es besser?«, fragte Alfred.

»Hier«, antwortete sie. »Im *Kaiserhof* ist alles so riesengroß, und es gibt …« Sie kam kurz ins Stocken, sprach dann aber doch weiter: »Es gibt dort eine ganz schreckliche Hausdame. Sie heißt Edith Habitz, aber wir nannten sie immer nur die Habicht.«

»Eine Habicht also. Ich hab sie vor Augen.« Er grinste. »Ich hatte früher einen Lehrer, dem wir auch einen Spitznamen gaben. Allerdings stammte dieser aus einem Märchen. Wir nannten ihn immer König Drosselbart.« Er zwinkerte ihr lächelnd zu.

»Also hatte er ein krummes Kinn wie der Schnabel der Drossel«, antwortete sie.

»Ich sehe, du kennst dich mit Märchen aus.«

»Meine Großmutter hat sie uns manchmal vorgelesen.«

»Wohl dem, der eine Großmutter hat«, antwortete er und fragte: »Wollen wir ein Stück den Strand entlanglaufen?«

Hilde zögerte. Sie sollte Nein sagen. Schon diese Unterhaltung dürfte es nicht geben. Sie war ein schwangeres Dienstmädchen, und er war Gast. Und noch dazu würde er bald nach Weimar gehen und dort studieren. Was sollte einer wie er mit einem einfachen Mädchen von Föhr anfangen? Der schwangeren Tochter eines Seemanns, der nicht mehr heimgekommen war? Niemals durfte er von ihrer Schwangerschaft erfahren. Es galt, die drei Wochen seines Aufenthalts zu überstehen und ihm aus dem Weg zu gehen – was sie eigentlich gar nicht wollte. Sehnsüchtig blickte sie den Strand hinunter. Bis nach Wittdün könnte sie mit ihm schlendern. Mit ihm gemeinsam den Sonnenuntergang beobachten, die Sterne am Himmel betrachten, vielleicht sogar seine Hand halten. Riekes Verlobter hatte neulich den Arm um sie gelegt. Hilde beneidete Rieke sehr darum, allen ihr Glück zeigen zu dürfen. Ein Glück, das sie selbst niemals erleben würde. Sie musste jetzt ablehnen und zurück ins Hotel gehen.

»Du möchtest nicht mit mir spazieren gehen?«, fragte Alfred, da sie zögerte.

»Doch, ich meine ...« Sie unterbrach sich und setzte neu an. »Sie sind ein Gast.«

Da war es. Das förmliche Sie. So, wie es sich gehörte, hatte sie ihn angesprochen. Kein Du, keine Vertraulichkeiten. Plötzlich spürte sie einen dicken Kloß im Hals, und Tränen traten ihr in die Augen. Sie wandte sich ab und rannte davon. Sie hörte ihn rufen, lief aber trotzdem weiter. Zurück zum Dünenweg, den sie weinend entlangstolperte. Erst ein ganzes Stück weiter blieb sie stehen und wischte sich die Tränen aus den Augen. Reiß dich zusammen, schalt sie sich selbst. Mach dir dein bisschen Glück nicht kaputt. Er verschwindet bald wieder aus deinem Leben, fährt zurück nach Breslau, geht nach Weimar und wird die Richtige heiraten. Du bist nur ein dummes Inselmädchen, das auch noch schwanger ist und froh sein kann, von der Familie Stockmann aufgenommen worden zu sein. Und überhaupt kennst du ihn erst wenige Stunden. Das ist doch Irrsinn.

»Ist alles in Ordnung?«, hörte sie plötzlich hinter sich jemanden fragen. Sie wandte sich um. Es war Ida, die vor ihr stand und sie fragend ansah.

»Schon. Ich meine, was soll denn nicht in Ordnung sein?«

»Ich hab dich mit dem neuen Gast gesehen.«

»Er ist mir gefolgt«, antwortete Hilde und spürte die Hitze in ihre Wangen steigen. Sie senkte den Blick.

Ida, die Richtung Strand blickte, nickte und sagte: »Er taucht bestimmt gleich auf.«

Hilde drehte sich erschrocken um.

»Schnell, komm mit.« Ida zog Hilde mit sich hinter eine mit Binsen bewachsene Düne. Sie duckten sich und beobachteten, wie Alfred Voss nur wenige Augenblicke später an ihnen vorüberschritt. Hildes Herz schlug ihr bis zum Hals. Als er außer Sicht war, ließ sie sich erleichtert in den weichen Sand fallen.

»Du hast ihn gern«, stellte Ida fest.

Hilde nickte.

»Und er hat dich gern.«

»Aber das ist doch verrückt«, entgegnete Hilde. »Wir kennen uns erst ganz kurz. Niemand kann einen anderen in solch kurzer Zeit gernhaben.«

»Vielleicht ja doch«, antwortete Ida. »Obwohl ich mich mit der Liebe nicht auskenne. Aber Rieke mochte Jacob auch sofort. Schon auf dem Schiff hat sie ihn ganz komisch angeschaut. Thaisen meint dazu, dass der Herrgott das so eingerichtet hat. Mit der Liebe.«

»Und du denkst, Thaisen ist der Fachmann?«

»Ich weiß nicht«, erwiderte Ida und zuckte mit den Schultern. »Aber bei Rieke und Jacob hat es gestimmt, denn sie werden bald heiraten und haben sich neulich am Strand ganz lang geküsst.«

»Du spionierst ihr nach.« Hilde warf Ida einen strafenden Blick zu.

»Nein. Aber Thaisen und ich sind immer am Strand. In unserer Kate …« Sie biss sich auf die Lippe. »Ist ja auch egal. Jedenfalls haben wir die beiden gesehen. Und wer verliebt ist, der küsst sich auch. Das ist wie in den Romanen, die Rieke in Hamburg immer gelesen hat.«

»Nur leider wird mich niemals jemand lieben, geschweige denn küssen«, antwortete Hilde seufzend und legte sich die Hand auf den Bauch.

»Aber warum denn nicht?«, fragte Ida verwundert.

Hilde sah sie einen Moment irritiert an. Doch dann wurde ihr klar, dass das Mädchen nicht Bescheid wusste.

»Ach, das hab ich nur so dahingesagt«, wich sie Idas Frage aus.

»Also, Alfred Voss liebt dich. Das weiß ich bestimmt. Der kriegt richtige Kalbsaugen, wenn er dich sieht. Und er wird damit auch so schnell nicht aufhören. Und du liebst ihn auch, denn das hab ich im Blick.«

»Es wird ihm nur nichts bringen. Und mir auch nicht. Denn ich bin ein Dienstmädchen, und er ist Gast. Wir leben in zwei verschiedenen Welten, und die dürfen sich nicht vermischen.«

»Sagt wer?«

»Na, alle. Die Gesellschaft. Man kann es gut mit den großen Schiffen vergleichen, die nach Amerika fahren. Da gibt es die erste, zweite und dritte Klasse. Und ein Mädchen aus der ersten Klasse darf sich niemals in einen Jungen aus der dritten Klasse verlieben. So sind nun mal die Regeln. Streng voneinander getrennt leben sie in verschiedenen Welten. Und so ist es auch mit Alfred und mir.«

»Aber hier bei uns gibt es keine Klassen, und er schläft keine drei Stufen von dir entfernt in der Kammer unter dem Dach«, erwiderte Ida mit einer Überzeugung, die Hilde zum Schmunzeln brachte.

»Trotzdem sind es verschiedene Welten«, antwortete Hilde und fügte in Gedanken hinzu: Aber woher sollst du das auch wissen? Du warst nie ein Dienstmädchen, musstest niemals auf eine Habicht hören oder hattest Angst um deine Stellung. Du hast die perfekten Eltern, wächst behütet auf und kennst keinen Kummer. Wie soll man dir erklären, was es bedeutet, aus einer anderen gesellschaftlichen Klasse zu stammen? Wie soll man dir erklären, was es bedeutet, sein Leben mit sechzehn Jahren bereits verloren zu haben, weil ein anderes Leben in einem heranwächst?

Hilde stand auf, streckte Ida die Hand hin und sagte: »Komm. Lass uns zurückgehen. Sonst machen sich die anderen noch Sorgen um uns.«

Ida ergriff Hildes Hand, und die beiden liefen durch die Dünen zurück zum Hotel, wo sie auf Ebba trafen, die mit einer Schüssel Krabben vor dem Haus saß und entspannt vor sich hin pulte.

Sie warf Hilde einen kurzen Blick zu, der alles sagte. Hilde zog den Kopf ein und wollte an ihr vorbei ins Haus gehen. Ebba hielt sie zurück, bat sie, sich neben sie zu setzen, und schickte Ida zu ihrer Mutter, die sie bereits gesucht hatte.

»Gerade ist der junge Alfred vom Strand gekommen«, sagte Ebba, als Ida außer Hörweite war.

»Ich weiß«, erwiderte Hilde und senkte den Blick.

»Gut«, antwortete Ebba und fragte: »Willst du mir beim Pulen helfen?«

Hilde nickte und griff in die Krabbenschüssel.

Ebba legte ihr die Hand auf den Arm, noch ehe sie damit begann, die erste Krabbe zu pulen, und erklärte: »Meine Mutter sagte immer: Es ist nun einmal, was es ist. Ändern können wir es nicht mehr, also machen wir das Beste daraus.«

Hilde antwortete nicht. Doch in ihre Augen traten Tränen, die sie wegzublinzeln versuchte. Heulen brachte sie jetzt auch nicht weiter. In drei Wochen würde er wieder fort sein. Irgendwie würde sie es schon schaffen, ihn zu meiden. Obwohl sie das eigentlich gar nicht wollte.

41

Hamburg, 17.07.1892
Liebe Marta,
alles läuft wie geplant. Ich werde morgen Abend mit der Cobra eintreffen. Ich freue mich so sehr auf Dich.
Dein Wilhelm

Ebba stand in der Küche am Herd und rührte in einem großen Topf. Auf dem Tisch drängten sich Unmengen von Einmachgläsern, die Marta mit süßer Marmelade befüllte. Neben der Tür reihten sich mit Kirschen gefüllte Körbe und Eimer aneinander, die einfach nicht weniger werden wollten. Ida und Thaisen schleppten ständig neue Körbe aus dem Garten herbei, wo Jasper und Richard Voss auf Leitern standen und Kirschen ernteten. Marta hatte Richard Voss vergeblich von der Arbeit abhalten wollen. Ihm mache es Spaß, die Kirschen zu ernten. Erinnere ihn diese Beschäftigung doch an seine Kindheit auf dem Land, wo es Obstbäume in Hülle und Fülle gegeben habe. Am besten schmeckten damals natürlich stets die Kirschen vom Nachbarn, hatte er augenzwinkernd gesagt und Jasper dazu animiert, eine lustige Begebenheit aus seiner Kindheit zu erzählen, die mit dem Großvater von Bauer Hansen zu tun hatte, der ihnen nach einem größeren Birnendiebstahl brüllend mit der Mistgabel nachgelaufen war. Else Voss hatte ebenfalls ihre Hilfe angeboten, nachdem Hilde mal wieder ausgefallen war. Die seit Wochen anhaltende Hitze setzte dem armen Mädchen arg zu, und sie hatte Probleme mit dem Kreislauf. Sie lag schlafend im

Büro von Wilhelm auf dem Sofa, denn in ihrer kleinen Dachkammer war es kaum auszuhalten. Viele Bewohner der Insel jammerten inzwischen über das untypisch warme Wetter. Besonders Frauke, in deren Papeteriegeschäft Marta heute Morgen kurz vorbeigesehen hatte, war gereizt, da sie sich alle zwei Stunden umziehen müsse, so sehr schwitze sie. Seit bald zwei Wochen schien die Sonne jetzt schon von einem wolkenlosen Himmel, und kaum ein Lüftchen regte sich. Das Meer war glatt wie ein Spiegel, und von starkem Wellenschlag war weit und breit nichts zu sehen. Doch die Touristen schien dieser Umstand nur wenig zu stören, eher im Gegenteil. Überall wurde das herrliche Wetter in den höchsten Tönen gelobt. Es gab abendliche Konzerte in den Gärten und sogar am Strand, tägliche Kutschfahrten über die Insel, und die Wattwanderungen waren ebenfalls sehr begehrt. Auch Philipp Schau freute sich über gute Geschäfte. Besonders die Damen, die wegen des Wellengangs seine Lustfahrten nur selten buchten, erfreuten sich an Ausflügen nach Föhr, zu den Seehundbänken oder um die Insel herum. Auch das Geschäft mit der Seehundjagd lief im Moment prächtig, wie Anne Marta neulich bei einem kurzen Schnack am Gartenzaun erzählt hatte. Für längeres Klönen blieb ihnen im Moment allerdings nur wenig Zeit. Aber dafür gab es dann ja wieder die langen und kalten Winterabende in der warmen Stube bei einer guten Tasse Tee.

»Wenn das so weitergeht, müssen wir bald einen Vorratskeller anmieten«, sagte Marta, als Ida den nächsten Korb mit Kirschen brachte.

»Ich wusste gar nicht, dass wir so viele Körbe besitzen«, fügte Ebba hinzu, hielt beim Umrühren kurz inne und wischte sich den Schweiß von der Stirn. »Mir kommt es immer noch wie ein Wunder vor, dass die Kirschbäume so gut tragen, denn Bäume mögen unser raues Seeklima normalerweise nicht. Allerdings kann ich mich auch nicht entsinnen, wann wir es im Juli zuletzt so heiß hatten.«

»Besser so als andersrum«, antwortete Else Voss, die gemeinsam mit Gesa am Küchentisch saß und Kirschen entsteinte. »Letztes Jahr hatten wir an der Ostsee drei Wochen lang Regen, und es war eiskalt. Da ist mir diese Variante des Wetters schon lieber.«

»Mir auch«, erwiderte Marta. »Wenn die Sonne scheint, sind alle Menschen gleich viel fröhlicher, und für die Gäste gibt es mehr Möglichkeiten für Unternehmungen. Ich bin schon sehr gespannt, was Emma und Alfred von ihrer Fahrt zu den Seehundbänken berichten werden.«

»Und ich erst«, erwiderte Else Voss.

»Es ist bewundernswert, wie sehr sich Alfred um seine kleine Schwester kümmert«, sagte Ebba. »Also, wenn ich da an die jungen Männer bei uns auf Helgoland denke. Die scheuchten ihre jüngeren Geschwister lieber fort, als sich mit ihnen zu beschäftigen.«

»Das würde Alfred niemals tun. Er hängt sehr an Emma, und ich freue mich darüber, dass die beiden die Zeit auf Amrum genießen können. Schon bald wird er nach Weimar zu meinem Bruder ziehen, um dort zu studieren. Die Trennung wird für beide nicht leicht werden. Besonders um Emma mache ich mir schon jetzt Sorgen, denn mit ihrer Gesundheit steht es nicht zum Besten. Vor allem im Winter leidet sie häufig unter schwerem Husten. Auch mehrere Lungenentzündungen liegen bereits hinter ihr. Vor zwei Jahren dachten wir schon, wir würden sie verlieren. Alfred wachte damals Tag und Nacht an ihrem Bett. Sie hat es wie durch ein Wunder überstanden. Der Arzt meinte, sie wäre eine Kämpferin. Ich denke, ohne Alfred hätte sie es nicht geschafft. Ich kann nicht sagen, was es ist. Richard meinte, sie wären mehr als Geschwister. Seelenverwandte, trifft es wohl ganz gut. Wir können also nur hoffen, dass sie die Trennung von ihm gut verkraften wird. Wenn alle Stricke reißen, hat mir meine Schwägerin bereits angeboten, Emma ebenfalls zu sich zu holen. Sie hat vor ihrer Eheschließung einige Jahre als Krankenschwester gearbeitet und keine Angst davor, sich um sie zu kümmern. Aber das möchte ich gern vermeiden, denn beide Kinder auf einen Schlag fortgehen zu sehen, das würde mir das Herz brechen.«

»Na, dann ist es doch besonders schön, dass Emma die Zeit hier auf Amrum genießt. Und unsere salzhaltige Luft ist das Beste, was ihren Lungen passieren kann«, antwortete Ebba. »Morgen Nachmittag soll es ja auch noch das Sommerfest für Kinder im Hospiz geben. Thaisen hat mir davon berichtet. Gleich nachher wollen er und Ida hinüberlaufen und beim Aufbau helfen. Es soll Sackhüpfen, Dosenwerfen und sogar eine Schnitzeljagd geben. Auch die Aufführung eines Kasperltheaters ist geplant. Langsam scheint sich unser Pfarrer von dem Verlust seiner Gattin zu erholen. Neulich habe ich ihn im Strandbazar lachend davon erzählen hören, dass sie den Schinken zur Kühlung im Sand vergraben.«

»Der Pfarrer hat seine Frau verloren?«, fragte Else Voss. »Wie schrecklich.«

»Ja, eine wahre Tragödie«, sagte Marta. »Sie ist bei der Geburt ihres vierten Kindes verstorben. Auch Thaisen hat es hart getroffen. Ida weicht seitdem keine Sekunde von seiner Seite. Aber er fängt sich allmählich wieder. Das Leben muss ja trotz allem weitergehen.«

»Ja, das muss es«, pflichtete Else Voss ihr mit einem tiefen Seufzer bei. Für einen Moment herrschte eine sonderbare Stille in der Küche, die einige Augenblicke später von Rieke durchbrochen wurde, die in einem weißen Spitzenkleid in den Raum stürmte.

»Mama, wo bleibst du nur? Bald schon beginnt das Fest bei Jacob. Du musst mir unbedingt helfen. Ich bekomme mein Haar einfach nicht gebändigt. Was würde ich nur dafür geben, heute unsere Auguste hier zu haben. Sie würde mir die schönste Frisur der Welt zaubern.«

»Ach du meine Güte. Vor lauter Kirschen hab ich die Zeit vergessen«, rief Marta und löste hektisch ihre von roten Flecken übersäte Küchenschürze.

»Aber, Mama«, rügte Rieke ihre Mutter, »ausgerechnet heute. Wo es doch so wichtig ist.«

»Ihr habt noch ausreichend Zeit«, erklärte Ebba nach einem Blick auf die Küchenuhr. »Das Fest beginnt erst in drei Stunden.«

»So lange wird es mindestens dauern, bis mein Haar gerichtet ist«, gab Rieke zur Antwort.

»Nein, das wird es nicht«, antwortete Else Voss und erhob sich, »denn zufälligerweise wird mir nachgesagt, dass ich Talent fürs Frisieren hätte.«

»Sie schickt der Himmel«, antwortete Rieke und fing sich dafür einen strengen Blick ihrer Mutter ein, die ansetzte:

»Liebe Frau Voss. Es ist wirklich nett, dass …«

»Ich weiß, was Sie sagen wollen, meine Liebe.« Else Voss ließ Marta nicht ausreden. »Aber ich versichere Ihnen, dass ich sehr gern helfe. Es wird heute ein wichtiger Tag für Ihre Tochter sein, soweit ich gehört habe« – sie zwinkerte Rieke zu –, »also soll sie doch auch besonders hübsch aussehen, oder?«

»Ja, das soll sie.« Marta gab nach und bemühte sich mal wieder, Neles mahnende Worte auszublenden.

Inzwischen war es leider auch nicht mehr zu leugnen, dass sich zwischen Hilde und Alfred Voss eine Liebesgeschichte anbahnte, obwohl sie das Mädchen ernsthaft ins Gebet genommen hatte.

Richard Voss saß mit Jasper im Kirschbaum, und Else Voss half beim Küchendienst und würde Rieke wie ein Dienstmädchen die Haare frisieren. Irgendwie hatte sie sich die Sache mit dem eigenen Hotel anders vorgestellt. Aber ändern ließ es sich jetzt auch nicht mehr, und so galt es, das Beste daraus zu machen.

»Na, dann wollen wir mal«, sagte sie und verließ mit Rieke und Else Voss die Küche. Auf dem Hof kam ihnen Marie entgegen, die Marta eigentlich in ihrem Bett wähnte. Die Kleine war barfuß und trug nur ihr Hemdchen, das von oben bis unten mit Kirschflecken übersät war. In ihren rot verschmierten Fingern hielt sie eine der Früchte und streckte sie Marta fröhlich lächelnd entgegen.

»Meine Güte, Marie, Schätzchen, wie siehst du denn aus?«, rief Rieke und trat einen Schritt zurück. Auf ihrem hellen Spitzenkleid wollte sie keine Kirschflecken haben. »Und wo steckt Hilde überhaupt schon wieder? Sie sollte sich doch um die Kleine kümmern.«

»Ihr setzt heute die Hitze arg zu, und sie hat sich hingelegt«, antwortete Marta. »Ich werde unsere kleine Kirschdiebin mal in die Küche zu Gesa und Ebba bringen. Dort wird sie zwar nicht sauberer werden, aber immerhin wird man sie im Auge behalten.«

Sie hob Marie in die Höhe und trug sie in die Küche, wo die Kleine mit lautem Lachen in Empfang genommen wurde und Gesa Marta versicherte, sie nach der Kirschenschlacht wieder gesellschaftsfähig zu machen.

Rieke und Else Voss machten sich unterdessen auf den Weg in Riekes und Idas Kammer, wo Rieke an ihrem kleinen Toilettentisch Platz nahm, auf dem Haarbürsten, Kämme, Tiegel, Parfumflakons, Döschen, Haarspangen und Schleifen aller Größen und Formen durcheinanderlagen.

Else löste Riekes Haar und nutzte die Gelegenheit, Rieke auf Hilde anzusprechen, denn auch ihr war nicht entgangen, dass ihr Sohn seit ihrer Ankunft immer wieder die Nähe des Mädchens suchte.

»Euer Kindermädchen scheint mit der Hitze ja arge Probleme zu haben«, sagte sie. »Das kommt mir doch etwas seltsam vor, denn sie ist noch sehr jung.«

Rieke, die ahnte, dass Else Voss' Frage mehr als nur Hildes Gesundheitszustand beinhaltete, überlegte, was sie antworten sollte.

»Ich sehe darin nichts Beängstigendes. Hilde ist sehr schmal und an gewissen Tagen … Sie wissen schon«, deutete Rieke an und entschuldigte sich innerlich beim Herrgott für ihre Lüge. Obwohl es ja auch irgendwie Frauensorgen waren, die Hilde plagten.

»Ja, sie ist tatsächlich sehr schmal«, erwiderte Else und bürstete Riekes Haar aus. »Wie alt ist sie denn?«

»Siebzehn, vielleicht achtzehn«, antwortete Rieke unsicher. »Mama weiß es besser. Sie kümmert sich um unsere Angestellten. Ich weiß nur, dass Hilde zuvor im *Hotel Kaiserhof* tätig war und von Föhr stammt.« Rieke biss sich auf die Lippe. Vielleicht hatte sie jetzt schon zu viel gesagt. Am Ende würde Else Voss Erkundigungen im *Kaiserhof* einholen und erfahren, was tatsächlich mit Hilde los war.

»Und weshalb ist sie nicht im *Kaiserhof* geblieben?« Das war die Frage, mit der Rieke gerechnet hatte.

»Die dortige Hausdame soll sehr herrisch sein«, antwortete Rieke. »Viele Mädchen haben wegen ihr bereits die Stellung gewechselt. Auch Gesa hat dort als Stubenmädchen gearbeitet.«

»Verstehe«, erwiderte Else und teilte Riekes Haar in drei Stränge, die sie gekonnt ineinanderflocht, am Hinterkopf feststeckte und unter einem mit kleinen Perlen bestickten Haarnetz verschwinden ließ. Rieke war begeistert.

»Oh, es sieht ganz zauberhaft aus. Woher können Sie das so gut?«

»Ich habe drei ältere Schwestern, da lernt man so etwas«, erwiderte Else Voss augenzwinkernd, kam dann jedoch noch einmal auf Hilde zu sprechen. »Wissen Sie etwas über die Familienverhältnisse von Hilde?«

Rieke schüttelte den Kopf. »Nicht viel. Ihr Vater war Seemann, und sie hat kleinere Geschwister. Wie viele es sind, weiß ich nicht.«

»War Seemann?«, hakte Else Voss nach.

»Er ist von See nicht mehr nach Hause gekommen.«

»Oh, wie schrecklich«, erwiderte Else ernsthaft betroffen.

»Diese Tatsache gehört leider zum Alltag auf den Nordseeinseln. Viele Familien trauern um Väter oder Brüder. Das Meer ist eben unser Geschäft. Ob als Seemann, Kapitän oder Fischer. Und die See kann manchmal grausam sein. Aber weshalb fragen Sie das alles?« Rieke versuchte, ihre Stimme arglos klingen zu lassen.

»Wir wissen beide, weshalb ich das frage«, antwortete Else seufzend. »Gestern habe ich meinen Sohn mit Hilde in den Abendstunden am Strand beobachtet. Er hat sie mit sich in die Dünen gezogen, anscheinend, damit sie unbeobachtet sind.«

Rieke sog scharf die Luft ein.

»Allerdings ist mein Sohn kein Weiberheld, sondern ein anständiger Junge. Deshalb nehme ich an, dass er ernsthafte Absichten hegt. Natürlich muss ich mit ihm die Angelegenheit noch besprechen, und Rudolf hat auch noch keine Ahnung. Und …« Sie sprach nicht weiter, aber ihre Miene verriet, was sie noch hinzufügen wollte.

Rieke vollendete Elses Ausführungen.

»Ein Dienstmädchen von der Insel Amrum aus mittellosen Verhältnissen ist nicht die erste Wahl, nehme ich an.«

Verdutzt schaute Else Voss Rieke an. Eine nette Frau, die Kirschen putzend in der Küche saß und sich mit der Köchin und dem Dienstmädchen unterhielt, aber wenn es um das Liebesglück des Sohnes ging, wurde schnell klar, in welch unterschiedlichen Welten sie lebten.

»So war das nicht gemeint. Ich meine …«

»Wir wissen beide, dass es so gemeint war, und es ist ja auch nichts Schändliches daran. Alfred wird bald in Weimar Jura studieren und in der erfolgreichen Kanzlei seines Onkels mitarbeiten. Ihr Gatte erzählte erst neulich davon. Da sollte es ein Mädchen aus besserem Hause sein, das an seiner Seite steht. Das ist in Breslau oder Weimar gewiss nicht anders als in Hamburg, wo, entschuldigen Sie, wenn ich es so direkt ausspreche, Alfred mit Sicherheit von vielen Damen umschwärmt worden wäre.«

»Sie müssen sich nicht entschuldigen«, antwortete Else Voss und sank neben Rieke auf einen Stuhl. »Ehrlich gesagt hatte ich sogar bereits ein Mädchen für ihn im Auge. Henriette Krebs, die Tochter eines Arztes. Sie ist in den Wochen vor unserer Abreise häufiger mit Alfred ausgegangen und gefällt mir ausgesprochen gut. Mit den Eltern sind wir seit Längerem bekannt. Bernhard Krebs ist Fachmann auf dem Gebiet Lungenkrankheiten. Er ist es auch gewesen, der uns die Nordsee ans Herz gelegt hat.«

»Und jetzt scheint es so, als würde er durch seinen Rat das Glück seiner Tochter zerstören«, sagte Rieke.

»Vielleicht. Obwohl ich Alfred schon verstehen kann, denn Hilde ist ganz zauberhaft. Ein wirklich hübsches Mädchen.«

»Das eigentlich wissen müsste, dass man die Finger von einem Gast lässt«, antwortete Rieke mit ernster Miene. »Wir werden gewiss eine Lösung für das Problem finden. Das verspreche ich Ihnen.«

»Ich möchte aber nicht, dass Hilde wegen Alfred ihre Stellung verliert«, erklärte Else Voss. »Ich habe meinem Sohn bereits den Kopf gewaschen.«

»Und? Hat es etwas geholfen?«, fragte Rieke.

Else warf ihr einen Blick zu, der alles sagte.

»Soll ich mit ihm reden?«

»Würden Sie das machen?«

»Aber gern. Und selbstverständlich werde ich auch Hilde noch einmal ins Gebet nehmen. Da Sie ja nur noch knappe zwei Wochen bei uns sind, werden wir es schon schaffen, die beiden auseinanderzuhalten. Und wenn er erst wieder in Breslau ist, wird er Hilde schnell vergessen.«

»Das will ich hoffen«, antwortete Else Voss und erhob sich. »Vielen Dank für Ihre Unterstützung.«

»Ich habe zu danken«, erwiderte Rieke mit einem Lächeln. »Ohne Sie und Ihre Frisierkunst würde ich jetzt noch immer wie ein zerzaustes Huhn aussehen.«

»Ganz so schlimm war es nicht«, antwortete Else und lachte laut auf.

Genau in diesem Moment betrat Marta den Raum, die ein marineblaues, hochgeschlossenes Teekleid anhatte, das am Saum und an den Ärmeln mit weinroter Spitze besetzt war. Ihr Haar hatte sie hochgesteckt, und sie trug einen farblich passenden, mit Samt bezogenen Sommerhut.

»Oh, was für eine schöne Frisur. Das haben Sie wunderbar gemacht, meine liebe Else«, lobte sie die Arbeit ihres Gastes und sagte, an ihre Tochter gewandt: »Du siehst ganz bezaubernd aus, meine liebe Rieke.«

»Ich wünsche Ihnen viel Freude bei dem Fest und gutes Gelingen.« Else Voss zwinkerte Rieke vielsagend zu.

»Dann mal los«, sagte Marta. »Jasper hat sich bereits dazu bewegen lassen, vom Kirschbaum herabzuklettern, und wartet mit dem Wagen auf uns.«

Sie bedeutete ihrer Tochter, ihr nach draußen zu folgen, wo Gesa, die Kirschschüssel auf den Knien, auf der Bank vor dem Haus saß. Hilde, die sich vom Sofa aufgerafft hatte, saß neben ihr und entsteinte kräftig mit. Sie sah zu ihnen herüber, fing Riekes Blick auf und hielt ihn einen Moment zu lang fest. Rieke seufzte innerlich. Wieso nur war ihre Mutter so naiv gewesen, dieses Mädchen einzustellen? Am Ende hatte ihr gefallen, was der Butler mit ihr gemacht hatte. Oder tat sie ihr jetzt unrecht? Der gut aussehende Alfred Voss und Olaf Seiff waren genauso wenig vergleichbar wie die beiden Situationen. Trotzdem gab es Klärungsbedarf, und zwar schleunigst, denn Gefühle schalteten gern mal den Verstand aus. Das wusste Rieke selbst nur zu gut. Sie hoffte inständig, dass Hilde beim Tändeln mit Alfred Voss am Strand nicht beobachtet worden war.

Rieke kletterte hinter ihrer Mutter auf den Wagen, und Jasper trieb die Pferde an. Just in dem Moment, als sie vom Hof rollten, kamen ihnen Alfred Voss und Emma entgegen, die ihnen fröhlich zuwinkten. Emma hatte eine Blumenkette im Haar, und Sommersprossen zierten ihre Nase.

»Sie sieht so wunderbar gesund aus«, sagte Marta, die neben Rieke saß, und grüßte die beiden im Vorbeifahren.

»Und sie scheint sehr an Alfred zu hängen«, fügte Rieke hinzu. »Und da ist sie nicht allein, wie ich gerade erfahren habe.«

Martas Miene verfinsterte sich, und sie sagte: »Hilde.«

Rieke nickte.

»Ich rede mit ihr.« Marta seufzte.

»Wir wissen beide, dass es nicht viel bringen wird.«

»Ich weiß. Alfred Voss läuft ihr schon seit seiner Ankunft wie ein liebestoller Stier nach. Was verständlich ist, denn sie ist wirklich ein sehr hübsches Mädchen.«

»Das nicht seinem Stand entspricht und dazu auch noch schwanger ist. Else Voss ahnt bereits was. Sie hat mich nach Hildes Gesundheitszustand gefragt.«

»Dann werden wir uns also etwas einfallen lassen müssen. Am besten wäre es, Hilde aus dem Schussfeld zu nehmen. Ich rede mit Frauke. Vielleicht kann sie, bis die Voss abgereist sind, bei ihr im Laden aushelfen und auch bei ihr nächtigen. Danach kann sie wieder zu uns zurückkehren. Die Angelegenheit mit ihr ist und bleibt heikel. Noch einen Skandal kann sie sich auf der Insel nicht leisten. Und ehrlich gesagt, wir auch nicht. Bertramsen erholt sich langsam von dem Verlust seiner Gattin und engagiert sich wieder mehr. Leider veranstaltet er nicht nur Kinderfeste, sondern wettert auch wieder im Gemeinderat gegen uns. Ihm ist zu Ohren gekommen, weshalb Wilhelm nach Hamburg gereist ist. Noch immer will er mit allen Mitteln den Ausbau des Hotels verhindern. Es kommen also stürmische Zeiten auf uns zu.« Marta seufzte, dann wechselte sie das Thema. »Aber jetzt wollen wir die düsteren Gedanken beiseiteschieben. Heute ist ein Freudentag, denn die Verlobung meines geliebten Mädchens wird endlich offiziell bekannt gegeben.« Sie legte Rieke die Hand auf den Arm.

»Worauf wir ordentlich einen heben werden«, mischte sich Jasper in das Gespräch ein. »Und wenn der Pfarrer mit seinem Gemecker nicht bald aufhört, dann werd ich ihm die Hammelbeine lang ziehen. Und da ist es mir auch egal, ob er ein Mann Gottes ist. Jawoll.«

»Lass mal gut sein«, erwiderte Marta. »Gewiss wird sich alles finden. Gerade Bertramsen sollte lieber still sein. Erst neulich hat mir Frauke erzählt, dass Bodelschwingh einen weiteren Ausbau des Hospizes plant, und in seinem Haus wird auch nicht den ganzen Tag gebetet. Es soll dort sogar oftmals eine recht ausgelassene Stimmung herrschen. Auf Amrum ist der Tourismus mit all seinen Vergnügungen längst angekommen, und das werden auch die beiden Pfarrer bald einsehen, dessen bin ich mir sicher.«

»Wenn du meinst«, erwiderte Jasper grummelnd. »Aber wenn nicht, dann Hammelbeine...« Er machte eine eindeutige Handbewegung, die Rieke zum Schmunzeln brachte.

Bald darauf erreichten sie Wittdün, und der Wagen hielt vor dem Logierhaus von Jacob, wo plötzlich ein Mann mittleren Alters aus dem Haus trat, den Rieke nur allzu gut kannte, und auf den Wagen zukam.

»Papa!«, rief sie freudig, kletterte vom Wagen hinab und fiel ihrem Vater in die Arme. »Du hier, aber wie...«

»Ich kann doch unmöglich bei der Verlobungsfeier meiner ältesten Tochter fehlen«, sagte Wilhelm lachend, drückte Rieke fest an sich und schob sie ein Stück weit von sich, um sie näher in Augenschein nehmen zu können. »Du siehst wunderschön aus, mein Schatz. Und Jacob ist der Richtige. Dessen bin ich mir sicher.«

Rieke nickte. »Ja, das ist er.«

Wilhelm begrüßte Marta, die schelmisch grinste.

Rieke gab ihr einen Klaps auf den Arm. »Du hast es die ganze Zeit gewusst.«

»Und es war so schwer, es vor dir geheim zu halten«, erwiderte Marta, »denn dein Vater weilt bereits seit zwei Tagen auf der Insel.«

»Seit zwei Tagen schon.« Rieke sah verblüfft von Marta zu Wilhelm. »Und wo...«

»Mein zukünftiger Schwiegersohn war so freundlich, mir Quartier anzubieten«, unterbrach Wilhelm sie und deutete auf Jacob, der aus dem Haus getreten war, um sie zu begrüßen.

»Du Schuft hast es also auch gewusst«, schalt Rieke ihn lächelnd.

»Ja, natürlich. Aber Überraschungen werden selten zwei Tage vorher verraten, oder?« Er bot ihr, ganz Gentleman, den Arm an, und Rieke hängte sich bei ihm ein.

Gemeinsam betraten sie das festlich geschmückte Esszimmer des Hauses, in das durch die weit geöffneten Fenster der Veranda das helle Licht der Nachmittagssonne fiel. Riekes Herz begann beim Anblick der vielen Gäste höherzuschlagen. Jetzt würde es nicht mehr lang dauern, bis alle von ihrer Verlobung mit Jacob erfahren würden.

42

Norddorf, 02. August 1892

Mein geliebter Wilhelm,
ich kann Dir gar nicht sagen, wie sehr ich Dich bereits wieder vermisse. Es mag sich kindisch anhören, weil wir schon so viele Jahre beisammen sind, aber ohne Dich fühle ich mich wie ein halber Mensch. Ich zähle jetzt die Tage bis zu Deiner Wiederkehr in wenigen Wochen zu Riekes Hochzeit. Im Hotel geht alles seinen gewohnten Gang. Die Voss haben sich dazu entschlossen, ihren Aufenthalt zu verlängern, denn ihrer Tochter Emma tut die Seeluft sehr gut. Einerseits ist das schön, denn die Reservierung einer Familie aus Köln ist geplatzt, andererseits ist es im Hinblick auf Hilde schlecht. Sie ist noch immer bei Frauke untergebracht, die mit Argusaugen darauf achtet, dass Alfred Voss sich ihr nicht nähert. Aber mit Gefühlen ist das ja immer so eine Sache. Ich habe Hilde ins Gebet genommen. Sie begann zu weinen und gestand, dass sie Alfred wirklich sehr gernhätte. Was soll man da sagen? Mir tut das Mädchen leid. Wenn sie nicht schwanger wäre, hätte es vielleicht etwas werden können, denn auch Alfred gestand Jasper, dass er Hilde gegenüber ernsthafte Absichten habe. Allerdings gefallen diese seinen Eltern ganz und gar nicht, die bereits ein Mädchen aus gutem Hause für ihn im Auge haben. Nun gut. Nächste Woche werden die Voss uns endgültig verlassen, und dann findet diese Liebelei auch ein Ende. Weiterhin gibt es zu berichten, dass wir die Wäsche nun doch im Haus reinigen. Die Wäscherei in Wittdün hat die Preise

angehoben, und ich halte das für Wucher. Nun werden zwei Wäscherinnen an zwei Tagen in der Woche zu uns kommen und sich darum kümmern. Ich weiß, unser Waschkeller ist sehr beengt, aber irgendwie wird es schon gehen. Der Mittagstisch wird bereits gut angenommen, und Ebba erhält viel Lob für das Essen. Bertramsen hat deswegen noch nichts von sich hören lassen. Aber gewiss wird er es in der nächsten Gemeinderatssitzung ansprechen. Jedenfalls meinte das Philipp. Im Moment jedoch gibt es auf der Insel nur ein Thema. Den Besuch von Irene von Preußen und ihrem Sohn, die vier Wochen auf der Insel bleiben wollen. Alle sind ganz aus dem Häuschen deshalb. Eine bessere Werbung als den Besuch einer königlichen Hoheit kann es für unsere Insel gar nicht geben. Ich werde Dir davon berichten. Es wäre natürlich schöner, Du könntest an diesem besonderen Tag – wir planen zu ihren Ehren ein Sommerfest – bei uns sein. Aber es wird ja noch viele gemeinsame Sommerfeste geben. Darauf will ich hoffen. Richte bitte liebe Grüße an Nele und die anderen von mir aus. Alles Liebe,
Deine Marta

Marta stand vor dem Spiegel und drehte sich nach links und rechts, um sich von allen Seiten zu betrachten und zu bewundern. Die letzten Stunden hatte sie bei Anne Schau in der Stube zugebracht, um ihre erste eigene friesische Festtagstracht anzuziehen, oder besser gesagt, angezogen zu bekommen, denn eine Amrumer Tracht anzulegen, das war, wie sie schnell feststellte, eine Wissenschaft für sich. Bereits das Anziehen des Rockes, den Anne als Pai bezeichnete und der aus dunkelblauem Tuch bestand, hatte eine halbe Ewigkeit gedauert, denn er musste in ihrem Rücken kunstvoll sechzigfach gefaltet werden. Die Ärmel, die an einem Futterleibchen festgenäht waren, waren aus Taft gefertigt und konnten jederzeit gewechselt werden, wie Anne Marta erklärte. Es folgte die weiße, aus Batist gefertigte und mit einer Lochstickerei versehene Schürze. Marta hatte gedacht, dass der Großteil jetzt erledigt wäre, aber weit gefehlt. Besonders das Anlegen des hübschen dreieckigen Schultertuchs aus Seide dauerte erneut eine halbe Ewigkeit, denn es wurde mit rund achtzig Knopfnadeln am Mieder festgesteckt. Dann folgte das schwarze, aus Kaschmirstoff bestehende Kopftuch. Das Tuch trug eine hübsche Verzierung auf einem acht Zentimeter breiten schwarzen Samtband. Anne faltete es haubenartig, setzte aber, wie es bei verheirateten Frauen üblich war, zuerst die kleine rote Haube auf Martas Kopf, die mit schwarzen Glasperlen bestickt war. Erst dann folgte das Kopftuch. Danach brachte Anne den filigranen Brustschmuck aus Silber an, der aus acht Knöpfen und einer mehrgliedrigen Hakenkette bestand – einer vierreihigen Gliederkette mit einem Amulett in der Mitte, auf dem sich die Bestandteile Kreuz, Herz und Anker als Symbole für Glaube, Liebe und Hoffnung als die Zeichen der christlichen Tugend befanden. Zum Abschluss nähte Anne zwei weitere Knöpfe an den Ärmeln an. Es folgten noch eine Brosche am Schürzenband und eine Halskette sowie Unmengen von Haarnadeln, damit der Kopfschmuck nicht verrutschte. Lächelnd strich Marta über die weiße Schürze und berührte mit den Fingerspitzen den silbernen Schmuck an ihrer Brust.

»Und, was meinst du?«, fragte Anne erwartungsvoll.

»Es sieht wunderschön aus«, antwortete Marta. »So festlich und außergewöhnlich. Allerdings ist das Ankleiden doch sehr anstrengend. Das hatte ich mir einfacher vorgestellt.«

»Jetzt weißt du auch, weshalb wir unsere Festtagstracht nur zu ganz besonderen Anlässen tragen.« Anne, die ebenfalls ihre Tracht trug, zwinkerte Marta lächelnd zu. »Und wenn eine waschechte Prinzessin nach Amrum kommt, dann haben wir solch einen Anlass.«

»O ja, den haben wir«, erwiderte Marta. »Ich bin schon so gespannt, wie sie aussieht. Sie bringt ja ihren Sohn mit und will wohl einige Wochen auf der Insel bleiben. Hoffentlich gefällt es den beiden, und sie können sich gut erholen.«

»Mit Sicherheit. Mir ist, wenn wir mal von Hedwig Marwitz absehen, noch keiner begegnet, dem Amrum nicht gefiel.«

»Du liebe Güte«, antwortete Marta, »erinnere mich nur nicht an diese schreckliche Person.«

Die beiden Frauen verließen lachend die Stube und traten nach draußen ins helle Sonnenlicht. Im Garten vor dem Friesenhäuschen schienen sich die Rosenstöcke mit ihrer Blütenpracht gegenseitig übertrumpfen zu wollen, und an dem Steinmäuerchen, das den Garten der Schaus umgab, blühte gelber Sonnenhut in Hülle und Fülle neben einem großen Busch Sommerflieder, der unendlich viele Bienen und Schmetterlinge anzog. Nur wenige Schönwetterwolken standen am tiefblauen Himmel. Mal wieder war es ein Sommertag wie aus dem Bilderbuch.

»Der perfekte Tag, um eine Prinzessin zu empfangen«, sagte Anne und winkte einer Gruppe Touristen zu, die in diesem Moment mit einem Wagen an ihrem Haus vorüberfuhr und sie staunend betrachtete.

»Obwohl mir das Wetter beinahe schon Angst macht«, entgegnete Marta. »Auch Ebba meinte gestern, dass das nicht normal wäre. Die Nordsee und bald drei Wochen Sonnenschein. So etwas hat es hier noch nie gegeben, hat sie gesagt.«

»Irgendwann ist immer das erste Mal«, erwiderte Anne gelassen. »Und allzu lang wird das schöne Wetter nicht mehr anhalten, denn ich spüre meinen Ischiasnerv, und der meldet sich nur, wenn Regen naht.«

»Wohl dem, der einen wetterfühligen Ischiasnerv hat«, antwortete Marta lächelnd.

Ein weiteres Fuhrwerk näherte sich und hielt vor dem Haus. Es waren Jasper, Rieke, Ida, Thaisen und Ebba mit Gesa, die Anne und Marta zur Begrüßung der Prinzessin am Hafen abholten. Der Besuch Irenes von Preußen war so ein großes Ereignis, dass Marta es sogar ihren Dienstboten erlaubte, am Hafen einen Blick auf die hohen Herrschaften zu werfen. In den Abendstunden waren zu ihren Ehren überall auf der Insel Feste und Konzerte geplant. Die Prinzessin selbst würde an einer Feierlichkeit im *Kurhaus zur Satteldüne* teilnehmen, zu der leider nur wenige Inselbewohner geladen waren. Dort blieb die hochwohlgeborene Gesellschaft lieber unter sich. Aber Thaisen und Ida spekulierten darauf, die Prinzessin und ihren Sohn, der tragischerweise an der Bluterkrankheit litt und deshalb wie ein rohes Ei behandelt wurde – wie Thaisen zu berichten wusste –, öfter am Strand oder im Hospiz zu sehen. Dort würden die beiden die nächsten Wochen im Prinzenhaus logieren, das mit allem Komfort ausgestattet war. Es verfügte im ersten Stock über helle Zimmer und einen Balkon, von dem man einen herrlichen Blick auf die Nordspitze der Insel und das Meer hatte.

Im *Hotel Inselblick* würde es heute Abend ebenfalls ein Fest zu Ehren der Prinzessin geben. Wegen des schönen Wetters hatte man sich für ein Gartenfest entschieden. Bereits am gestrigen Nachmittag waren bunte Girlanden in die Bäume gehängt und zusätzliche Tische aufgestellt worden. Am Morgen hatten Ida und Emma Blumen gepflückt, auf kleine Vasen verteilt und diese auf die Tische gestellt. Ebba backte seit drei Tagen Kuchen und hatte gestern bis in die späten Abendstunden mit Gesas und Martas Hilfe Unmengen an leckeren Salaten und anderen Köstlichkeiten gezaubert.

»Oh, siehst du hübsch aus in der Tracht«, rief Rieke, die sich dem Anlass entsprechend ebenfalls herausgeputzt hatte. Sie trug ein hellblaues Spitzenkleid mit passender Sommerhaube und eine Schmuckbrosche am hochgeschlossenen Kragen, die ein filigranes Blumenmuster zeigte. Auch Ida hatte sich mit einem rosafarbenen Sommerkleid, einer weißen Spitzenschürze und einem passenden Strohhut, den eine Samtschleife zierte, in Schale geworfen. Jasper hingegen sah wie immer aus, was Marta missbilligend registrierte, als sie mit seiner Hilfe auf den Wagen kletterte. Sogar einen Fleck wies sein graues Hemd auf, das er nachlässig in seine braunen Hosen gesteckt hatte. Der Besuch einer waschechten Prinzessin schien ihn wie die meisten Dinge, die auf Amrum passierten, nicht im Geringsten aus der Ruhe zu bringen. Auch Thaisen sah wie immer aus. Beigefarbenes Hemd und kurze Hosen. Nicht mal seine Schuhe hatte er geputzt. Es fehlte eindeutig die Mutter, dachte Marta traurig. Wenn wenigstens seine Tante noch auf der Insel weilen würde. Aber die war nach einem Streit mit ihrem Bruder wieder abgereist. Die beiden hätten noch nie miteinander gekonnt, hatte Frauke Marta kurz erzählt und gemeint, dass es sowieso schon sehr lang gut gegangen war. Also kümmerte sich der Pfarrer nun mithilfe seiner Köchin und der Diakonissinnen im Hospiz um die Kinder, was offensichtlich nicht sonderlich gut funktionierte. Anne nahm neben Marta Platz, und die Fahrt nach Wittdün ging los. Sie fuhren an Weiden und Wiesen vorüber, auf denen Schafe, Pferde und Kühe grasten. Eine Schar Hühner mitten auf der Straße wurde von Jasper laut rufend und heftig gestikulierend verscheucht.

Je näher sie Wittdün kamen, desto mehr Betrieb herrschte auf der Straße und den umliegenden Wegen. Kutschen und Fuhrwerke voller Menschen fuhren an ihnen vorüber. Frauen und Männer spazierten am Wegesrand oder mitten auf der Straße in Richtung Wittdün, was Jasper erzürnte. Auch auf dem im Frühjahr neu angelegten Spiel- und Tummelplatz, der gegenüber dem Strandbazar lag, herrschte Betriebsamkeit. Kinder turnten an den Klettergerüsten herum, zwei junge Mädchen schienen um die Wette zu schaukeln, und ein älterer Herr hing doch tatsächlich an dem Trapez. Auch auf der Kegelbahn herrschte Hochbetrieb, obwohl diese in der prallen Sonne lag und man Gefahr lief, einen Sonnenstich zu bekommen. Unweit der Kegelbahn stand das Zollhaus etwas erhöht auf einer Düne, damit dem diensthabenden Zollbeamten keines der in den Hafen einlaufenden Schiffe entging. Dem Zollhaus gegenüber lag ihr erstes Ziel für heute: das nicht sonderlich hübsch anzusehende, aus rotem Ziegelstein gebaute Gebäude, in dem das Atelier des Fotografen Hinnerk Ohle untergebracht war, bei dem Marta einen Termin ausgemacht hatte. Vor dem Haus warteten bereits Frauke und Hilde auf sie, die Marie auf dem Arm trug. Die beiden hatten sich alle Mühe damit gegeben, Marie, wie angewiesen, herauszuputzen. Das Mädchen trug ein hübsches rosafarbenes Kleid und eine passende Schleife im Haar. Anne Schau hatte Marta vor einer Weile mit einer Bemerkung über den Fotografen auf die Idee gebracht, neue Fotografien der Stockmann-Frauen anfertigen zu lassen, mit denen sie Wilhelm bei seiner Rückkehr aus Hamburg überraschen wollte. Auch wäre es nett, noch einmal alle drei Mädchen vor Riekes Hochzeit auf einem Bild zu haben. Und heute war der perfekte Tag dafür, denn sie führte zum ersten Mal ihre neue Inseltracht aus, in der sie sich allerdings kaum zu bewegen getraute, zu groß war die Angst, es könnte die Tuchhaube verrutschen oder ein Teil des kostbaren Silberschmucks verloren gehen.

Jasper half den Damen vom Wagen herab, und sie betraten das Atelier. Hinnerk Ohle begrüßte sie mit einem fröhlichen »Gud Dai« und fügte hinzu: »Wie schön, eine Festtagstracht. Gerade eben habe ich eine Gruppe junger Mädchen ebenfalls in Tracht abgelichtet. So viele Festtagstrachten an einem Ort sieht man auf Amrum auch nicht alle Tage. Aber wenn eine waschechte Prinzessin kommt, muss unser Inselchen schon zeigen, was es zu bieten hat, nicht wahr?« Er schenkte Marta ein strahlendes Lächeln, das sie erwiderte.

Marta ließ ihren Blick durch den kleinen Raum schweifen. Hinnerks Ladengeschäft war schlicht eingerichtet. Es gab einen Tisch, der als Verkaufstresen diente. Zwei an der Wand stehende Stühle, deren Sitzpolster bereits abgewetzt waren. Fotografien der Kundschaft, gemischt mit Landschaftsaufnahmen, zierten die Wände, und an den Fenstern hingen graue Gardinen, denen eine Wäsche guttun würde. In diesem Atelier fehlte eindeutig die weibliche Hand. Soweit Marta wusste, war Hinnerk Ohle seit zwei Jahren Witwer. Er stammte von Sylt. Sein einziger Sohn war vom Walfischfang bei Grönland nicht zurückgekehrt, seine beiden Töchter waren am Stickhusten gestorben. Ein trauriges Schicksal, das diesem Mann trotzdem nicht das Lächeln genommen hatte. Hinnerk Ohle strahlte eine Herzlichkeit aus, die ihresgleichen suchte.

»Und so entzückende Kinder haben Sie, meine Teuerste.«

Er zwinkerte Marie zu und wies die Damen an, ihm in den Nebenraum zu folgen, in dem sich sein Atelier befand. Dort angekommen, bat er Marta, auf einem Stuhl Platz zu nehmen, der vor einer weißen Leinwand stand, und setzte ihr Marie auf den Schoß. Ida wurde rechter Hand von ihr platziert und Rieke hinter dem Stuhl. Noch ein Schritt nach links, wies Hinnerk sie an, zur Seite drehen, ja, so war es perfekt. Hinnerk trat hinter seinen Fotoapparat, betrachtete die Szenerie noch einmal, bat Ida, die Hand auf die Lehne zu legen und den Kopf nach links zu drehen. Gleich würde das Vögelchen kommen. Er verschwand unter einem schwarzen Tuch und wies sie noch einmal an, sich nicht zu bewegen. Marie wurde unruhig. Marta umklammerte sie etwas fester und zischte eine Ermahnung. Niemand lächelte. Allesamt bemühten sie sich um eine neutrale Miene, denn ein glückliches Lächeln auf einer Fotografie galt als unschicklich. Es dauerte eine ganze Weile, bis es klickte, Hinnerk Ohle unter seinem Tuch wieder hervorkam und verkündete, dass das Foto nun fertig sei. Erleichtert entspannten sich alle. Jetzt galt es, zu hoffen, dass die Fotografie etwas geworden war. Sie verließen das kleine Atelier, und Hinnerk teilte Marta mit, dass das Bild Ende der nächsten Woche abholbereit wäre.

Erleichtert darüber, dem engen Geschäft entfliehen zu können, traten sie keine Minute später ins helle Sonnenlicht und tauchten in den bunten Trubel der Menschen ein, die zum Anleger strömten, denn tatsächlich war das Schiff der Prinzessin bereits in Sicht. Marta hatte Mühe, in dem dichten Gedränge ihre Mädchen zusammenzuhalten. Hilde trug Marie auf dem Arm und hatte Ida an der Hand. Doch wohin war Rieke verschwunden? Eben war sie noch neben ihr gewesen. Weit konnte sie nicht sein. Und tatsächlich entdeckte Marta Riekes Sommerhaube ein Stück weiter vorn im Gedränge. War das Jacob, der da neben ihr stand? Die Schiffspfeife ertönte, und das Schiff der königlichen Hoheit Prinzessin Irene von Preußen legte an. Jubel brandete auf, als sie gemeinsam mit ihrem Sohn von Bord ging. Die am Anleger bereitstehende Kapelle begann zu spielen, und Ihre Hoheit schüttelte leutselig die Hände der Tracht tragenden Damen, die sich zu einem Spalier aufgestellt hatten. Auch wurde sie von Heinrich Andresen, Volkert Quedens, Pastor Bodelschwingh, der zu ihrer Begrüßung auf der Insel weilte, und anderen Mitgliedern des Gemeinderates willkommen geheißen. Marta drängelte sich ein Stück nach vorn, damit sie besser sehen konnte. Doch der Anblick Irenes von Preußen enttäuschte sie ein wenig. So eine richtige Prinzessin hatte sie sich hübscher und eleganter vorgestellt. Irene von Preußen trug ein schlichtes hellbraunes Reisekostüm mit einem passenden kleinen Hut auf ihrem kastanienbraunen Haar. Wenn auch keine Schönheit, so schien sie doch sehr freundlich zu sein, denn sie schüttelte vielen Menschen die Hände und lächelte herzlich. Nur zu gern hätte Marta sie aus der Nähe betrachtet, aber ihr Auftritt endete schnell. Nach einem kurzen Plausch mit Volkert Quedens geleitete Pastor Bodelschwingh sie zu ihrer Kutsche, in die sie, gemeinsam mit ihrem Sohn, kletterte. Ihr folgte ihre Hofdame. Jedenfalls nahm Marta an, dass die blonde Dame in dem hellblauen Kleid diese Funktion innehatte. Eifrige Helfer verluden ihr Gepäck, das aus unendlich vielen Koffern bestand, auf bereitstehende Karren.

Auch Thaisen war unter ihnen, neben dem Ida herlief und tatsächlich einen Koffer auf einen der Karren wuchtete und dann wie selbstverständlich mit Thaisen hinaufkletterte. Marta schüttelte den Kopf. Die beiden waren unzertrennlich. Sie konnte nur hoffen, dass dies auch in der Zukunft so bleiben würde, denn erneut brauten sich dunkle Wolken über ihnen zusammen. Pastor Bodelschwingh musste während der gestrigen Sitzung des Gemeinderates noch einmal bekräftigt haben, wie wichtig es war, gerade in Norddorf gegen den Verfall der guten Sitten vorzugehen. Wenn selbst die Prinzessin der Ruhe und Beschaulichkeit des an der Nordspitze der Insel liegenden Ortes den Vergnügungen und dem Trubel in Wittdün den Vorzug gab, dann benötigte es keiner weiteren Erklärungen mehr.

Die Wagenkolonne des hochherrschaftlichen Besuches setzte sich in Bewegung. Einige Kinder liefen noch eine Weile neben dem Wagen der Prinzessin her. Marta blickte sich suchend nach Marie und Hilde um. Doch die beiden waren nirgendwo zu sehen. Wo waren die Mädchen?, fragte sie sich besorgt. Die Menge um sie herum zerstreute sich. Viele der Besucher strömten Richtung Strand, andere zurück zu den Logierhäusern, um sich von der Aufregung mit einem Tässchen Kaffee oder Tee im Schatten der Veranden zu erholen, bevor es in den Abendstunden zu einem der Feste oder Konzerte ging.

Marta ahnte, wohin Hilde gegangen war, und steuerte Fraukes Laden an, in dem dichtes Gedränge herrschte. Anscheinend wollte sich die halbe Insel ausgerechnet jetzt mit Briefpapier oder Lesestoff aus der Leihbibliothek eindecken. Frauke erklärte gerade einem älteren, beleibten Herrn, dass es mit der Kurwaage, auf der er stand, alles seine Richtigkeit habe. Sie hatte die Waage, die ihr zusätzliche Einnahmen brachte, vor einiger Zeit angeschafft. Einmal wiegen kostete zwanzig Pfennig. Marta beobachtete schmunzelnd, wie der Herr erneut ungläubig auf die Anzeige blickte. Seine neben ihm stehende Gattin zeterte sofort los, dass er ab jetzt strenge Diät halten müsse. Frauke entdeckte Marta und deutete zum Nebenzimmer, in dem sich ihre kleine Leihbibliothek befand. Marta nickte und betrat den Raum, wo sie Hilde und Marie auf dem Kanapee unter dem Fenster sitzen sah. Erleichtert und auch ein wenig erschöpft sank Marta neben die beiden und nahm Marie auf den Schoss. Die Kleine hatte feuchte Wangen und machte einen eher unzufriedenen Eindruck.

»Es war ihr alles zu viel Trubel, weshalb ich wieder zu Frauke gegangen bin«, erklärte Hilde, die sehr blass aussah.

»Geht es dir gut?«, fragte Marta besorgt.

Hilde nickte zögerlich. »Jetzt wieder. Vorhin war es nicht so gut. Die Hitze setzt mir zu, und dann die vielen Menschen. Mir ist ganz komisch geworden. Frauke war so lieb und hat mir ein Glas Wasser gebracht, und unsere Marie hat einen Trostkeks bekommen.«

Erst jetzt bemerkte Marta die Krümel auf Maries Kleid.

»Na, dann ist es ja gut«, erwiderte Marta. »Wohl dem, der bei dem Besuch einer Prinzessin eine Frauke hat, die sich kümmert.« Sie zwinkerte Hilde zu und erhob sich wieder. »Dann werde ich mich mal auf die Suche nach Jasper machen, damit er uns nach Hause fährt.«

»Ich darf mitkommen?«, fragte Hilde verblüfft.
»Natürlich, oder willst du das Fest verpassen?«
»Nein, ich dachte nur ...«
»Wegen Alfred Voss. Ich bin sicher, du wirst vernünftig genug sein, den Burschen auf Abstand zu halten. Und ich fände es schade, wenn du das Fest verpassen würdest. Immerhin gehörst du zu unserem Haus dazu, nicht wahr?«

Hilde nickte, und auf ihren Lippen breitete sich ein schüchternes Lächeln aus. Martas Worte waren wie Balsam für ihre Seele. Sie wollte etwas erwidern, wurde jedoch von Jasper unterbrochen, der den Raum betrat.

»Hier steckt ihr also. Rieke sucht euch da draußen schon die ganze Zeit. Wollen wir zurückfahren? Soweit ich gehört habe, soll es heute noch eine große Sause geben, und die würde ich ungern verpassen.«

»Jasper«, sagte Marta mit einem Lächeln und erhob sich, »gerade hatte ich von dir gesprochen. Dann lasst uns aufbrechen.« Als sie an Jasper vorbeilief, fing sie den unverkennbaren Geruch von Schnaps auf und schüttelte den Kopf. »Lass mich raten: Du warst an der Schnapsbude.«

Jasper setzte eine schuldbewusste Miene auf, erzählte etwas von Durst, und Marta schluckte die nächste Bemerkung hinunter. Wie Jasper es bei all dem Trubel überhaupt bis zur Schnapsbude geschafft hatte, war ihr ein Rätsel. Sie hoffte, dass er es bei wenigen Gläsern belassen hatte, ansonsten könnte die Heimfahrt schwierig werden. Sie dachte an Hedwig und Karl Marwitz, aber auch an einen Unfall, der sich vor wenigen Tagen ereignet hatte. Jasper war auf dem Heimweg vom *Lustigen Seehund*, mal wieder spätabends, mit dem Wagen von Ingwer Brodensen aus Steenodde zusammengestoßen. Gott sei Dank war niemand zu Schaden gekommen. Ingwer, der eigentlich recht streitlustig war, fuhr flott weiter, was eher untypisch für ihn war. Jasper ging fest davon aus, dass er Strandraub betrieben hatte, denn auf seinem Wagen hatten einige Holzbalken gelegen. Doch beim Strandvogt jemanden verpfeifen, das lag nicht in seiner Natur. Froh darüber, aus der Sache mit einem schiefen Wagenrad herausgekommen zu sein, fuhr er nach Hause und gelobte am nächsten Tag reuevoll und unter den gestrengen Blicken von Marta und Ebba, besser achtzugeben.

Einem Strandräuber wie Ingwer würden sie heute gewiss nicht begegnen, dachte Marta und kletterte auf den Wagen, auf dem bereits Ebba, Gesa und Rieke saßen. Und hell war es auch. Sie warf Rieke einen kurzen Blick zu, den diese zu deuten wusste. Rieke sagte leise und mit einem Grinsen: »Es waren nur zwei Gläser. Das hat er mir hoch und heilig versichert.«

43

Marta wies Hinrich an, die Kiste mit den Weinflaschen unter den Tisch zu stellen, der ihnen als provisorischer Gartenausschank diente. Hinrich war gemeinsam mit Jacob am späten Nachmittag eingetroffen. Die beiden veranstalteten in ihrem Logierhaus kein Konzert oder Fest, denn die meisten ihrer Gäste waren am Abend ausgegangen. Sie hatten also die Aufsicht über das Gebäude ihrem Butler Johann überlassen, einem älteren Herrn, der mit preußischer Korrektheit das gesamte Personal herumkommandierte und sogar die beiden Hausherren hin und wieder auf seine ganz eigene, unterkühlte Art zurechtwies.

»Es ist sehr nett von Ihnen, dass Sie uns zur Hand gehen«, bedankte sich Marta mit einem Blick Richtung Richard Voss, der es sich endlich mit einem Glas Wein neben Philipp Schau gemütlich gemacht hatte. Nachdem sie aus Wittdün zurückgekommen waren, hatte es sich die Familie Voss, die kein großes Interesse an der Ankunft der Prinzessin zeigte, mal wieder nicht nehmen lassen, bei den letzten Vorbereitungen für das Fest mit anzupacken. Richard und Alfred Voss hatten gemeinsam mit Jasper eine kleine Theke und die Tische und Stühle für die Musikkapelle aufgebaut, die mit beschwingter Musik für gute Stimmung sorgte. Else Voss hatte mit Ebba die allerletzten Vorbereitungen in der Küche getroffen und fleißig Schüsseln zum Gartenbüfett getragen. Und Emma ergänzte gemeinsam mit Ida und Thaisen die Tischdekoration um einige Muscheln, die sie am Strand gesammelt hatten. Doch jetzt sollte ein für alle Mal Schluss mit der Arbeit der Gäste sein, obwohl Hinrich ja auch gewissermaßen ein Gast war. Marta seufzte innerlich. Wilhelm fehlte, und das nicht nur der Arbeit wegen. Wie schön wäre es gewesen, ihn bei ihrem ersten Sommerfest dabeizuhaben. Aber er hatte bereits am Tag nach Riekes Verlobungsfeier die Rückreise nach Hamburg angetreten und würde erst zu ihrer Hochzeit Ende August wiederkommen. Daran, dass er danach erst zum Weihnachtsfest auf die Insel zurückkehren würde, wollte sie gar nicht denken. Wie sie die Monate ohne ihn überstehen sollte, fragte sie sich schon jetzt. Und da halfen auch die vielen Briefe und Telegramme nichts, die sie sich täglich sandten. Doch heute war kein Tag, um Trübsal zu blasen, schalt sich Marta selbst und ließ den Blick über den im Licht der Abendsonne liegenden Garten schweifen. So viele Nachbarn und Freunde waren gekommen, um mit ihnen zu feiern. Darunter waren natürlich Anne und Philipp Schau, ebenso Franz Wuttge aus Nebel mit seiner Gattin Antje und Wiebke Olsen, die erst vor einer Weile mit einer Touristengruppe über das Watt aus Föhr zurückgekehrt war und lachend erzählte, wie eine der Touristinnen der Länge nach in den Matsch gefallen war. Selbstverständlich war auch Frauke hier, die gemeinsam mit dem Gärtner aus Wittdün gekommen war. Die beiden hatten schon recht ordentlich ins Glas geblickt und erzählten sich Anekdoten aus ihrem täglichen Kundengeschäft. Auch Kresde Mathiesen war anwesend, leider mal wieder ohne ihren Gatten, der sich nach einem kurzen Heimaturlaub auf dem Weg nach Indien befand, wie sie berichtete. Auch Mathilde und Herbert Schmidt waren eingetroffen, die sie jeden Morgen mit frischen Brötchen für die Gäste versorgten. Zwischen Herbert und Wilhelm hatte sich sogar eine richtige Freundschaft entwickelt, und trotz Wilhelms Abwesenheit hielten die beiden Kontakt. Sie schrieben sich regelmäßig und schmiedeten gemeinsame Pläne, wie der Ausbau des Hotels vorangetrieben werden konnte. Herbert Schmidt hatte, genauso wie Philipp, schon früh erkannt, dass der Tourismus eine Chance für die Insel war, und überlegte, an seine Bäckerei ein kleines Café anzubauen. Aber auch viele andere Nachbarn und Freunde waren zu dem Fest gekommen.

Rieke saß neben Jacob auf einer der Bänke, wie selbstverständlich hielten die beiden Händchen. Der Anblick rührte Marta. Ihr Blick wanderte zu Hilde, die neben Ebba an der Kuchentheke stand und einem kleinen Jungen einen Schokoladenkeks reichte. Hoffentlich würde auch sie eine gute Zukunft finden. Alfred Voss, der Rieke gegenüber auf der Bank saß, sah immer wieder zu Hilde hinüber. Sie bemühte sich redlich, seine Blicke nicht zu erwidern, doch es gelang ihr nicht. Sogar ein schüchternes Lächeln hatte sie ihm vorhin geschenkt. Die beiden schienen tatsächlich ernsthaft verliebt zu sein. Ein Jammer, denn für diese Romanze war kein gutes Ende vorgesehen. Und schon gar nicht für Hilde, der man die Schwangerschaft in wenigen Wochen ansehen würde. Noch immer waren sich Marta und Wilhelm uneins darüber, was nach der Geburt des Kindes geschehen sollte. Eine dauerhafte Lösung konnte die Unterbringung von Hilde in ihrem Haus nicht sein. Aber vielleicht fand sich ja auf der Insel ein Ehemann für das Mädchen. Ein netter Witwer, der nicht wählerisch war und eine Mutter für seine Kinder brauchte. Nur leider fiel Marta niemand Passendes ein.

»Warum guckst du denn so böse?«, fragte Ida und riss Marta aus ihren Gedanken.

Verdutzt sah Marta ihre Tochter an, die mal wieder Thaisen im Schlepptau hatte.

»Mach ich das?«, antwortete sie mit einer Gegenfrage.

»Ein bisschen. Du vermisst Papa, oder?«

Marta nickte. »Ein wenig.«

»Aber du hast doch noch uns. Rieke, Marie und mich. Und Ebba, Gesa, Hilde, Jasper und all die anderen. Du musst nicht traurig sein.« Spontan legte Ida die Arme um ihre Mutter und drückte sie fest an sich.

»Das bin ich auch nicht«, erwiderte Marta, der Idas Geste guttat. »Aber du hast recht«, fuhr sie fort. »Ich sollte endlich unser Fest genießen und zu grübeln aufhören.«

»Und das geht am besten, wenn man tanzt«, sagte Ida und zog ihre Mutter übermütig in die Mitte der Obstwiese. Marta ließ sich von ihrer Begeisterung mitreißen und begann, sich mit ihr und Thaisen lachend im Kreis zu drehen. Es dauerte nicht lang, bis die beiden Kinder von Jasper abgelöst wurden, der Marta mit einem Augenzwinkern um den nächsten Tanz bat. Schnell gesellten sich weitere Tanzpaare zu ihnen. Jasper wurde von Philipp abgelöst, und ihm folgte der Bäcker Herbert Schmidt. Marta kam gar nicht dazu, Luft zu holen. Jeder männliche Besucher ihres Festes schien plötzlich mit ihr tanzen zu wollen. Sie wirbelte zu den Klängen der Kapelle durch den Garten, der im rotgoldenen Licht des Sommerabends versank. Richard Voss war der Letzte, der Marta zum Tanz aufforderte. Als die Musiker endlich ein Erbarmen mit ihr hatten und eine Pause einlegten, sank Marta vollkommen erschöpft auf eine Bank neben Therese Flor, die ihr sogleich ein Glas Wein einschenkte.

»Meine Liebe, Sie hören ja gar nicht mehr zu tanzen auf. Und wenn ich das sagen darf: Die Inseltracht steht Ihnen hervorragend.«

Marta leerte das Weinglas in einem Zug und bedankte sich mit einem Lächeln bei der Seemannsgattin für das Kompliment, die die Amrumer Alltagstracht trug, die aus einem Trägerrock und einer dunklen Schürze bestand und anstatt des prachtvollen Silberschmucks über der Brust ein gekreuztes Tuch aufwies.

»Wird Rieke auch in Tracht heiraten?«, fragte Therese.

Marta verneinte und erklärte: »Sie hat sich bereits ein wunderschönes Brokatkleid ausgesucht, das gerade angefertigt wird. Wir hatten neulich über eine Heirat in Tracht gesprochen, aber sie möchte sich als Braut gern von den anderen Gästen abheben.«

»Ach wie schade«, erwiderte Therese. »Es hätte so wunderbar gepasst. Ich habe meine Festtagstracht zu meiner Hochzeit zum ersten Mal getragen. Meine Mutter hat sie mir vererbt. Es kommt ja selten vor, dass die Trachten extra angefertigt werden. Die meisten werden innerhalb der Familie weitergegeben. Heute trägt die Tracht meine Tochter.«

»Ihre Tochter?«, hakte Marta nach, die zum ersten Mal etwas von Kindern des Ehepaars Flor hörte.

»Sie ist vor drei Jahren gemeinsam mit ihrem Ehemann nach Amerika ausgewandert. Machen ja viele jungen Leute. Es geht ihr gut. Sie wohnt in der Nähe von New York, und die beiden haben sich ein Ladengeschäft mit Kurzwaren aufgebaut. Aber ich vermisse sie schon sehr. Letztes Jahr hat sie mich zur Großmutter gemacht. Ein Bild von meinem Enkel hat sie mir geschickt. Wie gern würde ich ihn mal im Arm halten. Aber in diesem Leben wird das wohl nicht mehr geschehen.« Sie seufzte, nahm einen Schluck von ihrem Wein und sprach weiter: »So ist das mit den Kindern. Entweder sie sterben einem weg, oder sie lassen einen allein zurück. Zwei Mädchen hab ich an den Stickhusten verloren, und mein einziger Sohn ist mit zwölf im Watt ertrunken.«

»Wie schrecklich«, sagte Marta betroffen.

»Es ist eben, wie es ist. Ich bin nicht die erste Mutter, der so etwas passiert. Aber wenigstens geht es meiner Anke gut. Das ist doch schon was. Und in New York hat sie ein ordentliches Auskommen. Hier auf der Insel, das ist doch nichts. Die meisten Männer fahren zur See, und am Ende kommen sie nicht mehr heim.«

Tönis, der die letzten Worte seiner Frau aufgeschnappt hatte, beugte sich zu ihr hinüber, legte liebevoll den Arm um sie und sagte: »Du weißt, dass es meine letzte Fahrt nach Grönland sein wird. Und ich verspreche dir, dass ich gut auf mich aufpassen werde. Danach bleib ich bei dir auf der Insel. Mit den Touristen findet sich bestimmt auch für uns beide ein gutes Auskommen ohne die Seefahrt. Viel brauchen wir zwei ja nicht.«

Therese nickte und lehnte den Kopf an seine Schulter. Plötzlich sah sie müde aus. Die Angst um ihren Mann hatte sich tief in ihr Innerstes gegraben. Marta tätschelte Thereses Arm und erhob sich mit den Worten, mal wieder nach den anderen Gästen sehen zu müssen. Gerade als sie sich an einen der Tische setzen wollte, sah sie zwei Gestalten Hand in Hand hinter der Hausecke verschwinden. Es waren Alfred Voss und Hilde. Entrüstet wollte sie aufstehen, um den beiden zu folgen, doch es war Therese, die sie zurückhielt.

»Lass sie gehen. Was soll schon passieren? Um diese Zeit ist am Strand keine Menschenseele mehr, und das Unheil ist längst angerichtet. Lassen wir den beiden ihre Zweisamkeit. Ihr Glück ist doch nicht von Dauer.«

Marta nickte und sank zurück auf die Bank. Therese, die sie vor einer Weile ins Vertrauen gezogen hatte, hatte recht. Sollten die beiden die wenige Zeit, die ihnen blieb, miteinander verbringen dürfen.

»Noch ein Weinchen?«, fragte Theodor und hielt eine Flasche Rotwein in die Höhe. Marta verneinte. Bereits von dem letzten Glas war ihr ein wenig schwummerig. Sie hatte eindeutig zu wenig gegessen. Als hätte Ebba ihre Gedanken erraten, kam sie in diesem Moment mit einem gut gefüllten Teller zu ihr gelaufen und stellte ihn vor Marta auf den Tisch.

»Tanzen bis zum Umfallen, aber nichts essen. So wird das nicht gut gehen«, ermahnte sie Marta mit einem Lächeln.

»Ach, Ebba, was würde ich nur ohne dich tun«, antwortete Marta gerührt. »Und dann auch noch Matjes mit Kartoffelsalat.«

»Was sonst. Ich weiß doch, wie gern du das isst«, antwortete Ebba und wischte sich die Hände an einem Küchentuch ab, das sie in ihre Schürze gesteckt hatte. Marta wollte etwas antworten, doch ein lauter Donnerschlag hielt sie davon ab. Alarmiert blickte sie zum Himmel. Eine bedrohlich aussehende Wolkenwand hatte sich über den Dünen aufgebaut.

»Ach du meine Güte«, rief Ebba. »Wo kommt das denn jetzt so schnell ...« Der Rest ihrer Worte ging in einem weiteren Donnerschlag unter. Im nächsten Moment fielen bereits die ersten dicken Tropfen vom Himmel. Hektisch sprangen alle Gäste auf, Gläser wurden umgeworfen, ein Tischtuch wurde vom aufkommenden Wind in die Höhe gehoben und zusammen mit Hüten und Servietten durch die Luft gewirbelt. Keine Minute später öffnete der Himmel seine Schleusen, und es begann zu schütten. Die Musiker packten eiligst ihre Instrumente ein und suchten ebenfalls im Trockenen Zuflucht. Blitze erhellten die Dunkelheit, ihnen folgten heftige Donnerschläge. Sämtliche Gäste flüchteten sich in die Gaststube, wo es ziemlich eng wurde. Anne und Philipp flüchteten sich in die Küche, wo Marta neben Ebba am Fenster stand und fassungslos nach draußen blickte. Die Überreste ihres Festes versanken im Regen. Einer der Obstbäume hielt der Wucht des Sturmes nicht stand und kippte um.

Hinter Marta betrat Gesa, Marie auf dem Arm, den Raum und fragte: »Habt ihr Hilde gesehen?«

»Nein, ich meine ...« Marta erinnerte sich an Hilde und Alfred, wie sie Hand in Hand das Fest verlassen hatten.

»Sie ist mit Alfred fortgegangen. Ich denke, zum Strand.«

»Die beiden sind noch dort draußen?«

»Vermutlich schon. Aber sicherlich werden sie irgendwo Schutz gesucht haben. Am Strand sind doch die Strandhallen vom Seehospiz. Gewiss haben sie sich dort untergestellt.«

Schuldbewusst blickte Marta zu Ebba, die finster vor sich hin starrte, jedoch nichts sagte. Dass es unvernünftig gewesen war, Hilde mit Alfred Voss fortgehen zu lassen, wusste Marta selbst. Aber Liebe kannte keine Vernunft, und gewiss hatten die beiden einen sicheren Unterschlupf gefunden.

Sie hoffte es jedenfalls, denn jetzt fing es auch noch an zu hageln. Der Wind peitschte die kleinen Eiskörner gegen die Fensterscheiben, und es blitzte und donnerte in kurzen Abständen.

Marie begann zu weinen und wurde von Gesa mit einem Milchwecken beruhigt.

»Jetzt zahlen wir die Rechnung für das wochenlange schöne Wetter«, brummelte Jasper, der, von den anderen unbemerkt, die Küche betreten hatte.

»Anne hat es heute Morgen schon gespürt«, antwortete Marta seufzend. »Ischiasnerv. Eine bessere Wettervorhersage kann man nicht kriegen. Allerdings hat sie lediglich von Regen gesprochen und nicht von einem ausgewachsenen Gewittersturm wie diesem. Wir können nur hoffen, dass es keine größeren Schäden auf der Insel geben wird.« Marta seufzte und fügte hinzu: »Und hoffentlich haben Alfred und Hilde rechtzeitig einen sicheren Unterschlupf gefunden.«

»Die beiden sind noch dort draußen?«, fragte Jasper.

»Sie sind vorhin weggegangen, wahrscheinlich zum Strand«, erwiderte Marta. »Hoffentlich konnten sie sich in den Strandhallen unterstellen, oder sie haben es ins Hospiz geschafft.«

»Unsere sündige Hilde findet ausgerechnet bei dem guten Bodelschwingh Unterschlupf. Was ein Unwetter so alles bewirkt.« Jasper schüttelte den Kopf.

»Weshalb sündig?«, fragte plötzlich Else Voss, die hinter ihn getreten war, um sich zu erkundigen, ob jemand ihren Sohn gesehen habe.

Jasper biss sich auf die Lippen.

Marta blickte hilflos zu Ebba, die mit den Schultern zuckte. Gesa war diejenige, die eine unverfängliche Erklärung fand.

»Wir sind damals im *Kaiserhof* von unserem Butler bedrängt worden. Aber als Dienstmädchen ist man gegen einen solchen Mann ja machtlos. Die Geschichte hat sich auf der Insel herumgesprochen, und seitdem gelten wir als sündige Mädchen.« Ganz bewusst sprach sie von wir, was Else Voss fürs Erste besänftigte.

»Oh, wie schrecklich. Solche Geschichten gibt es in Breslau leider zuhauf. Die armen Mädchen. Da kommen sie aus ärmlichen Verhältnissen, und dann passiert ihnen auch noch so etwas.«

»In Hamburg ist es ähnlich«, sagte Marta, erleichtert darüber, dass Gesa die Situation gerettet hatte. »Viele der Mädchen landen nach der Entlassung leider in gewissen Etablissements in St. Pauli.« Sie wollte noch etwas hinzufügen, als sie eine Bewegung am Gartenzaun wahrnahm. Es waren zwei junge Burschen, die Richtung Strand liefen. Ihnen folgten zwei weitere Männer.

»Da ist etwas passiert«, rief Jasper, verließ den Raum, öffnete die Haustür und rief einem der Burschen zu, was los sei.

»Eine der Strandhallen vom Hospiz hat dem Sturm nicht standgehalten«, rief der Junge zurück. »Es sollen Leute darin gewesen sein. Und ein Schiff muss auf Kniep gestrandet sein.«

Marta, die Jasper gefolgt war, erstarrte.

»O mein Gott. Was ist, wenn ...« Sie sprach nicht weiter.

»Was ist, wenn?«, fragte Else Voss alarmiert, die hinter Marta stand. Auch Rudolf und die meisten Gäste waren jetzt in den Flur getreten, um zu erfahren, was geschehen war.

»Alfred und Hilde sind vermutlich am Strand.«

»Nein«, rief Else Voss und erbleichte.

»Wir müssen sofort hin und helfen«, sagte Tönis Flor. Die anderen Männer nickten.

»Ich komme auch mit«, sagte Marta.

»Und ich werde Sie begleiten.« Else Voss' Stimme klang entschlossen.

»Das halte ich für keine gute Idee. Ihr solltet lieber hier bleiben«, antwortete Jasper und zog seine Wachsjacke über.

Philipp Schau stimmte ihm zu und sah zu seiner Frau, die ihm beisprang und sagte: »Wir würden den Rettern nur im Weg stehen. Und am Ende ist nichts Schlimmes passiert.«

Else Voss sah zu ihrem Gatten, der ein Nicken andeutete, also ergab sie sich in ihr Schicksal.

Sämtliche Männer verließen das Haus und eilten Richtung Strand. Wenigstens hatte der Sturm ein wenig nachgelassen, und es hagelte nicht mehr. Doch noch immer schüttete es wie aus Kübeln. Lass den beiden nichts passiert sein, betete Jasper zum Herrgott und zum Klabautermann. Wenn er doch nur nicht so viel getrunken hätte, verfluchte er sich selbst, als er ins Straucheln kam und beinahe gestürzt wäre. Du elender Suffkopf. Niemals wieder Korn, ich verspreche es. Oder vielleicht weniger oder nur noch Bier.

Es ging den Strandweg entlang und durch die Dünen. Ein Junge aus Norddorf kam ihm entgegen. Jasper hielt ihn auf und fragte: »Wie schlimm ist es?«

»Eine der Strandhallen ist komplett weggeflogen. Es waren zehn Leute darin. Den meisten geht es gut. Nur ein junges Mädchen liegt bewusstlos unter einem Balken. Eine Gruppe Männer ist gerade dabei, sie zu befreien«, antwortete der Junge hektisch. »Ich muss jetzt weiter nach Steenodde zum Hafen. Einige Leute wollen mit dem Boot rausfahren, um nach dem gestrandeten Schiff zu sehen. Da will ich unbedingt dabei sein. Angeblich haben sich die Besatzungsmitglieder retten können.« Er lief ohne ein weiteres Wort weiter.

Jasper war schockiert. Ein junges Mädchen. Lass es nicht Hilde sein, hoffte er und rannte ebenfalls weiter. Als er den Strand erreichte, wandte er sich nach links und sah eine Gruppe Menschen vor herumliegenden Trümmerteilen stehen. Von der Strandhalle war tatsächlich nicht mehr viel übrig geblieben. Er eilte zu der Gruppe hinüber.

Der untere Teil der Strandhalle stand teilweise noch. Jasper entdeckte Jacob und Hinrich, lief zu ihnen und fragte keuchend: »Wer ist es?«

»Hilde«, antwortete Jacob mit ernster Miene. »Sie liegt unter einem schweren Balken und ist bewusstlos. Die Männer versuchen gerade, ihn anzuheben, um sie darunter hervorzuziehen.« Er deutete auf eine Gruppe Helfer. Unter ihnen waren Bedienstete des Hospizes. Sogar Bertramsen und Bodelschwingh konnte Jasper erkennen. Auch Philipp packte mit an. Es wurden andere Trümmer zur Seite geräumt, damit die Männer besser an den Balken herankamen. Alfred Voss kauerte neben Hilde am Boden und sprach beruhigend auf sie ein. Er blutete aus einer Stirnwunde. Jasper ging entschlossen zu den Helfern und stellte sich neben Philipp an den großen Balken.

»Jetzt anheben«, wies der Strandvogt Johann Jensen die Männer an. Gemeinsam schafften sie es, den Balken so weit zur Seite zu schieben, dass sie das Mädchen darunter hervorziehen konnten.

»Hilde, Hilde. So hör doch. Komm zu dir«, wiederholte Alfred Voss immer wieder dieselben Worte. Er war vollkommen aufgelöst. Hilde wurde in den Sand gelegt, und Bertramsen prüfte ihren Pulsschlag am Hals.

»Sie lebt«, sagte er. »Schafft sie nach Hause. Wenn sie Glück hat, kommt sie durch.« Seine Worte klangen abfällig.

Jasper war derjenige, der das Mädchen hochhob und sie von dem Trümmerfeld forttrug. Neben ihm lief Alfred Voss, der Hildes Hand hielt und davon zu berichten begann, was vorgefallen war.

»Es ging alles so schnell. Eben noch schien die Sonne, und dann brach die Hölle los. Wir flohen mit den anderen in die Strandhalle. Dieser Sturm, dieses Tosen und Brausen. Das Krachen im Gebälk. Es war schrecklich. Ich habe ihre Hand nur für einen kurzen Moment losgelassen. Es tut mir so leid.«

»Jetzt ist ja alles gut.« Philipp Schau, der neben Jasper herlief, versuchte, Alfred zu beruhigen. »Sie ist am Leben und kommt bestimmt durch. Vermutlich hat sie nur einen ordentlich Schlag gegen den Kopf bekommen.«

Sie liefen den Strandweg hinunter. Als sie am Haus ankamen, stürzten die Frauen ihnen entgegen. Else Voss umarmte erleichtert ihren Sohn. »Gott sei Dank, dir ist nichts geschehen«, sagte sie. Auch Emma fiel ihrem Bruder in die Arme und drückte ihn mit den Worten: »Du Dummkopf, jag mir niemals wieder solch einen Schrecken ein«, fest an sich. Jasper trug Hilde auf Anweisung von Marta nach oben, wo er sie in einer der leeren Gästekammern aufs Bett legte. Marta, Ebba, Gesa und Rieke schlossen die Tür hinter sich und sahen sich bedeutungsvoll an. Ihnen waren die roten Flecken auf Hildes Strümpfen nicht entgangen, die zu sehen waren, als Jasper sie die Treppe nach oben getragen hatte.

»Denkt ihr, was ich denke?«, fragte Ebba.

Marta nickte. »Ein Abgang. Hoffentlich wird sie es überleben.« Sie schob den Rock ganz nach oben. Die komplette Unterkleidung war blutig.

»Herr im Himmel.« Ebba bekreuzigte sich. »Wir brauchen Hilfe. Die Hebamme muss kommen und es aus ihr herausholen. Sonst stirbt sie uns weg.«

»Ich kümmere mich darum«, sagte Gesa und verließ den Raum. Draußen wartete Alfred Voss und fragte: »Und? Wie geht es ihr? Darf ich zu ihr?«

»Jetzt nicht«, antwortete Gesa. »Vielleicht später.«

Ohne ein weiteres Wort ließ sie ihn stehen und eilte die Treppe nach unten. Es galt, keine Zeit zu verlieren. Die Hebamme, Gundel Peters, wohnte in Süddorf. Jasper musste sie sofort herholen. Flüsternd teilte Gesa ihm mit, was geschehen und was zu tun war. Er nickte und brach sofort auf. Inzwischen hatte sich das Wetter wieder beruhigt, und es nieselte nur noch. Gesa beobachtete, wie Jasper das Pferd anspannte und vom Hof fuhr. Hoffentlich kam Gundel rechtzeitig und konnte Hilde noch helfen. Aus dem Augenwinkel nahm sie war, wie Alfred Voss von seiner Mutter in die Wohnstube geführt wurde, was gewiss besser für alle Beteiligten war. Vermutlich würde Philipp ihm jetzt erst einmal einen Korn für die Nerven verabreichen. Gesa ging zurück nach oben und traf Rieke auf dem Flur an. Sie war leichenblass.

»Ich konnte es nicht sehen«, sagte sie. Gesa ahnte, was passiert war. Nicht zum ersten Mal wurde sie Zeugin einer Fehlgeburt. Sie hatte zwei Brüder und eine Schwester auf diese Weise verloren. Nachdem sie tief durchgeatmet hatte, betrat sie den Raum, und obwohl sie wusste, was sie erwartete, schreckte sie vor dem Anblick zurück, der sich ihr bot. Zwischen Hildes gespreizten Beinen lag ein winzig kleines, blutverschmiertes Wesen, das Marta gerade behutsam anhob und in ein Tuch wickelte.

»Sechzehnte Woche, schätze ich«, sagte Ebba mit ernster Miene und bekreuzigte sich erneut.

Gesa tat es ihr nach. Im Raum herrschte eine eigentümliche Stimmung. Erleichterung, vermischt mit Traurigkeit. Für Hilde war die Frühgeburt ein Segen, doch ein kleines Menschlein hatte sterben müssen. Niemand sagte ein Wort. Die Nachgeburt rutschte ohne Probleme aus Hilde heraus. Ebba nahm sie und legte sie in die auf der Kommode stehende Waschschüssel.

»Das soll sich Gundel nachher mal ansehen«, murmelte sie.

»Sie hat eine Menge Blut verloren«, sagte Marta.

»Wollen wir hoffen, dass es nicht zu viel war«, antwortete Ebba, trat Marta gegenüber auf die andere Bettseite und wies Gesa an, heißes Wasser, ein frisches Hemd und weitere Leintücher zu holen. Gesa verließ den Raum, und Marta und Ebba begannen damit, Hilde zu entkleiden. Ihre Haut fühlte sich eiskalt an.

»Am Leben ist sie noch«, konstatierte Ebba, nachdem sie den Pulsschlag an Hildes Hals kontrolliert hatte. Marta holte ein frisches Laken aus der Kommode. Gesa brachte frische Tücher. Sie hatte Rieke im Schlepptau, die eine dampfende Wasserschüssel in Händen hielt. Gemeinsam machten sie sich daran, das Bett neu zu beziehen und Hilde zu waschen. Als sie fertig waren, zogen sie ihr das frische Hemd an. Ebba wickelte ein Laken zwischen ihre Beine, damit es keine Sauerei mehr gäbe, dann wurde Hilde mit der geblümten Steppdecke zugedeckt, die Marta aus dem Hausstand von Sine und Kaline übernommen hatte.

Vollkommen erschöpft sanken sie alle auf Stühle oder die Bettkante.

»Was für ein Abend«, sagte Marta und wischte sich eine Haarsträhne aus der Stirn.

Ebba nickte wortlos. Ihr Blick wanderte zu dem Tuch hinüber, in dem das kleine Menschlein lag. Gesa nahm ihre Hand und drückte sie fest.

»Immerhin dich hab ich behalten dürfen, mein Mädchen«, raunte Ebba ihr, Tränen in den Augen, zu.

»Und all die anderen wachen dort oben über uns«, erwiderte Gesa und blickte zur Zimmerdecke.

Marta nahm die vertraulichen Worte der beiden nicht wahr. Sie betrachtete Hilde. Sie war so blass und schmal – schien wie verloren zwischen den Kissen. Wann sie wohl zu Bewusstsein kam? Ob sie überhaupt jemals wieder aufwachen würde? Sie hätte doch aufstehen und den beiden nachgehen, ihnen ihre Zweisamkeit verbieten sollen. Aber wer konnte denn ahnen, dass solch ein schreckliches Unglück geschehen würde?

Leises Klopfen an der Tür riss sie aus ihren Gedanken. Alfred Voss' Stimme war zu hören. Marta blickte zu Ebba, die nickte.

Rieke öffnete ihm die Tür, und er betrat den Raum. Neben Marta blieb er unsicher stehen und schaute zu Hilde.

»Wie geht es ihr? Was ist gewesen? Ich hatte das Blut an ihren Beinen gesehen und ...«

»Ich kann dir sagen, was geschehen ist«, sagte plötzlich seine Mutter, die ihm gefolgt war und in der geöffneten Tür stand. »Sie hat ein Kind verloren. Nicht wahr?« Sie sah von Ebba zu Marta, die sich in ihr Schicksal ergab und nickte. Mittlerweile war es ohne Bedeutung, ob Else Voss von der Schwangerschaft wusste oder nicht.

»Ein Kind? Aber sie hat niemals darüber ...«

»Natürlich nicht«, unterbrach Else ihren Sohn. »Am Ende hätte sie dir den Balg sogar noch untergeschoben. Aber du bist ja so naiv und tändelst mit einem einfachen Dienstmädchen herum.«

»Sie ist kein einfaches Dienstmädchen«, fuhr Alfred seine Mutter an. »Sie ist die Frau, die ich liebe. Und ich werde sie gewiss nicht verurteilen. Mit Sicherheit gibt es eine Erklärung, oder?« Er blickte in die Runde.

Rieke ergriff das Wort.

»Die gibt es auch. Es war der Butler im *Kaiserhof*. Er ist gegenüber vielen jungen Mädchen übergriffig geworden. Als die Hausdame von Hildes Schwangerschaft erfuhr, hat sie das arme Mädchen auf die Straße gesetzt. Nach Hause wollte Hilde nicht, und so haben wir ihr in ihrer Not geholfen und sie aufgenommen.«

»Und diese Geschichte sollen wir glauben? Und wenn sie sich einfach irgendwo herumgetrieben und einem jungen Burschen den Kopf verdreht hat?« Else Voss zweifelte Riekes Worte an.

Gesa wollte antworten, doch Hilde kam ihr zuvor: »Es ist wahr«, murmelte sie leise und öffnete die Augen. »Es war Olaf Seiff, der Butler vom *Kaiserhof*. Es tut mir so leid.«

Alfred Voss sank neben Hilde auf die Bettkante. Tränen der Erleichterung stiegen ihm in die Augen. »Liebes, du bist wach. Ich liebe dich. Hörst du? Und ich will dich niemals wieder verlieren. Willst du meine Frau werden, Hilde Hadler von der Insel Föhr?«

Hilde wusste nicht, wie ihr geschah. Sie blickte zu Marta, die ihr aufmunternd zunickte.

»Schon«, antwortete sie zögernd, »aber das Kind und die Schande. Und ich bin doch nur ...« Weiter kam sie nicht, denn die Hebamme Gundel Peters, eine kleine, untersetzte Frau, platzte in den Raum und plapperte sofort drauflos.

»Ich hab gehört, hier gäbe es Arbeit für mich.« Sie ließ ihren Blick durch den Raum schweifen und registrierte das Tuch und den Inhalt der Waschschüssel. Ihre Miene verfinsterte sich kurz, dann klatschte sie in die Hände.

»Jetzt mal alle raus hier, damit ich das Fräulein untersuchen kann.«

Niemand wagte es, zu widersprechen, und alle verließen den Raum.

»Hallo, Gundel«, begrüßte Hilde die Hebamme leise, nachdem sich die Tür hinter Ebba geschlossen hatte, die ihr noch einmal aufmunternd zunickte. Sie ahnte, weshalb die Hebamme hier war. Also hatte sie das eben Geschehene tatsächlich nicht geträumt.

»Es ist gut, mien Deern. Ist ja doch ein Segen, nicht wahr.« Gundel tätschelte Hilde die Schulter. Das Mädchen nickte, während Gundel die Nachgeburt begutachtete und einen kurzen Blick auf das kleine Menschenkind warf.

»Ist ein Junge«, sagte sie leise und bekreuzigte sich. »Möchtest du ihn sehen?«, fragte sie Hilde. Hilde schüttelte den Kopf.

Gundel nickte, trat näher ans Bett heran und schob die Decke zur Seite.

»Na, dann wollen wir mal nachsehen, ob alles seine Ordnung hat.«

Die anderen waren inzwischen nach unten gegangen. Philipp und Anne hatten sich bereits auf den Heimweg gemacht, und auch die anderen Gäste des Sommerfestes waren verschwunden. Nur Richard Voss saß in der Gaststube und hörte sich ungläubig an, was seine aufgebrachte Gattin zu berichten hatte.

»Sie war schwanger. Das muss man sich mal vorstellen. Aber ich habe ja von Anfang an geahnt, dass mit dem Mädchen etwas nicht stimmt. Der Butler des *Kaiserhofs* soll es gewesen sein. Und wenn sie lügt? Am Ende hat sie sich einfach nur irgendwo herumgetrieben«, eiferte sich Else Voss erneut. Marta war fassungslos. Wohin war die freundliche und hilfsbereite Frau verschwunden, die erst vor wenigen Tagen bei ihr in der Küche Kirschen entsteint hatte?

»Also, ich glaube ihr und auch Gesa. Weshalb sollten sie lügen?«, meldete sich Alfred Voss zu Wort. »Und ich werde Hilde trotzdem heiraten, ob es dir gefällt oder nicht«, erklärte er, an seine Mutter gewandt. »Ich liebe Hilde. Entweder sie oder keine.«

»Also, das ist doch ...« Hilfe suchend blickte Else Voss zu Richard, der einen eher hilflosen Eindruck machte.

»Ehrlich gesagt, weiß ich nicht so recht, um was es geht«, begann Richard Voss zögerlich.

»Dein Sohn will ein dahergelaufenes Flittchen heiraten«, klärte Else ihn über ihren Standpunkt auf.

»Sie ist kein dahergelaufenes Flittchen«, verteidigte Alfred Hilde. »Du weißt ganz genau, wie das läuft. Hilde ist nicht das erste Dienstmädchen, das in eine solche Lage gerät. Die jungen Mädchen werden ausgenutzt, weil sie Angst haben, ihre Stellung zu verlieren. Genau dieselbe Art von Geschichten gibt es auch in Breslau zuhauf. Ich bin über deine Reaktion fassungslos. Das hätte ich nicht von dir erwartet, Mutter.«

»Du willst also ein schwangeres Dienstmädchen heiraten?«, fragte Richard Voss seinen Sohn.

»Sie ist nicht mehr schwanger«, warf Marta ein.

Richard Voss zog eine Augenbraue in die Höhe.

Marta sprach weiter: »Und es ist so, wie Alfred sagt. Hilde ist unverschuldet in diese Notlage geraten, und wenn Sie mich fragen, gehört dieser scheußliche Mensch im *Kaiserhof* entlassen. Aber wir wissen alle, dass das nicht geschehen wird.« Sie verstummte und blickte zu Else Voss, deren Miene noch immer finster war.

»Woher kommt das Mädchen eigentlich? Familie?«, erkundigte sich Richard Voss.

»Sie stammt von der Insel Föhr. Ihr Vater war Seemann und ist leider auf See ums Leben gekommen. Ihre Mutter hat noch mehrere Kinder. Soweit ich weiß, hat Hilde oft Geld nach Hause geschickt, aber das Verhältnis zu der Mutter scheint schwierig zu sein.«

»Ein Seemann also.« Richard Voss strich sich nachdenklich über seinen Schnauzbart.

»Und wenn wir allen sagen, dass er ein Kapitän gewesen ist?«, begann er laut nachzudenken. »Das klänge doch gleich viel besser, oder? Unser Sohn heiratet die Tochter eines ehrenwerten Schifffahrtskapitäns, der leider auf See umgekommen ist. Und von der nicht mehr vorhandenen Schwangerschaft muss in Breslau ja niemand erfahren, oder?«

»Also darf ich sie heiraten?«, fragte Alfred Voss erwartungsvoll.

Richard Voss' Blick wanderte zu seiner Frau, die schließlich nickte.

»Meinetwegen. Meinen Segen habt ihr. Wenn du es unbedingt so haben willst.«

Alfred Voss fiel vor lauter Freude zuerst seinem Vater und dann seiner Mutter um den Hals, dann lief er aus dem Raum und polterte die Treppe nach oben. Marta sah ihm lächelnd nach und grinste bei der nächsten Bemerkung von Else noch breiter.

»Du wirst dem Jungen niemals einen Wunsch abschlagen können«, sagte sie kopfschüttelnd zu ihrem Gatten.

»In diesem Leben nicht mehr«, entgegnete Richard Voss. »Und wenn er sie wirklich liebt, will ich nicht derjenige sein, der dem jungen Glück im Wege steht.«

»Darauf einen Schnaps?«, fragte Marta.

»Besser gleich die ganze Flasche«, antwortete Else Voss und sank auf einen der gepolsterten Stühle neben dem Kamin.

»Kommt sofort«, erwiderte Marta und eilte in die Küche, wo sie auf Ebba traf, die gerade die eingesammelten Teller nach Beschädigungen untersuchte und Essensreste in den Müll beförderte.

»Er wird sie tatsächlich zur Frau nehmen«, sagte Marta und fiel Ebba übermütig um den Hals. Ebba rutschte ein Teller aus der Hand, der auf dem Steinboden zerbrach. Für einen kurzen

Moment schauten die beiden verdutzt auf die Scherben, dann begannen sie schallend zu lachen, und Ebba rief: »Beim Donnerlittchen aber auch. Scherben bringen Glück. Und davon hat unsere Hilde heute verdammt viel abbekommen, würde ich sagen.«

44

Norddorf, 12. August 1892

Mein Wilhelm,
heute finde ich wieder die Zeit, um Dir einen längeren Brief zu schreiben. In den letzten Tagen ging es doch recht turbulent zu, denn es galt, Hilde und die Familie Voss zu verabschieden und alles für die Anreise der neuen Gäste zu richten. Ich kann Dir gar nicht sagen, wie erleichtert wir alle darüber sind, dass es für Hilde doch noch ein gutes Ende genommen hat. Trotz all dem Unglück, das sie erdulden musste, hat sie nun ihr Glück gefunden. Das Leben geht manchmal sonderbare Wege. Auch Else Voss hat sich daran gewöhnt, dass Hilde ihre Schwiegertochter wird. Sie hat sich in den letzten Tagen ihres Aufenthalts sogar mit ihr angefreundet. Wir konnten Hilde also guten Gewissens ziehen lassen. Rieke hat ihr eines ihrer Kleider geschenkt und ihr ein paar städtische Manieren beigebracht, damit sie in Breslau einen guten Eindruck macht.
Die neuen Gäste, ein Ehepaar aus Brunsbüttel, sind vorgestern eingetroffen. Sie werden jedoch nur für eine Woche bleiben. Leider hat sich auch diese Familie unser Haus anders vorgestellt, und es kam bei der Ankunft zu Missstimmungen, die wir durch unsere Gastfreundschaft jedoch schnell beheben konnten.
Das Wetter ist weiterhin sehr sommerlich, was für gute Stimmung unter den Gästen sorgt. In den letzten Tagen hatte sogar der Wind etwas aufgefrischt, und es konnte wieder in kräftigem Wellenschlag gebadet werden.

Zusätzlich gibt es zu berichten, dass wir eine Menge Holz bei einer Auktion von Wattholz ersteigerten. Es stammt von der Thomas Small, einem Schiff, das in dieser unseligen Gewitternacht auf Kniep gelaufen ist. Jasper hat sich ordentlich ins Zeug gelegt, und jetzt stapelt sich das Holz in unserem Schuppen. Wir hatten doch überlegt, eine Strandhalle auf unserem Strandabschnitt zu errichten. Dafür können wir das Holz gebrauchen, denn es ist gute und günstige Ware.

Langsam beginnen wir, Riekes Hochzeit entgegenzufiebern, und Ebba hat bereits angefangen, die Speisen zu planen. Auch habe ich eine dreistöckige Hochzeitstorte bei Herbert in Auftrag gegeben. Jacob und Rieke zeigten mir das kleine Friesenhaus in Süddorf, in dem sie nach der Hochzeit wohnen werden. Es ist wirklich ganz entzückend. Wie Du weißt, hat Jacob bisher im Logierhaus ein Zimmer unter dem Dach bewohnt. Dies wird jetzt ja nicht mehr möglich sein. Das kleine Haus ist vollständig eingerichtet, und die ganze Stube ist mit den bezaubernden Kacheln gefliest, die ich so sehr liebe. Nur die Küche scheint mir mit der offenen Feuerstelle etwas altmodisch zu sein. Jacob hat Rieke versprochen, sie so schnell wie möglich renovieren zu lassen. Auch der Garten muss auf Vordermann gebracht werden, denn er ist etwas verwildert. Trotzdem gefällt er mir ausgesprochen gut. Es gibt einige Birnbäume, und er ist von einem Steinmäuerchen umgeben, auf dem Strandrosen blühen.

Auch Ida geht es gut. Sie und Thaisen kleben immer noch wie Pech und Schwefel aneinander und verschwinden oft viele Stunden des Tages irgendwohin. Im Moment gibt Bertramsen Ruhe, und auch aus dem Gemeinderat kommen keine beunruhigenden Nachrichten. Es scheint, als würde die gesamte Insel in einer sommerlichen Blase der Glückseligkeit liegen, von der ich hoffe, dass sie noch nicht so bald platzen wird, denn ich allein fühle mich nicht in der Lage dazu, seinen Anfeindungen

gegenüberzutreten. Da bin ich froh, dass ich Jasper und Philipp an meiner Seite weiß. Allerdings wäre es natürlich besser, Dich hier zu haben.
Diesen Worten entnimmst Du vielleicht, wie sehr ich Dich vermisse. Jeden Tag, jede Stunde, jede Minute. Ich zähle die Tage, bis ich Dich wieder in meine Arme schließen kann, spüre trotz der Vorfreude auf diesen Moment jedoch auch die Trauer in mir, dass Du mich dann bald darauf erneut verlassen wirst. Ich weiß, dass die Arbeit in Hamburg nur vorübergehend und notwendig ist, aber mein Herz will nicht vernünftig sein. Ich sende Dir also auch heute wieder Küsse, ebenso von Marie, die schon wieder ein ganzes Stück gewachsen ist, und hoffe, dass es Dir in Hamburg gut ergeht. Grüß mir wie immer Nele, Fanny und all die anderen.
In Liebe
Deine Marta

Hamburg, 16. August 1892

Wilhelm faltete Martas Brief zusammen und ließ seinen Blick über den bunten Trubel St. Paulis schweifen, der ihn umgab. An den Karussells dudelten die Leierkästen, das Gebrüll der wilden Tiere drang aus der unweit seines schattigen Sitzplatzes gelegenen Menagerie herüber. An deren Eingang saßen Papageien und Kakadus, und sogar ein Pavian turnte über das Geländer. Die laute Stimme des Ausrufers war weithin zu hören.

»Immer herein, immer herein! Die Vorstellung beginnt gleich.«

Wilhelm steckte den Brief von Marta in seine Jackentasche, erhob sich und lief an dem Mann vorüber, nur um unweit der Menagerie an einem Kasperltheater stehen zu bleiben, wo gerade unter dem Gelächter der Zuschauer der Hanswurst den Zollbeamten verprügelte. Ein Stück weiter erreichte Wilhelm die Tische der Karrenhändler, wo es alles zu kaufen gab, was das Herz begehrte: Backwaren, Früchte, geräucherte Fische, Naschwerk und Brezeln. Er hatte seit dem Frühstück nichts mehr zu sich genommen, entschied sich, ein Brezel zu kaufen, und schlenderte weiter durch die Reihen. Was gab es hier nicht alles an Tändelkram zu erwerben. Putz und Schmuck lagen auf den Klapptischen und schimmerten im nachmittäglichen Sonnenlicht. Rieke hätte ihre wahre Freude an dem vielfältigen Angebot gehabt. Wilhelm blieb mal hier, mal dort stehen, um die Waren genauer in Augenschein zu nehmen, denn er war auf der Suche nach Geschenken für seine Mädchen, und wo, wenn nicht hier, ließen sich ausgefallene Stücke finden? Bereits in wenigen Tagen würde er seine Lieben wieder in die Arme schließen können, worauf er sich riesig freute. Nele gab sich wahrlich Mühe, ihn mit aller Herzlichkeit zu bewirten, und leistete ihm bei der einen oder anderen Mahlzeit sogar Gesellschaft. Aber dadurch ließ sich seine Familie nicht ersetzen. Besonders Marta fehlte ihm, aber auch seine Mädchen, allen voran Marie, sein Nesthäkchen. Für sie war er auf der Suche nach einer Puppe, für Ida könnte es ein hübsches Hütchen oder eine Halskette mit einem funkelnden Anhänger sein. Und Marta mochte Broschen, eine mit Perlen wäre schön. Solch ein Stück müsste hier günstig aufzutreiben sein. Und dann war da ja noch seine Rieke, die Braut, für die er etwas ganz Besonderes finden wollte.

»Ja, wen haben wir denn da? Wilhelm Stockmann. Ich traue meinen Augen kaum.«

Wilhelm, der sich gerade einen Strohhut an einem der Stände näher ansah, blickte auf. Da stand doch tatsächlich der Karrenhändler Friedrich mit seinem Sohn Johannes vor ihm und grinste breit. Friedrich fragte: »Wo haben Sie denn Ihre bezaubernden Frauen gelassen?«

»Der Karrenhändler Friedrich. Da schau mal einer an«, entgegnete Wilhelm, reichte dem Händler die Hand zur Begrüßung und beantwortete seine Frage: »Auf Amrum, wo wir jetzt zu Hause sind.«

»Ist mir zu Ohren gekommen. Hamburg ist ein Dorf. Soll ja recht ordentlich ausgebaut werden, das Inselchen. Neulich hat sogar in der Zeitung gestanden, dass Prinzessin Irene dort zur Kur weilt. So eine richtige Hoheit zieht die Kundschaft an. Dort lassen sich gewiss gute Geschäfte machen. Was meinst du, Johannes?«, wandte er sich an seinen Sohn. »Wollen wir auch auf die Insel ziehen?«

»Das lassen Sie mal lieber«, antwortete Wilhelm lachend. »Gute Geschäfte gibt es dort für Händler nur während der Saison, und die endet bald. Da ist es hier in Hamburg schon besser.«

»Da ist was Wahres dran. In unserem Städtchen herrscht ja immer Saison, Tag und Nacht sozusagen.« Friedrich grinste breit und fragte: »Aber Sie sind sicher nicht zwischen unseren Klapptischen unterwegs, um ein Schwätzchen mit mir altem Karrenhändler zu halten, oder? Was darf es denn für die Damen sein?«

»Sie haben mich durchschaut«, erwiderte Wilhelm lächelnd und ließ seinen Blick über die vielfältige Auslage des Händlers schweifen. Schnell wurde man sich handelseinig. Wilhelm erstand eine Perlenbrosche für Marta. Ein hübsches Armband für Ida und eine Halskette für Rieke mit einem Kreuzanhänger, der mit roten Steinen verziert war, die silbern eingefasst waren. Friedrich zauberte für Marie aus einer Kiste sogar eine hübsche Puppe, die ein reizendes rosafarbenes Kleid trug. Gewiss würde sie Marie gefallen.

Zum Verstauen der Einkäufe schenkte der Karrenhändler Wilhelm einen Stoffbeutel. Nachdem Wilhelm, dem das Handeln nicht sonderlich lag, weshalb er den von Friedrich gewünschten Preis anstandslos akzeptierte, bezahlt hatte, wurde er mit warmen Worten verabschiedet. Grüße an die Familie sollte er ausrichten, und natürlich wünschten sowohl Friedrich als auch Johannes Rieke nur das Beste für ihre Ehe und viele Kinder. Als sich Wilhelm endlich losreißen konnte, war er bester Laune und schlenderte pfeifend Richtung Spielbudenplatz, wo er seiner alten Freundin Therese Mende einen Besuch abstatten wollte. Als er dort ankam, vermisste er plötzlich etwas. Er blieb stehen, um zu überlegen, was es war. Da fiel es ihm ein. Der Zigarren-Hannes stand nicht wie üblich an seinem Platz im Windschatten der öffentlichen Bedürfnisanlage, die wegen der Hitze einen scheußlichen Geruch verströmte. Sein Fehlen war seltsam, denn wenn es eine zuverlässige Konstante in dieser Stadt gab, dann war es der Zigarren-Hannes. Wilhelm betrat Thereses Theater, wo ihn der übliche Anblick erwartete. Auf der Bühne probte gerade ein brünettes Mädchen in einem weißen Kleid ein Lied. Auf den runden Tischen standen kleine Vasen mit Sommerblumen. Therese spülte, wie immer um diese Zeit, hinter der Theke die Gläser. Heute jedoch empfing sie Wilhelm nicht mit einem Lächeln, sondern mit ernster Miene.

Wilhelm begrüßte sie und nahm seinen gewohnten Platz an der Bar ein.

»Einen Schnaps?«, fragte Therese.

»Hier stimmt was nicht«, sagte Wilhelm, ohne auf ihr Angebot einzugehen.

»Das tut es auch nicht«, erwiderte sie und schenkte ihnen beiden ein Glas ein. Wilhelm nahm es und leerte es in einem Zug. Therese füllte es erneut auf.

»Der Zigarren-Hannes fehlt.«

»Er ist tot.«

»Wie, er ist tot?«

»An der Cholera gestorben.«

»Cholera?« Wilhelm sah Therese verdutzt an.

»Du lebst aber schon in dieser Stadt, oder?«, fragte sie.

»Natürlich hörte ich davon«, erwiderte Wilhelm. »Aber eben war ich unterwegs, und alles erschien mir wie immer zu sein. Selbst die Karrenhändler wirkten sorglos.«

»Weil sie um ihre Geschäfte bangen. Doch hinter vorgehaltener Hand gibt es auf dem ganzen Spielbudenplatz kein anderes Thema mehr. Jeden Tag werden neue Erkrankte gezählt. Es greift rasend schnell um sich. Der Senat will uns weismachen, dass es die üblichen Problemfälle mit Salmonellen sind, aber viele sind beunruhigt. Willi von nebenan hat ein Küchenmädchen an die Krankheit verloren. Sie wohnte im Gängeviertel. Durch das warme Wetter stinkt die Stadt zum Himmel. Wenn du mich fragst, ist da was im Busch.«

»Und wenn der Senat doch recht hat?«, fragte Wilhelm. »Wegen des ungewöhnlich warmen Wetters können es durchaus mehr Todesfälle durch Salmonellen sein. Wir sollten nicht gleich an das Schlimmste denken.«

»Ich sage dir: Morgen steht es in allen Zeitungen. Ich kann mich noch gut erinnern, wie es vor zwanzig Jahren war. Da hat anfangs auch jeder geglaubt, es seien die Salmonellen und alles sei harmlos, und dann sind über hundert Menschen innerhalb weniger Tage gestorben. Damals haben sie den Hafen dichtgemacht. Wolltest du nicht wegen Riekes Hochzeit nach Amrum fahren? Ich rate dir, so schnell wie möglich das nächste Schiff zu nehmen und aus der Stadt zu verschwinden.«

Sie goss ihm und sich einen weiteren Schnaps ein.

»Alkohol desinfiziert, habe ich mir sagen lassen.« Zum ersten Mal, seitdem Wilhelm das Theater betreten hatte, schenkte sie ihm ein Lächeln, das jedoch eher gequält wirkte.

Wilhelm leerte sein Glas in einem Zug und sagte: »Jetzt male bloß nicht den Teufel an die Wand. Ich war gerade am Hafen, und dort herrscht der übliche Betrieb. Wenn wir tatsächlich eine Choleraepidemie hätten, müsste diese doch längst auf den Straßen und Plätzen zu bemerken sein. So schlimm kommt es nicht. Lass dich nicht bange machen.«

»Wenn du meinst«, entgegnete Therese wenig überzeugt und deutete auf den Stoffbeutel, den Wilhelm neben sich auf einen Barhocker gelegt hatte.

»Willst du mir zeigen, was du gekauft hast? Dann kann ich dir sagen, ob dich der Karrenhändler übers Ohr gehauen hat.«

Bereitwillig griff Wilhelm zu dem Beutel und holte die Sachen hervor, während das Mädchen auf der Bühne seine Probe beendete und in einem Hinterzimmer verschwand. Therese befand sämtliche Stücke für gut. Besonders die Brosche für Marta gefiel ihr. So eine könnte ihr auch mal jemand schenken, sagte sie wehmütig. Doch der Anflug von Traurigkeit verschwand so schnell, wie er gekommen war, und es folgten die üblichen Worte, die bedeuteten, dass ihr Plausch für heute beendet war.

»Schluss mit Müßiggang. Ich muss wieder was tun. Mal sehen, wie viel Publikum sich heute Abend in den Laden traut. Bei dem schönen Wetter sitzen sie lieber in den Biergärten und lauschen den Sommerkonzerten.« Sie zog eine Grimasse und fügte hinzu: »Sollen sie mal machen, solange sie noch können.«

Wilhelm ging auf ihre abschließende Bemerkung nicht ein. Er räumte die Geschenke für seine Familie zurück in den Beutel und verabschiedete sich von Therese mit dem üblichen Küsschen auf die Wange.

Als er das Theater verließ, blickte er noch einmal zu der Stelle, an der der Zigarren-Hannes gestanden hatte. In Gedanken wiederholte er den Satz, den Hannes immer gerufen hatte: »Twee Stück fofftein.« Niemals wieder würde er seine Kiste umdrehen und die Kunden über den Tisch ziehen. Ja, er war ein Betrüger gewesen, aber ein liebenswerter, dem in den letzten Monaten seines Lebens ein Theater sogar eine Posse mit seinem

Namen gewidmet hatte. St. Pauli hatte eines seiner Originale verloren.

Wilhelm schlenderte über den Millernthordamm zurück in die Neustadt, wo im alten Steinweg die Räumlichkeiten seines Arbeitgebers, Friedhelm Gotthard, untergebracht waren. Als er sein Büro betrat, kam aufgeregt seine Sekretärin Henriette Martens in den Raum gelaufen. Die Dame war einige Jahre älter als er, trug stets weiße Blusen und schwarze Röcke, und ihr Markenzeichen, die silberfarbene Nickelbrille, verrutschte ihr ständig auf der winzigen Nase, die nicht so recht in ihr rundliches Gesicht passen wollte.

»Moin, Herr Direktor. Gut, dass Sie wieder da sind«, begrüßte sie ihn hektisch. »Herr Gotthard möchte Sie sofort in seinem Büro sprechen. Ich kann Ihnen sagen. Wenn das eintreffen sollte, dann wäre es eine mittlere Katastrophe.« Henriette Martens' Stimme wurde eine Nuance höher, was bedeutete, dass Gefahr in Verzug war, wie Wilhelm während der letzten Wochen begriffen hatte.

»Nun beruhigen Sie sich mal, Fräulein Martens«, erwiderte er. »So schlimm kann es doch nicht sein.«

»Ja haben Sie denn noch nichts davon gehört? Der Stadtrat ist zu einer Sondersitzung zusammengekommen, weil sich die Cholerafälle in der Stadt seit zwei Tagen extrem häufen. Es soll darüber beraten werden, ob der Hafen komplett abgeriegelt wird.«

Wilhelm brauchte einen Augenblick, um diese Neuigkeit zu verarbeiten, bevor er antwortete: »Natürlich, ich meine ...« Er geriet ins Stocken und setzte erneut an: »Selbstverständlich habe ich von dem Verdacht auf Cholera gehört. Aber es kann doch bei Weitem nicht so schlimm sein, dass gleich der Hafen abgeriegelt wird. Gewiss sind es nur vermehrt auftretende Fälle von Salmonellen. Das wäre bei dieser Hitze auch nicht unnormal. Ich war eben in St. Pauli, um einige Besorgungen zu erledigen und einen alten Freund zu besuchen. Ich versichere Ihnen, meine Teuerste, dort geht alles seinen gewohnten Gang.«

»Aber der Herr Gotthard hat gesagt ...«

»Ich gehe und rede mit ihm«, unterbrach Wilhelm sie und hob beschwichtigend die Hände. »Am besten bleiben wir ruhig. Gewiss wird sich alles in wenigen Tagen in Wohlgefallen aufgelöst haben.«

»Na, Ihr Wort in Gottes Ohr«, antwortete die Sekretärin. »Ich werde jedenfalls gleich nachher meiner Tante in Kiel telegrafieren und fragen, ob sie uns für eine Weile aufnehmen kann. Sollte es wirklich schlimm kommen und der Hafen abgeriegelt werden, können wir hier sowieso nichts mehr tun.« Sie reckte ihr Kinn vor und verließ, ohne ein weiteres Wort hinzuzufügen, den Raum.

Wilhelm sah ihr verblüfft nach. Selten war Frau Martens so couragiert aufgetreten oder hatte gar Widerworte gegeben. Lag da doch mehr in der Luft? Sein Blick wanderte zu seinem Schreibtisch, wo in der obersten Schublade bereits sein Billett für die Fahrt mit der *Cobra* nach Amrum lag. Was war, wenn der Hafen tatsächlich abgeriegelt werden würde, wie Frau Martens gesagt hatte? Dann müsste er den bedeutend beschwerlicheren Landweg nach Amrum nehmen, sofern dies überhaupt noch möglich war. Er atmete tief durch und schob den Gedanken beiseite. Gewiss würde es nicht so schlimm kommen. Es war einfach nur ungewöhnlich warm in der Stadt, mehr nicht. Die Cholera hatte es in Hamburg doch seit bald zwanzig Jahren nicht mehr gegeben. Sicherlich sahen alle nur Gespenster. Er machte sich auf den Weg in das Büro seines Vorgesetzten. Als er dort eintraf, telefonierte Friedhelm Gotthard.

»Ich verstehe«, sagte er. »Das sind gute Neuigkeiten. Sie wissen gar nicht, wie erleichtert ich bin. Eine Hafensperrung hätte mir schwere Verluste eingebracht. Ihnen auch, selbstverständlich. Wir sitzen ja alle im selben Boot. Wie passend. Vielen Dank, mein Freund.«

Wilhelm, der in der geöffneten Tür stehen geblieben war, spürte die Erleichterung in sich. Er schien also recht gehabt zu haben. Vermutlich war die Cholera nur ein Hirngespinst von einigen wenigen Panikmachern.

Gotthard legte auf, bedeutete Wilhelm, näher zu treten, und erkundigte sich, ob er seine Besorgungen zur Zufriedenheit erledigen konnte.

Wilhelm bestätigte dies und fügte hinzu: »Und wenn ich anmerken darf: In der Stadt scheint alles wie immer. Keine Anzeichen von einer Panik wegen der Cholera.«

»Das ist gut«, antwortete Gotthard und sank auf seinen Stuhl. »Wie Sie ja mitbekommen haben, sieht der Stadtrat vorerst von einer Sperrung des Hafens ab.«

»Vorerst?«, fragte Wilhelm.

»Ja, leider. Ganz sicher ist man sich wohl nicht, wohin wir steuern. Das Ganze entwickelt sich anscheinend seit gestern Abend äußerst rasant. Gerade in den Gängevierteln muss es über Nacht Hunderte neuer Fälle gegeben haben.«

»Hunderte«, wiederholte Wilhelm entsetzt. »Aber, das ist doch ...«

»Mehr als nur beängstigend, ich weiß«, beendete Friedhelm Gotthard den Satz. »Bisher wurde der Mantel der Verschwiegenheit darüber ausgebreitet, damit es keine Panik gibt. Der Stadtrat befürchtet, es könnte enorme wirtschaftliche Einbußen geben, und will dies um jeden Preis verhindern.«

»Ich verstehe. Aber wirtschaftliche Einbußen können gegen Menschenleben doch nicht aufgewogen werden«, entgegnete Wilhelm.

»So ist es. Aber wir wissen beide, wie es läuft. Wir können nur hoffen, dass sich das Schlimmste auf die Gängeviertel beschränkt und die Krankheit dort rasch wieder eingedämmt werden kann. Wenn der Hafen gesperrt ist, kann ich den Laden praktisch dichtmachen. Wie Sie wissen, warten wir auf Waren aus Übersee, die bereits überfällig sind. Wenn die Schiffe nicht ...« Er winkte ab und begann, in seinen Schubladen zu wühlen, beförderte eine Zigarettenschachtel ans Tageslicht, zündete sich eine an und hielt Wilhelm die Schachtel hin.

»Wollten Sie nicht übermorgen mit der *Cobra* nach Amrum fahren? Ihre Tochter heiratet, nicht wahr?«

Wilhelm lehnte die Zigarette ab, beantwortete Gotthards Frage mit Ja und fügte hinzu: »Dann wollen wir mal hoffen, dass sich die Krankheit noch eindämmen lässt. Bei der letzten größeren Epidemie waren ja ebenfalls nur die ärmeren Viertel der Stadt betroffen.«

»Ja, hauptsächlich die Baracken der Auswanderer, wo es auch jetzt wieder vereinzelte Fälle zu geben scheint. Nur leider schwirren die Bewohner des Gängeviertels tagsüber durch die ganze Stadt. Es könnte also schwierig werden, den Ausbruch der Cholera auf gewisse Stadtteile zu beschränken.«

»Wenn Sie mich fragen, dann sind diese Viertel mit ihren engen Gassen, schmutzigen und dunklen Hinterhöfen und den feuchten Kellerlöchern sowieso Hamburgs Schandfleck. Über die mangelhaften sanitären Einrichtungen wollen wir gar nicht erst reden. Zuerst vertreibt die Stadt viele Bewohner des Hafenviertels aus ihren Wohnungen für den Bau der Speicherstadt, und dann kümmert sie sich nicht um ordentliche Ersatzunterbringungen. Eine Schande ist das.«

»Und es fehlt noch immer eine anständige Filteranlage für das Trinkwasser«, eiferte sich Gotthard ebenfalls. »Mein Schwager sitzt in Altona im Stadtrat, und dort wurde bereits vor einigen Jahren eine Sandfilteranlage in Betrieb genommen. Aber die Hamburger haben den Einbau dieser wahrlich nicht günstigen Anlage immer weiter hinausgeschoben. Unser Trinkwasser kommt aus der Elbe, ungefiltert. Und das bei dieser Hitze. Das kann doch nur Übel bringen.«

»Das hat meine Herbergsmutter schon vor Wochen gesagt. Eine Schande ist dieser Zustand«, antwortete Wilhelm. »Deshalb kocht sie das Wasser vor dem Genuss stets ab, auch dasjenige, das in der Küche zum Kochen verwendet wird. Und dem Herrn im Himmel sei Dank, verfügt das Gebäude über eine moderne Wassertoilette.«

»Dann können Sie sich glücklich schätzen, mein Lieber«, antwortete Gotthard und blies eine Rauchwolke in die Luft. »Wissen Sie, was?«, sagte er spontan. »Sie sollten bereits morgen früh nach Amrum aufbrechen. Ich gebe Ihnen einen Tag früher frei. Oder noch besser: Ich schicke sämtliche Mitarbeiter gleich jetzt nach Hause und kümmere mich um eine Unterbringung meiner Familie außerhalb Hamburgs. Meine Gattin kann noch heute nach Hannover zu ihrer Schwester telegrafieren. Dort kann sie mit Sicherheit so lange Zuflucht suchen, bis das Schlimmste vorüber ist.«

Wilhelm sah seinen Vorgesetzten entgeistert an. »Und Sie denken wirklich, dass das notwendig sein wird? Immerhin steht ihr Anwesen draußen auf der Uhlenhorst und ist sicherlich mit dem besten Komfort ausgestattet. Ich glaube nicht ...«

»Doch, doch, mein Lieber«, erwiderte Gotthard und griff erneut zum Telefonhörer. »Sehen Sie mal zu, dass Sie für die morgige Überfahrt noch ein Billett gebucht bekommen. Die *Cobra* fährt doch täglich auf die Inseln, oder?«

»Ja, natürlich, aber ...«

»Kein Aber. Verlassen Sie die Stadt, so schnell es geht.« Gotthard wedelte mit den Armen und teilte im nächsten Atemzug der Dame der Vermittlung mit, mit welcher Nummer er verbunden werden wollte. Für ihn schien das Gespräch beendet zu sein.

Wilhelm verließ das Büro und wäre auf dem Flur beinahe in Henriette Martens hineingelaufen, die versuchte, einen möglichst unbeteiligten Eindruck zu machen, was ihr gründlich misslang.

»Sie haben Gotthard gehört«, sagte Wilhelm zu ihr. »Packen Sie Ihre Sachen zusammen und sehen Sie zu, dass Sie so schnell wie möglich die Stadt verlassen.«

Zurück in seinem Büro, steckte er das Billett für die *Cobra* in seine Jackentasche und verließ den Raum. Auf der Straße angekommen, begann er sich zu fragen, was er jetzt tun sollte. Den Rat seines Chefs befolgen und ein neues Billett für die Überfahrt des nächsten Tages besorgen? Marta und die anderen würden sich gewiss darüber freuen, wenn er einen Tag früher käme. Der Gedanke gefiel ihm plötzlich. Für Überraschungen jeglicher Art hatte er schon immer etwas übriggehabt. Und vielleicht ließ sich sein altes Billett ja umtauschen. Er machte sich erneut auf den Weg nach St. Pauli, wo am Hafen die Fahrkarten für die *Cobra* erworben werden konnten. Als er dort eintraf, musste er sich in eine ungewöhnlich lange Schlange einreihen, die sich vor dem Verkaufsschalter gebildet hatte.

»Heute wollen aber viele Menschen auf die Inseln reisen«, sagte er zu seinem Vordermann, einem älteren Herrn mit Spazierstock, der ihn freundlich angelächelt hatte.

»Nur leider werden wir wohl alle leer ausgehen«, antwortete dieser. »Hören Sie die lauten Worte? Sie verkaufen für die morgige Fahrt keine Billetts mehr. Es geht das Gerücht um, dass der Hafen in wenigen Stunden endgültig abgeriegelt wird. Deshalb herrscht hier auch so eine Geschäftigkeit.« Er deutete auf die vor ihnen liegenden Handelsschiffe. Auch ein Auswandererschiff lag am Anleger. Erst jetzt fiel Wilhelm auf, dass tatsächlich mehr Trubel als sonst zu herrschen schien. Unmengen von Hafenarbeitern verluden hektisch die Ware, und die unweit von ihnen wartenden Auswanderer wurden von einem Matrosen ruppig an Bord gescheucht. Die Worte *hurtig* und *nur noch wenige Stunden* drangen zu ihnen herüber.

»Und weshalb stehen wir dann in dieser Schlange?«, fragte Wilhelm resigniert.

»Weil die Hoffnung bekanntlich zuletzt stirbt«, erwiderte der alte Herr mit einem Augenzwinkern. »Ich dachte, ich könnte noch eine Fahrkarte für Sylt ergattern. Aber wie es scheint, werde ich jetzt wohl den beschwerlicheren Landweg in Kauf nehmen müssen. Und wohin sollte Ihre Reise gehen?«, fragte er.

»Nach Amrum zu meiner Familie«, erwiderte Wilhelm. »Eigentlich wollte ich übermorgen abreisen. Ich habe sogar schon ein Billett für das Schiff.« Er klopfte auf seine Jackentasche. »Aber es ist wohl nutzlos. Also werde ich Ihnen vermutlich auf dem Landweg Gesellschaft leisten.«

Er seufzte hörbar und fügte in Gedanken hinzu: Es ist doch wie verhext. Vor wenigen Stunden war er fröhlich durch St. Pauli geschlendert und hatte mit den Karrenhändlern gescherzt. Alles hatte wie immer gewirkt. Oder war es nur der schöne Schein gewesen, der mit aller Macht aufrechterhalten werden sollte? Die Händler und Budenbetreiber würden vermutlich einen Teufel tun, sich die missliche Lage anmerken zu lassen, denn das war schlecht fürs Geschäft. Wie im Großen so im Kleinen, dachte Wilhelm und blickte auf seine Tasche hinab, in der sich die Geschenke für seine Liebsten befanden.

Er verabschiedete sich mit knappen Worten von dem älteren Herrn und machte sich auf den Rückweg zu Neles Pension. Als er dort eintraf, lag diese friedlich im warmen Sonnenlicht des frühen Abends vor ihm. Auch der Betrieb auf der Poststraße schien sich nicht geändert zu haben. Doch im Inneren der Herberge war die Atmosphäre eine andere. Der Empfangstresen war verwaist.

»Nele?«, rief Wilhelm.

»Hier hinten«, kam eine Antwort aus der Küche. Wilhelm lief am Tresen vorüber und betrat den Raum, der für seine Marta jahrelang ein Zufluchtsort gewesen war und selbst ihm in den letzten Wochen das Gefühl von einem Zuhause vermittelt hatte. Nele saß mit Fanny und den beiden Küchenmädchen am Tisch. Ihre Mienen waren sorgenvoll.

»Also ist die Cholera nun auch hier angekommen«, konstatierte Wilhelm und setzte sich neben Fanny an den Tisch. Nele und Fanny nickten. Es herrschte eine beklemmende Stimmung. Erst jetzt bemerkte Wilhelm die rot verweinten Augen von Jule, dem zweiten Küchenmädchen.

»Meine Mutter ist letzte Nacht in eine der Baracken gebracht worden, die sie gestern eingerichtet haben«, berichtete sie stockend, nachdem er sich nach dem Grund für ihre Traurigkeit erkundigt hatte.

Alarmiert zog Wilhelm eine Augenbraue in die Höhe.

»Keine Sorge. Jule wohnt bei uns im Haus und war in den letzten Tagen nicht im Gängeviertel. Heute Vormittag hat ein kleiner Junge diese Nachricht überbracht und ist sofort wieder davongelaufen.«

»Er war so schnell weg«, fügte Fanny hinzu, »ich konnte ihm noch nicht einmal ein Milchbrötchen geben, wie ich es sonst immer bei den kleinen Botenjungen mache.«

»Also haben sie bereits Baracken eingerichtet«, sagte Wilhelm und atmete tief durch. »Vermutlich wird auch bald der Hafen komplett abgeriegelt werden. An den Schaltern der Dampfschiffreedereien haben sich lange Schlangen gebildet. Aber ob morgen überhaupt noch ein Schiff Richtung Inseln auslaufen wird, ist fraglich. Wir werden wohl die Verbindung über Land nehmen müssen, sofern wir Riekes Hochzeit nicht versäumen möchten. Wenn es dir recht ist, kaufe ich morgen gleich für uns beide Fahrscheine für die Bahn«, sagte er zu Nele.

»Sei mir nicht böse, Wilhelm, aber ich werde vorerst nirgendwo hinreisen«, entgegnete Nele. »Einem meiner Mädchen geht es nicht gut, und ich möchte sie nicht allein lassen. Außerdem haben wir Gäste im Haus, Seemänner und andere Handelsreisende, die jetzt vermutlich für längere Zeit hier festsitzen werden. Ich möchte sie nicht durch meine Abreise verunsichern.«

»Und was ist mit Riekes Hochzeit?«, fragte Wilhelm. »Sie wird todunglücklich sein, wenn du nicht anwesend bist.«

»Ach, die Deern kommt auch ohne ihre alte Tante Nele unter die Haube. Und gewiss ist die größte Unruhe in einigen Tagen wieder vorbei, und der Hafen, der offiziell ja noch gar nicht abgeriegelt ist, wie wir wissen, wird wieder freigegeben.«

Wilhelm wollte etwas erwidern, wurde aber durch das Eintreten eines weiteren Botenjungen unterbrochen, der den Weg durch den Hinterhof gewählt hatte, seine Mütze abnahm und ihnen mitteilte, dass Jules Mutter in der Baracke gestorben war.

45

Norddorf, 20. August 1892
Es ist so schrecklich, was wir tagtäglich aus Hamburg hören.
Jeden Tag sollen Hunderte sterben. Besonders in den Gänge-
vierteln soll die Cholera wüten, aber auch andere Stadtteile
sind inzwischen betroffen. Tante Nele hat gestern telegrafiert,
dass es ihnen so weit gut gehe. Nur Jule sei noch immer sehr
traurig und weine viele Stunden am Tag. Was auch kein
Wunder ist. Das bedauernswerte Mädchen hat zusätzlich zur
Mutter ihre beiden jüngeren Geschwister an diese scheußliche
Krankheit verloren. Viele Hamburger versuchen, die Stadt zu
verlassen, was auch die Anzahl der Buchungen auf der Insel in
die Höhe getrieben hat. Ebba unkte gestern, dass das nicht gut
wäre. Am Ende schleppen die Leute die Seuche noch bei uns
ein. Aber Wilhelm hält das für nicht möglich. Er denkt, das
unsaubere Trinkwasser wäre hauptsächlich dafür verantwort-
lich und die unhygienischen Zustände in den Gängevierteln.
Ich bin so froh darüber, dass er sicher bei uns eingetroffen ist.
Fürs Erste wird er auch nicht nach Hamburg zurückkehren.
Gotthard hat seine Firma in Hamburg geschlossen und mit
seiner Familie die Stadt verlassen. Wir können alle nur darauf
hoffen und dafür beten, dass diese schreckliche Tragödie bald
ein Ende finden wird.

Rieke stand neben Kaline, die vor wenigen Tagen gemeinsam mit Sine angekommen war, am Watt und blickte nach Föhr hinüber. Heute war ihr Hochzeitstag, und sie sollte glücklich sein. Doch sie war es nicht. Am liebsten würde sie alles absagen. Die täglichen Meldungen über die schreckliche Choleraepidemie in Hamburg schienen Amrum die Lebensfreude der letzten Wochen zu rauben. Jeden Tag brachte das Schiff aus Dagebüll neue Flüchtlinge, wie Jasper die vielen Menschen bezeichnete, die dieser scheußlichen Krankheit in Hamburg entkommen wollten. Sämtliche Gästehäuser und Hotels der Insel waren ausgebucht. Die Prinzessin war mit ihrem Sohn bereits, kurz nachdem die ersten Nachrichten über den Krankheitsausbruch bekannt geworden waren, abgereist. Die Angst ging um, und das auch auf der Insel. Was war, wenn die Cholera auch bei ihnen ausbrechen würde? Der Gemeinderat hatte gestern Abend eine Sondersitzung einberufen, bei der ihr Vater, der vor wenigen Tagen zurückgekehrt war, die Zustände in Hamburg schilderte. Allerdings schienen sich diese innerhalb von Stunden zu verschlimmern. Was an dem einen Tag gemeldet wurde, galt am nächsten nichts mehr. Nele hatte erst gestern telegrafiert, dass es bereits über vierhundert Tote gäbe und unzählige weitere Erkrankte. Ihr selbst ginge es gut. In der Zeitung war zu lesen, dass die Stadt alles dafür tat, die Cholera einzudämmen. Der Hafen war vollständig gesperrt. Zettel mit Verhaltensregeln wurden verteilt, an Fasswagen konnten sich die Menschen abgekochtes Wasser holen, und überall in der Stadt waren Garküchen eingerichtet worden, an denen es bakterienfreie Mahlzeiten gab. Trotzdem stieg die Zahl der Toten, und die jetzt arbeitslosen Hafenarbeiter fanden Arbeit als Totengräber oder bei einem der Desinfektionstrupps. St. Pauli, die niemals schlafende Lichterwelt der Stadt, war wie ausgestorben.

»Wie sehr ich das ständige Hin und Her vermisst habe«, sagte Kaline mit einem Hauch Wehmut in der Stimme und riss Rieke damit aus ihren Gedanken.

»Auf dem Festland ist es nett, keine Frage. Aber das Meer ist eben das Meer.« Sie atmete tief die salzige Luft ein, in der der

Geruch von feuchtem Tang hing. Auch heute war wieder ein sonniger Tag. Nur wenige Schönwetterwolken zogen über den Horizont, und selbst hier am Strand wehte kein Lüftchen, was Kaline nicht sonderlich gefiel. »Nur der Wind fehlt. Den hätte ich gern gehabt.«

»Der fehlt bereits seit Wochen. Jedenfalls die Sorte Wind, die dir gefällt«, erwiderte Rieke missmutig.

»Ach, wenn er morgen kommt, ist es mir auch recht. Oder nächste Woche. Sine und ich wollen ja ein Weilchen auf der Insel bleiben. Ich kann dir in den nächsten Tagen helfen, deinen kleinen Garten auf Vordermann zu bringen.«

Einen Moment schwiegen beide, dann sagte Rieke: »Es ist schön, dass du da bist.«

Kaline nickte. »Das finde ich auch.«

»Trotzdem hätte ich gute Lust, die Hochzeit abzusagen. In Hamburg sterben so viele Menschen, und ich soll ein fröhliches Fest feiern? Das kommt mir unpassend vor.«

»Was es nicht ist«, entgegnete Kaline. »Irgendwo auf der Welt sterben andauernd Menschen und grassieren Krankheiten. Deshalb können wir doch nicht unseren Lebensmut verlieren. Es geht immer irgendwie weiter.«

»Aber Hamburg ist doch nicht irgendwo auf der Welt«, entgegnete Rieke. »Es ist direkt vor unserer Haustür, eine Tagesreise entfernt. Tante Nele sitzt dort in ihrer Pension, und ich habe Angst um sie. Was ist, wenn auch sie krank wird? Wenn sie es bereits ist? Was ist, wenn sie stirbt, während ich fröhlich bin? Das könnte ich mir niemals verzeihen. Und von meinen vielen Freundinnen in Hamburg will ich gar nicht erst reden.«

»Von denen die meisten gewiss bereits die Stadt verlassen haben«, erklärte Kaline. »Nur die Armen bleiben dort. Diejenigen, die sich kein Zugbillett und keine Fahrt in die Sicherheit leisten können.« Rieke warf Kaline einen kurzen Blick zu. »Nun gut. Und die Sturschädel wie Nele. Ich bin mir jedoch sicher, dass sie keine Verschiebung der Hochzeit möchte. Deine Tante Nele ist aus demselben Holz wie ich geschnitzt. Die haut so schnell nichts um, das verspreche ich dir, und sie will bestimmt, dass du heute glücklich bist.«

»Ich weiß nicht«, antwortete Rieke.

»Und wer soll den ganzen Kuchen und die vielen anderen Köstlichkeiten essen, die Ebba, Gesa und deine Mutter in den letzten Tagen vorbereitet haben?«

Rieke wollte etwas erwidern, wurde aber von einer laut rufenden Stimme unterbrochen. Es war Ida, die auf die beiden zugelaufen kam und vollkommen außer Puste vor ihnen stehen blieb.

»Wusste ich doch, dass ich euch hier finde.« Sie japste nach Luft. »Rieke, stell dir vor, wer gekommen ist. Berta ist da, mit ihrem Ehemann Simon und ihrem Baby.«

»Berta ist da«, rief Rieke begeistert. »Wirklich? Sie ist wirklich da?« Sie fasste Ida an den Schultern und schüttelte sie regelrecht.

»Wenn ich es doch sage«, erwiderte Ida. »Sie sitzen im Garten und werden von Mama mit Kuchen versorgt.«

»Berta ist da«, sagte Rieke zu Kaline und strahlte. Sie raffte die Röcke und rannte los.

Kaline blickte ihr kopfschüttelnd nach. »Und eben wollte sie noch alles absagen.«

»Mama war erleichtert darüber, die beiden zu sehen. Sie hatte schon Sorge, sie würden es bei dem vielen Trubel nicht auf die Insel schaffen. Eigentlich war ihre Ankunft bereits für gestern geplant gewesen, doch sie hatten das letzte Schiff in Dagebüll verpasst und in einem Gästehaus übernachtet.«

»Was für eine Freude«, sagte Kaline, ohne auf Idas Erklärung einzugehen. »Dann kann das Fest ja beginnen.« Sie streckte Ida die Hand hin, die das Mädchen ergriff, und die beiden machten sich ebenfalls auf den Rückweg zum Hotel. »Obwohl ich jetzt gern aufs Watt hinausgelaufen wäre«, meinte Kaline. »Aber das können wir ja morgen auch noch machen.«

»Und dann nehmen wir einen Eimer für die Austern mit«, sagte Ida.

»Oder zwei Eimer. Gewiss wachsen die Dinger dort draußen in Massen, seitdem ich nicht mehr zum Ernten komme.« Sie zwinkerte Ida zu und erkundigte sich danach, wo sie Thaisen gelassen hatte.

»Der wollte sich heute extra schick machen. Das hat er jedenfalls gesagt. Als Sohn des Pfarrers muss er bei einem solchen Anlass ordentlich aussehen.«

»Thaisen und sich schick machen? Na, das kann ja was werden«, erwiderte Kaline und lachte laut auf.

Kurz darauf erreichten die beiden das Hotel, wo sich Ida von Kaline verabschiedete, da sie sich umziehen musste. Kaline warf einen kurzen Blick in den Garten, der bereits für die Feierlichkeiten geschmückt war. Wegen des schönen Wetters war es nicht vonnöten gewesen, das bestellte Gartenzelt aufzubauen, was Rieke besonders gut gefiel. Unter dem Sternenhimmel würde sie heute Nacht in ihr Eheleben tanzen. So hatte es ihr jedenfalls Anne Schau prophezeit, deren Ischiasnerv Ruhe gab, was bedeutete, dass es nicht regnen würde. Gesa räumte gerade vor dem Haus das Geschirr vom Tisch ab, an dem Berta und Simon gesessen hatten. Auch sie schien sich bereits für die Kirche umgezogen zu haben, denn sie trug eine frische Bluse mit einem hellbraunen Rock dazu.

Kaline konnte es nicht lassen und lief zum privaten Wohnhaus hinüber, um einen Blick auf Marta zu werfen, die dort mithilfe von Sine ihre Amrumer Festtagstracht anlegte. Als Kaline den Raum betrat, waren sie gerade damit beschäftigt, den silbernen Brustschmuck anzubringen, also fast fertig.

»Meine Güte, wie hübsch du aussiehst«, sagte Kaline. »So eine Festtagstracht ist doch immer wieder etwas Besonderes.«

»Nicht wahr?«, sagte Marta. »Nur das langwierige Ankleiden vergällt sie mir ein wenig. Aber jetzt ist es ja fast geschafft.« Sie schenkte Kaline ein Lächeln und musterte sie genauer. »Deine Tracht sieht aber nur halb fertig aus«, bemerkte sie missbilligend. »Du solltest dich beeilen, denn wir wollen bald los. Du wirst doch nicht halb angezogen auf die Hochzeit meiner Tochter gehen wollen, oder?«

Kaline fühlte sich ertappt. Sie hätte nicht ans Watt gehen und herumtrödeln dürfen.

»Natürlich wird sie das nicht«, sagte Sine. »Wir werden jetzt schnell hinüberlaufen und uns fein machen. Den Rock der Tracht und das Schultertuch tragen wir ja schon, also fehlen nur noch die Schürze und die Haube. Das geht schnell.«

»Ich würde euch ja gern helfen«, sagte Marta. »Aber ich wollte noch nach Rieke sehen.«

»Ach, wir kommen schon zurecht«, antwortete Sine. »Ebba und Gesa haben versprochen, uns zur Hand zu gehen. Dann geht es schneller.« Die beiden verabschiedeten sich und verließen den Raum.

Marta beobachtete, wie sie über den Hof zurück zum Haupthaus liefen, wo sie eines der Gästezimmer bewohnten. Es war so wunderbar, die beiden an diesem für Rieke so besonderen Tag hier zu haben, dachte Marta. Gott sei Dank hatte die Reise der beiden auf die Insel reibungslos funktioniert. Sie waren mit dem letzten Dampfschiff aus Hamburg eingetroffen.

Marta wandte sich vom Fenster ab, kontrollierte im Spiegel noch einmal den Sitz ihrer Haube und ging in Riekes Zimmer, um ihrer Ältesten beim Ankleiden und Frisieren der Haare zu helfen. Als sie den Raum betrat, stand ihre Tochter jedoch bereits fertig eingekleidet vor dem Spiegel und betrachtete sich mit strahlenden Augen. Das hochgeschlossene Hochzeitskleid betonte mit seiner schmalen Silhouette hervorragend Riekes schlanke Figur. Es war aus elfenbeinfarbenem Seidendamast gearbeitet, in den Blütenornamente eingewirkt waren. Im Schulter- und Brustbereich war Tüll verarbeitet worden, und viele kleine Glasperlen schmückten das Mieder, ebenso den Spitzenbesatz des langen Schleiers, der Riekes Kopf zierte und fast bis zum Boden reichte. Berta, die neben Rieke stand und es sich nicht nehmen hatte lassen, ihrer Freundin beim Ankleiden behilflich zu sein, hatte Rieke das Haar hochgesteckt.

»Oh, wie bezaubernd du aussiehst«, sagte Marta, von dem Anblick ihrer Tochter vollkommen überwältigt.

Rieke nickte, antwortete jedoch nicht. In ihren Augen schimmerten Tränen der Freude. In diesem Augenblick schien es endlich greifbar zu werden. Jacobs Antrag, die offizielle Bekanntgabe ihrer Verlobung, ja selbst die Vorbereitungen zu den Hochzeitsfeierlichkeiten – nichts davon hatte die Zweifel in ihr vertreiben können, dass doch noch etwas schiefgehen könnte. Aber jetzt stand sie in diesem wunderschönen Kleid als richtige Braut vor dem Spiegel und würde sich gleich auf den Weg zur Kirche machen.

»Also, wenn uns vor wenigen Jahren jemand gesagt hätte, dass du eines Tages auf Amrum heiraten und ein Logierhaus leiten wirst, dann hätten wir ihn für verrückt erklärt«, sagte Berta und wischte sich eine Träne aus dem Augenwinkel.

»Da ist was Wahres dran«, erwiderte Rieke. »Und Mama wird bestätigten können, wie sehr ich die Insel am Anfang verabscheute.«

»Sehr sogar. Und wenn ich erst an diesen Georg denke …« Sie winkte ab. »Lasst uns nicht mehr darüber sprechen. Alles hat sich gefunden, und das ist das Wichtigste. Und jetzt sollten wir zusehen, dass wir loskommen.«

»Das denke ich aber auch«, sagte plötzlich Wilhelm, der hinter Marta den Raum betrat. »Aber vorher hätte ich gern noch eine Minute mit meiner Tochter.«

Marta und Berta verstanden und verließen den Raum. Sie würden jetzt auf den mit Blumen geschmückten Wagen für die Hochzeitsgesellschaft steigen, der bereits im Hof stand und von Herbert Schmidt gefahren wurde. Das Bäckerehepaar war schon vor einer Weile eingetroffen, und Mathilde Schmidt, die ebenfalls ihre Festtagstracht trug, hatte die Aufgabe übernommen, die kleine Marie einzukleiden. Das Mädchen sah in seinem himmelblauen Kleid mit der hübschen Haube ganz bezaubernd aus. Die beiden saßen bereits auf dem Wagen. Mathilde winkte Marta zu und bedeutete ihr, sich neben sie zu setzen. Just in diesem Moment kam auch Ida nach draußen, die sich für ein lilafarbenes Kleid mit einem weißen Gürtel und einen dazu passenden Sommerhut entschieden hatte.

»Wie eine richtige Dame«, lobte Mathilde, als Ida rechter Hand von ihr Platz nahm. »Bald schon wirst du den Männern der Insel den Kopf verdrehen.«

Kurz darauf erschienen auch Sine und Kaline, die in ihren Trachten wunderschön aussahen.

»Sind wir komplett?«, fragte Herbert und blickte in die Runde. »Noch nicht losfahren«, rief Ebba. Hektisch kam sie mit Gesa im Schlepptau über den Hof gelaufen, und die beiden kletterten auf den Wagen. Ganz Gentleman, half Herbert Ebba beim Aufsteigen. Sie hatte in Windeseile ihre Küchenkleidung gegen einen dunkelblauen Rock und eine weiße Bluse eingetauscht. Ihren Kopf schmückte ein kleines blaues Hütchen.

»Jetzt sind wir vollständig«, sagte Marta. Herbert nickte und trieb die Pferde an.

Wilhelm und Rieke würden in einem eigenen Wagen fahren, den Jasper höchstpersönlich lenkte. Er saß bereits stolz auf dem

Kutschbock und hatte zur Feier des Tages sogar seine besten, frisch gewaschenen Hosen und ein sauberes Hemd angelegt, was Marta ihm hoch anrechnete.

Wilhelm stand in der Kammer vor seiner Tochter und betrachtete sie einen Augenblick voller Stolz. Dann nahm er ihre Hand und sah ihr tief in die Augen.

»Jetzt ist also tatsächlich der Tag gekommen, ab dem sich ein anderer um dich kümmern wird.« Tränen schimmerten in seinen Augen. Er wischte sie beschämt ab, während er weitersprach: »Du siehst unbeschreiblich schön aus, mein Liebling. Jacob kann sich glücklich schätzen, ein solch großartiges Mädchen zur Frau nehmen zu dürfen. Ich meine, natürlich ein solch hübsches Fräulein, aber für mich wirst du immer mein Mädchen bleiben. Du verstehst schon.«

Rieke, der ebenfalls Tränen in die Augen getreten waren, antwortete: »Ich versteh schon Papa. Ich hab dich lieb.«

»Und ich dich erst. Und daran kann kein Ehemann der Welt etwas ändern.« Er bot Rieke den Arm an und fragte: »Wollen wir los?«

»Ja, das wollen wir«, antwortete Rieke und hängte sich bei ihm ein. Gemeinsam verließen sie das Haus und traten ins helle Sonnenlicht. Jasper kletterte vom Wagen herab und half Rieke beim Einsteigen. Der Brautwagen war ebenfalls mit Blumen geschmückt worden. Um seine Besonderheit hervorzuheben, war sogar ein Blumenbogen aus Rosen hinter der Sitzbank angebracht worden.

»Dann wollen wir unsere Braut mal zur Kirche schaffen«, sagte Jasper, kletterte auf seinen Kutschbock und trieb die Pferde an.

Sie rumpelten vom Hof und folgten der Dorfstraße. Bewohner und Besucher blieben stehen und winkten ihnen zu. Eine Gruppe Kinder lief dem Wagen sogar ein Stück weit lachend nach.

Rieke genoss die Fahrt in vollen Zügen. Die Sonne schien vom beinahe wolkenlosen Himmel, Schafe und Kühe standen auf den Weiden, und vom nahen Watt wehte der vertraut salzige Wind herüber, den sie so sehr liebte. In einem der Gärten entdeckten sie zwei Kaninchen, ein Stück weiter saß eine Gruppe Fasane zwischen einigen Pferden auf einer Weide. Wie sehr Rieke die Natur dieser Insel liebte. Die hübschen reetgedeckten Häuser mit ihren beschaulichen Gärten. Hier war sie zu Hause. Hamburg mit all seinem Trubel und seinen Vergnügungen in St. Pauli kam ihr plötzlich unendlich weit entfernt vor. Vielleicht hatte Kaline ja doch recht. Irgendwo auf der Welt geschah immer ein Unglück, gab es Katastrophen und Krankheiten. Sollten sie sich deshalb verbieten, glücklich zu sein? Jetzt nur nicht an Tante Nele denken, die sie gerade heute schmerzlich vermisste. Wenn der Spuk in Hamburg vorüber war, würde sie sie zu sich ins Logierhaus einladen und ihr zeigen, was sie für eine großartige Herbergsmutter sein konnte. Mit einem Lächeln dachte sie daran, wie sie damals bei ihr in der Pension zum Strafdienst hatte antreten müssen. In diesen wenigen Tagen hatte sie so vieles dazugelernt und war demütiger geworden. Das würde sie Nele niemals vergessen.

Sie erreichten die Kirche. Wilhelm kletterte als Erster vom Wagen herab und half dann seiner Tochter. Vor dem Gotteshaus wurde Rieke bereits von ihren Blumenmädchen erwartet. Es waren die Töchter von Nachbarn und Freunden, die allesamt Blumenkränze im Haar trugen. Unter ihnen befand sich auch Marie, die schon jetzt die Blütenblätter aus dem Körbchen auf die Erde rieseln ließ, was Rieke zum Lächeln brachte. Die Mädchen, es waren sechs an der Zahl, wurden von Anne Schau, die ebenfalls ihre Festtagstracht trug und Riekes Schleier zurechtrückte, ordentlich in Zweierreihen aufgestellt. Dann öffneten sich die Türen der Kirche, Orgelmusik ertönte, und sie traten ein. Riekes

Herz schlug ihr vor Aufregung bis zum Hals, und ihre Hände zitterten. Sie war froh darüber, Halt am Arm ihres Vaters zu finden. Aller Augen waren auf sie gerichtet. Bewundernde Blicke, hier und da hörte sie eine Bemerkung über ihr Kleid. Es war perfekt. Genau so, wie sie es sich erträumt hatte. Nur Marie hielt sich nicht ganz an die Spielregeln. Sie tänzelte mal nach links, mal nach rechts und drehte sich sogar im Kreis. Eines der anderen Blumenmädchen nahm sie resolut an die Hand und führte sie mit sich, was der Kleinen gar nicht zu gefallen schien, denn sie zog eine Schnute. Rasch kam Marta herbeigelaufen und nahm ihre Jüngste zu sich. Rieke fing nun Jacobs Blick auf. In seinem schwarzen Anzug sah er sehr elegant aus. Er nickte ihrem Vater zu, als er Rieke an ihren zukünftigen Ehemann übergab. Gemeinsam traten sie vor den Altar, hinter dem Pfarrer Bertramsen stand, der heute sogar lächelte. Das Orgelspiel endete. Jacob nahm Riekes Hand und drückte sie fest. Sie sah ihm in die Augen. Pfarrer Bertramsen begann zu sprechen, doch seine Worte flogen an ihr vorüber. Könnte dieser Moment doch für immer andauern, wünschte sie sich, denn sie glaubte, vor Glück innerlich zu zerspringen.

46

Hamburg, 5. September 1892

Liebe Marta,
endlich komme ich dazu, Dir einen längeren Brief zu schreiben, um Dich und Wilhelm über die Zustände in der Stadt zu informieren. Es ist schrecklich und wird jeden Tag schlimmer. Hamburg scheint stillzustehen. Es gibt weder Handel noch Verkehr. Keine Milchwagen am Morgen, keine Boote der Vierländer. Wer kann, verlässt die Stadt. Besonders die vornehmen Viertel an der Außenalster wirken wie ausgestorben. Hart trifft die Seuche die Gängeviertel und die Baracken der Auswanderer. Die armen Menschen versuchen, sich mit einfachsten Mitteln zu helfen. Sogar Doktor Robert Koch ist zu uns gereist, um sich ein Bild von der Katastrophe zu machen und die Behörden zu unterstützen. Doch die Seuche scheint unaufhaltsam voranzuschreiten. Jeden Tag sterben Hunderte. Viele der arbeitslosen Hafenarbeiter heben jetzt auf den Friedhöfen Gräber aus.
Auch wir trauen uns kaum noch aus dem Haus. Lebensmittel zu besorgen ist zum Spießrutenlauf geworden. Zumeist erledige ich die Besorgungen, weil ich es Fanny und den anderen nicht zumuten möchte, durch die Stadt zu laufen. Besonders unserer Jule geht es sehr schlecht. Sie hat ihre ganze Familie an die Seuche verloren. Gestern Abend erhielten wir die Todesnachricht ihres Vaters. Sie weint viele Stunden am Tag und ist kaum ansprechbar. Wir versuchen, sie, so gut es eben geht, zu trösten. Fanny hat sie gestern Abend stundenlang im Arm

*gehalten. Irgendwann hat ihr fürchterliches Schluchzen nachgelassen, und sie ist eingeschlafen. Das arme Kind, kaum fünfzehn und schon eine Waise. Wir können alle nur beten, dass es bald besser wird und das Sterben ein Ende hat. Ich bin so froh darüber, euch auf Amrum in Sicherheit zu wissen. Und richte bitte Rieke noch einmal meine allerbesten Grüße aus. Vielleicht ist es Dir ja möglich, eine Fotografie von dem Hochzeitspaar in einen der nächsten Briefe zu legen. Darüber würde ich mich sehr freuen.
Ich sende Dir eine Umarmung,
Deine Tante Nele*

Marta ließ Neles Brief sinken und blickte über das Watt hinweg nach Föhr. Das schöne Wetter hatte in den letzten Tagen nachgelassen, sogar geregnet hatte es mal wieder. Doch es war immer noch sehr mild, und die Sonne spitzte hier und da zwischen den Wolken hervor, so auch jetzt. Es sah so friedlich aus, was Marta guttat, denn die schrecklichen Nachrichten, die tagtäglich aus Hamburg bei ihnen eintrafen, beunruhigten sie sehr. Viele Hamburger suchten inzwischen vor der Krankheit auf den vermeintlich sicheren Nordseeinseln Zuflucht. Zuerst war der sprunghafte Anstieg der Buchungen von den Hoteliers und Pensionsbesitzern begrüßt worden, doch inzwischen breitete sich Skepsis aus. Was war, wenn die Seuche von den Gästen auf die Insel gebracht wurde? Doktor Bergstein, der Inselarzt, hielt dies für nicht möglich und hatte erst gestern während einer Sitzung die Gemeinderatsmitglieder beschwichtigt. Aber sicher wissen konnte man es nicht. Ebba meinte dazu heute Morgen, sie habe schon Pferde kotzen sehen und eine Krankheit wie die Cholera wäre unberechenbar. Wenn sie an deren Stelle wäre, hätte sie längst den Fährbetrieb nach Dagebüll eingestellt. Aber auf eine einfache Köchin würden die wichtigen Herrschaften der Insel ja sowieso nicht hören. Allen voran Andresen, dem es doch nur darum ging, Geld zu verdienen. Sein *Kurhaus* war komplett ausgebucht, genauso wie der *Kaiserhof*. So eine Seuche schien des einen Leid, des anderen Freud zu sein.

Weit draußen auf dem Watt konnte Marta eine einzelne Person ausmachen. Sie kniff die Augen zusammen, um sie besser erkennen zu können. Es war eine Frau, so viel stand fest. Vielleicht Kaline, die mal wieder Austern erntete. Plötzlich verspürte sie das Bedürfnis, ihr entgegenzugehen. Einfach den kühlen Schlick unter den nackten Füßen spüren. Sie zog Schuhe und Strümpfe aus, hob ihre Röcke an und betrat das Watt. Der Untergrund fühlte sich nicht kalt an. Sie machte einige Schritte, durchquerte einen kleinen Wasserlauf und sank tiefer in den Schlick ein. Schnell war der Saum ihres Rockes feucht. Doch das war ihr in diesem Moment gleichgültig, denn hier draußen im Watt schien man eins mit seinem Schöpfer zu sein. Marta konnte das Gefühl kaum beschreiben. Es hatte etwas von Unendlichkeit, aus der sich Kraft schöpfen ließ. Sie lief Kaline entgegen, umrundete Wasserläufe und Pfützen, bewunderte Muscheln und kleine Krebse. Wahrscheinlich hatte Doktor Bergstein recht, und sie sahen zu schwarz. Wie könnte so ein wunderbarer Ort wie Amrum, der von herrlicher Natur umgeben und von Nordseeluft geflutet war, von solch einer schrecklichen Seuche wie der Cholera getroffen werden? Sollten die Menschen aus Hamburg nur kommen und bei ihnen Zuflucht suchen. Amrum würde ihnen Schutz bieten und sie mit dem täglichen Schauspiel von Mutter Natur über ihren Schmerz hinwegtrösten.

Sie erreichte Kaline, die mitten in einer Pfütze stand und stolz ihren Beutel in die Höhe hielt.

»Ich habe reiche Beute gemacht. Heute gibt es Austern im Überfluss.«

»Oh, wie schön«, erwiderte Marta, um ein Lächeln bemüht, denn Austern zählten nicht zu ihrer Leibspeise. Sie hatte es sowohl in Hamburg als auch hier auf der Insel mehrfach mit den glitschigen Dingern versucht, konnte sich aber nicht damit anfreunden. Kaline zuliebe würde sie jedoch ein paar essen.

»Jetzt weiß ich wieder, was ich auf dem Festland vermisst habe«, sagte Kaline. »Diese Weite und diesen herrlichen Geruch. Beinahe bis Föhr bin ich gelaufen. Ach, ich wünschte, ich könnte das Watt in meinen Koffer packen und mitnehmen. Die Festländer wissen ja gar nicht, was ihnen auf unserem Inselchen alles entgeht.«

»Dafür hat das Festland andere Vorteile«, antwortete Marta. »Oder das Stadtleben. Manche Dinge waren in Hamburg einfacher zu bewerkstelligen als auf Amrum, und besonders an trüben Tagen oder im Winter vermisse ich durchaus das elektrische Licht. Über den Komfort eines Telefons möchte ich gar nicht erst sprechen.«

»Ach, elektrisches Licht und ein Telefon hat Birte auch nicht. Sie wohnen auf einem von Apfelbäumen umgebenen Hof, der von nichts anderem als Pferdeäckern umgeben ist. Zum nächsten Laden muss man eine halbe Stunde mit dem Fuhrwerk fahren.«

»Also ist es auch beinahe wie eine Insel«, erwiderte Marta lachend.

»Nur leider ohne Meer und Watt«, sagte Kaline. »Aber die vielen Apfelbäume sind hübsch anzusehen. Allerdings machen die Äpfel auch viel Arbeit. Bald beginnt die Ernte. Ich sehe mich schon jetzt stundenlang auf irgendwelchen Leitern stehen oder bis tief in die Nacht Apfelbrei einkochen. Aber meine Nichten und Neffen machen mich sehr glücklich. Sind alles kleine Wirbelwinde, die einen jung halten.«

In Kalines Augen trat ein besonderer Glanz, den Marta noch nie bei ihr gesehen hatte. Sie sollte sich darüber freuen, tat es aber nicht, denn am liebsten wäre es ihr, Sine und Kaline wären niemals fortgegangen. Obwohl es dann keine Ebba oder Gesa gäbe, die sie beileibe nicht mehr missen wollte. Als hätte Kaline ihre Gedanken gelesen, sagte sie: »Ich mag Ebba. Es ist gut, dass sie bei euch ist.«

»Ja, das finde ich auch«, erwiderte Marta, nahm Kalines Hand und drückte sie fest.

Für einen Moment sagte keine der Frauen etwas. Beide blickten zur Insel zurück, wo zwischen den reetgedeckten Häusern das ehemalige Gästehaus von Sine und Kaline stand, in dem jetzt Kapitän Olsen mit seiner Familie wohnte.

Kaline war diejenige, die das Wort wieder ergriff. Sie deutete auf ihre Füße und sagte: »Wenn wir nicht ersaufen wollen, sollten wir uns auf den Rückweg machen.«

Marta sah ebenfalls nach unten und war verwundert. Ihre Füße, die eben noch auf festem Schlick gestanden hatten, standen bereits bis zu den Knöcheln im Wasser.

Die beiden Frauen machten sich auf den Rückweg, durchwateten kleine Seen, umrundeten Wasserläufe, die ihnen ziemlich tief vorkamen, und beobachteten einen Reiher, der unweit von ihnen in einer größeren Pfütze sein Mittagessen suchte. Als sie das Ufer erreichten, beschloss Marta, den kurzen Rückweg zum Hotel barfuß zurückzulegen. Sie ließ ihre Röcke fallen, nahm Schuhe und Strümpfe in die Hände und sah, wie sich Kalines Lippen schmunzelnd kräuselten.

»Was ist?«, fragte sie.

»Nichts«, erwiderte Kaline.

»Doch, es ist was.« Marta ließ nicht locker.

»Ich mag die Veränderung an dir. Das Städtische hast du inzwischen vollkommen abgelegt. Amrum tut dir gut.«

»Ja, das ist wahr«, antwortete Marta. »Die Insel ist uns Heimat geworden. Obwohl auch hier nicht alles Gold ist, was glänzt.

Vor allem der Ärger mit Bertramsen und Bodelschwingh hat mir schon so manch schlaflose Nacht beschert. Ich mag keinen Streit, aus welchen Gründen auch immer.«

»Ja, gibt es den denn? Bisher hörte ich nur, dass Bertramsen hin und wieder am Poltern ist. Das macht er gern mal. Da würde ich nicht zu viel darauf geben. Er und auch Bodelschwingh wissen, dass der Fortschritt vor Norddorf nicht haltmachen wird. Dafür ist unser Amrum einfach zu klein. Und sein Seehospiz will er doch ebenfalls ausbauen. Gestern erst hat mir Volkert Quedens erzählt, dass er ein weiteres Gebäude plant. Also lasst euch da mal nicht bange machen.«

»Wenn du meinst«, erwiderte Marta zögerlich. Sie erreichten die Bäckerei Schmidt, vor der Mathilde mit einer Tasse Kaffee in Händen auf der Bank saß und sie mit einem Lächeln begrüßte. Ihr Angebot, mit ihr Kaffee zu trinken, lehnten Marta und Kaline jedoch ab, denn im Hotel musste noch einiges für die Ankunft neuer Gäste vorbereitet werden, die in den Nachmittagsstunden eintreffen würden. Bereits gestern Abend waren Sine und Kaline zu Nachbarn umquartiert worden, damit die Zimmer hergerichtet werden konnten. Es hatte sich eine Familie aus Altona angekündigt, die mit ihren beiden Dienstboten anreisen würde. Jasper würde bald aufbrechen, um die Neuankömmlinge am Hafen von Wittdün in Empfang zu nehmen.

Als Marta und Kaline am Hotel eintrafen, saß Wilhelm mit ernster Miene auf der Bank vor dem Haus. In Händen hielt er ein Stück Papier. Marta wusste sofort, dass etwas Schreckliches passiert sein musste. Ihr Herz schlug ihr bis zum Hals, als sie sich Wilhelm näherte. Es konnte und durfte nicht sein. Als sie direkt vor ihm stand, sagte sie leise:

»Nele.«

Er nickte.

Sie nahm ihm das Stück Papier aus den Händen und überflog die wenigen Zeilen. Es war ein Telegramm, von Fanny aufgegeben.

```
Meine liebe Marta,
ich muss Dir und Deinen Liebsten leider mitteilen,
dass Tante Nele letzte Nacht nach kurzer Krankheit
verstorben ist. Möge Gott ihrer Seele gnädig sein.
Deine Fanny
```

47

Norddorf, 08. September 1892
Heute Nacht habe ich von Nele geträumt. Ich war noch ein
kleines Mädchen, und wir standen gemeinsam auf der Nikolai-
brücke und beobachteten die vielen Gemüse-Ewer und anderen
Boote auf dem Wasser. Sie hat meine Hand gehalten, und wir
sind auf den Markt der Vierländer gelaufen, um süße Trauben
einzukaufen. Sie erzählte mir, dass meine Mama süße Trauben
geliebt hat. Ob die beiden jetzt wieder vereint sind? Das wäre
schön und ein wenig tröstend. Ich kann und will noch immer
nicht glauben, dass sie tot ist. Und nicht einmal zu ihrer
Beerdigung kann ich gehen. Als eines von vielen Choleraopfern
wurde sie, so schnell es ging, auf dem Friedhof verscharrt. Es
fühlt sich an, als hätte ich meine Mama verloren. Nele war
alles, was mir von meiner Familie noch geblieben war. Ohne
sie ist Hamburg unvorstellbar leer. Ach, wäre sie doch nur zu
Riekes Hochzeit gekommen, dann hätten wir sie beschützen
können. Andererseits weiß ich, dass sie Fanny und die anderen
niemals im Stich gelassen hätte. Nun hat sie es getan, für
immer. Und eine große Lücke hinterlassen, die niemand
auszufüllen vermag.

Ida und Thaisen saßen vor der kleinen Kate im Sand. Die Tür stand offen, und Thaisen beschäftigte sich damit, seine Seesternsammlung neu zu sortieren, denn er hatte in den Morgenstunden im Watt neue Seesterne gefunden und wollte seinen Vorrat sichten. Ida, die die Nacht mal wieder bei Thaisen im

Pfarrhaus verbracht hatte, hielt die kleine Kette mit dem Amulett in Händen und betrachtete das sich darin befindliche Bild der jungen Frau.

»Vielleicht ist sie sogar adlig«, mutmaßte sie. »Eine Prinzessin von Sachsen oder Bayern. Oder ihr Vater war ein Franzose. Er könnte aber auch Spanier gewesen sein. Findest du nicht, dass sie mit ihren braunen Augen und dem dunklen Haar südländisch aussieht? Am Ende war sie eine Schauspielerin oder Tänzerin.«

Thaisen brummelte.

»Vielleicht heißt sie ja Angélique oder Elena«, fuhr Ida fort. »In St. Pauli gab es mal eine Aufführung mit einer Angélique. Sie war eine Tänzerin aus Paris. Vor dem Theater hing ein Plakat mit einer Fotografie von ihr. Diese Angélique war sehr hübsch. Ich finde, sie ähnelt ihr ein wenig.«

»Und? Hast du die Angélique von dem Plakat auch tanzen sehen?«, fragte Thaisen, der seine Bestandsaufnahme der Seesterne beendet hatte und nun doch neugierig war, was Ida zu berichten hatte. Hamburg selbst war ihm gleichgültig. Außen- und Binnenalster oder irgendwelche Vierländer mit Obst interessierten ihn wenig. Aber St. Pauli hörte sich spannend an. Dorthin wollte er auch irgendwann mal. Besonders Idas Erzählungen über die Menagerie mit den fremdartigen Tieren hatten es ihm angetan. Aber auch der Jahrmarkt mit den vielen Karussells schien toll zu sein. Nur allzu gern würde er mal mit einem von ihnen fahren oder die süße Zuckerwatte essen, von der Ida ihm vorgeschwärmt hatte.

»Nein, natürlich nicht«, beantwortete Ida seine Frage. »Für die Theater in St. Pauli bin ich noch viel zu jung. Und in diese Sorte Theater durfte ich sowieso nicht gehen.«

»Was meinst du mit ›diese Sorte Theater‹?«, hakte Thaisen interessiert nach.

»Na, wo die Frauen halb nackt sind.« Thaisens Augen wurden groß. »Brauchst gar nicht so zu gucken. So ist das in St. Pauli schon mal. Da nehmen sie es mit den guten Sitten nicht so genau. Als Lasterhöhlen bezeichnete Tante Nele solche Theater. Die gute Angélique auf dem Plakat hatte nicht viel an und trat in einem Haus am Spielbudenplatz auf. Wenn mein Vater gewusst hätte, dass wir uns in dieser Ecke von St. Pauli herumtreiben, hätte ich mächtig Ärger bekommen. Wir haben sogar mal kurz hineingeguckt, sind aber schnell wieder fortgelaufen.«

»Und? Was war drin?«

»Nichts. Nur mit rotem Samt bezogene Stühle und Sessel und eine leere Bühne. Es hat übelst nach Rauch und Parfum gestunken. So die Sorte schweres Parfum, das einem die Luft zum Atmen raubt.«

Thaisen nickte, obwohl er nicht wusste, wie schweres Parfum roch. Allgemein hatte er von Parfum nur wenig Ahnung. Hin und wieder rochen einige weibliche Gäste des Hospizes blumig oder sonderbar. Einige stanken auch nach Schweiß. Aber hatte nicht seine Mutter ein kleines Glasfläschchen besessen, von dessen Inhalt sie sich manchmal ein paar Tropfen hinters Ohr tupfte? War das etwa Parfum gewesen?

»Du weißt nicht, wie schweres Parfum riecht, oder?«, fragte Ida schmunzelnd und stieß Thaisen in die Seite.

Er fühlte sich ertappt.

»Natürlich weiß ich das. Glaubst du denn, ich wäre dumm?«, erwiderte er ruppig, sprang auf und rannte davon. Ida sah ihm verdutzt nach. Was hatte sie denn jetzt schon wieder falsch gemacht? Sie neckten einander doch öfter. Anscheinend hatte sie mal wieder einen wunden Punkt getroffen. Sie steckte die Kette mit dem Medaillon in ihre Rocktasche und folgte ihm.

Thaisen war den Strand hinuntergelaufen und stand ein ganzes Stück von ihr entfernt an der Wasserkante, wo er etwas begutachtete, was das Meer angespült hatte. Als Ida näher herantrat, konnte sie erkennen, dass es ein Mann war. Er war blond und schien noch jung zu sein. Vielleicht Anfang zwanzig, schätzte sie – ihre erste Wasserleiche. Trotzdem blieb sie sonderbarerweise ganz ruhig, denn sie hatte gewusst, dass dieser Moment irgendwann kommen musste.

»Vermutlich ein Seemann«, mutmaßte Thaisen. »Wo der wohl herkommt? Hab in letzter Zeit nichts von einem gesunkenen Schiff gehört. Aber vielleicht war es vor England. Da bekommen wir ja nicht immer alles mit.«

Ida hörte Thaisen gar nicht richtig zu. Sie interessierte sich für andere Dinge.

»Ich habe mir Wasserleichen anders vorgestellt«, sagte sie und ging vor dem Toten in die Hocke, um sein Gesicht genauer betrachten zu können. »Aufgedunsener, irgendwie gruseliger.«

»Der hier liegt noch nicht lang im Wasser«, antwortete Thaisen. »Höchstens fünf Tage. Und es haben ihn kaum Aasfresser erwischt. Wir müssen den Strandvogt informieren. Leichen müssen so schnell wie möglich gemeldet werden. Es werden dann Erkundigungen eingeholt. Ob es Bootsunfälle gab, jemand vermisst wird. Manchmal lässt sich noch feststellen, wer er war, und die Überreste werden zu den Angehörigen gebracht. Sollten die Nachforschungen erfolglos bleiben, wird er auf dem Gräberfeld der Namenlosen landen.«

Ida nickte ein wenig irritiert. Thaisens Stimme klang sachlich, als ginge es um ein Stück Holz oder ein Ölfass, das angeschwemmt worden war. Aber vor ihnen lag ein Mensch mit einer Geschichte. Sie entdeckte eine Kette an seinem Hals und nahm sie näher in Augenschein.

»Sieh mal. Er trägt eine Halskette mit einem Anhänger.« Sie beugte sich über den Leichnam und griff nach dem ovalen Anhänger. »Er lässt sich öffnen.« Sie schob einen kleinen Riegel in die Höhe, und plötzlich war das Bild eines jungen Mädchens zu sehen. Sie hatte blaue Augen, war blond und sehr hübsch. Ihr Blick traf Ida tief im Innersten. »Es ist wie bei dem anderen Mädchen.« Ihre Stimme brach. Und plötzlich war sie da. Die Abscheu vor dem Tod. Ida spürte Übelkeit in sich aufsteigen, und ihr Blick auf den Toten veränderte sich. Er hatte die Augen geschlossen, sein Mund war leicht geöffnet. Kreideweiß war seine Haut, und in seinem Haar hatte sich Tang verfangen, in dem einige Muscheln hingen. Über seine Stirn zog sich ein roter Striemen, sein Hemd war zerrissen, und er war barfuß. Sie ließ den kleinen Anhänger los und wich zurück.

»Ich muss hier weg«, stieß sie aus. »Er ist tot. Tot, verstehst du?« Die letzten Worte presste sie hervor.

Thaisen reagierte verwundert auf Idas plötzliche Veränderung. Ida lief rückwärts, stolperte, fiel hin, rappelte sich wieder auf und rannte davon. Fluchend folgte Thaisen ihr. Er hätte es wissen sollen. Der Anblick einer Wasserleiche, und das zum ersten Mal, war stets schwer zu verkraften. Wie hatte er nur annehmen können, dass es bei Ida anders sein könnte? Allerdings hatte sie zu Beginn ungewohnt gefasst reagiert, als würde die Entdeckung des Toten sie nicht sonderlich berühren. So oft hatten sie bereits über die Menschen gesprochen, denen das Meer das Leben raubte. Hatten sich Gedanken über ihre Hinterbliebenen gemacht, Namen für sie ersonnen, ihnen eine Identität geschenkt. Doch die Konfrontation mit einem wirklichen Leichnam hatte Ida noch nicht erlebt. Wie hatte er nur annehmen können, sie würde es einfach so wegstecken?

Er holte Ida auf dem Strandweg nach Nebel ein, und sie setzten sich abseits des Weges in die Dünen. Eine Weile sagte keiner von beiden etwas. Stimmten drangen zu ihnen herüber. Lautes Lachen einer Frau, das dem Gemecker einer Ziege glich.

»Es gehört dazu«, sagte Ida irgendwann. Sie riss ein Stück Strandhafer ab und drehte den Stängel in ihren Fingern hin und her.

Thaisen nickte und antwortete: »Aber daran gewöhnen werde ich mich nie.«

»Es sah aber danach aus«, erwiderte Ida.

»Die Sachlichkeit macht es leichter. Jedenfalls versuche ich es auf diese Art. Klappt aber nicht immer.«

»Er hat das Mädchen auf dem Bild bestimmt geliebt«, sagte Ida und fügte nach einer kurzen Pause hinzu: »Vermutlich weiß sie noch gar nicht, dass er tot ist.«

»Vielleicht ja doch. Ich weiß, du hältst nicht viel von den Geschichten mit den Wiedergängern, aber viele Insulaner glauben daran.«

Ida warf ihm einen Seitenblick zu, der alles sagte.

»Und was nun?«

»Jetzt gehen wir zu Jensen und melden die Leiche. Wenn wir Glück haben, hat seine Frau Juliane Butterkuchen gebacken.«

»Butterkuchen«, wiederholte Ida. »Du denkst kurz nach dem Fund einer Strandleiche an Butterkuchen.«

»Wieso nicht?«, fragte Thaisen. »Es ist schon Nachmittag, also beste Kuchenzeit.« Er grinste breit, erhob sich und streckte Ida die Hand hin, um ihr aufzuhelfen.

»Mit dir wird es noch mal schlimm kommen, Thaisen Bertramsen«, erwiderte Ida lachend und ergriff seine Hand.

Er zog sie, froh darüber, dass sie sich wieder gefangen hatte, auf die Beine und sagte grinsend: »Jetzt hab dich nicht so. Nach den Beerdigungen gibt es doch auch immer den Leichenschmaus. Tod und Essen liegen also gar nicht so weit auseinander.«

Sie liefen den Strandweg hinunter und erreichten bald darauf Nebel, das trotz der vielen Touristen einen recht verschlafenen Eindruck machte. Das Haus des Strandvogts lag am Ortsausgang in der Nähe der Mühle, wo gerade die Kinder des Müllers, ein Bub und ein Mädchen, drei und fünf Jahre alt, im Garten zwei Kaninchen nachjagten, die jedoch über die nahe Kuhweide davonhoppelten.

Thaisen und Ida winkten den beiden zu, blieben allerdings nicht bei ihnen stehen, wie sie es sonst öfter machten, sondern hielten auf das Haus des Strandvogts zu, wo Juliane Jensen Wäsche im Garten aufhängte. Als sie die beiden bemerkte, lächelte sie und begrüßte sie mit den Worten:

»Na, wen haben wir denn da? Du hast wirklich einen Riecher dafür, wenn ich Butterkuchen gebacken habe, Thaisen Bertramsen. Und du hast Ida mitgebracht. Wie schön. Wie geht es denn deiner Mutter und Rieke? Ich hoffe, sie konnten sich inzwischen von den aufregenden Hochzeitsfeierlichkeiten erholen.«

»Konnten sie«, antwortete Ida, nachdem sie Juliane mit dem friesischen *Gud Dai* begrüßt hatte, das sie lieber mochte als das *Moin*.

»Das freut mich«, erwiderte Juliane und befestigte ein weißes Hemd mit zwei Klammern an der zwischen zwei Birnbäumen gespannten Leine.

»Wir sind aber nicht wegen des Kuchens gekommen«, sagte Ida, was ihr einen strafenden Blick von Thaisen einbrachte.

»Das dachte ich mir schon«, erwiderte Juliane mit einem Augenzwinkern. »Allerdings ist Johann gerade nicht da. Er ist in den frühen Morgenstunden nach Wittdün gerufen worden. Ein Botenjunge des *Kurhauses* hat uns im Morgengrauen aus dem Bett geworfen. Dort muss es irgendeinen Vorfall gegeben haben. Es scheint wichtig zu sein. Was gibt es denn bei euch?«

»Am Strand ist eine Leiche angeschwemmt worden«, sagte Thaisen.

»Du liebe Güte. Das auch noch«, rief Juliane. »Wo denn genau?«

»Nicht weit vom Strandweg entfernt«, antwortete Thaisen. »Sie dürfte noch nicht lang dort liegen. Vermutlich erst seit ein, zwei Stunden.«

»Dann hat die letzte Flut sie gebracht«, erwiderte Juliane. »Ich kann nur leider nicht sagen, wann Johann aus Wittdün zurückkehren wird, und auch Philipp ist unterwegs. Soweit ich weiß, fährt er gerade mit einer Touristengruppe zu den Seehundbänken hinaus. Aber vielleicht kann uns Franz Wuttge helfen. Es wäre nicht das erste Mal, dass er eine Leiche vom Strand holt. Wollt ihr zu ihm hinüberlaufen und es ihm sagen?«

Ida wollte zustimmen, doch Thaisen kam ihr zuvor.

»Machen wir. Aber nur, wenn wir Wegzehrung bekommen.« Er grinste breit.

Juliane stimmte lachend zu. »Die hättest du doch sowieso bekommen. Ich würde dich niemals ohne dein Stück Butterkuchen ziehen lassen, mien Jung.«

Ida und Thaisen folgten Juliane in die Küche, wo auf dem gemauerten Ofen ein Kupferkessel und mehrere Pfannen standen. Der Blechkuchen lag der Kochstelle gegenüber am offenen Fenster auf einem Tuch zum Auskühlen.

»Ich hab den Kuchen eben erst aus dem Ofen geholt«, sagte Juliane und holte ein Messer aus einer Schublade der blau gestrichenen Anrichte, die neben dem Durchgang zur guten Stube stand. Sie schnitt zwei großzügige Stücke ab, legte sie auf zwei Papierservietten und reichte sie Thaisen und Ida.

Thaisen bedankte sich, und die beiden verließen die Küche. Ida biss gierig in das warme Stück Kuchen hinein.

»Du hast recht, Thaisen«, sagte sie mit vollem Mund, »der Kuchen ist ein Traum.«

Die beiden machten sich auf den Weg zu Franz Wuttges Haus. Dort angekommen, schickte sie seine älteste Tochter mit der Erklärung, dass mal wieder eines der Pferde lahmen würde, auf die nahe Pferdeweide. Doch auf der Weide war von Franz Wuttge weit und breit nichts zu sehen.

»Das scheint ja heute wie verhext zu sein«, schimpfte Thaisen. »Wo stecken die denn alle? Vermaledeit noch eins. Jetzt müssen wir wohl doch nach Wittdün laufen, um den Strandvogt persönlich zu informieren. Muss ja wirklich wichtig sein, wenn er sich dort schon seit dem frühen Morgen herumtreibt. Aber wenn die feinen Leute vom *Kurhaus* rufen, dann springen sie alle. Komm. Vielleicht können wir in Erfahrung bringen, was los ist.« Er bedeutete Ida, ihm zu folgen. Je näher sie Wittdün kamen, desto größer wurde auf dem Weg das Gedränge. Mit Waren gefüllte Fuhrwerke fuhren an ihnen vorüber, ebenso die Wagen der Kurgäste, die die üblichen Lustfahrten über die Insel machten.

Als Ida und Thaisen in Wittdün eintrafen, herrschte besonders am Hafen ein heilloses Durcheinander. Gerade hatte die Fähre aus Dagebüll angelegt, und Unmengen von Besuchern verließen das Schiff. Ida dachte daran, was die Köchin im Hospiz heute Morgen beim Frühstück gesagt hatte. Gerade die Nordseeinseln schienen in ihrer Abgelegenheit den Menschen Hamburgs ein sicherer Zufluchtsort vor der Cholera zu sein. Auch das *Haus Stockmann* hatte weitere Buchungen angenommen. Sine und Kaline waren aufgrund der besonderen Umstände bereits ausquartiert worden und planten, bald abzureisen. Sie begründeten ihre frühere Abreise damit, niemandem den Platz wegnehmen zu wollen, doch Ebba vermutete, dass es die Angst vor der Krankheit war, die die beiden von der Insel heruntertrieb, denn hinter vorgehaltener Hand wurde längst getuschelt, wie lange es wohl noch dauern würde, bis die Cholera Amrum erreicht hätte. Nur laut traute sich dies niemand auszusprechen, denn Amrum sollte weiterhin das Kurbad zum Wohlfühlen bleiben.

Im dichten Gedränge des Hafens entdeckten Ida und Thaisen Jasper, der neben seinem Wagen stand und anscheinend auf Kundschaft wartete.

Ida kämpfte sich zu ihm durch, grüßte und fragte: »Hast du Strandvogt Jensen irgendwo gesehen?«

»Ja, der ist gerade im *Haus Seeheim* gemeinsam mit Andresen und den anderen Wichtigkeiten der Insel verschwunden. Sie kamen aus dem *Kurhaus* und waren ziemlich aufgeregt. Was gibt es denn?«

»Wir haben eine Strandleiche gefunden«, sagte Thaisen.

»Verstehe«, erwiderte Jasper. »Und das wolltet ihr melden.« Thaisen nickte.

Jasper blickte zum *Haus Seeheim* hinüber, lüpfte seine Mütze und kratzte sich am Kopf. »Sie sahen recht beschäftigt aus. Allerdings gehört so eine Leiche schon gemeldet. Ihr solltet rübergehen und nach ihm fragen. Ist ja für die Touristen kein schöner Anblick. Und wenn dann erst noch die Aasfresser kommen.« Er winkte ab. »Ist bestimmt besser, wenn er informiert ist.«

»Und wenn du das machst?«, fragte Thaisen. »Wenn wir Kinder in solch eine wichtige Versammlung ...«

»Ich versteh schon«, erklärte Jasper. »Meine Gäste scheinen sowieso nicht aufzutauchen. Vielleicht kommen sie mit dem nächsten Schiff. Soll ja in Dagebüll ein rechtes Durcheinander herrschen. Bei dem großen Andrang ist das auch kein Wunder. Lasst uns nur schnell den Wagen vor Fraukes Laden bringen, damit sie derweil ein Auge auf ihn hat. Nicht, dass er in dem Trubel noch fortkommt.«

Die drei liefen den kurzen Weg zu Fraukes Papeteriegeschäft, vor dem sie den Wagen abstellten und Ida beauftragt wurde, Frauke rasch Bescheid zu geben. Ida nickte und betrat den Laden, in dem im Moment nur eine Kundin anwesend war. Die beleibte Dame stand auf der Kurwaage und plapperte ohne Unterlass, während Frauke die Gewichte von rechts nach links schob.

»Drei Leute haben sich heute Morgen übergeben. Im zweiten Stock soll es gewesen sein. Jedenfalls hat mir das meine Freundin Annemarie beim Frühstück berichtet, die im dritten Stock wohnt und es von einem der Zimmermädchen gehört hat, das auf dem Flur darüber gesprochen hat. Soll ja niemand erfahren, wegen der Panik. Aber wir haben schon gepackt. In zwei Stunden geht das Schiff nach Dagebüll. Nach Hamburg wollen wir ja nicht zurück. Dort sollen inzwischen übelste Zustände herrschen. In der Zeitung stand etwas von bald eintausend Toten. Das muss man sich mal vorstellen. Obwohl es natürlich hauptsächlich die armen Teufel in den Gängevierteln trifft. Und jetzt scheint diese schreckliche Seuche also auch hier angekommen zu sein. Mein Mann telegrafierte heute Morgen bereits seinem Bruder nach Kiel, um ihn über unsere Ankunft zu informieren. Dieser bewohnt mit seiner Familie ein großes Stadthaus. Dort werden wir gewiss so lange Unterschlupf finden, bis das Schlimmste vorbei ist. Ich kann Ihnen nur raten, meine Teuerste, Ihren Laden zu schließen und, wenn es Ihnen möglich ist, die Insel auf dem schnellsten Weg zu verlassen. Wenn diese scheußliche Krankheit erst einmal ausbricht, ist sie kaum noch aufzuhalten.«

Ida, die an der Tür stehen geblieben war, erstarrte. Frauke sah hoch und fing ihren Blick auf. Ihre Miene war ernst, als sie in ihrem gewohnt freundlichen Tonfall der Dame antwortete: »Jetzt malen wir den Teufel mal nicht an die Wand. Unser Amrum ist nicht Hamburg, und vielleicht hat Ihre Freundin nur etwas falsch verstanden.« Sie wandte sich Ida zu. »Ida, Kind, was gibt es denn?«

Ida nannte den Grund für ihr Kommen, sprach jedoch den Wasserleichenfund wohlweislich nicht an. Die Kundin war sowieso schon aufgelöst genug.

Frauke versicherte Ida, auf den Wagen zu achten, dann wandte sie sich wieder ihrer Kundin zu, um deren Ängste, den Ausbruch der Cholera betreffend, weiter zu beschwichtigen. Die Dame beharrte jedoch darauf, die Insel so schnell wie möglich verlassen zu wollen. Als Frauke ihr dann auch noch ihr Gewicht mitteilte, schien die Kundin endgültig bedient zu sein.

»Das kann gar nicht sein«, sagte sie. »Ich esse doch Schonkost.«

Ida schmunzelte, als sie den Laden wieder verließ. Sie wusste nur zu gut, wie die Schonkost der meisten Kurgäste aussah, sagte jedoch nichts. Draußen wurde sie bereits ungeduldig von den anderen erwartet.

»Was hat da drinnen denn so lange gedauert?«, fragte Thaisen.

»Nichts Besonderes. Eine Kundin aus dem *Kurhaus* stand auf der Waage und berichtete, es gäbe im *Kurhaus* Fälle von Cholera, weil es da Leuten schlecht geworden sein soll.«

»Ach du meine Güte«, sagte Thaisen.

»Was bestimmt nicht zutrifft«, beschwichtigte Ida ihn. »Bestimmt sind es diese Salmon…« Ihr fiel das Wort nicht mehr ein. »Du weißt, was ich meine. Das hatten wir diesen Sommer schon mehrfach. Sogar im Seehospiz haben erst neulich einige Leute gekotzt. Es ging ihnen aber schnell wieder besser.«

Thaisen blickte zu Jasper, dessen Miene ernst war. Er sagte jedoch nichts zu Ida.

»Lasst uns mal ins *Seeheim* rübergehen und dem Strandvogt wegen der Wasserleiche Bescheid geben, damit sie fortgeschafft werden kann.« Er bedeutete den Kindern, ihm zu folgen.

Der Weg zum *Haus Seeheim* war nicht weit. Als sie dort eintrafen, drangen laute Stimmen aus einem Raum im Untergeschoss bis auf die Straße hinaus.

Jasper sah zu Thaisen und Ida, die neben ihm stehen geblieben waren.

»Was meint ihr?«, fragte Jasper unsicher. »Reingehen oder lieber draußen bleiben?«

»Hm«, machte Thaisen. »Vielleicht sollten wir eine Münze werfen. Kopf für rein, Zahl für draußen bleiben.«

»Gute Idee.« Jasper fischte eine Mark aus seiner Tasche und warf sie in die Luft. Genau in dem Moment, als er »Zahl« rief, öffnete sich jedoch die Tür, und Andresen stürmte, gefolgt von Volkert Quedens und dem Strandvogt, nach draußen.

»Ich werde wegen den wenigen Fällen im *Kurhaus* auf keinen Fall den Hafen schließen lassen«, rief Andresen laut. »Und das ist mein letztes Wort. Cholera. Solch ein Unsinn.«

Er bemerkte Jasper erst, als er beinahe in ihn hineingelaufen wäre. Abrupt blieb er vor ihm stehen und fluchte: »Was stehst du hier herum? Sieh zu, dass du fortkommst.« Er eilte weiter.

Volkert Quedens und der Vogt folgten ihm nicht. Johann Jensen schüttelte den Kopf und murmelte: »Hoffentlich behält er recht.«

Quedens nickte und verabschiedete sich mit knappen Worten. Johann Jensens Blick fiel auf Jasper, und er sagte seufzend:

»Tut mir einen Gefallen und sagt keinem weiter, was ihr gerade gehört habt.«

Die drei nickten einträchtig, und Jasper ergriff das Wort.

»Wir wollten eine Leiche am Strand bei Nebel melden.«

»Das auch noch«, antwortete Jensen, setzte seine Mütze auf und versprach, dass er sich, so schnell es ginge, darum kümmern würde.

48

Ein strammer Wind trieb Regentropfen gegen die Fensterscheibe der Küche, in der sich zu dieser frühen Stunde Ebba damit beschäftigte, Heißwecken für das Frühstück zu backen. Die Tochter der neuen Gäste, einer Familie Koenen, die am Vortag eingetroffen war, die vierjährige Paula, leistete ihr bereits Gesellschaft. Die Kleine war recht aufgeweckt und hatte von der ersten Sekunde an Zutrauen zu Ebba gefasst. Ihr Kindermädchen, Dora, eine recht hübsche braunhaarige Frau, die leicht lispelte, hatte Ebba nach einem kurzen Blick in ihr Gesicht mit dem Versprechen, gut auf Paula achtzugeben, wieder ins Bett geschickt. Die arme Dora wurde von einer scheußlichen Erkältung geplagt, die sie sich, wie sie vermutete, durch die ständige Zugluft in der Bahn zugezogen habe. Ein älterer Herr im selben Wagen hatte das Fenster geöffnet, denn seiner Auffassung nach war es in den Zügen des Reichs grundsätzlich zu stickig. Marta hatte Dora sogleich bedauert und ihr beigepflichtet, dass es solch unvernünftige Frischluftfanatiker leider immer wieder mal gebe und man bedauerlicherweise nur wenig dagegen unternehmen könne. Ebba hatte zugesichert, eine heiße Hühnersuppe zu kochen, die Dora bereits gestern Abend mit großem Appetit zu sich genommen hatte. Doch so ein ordentlicher Schnupfen ließ sich nicht von einem Teller Hühnersuppe vertreiben. Aber nach ein paar Tagen Bettruhe sah die Welt gewiss wieder anders aus, und zu verpassen gab es bei dem scheußlichen Wetter auch nicht sonderlich viel.

Ebba hatte Paula einen warmen Kakao gekocht, in dem die Kleine gerade einen Keks versenkte. Der Teig für die Wecken war mittlerweile aufgegangen, und sie begann, ihn noch einmal durchzukneten.

»Was machst du da?«, fragte Paula neugierig.

»Das werden Heißwecken. Die soll es heute zum Frühstück geben.«

»Schmecken die gut?«, erkundigte sich die Kleine.

»Sehr gut sogar.«

»Und warum machst du da Rosinen dran?«

»Weil die in den Teig reingehören«, erwiderte Ebba, die sich wie in einer Fragestunde vorkam.

»Und wie viele machst du?«

»Viele. Müssen ja für alle reichen«, beantwortete Ebba auch diese Frage und schmunzelte. Sie konnte sich noch gut daran erinnern, wie Gesa in dem Alter gewesen war. Auch sie hatte ihr Löcher in den Bauch gefragt.

»Und wenn sie das nicht tun?«

»Dann backen wir noch mehr.« Marta formte kleine Plätzchen und setzte ihre Erklärung fort, bevor Paula die nächste Frage stellen konnte. »Die kommen jetzt zwanzig Minuten in den Ofen. Dann sind sie schön goldbraun.«

»Genau so, wie ich sie haben will«, sagte Jasper und betrat die Küche.

Er sah etwas zerknautscht aus, denn er hatte sich gemeinsam mit Wilhelm mal wieder die halbe Nacht beim Kartenspiel im *Lustigen Seehund* um die Ohren geschlagen.

»Und, wer hat gewonnen?«, fragte Ebba und stellte Jasper unaufgefordert einen Becher Kaffee hin.

»Philipp. Aber Quedens war auch nicht schlecht.«

»Volkert Quedens hat sich die Ehre gegeben?«, sagte Ebba erstaunt. Sie öffnete den Backofen, schob das Tablett mit den Heißwecken hinein und fragte: »Und, was gibt es für Neuigkeiten? Hat sich die Lage im *Kurhaus* wieder beruhigt?«

»Nein, leider nicht. Es gibt jetzt eine Quarantänestation im Westflügel. Gestern sollen vier weitere Fälle hinzugekommen sein.«

»Gleich vier«, rief Ebba alarmiert.

»Ja, und leider vermeldeten auch der *Kaiserhof* und Jacobs Logierhaus Gäste, die sich unwohl fühlten. Im *Kaiserhof* sind es wohl drei Fälle, bei Jacob bislang eine ältere Dame, die allerdings auf jedes zweite Essen mit Verdauungsproblemen reagiert, weshalb noch nicht einzuordnen ist, ob sie wirklich von dem Bakterium befallen ist.«

»Noch immer spricht es niemand offen aus, oder?«

»Es gilt nach wie vor, abzuwarten«, erwiderte Jasper und zuckte mit den Schultern. »Jedenfalls hat das Volkert gesagt. Doch aus ihm spricht meiner Meinung nach Andresen, der noch immer verhindern möchte, dass der Fährbetrieb zur Insel aus Dagebüll eingestellt und endgültig der Ausbruch der Epidemie an das kaiserliche Gesundheitsamt gemeldet wird, wie es Pflicht ist. Er begründet seine zögerliche Haltung damit, keine Panik schüren zu wollen. Sollte der Fährbetrieb eingestellt werden, wäre Amrum eine Cholera-Insel inmitten der Nordsee.«

»Die Cholera?«, sagte plötzlich eine schrille Stimme hinter Jasper, die ihn zusammenzucken ließ. Im Türrahmen stand Elisabeth Koenen, die Jasper entsetzt ansah. »Aber davor sind wir doch gerade geflohen. Sagen Sie nicht, dass diese schreckliche Seuche jetzt auch noch hier wütet. Man sagte uns bei unserer Buchung im Reisebüro, es wäre auf den Inseln sicher.«

Jasper schaute zu Ebba, die den Blick senkte.

»Es gibt einige Fälle an Durchfallerkrankungen im *Kurhaus*«, erklärte Jasper. »Aber es weiß noch niemand, ob es sich tatsächlich um die Cholera handelt. Das gerade eben war von mir nur so dahingesagt. Durch die ungewöhnliche Wärme in diesem Jahr hatten wir leider viele Magen-Darm-Erkrankungen unter den Gästen, denen hauptsächlich Salmonellenbefall zugrunde lag. Am Ende haben sich einige Gäste des *Kurhauses* nur den Magen verdorben und weiter nichts.«

»Kommen Sie mir bloß nicht mit Salmonellen. Das hat man in Hamburg zu Anfang auch behauptet«, entgegnete Elisabeth unwirsch. »Und dann sind innerhalb von drei Tagen Hunderte wie die Fliegen gestorben. Wir reisen heute noch ab. Komm, Paula.« Sie trat neben ihre Tochter und zog sie vom Stuhl herunter. Paula stieß ihren Kakaobecher um, der zu Boden fiel und zu Bruch ging. Die Kleine begann zu weinen.

»Was ist denn hier los?«, fragte Josef Koenen, der hinter seiner Frau im Türrahmen stand.

»Die Cholera«, rief Elisabeth Koenen. »Wir packen, und zwar sofort. Mit dem nächsten Schiff verlassen wir die Insel.« Sie zog die noch immer weinende Paula an ihrem Vater vorüber zur Treppe.

»Die Cholera«, wiederholte Josef Koenen und sah zu Jasper, der zu einer Erklärung ansetzen wollte, jedoch von Marta unterbrochen wurde, die die Worte ihres Gastes gehört hatte.

»Ja, es ist die Cholera«, antwortete sie ruhig. Nur Jasper erkannte, dass sie das ganz und gar nicht war. In Händen hielt sie einen Zettel.

»Eben hat ein Botenjunge diese Mitteilung gebracht. Über Nacht gab es in Wittdün zwanzig neue Fälle. Es ist also nicht mehr zu leugnen, dass wir es mit der Krankheit zu tun haben. Andresen wird den Ausbruch der Seuche noch heute dem kaiserlichen Gesundheitsamt melden. Und leider muss ich Ihnen mitteilen« – sie blickte zu Elisabeth Koenen, die auf der Treppe stehen geblieben war und sie fassungslos ansah –, »dass ab sofort keine Schiffe die Insel mehr verlassen werden.«

»Wie, kein Schiff verlässt die Insel? Aber, das geht doch nicht. Ich meine, Sie können uns doch nicht einfach …«

»Der Fährbetrieb wurde eingestellt, und niemand darf die Insel verlassen.« Marta ließ Elisabeth Koenen, die ihr auf den ersten Blick unsympathisch gewesen war, nicht ausreden. »Sie werden sich also fürs Erste auf eine unbestimmte Aufenthaltsdauer auf Amrum einstellen müssen. Diese Unannehmlichkeit ...« Weiter kam sie nicht, denn jetzt zeterte Elisabeth richtig los.

»Unannehmlichkeit nennen Sie das? Sie wollen uns auf einer von der Cholera befallenen Insel einsperren? Sind Sie denn von Sinnen? Aber das werde ich nicht zulassen. Irgendeinen Weg werden wir schon finden, um von dieser gottverdammten Insel herunterzukommen. Nicht wahr, Josef?«

Josef nickte, sagte jedoch nichts, was seiner Gattin nicht zu gefallen schien.

»Jetzt sag doch auch mal was dazu, Josef.«

Im nächsten Moment übergab sich Josef. Erschrocken wichen alle zurück. Elisabeth riss die Augen auf. Niemand reagierte. Wie erstarrt sahen alle dem Mann dabei zu, wie er erschöpft zu Boden sank. Ebba war diejenige, die sich als Erste wieder fing.

»Es ist gut.« Sie versuchte, die Situation in den Griff zu bekommen, doch ihre Stimme bebte. »Herr Koenen fühlt sich nicht wohl. Wir müssen uns kümmern. Am besten schaffen wir ihn nach oben in seine Kammer, damit er sich hinlegen kann.« Sie blickte zu Jasper, der zögernd nickte. Paula hatte schlagartig zu heulen aufgehört. Es herrschte eine beklemmende Stille.

»Frau Koenen, Sie werden Jasper helfen«, wies Ebba seine Frau an. »Wir werden derweil den Fußboden reinigen, und meine Gesa wird Ihnen sogleich alles Notwendige nach oben bringen, damit sich Ihr Gatte säubern kann.«

»Ich denke, es ist besser, wenn ich ...« Weiter kam Josef Koenen nicht mehr, da er sich erneut übergab. Genau in diesem Moment betrat hinter Marta Wilhelm den Flur und blieb abrupt stehen. Er brachte einen Schwall frische Regenluft mit sich herein, die ein wenig den Gestank des Erbrochenen vertrieb, und fragte entsetzt: »Was ist denn hier los?«

»Was wohl?«, antwortete Marta und bat ihn darum, die Klöntür auf der Oberseite zu öffnen, damit der Gestank abziehen konnte.

Wilhelm öffnete den oberen Teil der Tür, und Marta atmete erleichtert auf.

»Und was jetzt?«, fragte Ebba.

Zum ersten Mal, seitdem Marta sie kannte, klang sie hilflos.

»Toilette«, sagte Marta. »Frau Koenen.«

Elisabeth Koenen sah Marta alarmiert an. Sie stand inzwischen allein auf dem Treppenabsatz, denn Paula hatte sich zu ihrem Kindermädchen geflüchtet.

»Wie, ich?«

»Nun, es ist Ihr Gatte.«

»Ja, ich weiß. Aber, ich meine …« Sie machte eine kurze Pause, dann begann sie lautstark nach ihrem Diener Fritz zu schreien, der sich bisher noch nicht blicken hatte lassen.

Der Kopf des jungen blonden Mannes, der nach Jaspers Ansicht das Arbeiten nicht erfunden hatte, tauchte im Treppenhaus auf.

»Herrin«, sagte er arglos und rümpfte sogleich die Nase. »Himmel, was stinkt denn hier so erbärmlich?«

»Hilf deinem Herrn«, befahl Elisabeth, ohne auf die Worte ihres Dieners einzugehen. »Er ist …« Sie kam erneut ins Stocken, überlegte kurz und fügte hinzu: »Unpässlich geworden.«

Fritz blickte auf den Boden, und seine Augen weiteten sich vor Entsetzen. Was er vor sich hatte, musste ihm niemand mehr erklären, nachdem er gestern bis zur Sperrstunde in einem der Gasthäuser in Wittdün beim Kartenspiel der Gerüchteküche gelauscht hatte.

»Also ich weiß ja nicht …«, begann der Diener.

»Du gehst jetzt und hilfst deinem Herrn«, unterbrach Elisabeth ihn. »Für was bezahlen wir dich eigentlich.«

Sicher nicht dafür, jemanden aus seiner eigenen Kotze vom Fußboden zu fischen und sich eine tödliche Seuche einzuhandeln, kam es Jasper in den Sinn. Er würde dieser schrecklichen Person genau diese Antwort geben. Was war sie nur für eine fürchterliche Ehefrau. Da stand sie auf dem Treppenabsatz und kümmerte sich keinen Deut um ihren Gatten, der sich inzwischen, anscheinend von Krämpfen geplagt, auf dem Fußboden zusammenkrümmte. Dem Elend musste ein Ende gesetzt werden, und das ein für alle Mal. Die Cholera schien ihr Haus erreicht zu haben, daran gab es nichts zu rütteln. Von Herumstehen würde es jedoch nicht besser werden. Jasper krempelte die Ärmel hoch, trat hinter Josef und half ihm auf die Beine. Wilhelm eilte ihm ebenfalls zu Hilfe.

»Am besten schaffen wir ihn nach oben in die Toilette«, sagte Jasper.

Auch in Marta kam jetzt Leben.

»Ebba, setz heißes Wasser auf. Wir müssen seine Kleidung wegwerfen, am besten verbrennen. Wenn er oben ist, müssen sich alle die Hände mit Alkohol abspülen. Jasper soll nachher in die Apotheke fahren, Desinfektionsmittel holen und Doktor Bergstein informieren. Und Gesa soll bitte nicht das Haus betreten. Sie soll Marie zu Anne bringen und Ida Bescheid geben. Gott sei Dank, nächtigt sie mal wieder bei Thaisen im Pfarrhaus. Da hat die Anhänglichkeit der beiden etwas Gutes.«

Ebba nickte und wandte sich dem Herd zu. Aus dem Backofen stieg verräterischer Rauch auf.

»So ein Mist. Jetzt sind die Heißwecken verbrannt«, rief sie, griff nach einem Tuch, öffnete hektisch die Backofentür und zog das Blech mit dem viel zu dunkel gewordenen Hefegebäck heraus, während Jasper und Wilhelm Josef Koenen die Treppe nach oben und in den Toilettenraum schafften. Der teure Einbau der Wassertoilette zahlte sich jetzt aus. Jasper zog dem Kranken die Hosen aus und beförderte sie in einen Eimer, ebenso sein Hemd. Seine Gattin war einfach nur zur Seite getreten und beobachtete angewidert, wie sich Marta und die anderen um ihren Mann kümmerten. Fritz brachte ein frisches Hemd für seinen Herrn. Der arme Mann zitterte erbärmlich, weshalb ihm zusätzlich noch eine Decke um die Schultern gelegt wurde. Jasper eilte die Treppe nach unten, wusch seine Hände in einer ganzen Flasche Korn, die Ebba in eine Schüssel gekippt hatte, und lief los, um die Pferde aus dem Stall zu holen und anzuspannen. Inzwischen hatte Ebba einen Topf kochende Seifenlauge auf den Fußboden gekippt und zwei weitere Schnapsflaschen darüber entleert.

»Himmel, hier riecht es wie einer Schnapsbrennerei«, bemerkte Gesa, die auf den Flur trat, um nach dem Rechten zu sehen. Fassungslos hatte sie eben dem knappen Bericht Jaspers gelauscht, nachdem sie mit Marie auf den Hof gekommen war. Selbstverständlich hatte sie die Kleine daraufhin sofort wieder ins Nebengebäude gebracht.

»Alkohol ist gut gegen Bazillen«, erwiderte Ebba. »Und heute können wir nicht genug davon haben. Fass bloß nichts an und sieh zu, dass du die kleine Marie auf dem schnellsten Weg zu Anne Schau bringst. Hast du verstanden? Und danach läufst du zum Pfarrhaus hinüber und informierst Ida, damit sie nicht hierherkommt. Ist besser, wenn sie fürs Erste fortbleibt. Pfarrer Bertramsen wird dafür bestimmt Verständnis haben.«

Gesa nickte und verließ das Haus. Kurz darauf beobachtete Ebba, wie sie mit dem Kind bei Jasper auf den Wagen kletterte. Jasper fuhr vom Hof, und im nächsten Moment trafen zwei weitere Personen ein, deren Ankunft Ebba herbeigesehnt hatte. Es waren Sine und Kaline, die wie jeden Morgen zum Frühstück auftauchten. Ebba verließ die Küche und blieb an der noch immer geöffneten Klöntür stehen.

»Gud Dai«, begrüßte Sine Ebba, runzelte die Stirn und fragte: »Was ist passiert?«

»Einer unserer neuen Gäste ist heute Morgen urplötzlich krank geworden.«

Sine nickte, und Kaline erkundigte sich: »Wie können wir helfen?«

Ebba wollte etwas erwidern, wurde aber von Marta unterbrochen, die hektisch die Treppe nach unten gelaufen kam und rief: »Jetzt hat es das Kindermädchen auch erwischt.« Sie bemerkte Sine und Kaline.

»Gut, dass ihr da seid.«

Ebba öffnete die Klöntür, und Sine und Kaline betraten den Raum. Ihre Mienen waren ernst. Marta sprach so schnell weiter, dass sich ihre Stimme beinahe überschlug.

»Das Kindermädchen hat sich gerade übergeben. Alles ist voll. Das Bett, der Fußboden, Paula, die bei ihr gelegen hat. Und diese dumme Ziege von Mutter hat sich in ihrer Kammer verschanzt und will einfach nicht herauskommen. Das muss man sich mal vorstellen: Kümmert sich weder um ihren Mann noch um ihr Kind. Wilhelm ist oben und versucht, das Mädchen zu beruhigen, aber …«

»Gut«, fiel Ebba ihr ins Wort, »ich hole das Mädchen zu mir in die Küche und mache es sauber. Gerade habe ich neues Wasser zum Kochen aufgesetzt, das gleich heiß sein wird. Du kannst also eine Schüssel Seifenlauge mit nach oben nehmen, um alles zu reinigen. Und Schnaps ist auch noch da. Den schütte ich mit in die Schüssel. Dann ist alles desinfiziert.«

»Und wir werden uns um die Kranke kümmern«, sagte Kaline fest. »Gemeinsam werden wir das Kind schon schaukeln.« Sie klang entschlossen. »Von so einer elenden Bazillenhorde lassen wir uns nicht unterkriegen, nicht wahr, Sine?« Sie zog ihren Mantel aus und krempelte die Ärmel hoch.

Sine stimmte ihr zu.

»Und sollte der Schnaps ausgehen, dann lauf ich zu Fedder Flor hinüber. Der hat den ganzen Keller voller Birnenschnaps und gibt uns bestimmt noch ein paar Flaschen.«

Sie teilten sich auf. Ebba nahm die kleine Paula in ihre Obhut, entkleidete sie in der Küche, wusch sie gründlich mit dem Seifenlauge-Schnaps-Gemisch ab und zog ihr ein sauberes Kleid von Ida an, das Marta hastig aus einer Kleidertruhe gefischt hatte. Sine und Kaline halfen der bedauernswerten Dora, die immerhin einige Schlucke Wasser bei sich behielt, was Kaline für ein gutes Zeichen hielt. Bei Josef Koenen sah es schlimmer aus. Er wirkte schon fast apathisch. Wilhelm und Marta waren bald ratlos, wie sie dem armen Mann noch helfen sollten. Es vergingen Stunden, bis Jasper endlich aus Wittdün mit Doktor Bergstein eintraf, der einen übermüdeten Eindruck machte. Jasper hatte mehrere Flaschen Desinfektionsmittel dabei, die sehnsüchtig erwartet wurden, denn die Schnapsvorräte des Hauses waren längst aufgebraucht, und Fedder Flor war der Meinung gewesen, sein Birnenschnaps wäre viel zu schade, um ihn zur Desinfektion einzusetzen. Die Nachricht über den Ausbruch der Cholera in Norddorf schien den alten Mann kaltzulassen.

Doktor Bergstein begutachtete die Kranken und untersuchte auch Elisabeth Koenen, die sich jedoch nicht angesteckt zu haben schien. Doktor Bergstein berichtete davon, dass in Wittdün insgesamt fünfzig Personen betroffen seien und damit begonnen worden sei, ein Notkrankenhaus einzurichten, wo die Kranken von fachmännischem Pflegepersonal versorgt werden konnten. Auch könne deren Isolierung eine weitere Verbreitung der Seuche vielleicht verhindern. Pfarrer Bertramsen würde einige seiner Diakonissinnen zur Pflege für die Kranken abstellen, und auch vom Festland war ihnen Unterstützung zugesagt worden. Weitere Ärzte und Krankenschwestern seien bereits auf dem Weg zur Insel und müssten in Kürze eintreffen. Im Moment komme das ehemalige Hotel von Volkert Quedens als Krankenhaus infrage, denn dieses wies ausreichende und passende Räumlichkeiten auf und stand zurzeit leer.

»Wenn alles nach Plan läuft, können wir Sie in den Abendstunden, spätestens aber morgen früh von der Last der Krankenpflege befreien, Frau Stockmann«, erklärte Doktor Bergstein Marta. »Ich muss aber sagen, Sie machen das hervorragend. Bitte flößen Sie, soweit es möglich ist, den Erkrankten weiterhin Flüssigkeit ein. Zuckerwasser ist zu empfehlen, denn sie benötigen Energie. Morgen sollten auch die ersten offiziellen Desinfektionstrupps mit Karbol und Chlorkalk auf der Insel eintreffen. Selbstverständlich werde ich sie auch sofort zu Ihnen schicken, damit Ihr Haus gründlich desinfiziert wird. Ich rate Ihnen dazu, die Kleidung, die Sie gerade tragen, zu verbrennen und auch sich selbst mit Karbol zu reinigen.«

»Am besten in Schnaps baden«, warf Sine ein.

»So oder so ähnlich«, erwiderte der Arzt, den Sines Bemerkung tatsächlich zum Schmunzeln brachte. »Obwohl der gute Schnaps wirklich zu schade ist, um darin zu baden. Alles in allem bin ich guter Dinge, dass wir die beginnende Epidemie durch unser rasches Handeln schnell in den Griff bekommen werden. Amrum ist nicht Hamburg. Hier gibt es keine engen und schmutzigen Gängeviertel oder verunreinigtes Trinkwasser. Wir können allerdings nur hoffen, dass wir von allzu vielen Todesfällen verschont bleiben. Inzwischen gibt es leider bereits die ersten vier Todesopfer zu beklagen, und ich denke, im Lauf der Nacht werden noch einige hinzukommen.« Er wusch sich seufzend die Hände in einer extra für ihn von Ebba bereitgestellten Schüssel und nickte Marta und auch Wilhelm, der seinen Posten bei dem armen Josef Koenen für einen Augenblick verlassen hatte, aufmunternd zu.

»Ich melde mich, sobald ich Informationen über den Abtransport habe. Bis dahin bedanke ich mich bei Ihnen allen für Ihre großartige Arbeit. Nicht jeder hätte den Mut, sich auf diese Weise um die Kranken zu kümmern.«

»Ja, sollen wir sie denn kotzend auf dem ...«, setzte Kaline an, schaffte es jedoch nicht, den Satz zu beenden.

»Vielen Dank für Ihr schnelles Kommen und Ihre aufmunternden Worte«, fiel Marta ihr ins Wort und warf ihr einen mahnenden Blick zu. »Dann wollen wir mal hoffen, dass der Spuk für uns alle bald vorbei sein wird. Und ich persönlich wünsche mir natürlich, dass die Kranken noch heute abgeholt werden, denn wir fühlen uns überfordert.«

»Was ich gut verstehen kann, meine Teuerste«, erwiderte der Arzt. »Ich werde sehen, wie wir die Organisation beschleunigen können. Das verspreche ich Ihnen.« Er verabschiedete sich, und Wilhelm brachte ihn zur Tür.

Jasper, der auf der Bank vor dem Haus auf den Arzt gewartet hatte, sprang auf und ging zum Wagen. Doktor Bergstein setzte sich neben ihn auf den Kutschbock und zog die Kapuze seines Mantels über den Kopf, denn es begann zu regnen. Wilhelm beobachtete, wie der Wagen vom Hof rollte, und ging zurück ins Haus, um noch einmal nach seinem Patienten zu sehen, der inzwischen kaum noch ansprechbar war. Er ahnte, dass Josef Koenen einen Abtransport in eine Krankenstation nicht mehr erleben würde.

49

Norddorf, 20. September 1892
Leider wütet die Cholera noch immer auf der Insel, und jeden
Tag sterben Menschen. Ich mache mir solche Sorgen, dass es
auch unsere Familie treffen könnte. Aber bisher sind alle
gesund geblieben. Wir beten jeden Tag dafür, dass dieses
Grauen bald ein Ende hat und alle es gut überstehen. Besonders leid tut es mir um die kleine Paula. Das arme Kind. Es
war noch so jung.

Marta saß in der kleinen Leihbibliothek von Frauke und nippte an ihrem Tee, in dem sie vier Stücke Kandiszucker versenkt hatte, denn im Moment konnte sie von Süßem gar nicht genug bekommen, und lauschte Fraukes Bericht über den gestrigen Vortrag eines Mannes namens Peter Uhlsen, der im *Haus Seeblick* stattgefunden hatte.

»Dieser Herr Uhlsen ist wirklich ein gut aussehender Mann. Das muss man ihm lassen. Und er hat nicht nur mich mit seinem Wissen zu dem Thema Krankheitserreger, und wie man sie bekämpfen kann, beeindruckt. Er meinte, die inneren Säfte des Körpers müssten gestärkt werden, dann könnte der Körper sich vor solch schrecklichen Seuchen wie der Cholera selbst schützen und diese im Fall einer Erkrankung sogar besiegen. Und dafür hat er das neueste Produkt aus Amerika mitgebracht. Eine Kräuterlösung, von der man dreimal am Tag einen Löffel nehmen soll. Die Lösung ist von den Indianern hergestellt worden, die sehr in Naturheilkunde bewandert sind.«

»Von den Indianern.« Marta nahm die braune Glasflasche mit dem angeblichen Wundermittel vom Tisch und betrachtete sie skeptisch von allen Seiten.

»Und was genau drinsteckt, hat er nicht erklärt?«

»Solche Wurzeln, eben ein Kraut«, erwiderte Frauke ausweichend. »Das hatte einen komplizierten Namen. Ich hab gar nicht so genau hingehört.«

»Also, ich will dir ja die Freude an deinem Herrn Peter Uhlsen und seinem Trank von den Indianern nicht nehmen, aber ich denke …«

»Ich weiß, was du sagen willst«, unterbrach Frauke Marta, »aber es funktioniert. Peter Uhlsen hat Personen aus Hamburg mitgebracht, die an der Cholera erkrankt waren und jetzt wieder gesund sind. Sogar ein Kind war unter ihnen. Aber wenn du möchtest, kannst du ihm persönlich deine Fragen stellen, denn er wird in einer Viertelstunde seinen nächsten Vortrag halten. Und stell dir vor: Dieser wird sogar in Riekes und Jacobs Logierhaus im Speisezimmer stattfinden.«

»Ach, sieh an«, erwiderte Marta. »Dann will ich mal hingehen und mir diesen Burschen aus der Nähe ansehen. Und vielleicht stimmt es ja tatsächlich, und der Trank hält, was er verspricht. Zu wünschen wäre es uns ja.« Sie seufzte.

»Ja, das wäre es«, pflichtete Frauke ihr bei. »Im *Kurhaus zur Satteldüne* soll es jetzt ebenfalls Fälle geben. Es sollen zwar nur drei Personen sein, aber wer weiß, wie lange es dauert, bis sich deren Anzahl verdoppelt. Es ist so schrecklich. Trotz der vielen Desinfektions- und Hygienemaßnahmen breitet sich diese Seuche immer weiter aus.« Sie schenkte sich Tee ein, nahm sich einen Keks und fragte: »Habt ihr schon etwas von Elisabeth Koenen und dem bedauernswerten kleinen Mädchen gehört?«

»Ja, sie sind leider beide vorgestern verstorben. Eine der Diakonissinnen war so freundlich, mich zu informieren. Besonders

Ebba trifft Paulas Tod sehr. Sie hatte die Kleine ins Herz geschlossen. Aber wenigstens scheint Dora, das Kindermädchen, die Krankheit überstanden zu haben. Sie wohnt auch wieder bei uns in ihrem Zimmer, da sie nicht wusste, wohin. Sie telegrafierte bereits ihren Eltern in Goslar, um sie zu informieren. Es kam sogleich eine Antwort ihres Vaters zurück, dass sie jederzeit zu Hause willkommen wäre und man auf sie warten würde. Doch so schnell wird sie Amrum wohl nicht verlassen können.«

»Und habt ihr den Diener gefunden?«, fragte Frauke.

»Leider nein«, erwiderte Marta.

»Der ist bestimmt irgendwie von der Insel weggekommen und sitzt längst irgendwo in einer Stadt in Sicherheit.«

»Wo er womöglich die Cholera verbreitet«, sagte Marta mit einem bitteren Unterton in der Stimme. Sie war noch immer fassungslos darüber, dass der Diener Fritz Anders sich noch in der Todesnacht seines Herrn aus dem Staub gemacht hatte. Kaline wünschte dem feigen Burschen sogar den Tod im Watt an den Hals. Allerdings konnte sich Marta nicht vorstellen, dass sich der Mann allein ins Watt gewagt hatte. Mit Sicherheit hatte er irgendeinen der Krabbenfischer am Hafen bestochen und es vielleicht nach Föhr oder Sylt geschafft. Philipp hatte am Hafen herumgefragt, doch bisher ohne Erfolg. »Dann ist er eben fort«, hatte Wilhelm gesagt. »Stirbt er mir wenigstens nicht auch noch unter den Fingern weg wie sein Herr, der arme Teufel.« Es war schon schlimm genug gewesen, in dieser fürchterlichen Nacht dabei zusehen zu müssen, wie Josef Koenen seinen letzten Atemzug tat. An das schreckliche Erlebnis des Abtransportes der kleinen Paula und ihrer Mutter in die Krankenstation wollte Marta gar nicht mehr denken. In diesem Augenblick hatten sie alle geweint.

»Und wie geht es den anderen? Wilhelm, Marie und Ida?«, erkundigte sich Frauke und riss Marta aus ihren Gedanken.

»Allesamt wohlauf. Um Marie, die seit gestern wieder bei uns im Hotel ist, kümmert sich Gesa. Ida treibt sich wie immer mit Thaisen irgendwo auf der Insel herum. Die Schule ist ja im Moment wegen der Seuche geschlossen, was den beiden gut gefällt. Ich will gar nicht so genau wissen, was sie den ganzen Tag anstellen. Und auch Ebba, Sine und Kaline geht es gut.«

»Es ist schon ein Wunder, dass sich niemand von euch bei den Koenens angesteckt hat«, konstatierte Frauke.

»Das liegt bestimmt an Ebba und ihrem Schnaps. Wir mussten regelrecht darin baden. Morgens, mittags, abends. Ständig befahl sie uns, in die Wanne mit dem Seifenlauge-Korn-Gemisch zu steigen. Die Toiletten hat sie heute Morgen zum x-ten Mal gereinigt. Und das macht sie immer mit Korn, den Jasper ihr im *Lustigen Seehund* besorgt. Im ganzen Haus riecht es wie in einer Schnapsbrennerei. Aber Ebba schwört darauf, alles mit dem Alkohol zu desinfizieren. Von Karbol oder Chlorkalk hält sie nicht viel. Damit habe dann ich geputzt, und natürlich war auch einer der Desinfektionstrupps bei uns und hat ganze Arbeit geleistet. Das gesamte Gepäck der Familie Koenen haben wir gestern Abend auf dem Hof verbrannt. Es schmerzte wirklich, die Kinderkleidchen in die Flammen zu werfen. Doras Reisekleidung wurde von Ebba ausgekocht. Jetzt ist ihr Rock nicht mehr dunkel-, sondern hellbraun. Aber was soll's. Eine der Blusen ist kaputt. Aber sie hat noch Ersatz. Das Mädchen nimmt den Tod ihrer Herrschaft sehr gefasst auf. Im Vertrauen sagte sie mir, dass es ihr am ehesten um die Kleine leidtue.« Marta griff nach ihrer Teetasse und leerte sie in einem Zug.

»Das glaube ich gern«, erwiderte Frauke. »Die Frau muss eine unmögliche Person gewesen sein. Da ist ihr Mann sterbenskrank, und sie würdigt ihn keines Blickes mehr.«

»Vermutlich war die Ehe längst zerrüttet ... Wollen wir jetzt los?« Marta erhob sich nach einem Blick auf die Uhr. »Sonst verpassen wir noch den Vortrag über das Wundermittel.«

»Aber gern«, erwiderte Frauke. »Und vielleicht werde ich mir noch ein Fläschchen des Teufelszeugs gönnen. So als Vorrat. Obwohl es ja nicht günstig ist.«

»Was will er denn dafür haben?«, fragte Marta und setzte ihren Hut auf.

»Acht Mark.«

Martas Augen wurden groß. »Aber das ist ja ein halbes Vermögen.«

»Ich weiß«, erwiderte Frauke. Sie gingen durchs Lager zur Hintertür, da Frauke ihren Laden selbstverständlich geschlossen hatte. »Aber solche indianischen Wurzeln sind eben nicht leicht zu bekommen.«

Marta verbiss sich einen abfälligen Kommentar. Frauke schien tatsächlich an die Wirkung des Zeugs zu glauben. Sie sah rasch nach, wie viel Geld sie noch im Portemonnaie hatte, und überlegte, ob Jacob ihr etwas leihen würde. Vermutlich schon. Immerhin war sie seine Schwiegermutter.

Die beiden Frauen liefen die Hauptstraße hinunter, auf der an diesem sonnigen Tag auffallend wenig Betrieb herrschte. Philipp Schau beschäftigte sich damit, Ausbesserungsarbeiten an seinem Kutter durchzuführen, und grüßte freundlich, als sie an ihm vorüberkamen.

»Die Damen« – er zog sogar seinen Hut –, »wo soll es denn hingehen?«

»Zu Rieke und Jacob«, beantwortete Marta seine Frage. »Dort gibt es einen Vortrag von Peter Uhlsen.«

»Ach, diesem Scharlatan, der den Leuten für teuer Geld irgendwelche indianischen Wurzeln verkaufen will«, entgegnete Philipp.

»Ich denke nicht, dass er ein Scharlatan ist«, widersprach Frauke spitz. »Immerhin hat er ehemalige Kranke dabei, die aufgrund seiner Medizin die Seuche überstanden haben.«

Philipp sah kurz zu Marta, die ein Schulterzucken andeutete.

»Wenn das so ist«, erwiderte Philipp, um Schadensbegrenzung bemüht. »Dann viel Vergnügen. Und vielleicht gebt ihr mir ja später ein Gläschen von dem Wundermittel ab.«

»Vielleicht«, erwiderte Marta und grinste. Sie verabschiedeten sich und liefen weiter. Als sie am *Haus Seeblick* eintrafen, wurden sie von Rieke am Eingang begrüßt, die etwas blass um die Nase war.

Marta blieb bei ihrer Tochter stehen, musterte sie besorgt und erkundigte sich nach ihrem Wohlergehen.

»Es ist nichts«, wiegelte Rieke ab. »Nur der Kreislauf will heute nicht so, wie ich es gern hätte. Aber Übelkeit plagt mich keine. Es liegt gewiss am Wetter.«

»Wem sagst du das«, sagte Frauke. »Erst warm, dann kalt, dann wieder warm. Mir war heute Morgen auch ganz schwummerig. Ich kann dir für solche Tage einen hervorragenden Kräuterlikör empfehlen. Das Zeug wirkt bei Kreislaufsorgen Wunder. Die Gattin des Apothekers stellt diese teuflische Mischung selbst her. Ein kleines Gläschen davon, und sämtliche Lebensgeister kehren zurück.«

»Wo wir wieder beim Thema Kräutertrunk angekommen wären«, scherzte Marta und fügte hinzu: »Wir hoffen, der Vortrag dieses Peter Uhlsen hat noch nicht begonnen.«

»Nein, hat er noch nicht. Normalerweise kostet die Teilnahme daran ja eins fünfzig, aber bei euch beiden kann ich gewiss ein Auge zudrücken.«

»Für die Teilnahme an dem Vortrag nimmt er auch noch Geld?«, fragte Marta entgeistert. »Na, der Bursche ist aber wirklich geschäftstüchtig.«

»Nun ja ...«, erwiderte Rieke zögernd. »Im Eintrittspreis sind ein Getränk und ein Stück Kuchen enthalten. Mit Speck fängt man bekanntlich Mäuse. Und was nichts kostet ...«

»Ich verstehe schon«, erwiderte Marta. »Und was hältst du von diesem indianischen Wundermittel?«

»Oh, eine ganze Menge. Jacob und ich haben bereits eine Flasche erworben. Herr Uhlsen war so freundlich und hat uns sogar einen Sonderpreis eingeräumt. Ganze zwei Mark Rabatt hat er uns gegeben.«

»Wie großzügig.« Marta fiel es schwer, nicht zynisch zu werden. »Dann wollen wir uns den Mann doch mal ansehen«, sagte sie zu Frauke.

Die beiden betraten den Speiseraum, wo der Vortrag stattfinden sollte. Sämtliche Tische waren zur Seite geräumt und die Stühle in Reihen aufgestellt worden. Das warme Licht der Nachmittagssonne fiel durch die Verandafenster in den Raum. Die Türen zum Außenbereich waren jedoch geschlossen. Marta mochte das kleine Speisezimmer des Logierhauses. Es war hellgelb gestrichen, Petroleumlampen, deren weiße Glasschirme goldfarben eingefasst waren, zierten die Wände, und vor einem hellbraun gefliesten Kachelofen lud eine mit blumigem Stoff bezogene Sitzgruppe zum Verweilen ein. Bilder, die Strand und Meer zeigten, und einige Deko-Artikel wie Schiffsmodelle oder Muscheln auf den Fensterbrettern rundeten den einladenden Gesamteindruck ab. Direkt neben der Tür gab es ein kleines Kuchenbüfett, an dem sich Frauke und Marta bedienten. Dann nahmen sie in einer der hinteren Reihen Platz. Es gab noch nicht viel zu sehen. Ein Plakat war aufgehängt worden, auf dem das Wundermittel abgebildet war – eine braune Glasflasche mit einem grünen Etikett darauf. Marta las den kompliziert klingenden Namen laut vor. »*Glucasomaludad.*« Darunter stand etwas kleiner: *Mittel zur Stärkung der Gesundheit.*

»Jetzt weißt du auch, weshalb ich mir den Namen nicht merken konnte«, sagte Frauke und verzog das Gesicht.

Marta nickte. Sie blieb skeptisch. In Hamburg waren immer wieder Händler mit irgendwelchen Wundermitteln gegen alle möglichen Leiden aufgetaucht. Zumeist verbesserten diese jedoch lediglich den Gewinn der Händler. Aber vielleicht war es ja dieses Mal anders, und der Trank half tatsächlich gegen die Cholera.

Der Raum füllte sich rasch, und bald waren sämtliche Stühle besetzt. Marta sah nicht ein bekanntes Gesicht. Es schienen ausschließlich Kurgäste zu sein, die sich den Vortrag anhören wollten. Sie probierte den Streuselkuchen, für den sie sich entschieden hatte, und befand ihn für gut. Obwohl er mit dem von Ebba nicht mithalten konnte.

Peter Uhlsen betrat den Raum. Er war ein großer, schlanker Mann mit schwarzem Haar, das er nach hinten gekämmt trug. Ihm folgte ein dicklicher Bursche, der einen Karton auf einem Tisch abstellte und die Flaschen herausholte. Peter Uhlsen begrüßte die Anwesenden sogar mit dem friesischen Begriff *Gud Dai*. Marta empfand seine Art als anmaßend, sagte jedoch nichts, sondern lauschte seinen Ausführungen.

»Die Cholera ist eine Seuche, die vor allen Dingen durch Unsauberkeit ausgelöst wird. In Hamburg ist diese hauptsächlich in den Gängevierteln, aber auch in den Auswandererbaracken allgegenwärtig. Und leider wurde es dort versäumt, eine Filteranlage für das Trinkwasser einzurichten. Es sind bereits über viertausend Todesopfer zu betrauern, und die Zahl der Infektionen steigt weiter. Ich möchte heute Abend erläutern, wie das Bakterium im Körper arbeitet und weshalb mein Kräutertrank dieses wirksam bekämpfen kann.«

Marta gefielen seine Worte, obwohl sie weiterhin skeptisch blieb. Er schien tatsächlich gut informiert zu sein. Sie hörte interessiert den medizinischen Erläuterungen des Mannes zu, der alles so anschaulich und lebendig darlegte, dass es auch für Laien verständlich wurde. Zum Ende seines Vortrages erklärte er noch einmal genau die Inhaltsstoffe seines Trankes, zeigte Bilder der indianischen Wurzel und berichtete davon, dass diese bereits seit vielen Jahrhunderten besonders bei den Stämmen Nordamerikas zum

Einsatz kam. Ganz zum Schluss betraten eine Frau mit Kind und ein älterer Herr den Raum, die schilderten, dass sie an der Cholera erkrankt waren und diese mithilfe des Trankes überstanden hatten. Peter Uhlsen wies abschließend noch einmal darauf hin, dass der Trank die Abwehr des Darms fördern würde, sodass die Bakterien eingedämmt würden und es deshalb nicht zu einem Ausbruch kommen konnte. Als er endete, spendeten sämtliche Anwesende Beifall und zückten ihre Geldbörsen. Im Nu waren alle Flaschen verkauft, und sogar Marta hatte sich trotz ihrer Skepsis dazu durchgerungen, den Trank zu kaufen.

»Ist er nicht wunderbar«, schwärmte Frauke, nachdem sie den Raum verlassen hatten.

»Ja, das ist er«, antwortete Marta. »Sehr beeindruckend. Wenn sein Trank nur halb so gut ist, wie er Vorträge hält, dann muss er ja wirken.«

»Das tut er mit Sicherheit, meine Teuerste.« Von Marta unbemerkt, war Peter Uhlsen hinter sie getreten.

»Ich hatte ihren skeptischen Blick wahrgenommen«, fuhr er fort, während er sich eine Zigarette anzündete. »Und trotzdem haben Sie eine Flasche erworben. Darf ich den Grund dafür erfragen?«

»Vermutlich die Angst«, erwiderte Marta. »Sie verleitet viele von uns dazu, Dummheiten zu machen.« Sie biss sich auf die Lippe.

»Sie halten meinen Trank also für eine Dummheit.«

»Ich weiß nicht, für was ich ihn halten soll«, erwiderte Marta. »Aber ich will daran glauben, dass er uns allen helfen wird.«

»Was er gewiss tut.« Peter Uhlsen lächelte. »Ich mag Skeptiker, denn sie beleben das Geschäft. Nur durch Kritik wird man besser.«

Er zwinkerte Marta zu und wandte sich einer älteren Dame zu, die ihn angesprochen hatte.

Marta und Frauke gingen weiter und betraten durch eine Seitentür das Büro von Jacob und Hinrich. Die beiden saßen an ihren Schreibtischen und blickten auf. Hinrich bot ihnen sogleich Sitzplätze und Kaffee an und erkundigte sich danach, wie der Vortrag gewesen sei.

»Nicht schlecht«, erwiderte Marta. »Allerdings hat er mich nicht ganz überzeugt.«

»Du hast ihm aber ein Fläschchen seines Mittels abgekauft«, sagte Jacob und deutete auf die braune Flasche, die Marta in Händen hielt.

»Nennen wir es Wunschdenken«, antwortete Marta und fragte: »Wie sieht es denn bei euch aus? Gab es weitere Fälle?«

»Zum Glück nicht. Bisher hatten wir zwei Erkrankte zu vermelden, die sich aber beide auf dem Weg der Besserung befinden. Langsam keimt Hoffnung auf, dass das Schlimmste überstanden ist.«

»Dafür ist die Seuche jetzt auch auf Föhr ausgebrochen«, sagte Hinrich. »Es ist von mehreren Fällen die Rede, und es soll bereits Tote gegeben haben. Selbstverständlich werden auch dort die erforderlichen Maßnahmen getroffen. Es ist einfach nur schrecklich.«

»Ja, das ist es«, pflichtete Jacob seinem Freund bei. »Allerdings hätte diese Tragödie verhindert werden können, wenn die Verantwortlichen auf uns und einige andere gehört hätten und die Inseln unmittelbar nach Bekanntwerden der Katastrophe und der Schließung des Hamburger Hafens für sämtliche Reisende dichtgemacht hätten. Aber unser feiner Herr Andresen wollte es ja nicht wahrhaben.«

Er kam nicht mehr dazu, noch etwas hinzuzufügen, denn plötzlich wurde die Tür aufgerissen und Rieke stürzte, gefolgt von Ebba, in den Raum und rief: »Mama, du musst schnell kommen. Es ist Marie.«

50

Wilhelm stand auf, als Marta in den Raum stürmte. Doch sie hatte keine Augen für ihn, sondern nur für Marie, die in seinen Armen lag.

»Wie schlimm ist es?«, fragte Marta.

»Sie hat sich mehrfach übergeben«, antwortete Wilhelm. »Der Durchfall kommt in Schüben.« Er deutete auf die dicken Stoffwindeln, in die die Kleine gewickelt worden war. »Es hat vor einer Stunde angefangen, und ich bin sofort mit ihr hierhergekommen. Doktor Bergstein hat sie bereits untersucht.«

»Und? Was sagt er?«, fragte Marta und setzte sich neben ihn.

»Wir müssen es beobachten. Es gab Kinder, die es überstanden hätten, allerdings …«

Marta nickte. In ihre Augen stiegen Tränen, und sie murmelte: »Ich weiß. Sie ist noch so klein.«

Wilhelm stand auf und legte Marie behutsam seiner Frau in die Arme. Dann trat er ans Fenster, blickte zum nahen Strand hinunter und sagte: »Ich bin froh, dass du jetzt hier bist.«

Marta erwiderte nichts. Marie stöhnte, und in ihrem Bauch begann es zu gurgeln. Keine Sekunde später spürte Marta, wie ihr Schoß warm wurde.

Eine junge Krankenschwester betrat, eine Schüssel Wasser in den Händen, den Raum und stellte diese auf einen Tisch neben der Behandlungsliege. Sie trug eine weiße Schürze, und eine weiße Haube verbarg ihr Haar. Sie grüßte Marta knapp und wollte ihr Marie abnehmen, doch Marta weigerte sich. Es war Marie, der kleine Wirbelwind und Sonnenschein. Sie konnte nicht krank sein, durfte diese schreckliche Seuche einfach nicht haben. Heute früh war doch noch alles gut gewesen. Jetzt war sie glühend heiß, das Haar klebte ihr an der feuchten Stirn, und sie stank nach Erbrochenem und Exkrementen. Doch Marta schien das nicht wahrzunehmen. Sie hörte die Worte der Schwester. Vernunft solle sie annehmen und die Kleine loslassen. Aber wie könnte sie jetzt vernünftig sein? Marie war todkrank.

Rieke betrat den Raum und blickte sorgenvoll auf ihre Mutter.

Die Krankenschwester unternahm einen weiteren Versuch, Marie ihrer Mutter abzunehmen.

»So seien sich doch bitte vernünftig. Wir müssen die Kleine sauber machen und ihr etwas zu trinken geben.«

Marta umklammerte Marie. Sie wusste, dass sie die Schwester ihre Arbeit machen lassen sollte, brachte es jedoch nicht fertig, ihr kleines Mädchen loszulassen. Tränen traten ihr in die Augen, und sie machte einen Schritt nach hinten, stand mit dem Rücken zur Wand. Rieke wollte auf sie zugehen, um sie zu beruhigen, doch sie wurde von einer älteren Diakonissin zurückgehalten, die den Raum betrat. Die grauhaarige Frau wusste sofort, was los war. Marta war nicht die erste Mutter, die auf diese Weise reagierte.

»Es ist gut, dass Sie endlich hier sind, Frau Stockmann«, begrüßte sie Marta ruhig. »Die Anwesenheit der Mutter ist wichtig.« Ihr Blick fiel auf den Fußboden. »Wie ich sehe, ist etwas danebengegangen. Das müssen wir sofort entfernen, und die Kleine gehört gewaschen.«

Sie ging auf Marta zu und streckte ihr die Hände entgegen. Doch Marta wich zur Seite und murmelte mit tränenerstickter Stimme: »Ich will sie nicht verlieren.«

»Wir werden alles dafür tun, dass das nicht passieren wird«, beruhigte die Schwester Marta. »Sie dürfen sich gern um Ihre

Tochter kümmern. Wenn Sie möchten, machen wir das zusammen. Ich verspreche Ihnen, dass ich sie Ihnen nicht wegnehmen werde. Aber wir müssen sie jetzt sauber machen.« Sie sah Marta eindringlich an.

Zögernd nickte diese und ließ nun doch zu, dass die Schwester Marie auf die Untersuchungsliege legte, die Stoffwindeln entfernte, sie wusch, ihr saubere Windeln anlegte und ein frisches Hemd anzog. Doktor Bergstein betrat noch einmal den Raum. Er begrüßte Marta, ohne ihr die Hand zu reichen, und sah Marie sorgenvoll an.

»Wir bringen Ihre Tochter jetzt in eines der Krankenzimmer. Bitte versuchen Sie, ihr Flüssigkeit zuzuführen. Es steht eine Zuckerlösung für sie bereit, die ihr Energie geben wird. Ich will nichts schönreden. Sie ist noch sehr klein. Aber vielleicht haben wir Glück. Wenn sie die Nacht übersteht, könnte sie es schaffen.« Seine Worte klangen niederschmetternd.

Als der Arzt den Raum verlassen hatte, herrschte für einen Moment Stille. Dann wandte sich die Schwester Marta zu und fragte: »Wollen Sie sie in ihr Bettchen bringen?«

Marta nickte. Behutsam nahm sie Marie hoch, die die Augen geschlossen hatte, jedoch leise wimmerte. Sie gingen über den Flur, an Krankenzimmern vorüber, in denen mal mehr, mal weniger Betten belegt waren. Stöhnen, Würgen, beschwichtigende Worte, die Stimmen der Diakonissinnen, Krankenschwestern und Patienten. Die Schwester führte sie in einen kleineren Raum, in dem vier leere Betten standen. Eines von ihnen war ein Kinderbett. Neben dem Bett stand ein Schaukelstuhl, in dem ein Kissen und eine Wolldecke lagen.

Marta entschied sich, Marie nicht in das Bett zu legen. Sie nahm mit ihr gemeinsam in dem Schaukelstuhl Platz, und die Schwester deckte die beiden fürsorglich zu. Wilhelm zog sich einen Stuhl heran und setzte sich zu ihnen, während Rieke an der Tür stehen blieb.

»Ich bringe dann gleich die Zuckerlösung«, sagte die Schwester. »Wenn die Kleine gereinigt werden muss, können Sie mich oder eine der anderen Schwestern jederzeit rufen, und wir kommen Ihnen zu Hilfe.«

Marta nickte und antwortete: »Ich glaube, sie ist eingeschlafen.«

Die Schwester sagte: »Für ein Weilchen kann sie ruhen. Aber dann müssen wir sie wecken, damit sie Flüssigkeit zu sich nimmt, denn das ist lebensnotwendig.«

Sie verließ den Raum, und Rieke trat näher, blieb unsicher neben dem Schaukelstuhl stehen und holte das braune Fläschchen mit dem Wundertrank aus ihrer Rocktasche.

»Wir sollten ihr davon geben«, sagte sie. »Bestimmt hilft es ihr.«

»Was ist das?«, fragte Wilhelm, der von dem Wundertrank noch nichts gehört hatte.

»Ein angebliches Heilmittel gegen die Cholera«, beantwortete Marta seine Frage. »Ein gewisser Peter Uhlsen verkauft es in Wittdün und hält Vorträge darüber. Der Trank soll in Hamburg einigen Menschen das Leben gerettet haben. Sogar Kinder waren darunter.«

Wilhelm trat neben seine Tochter, und sie reichte ihm die Flasche. Er betrachtete das Etikett und las den unaussprechlichen Namen des Safts laut vor.

»Und was ist da drin?«

»Eine amerikanische Heilwurzel der Indianer«, antwortete Rieke. »Jacob und ich nehmen das Zeug schon eine Weile zum Schutz. Es schmeckt etwas bitter.«

»Und ihr denkt, es könnte Marie helfen?« Wilhelm klang skeptisch. »Für mich hört sich das eher nach Scharlatanerie an.«

»Worin ich Ihnen beipflichte.« Von allen unbemerkt, hatte Doktor Bergstein den Raum betreten, ging zu Wilhelm und nahm ihm die Flasche aus der Hand.

»Ich habe bereits von diesem angeblichen Wundermittel gehört und kann Ihnen nur raten, die Finger davon zu lassen. Es besteht meiner Meinung nach hauptsächlich aus Alkohol. Der bittere Geschmack kommt vermutlich von etwas Gänsekraut oder Hopfen. Die Geschichte mit der indianischen Wurzel ist der reinste Unfug. Wenn Sie von dem Zeug Marie etwas geben, wäre es so, als würden Sie ihr Korn einflößen.«

Rieke senkte den Blick. Wilhelm bedankte sich bei dem Arzt. Marta sagte nichts. Sie hatte damit begonnen, eine Melodie zu summen, und strich Marie zärtlich über den Kopf. Der Arzt verließ den Raum.

»Es tut mir leid«, murmelte Rieke.

»Ist schon gut«, antwortete Wilhelm. »In solchen Zeiten gibt es immer Menschen, die die Not anderer zu ihrem Vorteil ausnutzen. Ich will nicht wissen, wie viele von der Sorte im Moment durch Hamburgs Straßen ziehen.« Er setzte sich wieder neben Marta.

Rieke blieb unsicher stehen. Sie wusste nicht so recht, was sie tun sollte. Hier bleiben oder gehen. Wo war ihr Platz? An der Seite von Jacob im Logierhaus oder hier bei ihrer Familie? Was war, wenn Marie die Nacht nicht … Daran durften sie nicht einmal denken. Marie würde es schaffen. Sie war ein kräftiges Kind, das bisher nicht ein Mal richtig krank gewesen war. Die Schnupfen im Herbst zählten nicht. Gewiss würde sie die Krankheit überstehen, ob mit oder ohne Wundermittel.

»Ich glaube, Ida weiß es noch gar nicht«, sagte Rieke.

»Wenn sie inzwischen zu Hause aufgetaucht ist, dann vermutlich schon«, antwortete Wilhelm. »Vielleicht könntest du so nett sein und dort nach dem Rechten sehen. Ebba und die anderen warten bestimmt auf Nachrichten von uns.«

Rieke nickte. »Das mache ich. Und ich bringe Herrn Samson mit. Marie hat den alten Teddy doch so gern.«

»Gute Idee«, erwiderte Wilhelm mit einem Lächeln.

Rieke sah zu ihrer Mutter, doch diese summte noch immer die Melodie und hatte die Augen geschlossen.

»Sie schafft das«, sagte sie, mehr um sich selbst zu trösten.

»Ja, das wird sie«, antwortete Wilhelm und nickte seiner Ältesten noch einmal zu.

»Ida wird herkommen wollen.«

»Ich weiß«, antwortete Wilhelm. »Es ist keine gute Idee, aber wir werden sie nicht davon abhalten können.«

»Gut.« Rieke blieb noch für einen Moment in der Tür stehen, dann verließ sie grußlos den Raum. Sie ging den Flur hinunter und versuchte, nicht in die einzelnen Krankenzimmer zu blicken. Als sie es doch tat, sah sie, wie der leblose Körper einer Frau von zwei Schwestern abgedeckt wurde. Sie beschleunigte ihre Schritte, wusch sich am Eingang in einer der Waschschüsseln die Hände und verließ hastig das Gebäude. Draußen erwartete Jacob sie mit sorgenvoller Miene.

»Wir müssen nach Norddorf«, sagte Rieke.

Er nickte.

»Sie wird es schaffen.« Riekes Stimme klang wenig überzeugend.

Er nickte erneut, während sie auf den Wagen stiegen. Wortlos fuhren sie los, und Rieke blickte noch einmal auf das unschöne Gebäude zurück, das vor nicht allzu langer Zeit das erste Hotel Wittdüns beherbergt hatte. Jetzt war es ein Ort des Sterbens geworden. Aufziehende Wolken verdeckten die Sonne, während sie den Weg nach Norddorf einschlugen, und ein böiger Wind zerrte an Riekes Rock. Plötzlich hatte sie eine Kindheitserinnerung vor Augen. Sie sah sich selbst und ihre kleine Schwester Johanna am Ufer der Außenalster stehen und die Enten füttern. Johanna, ein Wirbelwind, den Kopf voll goldener Locken, Sommersprossen auf der Nase. Ihr Lachen, ihr Antlitz im hellen Sonnenlicht. Gemeinsam waren sie durch das trockene Herbstlaub getanzt, hatten es in die Höhe geworfen und Kastanien gesammelt. Wenige Wochen später war sie gestorben. Einige Erinnerungen und Fotografien waren von ihr geblieben, ein Familienbild und ein Porträtfoto, auf dem sie wie ein Engel aussah. Es stand im Schlafgemach ihrer Eltern. Schon lang hatte Rieke nicht mehr an Johanna gedacht, und mit der Erinnerung an sie kam die Angst zurück. Die Angst vor der Stille und der Machtlosigkeit. Die Furcht vor Gott, der in seiner Allmacht so grausam war und ihnen vielleicht erneut einen geliebten Menschen fortnehmen würde. Doch so durfte sie nicht denken. Noch war Marie am Leben, und sie war eine Kämpferin.

Als hätte Jacob ihre Gedanken gelesen, sagte er plötzlich:

»Sie schafft das. Ganz bestimmt.« Er legte seine Hand auf die ihre und drückte sie fest.

Rieke traten Tränen in die Augen. Sie wischte sie ab und nickte.

»Amrum ist nicht Hamburg«, fuhr Jacob fort. »Alles ist sehr gut organisiert. Du wirst sehen: Morgen früh ist sie wieder putzmunter.« Seine Stimme sollte aufmunternd klingen, tat es aber nicht.

Sie fuhren am Haus von Anne und Philipp Schau vorüber, und Rieke war froh darüber, dass niemand im Garten war. Schnell ließen sie die reetgedeckten Häuser des Dorfes hinter sich. Zwei Rebhühner kreuzten ihren Weg, auf der Pferdeweide konnte sie zwei Kaninchen erkennen, und rechter Hand funkelte das Wattenmeer im Licht der wenigen Sonnenstrahlen, die sich ihren Weg durch die Wolkenlücken bahnten. Amrum mit all seiner Schönheit schien ihr Mut machen zu wollen. Vielleicht hatte Jacob ja recht. Amrum war nicht Hamburg. Hier gab es keine zum Himmel stinkenden Gängeviertel, keine Baracken der Auswanderer und kein ungefiltertes Trinkwasser. Trotzdem hatte es diese elende Seuche bis zu ihnen geschafft. Norddorf tauchte vor ihren Augen auf, und kurz darauf fuhren sie auf den Hof des Hotels. Ebba, Sine und Kaline kamen nach draußen, als der Wagen hielt.

»Und? Wie geht es ihr?«, fragte Ebba.

Rieke spürte einen dicken Kloß im Hals. Fürsorglich legte Jacob den Arm um seine Frau und beantwortete Ebbas Frage:

»In der Nacht wird es sich entscheiden.«

Niemand antwortete. Gemeinsam gingen sie ins Haus zurück. In der Stube saß Dora vor dem Kamin, ein Strickzeug in Händen. Sie erhob sich, als Jacob und Rieke eintraten, und verließ wortlos den Raum. Ebba brachte Tee.

»Wo ist Ida?«, fragte Rieke.

»Wir wissen es nicht«, antwortete Kaline, setzte sich neben sie und schenkte Tee ein. »Sie wird vermutlich wie immer mit Thaisen über die Insel streunen.«

Sine betrat mit einem Teller voller Kekse den Raum, stellte ihn auf den Tisch und setzte sich zu ihnen.

»Sie weiß es vermutlich noch gar nicht.«

Rieke nickte. »Vielleicht ist es besser so. Dann muss sie sich auch keine Sorgen machen. Und vielleicht geht es Marie morgen ja schon wieder besser.«

»Manchmal ist es gut, ahnungslos zu sein«, erwiderte Kaline seufzend und nippte an ihrem Tee. Rieke nickte, dachte dabei jedoch erneut an Johanna. Auch die kindliche Ahnungslosigkeit hatte sie damals nicht vor dem Schmerz bewahren können.

51

Ida stand in der Tür des Krankenzimmers und ließ ihren Blick durch den spärlich beleuchteten Raum schweifen. Es war ein friedliches Bild, das sich ihr bot. Ihre Mutter lag in einem der Betten und hielt Marie im Arm. Ihr Vater saß schlafend in dem Schaukelstuhl. Behutsam streichelte Marta Marie über das Haar. Das Licht der weit heruntergebrannten Kerze auf dem Nachttisch malte Schattenbilder an die Wände. Ida hatte es schon vor einer Weile von Jasper erfahren, der seinen Kummer an der Schnapsbude im Wittdüner Hafen ertränkte. Trotzdem hatte sie gezögert, herzukommen. Warum, konnte sie nicht sagen. Vielleicht war es die Angst vor dem gewesen, was sie erfahren würde. Doch jetzt war sie hier, denn die Ungewissheit hatte sie immer unruhiger werden lassen. Sie hatte Thaisen schlafend in der Kate zwischen den Dünen zurückgelassen und war durch die stürmische Nacht gelaufen. So schnell, dass ihre Lungen brannten. Es war kein Problem gewesen, sich an dem Nachtwächter am Eingang vorbeizuschleichen, der eingenickt war. Mit heftig klopfendem Herzen war sie auf der Suche nach Marie durch die Flure gelaufen und hatte in die Krankenzimmer geblickt. Es stank im ganzen Haus nach Erbrochenem, Exkrementen, Schweiß und Desinfektionsmittel. Schwestern waren an ihr vorbeigeeilt, ohne sie zu beachten. Menschen stöhnten, würgten oder lagen einfach nur ganz still. Bei manchen saßen Angehörige, viele waren jedoch allein. Jetzt stand sie an der Tür, sah ihre Mutter mit Marie im Bett liegen und wusste es. Zögernd ging sie näher heran und blieb vor dem Bett stehen. Marta reagierte nicht. Sie streichelte Maries Kopf und hielt sie fest im Arm. Irgendwann legte sich Ida einfach neben sie ins Bett und strich behutsam mit der Hand über Maries Rücken. Ihr kleiner Körper war noch warm, ihr feuchtes Haar klebte ihr an der Stirn, doch sie hatte zu atmen aufgehört. Ida spürte, wie ihre Mutter einen Arm auch um sie legte und sie ganz nahe an sich heranzog. Sie weinte tonlos. Ida hatte keine Tränen. Sie spürte auch keinen Schmerz in sich. Sie fühlte Geborgenheit, Wärme und die unendliche Liebe ihrer Mutter, die selbst der Tod ihnen nicht nehmen konnte. Irgendwann begann Ida, leise Maries Lieblingsschlaflied zu singen, das sie ihr so viele Male vorgesungen hatte.

> *»Guten Abend, gut' Nacht*
> *Mit Rosen bedacht*
> *Mit Näglein besteckt*
> *Schlupf unter die Deck'*
> *Morgen früh, wenn Gott will*
> *Wirst du wieder geweckt*
> *Morgen früh, wenn Gott will*
> *Wirst du wieder geweckt.«*

Noch während sie sang, wurde ihr bewusst, was sie sang. Gott würde Marie nicht mehr wecken. Sie war tot. Niemals wieder würde sie die Augen öffnen, weil er es so wollte. Der Gedanke erschreckte Ida so sehr, dass sie sich aus der Umarmung löste und aufstand. Marie war tot, morgen früh würde es für sie nicht geben. Schon in wenigen Stunden würden sie ihren Körper in einen kleinen Sarg legen und sie beerdigen. Ida wich zur Tür zurück, drehte sich um und rannte davon. Sie musste fort von hier. Raus aus diesem Haus, das den Tod brachte. Sie hastete durch die Gänge nach draußen, wo das helle Licht des Vollmonds sie empfing, das die Dünenlandschaft in fahles Licht tauchte. Sie rannte zum Strand hinunter, lief bis zur Wasserkante und spürte die Gischt im Gesicht. Und erst jetzt begann sie zu schluchzen. Der Schmerz krampfte sich in ihr zusammen, und sie schrie wütend gegen das Tosen des Meeres an.

»Wieso nur? Warum hast du das gemacht? Sag es mir! Warum? Verdammt noch mal.« Die Wellen umspülten ihre Beine, ihr Rock wurde nass. Aber sie spürte die Kälte des Wassers nicht. Sie sank auf die Knie und schluchzte hemmungslos. Und dann umschlossen sie plötzlich Arme, und Thaisens Stimme drang an ihr Ohr. »Ida. Es ist gut. Hörst du? Es ist gut!« Doch sie schüttelte ihn ab und schrie ihn an: »Nein, das ist es nicht. Sie ist tot. Hörst du? Marie liegt tot in den Armen meiner Mutter. Er will nicht, dass sie aufwacht. Gott will es einfach nicht.« Sie sprang auf und rannte davon. Thaisen folgte ihr den Strand hinunter Richtung Nebel. Ida rannte und rannte. Der Wind, der Regen, der salzige Geschmack des Meeres. Alles schien an ihr abzuprallen. Irgendwann blieb sie stehen und rang nach Luft. Ihr Magen krampfte sich zusammen, und sie übergab sich. Thaisen erreichte sie und schlang erneut die Arme um sie. »Ida. Ida«, drang seine Stimme durch das Rauschen des Windes zu ihr durch. Sie würgte und würgte. Es wollte einfach nicht aufhören. Thaisen hielt sie fest umklammert, und sie sanken gemeinsam in den feuchten Sand. In ihrem Inneren rumorte es ganz fürchterlich, und krampfhafte Schmerzen ließen sie aufschreien und sich zusammenkrümmen.

»Thaisen«, brachte Ida heraus, »das ist es. Jetzt kommt es auch mich holen.« Sie nahm seine Hand und drückte sie fest.

Thaisen sah Ida hilflos an. Er wusste nicht, was er tun sollte.

»Nein, das wird es nicht. Das werde ich nicht zulassen. Diese dumme Krankheit wird dich mir nicht wegnehmen.«

Ida antwortete nicht, übergab sich schon wieder. Thaisen blickte den Strand Richtung Wittdün hinunter. Den Weg zum Krankenhaus würden sie niemals schaffen. Aber zu ihrer Kate war es nicht weit. Dort wären sie wenigstens vor dem Sturm und dem Regen geschützt. War es nicht Zuckerwasser, das half? Die Diakonissinnen hatten darüber gesprochen. In der Kate hatte er noch Wasser und Kandiszucker, den sie oft wie Bonbons lutschten. Oder sollte er nicht doch besser den Weg nach Nebel wählen? Dorthin war es nicht weit, und Philipp und Anne Schau könnten ihnen helfen. Dann wäre er nicht allein, und Ida könnte ins Krankenhaus gebracht werden. Das gefiel ihm besser. Hilfe holen, nicht allein sein müssen. Was war, wenn Ida heute Nacht wie ihre kleine Schwester sterben würde? Dann wäre am Ende er schuld, weil er sich nicht richtig gekümmert hatte. Das konnte und wollte er nicht zulassen.

»Komm«, sagte er zu Ida und griff ihr unter die Arme, um ihr aufzuhelfen, »ich bringe dich nach Nebel. Dort werden uns die Schaus gewiss helfen. Du musst ins Krankenhaus und versorgt werden.«

»Nein«, antwortete Ida, »nicht ins Krankenhaus. Bitte nicht. Dort sterben die Menschen. Hörst du? Dort sterben sie.« Ihre Stimme brach, und sie würgte erneut.

»Dann eben nicht ins Krankenhaus. Aber zu den Schaus. Es geht nicht allein.«

Er stützte Ida, und sie liefen den Strand ein ganzes Stück zurück. Als sie endlich den Strandweg nach Nebel erreichten, glaubte Thaisen, dass Stunden vergangen waren. Nach den Dünen folgten sie dem Weg nach Nebel. Der böige Wind jagte die Wolken über den Himmel. Endlich kamen die ersten Häuser von Nebel in Sicht.

Lautstark hämmerte Thaisen an die Tür des Hauses der Schaus und rief: »Bitte, so macht doch auf! Bitte! Wir brauchen Hilfe. Bitte!«

Philipp Schau war derjenige, der die Tür öffnete und Thaisen verdutzt ansah. Dieser deutete auf Ida, die hinter ihm auf dem Weg saß und würgte.

»Ihr müsst uns helfen. Bitte.«

Philipp Schaus Augen wurden groß. Anne tauchte hinter ihm auf, die sofort verstand, was los war. »Ida, mien Deern.« Sie lief zu ihr, schlang die Arme um sie, half ihr dabei, aufzustehen, und brachte sie ins Haus und in die Wohnstube. Ohne Umschweife begann sie, Ida aus den nassen Sachen zu schälen.

»Es fing am Strand aus heiterem Himmel an«, erklärte Thaisen. »Sie war, sie ist ...« Er kam ins Stocken, dann sprach er weiter. »Sie war im Krankenhaus. Marie. Sie ist tot.«

Anne sah Thaisen erschrocken an und hielt in der Bewegung inne.

»Nein«, brachte sie heraus, »ist Marta, weiß sie ...«

Thaisen nickte. »Sie ist dort.«

»Er will sie nicht mehr aufwachen lassen«, flüsterte Ida. »Nicht ins Krankenhaus. Dort sterben sie. Dort sterben sie alle. Er will sie nicht mehr aufwachen lassen.«

Anne sah zu ihrem Mann, der einen hilflosen Eindruck machte.

»Bitte nicht ins Krankenhaus«, wiederholte Ida und begann zu weinen.

»Nein, natürlich nicht«, beschwichtigte Anne das Mädchen.

»Ist schon gut, Ida«, sagte Philipp. »In den Laden würde ich auch nicht wollen. Wir kriegen das hin. Bald geht es dir wieder gut.«

Anne nickte und sah zu Thaisen, der, klatschnass, wie er war, auf einen Stuhl sank, um einen Moment auszuruhen.

»Gut, dann also hier. Es wäre ja gelacht, wenn wir das nicht hinkriegen würden. Aber wir werden Hilfe brauchen. Am besten holen wir Sine und Kaline aus Norddorf. Wenn jemand sofort kommen wird, um zu helfen, dann sind es die beiden.«

Philipp nickte und antwortete: »Dann fahre ich gleich los und hole sie.« Eiligen Schrittes verließ er den Raum und wenig später das Haus.

»Und du, mein Junge«, wandte sich Anne Thaisen zu, »schürst das Feuer im Ofen an, damit es hier schnell warm wird.« Sie deutete zu der neben der Wohnstube liegenden Küche. Thaisen nickte und verschwand in der Küche. Anne öffnete im Wohnraum die Türen des Alkovenbetts. Ida saß inzwischen auf einem der Stühle und wimmerte leise vor sich hin. Anne sah sie traurig an und dachte an Marta, die gewiss gerade den Verlust der kleinen Marie betrauerte und keine Ahnung davon hatte, dass ein weiteres ihrer Kinder mit dem Tod rang. Doch dieses Mal würde er nicht gewinnen. Das würde sie niemals zulassen. Entschlossen folgte sie Thaisen in die Küche, füllte aus einem auf dem Ofen stehenden Topf Wasser in eine Schüssel und trug diese in die Wohnstube. Es folgten saubere Tücher, Seife und ein frisches Hemd. Sie entkleidete Ida und warf die verschmutzte Kleidung in den Ofen. Dann wusch sie das Mädchen behutsam und zog ihr das frische Hemd an. Zwischendrin musste Ida jedoch immer wieder auf einen Nachttopf gesetzt werden.

»Sie braucht Zuckerwasser«, sagte Thaisen. »Das habe ich die Diakonissinnen sagen hören. Zuckerwasser hilft.«

»Gut, Zuckerwasser«, sagte Anne. »Obwohl ich süßen Tee für die bessere Lösung halte. Am besten Fenchel und Kamille, der beruhigt den Bauch. Die Kräuter habe ich erst neulich getrocknet.«

Sie setzten also Tee auf, in dem Thaisen Unmengen von Kandiszucker auflöste, und Ida, die noch immer auf einem der Nachttöpfe saß, bekam diesen von Thaisen mit dem Löffel eingeflößt. Sie war inzwischen vollkommen erschöpft und hatte den Kopf gegen die Wand gelehnt. Irgendwann tauchte auch Philipp wieder auf und brachte Sine und Kaline mit. Anne konnte gar nicht sagen, wie froh sie darüber war, dass sie mit den beiden Kindern nicht mehr allein sein musste.

»Ida, Schätzchen«, rief Kaline, ging auf das Mädchen zu und nahm sie zärtlich in den Arm. »Das wird schon wieder. Wir sind ja jetzt da. Alles wird wieder gut. Das versprechen wir dir.« Sie wandte sich an Thaisen, klopfte ihm auf die Schulter und sagte: »Gut gemacht, mien Jung.«

»Wie sieht es aus?«, fragte Philipp Anne.

»Kein Erbrechen mehr. Nur noch Durchfall. Aber auch der scheint weniger geworden zu sein. Sie ist vollkommen erschöpft und dämmert vor sich hin.«

»Dann sollten wir sie von dem Nachttopf herunterholen und ins Bett legen, damit sie ruhen kann«, sagte Sine und deutete auf das Alkovenbett. »Wir können ja alles mit zusätzlichen Laken abdecken und diese regelmäßig wechseln.« Bald darauf lag Ida im Alkovenbett und schlief.

Erschöpft sank Anne auf einen Stuhl und schob sich eine Haarsträhne hinters Ohr, die sich aus ihrem Zopf gelöst hatte.

»Und was nun?«, fragte sie.

»Jetzt gehst du dich umziehen und wäschst dich komplett hiermit ab.« Sine stellte eine Flasche Korn auf den Tisch. »Ebba hat gesagt, es gäbe kein besseres Mittel gegen Bazillen als Alkohol. Und dein Kleid kochst du am besten aus. Wir wollen ja nicht, dass du krank wirst.«

Anne nickte, nahm die Schnapsflasche und verließ den Raum.

»Und auch du, mien Jung, solltest dich umziehen und waschen«, wandte sich Sine an Thaisen.

Er schüttelte den Kopf.

»Ich werde Ida keine Minute allein lassen.« Seine Stimme klang entschlossen.

Sine schaute zu Kaline, die ein Nicken andeutete, sich erhob und zu Thaisen hinüberging. Sie sah ihm in die Augen und sagte: »Geh dich umziehen und reinigen, Junge. Ich werde so lange deinen Platz einnehmen und gut auf Ida aufpassen. Das verspreche ich dir. Es ist niemandem damit geholfen, wenn du auch noch krank wirst. Und schon gar nicht Ida.«

Thaisen nickte zögernd.

»Aber ...«, wollte er noch einmal Widerworte geben, doch Kaline unterbrach ihn.

»Ich bleibe hier. Versprochen. Und ich flöße ihr auch von dem Tee ein. Genauso, wie du es getan hast.«

Thaisen nickte, erhob sich und verließ gemeinsam mit Philipp den Raum, der fürsorglich den Arm um ihn legte.

Als die beiden weg waren, fragte Sine: »Was meinst du?«

Kaline musterte Ida und berührte ihre Stirn, die sich kühl anfühlte. »Sie kommt durch. Ich spüre es.« Ihre Stimme klang bestimmt. »Ida ist ein starkes Mädchen. Sie schafft das.«

Sine nickte und stand auf.

»Dann gehe ich mal und koche noch mehr von dem Zuckertee.« Kaline nickte, setzte sich auf den Stuhl neben dem Bett, dachte kurz nach und begann, eine Geschichte zu erzählen, während sie immer wieder versuchte, Ida von dem Tee einzuflößen, was mal mehr, mal weniger gut funktionierte.

Die darauffolgenden Stunden vergingen quälend langsam. Thaisen wich nicht von Idas Seite und flößte ihr hartnäckig Tee ein. Kaline erzählte weiterhin Geschichten, denn sie wusste, dass Ida sie gern hörte, und Philipp trank von dem Korn und schlief im Sitzen ein. Irgendwann, der neue Tag zog bereits herauf, schlief Thaisen erschöpft ein. Auch Ida schlief tief und fest. Thaisen wurde auf die Eckbank gelegt und mit einer Wolldecke zugedeckt.

Zärtlich berührte Kaline seine Wange und flüsterte: »Bist ein guter Junge. Ruh dich aus.«

Gemeinsam gingen die vier Erwachsenen in die Küche, und Anne schloss die Tür hinter ihnen. Ihre Miene war ernst, als sie sagte: »Wir müssen Marta, Wilhelm und den Arzt informieren. Ida ist ein Cholerafall, der gemeldet werden muss. Auch hätte ich gern den Desinfektionstrupp hier, der das Haus reinigt. Nicht, das wir es auch noch bekommen.«

Kaline nickte und sagte: »Ich werde gehen.«

»Vermutlich sind sie noch in Wittdün im Krankenhaus.«

»Ich fahre dich hinüber«, bot Philipp an. »Ich brauche sowieso frische Luft.« Er öffnete die Tür, und Kaline folgte ihm. In der Tür hielt sie dann jedoch noch einmal inne, wandte sich um und fragte: »Wie sagt man einer Mutter, die gerade ihr Kind verloren hat, dass ein weiteres sterbenskrank ist?« Sie schüttelte den Kopf, wartete die Antwort der anderen nicht ab und verließ den Raum.

Draußen empfing ein wolkenloser Himmel sie, der sich im Osten bereits rot färbte. Bald würde die Sonne aufgehen. Philipp spannte den Wagen an. Kaline kletterte auf den Kutschbock und blickte über den Garten der Schaus hinweg zum nahen Wattenmeer, über das gerade ein Schwarm Wildenten flog. Längst hatte der Herbst Einzug gehalten. Wie lange sie noch auf der Insel bleiben mussten, war ungewiss. Sie konnten alle nur dafür beten, dass dieser Albtraum bald ein Ende fand.

Philipp setzte sich neben sie auf den Kutschbock, und sie fuhren los. Als sie das provisorische Krankenhaus erreichten, ging gerade die Sonne auf. Vor dem Gebäude stand ein Wagen der Desinfektionstrupps. Die Männer hatten ihr Hauptquartier in einem der Nebengebäude bezogen und machten sich für den Tag fertig. Philipp wollte beim Wagen bleiben, was Kaline gut verstehen konnte. Er zündete sich eine Zigarette an und nickte Kaline aufmunternd zu, sagte jedoch nichts. Kaline atmete noch einmal tief durch, dann betrat sie das Gebäude und fragte sich bis zu dem Zimmer von Marie durch. Als sie dort eintraf, saß Marta weinend auf einem der Betten. Wilhelm stand am Fenster. Er drehte sich um, als Kaline mit einem Räuspern auf sich aufmerksam machte.

»Kaline, was tust du denn hier?«, fragte er überrascht.

»Es ist …« Sie kam ins Stocken. Auch Marta sah nun hoch.

»Ida«, brachte Kaline heraus, und Marta erbleichte.

»Was ist mit ihr?«, fragte sie und stand auf.

»Sie hat es«, antwortete Kaline. »Thaisen hat sie letzte Nacht zu Anne und Philipp gebracht.«

»Nein.« Marta schlug die Hand vor den Mund und schwankte. Wilhelm eilte zur ihr, um sie zu stützen.

»Aber wir denken, dass das Schlimmste überstanden ist«, erklärte Kaline schnell. »Wir dachten, ich meinte ... wegen Marie ...«

»Ich muss zu ihr«, sagte Marta. »Sofort.«

Kaline nickte. »Natürlich. Philipp wartet mit dem Wagen draußen. Wir müssten es aber noch dem Arzt melden.«

»Was eben geschehen ist.« Kaline wandte sich um. Hinter ihr stand Doktor Bergstein und sah sie ernst an. »Ich werde Sie begleiten und einem der Desinfektionstrupps Bescheid geben. Sie wissen, dass es unverantwortlich gewesen ist, das Kind nicht sofort hierherzubringen.«

Kaline zog den Kopf ein, sagte jedoch nichts. Sie wusste, dass der Arzt recht hatte. Doch manchmal zählten andere Dinge eben mehr als die Vernunft.

Zu viert verließen sie wenige Minuten später das Gebäude und fuhren nach Nebel, wo sie von Sine in Empfang genommen wurden, die sie lächelnd in die Wohnstube führte. Ida saß aufrecht im Alkoven und wurde von Thaisen mit Haferschleim gefüttert.

Marta stürzte auf ihre Tochter zu, nahm sie in die Arme und begann unter Tränen, ihr Gesicht mit vielen kleinen Küssen zu bedecken. Als sie Ida endlich losließ, hielt diese ihre Hand fest und sagte: »Er hat es gewollt.«

Marta verstand und erwiderte: »Ja, das hat er.«

52

Norddorf, 15. Oktober 1892
Heute stürmt es mal wieder, und es schüttet wie aus Kübeln.
Ich werde gleich aufstehen und zu Ebba in die Küche gehen.
Samson sitzt neben mir und sieht mich mit seinen schwarzen
Knopfaugen an. Ich sollte zu ihrem Grab gehen. Aber ich
bringe es nicht fertig. Manchmal, wenn ich morgens im Bett
liege, hoffe ich, ihr fröhliches Rufen zu hören. Doch niemals
wieder wird sie mich damit wecken. Wilhelm vergräbt sich in
seine Arbeit, wir reden wenig. Der Schmerz steht im Raum
und scheint allgegenwärtig zu sein. Ich will dieses Mal nicht
vergessen, nicht loslassen müssen. Doch es muss geschehen.
Für Ida, für Rieke, für das Leben. Ich bin noch nicht bereit
dazu. Und ich weiß nicht, ob ich es jemals sein werde.

Rieke stand an Maries Grab und blickte auf das hölzerne Kreuz hinab. Bald schon würde es durch einen Grabstein ersetzt werden, den ihre Eltern in Auftrag gegeben hatten. Ein böiger Wind zerrte an ihrem wollenen Schultertuch. Als sie aufblickte, zog ein großer Schwarm Kraniche über sie hinweg gen Süden. Der Herbst war endgültig angekommen. Längst war das Heidekraut verblüht, schwand in den Abendstunden das Licht schneller, und die See wurde unruhiger. Sogar den ersten Herbststurm hatten sie bereits hinter sich. Marie erlebte den Wechsel der Jahreszeiten nicht mehr. Rieke ging vor dem kleinen Grab in die Hocke und legte einen aus Astern bestehenden Blumenstrauß darauf. Sie kam oft hierher, um Marie von ihrem Tag zu erzählen.

Sie berichtete Belanglosigkeiten aus dem Logierhaus, von Ida und Thaisen, die wie immer über die Insel streunten und allerlei Unfug trieben, und von ihren Eltern, die nur langsam wieder ins Leben zurückfanden. Irgendwann verstummte sie und fuhr erst nach einer längeren Pause wieder fort: »Ich weiß, du vermisst Mama, und ich bin kein guter Ersatz für sie. Ich verspreche dir, sie wird bestimmt bald kommen. Du musst ihr nur noch etwas Zeit geben. Papa hat erzählt, dass sie oftmals stundenlang vor deinem Bettchen steht und es einfach nur anstarrt. Oder sie streichelt deinen Teddy Samson, den außer ihr niemand anfassen darf. Papa weiß oft nicht mehr, was er noch tun oder sagen soll. Es scheint, als könnte niemand zu ihr durchdringen. Du fehlst uns allen ganz schrecklich.« In Riekes Augen traten Tränen.

»Irgendwann wird es erträglich werden.« Kaline trat neben Rieke und blickte auf das kleine Grab hinab. »Anfangs ist der Schmerz unermesslich. Er zerreißt einen innerlich und lässt einen erstarren. Doch irgendwann zieht er sich zurück. Es wird seine Zeit brauchen, aber Marta wird wieder ins Leben finden, dessen bin ich mir sicher. Sie hat noch dich, Ida und Wilhelm. Sie wird gebraucht.«

»Ich weiß nicht«, antwortete Rieke. »Vielleicht war es zu viel Schmerz. Mit Marie sind es jetzt zwei Kinder, von denen sie sich verabschieden musste. Ich war noch ein Kind, als Johanna uns genommen wurde. Aber diese seltsame Art von Leere spüre ich auch jetzt wieder. Marie war Mamas Sonnenschein. Sie war wie ein kleines Wunder, mit dem niemand mehr gerechnet hatte. Marie hat uns alle glücklich gemacht.« Rieke schloss die Augen und ließ den Tränen freien Lauf.

Kaline legte liebevoll den Arm um sie und sagte: »Komm, lass uns zum Strand gehen.«

Rieke nickte. Die beiden Frauen verließen den Friedhof und liefen durch Nebel. In den Gärten der Friesenhäuser blühten die letzten Blumen des Sommers. Sie folgten dem Strandweg, der sie durch die vertrauten Dünen führte. Je näher sie dem Strand kamen, desto rauer wurde der Wind. Das Meer war aufgewühlt, es herrschte Flut. Weit trieb der Wind das Wasser Richtung Dünen. Rieke und Kaline umrundeten einige größere Priele und erreichten bald darauf die Wasserlinie. Der Himmel war wolkenverhangen, und es nieselte. Die Luft schmeckte salzig. Der Wind zerzauste Riekes Haar. Die unbezähmbare Natur, das Gefühl von Freiheit, das einem dieser Strand vermittelte – heute tröstete es. Das Leben ging weiter. Die Epidemie war überwunden, längst fuhren wieder Schiffe nach Dagebüll, das provisorische Krankenhaus war geschlossen. Amrum leckte noch seine Wunden, doch bald würde es überstanden sein. Rieke breitete die Arme aus und begann, laut zu schreien. Sie schrie gegen den Wind und die Wellen an und spürte, wie sich der Kloß in ihrem Hals löste. Übermütig rannte sie durch den weißen Schaum des Meeres. Der Strand war menschenleer, schien unendlich zu sein und bis zum Himmel zu reichen. Irgendwann drehte sich Rieke um und sah Kaline ein ganzes Stück von sich entfernt. Sie winkte ihr zu und lachte sogar wieder. All der Kummer, der Schmerz und die Trostlosigkeit – hier trug sie der Wind fort. Rieke wartete darauf, dass Kaline sie einholte.

»Liebe Güte, diese Rennerei. Ich bin doch schon ein altes Mädchen«, sagte sie keuchend.

»Das beste alte Mädchen der Welt«, antwortete Rieke und umarmte Kaline. »Es ist gut, dass du da bist.«

Kaline lächelte. Ja, das war es tatsächlich, obwohl Sine ein wenig ungehalten reagiert hatte, als Kaline ihr eröffnete, nicht aufs Festland zurückzukehren. In den letzten Wochen hatte sie endgültig begriffen, dass Amrum ihre Heimat war, die sie nicht mehr verlassen wollte. Sie war und blieb eine Inselpflanze, und Sines Familie war nicht die ihre. Sie würde Sine besuchen. Vielleicht im Frühjahr, wenn die Apfelbäume blühten. Doch dann würde sie wieder heimkehren, denn hierher gehörte sie. Das ewige Hin und Her, das Meer, das Watt, die salzige Luft, ja selbst die Möwen hatten ihr gefehlt. Amrum war ihre Heimat.

»Wollen wir nach Hause gehen?«, fragte sie Rieke.

Rieke nickte. »Ja, das wollen wir.«

Sie hängte sich bei Kaline ein, und die beiden Frauen liefen los.

Nach einer Weile fragte Kaline: »Kennst du eigentlich schon die Geschichte von der Vertreibung der Amrumer aus dem Himmel?«

Rieke verneinte.

»Also pass auf: Das war so. In vergangenen Zeiten haben die Amrumer ...«

Rieke lauschte Kalines Geschichte, die von raubeinigen Amrumer Strandgängern handelte, die in Hörnum ihr Unwesen trieben, gestrandete Schiffe und Möwennester plünderten und deshalb nicht gern gesehen waren. Ja, und selbst im Himmel machten sich die Amrumer unbeliebt, denn sie verweigerten das Posaunenspiel und betranken sich mit eingeschmuggeltem Rum. Petrus hatte seine liebe Not mit ihnen.

Kaline erzählte die Geschichte so lustig, dass Rieke laut lachen musste.

»Am Ende der Geschichte«, erklärte Kaline, »hatte der alte Petrus eine gute Idee, um die Amrumer endgültig loszuwerden. Er öffnete die Himmelstür und rief: Schiff auf Strand. Und fort waren die Burschen. Petrus verriegelte rasch die Tür, und seitdem ward bis zum heutigen Tag kein Amrumer mehr im Himmel gesehen.«

»Du immer mit deinen Geschichten«, sagte Rieke und deutete nach rechts auf den Dünenweg nach Norddorf.

»Sieh nur, wir sind schon da.«

»Was auch Zeit wird«, antwortete Kaline. »So gern ich das Meer hab, langsam wird mir kalt. Ich brauch jetzt einen heißen Grog, am besten mit Rum.«

»Ist der dann auch geschmuggelt?«, fragte Rieke belustigt.

»Vielleicht. Geklaut von einem gestrandeten Schiff. Wer weiß das schon.« Kaline zwinkerte Rieke fröhlich zu, die lachend den Kopf schüttelte.

Die beiden verließen den Strand und liefen durch die Dünen. Als sie das *Hotel Inselblick* erreichten, riss die Wolkendecke auf, und die letzten Strahlen der Sonne schienen direkt über das Haus einen Regenbogen zu malen.

»Also, wenn das mal kein gutes Omen ist«, sagte Kaline und öffnete das Gartentor. Rieke folgte ihr. Im Haus empfingen wohlige Wärme und der Duft von frisch Gebackenem die beiden Frauen. Ebba begrüßte sie mit einem Lächeln. Am Küchentisch saß Marta, die sich damit beschäftigte, Äpfel zu schälen. Sie warf Rieke einen kurzen Seitenblick zu und fragte: »Wir machen Kompott. Willst du mir beim Schälen helfen?«

Rieke sah zu Kaline, die lächelte. Erste Schritte, auch wenn sie zaghaft waren. Sie führten Marta zurück ins Leben.

»Und gerade hab ich einen Streuselkuchen aus dem Ofen geholt«, sagte Ebba, während Rieke und Kaline neben Marta am Küchentisch Platz nahmen. »Wollt ihr ein Stück?«

»Was für eine Frage«, erwiderte Kaline trocken. »Und einen heißen Grog bitte. Mit viel Rum.«

»Damit wir bloß nicht in den Himmel kommen«, fügte Rieke augenzwinkernd hinzu.

»Wieso das denn?«, fragte Ebba verdutzt.

Rieke sah zu Kaline, die ihr aufmunternd zunickte, und begann zu erzählen: »Also, das war so …«

53

Hamburg, 12. Dezember 1892

Meine liebe Rieke,
ich hoffe, Ihr habt den Sturm auf der Insel gut überstanden. Hier stand der Fischmarkt unter Wasser, heute schneit es. Wir versuchen, das nächstmögliche Schiff zu nehmen.
Sende Dir eine Umarmung,
Deine Mama

Marta stand am Fenster und blickte auf die Poststraße hinunter, durch die der Wind Schneeflocken wirbelte. Sie tanzten durch die Luft und landeten auf Gehwegen, Hüten, Mützen und dem Karren des Milchhändlers, der gerade mit einem Dienstmädchen aus dem gegenüberliegenden Haus ein Schwätzchen hielt. Gestern früh hatte es noch gestürmt, und der Fischmarkt hatte unter Wasser gestanden. Hamburg war es gewohnt. Diese Stadt lebte am und mit dem Wasser. Doch in diesem Jahr schien die Reaktion auf den Sturm eine andere zu sein. Die Menschen wirkten mürrischer, waren blasser. Hamburg war müde geworden, und in den Straßen und Gassen war noch immer spürbar, was die Bewohner durchmachen mussten. Über achttausend Tote waren zu beklagen, um die es zu trauern galt. Der Hafen war wieder geöffnet, der Handel erfüllte die Stadt erneut mit Leben, und sogar der Winterdom fand statt. Dieses Jahr auf dem Heiligengeistfeld, wo er nun wohl für immer bleiben würde, wenn man dem Zeitungsartikel glauben wollte, den Wilhelm ihr gestern beim Nachmittagstee in ihrem Lieblingscafé am Jungfernstieg vorgelesen hatte. Nele hatte den

Dom geliebt. Schon als sie klein gewesen war, waren sie gemeinsam hingegangen und mit einem der Karussells gefahren. Die vielen bunten Stände voller funkelndem Tand. Dazu die Gerüche von Bratwürsten und Glühwein, die in der Luft hingen. Zuckerwatte, die süß auf der Zunge schmolz und die Finger klebrig machte. Nele. Marta wandte sich vom Fenster ab und ließ ihren Blick durch den kleinen Raum schweifen: das dunkel gebeizte Bett mit der Blümchenbettdecke, die Wände, geschmückt mit den Gemälden ihres Onkels. Wehmütig berührte sie die Spitzengardine am Fenster und dachte daran, wie sie sie gemeinsam zum Waschen abgenommen hatten, jedes Frühjahr, wenn das Großreinemachen anstand. Marta schloss die Augen und lauschte in die Stille. Ein Lächeln umspielte plötzlich ihre Lippen. Sie glaubte, Neles polternde Schritte auf der Treppe zu hören. Dazu ihre Stimme, rau und laut, aber herzlich. »Der Boden muss geschrubbt werden. Und macht das richtig. Und die Federbetten zum Lüften raushängen. Und du, Marta, geh das Silberbesteck polieren. Es ist schon wieder ganz angelaufen. Und die Fenster, vergesst nicht, die Fenster zu putzen, aber anständig und ohne Streifen.«

Marta öffnete die Augen. Niemals wieder würde sie Tante Neles Schritte auf der Treppe oder ihre Stimme hören. Sie war fort, und mit ihr hatte dieses Haus seine Seele verloren. Für heute hatten sich zwei weitere Kaufinteressenten angemeldet. Einer von ihnen kam bereits zum zweiten Mal, was Wilhelm für ein gutes Zeichen hielt. Die kleine Pension lag zentral, unweit vom Jungfernstieg, verfügte über elektrisches Licht und sogar über Wassertoiletten. Somit war ein guter Preis zu erzielen. Mit dem Geld konnten sie über den Winter ihr Hotel auf Amrum endlich erweitern, und Wilhelm müsste die Insel nicht mehr verlassen, um in Hamburg zu arbeiten.

»Du verstehst das schon, oder?«, sagte Marta in die Stille und blickte zur Zimmerdecke. »Wir können das Geld gut gebrauchen, denn dann muss Wilhelm nicht mehr nach Hamburg, um Geld zu verdienen.« Marta spürte die aufsteigenden Tränen, sprach jedoch trotzdem weiter: »Ich vermisse dich so sehr. Dieses Haus ist nichts ohne dich. Hamburg ist nichts ohne dich. Wie konntest du es nur wagen, dich ohne ein Wort des Abschieds einfach so davonzustehlen. Es war noch nicht an der Zeit.« Marta machte eine kurze Pause und fügte mit bitterem Unterton hinzu: »Aber wann ist es das schon.«

Sie verstummte. Der Schmerz über den Verlust ihrer kleinen Marie ergriff erneut Besitz von ihr. Unter Tränen sprach sie weiter: »Manchmal wache ich morgens auf und glaube, alles ist wie immer. Doch dann trifft mich die Realität wie ein harter Schlag ins Gesicht, und ich würde am liebsten wieder in meine Träume entfliehen. Dann drehe ich mich zur Seite und starre auf den Fußboden. An manchen Tagen scheint die Sonne ins Zimmer, und funkelnde Staubteilchen flirren durch die Luft, die ich beobachte. An anderen regnet es, und der Wind treibt die Tropfen gegen die Scheibe. Ich sehe zu, wie sie an ihr hinunterlaufen, und frage mich, was das alles noch für einen Sinn hat. Doch dann kommt Ida zu mir ins Zimmer, zurzeit jeden Morgen, krabbelt zu mir ins Bett und kuschelt sich eng an mich. Ich spüre ihre kalten Füße unter der Decke, ihren Atem an meinem Hals. Wir liegen meist still beieinander, manchmal reden wir aber auch. Sie erzählt mir von ihren Ausflügen über die Insel, von Muscheln und Robben, von Möwen und Strandfunden. Sie schafft es, dass ich morgens aufstehe und weitermache. Der liebe Gott hat es gewollt. Ida und Rieke sind noch bei mir. Und auf Marie passen meine Eltern, und jetzt auch du, auf. Bestimmt spielt sie dort oben mit unserer kleinen Johanna.« Marta machte eine Pause und wiederholte dann den Satz noch einmal, den Ida an diesem fürchterlichen Morgen gesagt hatte und der ihr nicht mehr aus dem Sinn gehen wollte. »Er hat es gewollt.« War es immer so einfach? Gott wollte etwas, und es geschah. Oder machten sie es sich zu leicht? Gab es überhaupt einen Gott? Marta wusste es nicht. Doch sie glaubte, ihre Zweifel wären berechtigt. Auch Kaline, mit der sie darüber gesprochen hatte, stimmte ihr zu. Ihrer Meinung nach gab es nur das manchmal grausame Schicksal, das Lebenswege lenkte. Marta schloss die Augen und versuchte, sich Maries Nähe in Erinnerung zu rufen. Ihren warmen Körper, der auf ihr lag, ihren gleichmäßigen Atem, dem sie lauschte. Niemals wieder. Marie war zu einer Erinnerung geworden, und ihr Bild stand nun neben dem von Johanna auf der Kommode im Schlafzimmer. Zwei Mädchen, ein Junge, ihre Eltern und Nele. Wie viel Schmerz konnte ein Mensch ertragen?

Ein leises Klopfen an der Tür riss Marta aus ihren Gedanken. Noch ehe sie »Herein« sagen konnte, schaute Wilhelm in den Raum, wünschte ihr einen guten Morgen und fragte: »Brauchst du noch Geschenke? Unten steht der Karrenhändler Johannes, und Fanny meinte, du würdest bestimmt gern herunterkommen, um etwas zu kaufen.«

»Nur Johannes?«, hakte Marta nach.

Wilhelms Miene wurde ernst. Marta nickte und antwortete: »Gib mir eine Minute.« Wilhelm schloss die Tür.

Martas Blick fiel in den Spiegel des Waschtischs. Ihr Haar war noch offen. Graue Strähnen hatten sich in das Braun geschlichen und schienen jeden Tag mehr zu werden. Längst war das junge Mädchen von einst verschwunden. Das Leben hinterließ seine Spuren.

Erneut klopfte es an der Tür, und dieses Mal öffnete sie sich erst nach Martas »Herein«. Es war Bille, das ehemalige Küchenmädchen, die den Kopf durch den Türspalt schob und nach einem fröhlichen »Moin« fragte, ob sie ihr beim Ankleiden behilflich sein solle. Marta stimmte zu, und Bille betrat den Raum. Marta fiel auf, dass sie anders als sonst aussah. Bille hatte sich zurechtgemacht und trug eine hübsche Spitzenbluse zu einem dunkelblauen Rock. Ihr hochgestecktes Haar zierte ein kleines Hütchen.

»Hab ich etwas verpasst?«, fragte Marta erstaunt.

»Nein«, wiegelte Bille ab, »oder vielleicht doch. Es ist wegen Johannes. Er und ich, ich meine ...« Sie kam ins Stocken, und ihre Wangen verfärbten sich rot.

»Er und du«, sagte Marta, die ahnte, was kommen würde.

»Er hat vor einer Weile um meine Hand angehalten«, vollendete Bille ihren Satz. »Und er ist heute nicht als Karrenhändler hier, sondern als Interessent für das Haus.«

»Johannes will die Pension kaufen?« Marta sah Bille erstaunt an.

»Ja, das will er. Erinnern Sie sich, wie Friedrich immer davon gesprochen hat, dass sein Sohn eines Tages sein eigenes Geschäft haben wird? Das war sein großer Traum. Johannes sollte kein einfacher Karrenhändler mehr sein. Er hat dafür gespart und Johannes eine beachtliche Summe hinterlassen. Es sind fünfzehntausend Mark.«

Marta wollte etwas erwidern, doch Bille ließ sie nicht zu Wort kommen.

»Ich weiß, das Haus ist mehr wert. Aber wir könnten Sie ja am Geschäft beteiligen oder den Rest abbezahlen. Johannes möchte einen Kolonialwarenladen einrichten. Im oberen Stock könnten wir wohnen. Groß genug wäre das Haus. Was meinen Sie?« Sie sah Marta bittend an.

Marta lächelte. »Er hat dich als Vorhut geschickt, nicht wahr?« Bille senkte den Blick, und Marta fuhr fort: »Ich erinnere mich daran, wie Friedrich davon gesprochen hat. Allerdings sind fünfzehntausend Mark tatsächlich etwas wenig.« Bille wollte etwas sagen, doch Marta hob die Hand. »Andererseits denke ich, dass dein Vorschlag Tante Nele gefallen hätte. Und mir gefällt er auch. Der Gedanke, dass das Haus nicht an einen Fremden geht, ist gut.«

Bille ließ erleichtert die Schultern sinken. »Bedeutet das ...«
»Jetzt machst du mir erst einmal die Haare«, unterbrach Marta sie. »Und dann gehen wir hinunter und gucken, was der gute Johannes auf seinem Karren hat, denn mir fehlen noch Geschenke für meine Liebsten. Und dann sehen wir weiter.« Sie lächelte. Bille nickte, griff nach der Haarbürste und begann, Martas Haare zu frisieren.

Bald darauf trat Marta, in ihren Wintermantel gehüllt, auf die Straße, wo sie bereits von Johannes erwartet wurde. Fanny leistete ihm Gesellschaft. Hoffnungsvoll sahen die beiden Marta an. Diese trat näher an den Karren heran, begrüßte Johannes und sprach ihm ob des Verlusts seines Vaters ihr Beileid aus. »Und, was kannst du mir anbieten?«, fragte sie dann und ließ den Blick über den gut gefüllten Karren schweifen. »Ich brauche noch Geschenke für Ida, Rieke und für meine Hausangestellten Ebba, Gesa und Jasper. Letzterer könnte eine neue Mütze gebrauchen.«

»Damit kann ich dienen. Gerade gestern ist frische Ware gekommen. Beste Wolle, hervorragende Qualität. Er zog einen ganzen Stapel Mützen aus den Untiefen seines Karrens heraus und breitete sie vor Marta aus. Sie waren mal grob, mal fein gestrickt, in Blau, Braun und Schwarz. Marta entschied sich für ein braunes Modell, denn Jaspers Jacke hatte diese Farbe. Johannes nannte den Preis von vier Mark. »Zu hoch«, entgegnete Marta. »Ich zahle zwei fünfzig.«

»Drei fünfzig«, erwiderte Johannes.

»Drei, mehr gebe ich nicht.«

Johannes überlegte kurz, dann stimmte er zu.

So ging es weiter.

Am Ende fanden sich für Rieke ein feiner Seidenschal, für Ida neue Handschuhe und eine hübsche Haarspange. Ebba bekam eine neue Schürze mit Lochstickerei, denn ihre alte war bereits mehrfach geflickt. Und für Gesa fand sich ein Strohhut mit einem hellblauen Samtband. Und Kaline würde einen neuen Korb für ihre Austern bekommen. Marta war zufrieden.

»Aus dir ist wirklich ein großartiger Händler geworden«, lobte sie Johannes. »Dein Vater wäre stolz auf dich.«

Johannes nickte. Sein Blick wanderte zu Bille.

»Bille hat mit Ihnen gesprochen?«, fragte er zögernd.

»Ja, das hat sie«, erwiderte Marta. »Ich würde es aber gern von dir selbst hören.«

»Was willst du von ihm selbst hören?«, fragte plötzlich Wilhelm, den die Ungeduld auf die Straße getrieben hatte.

Johannes wirkte unsicher. Er zog seine Mütze vom Kopf und zerknautschte sie in den Händen. Noch einmal sah er zu Bille, die ihm aufmunternd zunickte.

»Also gut«, begann er, »ich würde gern das Haus kaufen und gemeinsam mit Bille einen Kolonialwarenladen eröffnen. Wir sind verlobt. Kurz nach dem Fest wollen wir heiraten.«

»Du willst was?«, rief Wilhelm überrascht und sah zu Marta, die lächelte.

»Ich will das Haus kaufen und einen Kolonialwarenladen eröffnen«, wiederholte Johannes sein Ansinnen. »Und auch Fanny könnte bleiben, denn wir würden gern Gebäck und Kuchen verkaufen.«

»Du hast es gewusst?«, fragte Wilhelm seine Frau.

»Bille hat gerade eben mit mir gesprochen.«

Wilhelm nickte und sah in die Runde. Erwartungsvolle Blicke hingen an ihm. Er seufzte kopfschüttelnd. »Es ist doch bereits entschieden, oder?«

Marta nickte.

»Also gut, Kinder, dann lasst uns mal reingehen und das Geschäftliche besprechen. Am besten bei einer guten Tasse Tee in der Küche. Es ist echt saukalt heute.« Er rieb sich die Hände, ging ins Haus zurück und nahm aus dem Augenwinkel wahr, wie

Johannes und Bille sich erleichtert in die Arme fielen und danach Marta umarmten.

Wenig später saßen sie bei Tee und Plätzchen in der Küche und besprachen alles Weitere. In das Geschäft wollte Wilhelm nicht einsteigen, versprach aber, dem jungen Paar bei dem anstehenden Papierkram mit Rat und Tat zur Seite zu stehen. Es wurde ein Kaufpreis von dreißigtausend Mark festgelegt. Die fehlende Summe konnten die beiden monatlich abbezahlen, sobald der Laden eröffnet war. Gleich am nächsten Morgen würde Wilhelm den Kaufvertrag aufsetzen lassen.

»Darauf müssen wir anstoßen«, sagte Fanny und zauberte eine Flasche Sekt aus einem der Schränke. Bille holte Gläser aus der Anrichte im Esszimmer.

»Auf das junge Glück und die Zukunft«, sagte Wilhelm und hob sein Glas. Alle stimmten mit ein. Marta nahm einen kräftigen Schluck Sekt. Johannes küsste Bille vor Freude und begann, mit ihr durch den Raum zu tanzen. Wilhelm sah ihnen lächelnd dabei zu. Marta tat es ihm gleich, doch nach einer Weile wanderte ihr Blick zum Fenster. Es schneite noch immer. Auf die Zukunft, hatte Wilhelm gesagt. Eine Zukunft, die ohne Marie und ohne Nele stattfinden würde. Eine Zukunft, die sich gut anfühlen sollte, es jedoch nicht tat. Würde der Kummer jemals weichen?

Bille bemerkte Martas Traurigkeit. Sie stellte ihr Sektglas auf den Tisch, nahm ihre Hand und sagte: »Eine Kleinigkeit hatte ich vergessen zu erwähnen. Wir wollten das Geschäft *Tante Neles Laden* nennen. Denn sie soll niemals vergessen werden. Und wir sind uns sicher, dass sie immer bei uns sein und auf uns achtgeben wird.«

Marta wusste nicht, was sie erwidern sollte. In ihre Augen traten Tränen. Bille umarmte sie und drückte sie fest an sich.

»Darauf kannst du wetten«, sagte Fanny lachend. »Mit Sicherheit ist sie hier und freut sich mit uns.«

»Tante Neles Laden mit einem Gespenst. Na, das kann ja heiter werden«, sagte Wilhelm lachend, legte den Arm um Marta und zog sie an sich. Und da war es wieder. Das Gefühl von Glück und Geborgenheit, das Marta glaubte, verloren zu haben. Plötzlich verspürte sie das unbändige Verlangen, nach Hause zu fahren. Hier schien nun alles den richtigen Weg zu gehen, jetzt war es Zeit, heimzukehren.

Und als ob Wilhelm ihre Gedanken gelesen hätte, fragte er sie plötzlich: »Was hältst du von einem Spaziergang durch den Schnee zum Hafen? Wenn wir Glück haben, hat Ballins Verkaufsstelle noch geöffnet und wir ergattern noch Billetts für das Schiff morgen.«

»Davon halte ich eine ganze Menge«, erwiderte Marta mit einem Lächeln. Die beiden verabschiedeten sich und traten wenig später nach draußen in die frostige Luft. Arm in Arm schlenderten sie die Poststraße und den Neuen Wall hinunter. Um sie herum herrschte der gewohnte Trubel der Stadt. Droschken und Pferdewagen fuhren an ihnen vorüber, Menschen eilten durch die Straßen, immer wieder mal wurden sie angerempelt. Aus einem Bäckerladen wehte ihnen der verführerische Duft von süßem Gebäck in die Nase. Ein Bettler sprach sie an, und ein Stück weiter bellten die vor einen Milchwagen gespannten Hunde. Als die Landungsbrücken von St. Pauli mit ihren vielen großen und kleinen Schiffen und der üblichen Geschäftigkeit in Sicht kam, blieb Marta stehen und sagte: »Das alles hier. Hamburg, die vielen Menschen, die Lautstärke und der Trubel. Das ist es nicht mehr.«

Wilhelm nickte und erwiderte: »Es wird Zeit, dass wir nach Hause kommen.«

54

Norddorf, 24. Dezember 1892

Heute war ich zum ersten Mal an Maries Grab. Gemeinsam mit Wilhelm habe ich eine Kerze angezündet, damit sie in den dunklen Wintertagen ein wenig Licht hat. Es hat mich Überwindung gekostet, sie zu besuchen. Doch nun geht es mir besser. Nach Weihnachten werde ich das Grab mit vielen Christrosen bepflanzen. Und im Frühjahr sollen ihr Osterglocken und Schneeglöckchen Freude machen, denn Marie liebte Blumen. Jetzt beginne ich doch zu weinen, obwohl ich das nicht wollte. Heute ist Weihnachten, und wir wollen glücklich sein. Ich muss auch gleich hinüber in die Küche und Ebba bei den letzten Vorbereitungen für das Fest helfen. Marie wird bei uns sein. Das weiß ich bestimmt.

Ebba betrachtete die von Ida und Thaisen bemalten Salzteigfiguren von allen Seiten. Die Kinder hatten sich alle Mühe gegeben, die sogenannten *Kenkentjüch*, wie die Figuren für den *Kenkenbuum* genannt wurden, möglichst akkurat in Rot zu umranden. Bereits im letzten Jahr hatte Ida den Christbaumersatz der Friesen kennengelernt und gemeinsam mit Sine gebastelt. Der *Kenkenbuum* bestand aus einem Holzgestell, das mit Buchsbaum umwickelt und mit den Salzteigfiguren geschmückt wurde. Jede der Figuren hatte eine Bedeutung, was Ida besonders gut gefiel. Das Pferd stand für Kraft und Ausdauer, der Hund für die Treue und der Hahn für Wachsamkeit. Segelschiff, Fisch und Mühle standen für die seit Jahrhunderten betriebene Seefahrt und den

Ackerbau. Den zentralen Bestandteil des Salzteigschmucks machten allerdings Adam und Eva aus, die gemeinsam mit dem Baum der Erkenntnis am Fuß des *Kenkenbuums* abgebildet waren. Außerdem kam noch Dörrobst hinzu. Pflaumen und Rosinen, die Fruchtbarkeit symbolisierten. Marta befestigte auch noch Kerzen an den Rändern, damit der *Kenkenbuum* am Weihnachtsabend in voller Pracht erstrahlte. Ida fand ihn hübsch, vermisste jedoch ein wenig den gewohnten Weihnachtsbaum aus Hamburg. Auf den Inseln gab es keine Nadelbäume, und der Transport vom Festland war sehr teuer. Und außerdem fand Marta es wichtig, die Traditionen einer Region zu respektieren. Der *Kenkenbuum* gehörte auf Amrum zu Weihnachten, also würde es in ihrem Haus keinen anderen Weihnachtsbaum geben. Aber dafür gab es Unmengen an Weihnachtskeksen, die sie in den letzten Tagen gemeinsam gebacken hatten. Besonders die Anisplätzchen liebte Ida. Von ihnen waren, trotz Ebbas Ermahnung, schon einige in ihrem Magen gelandet. Heute Abend würde es Karpfen mit Kartoffeln und Meerrettich geben. »Den gibt es immer an Weihnachten«, hatte Ebba gesagt und damit jede weitere Essensbestellung im Keim erstickt.

Ebbas Blick wanderte aus dem Fenster. Eine dünne Schneeschicht lag auf dem Garten und den nahen Dünen, und ein bitterkalter Wind trieb immer wieder Wolkenpakete über sie hinweg. Langsam begann es zu dämmern.

Sie wandte sich Thaisen zu und fragte: »Musst du nicht nach Hause? Dein Vater wird nicht begeistert sein, wenn du auch noch den Heiligen Abend bei uns verbringst.«

Thaisens Miene verfinsterte sich, und er antwortete: »Wir feiern im Hospiz im großen Speisesaal mit den wenigen Kurgästen und den Diakonissinnen. Das ist langweilig und ungemütlich. Am liebsten würde ich hierbleiben.« Er blickte durch die geöffnete Küchentür sehnsüchtig in die hübsch dekorierte Gaststube hinüber.

»Das kann ich gut verstehen«, sagte Marta, die den Raum betrat und seine Worte mit angehört hatte. »Aber dein Vater wird mir etwas erzählen, wenn ich dich nicht nach Hause schicke. Wir sehen uns dann ja später beim Weihnachtsgottesdienst wieder.« Sie strich ihm lächelnd übers Haar.

Thaisen nickte, fügte sich in sein Schicksal und rutschte vom Stuhl. Marta trat näher und betrachtete die Salzteigfiguren.

»Die *Kenkentjüch* sind wirklich sehr hübsch geworden. Willst du sie mit Ida an den *Kenkenbuum* hängen und dann nach Hause laufen? Ich denke, so viel Zeit bleibt noch.«

Thaisen nickte freudig, und sie trugen den weihnachtlichen Schmuck gemeinsam in die Stube, wo die beiden Kinder die Salzteigfiguren an dem auf der Fensterbank stehenden Holzgestell anbrachten, das bereits mit Buchsbaumzweigen umwickelt war. Marta hatte auch die restliche Stube mit Buchsbaum, Äpfeln und aus Glanzpapier gefertigten Sternen geschmückt, die sie am Nachmittag zuvor mit Ida bei Tee und Plätzchen gebastelt hatte. Überall standen Kerzen, und der Kaminofen verbreitete angenehme Wärme. Auf dem Tisch lag ein Adventskranz aus Tannengrün, das Marta in der Wittdüner Gärtnerei zu einem moderaten Preis erworben hatte. Gebunden hatte sie den Kranz selbst und ihn mit Nüssen und Strohsternen geschmückt.

Thaisen verabschiedete sich schweren Herzens mit einer langen Umarmung von Ida, und sie vereinbarten, später in der Kirche nebeneinanderzusitzen.

Marta beobachtete die beiden wehmütig. Seitdem Ida krank gewesen war, schien Thaisen noch anhänglicher geworden zu sein, falls das überhaupt möglich war. Nur die Nächte, die verbrachten sie auf Wunsch des Pfarrers nun doch wieder getrennt, was Marta befürwortete, denn langsam erreichten die beiden ein Alter, in dem es unschicklich war, sich als Junge und Mädchen ein Bett zu teilen. Im Moment war die Stimmung zwischen Wilhelm und Bertramsen entspannt. Marta würde den Kontakt sogar als freundschaftlich bezeichnen. Der Ausbruch der Cholera auf der Insel hatte sie alle enger zusammenwachsen lassen. In Zeiten der Not galt es, nicht zu streiten. Die Seuche war von der Insel so schnell wieder verschwunden, wie sie gekommen war. Kurz nach Maries Tod gingen die Neuerkrankungen zurück, und wenige Wochen darauf galt die Cholera als besiegt. Es waren insgesamt vierzig Tote zu beklagen, darunter viele Kinder. Der großartigen Pflege der Krankenschwestern, der Ärzte und der Diakonissinnen war es zu verdanken, dass es nicht mehr Todesopfer gegeben hatte. Aber auch Andresen, Volkert Quedens und den anderen Mitgliedern des Gemeinderates galt es zu danken, denn sie hatten sich hervorragend um die Koordination der Desinfektionstrupps gekümmert, die großartige Arbeit geleistet hatten.

Thaisen löste sich aus der Umarmung, verabschiedete sich von Marta und verließ den Raum. Keine Minute später sah Marta ihn über den Hof laufen. Gerade als er aus ihrem Sichtfeld verschwand, tauchte Jasper mit dem Fuhrwerk auf. Er war losgefahren, um Rieke und Jacob zum Fest abzuholen. Das Logierhaus der beiden war über den Winter geschlossen. Allzu gern hätte Marta auch Kaline zum Fest bei sich gehabt. Doch diese hatte sich kurzfristig dazu entschlossen, das Fest bei ihrer Familie auf dem Festland zu verbringen. Erst nach Neujahr würde sie wieder zurückkehren.

Wilhelm trat aus dem Nebengebäude, um Rieke und Jacob zu begrüßen. Er brütete seit ihrer Rückkehr aus Hamburg jeden Tag über den neu erstellten Plänen zum Ausbau des Hotels. Neu erstellte Pläne, dachte Marta traurig. Die alten Pläne hatte ihre Marie damals in kleine Papierfetzen verwandelt. Wenn es nach Marta ginge, könnte sie Hunderte solcher Pläne zerreißen, wenn sie sie nur zurückbekommen würde. Sie schob den Gedanken beiseite und wischte sich eine Träne aus dem Augenwinkel. Heute war Weihnachten, und es galt, fröhlich zu sein. Extra für den Anlass hatte Marta, genauso wie Rieke, die friesische Festtagstracht angelegt. Ebba war diejenige gewesen, die ihr beim Ankleiden zur Hand gegangen war. Ida maulte ein wenig, weil sie noch keine Tracht tragen durfte. Ein Weilchen würde sie sich noch gedulden müssen, denn junge Mädchen durften die Tracht erst nach ihrer Konfirmation zum ersten Mal anlegen.

»Sie sind schon da«, sagte Gesa hinter Marta. »Wie schön. Dann kann ich ja den Tisch decken.«

Gesa ging an Marta vorbei zu der blau gestrichenen Anrichte und holte das Teegeschirr heraus. Zuerst sollte es Tee und Plätzchen geben, später am Abend, nach erfolgter Bescherung, den Weihnachtskarpfen, auf den sich Wilhelm ganz besonders freute.

Rieke, Jacob und Jasper betraten das Haus, und Marta begrüßte sie freudig. Es war das erste Mal, dass sie Rieke in ihrer neuen Festtagstracht sah.

»Du siehst wunderschön aus, meine Liebe«, sagte Marta und schloss ihre Tochter in die Arme.

»Gud Dai, Mama«, grüßte Rieke wie selbstverständlich mit dem friesischen Gruß. »Und ja, das finde ich auch. Diese Tracht ist etwas Besonderes und sticht das schönste Ballkleid aus.«

Gemeinsam traten sie in die Wohnstube und verteilten sich um den großen Esstisch. Gesa und Ebba brachten Tee und Plätzchen und gesellten sich, ebenso wie Jasper, zu ihnen, der in seinen Tee einen ordentlichen Schluck Rum kippte.

Rieke bewunderte den *Kenkenbuum* und machte Ida für die hübschen Figuren ein Kompliment. Jacob nahm sich immer wieder Plätzchen und lobte besonders das hervorragende Buttergebäck. Der Garten und der Hof versanken alsbald in Dunkelheit, und es nahte die Stunde der Bescherung. Die Geschenke lagen bereits auf den Stühlen neben dem Kaminofen unter einer Decke.

Als es Zeit wurde, erhob sich Wilhelm und trat in die Mitte des Raumes. Er räusperte sich und wollte zu sprechen beginnen, doch Rieke unterbrach ihn.

»Entschuldige, Papa, dass ich dich unterbreche«, sagte sie und stand auf. Sie blickte zu Jacob, der sich ebenfalls erhob. Hand in Hand traten die beiden neben Wilhelm. »Bevor sich alle auf die Geschenke stürzen, dachten wir, wäre es besser, noch etwas zu verkünden.«

Wilhelm sah seine Tochter überrascht an. Sie strahlte über das ganze Gesicht und stieß Jacob in die Seite.

»Also gut«, begann Jacob und räusperte sich. »So Gott will, und wenn alles gut geht ...« Marta ahnte, was kommen würde, und sah ihre Tochter erwartungsvoll an.

»Ich bin schwanger«, platzte Rieke heraus.

»Das ist ja, ich meine ...«, stotterte Wilhelm.

»Wunderbar«, vollendete Marta seinen Satz, stürzte auf Rieke zu, nahm sie in die Arme und drückte sie fest an sich. Tränen der Freude stiegen ihr in die Augen. Wilhelm gratulierte Jacob, Ebba und Gesa taten es ihm gleich. Jasper schenkte sich einen Korn ein, und Ida nutzte die Gunst der Stunde und untersuchte schon einmal die Päckchen, ob auf einem von ihnen ihr Name stand.

Marta jedoch bekam von alldem nichts mit. Sie hielt Rieke fest im Arm, und die Tränen liefen ihr über die Wangen. Sie wurde Großmutter. Sie konnte es nicht fassen. Welch ein Glück. Der Herrgott hatte ihr Marie genommen, doch er schenkte ihr ein neues Kind, das sie lieben konnte. Sie blickte zu Wilhelm, der ebenfalls Tränen in den Augen hatte, ihre Hand nahm und sie fest drückte. Und erneut spürte sie die Wärme und Geborgenheit, die sie mehr brauchte als alles andere und die ihr Kraft gab, um weiterzumachen. Die Zukunft begann genau jetzt. Und schon bald hätten sie ein neues Jahr, das es mit all seinen Herausforderungen zu meistern galt. Gemeinsam würden sie es schaffen.

Nachwort

Zu diesem Roman hat mich die Familiengeschichte der Familie Hüttmann aus Norddorf auf Amrum inspiriert. In dem Ort gibt es noch heute das in vierter Generation geführte *Hotel Hüttmann*.

Heinrich Hüttmann, ein Eisenbahnsekretär aus Hamburg, weilte zur Kur auf Amrum und fand in dem damals einzigen Gästehaus Norddorfs bei Sine und Kaline Peters eine Unterkunft. Er litt unter einem Halsleiden, verbunden mit Erstickungsanfällen und Sprachverlust. Nachdem ihm nahegelegt worden war, seinen Lebensmittelpunkt auf die Inseln zu verlegen, beschloss er, seinen Beruf in Hamburg aufzugeben, und siedelte mit seiner Familie nach Amrum über. Er erwarb für eine Summe von 1500 Mark das gerade zum Verkauf stehende alte Schulhaus in Norddorf. Der Verkauf seiner Briefmarkensammlung und das kleine Vermögen seiner Frau Magdalene ermöglichten den Kauf und die Einrichtung des Schulhauses, in dem es nur den Klassenraum, drei Zimmer und die Küche gab.

Sie eröffneten bald darauf ihr kleines Hotel, das Heinrich Hüttmann in einem Werbeprospekt aus dem Jahr 1892 tatsächlich vollmundig als das »erste Hotel am Platz« beworben haben soll. Ganz falsch war diese Werbung jedoch nicht, denn es war das erste Hotel in Norddorf. Erste Gäste waren ein Major Marwitz aus Berlin mit seiner Tochter und ein Oberzollrat Franke nebst Bekannten, die recht erstaunt über das vollmundig angepriesene »erste Hotel am Platz« waren. Aber der fehlende Komfort wurde bald vergessen dank der liebevollen Betreuung und der bemerkenswerten Kochkünste von Magdalene Hüttmann. Fast zwanzig Jahre lang kamen diese ersten Gäste immer wieder und erlebten die rasche Erweiterung des Schulhauses zu einem großen Hotel.

Heinrich Hüttmann geriet jedoch schnell in eine Konfrontation mit Pastor Bodelschwingh, der in Norddorf ein Seehospiz errichtet hatte und in der Entwicklung des »weltlichen« Fremdenverkehrs eine Bedrohung für »Vatersitte und Vaterglauben« sah. Als sich Heinrich dazu entschloss, einen Saal mit einer Theke für Getränke anzubauen, und sogar eine kleine Kapelle zum Tanz aufspielte, entwickelte sich zwischen Hüttmann und dem Seehospiz eine dauerhafte Feindschaft, die auch noch nach dem Tod von Bodelschwingh im Jahr 1910 von seinen Nachfolgern weiterhin gepflegt wurde.

Offiziell reihte sich die Insel Amrum im Jahr 1890 nach der Erteilung der Badekonzession in den Kreis der Seebäder an der deutschen Nordseeküste ein. Kein anderes Ereignis hat die Landschaft und das Leben auf der Insel so sehr verändert wie der Fremdenverkehr. Ein ganz neuer Ort, Wittdün, ist auf der bis dahin unbewohnten Südspitze der Insel als reiner Badeort mit inselfremden Gebäuden im Stil der damaligen Zeit errichtet worden. Bald schon fuhren Dampfer zwischen Hamburg und Wittdün hin und her. Volkert Martin Quedens war derjenige, der in Wittdün das erste Hotel erbaute, weshalb er als Gründer des Seebades Wittdün gilt.

Der Erbauer war jedoch ein anderer. Heinrich Andresen, ein Hotelier aus Tondern, begeisterte sich im Jahr 1891 für das Seebad und gründete eine Aktiengesellschaft. Im Jahr 1892 wurde unverzüglich mit dem Bau zweier großer Hotels begonnen. Des *Kurhauses* auf der Südspitze und des *Kaiserhofs* auf dem Dünenwall über dem Südstrand. Das *Kurhaus* wurde zum Flaggschiff des Seebades Wittdün. Zur damaligen Zeit existierte in Wittdün tatsächlich das Papeteriegeschäft der Witwe Schamvogel (der Vorname Frauke ist von mir erfunden). Für die aus dem ganzen Reich anreisenden Kurgäste wurden viele Vergnügungen wie Konzerte, Wattwanderungen und Inselrundfahrten angeboten. Große Freude bereitete den Gästen damals das Dünenrutschen, aber auch die Seehundjagd war beliebt. Der Seehundjäger Philipp Schau lebte mit seiner Frau Anne tatsächlich zu jener Zeit in Nebel.

Es hat mir große Freude gemacht, mich auf eine Zeitreise in das »alte Seebad Amrum« zu begeben, dessen Spuren sich auch heute noch überall auf der Insel finden lassen. Obwohl es das mondäne *Kurhaus* an der Südspitze nicht mehr gibt und auch das *Kurhaus zur Satteldüne* längst einer Kurklinik weichen musste. Doch in Wittdün ist der Geist der wilhelminischen Zeit an vielen Ecken noch immer spürbar.

In Norddorf findet sich heute kein Seehospiz mehr, wohl aber das *Hotel Hüttmann*. Also hat Heinrich Hüttmann das Rennen gegen Pastor Bodelschwingh am Ende doch gewonnen.

Im Roman gibt es einige Leckereien aus Ebbas Hotelküche. Zwei dieser Rezepte verrate ich an dieser Stelle und wünsche viel Freude beim Nachkochen und -backen.

Heißwecken

Zutaten:
- 60 g Hefe
- ½ l Milch
- 1 kg Mehl
- 125 g Zucker
- etwas gestoßener Kardamom
- Salz
- 250 g Korinthen
- 400 g Butter

Zubereitung:
1. Die Hefe mit etwas lauwarmer Milch anrühren.
2. In einer Schüssel das Mehl mit dem Zucker, Kardamom, Salz und Korinthen verrühren, die restliche Milch, Butter und schließlich die Hefe dazugeben und zu einem Teig durchkneten. Warm stellen und aufgehen lassen.
3. Dann nochmals durchkneten, runde Plätzchen (8 cm Durchmesser) formen und auf ein Backblech setzen. Nochmals ca. 10 Minuten gehen lassen. Dann im vorgeheizten Ofen bei 200 Grad etwa 20 Minuten backen.

Bratkartoffeln mit Nordseekrabben

Zutaten:
- ~ 1000 g festkochende Kartoffeln
- ~ 2 Zwiebeln (besser 4 Schalotten)
- ~ 120 g Butterschmalz
- ~ 200 g Nordseekrabben
- ~ 1 EL Blattpetersilie
- ~ Salz und Pfeffer, beides aus der Mühle
- ~ 50 g Butter

Zubereitung:
1. Das Kilo festkochende Kartoffeln in einen Topf mit Salzwasser geben und 20 Minuten lang bissfest garen. Die gegarten Kartoffeln schälen. Die geschälten Kartoffeln völlig auskühlen lassen und in 0,5 cm dicke Scheiben schneiden.
2. Butterschmalz in eine beschichtete Pfanne geben und erhitzen. Die erhitzte Pfanne mit den Kartoffelscheiben auslegen (darauf achten, dass alle Scheiben Bodenkontakt haben!!!). Bei mittlerer Hitze (5. Stufe bei 9 Stufen) von beiden Seiten goldbraun braten.
3. Jetzt die Zwiebeln schälen, in dünne Streifen schneiden und zu den Bratkartoffeln geben (die Menge der Zwiebeln bestimmen Sie nach Geschmack) und ca. 4 Minuten mitbraten lassen (dabei immer schwenken oder wenden).
4. Zum Schluss gut salzen und pfeffern, die Nordseekrabben mit in die Pfanne geben, einen Löffel Butter dazugeben und unterschwenken. Zum Schluss geschnittene Blattpetersilie beifügen und noch einmal durchschwenken. Fertig!

Die große Saga um ein kleines Hotel auf Amrum

ANKE PETERSEN
Hotel Inselblick

Wind der Gezeiten

Roman

Der zweite Band der großen Familien-Saga von Anke Petersen um ein kleines Hotel auf Amrum Ende des 19./Anfang des 20. Jahrhunderts – mit viel Nordseezauber und Nostalgie.

Amrum Anfang des 20. Jahrhunderts: Die Familie Stockmann hat sich auf der Nordseeinsel gut eingelebt, und ihr *Hotel Inselblick* blüht und gedeiht – sehr zum Ärger des Pastors, dem der florierende Betrieb ein ewiger Dorn im Auge ist, da er darin eine Konkurrenz zu seinem eigenen Seehospiz sieht und außerdem im »Inselblick« Sodom und Gomorrha wittert. Doch Marta Stockmann, für die sich mit dem Hotel ein Lebenstraum erfüllt hat, kämpft voller Tatkraft dafür, und auch die Töchter haben auf Amrum inzwischen ein neues Zuhause gefunden.

Dann erfährt die Familie, dass Jacob, der inzwischen Tochter Rieke geheiratet hat, ruiniert ist und nach Amerika auswandern will. Droht die Familie Stockmann zu zerbrechen?

*Zwischen Tradition und wahrer Liebe –
die Geschichte einer Grafenfamilie*

HANNA CASPIAN

GUT GREIFENAU

Abendglanz

Roman

Mai 1913: Konstantin, ältester Grafensohn und Erbe von Gut Greifenau, wagt das Unerhörte: Er verliebt sich in eine Bürgerliche, schlimmer noch – in die Dorflehrerin Rebecca Kurscheidt, eine überzeugte Sozialdemokratin. Für Katharina dagegen, die jüngste Tochter, plant die Grafenmutter eine Traumhochzeit mit einem Neffen des deutschen Kaisers – obwohl bald klar ist, welch ein Scheusal sich hinter der aristokratischen Fassade verbirgt. Aber auch ihr Herz ist anderweitig vergeben. Beide Grafenkinder spielen ein Versteckspiel mit ihren Eltern und der Gesellschaft. So gut sie ihre heimlichen Liebschaften auch verbergen, steuern doch beide unweigerlich auf eine Katastrophe zu …

*Der zweite Band der großen Familien-Saga
voller dramatischer Verwicklungen*

HANNA CASPIAN

GUT GREIFENAU

Nachtfeuer

Roman

August 1914: Der Erste Weltkrieg beginnt, und Konstantin muss an die Front. Sein Vater ist unfähig, das Gut zu führen, das bald hoch verschuldet ist. Die Verbindung von Katharina mit dem Kaiserneffen Ludwig von Preußen wird nun zur Überlebensfrage. Doch Ludwig tritt nicht nur seiner Verlobten Katharina zu nahe … Diese setzt ihre ganze Hoffnung auf eine Rettung durch den Industriellensohn Julius. Doch soll eine Ehe mit ihr ihm nur den Eintritt in den Adelsstand ermöglichen? Und dann ist da noch der Kutscher Albert, der sein Geheimnis nur im Dorf Greifenau klären kann.

*Band drei der großen Saga
um eine Grafenfamilie in Pommern*

HANNA CASPIAN

GUT GREIFENAU

Morgenröte

Roman

1918 ist das letzte Kriegsjahr angebrochen, und Gut Greifenau taumelt: Durch den Kauf deutscher Kriegsanleihen ist das Gut hoch verschuldet, Graf Adolphis weiß sich nicht zu helfen, und sein Sohn Konstantin muss sich nach einem Mordanschlag bei der Lehrerin Rebecca verstecken, die ihn liebevoll pflegt. Währenddessen rückt für Tochter Katharina die Hochzeit mit dem Scheusal Ludwig, einem Neffen des Kaisers, immer näher. Gerade in diesen Zeiten bräuchten sie den starken Verbündeten, meint ihre Mutter. Da schlägt der Industriellensohn Sebastian, dem Katharinas Herz gehört, eine waghalsige Flucht vor …